《诗经》艺术论

（上）

许志刚◎著

辽海出版社

目　　录

上编　《诗经》与周代礼乐文化

第一章　《诗经》所展现的和谐之美 ································ 3

第一节　周代人性格的基本特征 ······························· 3

一　外在环境对周代人的制约 ···························· 4

二　周代人与外在环境和谐的本质 ···················· 6

三　周代人性格的内涵 ·································· 10

第二节　周代诗歌中"人格美"理想的艺术显现 ··········· 20

一　外显为威仪的"人格美" ························· 21

二　"内美"的直接显现 ······························· 27

三　"人格美"的典范 ································· 34

第三节　理想化的社会生活 ································· 39

一　臣属的依赖之情 ·································· 40

二　敬让惠下的君主之意 ······························· 46

三　饮食思礼、示民训则的精神往还 ················ 51

第二章　周代人的诗情与礼乐文化 ···················· 57

第一节　周礼中的情礼关系与周代人的性格 ············· 57

一　情在礼的规定中得到表现 ························· 57

二　礼对情的排斥与否定 ······························· 61

　　　三　礼对情的排斥的有限性 ……………………… 68

　　第二节　礼所熔铸的情感与心灵 ………………… 70

　　　一　庆典礼会中的感受 ………………………… 71

　　　二　思想交流与感情交融 …………………… 76

　　　三　具有依赖性的感情 ……………………… 81

　　第三节　诗情及其对礼的排拒 …………………… 84

　　　一　公义与私情 ……………………………… 84

　　　二　礼的相互制约的规定与人们的感情 ………… 90

　　　三　现实生活的感发及情对礼的离异倾向 ……… 95

第三章　周代思想家的心灵与艺术 ……………… 102

　　第一节　周代思想家的思想与礼 ……………… 102

　　　一　周代思想家的心灵与礼 ………………… 103

　　　二　周代思想家的独立性与人臣之义 ………… 107

　　　三　周代思想家思想、性格的两重性 ………… 115

　　第二节　忧心忡忡的孤独者 …………………… 124

　　　一　被排挤的孤独者 ………………………… 125

　　　二　预见与忧虑 …………………………… 129

　　　三　乱离中的忧国忧民者 …………………… 135

　　第三节　忠贞的情感与兼济之志 ……………… 141

　　　一　强烈的社会责任感 ……………………… 144

　　　二　对礼的坚贞不贰的信仰 ………………… 151

　　　三　尽忠竭诚的态度 ……………………… 157

第四章　结论：诗人自我张扬的主观因素与客观因素 ……… 164

　　第一节　社会生活与诗人的性格 ……………… 164

　　第二节　礼对艺术的定性与诗人的生活感受 …… 169

　　第三节　诗人的境遇与礼的修养 ……………… 176

附录　八十年代以前的《诗经》研究及若干理论问题 …… 180

一　风雅与《诗经》胜境 ┈┈┈┈┈┈┈┈┈┈┈┈ 180
二　对《诗经》研究中的传统观点的检讨 ┈┈┈┈ 181
三　对几个理论问题的思考 ┈┈┈┈┈┈┈┈┈┈┈ 189
　（一）文学研究中的取舍倾向与求实精神 ┈┈┈ 190
　（二）《诗经》文本的历史客观性与文学史方法论 ┈┈ 192
　（三）文学创作与精神生产的特点 ┈┈┈┈┈┈ 194

中编　《诗经》与宗教文化

第一章　蒙昧的诗情 ┈┈┈┈┈┈┈┈┈┈┈┈┈┈ 202
　第一节　奇幻的精灵世界与蒙昧的乐歌 ┈┈┈┈ 202
　第二节　精灵世界的艺术表现 ┈┈┈┈┈┈┈┈┈ 208
　第三节　巫、祝与早期文学创作 ┈┈┈┈┈┈┈┈ 216
　第四节　神圣的诗情 ┈┈┈┈┈┈┈┈┈┈┈┈┈ 220
第二章　对美好生活的向往与追求之歌 ┈┈┈┈┈ 225
　第一节　敬礼社稷神的情感与乐歌 ┈┈┈┈┈┈ 227
　第二节　对百谷之神后稷的敬仰与颂赞 ┈┈┈┈ 232
　第三节　对田祖（即农神）的礼赞 ┈┈┈┈┈┈┈ 235
　第四节　美好生活的多重愿望与祭神曲 ┈┈┈┈ 240
第三章　对神的敬畏与诗情 ┈┈┈┈┈┈┈┈┈┈┈ 247
　第一节　"歌哭而请" ┈┈┈┈┈┈┈┈┈┈┈┈┈ 247
　第二节　同祖同宗的自豪 ┈┈┈┈┈┈┈┈┈┈┈ 252
　第三节　神前的反思与自励 ┈┈┈┈┈┈┈┈┈┈ 260
第四章　愉神，愉人 ┈┈┈┈┈┈┈┈┈┈┈┈┈┈ 269
　第一节　宗教仪式的快感 ┈┈┈┈┈┈┈┈┈┈┈ 269
　第二节　仪式中的非宗教性欢悦 ┈┈┈┈┈┈┈┈ 280

下编　《诗经》文本及其语境

一　《诗经》文本及其艺术精神 …………………………………… 291
　　（一）诗、音乐与文本分类 ………………………………… 291
　　（二）作品产生的地域 ……………………………………… 295
　　（三）时代与作者 …………………………………………… 299
　　（四）个性、情感和艺术精神 ……………………………… 303
　　（五）精妙的艺术表现 ……………………………………… 311
　　（六）《诗经》的早期传播 ………………………………… 314
二　风诗的爱、恨与地缘文化 …………………………………… 320
　　（一）周代的礼对情感的制约 ……………………………… 321
　　（二）"王化之国"的情与礼 ……………………………… 324
　　（三）多元文化区的文化交融 ……………………………… 334
　　（四）部族文化与礼乐文化的冲突 ………………………… 338
三　风诗的批评、讽刺及其语境 ………………………………… 352
　　（一）鼠之皮与人之仪 ……………………………………… 353
　　（二）"罔极"、"无良"与礼 …………………………… 355
　　（三）"不稼不穑"、"不狩不猎"与君子"无逸" …… 357
四　雅乐源流考论 ………………………………………………… 362
　　（一）说雅 …………………………………………………… 363
　　（二）雅乐与幽乐 …………………………………………… 366
　　（三）雅乐与雅言 …………………………………………… 368
五　《诗大序》及其在儒家学说中地位之再评价 ……………… 372
　　（一）《诗大序》与儒家对诗歌本质的探讨 ……………… 373
　　（二）诗之"六义"与诗歌艺术特征 ……………………… 379
　　（三）对文学创作动因的论述 ……………………………… 382
　　（四）鉴赏与教化 …………………………………………… 387

六　《诗经》中对事理的误读与诗歌艺术的无理而妙 ………… 391

　　（一）《诗经》中对事理的误读与艺术表现 …………… 391

　　（二）诗人笔下的史实：诗与史的差异 ……………… 397

　　（三）艺术表现中的无理之理 …………………………… 401

七　春秋赋《诗》与对《诗经》的解读 …………………………… 408

　　（一）《诗》的多种方式的解读 ………………………… 408

　　（二）"赋《诗》断章"与"歌《诗》必类" ………… 413

　　（三）解诗、论诗、论乐 ………………………………… 426

八　《诗经》正读十则 …………………………………………… 434

　　（一）"鄂不铧铧" ……………………………………… 434

　　（二）"执讯获丑" ……………………………………… 435

　　（三）"宜岸宜狱" ……………………………………… 435

　　（四）"怒焉如捣" ……………………………………… 436

　　（五）"僭始既涵" ……………………………………… 436

　　（六）"至于巳斯亡" …………………………………… 437

　　（七）"上帝甚蹈" ……………………………………… 438

　　（八）"维此王季" ……………………………………… 438

　　（九）"假乐君子" ……………………………………… 439

　　（十）"辞之怿矣，民之莫矣。" ……………………… 439

九　考古发现与《诗经》传本 ………………………………… 441

　　（一）名篇义例与篇题、国别等标识 ………………… 441

　　（二）诗篇次第 …………………………………………… 447

　　（三）章句 ………………………………………………… 453

附录　21 世纪先秦文学文献研究构想 ………………………… 456

　　（一）出土文献与文献学的新课题 …………………… 456

　　（二）疑古辨伪与双重证据法 ………………………… 459

　　（三）竹简帛书对传统校勘训诂的冲击 ……………… 461

（四）新的文学文本与新的课题 ……………………… 466

主要参考文献 ……………………………………………… 469

后记………………………………………………………… 476

上　编

《诗经》与周代礼乐文化

第一章　《诗经》所展现的和谐之美

第一节　周代人性格的基本特征

《诗经》中绝大部分作品为推翻了殷商王朝之后的周人所创作。作品中的艺术境界、抒情主体形象是他们的性格、他们的情感在特定环境中的艺术显现。因此，要正确认识这些作品的内涵，了解周代人心灵的激荡，感情的波澜，就必须正确认识创作了这些感人诗篇并且作为这些艺术形象的本源的周代人，必须努力探寻制约周代人的物质的和精神的条件，以及在这条件下所形成的他们的性格的基本特征。也就是说，我们的研究的中心，是那些在二千五百年前以丰、镐为历史舞台，创作出丰富多彩的生活和无数具有感染力的诗篇的人。而他们生活其间的物质的、文化的环境，乃是揭开这一切历史之谜的症结所在。外在界已经成了他们自己的外在界，只有通过这全部时代特色和地方色彩，才能了解他们的性格、心理和文学创作。①

我们的探讨将按照下列三个问题依次展开：（一）、外在环

---

① 参见黑格尔《美学》第 1 卷，商务印书馆 1979 年版。

境对周代人的制约； （二）、周代人与外在环境和谐的本质；
（三）、周代人性格的内涵。

一　外在环境对周代人的制约

我们所研究的作品，主要产生于西周前期到东周前期。在这
几百年间，维系周代社会、周代政权稳定的礼乐文化，也经历了
由繁荣昌盛到礼崩乐坏的漫长过程。在这个时代，礼始终是占统
治地位的思想和典章制度的总和。它渗透于社会生活中，成为制
约人们思想、行动的基本规范。

周代的礼是体现以徭役地租为基础的经济关系的观念形态。
从这个意义上说，它是处于当时物质关系之中的人们头脑的产
物。但是，它一经产生，便获得了客观性的意义，同人们处于对
立的关系中。它和社会的物质生活一起，从物质与精神两方面制
约人们。物质关系促使人们不自觉地趋利避害；而礼则培养人们
执行礼的规定的自觉意识。

礼是基于当时社会关系的抽象总结和概括而形成的。反过
来，它又渗透于社会生活中，成为生活的准则。周代人生活中自
幼到老的各种重要活动和仪式，都体现了礼的定性。所谓礼
"始于冠，本于昏（婚），重于丧祭，尊于朝聘，和于射（射礼）
乡（乡饮酒）"（《礼记·昏义》），就是对其生活中的礼的规定
的概括。在祭祀仪式进行中，"必有齐庄之心以虑事，以具服
物"，"颜色必温，行必恐"，要做到"忘善不违身，耳目不违
心，思虑不违亲，结诸心，形诸色，而术（述）省之"（《礼
记·祭义》）。在宴享中也是如此。"享以训共（恭）俭，宴以示
慈惠"，但无论是享、是宴，其目的都是"和协典礼，以示民训
则"，因此要"服物昭庸，采饰显明，文章比象。周旋序顺，容
貌有崇，威仪有则，五味实气，五色精心，五声昭德，五义纪

宜"（《国语·周语中》）。由此可见，无论宗庙祭祀，还是朝聘、燕享，都是习礼、用礼，按礼的规定行事的重要场合。行礼的过程，便是精洁其心灵的过程，也是对礼的再认识，对自己的等级名分的再肯定。

社会生活中所渗透的礼的规定，构成当时生活的最显著的时代特征，也是当时精神文化条件的重要标志。它对周代大地上的人们来说，表现为外在的约束力。其作用在于通过长期的约束，使礼的规定变为人们的习惯：习惯成自然，礼由外在约束，被动的不得不遵从的力量，变为人们的心理与行动的定性，人们的思想、感情、举止，不知不觉间表现出礼的定性。与此同时，礼又要求人们发挥内在的积极性与自觉意识，以配合外在约束力的作用。因此，礼特别强调修身，把它置于治国"九经"之首。所谓的"九经"，即修身，尊贤，亲亲，敬大臣，体群臣，子庶民，来百工，柔远人，怀诸侯（见《礼记·中庸》）。如果说家庭、学校的教育和社会生活的规定，都是通过不同的方式，以礼熔铸周代贵族性格的话，那么，修身的目的则是使贵族们主动就范，以加速这一造就的过程和效果。修身就是严格地以礼自饬，使自己的言行、服饰、仪容，都合于礼所规定的威仪；同时，还要使礼的定性由外入于内，使自己的内心也完全彻底地合于礼的规定，要于"人之所不见"之处，之时，作出常人"所不可及"的自我整饬，以达到"内省不疚，无恶于志"（见《礼记·中庸》）。这些论述，虽然较《诗经》的时代晚一些，但其基本精神则多见于《诗》、《书》、《逸周书》、《国语》、《左传》等文献的记载，因此，完全可以作为论述西周文化的佐证。

这样，在外在的礼的制约与内在的自觉地努力下，逐渐使周代贵族的思想和言行纳入礼的定性中。从相关的历史文献《尚书》、《国语》、《左传》乃至周代彝器铭文的记载中，我们可以看到很多这类具有自觉意识的例证。一事当前，人们不需要考虑应该如何做，或礼的条文对此有何要求，往往在不自觉的、下意识的行动中，已体现出礼的定性。在这种情况下，礼不再仅只作为生硬的外在条件左右主体。主体也不只是勉强自己去适应礼。礼已成为主体心灵的定性；主体的生活过程成为礼的显现。"立无跛，视无还，听无耸，言无远；言敬必及天，言忠必及意，言信必及身，言仁必及人，言义必及利，言智必及事，言勇必及制，言教必及辨，言孝必及神，言惠必及和，言让必及敌"（《国语·周语下》）。很显然，礼不是与主体相隔离的、强加于主体的生硬的框子。从《尚书》中有关周公的篇章可以看出，礼在周初便显示为强大的制约力。在文化传统和习惯力量的支配下，主体与礼处于较为和谐的关系中。从而，他们已感受不到礼对自己思想和行动的干预、制约，会误以为自己享有充分的自由，并把外界环境当作适合于自己的最理想的环境，维护它，赞美它，完善它。同时，也赞美自己与它的和谐关系。

二　周代人与外在环境和谐的本质

周代人与其环境间的和谐，仅仅是事物的外部的一定历史阶段的形态，而不是这种关系的本质特征。如果将同处于人类文明早期的周代人与希腊英雄相对比，则他们同各自环境的和谐关系的本质就显而易见了。周代贵族与外在环境的和谐同希腊英雄与自己环境的关系相比，不仅表现为东方与西方的文化差异，而且可以清楚地显现周代贵族与外在环境相和谐的本质。

希腊英雄处于氏族社会解体和奴隶制社会形成过程中。由于阶级关系开始形成，这个时期的外在条件对不同人的作用、意义也不完全相等。在女俘看来，阿喀琉斯和阿伽门农在本质上并没有什么区别。他们都是战胜者，是主子。她在他们面前只能服从，而不能抉择。然而，在希腊英雄那里，外在条件的意义则全然不同。他们是在这环境中成长起来的。当时的物质的、精神的条件造就了他们。他们也以自己的生存、斗争，促进了外在条件的改变与完善。外在界非但不是他们的桎梏，反而是他们展现自己的丰满、完整的性格的有机条件，他们在这环境中有较充分的自由。他们到特洛亚城下作战，并不是迫于强权的调遣、胁迫。而是帕里斯王子拐走海伦的行动使希腊人蒙受耻辱。他们激于公愤而联合出兵。这次军事行动的基础是维护民族的、城邦的尊严。此后，阿喀琉斯和阿伽门农之间的冲突，导源于一个女俘的得失而产生的冲动。在这里，完全没有后世人权衡利弊时的重重疑虑，也没有更为复杂得多的人们间相互关系的制约。他们的意志和行动中展现出一个独立自足的性格。阿喀琉斯很清楚自己在希腊联军方面的地位和作用。但是，阿伽门农抢走了他的女俘。这是他无论如何也不能接受的。为了对阿伽门农进行报复，甚至打击他，阿喀硫斯毅然退出战场，并祈求宙斯降灾给希腊人。后来由于好友帕忒洛克罗斯阵亡及由此而产生的反躬自责，他又再度出战。

一方面，希腊英雄在外在环境面前表现出自己的独立性，另一方面，他们也在自己的环境里成长为具有内在完整性的，有血有肉的形象。阿喀硫斯英勇善战，名震遐迩，以至于帕忒洛克罗斯穿着他的盔甲上阵，就使特洛亚人惊惧异常。他和赫克托耳的大战，更显示出他的超群的武功和强烈的复仇心。然而当特洛亚老王哭求儿子尸体时，他深受感动，答应了老人的请求。从而展现出他的性格的另一层面。希腊艺术之所以能够塑造出具有内在完整性的形象，一方面在于希腊艺术家的高超的艺术才能，而更主要的原因则取决于当时的社会生活。当时的社会造就了希腊的人和英雄的历史存在，才产生了文学艺术中的英雄形象。史诗时代的希腊，氏族制虽已开始解体，却仍然具有活力；阶级分化和由此而产生的社会矛盾已经出现，却还不够发达。这样特殊的历史条件所构成的环境和在这环境中实践着的人，为希腊艺术提供了可贵的现实依据和创作源泉，才形成了史诗中的充满人生乐趣的，强有力的，完整的艺术形象。

周代人则与此有明显的不同。从人类历史进程的角度看，周代的经济关系，它的社会形态，都比希腊人处于高一级的层次上，即此时的周代社会，阶级分化和对立已经完全形成，并且已经形成了严格的等级关系和等级制度。在这种情况下，人类儿童时期的完美天性，即高级阶段野蛮人的特征，如"他们的个人才能和勇敢，他们的爱好自由，以及把一切公共的事情看做是自己的事情的民主本能"，（《马克思恩格斯全集》第 21 卷第 176 页）等等所标志的主体的内在完整性，已经不复存在。

周代人的等级名分是通过土地分封而形成的。他们的财产和政治地位的最初获得，都来源于君主的恩赐。封邦建国，天子封赏诸侯，诸侯封赏大夫。在此基础上形成了不同等级的贵族。这种关系最终决定了公侯、大夫在自己君主面前不能不居于从属的地位。经济上，要献纳贡赋；政治上"出纳王命"，充当"王之喉舌"（《烝民》）。他们只有效忠于君主的义务，而没有分庭抗礼的资格和权力；他们只能在君主的意志和利益中见出个人的人生意义和利益，而不能也不允许拥有独立的个人的意志和利益。礼的社会作用的重要基点，便是强化人们的从属性的意识，麻木乃至泯灭他们的独立性的意志。如晋厉公欲诛群大夫而任用其宠幸之臣。他先从郤氏家族下手。听到这个消息后，郤锜欲攻公，郤至却说："人所以立，信、知（智）、勇也。信不叛君，知不害民，勇不作乱"。并且认为，自己若有罪，早就该死；若自己无辜被杀，暴君则会失其民而不得安其位。他把自己的生死系于礼的某些观念上，把其间的是非曲直交给后人去评价。结果，终于被杀（见《左传》成公十七年）。郤至在战场上是个勇敢的将军，但在自己即将无辜被害之际，却不能理直气壮地捍卫自己和家族生存的权力。在对待生死的问题上如此，在维护自己的爱情和婚姻之时也是如此。齐崔杼的妻子姜氏貌美，齐庄公多次到崔家与之淫乱，并且将崔杼的冠拿回去，赐予近臣。齐庄公凭借自己作为君主的地位和权利，公开侮辱崔杼。在忍无可忍的情况下，崔杼与姜氏合谋，杀死庄公。单就此事而言，庄公为君不君，欺人太甚。而崔杼则是在不得已的情况下，被迫维护自己的爱情、家庭。然而，史官却记载："崔杼弑其君。"史官的行动和结论在漫长的封建王朝统治时期深受赞誉，被视为史官的史德的杰出典范（见《左传》襄公二十五年）。这些记载中所反映的思想、行为，同阿喀琉斯等希腊英雄形成鲜明的对比。他们之间的差别反映了不同性质的社会观念的差别。在古希腊，维护个人的利益是公民的权力，是为社会所承认的正当的行为；而在周代的中国，在礼的思想原则中，臣却没有维护自己的利益乃至生死之"理"。周代逸书就说："勇则害上，不登于明堂"（《左传》文公二年所引）。不管君主贤明与否，也不论他的行为如何放荡无耻，他都被视为神圣不可侵犯的。人们维护自己的爱情、家庭、生死之时，妨碍了君主私欲的发泄，或因此而伤害了君主，他们就会被视为"以勇犯上"的人，被视为弑君逆贼，生时要受到社会舆论的谴责，死后也不准供奉于家庙之中。他将被从家族中开除出去，成为令当时人极为恐惧的孤魂野鬼，成为令后世想要维护自己利益者惊惧的典型。这就是周代的"公理"。

在上述个案中，崔杼的行为受到社会的谴责。人们认为他之所以"弑君"，是因为他的礼的修养程度很低。君主在他的心中还没被确立为至高无上的、可以任所欲为的主宰。而他也没把自己"修养"到俯首贴耳、死心塌地地侍奉君主，为君主甘愿献出自己的一切，包括爱情与生命的"纯臣"的程度。至于郤至在生死关头的表现，则被称赞为长期以礼自持的结果。这里需要有相当高度的礼的"修养"为基础。因而，他的引颈就戮的行动，成全了君主可以任意诛戮大臣的权利的合理性。因此，他受到当时维护礼的思想、原则的人们的高度称许。然而，如果同希腊英雄任所欲为的独立自主相比，这种"高尚"的修养以及备受称赞的美誉，却是以付出巨大的代价为其基础。这里需要的是可贵的独立自足性的泯灭，是对同样可贵的主体的自由的牺牲。希腊英雄与外界环境的和谐，是主体大有作为、英雄的个性得以发展的和谐，是环境为其所用的和谐。周人与外界环境的和谐则是礼的规定下的和谐，是主体屈从于客体的和谐，是压抑天性的和谐。至于崔杼的行为，则被视为礼崩乐坏的个案，被当作不遵礼、违礼自恣的逆子贰臣的罪案，而高悬于人们头上，以警戒人们，不要做这样的与礼不和谐的人和事。

三 周代人性格的内涵

周代的礼排斥并压抑天性，使个人屈从于外界环境。然而，并不能因此就误认为周代人没有个性。世上一切所谓的个性，都是受主体所处的物质条件制约的。同样的，周代贵族的个性也受着非常具体的物质条件制约。他们在当时的社会生活中，在礼的思想、规范的制约下，形成了他们的既不同于希腊英雄，又有别于中国其他时代的人们的特定的性格。

就一般的意义上说，周代贵族的个性中最主要的特征表现为阶级性。然而，仅仅停留于此，就未免过于简单化，同时，也不足以区别周代贵族与其他社会形态下，其他时代的人们；不足以认识周代诗歌所表达的审美理想、所抒发的情感及相关的艺术形象，同其他时代的诗情、审美理想及艺术形象之间有何异同。这一问题的答案仍然在对周代人的了解中。因此，为了正确认识周代贵族性格的内涵，我们必须力求客观地、准确地认识他们处身其间的物质生活与精神生活，特别要正确解读那些同他们的性格密切相关的物质的和精神的条件。依据这些问题之间的内在逻辑，以下三个问题可以渐次揭示出周代贵族个性的本质：（1）阶级性与等级性的个性形式；（2）礼的个性形式；（3）人臣之义。

1. 阶级性与等级性的个性形式

在前面，我们将崔杼、郤至与希腊英雄进行比较，仅仅要看出周代贵族屈从于外界条件的实质。其实，周代贵族与外界条件的关系远不止此。他们的个性受到非常具体的阶级关系的制约和规定。他们不是作为独立的个人，而是作为阶级的成员，处于环绕着他们的社会关系中。他们的个性主要地不是与他们个人的气质联系在一起，而是个性化了的阶级性。周代贵族分别居于不同等级之上，因而具有双重的身份。对自己的君主来讲，他们是臣。他们的土地和政治地位得之于君主的恩赐。在君主面前，他们居于附庸关系之中。对自己的臣仆来讲，他们又是君，他们占有土地，并由此而支配臣仆的人身，成为统治者。

例如晋国公子重耳，在父亲身边时是晋国的公子；流亡国外，他仍是贵胄子弟。他以公子自居，别人也这样看待他。被逐出境，使他暂时失去了优裕的生活条件，而不是他的贵族血统、出身和等级。只要整个社会制度不发生变革，不管他的生活条件发生怎样变化，他的贵族身份始终不变。国王或诸侯的儿子一出生，便为社会所接受、所承认。即使他还很幼小，仍不失为公子、世子或国君，他可以同那些强有力的国君一样，受到尊重，得到效忠。如鲁孝公年幼，按当时惯例，应以大夫之妾或士之妻为乳母。于是，臧氏之母成为鲁孝公的乳母，带着自己的儿子入宫。夜半，臧氏之母闻有贼人入宫，便将自己的儿子放在君主床上，抱孝公逃跑。贼人误以为床上的臧氏子是孝公，遂将其杀死（见《公羊传》昭公三十一年）。臧氏之母用自己儿子的生命换取了对年幼鲁君的效忠。又如周厉王暴虐，国人不堪忍受，遂驱逐厉王，又欲杀太子靖。当时太子在召公宫。国人便包围召公宫。召公见无法扭转局面，只好忍痛以自己的幼子假冒太子，交给国人。于是，太子靖获救，这就是后来的周宣王。而召公也用幼子的牺牲解救了未来的国君（见《国语·周语上》）。

如果透过周代上层统治者华贵的等级的外衣，看看他们个人的发展与才能，那么，除管仲、赵盾、晏子、子产、赵简子等极少数杰出人物外，大都显得平庸。甚至春秋时期霸主的代表人物齐桓公、晋文公，也仅只是作为两国的君主而博得了功勋煊赫的外观。如果考察作为个体的人小白与重耳，则他们都显示出平庸、目光短浅、心胸狭窄等缺陷。

如公子小白与公子纠在齐国内乱之时，争相返国以夺君位。管仲事公子纠，射小白中钩。小白先入国，为齐君，即齐桓公。鲍叔牙举管仲为宰。桓公曰："管夷吾射寡人中钩，是以滨于死。"面对齐国发展的关键时刻，他首先想到的不是管仲能否胜任，而是将射自己一箭之仇放到了第一位。① 若不是鲍叔牙极力推荐，则不仅管仲当不了贤相，桓公的事业也必然受到极大的损害。

重耳的人格修养也不比公子小白好些。晋献公乱政，诛杀群公子。重耳与夷吾流亡在外。献公薨，他们都想乘丧乱之机回国夺取政权。只是因为两人的谋臣有高下之别，他们二人的言行才

---

① 见《国语》卷六，上海古籍出版社 1978 年版，第 221 页。

显示出较大的差异。夷吾接受国内大臣的意见，回国即位。而重耳则接受了子犯对国内丧乱的分析，拒绝回国，对国内大臣的谈话也显得彬彬有礼。后来，重耳流亡齐国。齐桓公以女妻之，给他八十匹马，待他很好。他便贪图眼前的安逸，想"必死于此"。后来，姜氏与子犯谋，醉而载之以行，采取了近乎于绑架的形式，逼迫他走上创业之路。在他返国成为君主之后，还忌恨当年受献公之命追杀他的寺人披，又显得十分狭隘。（见《国语·晋语四》及《左传》僖公二十三、二十四年）长期的流亡生涯，使他经受了锻炼，人品、心胸有一定程度的提高。

所有这些，都可以看出，作为单独的个人的小白与重耳，都不过是缺点很多的贵胄子弟。他们之所以能够成就辉煌的霸业，重要的原因，在于他们有一批贤臣。他们的可贵之处在于能够充分发挥这些贤臣的作用。

由此可见，周代贵族在当时条件下所形成的性格乃是个性化了的阶级性与等级性。他们的性格既不能同希腊英雄那种具有原始的丰富性的性格相比，更不能同人类在未来的全面发展中所形成的有个性的个人相比，而是人类发展的一定阶段的必然产物，是周代礼乐文明造就的特定的个性。

2. 礼的个性形式

周代的礼是当时占统治地位的思想。它是由人们的物质关系中产生出来的意识形态，同时，它又反作用于这物质关系。周代的社会关系以人身的依附关系与严格的等级关系为基本特征。它的核心是领主与领地臣民间的阶级关系。但它又向上扩展为贵族间的等级差别，向下衍化出被压迫阶级中的层次结构。礼的作用就是维护现存的人身依附关系与等级关系。这突出表现在它要求把社会生活中的尊卑贵贱差别显现出来，使其在人们的认识中更加鲜明。因此，礼强调"章疑别微"。① 章，明也，显也。"章疑"，就是使纷繁疑似的事物之间呈现出清晰可辨的等级差别；别，分也。"别微"，就是使隐约微末的关系剖分离析，显出尊卑界限。"章疑别微"就是使现实的等级关系在人们的认识中得到强化，从而强调差别，使人们认识并牢记自己的和他人的等级名分。这样就会使卑者、贱者老老实实地侍奉尊者、贵者。而不至于非礼僭越，更不会犯上作乱。礼的本质就在于此。

礼对周代贵族性格的制约作用，最主要的基点就是从礼的"尊尊"的本质中引出的。礼要把"尊尊"的宗旨变成人们日常的行为乃至心理积淀。于是在个人与他人的关系中，强调敬与让的观念和行为准则。"礼，国之干也。敬，礼之舆也。不敬则礼不行，礼不行则上下昏。何以长世？"（《左传》僖公十一年）"敬让也者，君子之所以相接也。"（《礼记·聘义》）敬，就是敬人，贵人；让，就是卑己，贱己。敬让之道，就是要从心理上，从思想上，把政治方面的尊卑、经济方面的贵贱等差别加以凝固，使之鲜明。

根据敬让之道的原则，必须把各种社会活动中的成绩归于尊者、贵者。其他人不要说争功，即使客观地讲出事实真相以及自己在其中的作用，也将被视为损害了尊者、贵者的声誉、威望，被视为有失敬让之道，甚至会被视为礼的修养程度较低，不能恪守礼的规范。如晋楚鄢之战中，晋国的郤至两次进言分析敌我形势，对促成晋的胜利起了重要作用。在告庆于周的时候，他情不自禁地讲述了战争进展的真实状况，也不无炫耀地谈起自己在紧急关头的作用。他的言行引起周王朝老臣的非议。人们不考察也

---

① 《礼记·坊记》云："夫礼者，所以章疑别微，以为民坊者也。故贵贱有等，衣服有别，朝廷有位，则民有所让。"

不愿了解他在战争中的实际作用，而是强调他居新军之佐，位在第八，仅仅据此就论定他"佻天之功以为己力"（《国语·周语中》）。之所以会产生这样意外的反响，就在于一些人认为，他的作法有损于在他之上的七位尊者的威望。礼的规定要求周代贵族"不自尚其事，不自尊其身"，"卑己而尊人，小心而畏义"（《礼记·表记》）。礼以尊者、贵者的利益为旨归，维护尊者的威望、利益就是礼的金科玉律。

不仅对待功绩如此，对待人类自身的美好品质也是如此。秦人在晋朝廷说廋辞隐语，众人多不能对。范文子解破其中三条谜语。其父范武子听说后，不仅不称赞他的才智，反而认为他缺少敬让的精神，没给父兄留出表现的机会，是他自己越礼逞能。遂击之以杖，对他进行了礼的等级名分的再教育。（见《国语·晋语五》）智慧是人的美好品质的重要构成要素。天性要求主体表现出他的智慧。社会也需要他这样做。然而，礼却以等级名分为前提，限制人们的才能的发挥。卑者、贱者发挥出才智，就会显现出尊者、贵者的迟钝、愚昧和蠢笨，由此也被联想到对尊者、贵者的威望会产生不利影响。在礼的思想体系中，才能被视为等级的从属物。尊与智、卑与愚，被人为地联系在一起。因此，卑者、下者在尊长面前不违如愚，就会备受称赞。①　"主上圣明"要挂在口头上，不论心中是否这样想，却一定要经常这样说。这些言谈，这类作法，导致种种近乎虚伪的表现，从而衬托出尊者的高明和才智过人，这正是礼在"尊尊"的旗帜下所发挥的重要的社会作用之一。同时，也是礼对周代贵族个性的特殊的熔铸。

礼的重要作用之一就是否定个人的天性、尊严和独立性，而

---

① 见《论语·为政》。

代之以在尊者面前自持的，谨小慎微的谦卑，代之以礼的规定性。

虽然处于同样的社会发展阶段，虽然同是生存于阶级结构中的个人，但周代贵族的个性迥异于欧洲中世纪骑士的个性。在《罗兰之歌》、《尼伯龙根之歌》中，骑士对自己的勇武、智慧等美好品质的自信以及由此而萌生的自豪感，他们的美好品质的外现，都不曾受到周代社会那样严格的限制。这表明中世纪的欧洲在把人的性格、才能等级化方面，还没达到周代社会那样绵密的程度。在周代社会，由于等级制与宗法制二重结构的交互作用，由于礼无所不至地对人的性格及其发展加以规范、限制，致使人们的个性具有与它的环境相适应的，有别于欧洲骑士精神的特殊内涵。主体的个性受制于礼的规定；礼也反过来凝聚为主体的个性。个性就是个性化的礼，是礼的特殊的现实形态。

3. 人臣之义

周代贵族的个性以礼为其内涵。然而礼包括甚广，大至封国立嫡，小至进退揖让，莫不包括在礼中，莫不与周代贵族的个性相关。但如果细大不捐地将礼的种种规范、准则都视为周人个性的制约力量，则无法正确认识周代贵族性格的民族性特征与时代特征。

他们的个性与礼的本质特征相一致，是从当时的经济形式中，从人们最基本的社会关系中产生的。

周代社会通过"封建"的形式产生统治阶级中塔式等级结构，即通过封邦建国，上一级领主册命封赏下一级领主，使他拥有自己的土地、臣民。如《左传》记载了周王封伯禽（周公之子）、康叔、唐叔的情形，都明确赐封他们封畛土略以及赐给他们的臣民。（见《左传》定公四年）同样的，公子、大夫的领地也是通过这样的方式获得的，如韩厥的先人得封于韩原，遂从封地为韩氏。① 由此也决定了下级领主对上级领主在政治方面的臣属关系，在经济方面的贡赋关系。

实行封邦建国的土地占有形式、人身依附于土地和献纳贡赋的经济关系，从根本上决定了人们之间的统治和服从的关系，也确立了这种等级关系的时代特征。在这里，各级领主拥有自己的领地，同时，他们也拥有在该土地上生存着、劳动着的人民。

礼的思想、规范不仅保证了领主对其臣民的统治，而且通过强调尊卑等级的稳定、不可逾越，强调效忠和无条件的臣服，实现了对其臣民的意志的占有和支配。这是周代社会统治关系的前提。它表现为领主对其臣民的本质上的占有关系。② 礼的"尊尊"的原则给予周代土地所有者的最大的、最根本的利益，就是使他们可以实现对他人意志的占有与支配。礼在规定与熔铸周代人个性的过程中，它的"尊尊"宗旨就集中体现为"人臣之义"，从而构成当时人们的个性的核心。

周代的君臣关系远比后代复杂。因而当时的"人臣之义"也有特殊的内涵。秦以后的各朝各代都只有一个朝廷，一个君主。普天之下的官吏、百姓都是他的臣民。即使个别朝代仍然设立诸侯，可是，他们的地位、权力也与周代的邦国之君主不同。周代的君臣关系则不同。当时既有天下共尊的周天子，又有大大小小的君主。每个大夫、诸侯都是占有土地的领主，都有自己的朝廷和臣属；同时，每个贵族都有自己所尊的君。对自己所尊的君来说，他是臣；而对于自己的领地、朝廷和臣来说，他又是君。国君位虽尊，不能支配臣属之臣。臣属只效忠于自己的直接的君主，即拥有土地并由此而足以支配自己人身的人。如提弥明

---

① 见《史记·韩世家》。
② 参见《马克思恩格斯全集》第 46 卷，第 502—503 页。

是赵盾的家臣。晋灵公虽是国君，却不是提弥明的直接的君主，因而不能支配他的意志，不能获得他的效忠。当灵公欲杀赵盾之时，提弥明拼死抵抗灵公的甲士，保卫了自己的君主赵盾。①

作为周代贵族个性的基本内核的人臣之义，把臣属的意志、独立性以及自由都纳入统治与服从的关系之中。

人臣之义要求在人们的认识和行动中，把君主的地位提升到至高无上的程度，将其作为偶像顶礼膜拜，将其作为君主血统、地位、权力乃至国家、信仰的混合体。于是，他的利益的实现与维护，成为臣民的人生宗旨与价值的最高体现，他的意志、指令，则被视为不容置辩的命令。因此说："君，天也"（《左传》宣公四年）。"君，至尊也"（《仪礼·丧服传》）。在推崇君主的同时，另一方面，则将臣，将自己贬低到卑贱的渺小的程度。于是，在把君比为天的同时，又把臣，把自己比为地。臣虽有美，却需含而不发以从王事。地道无成，待天而有所成；臣道无成，待王而有所成（见《易·坤卦·文言》）。把君主的命令、意志视为绝对真理。与此同时，则把臣属贬低到无知无识，麻木盲从，近乎土梗木偶的地步，从而建立起个人崇拜、个人迷信。因此他们说："我无心。是故事君者，君为我心"（《国语·晋语》）。君主的认识、意志、命令是否正确，是否具有真理性，完全无须臣属考虑。这里所需要的仅仅是服从，是执行，而且是毫不走样的执行。"故君命顺，则臣有顺命；君命逆，则臣有逆命"（《礼记·表记》）。

礼的制度与思想，特别是作为其核心的人臣之义把周代贵族的个性限制在违反理性的基点上。作为最高统治者的君主，根本不希望臣属与人民有进行理性思考的能力，不希望他们有独立的

---

① 见《左传》宣公二年。

意志和对自由、独立性的向往。民可使由之，不可使知之。空虚麻木的头脑，易于接受他人的意志；愚昧无知的奴仆，易于尊主子为圣人。君主可以肆无忌惮地将个人意志强加于全体臣民之上。同时却又可以安安稳稳地保住自己和子孙后代的统治地位。另一方面，作为臣民，则表现出鲜明的依赖思想，几乎不知自由与独立性为何物。自轻自贱，卑躬屈膝以侍奉他人。君主的存在及其利益，表现为臣民活动的目的。臣属的存在与人生意义，要体现为对君主的效忠。他们对人臣之义信奉得越真诚，他们个人的价值，个人的独立性，便否定得越彻底。

毫无疑问，在礼的作用下，绝大多数臣民的个性体现了上述人臣之义的基本特征。然而，先秦典籍也记载了一些杰出人士对人臣之义的另一种理解。如晋献公将废黜太子申生而立奚齐。三位大臣里克、丕郑、荀息谈起这件事时各持不同的态度。荀息表现出对上述人臣之义奉行不违的态度；里克表面上折衷，自称静观事变，实质上也是听凭君主安排；丕郑则不然。他说："吾闻事君者，从其义，不阿其惑。"（《国语·晋语一》）表现出分辨是非的能力，要对君主的言行进行分析，对合于"义"的言论、举措，就要遵从，要执行；对君主昏惑的法令、言行，则不执行，不支持。这与上述"君为我心"之类的思想、言行截然相反的态度和认识，也是从人臣之义中生发出来。他的思想、行动乃至个性，也在礼的规定之中。对此，本编的第三章将展开讨论。

经过对周代贵族个性的深入探讨，我们便不难理解他们与外在环境的和谐关系，同时，也只有在这样的历史条件下，我们才能正确认识《诗经》中所抒发的感情，所表达的审美理想及其所展现的艺术形象。

第二节　周代诗歌中"人格美"理想的艺术显现

周代的礼渗透于社会生活的各个方面，成为环绕着人们的精神条件，从外部制约着人们；同时，它又要求人们主动地适应它的制约，也就是通过修身，实现礼对自己的熔铸。于是，在礼的外在规定与主动修身的内在积极性的交互作用下，产生了周代社会独特的"人格美"理想。

周代所崇尚的"人格美"并不是抽象的、超阶级的道德修养，而是具有确定的历史性的内涵。这种具有鲜明的时代特色的"人格美"理想是礼的组成部分，并且是实现礼的宗旨的必要保证。

周代的礼是当时统治阶级的阶级利益的集中体现。为了保证礼的思想与礼的一系列规定的实施，它要求贵族率先执礼，成为周围的、臣民的乃至天下的榜样。而要这样做，就必须首先使贵族特别是上层贵族成为在思想上和行动上体现出礼的规定的人，也就是成为体现了当时的"人格美"的理想的人。因此，周代贵族所崇尚的"人格美"理想具有鲜明的时代的、阶级的特征。

修身是礼的人格理想的途径，"人格美"则是礼的人格理想的归宿。礼的人格理想中这两个重要组成部分，是人人都无法回避的根本性课题，也是人们经常谈论的话题。因此，它也经常见诸于歌咏。诗人在抒发自己对社会生活的感受之时，也十分自然地表现了人们所崇尚的"人格美"理想及诗人对这一理想的态度。依照当时人们对这个问题的认识的特点及见于诗歌中的艺术表现，我们可以从如下三方面进行探讨：一、外显为威仪的"人格美"；二、"内美"的直接显现；三、"人格美"的典范。

第一章　《诗经》所展现的和谐之美

一　外显为威仪的"人格美"

周代所崇尚的"人格美"的阶级特点突出表现为它是一定的等级的标志。"致礼以治躬则庄敬，庄敬则严威。"（《礼记·祭义》）"治躬"就修身。治躬的成效在于显示出与他的等级相适应的声威，也就是显示出与他的高贵的社会地位相适应的"人格美"。

在周代，这种"人格美"的外部表现被统称之为威仪。威仪就是与贵族的等级名分相适宜的仪容。威的意义在于令卑贱者望而生畏，以确保高贵者的威严与社会地位；仪的作用在于躬行礼仪，以引人效法，实现率先垂范的作用。正如北宫文子所说的那样："有威可畏谓之威；有仪可象谓之仪。君有君之威仪，其臣畏而爱之，则而象之，故能有其国家，令闻长世；臣有臣之威仪，其下畏而爱之，故能守其官职，保族宜家。顺是以下皆如是，是以上下能相固也。"（《左传》襄公三十一年）北宫文子这段话简捷明确地道出了周代崇尚威仪的真谛，也清楚地说明了威仪与礼的关系。

当时人所说的威仪，既包括他们的庄敬的仪容，又包括装点、修饰他们的社会等级地位的服饰、仪仗等物。鲁大夫臧哀伯把装点贵族威仪的服饰、仪仗的范围及其意义，讲得十分清楚。他指出，人们穿戴的衮、冕、带、裳等物，都是用以表明其等级地位的"度"；他们的衣服上所绣的火、龙、黼黻等，则是用以表明其等级的"文"；至于他们的车马所装饰的旗帜、飘带、鸾铃等，则是用来表明他们的等级之"声"。[①] 这里所说的"度"，指其等级的界限；所谓的"文"、"声"等，则是尊贵、显赫的

----

① 见《左传》桓公二年。

标志。同人们的仪容相比,这些服饰,仪仗等物更具有等级尊卑的象征意义。因此,也引起人们格外的关注。周代常说的"习威仪",就是昭显象征尊卑之等的"文章",以"明贵贱,辨等列,顺少长"(《左传》隐公五年)。昭显威仪文章,便是把象征尊者等级地位的外物显示给人们,引起人们心理上的尊敬、畏惧,行为上的恭顺、服从;同时,昭显威仪文章,对尊贵的领主甚至对王侯公卿也具有约束力,督促他们率先执礼。不失威仪乃是他们稳固地实行统治的重要前提。

由此可见,作为当时所崇尚的"人格美"的外观形态的威仪,是周代贵族必不可少的等级标志,也是礼的秩序的体现物。一切守礼的人,都要保持与他的身份相适合的威仪;一切违背礼的规定的人,也都会在威仪方面显露出破绽。如诸侯之大夫会盟,楚令尹公子围显示排场,设二人执戈于前以自卫。于是,各国大夫纷纷批评他失于威仪。① 因为这样的仪仗、护卫,在当时是君主威仪之"度"和"文"。正因为外现为威仪的"人格美"如此重要,所以,在《诗经》中、在《尚书》和周代彝铭中,都一再强调修饬威仪,表现出对这个问题的普遍的高度的重视。周诗如《民劳》云"敬慎威仪",《既醉》云"威仪孔时","摄以威仪",《抑》云"敬尔威仪",《烝民》云"威仪是力"。周书如《顾命》云"自乱于威仪"。彝铭如《王孙遗诸钟》云"恕于威仪",《虢叔旅钟》云"帅井(型)皇考威仪"等,不胜枚举。

周代这种"人格美"理想在《诗经》的一些艺术形象中得到鲜明的表现。

《小雅·采芑》是以抗拒外患为背景的作品。诗中所歌颂的

---

① 见《左传》昭公元年。

元老方叔曾经征伐过猃狁，当南方的荆楚为乱之时，他又率军出征。很显然，这是当时王朝的栋梁之臣和扶倾救危的英雄。在当时人看来，某些将军在战场上取得胜利，主要的原因并不取决于他们是否具备独特的军人的素质，而取决于他们是否具备较高的礼的修养。人们认为，一个合于当时所崇尚的"人格美"理想的人，会在社会生活的各个方面发挥其杰出的作用：仁足以怀百姓，勇足以安危国，信足以结诸侯，强足以拒患难，威足以率三军。他们在战场上的作用，只是他们的既有修养在一时一事中的表现而已。因此，《采芑》的作者将描绘与歌颂的重点集中于方叔的威仪。

诗篇一开始，便引导人们将注意力集中于率兵车三千乘的主将身上。

　　　　方叔率止，乘其四骐，四骐翼翼。路车有奭，簟茀鱼服，钩膺鞗革。
　　　　方叔率止，约軝错衡，八鸾玱玱。服其命服，朱芾斯皇，有玱葱珩。

红色的戎车，竹席纹的车蔽，鱼皮制的箭袋，以及旗旐、八鸾、命服等品物，装点、环绕着地位显赫的方叔，鲜明地昭示出与他的身份相适应的"度"、"数"、"声"、"明"，以象征他的"人格美"。在诗人看来，方叔处处合于礼，这正是他先胜猃狁，又胜蛮荆的先决条件。同时，在对方叔威仪的赞叹中，也表现了作者的"人格美"理想。

在《采芑》中，诗人通过战场上的英雄寄托自己的理想。而另外一些作品，则选取社会生活中常见的人和事，以表现作者的威仪观和"人格美"理想。

　　《小雅·都人士》是一首送别之作。然而，这首诗并不像后世送别诗那样表现两颗心灵直接接触所产生的情谊。在周代社会生活中，人格已经外显为威仪，外显为一系列物化了的礼。于是，人与人之间的交往和了解有时变得十分简捷，即可以通过威仪洞见心灵。从而在礼的基础上实现彼此的了解。朋友间的信任、友好、敬爱、依恋之情，也是在这样的基础上建立的。如晋大夫胥臣出使途中，见冀缺在田里干活，其妻送饭，二人相敬如宾。胥臣由此知其为贤人，遂荐之于晋文公。冀缺成为晋下军大夫。（见《国语·晋语五》）又如晋叔向使于郑。郑之贤士醶蒮形貌丑陋，不便在正式的场合见叔向。他便跟随做杂役的人去收拾宴会用的器皿。他"一言而善"，叔向闻之，知其必是醶蒮。于是，下堂执其手以上，大有相见恨晚之感。（见《左传》昭公二十八年）

　　《都人士》一诗表达出的对其景仰的贵族的赞美之情，与上述《国语》、《左传》记载的人和事在本质上有相通之处。镐京的一位贵族（即"都人士"）携其女儿（即"君子女"）出行，到了诗人所在地。在贵族父女即将返回宗周时，当地人们恋恋不舍。于是诗人创作了这篇作品。诗人怀着崇敬的心情陈述"都人士"和"君子女"留给人们的美好印象，也表达了分手之际的失落感。"我不见兮，我心不说（悦）。""我不见兮，我心苑结。"诗中所表达的"不说"、"苑结"等失落、怅惘之情，也同贵客的仪容、言行中体现出的"人格美"紧密相连。他们走后，见不到这样高贵的仪容和高尚的"人格美"，是令诗人产生创作冲动的诱因。诗人赞美他们的威仪："狐裘黄黄，其容不改，出言有章。""彼都人士，台笠缁撮。彼君子女，绸直如发。""彼都人士，垂带而厉。彼君子女，卷发如虿。"这些诗句从各个方面围绕着他们的威仪展开。在诗人看来，正是这令人敬重的威仪及其所标志的"人格美",才赢得了此地人们的爱戴,他们成为"万民所望";同时,也正是这一点,随着他们的离去而使自己怅然如有所失,乃至想追随他们同去。由此可见,无论是诗人的感情,还是"都人士"的威仪,都带有鲜明的礼的定性。

诚然,作品中也赞美了"君子女"的头发。但这并不是这位女子的天生的形体之美或秀发之美。这既不同于《旧约全书》中所惊叹的秀发:"你头上的发是紫黑色,王的心因这下垂的发绺系住了我",(《雅歌》第七章)也不同于《陌上桑》中的"头上倭堕髻,耳中明月珠",后两首诗中所写的,是这两位女性的自然的美以及合于潮流的修饰之美。而《都人士》中所称道的,却是合于礼仪的发式。《礼记·曲礼》云:"敛发毋髢。髢,或作肆,余发也。"① 周人将长发敛于头上,不许有散乱下垂;鬓边短发不能上敛,则梳成弯曲状以为饰。诗中赞美"君子女""卷发如虿",就是指鬓发而言,同时也是说她发式端庄合于礼。

把威仪或威仪的组成部分如服饰、仪仗等,作为周代贵族"人格美"理想的载体和外部标志,象征性地将其运用于文学艺术创作之中,借以表现诗人对社会生活,对现实的人的审美评价,表现自己的生活理想与感情,这是西周至春秋时代文学思想的重要特征。这种思维方式和艺术定式在《诗经》的很多作品中得到不同程度的表现。

如《小雅·裳裳者华》表达了对一位上层贵族从观察到热烈赞美的心理变化,从而对其威仪和"人格美"给予了充分的肯定。诗中抒发了作者见到"之子"时的愉悦心情:"我觏之子,我心写兮。"他的如此美好的心情,正是从对这位贵客的观

---

① 见《礼记·曲礼》郑玄注及《释文》。

察了解之后产生的。"我觏之子,维其有章矣。"郑玄注云:"章,礼文也。""之子"的礼仪、行止,都合于礼的规范,进退揖让,无不合于法度。"我觏之子,乘其四骆。乘其四骆,六辔沃若。"他乘坐的车马威风凛凛,车上的马缰绳拉得整齐有序。善御正是保持良好的威仪,也就是善于礼。"左之左之,君子宜之。右之右之,君子有之。"他的高度的礼仪修养换来诗人的无比的钦敬。

此外,《小雅》中《棫朴》、《瞻彼洛矣》等诗,也都于有关威仪处着力点染,并进而展开抒情。在《棫朴》中,诗人热情地颂扬了周王君臣的礼仪:"济济辟王,左右奉璋。奉璋峨峨,髦士攸宜。"这还仅仅从大臣的角度审视。"追琢其章,金玉其相。勉勉我王,纲纪四方。""追琢其章"即雕琢其威仪,也就是严格地以礼自持。这里虽然包括对诸位大臣的赞美,但却更多地着眼于周天子。

上述作品都是通过君子的威仪以透视他们的礼的修养,进而发现他们的"人格美"。与此同时,也表现出诗人的审美理想。另一方面,某些批评社会"颓风败俗"的雅诗与风诗,也时时将批评的锋芒指向有损于威仪的人和事。古代经学家将从作品的社会影响立论,称前一类作品为"美",后一类为"刺"。然而,就诗人情感的终极归宿同礼的关系来说,这两类作品之间颇有些殊途同归的意味。

在《宾之初筵》中,诗人赞美宴会开始时菜肴之丰盛,人们对礼仪之慎重。"酒既和旨,饮酒孔偕。"此时,人们都能敬慎威仪。宴会既隆重,又合于礼的秩序。可是,酒醉之后,人们踢翻了菜肴,频频起来舞蹈,喧嚣呼号,衣冠不整,丑态百出。看到这种场面,诗人痛心地长歌:"既醉而出,并受其福。醉而不出,是谓伐德。"《小宛》一诗也涉及到这一敏感的问题。诗人在痛斥社会的某些现象时指出：

> 人之齐圣，饮酒温克。彼昏不知，壹醉日富。各敬尔仪，天命不又。

威仪之有无，成为判别善恶、美丑的分水岭。即使在饮酒之时，也必须保持清醒的头脑，保持威仪，严格掌握礼之度，不能失态。失态也就是失礼。至于在平素间违背礼的准则，轻率地对待威仪，则必然为人们所不齿。《鄘·相鼠》便将其芒刺直指违背礼仪的人。

> 相鼠有皮，人而无仪。人而无仪，不死何为？
> 相鼠有齿，人而无止。人而无止，不死何俟？
> 相鼠有体，人而无礼。人而无礼，胡不遄死？

无礼仪、无行止之人，社会已经无法接受，无法容忍了。这些诗篇都从否定性的方面表明了威仪的重要，也从这一特定的角度维护了修身理想。这样的情感和态度，同前文所谈到的北宫文子、叔孙穆子、郑子皮等人批评楚令尹公子围失于威仪一样，都是以自己的语言、自己的方式，维护周代贵族所憧憬的"人格美"理想。

二 "内美"的直接显现

围绕着外现为威仪的"人格美"而产生的诗情，不论其从肯定性的感发，抑或来自否定性的痛惜，贯穿其间的是这"人格美"的理想表现为外在的威仪，甚至是构成其威仪的某些外在物。在这些诗人看来，威仪甚或作为威仪的象征的某些外在物可以为礼的精神所贯注。然而，有些诗人的认识却并不停止于此。在这些人的认识逻辑中，作为礼的外现物来说，虽然为礼的精神所渗透，虽可使主体的"人格美"外显，却只能是对心灵的间接的、借助外物的表现与揭示。在艺术作品中，这种表现方式容易收到鲜明、生动的效果。可是，人们心灵的深刻、精微的内蕴，却并非外物都能恰当表现的。人们固然需要那些具有鲜明、生动之效的作品，同时，人们又不能满足于对心灵、对礼的精蕴的借助外物的表现，而要直接探寻它的内蕴，这样，就形成了某些作品对周代"人格美"的内在方面，即他们的心灵以及心灵的礼的定性的直接歌咏。

在努力从更为广泛，更为深刻的方面展现人们心灵中的礼的修养，塑造周代礼化的人格及其文学艺术形象方面，《大雅·烝民》一诗很具有代表性。

《烝民》与前面论及的《采芑》、《六月》、《采菽》等诗都以歌颂上层贵族为其内容，并通过对仲山甫、方叔等人的赞颂，表现了诗人的审美理想，同时，也塑造了诗人的自我形象。但是，这些作品间却有很大的不同。《六月》诸诗以歌咏人们性格的外部特征即威仪为主，作品所表现的理想也是内德外发，外内相符的"人格美"。而在《烝民》中，诗人却将着眼点集中于被歌颂者的"内在美"即他的德，直接展现他的心灵的美好方面，揭示其深刻的内蕴。

《烝民》以大部分篇幅从不同的角度称颂仲山甫的合于礼仪的"人格美"。首章诗人便从天理、民心之常规写起，为仲山甫的美德，为他见重于周邦的社会作用，找寻最高依据。作者认为，有物必有其法则。生民则必有其常理、常规（"有物有则"，"民之秉彝"），这意味着仲山甫是应运而生的。老天造就众民之时，也为他们造就了杰出榜样、典范，于是才有了这位仲山甫。

同时，这天理、民心似乎又与周代贵族性格的内核——"人臣之义"，具有礼的基础上的一致。因此，他的应运而生又表现为天帝对周邦，对周天子的爱护，是天帝将这位贤臣赐给周王（"保兹天子，生仲山甫"）。

在作品展开中，诗人歌颂了仲山甫深孚民望的"懿德"。诗中说：

> 仲山甫之德，柔嘉维则。令仪令色，小心翼翼，古训是式，威仪是力。

仲山甫的德，也有表现为对威仪严加整饬的一面。但他却更注意全面的人格，更注意对内在的"人格美"的追求。他不喜欢强力，而以柔和嘉美为准则，谨慎小心地修饬自己的身心之美。仲山甫的德，他的"令仪令色"，都是小心翼翼地以礼自持的结果。而"小心翼翼"，又是在礼的严格而又绵密的制约下的必然的心理状态。同时，也只有谨慎自持，才能掌握礼之"节"与"度"，使自己的思想、言行恰到好处地体现出礼的规定性。

在作品中，诗人引用两则谚语以为衬托。第一则谚语是："柔则茹之，刚则吐之。"它所概括的是尚力不尚德的信条，尚力不尚德是一切无视礼的重要性、违礼自恣者的行为。尚力不尚德，这是周人对殷商王朝的严厉谴责，是周人引为前车之鉴的座右铭。"天降滔德，女兴是力"（《大雅·荡》）正是对殷人的批评，也体现出周代统治者对自己的惩戒。仲山甫却与尚力者截然相反。他不食柔濡者（不欺软），也不吐坚刚者（不怕硬），不欺侮鳏寡之人，不畏惧强梁之人。他的行为及这行为中所体现的德，与谚语所概括的欺软怕硬的信条相反，而与周人所崇尚的懿德相合。

诗人引用的第二则谚语是："德輶如毛，民鲜克举之。"它所提出的是对待德的态度问题。德这一精神原则似乎轻如鸿毛，却很少有人举起它。这说明"举德"（即奉行德）不是人们的力量达不到，不是人们能与不能举起它的问题，而是实践与不实践的问题，是坚决地将德渗透到自己言行之中的问题。这个比喻如同孟子所说的："一羽之不举，为不用力焉；舆薪之不见，为不用明焉。"（《孟子·梁惠王上》）德轻而不能举，在于常人缺乏竭诚修德之志；仲山甫能举起它，奉行它，关键在于他修德的诚意，奉行礼的决心。

在诗人看来，仲山甫具备如此高尚的德，具备常人难以达到的礼的修养之精纯，这就决定了他必然会在政治上发挥特殊作用。"衮职有阙，维仲山甫补之。"这是对他在政治方面所发挥的作用的极高的评价。

"衮职有阙"，正如前文所说的，服饰可以作为威仪的标志，并进而象征一定等级的人。衮，即衮冕，是君主的最庄重的礼服。① 这里用以代指天子。周天子如有缺失，则赖仲山甫补充完善之。诚能举德，忠能补过，这表明仲山甫不是单纯地执行王命的臣，而是能以礼辨明是非，起到匡正辅弼作用的臣。德是心灵合于礼的定性的标志，也是他弥补君过的基础；"补过"是具有懿德的大臣在政治活动中的最高表现，也是周代"人臣之义"

---

① 《周礼·司服》云："王之吉服，祀昊天上帝，则服大裘而冕。祀五帝亦如之。享先王则衮冕。"郑司农曰："大裘，羔裘也。衮，卷龙衣也。"案祀天乃原始社会遗风，其礼尚质，王服大裘。而周人尚文，祭祖先必繁文缛节。《礼记·礼器》云："礼有以文为贵者，天子龙衮。"大裘虽尊贵，乃是祭自然神所用，并非常用的礼服，故以衮冕为君主最庄重的礼服。

的典范。

显而易见，仲山甫所体现的"人格美"的内蕴，并非简单的外在物能够充分表现出来的。具有较高的礼的定性的心灵，只有通过多方面地直接表现、渲染，才更易于为读者感悟，才能唤起读者或听众（歌唱和演奏的接受者）的共鸣。而这，正是《烝民》在主旨上，在表现形式方面，与前一类作品明显的不同之处。

在《诗经》中，还有一些作品像《烝民》那样，直接表现出周人的内心世界，塑造出体现当时修身理想的抒情主体形象。

《烝民》中所表现的是贤臣的理想。《嘉（假）乐》①所表现的则是圣君理想。但是，无论其为贤臣，抑或是圣君，都是表现"人格美"理想中的一种艺术类型，都是礼的个性化形式。周王朝没有化外之民。人人都在礼的制约、规定之内。在这里，我们只想讨论诗人理想中的君主的"人格美"及其文学表现。至于礼对君主的更多的制约，将留待本章第三节中作进一步的探讨。

《嘉乐》从颂美君子即周王的令德开始：

> 嘉（假）乐君子，显显令德。宜民宜人，受禄于天。保右命之，自天申之。

---

① 《嘉乐》，今本毛诗作《假乐》。然《左传》文公二年云："公赋《嘉乐》。"襄公二十六年云："晋侯赋《嘉乐》。"《礼记·中庸》引诗云："嘉乐君子。"《孟子·离娄上》引诗云："不愆不忘，率由旧章。"赵岐注曰："《诗·大雅·嘉乐》之篇。"然则"嘉乐"乃正字，毛诗作"假乐"，乃借字。且毛传云："假，嘉也。"直以本字为训。

诗人赞美这位君子具有盛大、鲜明的美德。他的美德，就在于他的性格的外发能适合人民的要求和愿望，即上合天理，下符民心。他受福禄于天，得到上帝的保佑，获得天命。这些人类所能得到的最大好处和最高福分，莫不基于他的盛德。

继而，诗人从"受禄于天"引出，作进一步铺展，赞美了这位君子不同于常人的福禄。诗人祝福君子多子多孙，至于以千亿数；祝福他的众多的后裔不同于寻常人，而是适宜于为君，宜于为王，也就是永远做高踞于人民之上的统治者。诗人赞美他们严守礼制，一言一行都遵循先人的典章。他们将虔诚地执行昔日的典章，既不会更改走样，也绝不会有所疏漏、遗忘①。

诗人采用一往一复的抒情方式表现他的理想。诗的第一章言君子之德，称颂他的内美。第二章由内及外言令德之效，泽及子孙；第三章重新回到君子的"内美"，称赞他的德与威仪。第四章由三章的"群匹"（即群臣）铺展开，赞美君子的令德产生连锁反应，衍生出群臣的效忠。这样，在由内到外的两次往复之中，诗人赞美了上天、下民、后嗣、群臣环绕之中的君子，他不仅位尊，而且德高。他的"内美"在上下前后产生了广泛、深远的道德效应，从而，这位君子同礼的环境处于十分和谐的关系中。君子位虽尊，却不以势凌人、威人，而是以德化人。因此，在对君子的赞美中，既表现出周代的圣君理想，也表现出他们的

———————

① 《嘉乐》云："不愆不忘，率由旧章。"郑笺云："成王之令德不过误，不遗失，循用旧典之文章，谓周公之礼法。"案其说非是。此诗之一、三章，直咏君子之德。二、四章皆言君子令德的效应。在对君子道德效应的歌咏中，四章偏于群臣之事，二章重在子孙之事。条理分明，不容致混。苟以"不愆"二句归诸所咏的君子，即郑笺所说的成王，则诗义突兀不相连接，且失全诗之体例。

王化理想。周代贵族津津乐道的"修德以来远人"的理想，正是这里所表现的内德外化思想的进一步扩展。

在其他很多作品中，也可以看到诗人对他们所憧憬的内在的"人格美"的歌颂。《蓼萧》所表现的是诗人对君子的景仰之情。诗人见到君子，感到非常舒畅（"我心写兮"）。这舒畅，并不是因为他从君子那里得到了物质方面的满足。而是见到这德高位尊的君子，精神上得到慰藉。因此，诗人着重歌颂他的道德修养。他在进德修身方面无所差错（"其德不爽"）；他宜于兄，宜于弟，是家族的核心。诗的末章称颂君子内德外显，心与行一致，德与礼相合。"鞗革忡忡（冲冲）"，乃所见之美；"和鸾雍雍"，乃所闻之美。最后，诗人祝福他"万福攸同"，乃德与礼达到高度修养之时所换来的周围乃至天地之间的全面回报。

其他如《南山有台》中也表现了对君子真诚的赞美与祝福。诗中歌唱着："乐只君子，邦家之基。""乐只君子，邦家之光。""乐只君子，德音不已。""乐只君子，德音是茂。"他的道德、名声传播不已，永盛不衰。在《湛露》中，诗人来到宗子家饮酒，主人约定"不醉无归"。可是，在这里的都是具有相当修养的君子。诗人赞美他们："显允君子，莫不令德。""岂弟君子，莫不令仪。"他们的美好的道德，他们美好的威仪，都受到人们的称赞。

在这些作品中，诗人有时也采用象征性的表现手法，通过人们的外在威仪来表现人的精神。但诗人更多地还是采用直接展示心灵特征、揭示精神本质的方式，使被歌颂者的德，使诗人的"人格美"理想的内蕴展现于世人面前，引导人们窥见其所景仰的体现出道德定性的心灵。

三 "人格美"的典范

周代社会所崇尚的"人格美"的内蕴是非常精微的，也是非常深刻的。在前面所讨论的作品中，诗人通过对贤臣、圣主的歌颂表现自己的"人格美"理想。但是，贤臣、圣主虽然可以寄托理想，他们毕竟是现实的人。毫无疑问，这些被歌颂者将按照礼的规定和礼的精义约束自己。他们也可能比一般人具有较高的执礼、守礼的自觉性。礼的一些基本规定，已经变为他们的思想、言行的定性与出发点。尽管如此，现实的人对礼的实践（包括修身实践）终竟是有限度的。而修身理想的内蕴却是无穷的，卫国石碏之子参与篡逆之事，石碏便设计铲除逆贼，首先杀死自己的儿子，以守卫国之大礼（见《左传》隐公四年）。石碏的行为，自然是长期修身自饬的结果。即使如此，他也仅仅在某一方面成为执礼的表率。

在无比严格，因而常人难以穷尽其极致的修身理想面前，任何现实的人，包括方叔与仲山甫等礼的修养较高的贵族成员在内，都不能不显出一定程度的片面性与有限性。以有限的个人的实践寄托无限深刻的理想的内蕴，势必因前者的狭隘而无法充分地表现主体的认识。在周代人看来，最适于表现自己理想的人是以文王为代表的古圣先王。先王被理想化、偶像化，人们又通过偶像将理想推向常人无法企及的高度。这种认识在《思齐》中表现得较为充分。

在《思齐》中，诗人歌颂了周人尽善尽美的人格理想。而这理想只有在以文王为中心的道德化亦即礼化的家族中才能得到充分的体现。于是，文王及其父母、家族都受到了超乎寻常的赞美。

作品首先歌颂了文王的母亲太任。诗人称赞太任有庄敬之德（"思齐大任"），又孝敬她的婆婆太姜（"思媚周姜"）。庄敬，被认为是周代贵族都应具备的美德。孝顺公婆，被定格为周代妇道的首要内容。这两方面集于太任一身。于是，太任便成了周代妇女美德的化身，成为当时贵妇人的最高典范。在当时人看来，正是如此高度的礼的修养，正是德行纯备，才是她产生圣子的必要条件。

太任德行纯备，因此，她生育了神圣无匹的文王。在这样的认识逻辑中，反映出当时人对精神遗传的笃信，由此也产生了周代的礼关于"胎教"，关于"妇德"、"妇顺"等方面的一系列主张。① 从这些记载中，一方面可以看出当时人对妇女的苛责，似乎下一代的善恶臧否，重要的先决条件便是母亲的礼的修养。究其实质，恰恰是对女性的重视，是对女性在社会政治活动中的潜在力量的片面肯定。而另一方面，这些记载也反映出当时人对执行礼的自觉性的根源的认识。在人们看来"妇德、妇言、妇容、妇功"等修养，固然是对少女的特殊教育，认为她在这方面作得如何，关系到一个家庭的和睦、盛衰。但在当时人的认识中还有一点也是十分重要的，即这位新嫁娘的到来，将对家族的或家庭的精神、礼的结构产生重大影响。这些关于妇教的要求又同"胎教"的要求一起，构成下一代是否执礼、守礼的先天条件。在他们看来，"胎教"不顺，所生的子女必将违背礼制，长大以后作出不堪设想的事情。因此，王后在怀孕期间，"所求滋味者非正味，则太宰倚斗而言曰：'不敢以待王太子。'"（《大戴礼记·保傅》）他们主要地不是从后天教育和环境影响的角度看

---

① 《大戴礼记·保傅》云："胎教之道，书之玉版，藏之金柜，置之宗庙，以为后世戒。"复引古史官所著《青史子》以言胎教之详。又《礼记·昏义》云："是以古者妇人先嫁三月……教以妇德、妇言、妇容、妇功。"

问题，而是从遗传中寻求道德与精神的根源。父母守礼，特别是母亲守礼，其子将从遗传中，从胎儿时期获得礼的定性。反之，子圣，人们也可以推想其母必贤。于是，在周代人的认识中，显赫的地位，高贵的血统，高尚的精神，就被视为密不可分的统一体，纳之于礼的"尊尊"宗旨中，成为高贵者统治卑贱者，并把这种统治一代一代传下去的理论依据。

当时人对礼，对精神现象的认识具有上述特点，因此，在诗人发现了文王这位礼化人格的最高典范，并要将其付诸歌咏之时，他就没有直接从文王入手，而是先从他的母亲太任写起。其后，也表达了对太姒的称颂，因为她是文王的贤匹佳偶，又是产生了武王这位贤君的头上戴有光环的女性。

作品从第二章至第五章①，多方面表达了对文王的歌颂。诗人从不同的角度赞美了文王对神的尊崇和对族人所表现出的贤德。

> 惠于宗公，神罔时怨，神罔时恫。刑于寡妻，至于兄弟，以御于家邦。

诗里的"宗公"就是宗神，亦即祖先神。文王恭恭敬敬地事奉神明，顺从神意。因此，宗神对文王很满意，既没有怨患，又没有愤恨。在家族中，文王以礼法对待他的嫡妻、兄弟，从而治理好了他的家族，他的邦国。

---

① 毛诗云："《思齐》四章，章六句。故言五章，二章章六句，三章章四句。"足见此诗分章，自古便有异说。今案"故言"作五章者是矣。自"无射亦保"以下，两"肆"字各领起一章，句式井然。倘作四章，"不闻"二句与下不相连属。

第一章 《诗经》所展现的和谐之美

这里所表现的思想，被后来的贵族思想家概括为礼治的模式，即按着礼的规范修饰自己的内心世界，增进其道德；然后，扩展其德的成效和影响，而用礼整齐他的家族；再进而用这样的道德效应治理、规范全国。这里所表现的尚德不尚力的思想，是典型的周代封建关系的观念形态。尚力，就要以强力威服天下，就要承认争夺的合理性。强凌弱，众暴寡。这是殷商王朝所承认的公理。但对于周代的封建关系来说，它却是极其危险的破坏力。它势必要破坏由分封而产生的等级结构的稳定性。周礼的作用就在于防止尚力的思想与行为。尚德，则以敬让为高，以诚信为贵，使人们安守本分。与此同时，讲求率先垂范，为天下宪。故位尊者，必须严以律己，使德与位谐。倘若不然，便无法施礼于天下。而礼，如果仅仅成为约束别人的戒律，最高统治者自外于礼，那么，礼也就变成了虚伪的、僵化的、不具有普遍性的力量，不再具有令人信服的制约力。诗人在这里所歌颂的，乃是修身及于人，自近及于远的理想。

　　雍雍在宫，肃肃在庙。不显亦临，无射亦保。

雍雍，和也；肃肃，敬也（毛传语）。在宫，承前面的"寡妻"、"兄弟"句，言文王齐家以和。在庙，承前面的"宗公"句，言文王事神以敬。前一章重在言事神与治家之效，"神罔时怨"，"以御于家邦"都是如此。而"在宫"、"在庙"，才涉及他的德在接遇人神之时的外部显现。

　　在诗人看来，文王有此圣德，所以，疾病之害都远离他，癫疫等恶疾也不再流行。这被视为他德行纯粹，宗神保之无厌的结果。文王之德上合天理，下副民心。于是，群臣的要求一旦转达上去，文王便施之于政治；人们的想法尚未进谏于上，其意便体现在文王的教令中（"不闻已式，不谏已用"）。他为妻子、兄弟作出了表率，因此他能听到各方面的声音。

诗的末章称赞文王尚礼好德而永无止境（"古之人无斁"），表现出周人对这位先王的无限景仰之情，也表现了人们效法圣王，像他那样修德执礼的良好愿望。诗人通过他所歌颂的前代典范寄托了自己的理想。

在《思齐》中，诗人歌颂文王之德而上溯到其母太任。在《皇矣》中则对文王的父亲王季的礼化的人格倍加称许。

诗人认为，天帝嫌弃为恶不已的殷商王朝，而将其关照移向崇礼尚德的周人（"帝迁明德"）。周人之崇礼尚德，自然以文王为最。然而，文王的礼化的性格不是偶然的，是渊源有自的。在诗中，文王的父亲王季已是明德之主。诗人称赞他有亲亲之美（"因心则友，则友其兄"）。

在《皇矣》中，文王仍然作为礼化的人格、进德修礼的典范，而为人们所歌颂，所顶礼膜拜。诗中说：

> 唯此文王，① 帝度其心：貊其德音。其德克明，克明克

---

① 今本毛诗此句作"唯此王季"，然《左传》昭公二十八年引此诗作"唯此文王"。徐干《中论·务本篇》云："诗陈文王之德曰'维此文王'。"干习鲁诗，则鲁诗传本当如此。孔颖达疏引韩诗亦同。孔疏且谓"经涉乱离，师有异读。"然王肃注亦作"文王"。王肃申毛。显然，作"王季"者，非毛氏异于今文之证。又《礼记·乐记》引此诗第三句以下十句，郑玄注云："言文王之德皆能如此，故受天福，延于后世也。"亦可证古本此章作"维此文王"。考稽内证，诗云："天立厥配"，"王此大邦"，皆谓文王，非王季可以当之者。且若此为王季，则下句之"比于文王"显得突兀，于义难通。故此句当作文王。传本作王季者，乃涉三章"维此王季"句致误。

类，克长克君。

诗人说，天帝揆度文王之心，认为他的道德修养纯正，足可以这样的道德之心或礼化的性格照临四方，又能光大他的勤施无私的善心（"克明克类"）。他的善心足可使他成为长者，他的道德修养足可使他成为理想的君主（"克长克君"）。

在这歌咏中，充满了崇敬之情，同时也流露出效法圣贤之意。

在周代贵族的理想中，文王是礼的个性化的完美典范，他同渗透了礼的定性的外界条件处于高度和谐的关系中。因此，他的思想、行为，上应天理，下合民望。很显然，这是经过人们的加工、拔高而达到理想化的形象。然而，这个理想化了的偶像产生之后，又作为一种特殊的精神力量出现于人们面前。他被塑造成最伟大的、完美无缺的、头上带着灵光的圣人。他活着的时候统治着人们，他死后引导人们，约束人们，鞭策人们。当时人认为，以圣人为师，便可以齐于圣人；以文王为法，便可以"奉天承运"，永世不败。《思齐》、《皇矣》向人们披露的，正是周代贵族这样的内心世界。同时，这首诗与前所论作品一样，也表现了主体与他的环境之间的和谐关系。

第三节 理想化的社会生活

周代人注重修身，重视道德的自我完成，强调内在的心灵与外在的威仪的统一，从而把人们的性格纳入礼的规定之中。这一切都是礼的要求。然而，却并不是礼的终极目的。礼的终极目的是实现它的"尊尊"的宗旨。"礼极顺"（《礼记·乐记》）。而所谓的"顺",就是"下事上,少事长"(《国语·周语上》),以建立尊卑有序,贵贱有等的秩序。如果人们都能在外界的约束与内心积极适应的双重作用下实现礼对自身的熔铸,那么社会秩序就会在礼的定性中实现稳定的和谐。而这,就是周代所推崇的社会关系与社会生活的理想。他们所谓的"礼达而分定"(《礼记·礼运》),"礼义立,则贵贱等矣"(《礼记·乐记》),都是对这种理想的社会秩序的概括。

在周代,这样的理想的生活模式不仅存于礼的理论中,也见诸诗的歌咏中。在《诗经》中,有些作品就表现了对这种理想化的社会生活的追求、赞美与描绘。这些作品可以分为密切相关的三组。在第一组中,抒发了体现"尊尊"之旨的臣属之情;在第二组中,颂扬了敬让惠下的尊者之美;在第三组中,赞美了饮食思礼、示民训则的精神。

一　臣属的依赖之情

周代社会实行严格的等级制度。在家庭中,则奉行严格区别嫡庶的宗法制度。家族的所有人都聚拢在嫡长子(即周人所说的宗子)周围,以他为核心,参与政治活动、经济活动和军事活动。在家事父,出外事君。整个社会建立起以周天子为最高统治者的朝廷。在家中则建立起以宗子为主宰的小朝廷。家中的亲疏,对应着社会的贵贱、尊卑。于是,一些显赫的贵族掌握着政治权力,又占有物质财富。他们成为社会生活与家庭生活的中心人物。从社会生活看,他们是大小不等的君主,有众多的臣环绕在周围,依赖于他们。他们的恩赐、封赏,是许多人获得财富,获得较高的社会地位的根源。从家庭生活来说,他们是族长、家长。许多兄弟、族人、亲戚环绕在周围。"立适(嫡)以长不以贤，立子以贵不以长"①。即使是很有才华，即使是非常贤德，只要他不是嫡夫人所生，便只能自叹出身血统卑贱。他们必须承认"宗子"在这个家族中的地位，竭尽全力地维护他，拥戴他。这就是周代诗歌、文献中所强调的"宗子维城"的思想②，这也是周代典型的宗法关系。由此也就形成了周代人特别是贵族对于君主、族长即宗子的依赖之情。他们忠心耿耿地侍奉君主；诚挚地赞美他的礼的修养（当然他一定具有这样的修养）；由衷地感激他给予自己的或大家的恩惠，哪怕是极其微小的恩惠。这是周代社会普遍存在的臣属、族人对于尊长的依赖之情。《诗经》中有些作品表现了具有这样特征的感情。

《颂弁》是诗人参加"君子"的宴会有感而作的诗篇。诗人自述说：戴好了皮弁，这是要作什么去呢（"有颁者弁，实维伊何"）？原来要去赴宴。

> 尔酒既旨，尔肴既嘉。岂伊异人，兄弟匪他。

诗人以朴实无华的语言表达了轻松、愉悦的心情。简单的几句诗道出了他戴好皮弁的原因。诗中的"尔"指君子即主人。酒很美，肉也很好，参加宴会的都是至亲兄弟。在这里，诗人没进一步点破他所参加的是什么样的宴会。但从对酒、肴与参加者的陈述，当时人便会知道这是上下欢洽，可以开怀畅饮的场合。然而

---

① 见《公羊传》隐公元年。
② 《诗经·大雅·板》云："大邦维屏，大宗维翰。怀德维宁，宗子维城。"《左传》僖公五年引此诗，且云："君其修德而固宗子，何城如之？"《左传》昭公六年云："女（汝）丧而宗室，于人何有？人亦于女（汝）何有？"

对于后代人来说，便需要了解周代的享宴之制，否则便无法理解诗人的情感。

周代宴会有享礼、宴礼之别。享礼很隆重，注重仪式。享礼酒席丰盛，但设几而不倚，爵盈而不饮，肴干而不食（见《左传》昭公五年、《礼记·聘义》），之所以如此，就在于享礼不以饮食为主，而是通过仪式，检查、训示人们的恭俭之德（见《左传》成公十二年），使人们对尊者，对自己的等级名分进行再认识，再肯定。

宴礼则不同。宴礼中间也有仪式，也要符合礼的定性与规范。但是，在这种场合，礼的规定较为宽缓。宴礼间，奏乐可以减少限制，饮酒中间的演奏、合奏不计其数，使人们尽情欢乐；饮酒也可减少限制，不计爵数、献酬之数，使人们尽情饮酒。（见《仪礼·乡饮酒礼》、《燕礼》）。享以见尊卑之义；宴以通上下之情。正因为如此，周代贵族称"宴以示慈惠"（《左传》成公十二年）。

明白周代的享宴制度，对《颊弁》作者的感情也就易于了解了。他要去参加的，是兄弟族人欢聚的宴礼，是礼的规定较为宽缓，准许人们痛饮，以显示慈惠，使上下之情得以沟通的盛宴。而这，正是他高高兴兴地戴好皮弁的原因。

作品在吟咏出自己赴宴前的准备和心情之后，笔锋一转，从眼前盛宴的陈述上升到对赴宴诸人情感的揭示：

> 莴与女萝，施于松柏。未见君子，忧心弈弈；既见君子，庶几说怿。

"莴"和"女萝"是两种蔓类植物，都需依附于挺拔的植物才能生长、发展。诗人运用这个比喻，很形象又很深刻地表现出参加宴会的诸兄弟、族人同"君子"间的依附与被依附的关系。紧接着诗人以四行诗直抒胸臆，表达了自己来之前与来之后的不同心情。未见到君子之时，心中忧烦、惆怅，象没着没落似的；见到君子之后，则心中喜悦。

这里所抒发的感情，不仅只是参加一席酒筵而产生的感恩戴德之情。他与"君子"间的本质关系，以及与这关系相适应的他所素有的依赖之情，在宴礼这个"示慈惠"的场合，得到充分的表现。由此可以看出，诗人以"茑"和"女萝"自比，也比为众人，而将"君子"比为赖以攀缘寄生的松柏，是何等恰当。

与《颓弁》在情感和形象方面较为相近的，有《蓼萧》。

《蓼萧》并不注重眼前事物的实写，也不曾以"未见"时的心情作为反衬，而是直接抒发见到"君子"时的情感。

> 既见君子。我心写兮。燕笑语兮，是以有誉处兮。

"写兮"就是宣泄其情之后的舒畅。在周人的语言中，写忧烦则云"郁结"，状喜色、宣泄其情则说"我心写兮"。诗人简捷明了地写出见面时自己内心的感受。"君子"与他平和安然地说笑，他因此而快乐，对处境感到满意。

诗人对君子怀着仰赖之情，见面而感到高兴，这是很自然的。但是，宴礼也规定了刚见面时的仪式。这里也要有一定的拘谨的甚至是战战兢兢的进退揖让之礼。在这样的场合，宾主双方都不容许有轻慢随便的举动。人们所想的，只能是一举手，一措足都不要违礼。这与诗情总是不大相合的。在这些仪式结束之后，宾主才能显出"容色"，才能"愉愉如也"（见《仪礼·聘礼》、《论语·乡党》），在上下交欢之时，诗人的灵感自然也格外活跃。

诗歌第二章的中间两句和第三章的中间两句，继续抒写自己见到君子时的感受：他得到君子的宠遇，受到君子的表彰光显（"为龙为光"）；他的心中很安然，很快乐（"孔燕岂弟"）。于是，他由衷地赞扬君子的德行纯粹毫无差错、纰漏（"其德不爽"）。

在诗的末章，作者才写出激发他产生上述感慨的原因：他见到君子，得到很丰厚的赏赐。这样，抒情主人公就不仅表现出与其他贵族共具的依赖性情感，他还表现出因宠遇而生的感戴、图报之情。诗中说：

> 既见君子，鯈革冲冲，和鸾雍雍，万福攸同。

"君子"赐给他车、马。他兴致勃勃地赞美马具的鲜明，车铃的和谐、悦耳。他从不同的角度歌咏车马之赐，既突出了君子对自己的殊遇，同时又将赏赐之举和自己的殊遇，表现得含蓄而又有层次。"鯈革"为马的饰物，此处代指马；"和鸾"为车的饰物，代指车。并且，"鯈革冲冲"为目之所见；"和鸾雍雍"，乃耳之所闻。由所见、所闻，引出心中所想："万福攸同"。语言简练却又很有次第，把作者接受"君子"赏赐的心情和他对"君子"素有的感情，鲜明地表现出来。

在《颊弁》、《蓼萧》等作品中，作者的感情表现得都比较自然，毫无矫揉造作之态。它们在当时那以人身依附关系为特征的社会中，拥有相当广泛的社会基础。它们的内容，符合作者感情的真实，也符合周代等级社会、宗法家庭中大多数人的感情的真实。这与那些曲意逢迎，阿主邀宠的谄媚之词，是不能相提并论的。

　　但是，我们说现实的物质生活决定了周代人特别是当时的贵族思想感情的基本特征，并不意味着他们的感情只能如此，也不意味着文学艺术中所表现的感情必须如此。周代人在其无法改变的物质关系基础上所形成的性格，自有其相对的丰富性与完整性。作为他们的性格核心内容的人臣之义，也可以表现为完全不同的外观形态和思想特征。周代的一些著名贤臣如周文公、芮良夫、赵盾等，也都在人臣之义的基本点上表现出相对的独立性，显示出他们的性格、情操中的可贵的内涵。关于这个问题，本编第三章中将作进一步讨论。这里只想说明《颀弁》等诗所展现的抒情主体形象，所表现的感情，尽管是真实的，却并不是或者不完全是属于当时人们性格与情操中的较为高尚的方面。当时很多贤人的事迹与精神，使这些作品相形见绌，给人以有所不足之感。

　　不仅如此，在对"君子"或他人的赞美中，《诗经》中还有些作品所表现的感情特征与上述作品存在着明显的差异。如在《郑·叔于田》中，诗人对俊美英武而又合于礼的"叔"表达了由衷的赞美。

　　　　叔于田，巷无居人。岂无居人？不如叔也，洵美且仁。
　　　　叔于狩，巷无饮酒。岂无饮酒？不如叔也，洵美且好。
　　　　叔适野，巷无服马。岂无服马？不如叔也，洵美且武。

诗人以夸张的艺术手法歌咏了"叔"这位潇洒的贵族青年去打猎的时候，竟然发生万人空巷的现象。人们争相观看、跟随"叔"这位好汉去打猎。在另一首赞美"叔"的诗篇《大叔于田》中，人们眼中的英武青年则有很多具体的值得歌颂的品德、修养：

　　　　叔于田，乘乘马。执辔如组，两骖如舞。……
　　　　叔于田，乘乘黄。两服上襄，两骖雁行。……

这位贵族青年勇武有礼。他驾车的本领非常高超。他拉起车上四匹马的缰绳，就像一条丝带那样整齐，驾车的马就像在舞蹈一样，走得协调有韵律感。他打猎勇猛，射箭的动作从容不迫。在这样的赞美中，完全不存在诗人与被歌咏者间的利害关系或依赖关系。那些为人们所歌颂的人，大都具有英武的体魄，高超的技艺，同时，在他们的行动中体现出仪表之美，体现出较高程度的礼的修养。在这里，被赞美者的身上既体现出人类美好天性的重要方面，又体现出合于礼的时代之美。至于某些基于感情的平等交流，基于友情、爱而产生的赞美、称颂，更与那些基于物质关系而生发出的依赖之情，有着显著的差别。

二　敬让惠下的君主之意

　　《诗经》中的一些作品，直接塑造了君主的抒情主体形象。这是周代君主情感的艺术再现，是他们的性格和内心世界的剖白、袒露，也是周代所崇尚的君臣关系乃至社会生活理想的构成方面，也是与前边所述臣属之情相对应的另一侧面。

　　周王朝没有化外之民。周代的礼是无所不在，无所不包的。人人都受到它的规定性的约束。即使贵为天子，也不能自外于礼。"尊尊"之义也体现于他们身上。他们也要有所尊，有所跪拜，有所事奉。他们要敬礼天神、地祇，要殷勤地礼拜祖先神。君主对鬼神的尊崇同臣属对君主的尊崇，虽然有根本的区别，但他们都要受到礼的制约，都要执行礼的规定，都要接受某种高踞于自己之上的力量的左右。因此，就这点而言，他们之间也存在一定的相通之处。

从礼的普遍性中也可以看出周代君主与臣属共具的精神特征。礼的"尊尊"之旨，在日常生活中表现为敬让的观念和相应的行为。周代君主的敬让之德的表现是多方面的。从称谓关系看，诸侯本为周室臣属。但他们与周王本为同祖同宗，因此，见面时，天子称其为叔父、兄弟。天子称有婚姻关系的异姓诸侯为王舅。他们的做法既显示出对他人的亲近，又显示出敬让之德。这在《左传》中不乏其证。从朝见礼仪看，三公、孤卿朝拜天子时，天子要逐一答礼；对大夫，则按其爵秩的等级划分，逐级答以揖礼；对所有的士也要答以三揖之礼。君主位虽尊，却需笃守敬让之德，对其臣下"礼无不答"（《礼记·燕义》）。在周人所谓的治国"九经"中，便有尊贤、亲亲、敬大臣、体群臣、子庶民、来百工、怀诸侯等内容，表现出对不同等级上的臣民的敬让、慈惠之义。在这种关系中，总可以看出对他人的尊重，看出对他人人格的一定程度的承认。

在宴礼中也可以看出君主的敬让之德。入宴前，君主降阶迎接参加宴会的臣僚，揖礼答拜。入宴后，君主不能高高在上地坐于首位，而是要到兄弟、族人间，与之序齿排座次。至于宴会的主持人，则由膳夫出任。（见《仪礼·大射》、《燕礼》、《周礼·膳夫》）此外如亲迎，席间赠送礼物以助酒兴等，都是表示慈惠，显示和睦的行动，借以沟通上下之情。由此可见，敬让惠下是周代君主礼遇其臣的集中表现，也是周代所崇尚的君主的"人格美"和君臣关系理想化的集中表现。

秦汉以后，这种具有一定民主色彩和人情味的关系发生了根本性的转变。朝仪、朝规愈加尊君卑臣。每当视朝，群臣跪拜再三，君主则倨傲简慢以待之。后代的统治思想竟然把这种已经变味的君臣之礼视为天经地义一般。于是，周代君主敬礼臣下之德便泯灭无存了，倘若以后世发生了如此显著变化的君臣关系，认识和解说《诗经》中所显现的君主形象和君主感情，势必难以相合。

在《诗经》中，充分体现出君主敬让之美的作品，当推小雅之始的《鹿鸣》。在两千多年的封建社会中，这首诗是流传最为广泛的名篇。然而人们所欣赏的，大抵是作品表层的宴乐嘉宾之义。《毛诗序》曰："鹿鸣，燕群臣嘉宾也"，便是这种表面化理解的代表。至于作品中君主的心灵的更深刻的内蕴，则多茫然无所知。当然也不会从作品所表现的精神与汉代或其他朝代君臣关系的对比中见出高下之别。诗的第一章便展现出一派欢乐融洽的氛围：

> 呦呦鹿鸣，食野之苹。我有嘉宾，鼓瑟吹笙。吹笙鼓簧，承筐是将。人之好我，示我周行。

作品展现了宴会中热烈欢快的场面，使人感受到一派和谐的气氛。鹿鸣呦呦，是唤同伴之声，诗人以此比喻君子的盛情邀约。于是，下面的鼓瑟吹笙之乐既是对席间音乐的实写，又仿佛是诗中的隐喻。乐音如同鹿呼唤同伴的呦呦之声，似乎"君子"在以此召唤嘉宾。在这盛大的酒宴会上，饮酒之间，主人命人以较浅的小筐盛些钱币（称为"侑币"）赠给嘉宾。这种作法一方面意在表明酒宴虽丰，也不足以表达自己的深情厚意，另一方面，又惟恐嘉宾饮酒不能尽兴，所以赠币助兴。"承筐是将"所概括的就是这样的心情和与之相关的礼节。君主既以瑟、笙之乐招待嘉宾，又在"承筐"里装上币帛献给嘉宾，希望人们能开怀畅饮，希望通过宴会和席间的一切，营造出一个宽松、融洽的环境，从而将君臣关系、人与人的关系推进到更加和谐的程度，为素日里严格的尊卑关系营造一个短暂的、充满亲情的氛围，向人们展示与君主威严相区别的另一层面的情感。

这些诗句中已经表达出君主宴乐嘉宾的诚恳笃厚的美意。然而，诗人并不止于此。"人之好我"两句，又把这感情提升一步。设宴招待嘉宾，这本是君主亲近臣民的惠下之举，然而作品中的抒情主人公非但不以施恩者自居，反而从嘉宾赴宴的行动中体会出对自己的钟爱；本是君主赐给臣属酒肴、币帛等物，并在其中贯注了自己的感情，然而诗中却怀着感激之情以看待嘉宾的到来，称他们的到来给自己带来了榜样，向自己昭示出较高尚的道义，自己从他们身上获得教益。于是，自上而下的恩赐、亲和之举，伴随着自下而上的精神影响；宾主在物质享受的同时体现出道义的交流；施惠者变成受益者。这样的心灵感受，绝不是傲岸地高踞于群臣之上的君主所能体会得出。只有周代躬行敬让之德的君主才能有此情怀。

作品的第二章承"示我周行"进一步展开，从而也把自己受益之感推向新的高度。

> 我有嘉宾，德音孔昭。视民不恌，君子是则是效。我有旨酒，嘉宾式燕以敖。

嘉宾美好的声誉（即德音）昭明显著。他（他们）以自己的声誉、榜样向人们昭示敦厚之德，而不要奸巧、苟且。"君子"们都受他的精神感召，起而效法他。诗中的抒情主人公即君主自然也在这被昭示、起而效法者之列。"示我周行"句赞扬嘉宾示我以至上的道义。嘉宾的莅临就是无声的道德、威仪的外向扩展，于是，他被歌咏为传播道义的主动者；设席宴宾的君主在这高大的榜样面前，成为道德传播的受动者。而在"是则是效"等诗句中，又表现出包括诗人在内的"君子"们习礼、执礼的自觉性。他们见贤思齐，竭诚效法这"德音孔昭"的嘉宾，又显示出在榜样面前的主动精神。于是，上下之情借旨酒而畅通，在礼乐文明的氛围中交融、欢洽。

《鹿鸣》为人们塑造了一个谦恭敬让的君主形象。《彤弓》抒情主人公的身份也是一位君主。只是在其感情展开之时，人们所感受的不仅仅是敬让之美。诗人将对其臣属的尊重、恩惠，同臣属的和谐、喜乐熔为一炉。

> 彤弓弨兮，受言藏之。我有嘉宾，中心贶之。钟鼓既设，一朝飨之。

在这次会面之时，抒情主人公将具有特殊意义的彤弓赏赐给这位嘉宾。作品便从嘉宾接受这一规格极高的赐物——彤弓落笔，使人们立即感觉到这是异乎寻常的礼遇。

在周代，诸侯朝见天子，都会得到一些赏赐。然而，彤弓却不是一般诸侯或寻常朝见所能得到的。晋文公在城濮之役战胜楚军后，献功于周王。王策命晋侯为侯伯，赏赐甚丰。但是，其中最为突出的就是彤弓一，彤矢百，旅弓矢千（见《左传》僖公二十八年、《尚书·文侯之命》）。《左传》文公四年载宁武子的话说："诸侯敌王所忾而献其功，王于是乎赐之彤弓一、彤矢百，旅弓矢千。"金文中也有些关于赏赐彤弓的记载。从这些古代文献和考古资料中可以看出，诸侯入朝见赏，以赐彤弓为重。

明白了这一点，也就可以理解，为什么全诗三章都从彤弓落笔，并且仅仅举出彤弓作为丰厚赏赐的代表。作者采取了举重以包轻的手法，拈出彤弓，便表现出主人对嘉宾的隆遇。同时，这也构成全篇抒情的基础。"受言藏之"，是说嘉宾接受天子所赐的彤弓以后，珍重地将它收起来。作者只从自己目光所及写他收藏彤弓的动作，借以表现嘉宾对彤弓之赐的态度和心情。

三、四句由前两句的所见转入对抒情主人公内心的进一步揭示。"中心贶之"，表明对这位有功之臣的特殊恩赏完全出于至诚之心。这就使人们看到，一方面，周代的礼仪有严格的规定，对不同的人，所赏赐的东西也各有等差。主人按照礼的要求，给嘉宾以特殊的礼遇；另一方面，这位主人又不是僵硬地完成礼的仪式，而是在仪式中充溢着君主的深情厚意。于是，紧接着便写出了另外一幅欢快的场景："钟鼓既设，一朝飨之。"这一切赏赐、宴请，似乎都为君主的感情所包容。

在下面两章中，诗人更换了几个字，而以基本相同的句式反复咏唱。这样就使主人公的感情得到特殊的强调，也显得更加充沛。人们从中感受到，在充满威严的礼的生活中跳动着一颗敬礼臣下的君子的心灵。

从这些作品中可以看出，周代所崇尚的"人格美"，特别是君主的"人格美"，在君臣礼会中得到充分的表现。作品中作为君主而出现的抒情主体形象，绝不是后代那些以势凌人，以术御臣的君主所能比拟。他们具有礼所熔铸的个性特征。在君臣交往中，他们率先执礼，表现出实现礼的秩序与社会生活理想的积极态度。

三 饮食思礼、示民训则的精神往还

《诗经》中的很多作品都产生于当时的礼会中。诗人分别从不同的角度讴歌了自己的生活理想，赞美了上惠下顺，尊尊敬让的君子，歌咏人们在礼的规定下所实现的和谐关系。不仅如此。诗人还歌颂在物质享受之时人们对道义的推崇，从而表现出比享用美酒佳肴更具普遍性，也更为高尚的情趣。

《诗经》艺术论

在论述《鹿鸣》时，我们已经谈到诗人对嘉宾"示我周行"的感激之情，对嘉宾"德音孔昭"的赞美以及"是则是效"的积极态度。在这首诗中，人们并不以厌饱酒食为限，而是在"式燕以敖"之际切磋了道义，使参加宴会者在礼的定性中得到一次心灵的净化。

这里我们要讨论的另外一些诗篇也同样在酒席间表现出对道义的追求。《伐木》就属于这类作品。只是它所追求的旨趣与《鹿鸣》有别。

《伐木》以鸟类呼叫同伴的亲切友好之声作为衬托。在这一点上，它与《鹿鸣》中鹿的呼朋引类之声承担起同样的艺术使命。

> 嘤其鸣矣，求其友声。相彼鸟矣，犹求友声；矧伊人矣，不求友生。神之听之，终和且平。

诗人以迁于乔木之鸟隐喻居于高位之君子。鸟居高木尚不忘旧友，而呼唤它们前来共聚。人又何能忘却呢？这里的潜台词即表明自己何尝忘却同类。这样，就把自己宴乐朋友、族人之举，视为理所当然之事。不然的话，有知之人便不如无知之鸟了。人能够与朋友、族人融洽地交往、宴乐，神听到后也感到满意，从而心境平和。

诗人先从礼的必然性的高度提出问题，这样就赋予宴饮、聚会以高出饮食之乐的精神意义。前面谈到，宴礼的意义在于尊者向卑者表示慈惠。严格地说，这是臣下所理解的宴礼之义。在诗人看来，作为礼的修养较高的君主、尊者，不应念念不忘自己通过把宴礼给予他人如何的恩惠。这才是人们在当时社会生活中所发现的美。从《鹿鸣》中我们已经看出，诗人所强调的，不是自己所献出的珍馐美味、琼浆玉液，而是得自嘉宾的道义反馈。

《伐木》也体现出对道义的追求。在诗中，求友为人们所必需。而宴饮之礼仅仅是尊贵者求友的一种场合，一种表示，同时也是实现周代"君令臣共"、"兄爱弟顺"理想的必要方式之一。

诗人所说的求友，与后世一般意义上的交朋友并不完全相同。《嘉乐》云："燕及朋友。"毛传曰："朋友，群臣也。"《既醉》云："朋友攸摄。"郑玄笺释曰："朋友，谓群臣同志好者。"而《伐木》诗中，朋友的范围也较宽泛，二章的诸父、诸舅、三章的兄弟，都在广义的朋友范围之内。

周代对朋友的概念以及求友必要性的理解与当时的社会生活是息息相通的。当时，宗法关系是社会的等级结构的重要组成部分。家族不仅是基本的经济单位，也是基本的政治元素。在当时的宗法结构中，作为个体的人是没有价值的。家庭内部虽有尊卑之分，然而在对外部的关系中，又存在着共同的利益。周代人认为，"公族，公室之枝叶也。若去之，则本根无所庇荫矣。葛藟犹能庇护其本根，故君子以为比。况国君乎？……亲之以德，皆股肱也。谁敢携贰？"（《左传》文公七年）由此可见，卑者要依附于尊者、贵者；而尊者、贵者也离不开族人、亲戚。这种关系，与后世朋友间的互相帮助关系有重要差别，不应混同。

在作品中，诗人通过鸟鸣的比喻，较为自然地引出对尊卑间的融洽关系的推崇。然后，便从这个高度歌咏主人的盛宴。陈设酒肴，延请诸父、诸舅、兄弟等，都是他求友的实际行动，是"亲之以德"的表现。诗人反复歌咏"以速诸父"、"以速诸舅"、"微我弗顾"，赞美主人十礼无所缺。

作品卒章侧重表现主人求友之心、求友之举的效果。兄弟、亲戚都感到自己并未被疏远（"兄弟无远"）。人们在奏乐、舞蹈的欢乐之际，痛饮美酒。这时的欢乐，就不单得之于酒肴之间，

而是美德、美酒，亲善、鼓乐、舞蹈共同唤起的，得之于心、
口、耳、目的愉悦之情。正如《国语》所说的，"饮食思礼，同
宴思乐，在乐思善"（《国语·楚语》），这正是神听了也为之
"终和且平"的融洽关系。

《伐木》中所歌咏的亲戚、族人相团结之义，在《常棣》中
也得到了表现。作品首先运用一个比喻，很形象地将兄弟间不可
分割的关系表现出来：

常棣之华，萼不韡韡。① 凡今之人，莫如兄弟。

"萼"即花托；"不"当作柎（柎）②，即花蒂。花托（花蒂）与
花共为一体，韡韡然鲜明地显现于人们面前。就如同枝头的常棣
花那样，花蒂离不开花，花也不能离开花蒂。诗人运用这个比喻
将兄弟之间远非常人可比的亲厚关系表现得十分形象，也非常恰
当的。

紧接着，诗人便从"莫如兄弟"句展开，进一步表现出自
己对亲情的重视和由兄弟相聚而产生的感受：当死丧的危险来临
之时，只有兄弟之间互相关心，互相思念（"死丧之威，兄弟孔
怀"）。当旷野荒郊出现新坟之时，也唯有兄弟之间寻找、呼号、
悲戚（"原隰裒矣，兄弟求矣"）。诗人在告诉人们：兄弟之情，

① 毛诗作"鄂不韡韡"。《说文》引诗作"萼不韡韡"，蔡邕《弹棋
赋》亦同。《齐民要术》卷一〇引《诗义疏》云："承华者曰萼。"则《诗
义疏》本作萼。江文通《杂体殷东阳诗》云："青松挺秀鄂。"李善注曰：
"鄂与萼同。"盖"萼"为本字。

② 郑笺云："不当作柎。"《释文》云："柎亦作跗。"阮元《校勘
记》引《说文》、《山海经》以为当从木，作柎。郑笺又云："柎，鄂足
也。"均可从。然郑氏谓"鄂足得华之光明"云云，则有所未至。

是任何其他的关系都无法代替的。死丧之威拆不开，幽明之阻也隔不断。然而诗人并不满足于对珍惜兄弟之情的倡导，他也不停止于正面陈述。他又将良朋与兄弟两相对照，益加看出在"争难"，"御务（侮）"之际，彼此的立场，态度迥然有别。这就更加突出了"凡今之人，莫如兄弟"的主旨。

诗的第五章，作者的笔锋轻轻一转，形成前后两部分的过渡。"丧乱既平"一句，便从紧急危难的时刻转入日常平静的生活。生活状况的变化也引出了人际关系的改变。关键时刻生死难分的手足之情在寻常条件下是否还受到重视，已经成为引人注目的问题。在这里作者描绘了一种常见的关系变化：丧乱过后，人们忘记了"急难"、"御务（侮）"的兄弟，反而把危难时刻仅仅在旁边观望、"永叹"的良朋看得重于兄弟（"虽有兄弟，不如友生"）。作者将这种态度作为反衬，烘托出他所要赞扬的人及其对待兄弟关系的态度。

诗的后部，转入对眼前事物的描绘：主人设酒奏乐，以宴乐兄弟。经过前几章反复抒发感慨，这里的笾豆、酒、乐都具有了新的意义。它们是主人专为兄弟而设，是主人珍视手足之情的具体表现。眼前的主人与某些在安定生活中轻兄弟、重朋友的人相反，他对兄弟怀有诚挚的感情，对"凡今之人，莫如兄弟"的道理有较深刻的理解。

从以上所论述的几首诗可以看出，《诗经》中的一些诗篇在歌咏贵族宴乐生活之时，并不简单地注重或并不满足于物质享乐所带来的快感，而是追求高于物质之上的意义与情趣，这就是周定王所说的"和协典礼"，"示民训则"（《国语·周语》）之义。但是，诗人在作品中所寄托的情趣有高下之别，作品的形象与影响也必然有所不同。《常棣》中所表现的对兄弟之情的重视，比起单纯的对物质享乐的追求，或者比起对尊者的祝祷、颂美，更易于表现出生活中的美好方面，也较易于唤起人们的审美共鸣。然而，这只不过是宗室利益的较为切近的表现。其目的仅在于增进家族内部的团结，以加强宗室在对外斗争中的力量。将这旨趣同《鹿鸣》相比，便显得较为狭隘。《鹿鸣》所表现的对嘉宾"德音"的赞美，以及尊者对有德的臣属的景仰，虽然也具有阶级的印痕，但比起《伐木》、《常棣》诸诗所表现的感情，则具有更为普遍性的意义。

第二章　周代人的诗情与礼乐文化

第一节　周礼中的情礼关系与周代人的性格

周代贵族是礼所熔铸的人，礼对他们的性格的规定突出地和经常地表现为礼对人们的感情的制约。他们的性格在社会生活中的表现，即他们在各种具体条件下的思想、行为以及内心波澜，也反映出人们的感情同礼的复杂的关系。概括地说，周代贵族的感情同礼的关系主要表现为三种状况：（一）情在礼的规定中得到表现；（二）礼对情的排斥与否定；（三）礼对情的否定的有限性。下面依次进行探讨。

一　情在礼的规定中得到表现

周代的礼从"尊尊"的宗旨和尊卑秩序的角度，看待和处理它同人们的感情的关系。当时的统治思想认为，礼的秩序的破坏，是由于人们的争斗。而争斗，则源于人们受外界物质刺激而引起的情欲。因此，为了实现礼的宗旨，必须有效地控制人们的情，使之合于礼的规定。礼的思想认为："民有好、恶、喜、怒、哀、乐，生于六气。是故审则宜类，以制六志。""哀乐不失，乃能协于天地之性，是以长久。""故人之能自曲直以赴礼者，谓之成人。"（《左传》昭公二十五年）所谓的"六志"就是六情。在周代，不能任凭情志自由宣发，而要将其纳入礼的控制中。所谓"协于天地之性"，也就是合于礼的宗旨与规定。

周代贵族的性格，是礼所熔铸的性格，是礼的个性形态。在当时人看来，这种性格的典型的，完美的表现，应该是在礼的规范内宣发他的感情。周代所崇尚的"人格美"与理想的社会关系，都同人们的合于礼的定性的感情密不可分。在《彤弓》、《鹿鸣》等诗中所展现的周代人与外界条件的和谐之美，其重要基点之一，便是人们的感情合于礼的法度。

但是，如果人们为了和谐之美而压抑自己的感情，强使之入于礼的法度，那还未达到高级理想的阶段，也不能说是真正的和谐之美。关于这一点，我们将留待下文讨论。这里所说的礼的法度，已经不是外在于主体，外在于感情的生硬的框子，而是人们性格的定性，是感情的界限。它已经深入人们的潜意识，成为心理素质的时代特征。因此，喜、怒、哀、乐等情感的宣发，已无须考虑礼对此有何规定。感情的活动会自然而然地合于法度，并以此为限。齐崔武子弑庄公，晏子到崔氏府，"枕（庄公之）尸股而哭，兴，三踊而出"（《左传》襄公二十五年）。当此之时，晏子的哭与踊，是他的感情的自然流露，而法度已在其中。同样的，如果《鹿鸣》、《彤弓》等诗所言及的侑币，仅仅出于主人对礼的条文的遵从、执行，而赐予对方，那就与"中心喜之"不合。那只不过是僵硬地实行仪式，虚伪地应酬罢了。

感情能够在礼的规定中得到恰当的表现，从而实现主体与外在条件的和谐，其主要原因有两点：第一，礼以一定的情为依据；第二，礼由外在约束力变为主体心灵的定性。这里略陈其详：

第一，礼以一定的情为依据。

礼是制约情的。但它不是凭空地外加于情，而是以一定的情为依据，是因情以制礼。《礼记·礼运》云："饮食、男女，人之大欲存焉。死亡、贫苦，人之大恶存焉。"这里表现出礼对人的基本物质需求的合理性的肯定。

即以当时经常举行的宴礼来说，这是族人、亲戚、臣属相聚饮酒的场合，参加宴礼的人都很愉快。在这种场合如果约束很严，便会阻绝上下之情的交流、沟通，违反人们的意愿和感情的需求。因此，礼的规定就较宽缓：宴礼开始时，宾主间相互敬酒。称为献、酢、酬。然后君传命："无不醉。"众人起立回答："敢不醉!"君主的话意味着约束力的放宽，在于使大家都能欢快、尽情地饮酒。在当时充满礼的定性的生活中，君臣之间，尊卑之间，更多的是等级间的距离，是由威严所带来的隔阂。而宴礼中，人们却可较多地看到君主令人感到亲近的一面。并且，唯独宴礼是人们可以较为充分地欣赏音乐，可以开怀畅饮的场合。

享礼比宴礼的约束严得多。因为享礼是在朝觐、聘问之初举行的。宾主双方要在享礼中明确彼此的等级名分。如果这时候也像宴礼那样以愉悦上下之情为主，甚至君主与来宾、族人序齿，便会泯灭尊卑之等，从而与礼的尊尊之旨大相径庭。因此，在这种场合，臣属要力行恭俭。设几而不倚，酒清而不饮；天子则盛情礼遇诸侯或其使臣，烹太牢（即煮牛、羊、猪）以享宾。酒席虽丰盛，却不能饮，不能食。朝见者不论其为诸侯，抑或使臣，要在天子或朝见的君主面前尽恭俭之礼。主人也深知客人未能尽情饮酒，于是席间有侑币（即助兴之币），撤席后又卷牛、羊、猪肉送到宾馆（见《仪礼·公食大夫礼》、《礼记·郊特牲》）。这样既突出君臣尊卑之义，又表达了天子或主人待宾之情。由此可见，无论是宴礼还是享礼，礼的规定与人们在当时条件下的感情都有某种程度的一致处。

其他方面的礼的规定也大抵如此。如周代特别重视丧礼。这与原始社会以来的父子间、母子间的感情纽带有深刻的渊源，也体现出礼以一定的情为基础。父母亲死了，子女们痛不欲生，悲泣哀号，饮食锐减，升堂如见其人，入室如闻其声，思念之情历久难平。这是人类感情的自然表现。这就难怪先秦儒家称"三年之丧"为"百王之所同，古今之所壹也。未有知其所由来者也"（《礼记·三年问》）。在丧葬或居丧期的具体仪节，同人们感情宣发的原初状态有着密切的关系，是从人们对亲人的伤悼、思念中产生的，是将人们在痛失亲人之时的情不自禁的表现规范化，经提炼而制定为丧礼的仪节、规定，使人们的感情在礼的规范内得以表现。正如儒家所说："创钜者，其日久；痛甚者，其愈迟。三年者，称情而立文，所以为至痛极也。斩衰，苴杖，居倚庐，食粥，寝苫，枕块，所以为至痛饰也。"（同前）

然而，居丧期的久暂，居丧期的服饰、饮食、居止、乃至哭号的姿态、位置等，都要作出不容稍有差错的规定，这就绝非感情所固有，而是礼的制约作用的表现。礼渗透到社会生活的一切方面，使之规范化。同时它也必然要将丧葬之事纳入自己的规范。

由此可见，礼在社会生活中的具体规定，往往以一定程度的情感为依据。但是，这些规定一经产生，便不再以感情为重，而以礼的宗旨为出发点，以礼的一系列规定为准则。如果居丧时期孝服的衣料精粗不当，或裁剪宽狭不合法度，那么，不论感情如何沉痛，都将受到人们的指责（《礼记·檀弓》）。之所以如此，就在于礼的思想，礼的秩序，是高于一切的。任何人（包括最高统治者）的言行或情感违背了礼的思想和礼的秩序，都将为整个统治阶级和统治思想所不容。

第二，礼由外在约束力变化主体心灵的定性。

礼的思想认为："圣王修义之柄、礼之序，以治人情。故人情者，圣王之田也。修礼以耕之，陈义以种之，讲学以耨之，本仁以聚之，播乐以安之。"（《礼记·礼运》）这些"耕之"、"种之"、"耨之"等，也就是通过学校与家庭的教育、社会生活的影响等多种渠道，使人们由勉强地执行礼，逐渐地适应礼的约束。礼也由外在的约束力，变为人们心灵的定性，成为人们感情的自然而然的界限。如晏子哭齐庄公，哭、起来、三踊是很自然的连贯的行动，他不需要先考虑一下怎样哭，怎样踊，他也决不会多踊和少踊。正如《礼记·中庸》所说的"喜、怒、哀、乐之未发谓之中；发而皆中节谓之和"。这种"发而皆中节"的感情只能体现于礼化了的性格中。由此可以看出，《鹿鸣》、《彤弓》等诗篇所展现的无论是人们性格的内涵，还是个人与外界条件、情感与礼的定性的关系，都具有明显的理想的特征。而这正是这些作品在当时显得可贵之处，是其为人们所喜爱的重要原因。在贵族交际的重要场合，这些作品被经常演奏，被引用。如《左传》所记就有多次。襄公四年云："歌《鹿鸣》之三。"文公四年云："为赋《湛露》及《彤弓》。"襄公八年云："武子赋《彤弓》。"其他不一一枚举。《仪礼·乡饮酒礼》、《燕礼》并云："工歌《鹿鸣》。"这类记载还有很多，足以说明这些作品所表现的情感合于人们的审美情趣，因而为人们所激赏。

二　礼对情的排斥与否定

礼对情的要求是很高的，其分寸也很难掌握：既不能无情，又不能任其宣发。要做到使感情自然地，而不是勉强地合于礼之"度"或"节"，就必须经过长期地、严格地以礼自饬，使礼由外在约束，变为自觉意识，并进而成为心理积淀，才能作到恰如其分而又没有造作之态。这是在较高的程度上实现礼的定性的修身境界。这种境界绝不是人人都能做得到的。即使在礼乐昌明的西周盛世也未尝不是如此。《尚书·君陈》云："未见圣，若已弗克见；既见圣，亦不克由圣。"① 这几句话明确地道出人们的心灵同圣道即礼之间的距离，表明在当时从心灵到言行臻于礼义的并不是所有的人。

因此，在我们对礼的思想、规范及人们的接受程度作进一步考察时，一个新的矛盾便出现了：一方面是礼的严格的规定；另一方面是人们实现礼的定性的实际程度。就愿望来说，周代人特别是周代贵族为其生存的物质条件和精神条件所决定，不可能拒绝以礼的思想造就和完善自身。但是人们的实际努力，总要受到各方面条件的限制和影响。因而，同样修身，所达到的境地却有高下之别。前面论及的完成了礼由外在条件转化为心理积淀这一进程的，只是一部分人。其他更多的人，则显示出实现礼的定性的过程中的高下之别，显示出在同一宗旨约束下的不同程度的差异。于是，人们的感情，人们的性格所表现出的礼的定性，也势必有所不同。

由此，我们还应将前面所谈到的主体与外在条件的和谐关系，以及某些作品所展现的和谐之美，放到历史过程中，放到全社会实践礼的理想的广阔背景上进行考察。

据《史记·周本纪》载：周公、成王在位的西周初期，"兴正礼乐，度制于是改，而民和睦，颂声兴"。"成康之际，天下安宁，刑错四十余年不用"。这是备受儒家大师推崇的礼乐盛世。周代人与外在条件间的和谐关系，也应以此时为代表。但

---

① 案《君陈》久佚，兹据《礼记·缁衣》所引。《君陈》作于周公既殁之后，正当成康盛世前期。

是，这个时期中，不仅有《君陈》提供的不够完美的力证，《尚书·无逸》也有助于我们更深入地认识那个时代。周公在《无逸》中既告诫成王"无淫于观、于逸、于游、于田"，又指责一些人"变乱先王之正刑"。可见当时从成王到部分臣属，他们的情感，他们的言行，都有不尽合于规定之处。只是这些礼的不够完善之处并未成为那个时代的主流。那些人，例如成王也能接受礼的约束，自觉不自觉地执行礼的规定。因而从整体上看，周代人同外界条件处于和谐关系之中。那些不够完善之处，只是程度上的差别，而不是本质的差别。它们表明，在整体的和谐之中，存在着部分的不十分和谐或不够和谐。尽管如此，局部的不和谐却足以昭示整体和谐的性质，即它是不稳定的、暂时的、相对的。

到了西周中后期，礼乐文明同人们的现实生活、现实情感之间的关系，已经变得复杂化了。至于厉王之世，王不注重修礼、行礼而学"专利"，强化对人民的剥削。人民怨声载道，他又使卫国巫师监视发泄不满的人，以暴力钳制舆论，以至于人民敢怒不敢言，人心离散，阶级矛盾加剧。于是，周代人同外界条件所呈现的整体的和谐遭到破坏。这时，贵族中的一部分人仍能在外界条件与主观努力的双重作用下，实现礼对性格的造就。也有一些人，执礼的自觉意识不一定很高。但是在社会生活的某些方面，或某些社会生活的部分环节中，呈现出主体与外界的暂时的、局部的和谐关系。例如《烝民》所盛赞的仲山甫便是当时具有风范意义的贤臣。又如从《国语》和《周本纪》的记载看，宣王基本上是个违礼之君。然而，当申伯来朝，上层贵族举行礼会之际，他却能够礼遇臣下，表现出在礼的规范中的融洽关系，因而为《崧高》之诗所歌咏，所赞美。这两首诗所表现的，也是内在于心灵的与外现于威仪的（如"令仪令色"）、个人与环境的和谐之美。然而这种和谐已不同于成康盛世的理想状况。它不再是整体的和谐，而是局部的和谐，是不和谐之中的和谐。因而也更具有相对性和不稳定性的特点。

伴随着主体与外界条件不和谐的加剧，人们的情感与礼的矛盾也势必加剧。很多人的感情的宣发只能勉强地合于礼的规定，甚至违背礼的规定。在这种情况下，礼对情感的关系的本质方面也就显露出来了。

在对情与礼的本质关系的认识上，人们一方面承认礼以一定的情感为依据。另一方面对建立在一定的感情基础上的礼的某些规定作了进一步的说明："礼之近人情者，非其至者也。"（《礼记·礼器》）因为近于人情的礼的规定，容易为感情所动，而礼的"尊尊"的宗旨较多地体现为敬。敬最适合于严肃、庄重的场合。以宴礼和享礼来说，虽然都能表达人们的情感。但"享以训恭俭，宴以示慈惠"，各有不同的思想意义。这就可以看出，宴近于人情，却与礼的"尊尊"的宗旨有些距离。享则较远于人情而较近于礼的宗旨。

享礼、宴礼在感情方面的区分，以及我们在前面所谈到的孝服是否合于法度的例证，都清楚地表明，礼之所以以一定程度的情为依据，就因为这样才易于为人们普遍接受，而不是重视情感。礼所重视的是"尊尊"的宗旨。当情合于礼，或基本上无伤于礼的时候，情才能够得到承认。

但是，情合于礼并非情的常态，也不是人情之必然。情经常处于同礼相矛盾的状态中，经常要突破礼的束缚，或表现出突破这一束缚的倾向。在这时候，礼就不再念及作为自己的依据的情，而是要压抑它、否定它。《左传》昭公十年引逸书云："欲败度，纵败礼"，便是将情欲及情欲的放纵同礼的宗旨相互对立起来。周代人认为，虽然礼以一定的感情为依据，但在生活中，二者却不是并行不悖的。"私欲弘侈，则德义鲜少"（《国语·楚语》）。私欲和德义、情感和礼，二者不能都得到发展，只能是抑此扬彼或抑彼扬此。人们在分析齐桓公能享有齐国的原因时，就指出，他"不藏贿，不从（纵）欲，施舍不倦，求善不厌，是以有国"（《左传》昭公十三年）。追求礼，还是放纵欲，已经成了衡量一个人是否合于礼的定性的重要方面。这种思想在后来的发展中被《乐记》概括得更为透辟。其文云："夫物之感人无穷，而人之好恶无节，则是物至而人化物也。人化物也者，灭天理而穷人欲者也。于是有悖逆诈伪之心，有淫佚作乱之事。"这就极为深刻地揭示出在礼的思想原则中，情与礼在本质上的对立关系。为了礼的理想与礼的秩序，就必须压抑情感，使世俗的对物质享乐的追求停止于适当的限度之内。否则，这情感，这追求，就被视为丑恶的，罪孽的，应当受到社会的甚至是当事人自己的排斥与否定。

这种统治思想规定了周代人的生活态度和情感特征。它提倡禁欲主义，把这当作心灵净化的必由之路。人们赞美齐桓公能够从无国到有国，重要的原因，据说就在于他实践了这种精神。周景王铸大钟，楚灵王建章华之台，受到人们的批评（见《国语·周语》、《楚语》），归根到底在于违背了这种精神。因此，眼所看的，耳所听的，必禁之以"度"；心情欢乐，必节之以礼；肉凝而不食，酒清而不饮；再加上趋翔周旋，屈节卑拜，外束其形，内扼其心，以就于礼的规范。即使到了禁网稍松，君主在宴礼开始时宣布"无不醉"，鼓励人们尽情畅饮，人们在口头上回答"敢不醉"，却终不能忘乎所以。因为，此时礼的规定只是放松些，礼之"度"仍然存在。周代人特别是贵族无时无处不在礼的制约中，他们的情感世界也就无时不受到礼的约束与排斥。

礼对情的排斥与否定，突出表现为灭情循礼与矫情循礼。

从周代文献记载看，灭情循礼可分为两种类型。一种类型是泯灭作为人的自然本质之情，自发地合于礼；另一种类型是扼杀作为人的自然本质之情，强制地合于礼。

泯灭人的自然本质之情，就是基于物质生活条件和礼长期地、多方面地制约，改变人们的生活欲望和情感的内涵。这时候，符合礼的本质的情感取代了人们的自然本质的情感。前面所说的和谐关系下的情感在很多场合便具有这样的倾向。这种情感的极端表现是愚忠愚孝以至于轻视人生意义，毫无必要地舍生。晋献公要除掉太子申生，首先便将申生的老师杜原款杀死。杜原款临死前让人转告申生，不管受多大的委屈，也不许反抗，不许动摇忠孝之情，并且说"死不迁情，强也"（《国语·晋语》）。不仅自己至死不改变其愚忠愚孝之情，还要将这样的观念化作遗嘱留给申生，终于使申生蒙冤而死。他的愚忠愚孝之情也在申生身上得到集中的体现。又如"狄人杀卫懿公，尽食其肉，独舍其肝。弘演使还，哭毕呼天，因自出其肝，内（纳）懿公之肝"（《艺文类聚》引《韩诗外传》）[1]，则是怕懿公之肝暴露无所藏，故舍身以藏其肝。像这样的人，不能说他无情，他所表现的，是违反人类自然本质与人类理性的愚忠愚孝之情。由于周代重礼抑情，人们从弘演身上所看到的并不是改变了内涵甚至性质的情，而是泯灭了情的礼。因此，齐桓公赞美说："弘演可谓忠矣。"（同上）

灭情循礼的第二种类型，多表现在心灵未被礼彻底改造的人的身上。在他们那里，人的自然本质之情尚未丧失。因此，他们有追求世俗幸福的强烈愿望，在他们的内心世俗的感情常常与礼

---

[1] 案今本《韩诗外传》卷七载此事，然文字稍异。

发生尖锐的矛盾与冲突。晋、楚邲之战，晋败，赵旃困于林中。赵氏家臣逢大夫与其二子乘车过，假装没看见，并嘱咐二子不要看。二子不理解父亲的意思，看到了被困林中的赵旃，并说："赵叟在后。"逢大夫怒斥二子，却又不能不救比自己地位高的贵族。只好舍弃二子而让赵旃上车。第二天，他到林中为两个儿子收尸。（见《左传》宣公十二年）在这一事件中，逢大夫看到了林中的情景，却假装没看见，不让儿子往林中看，都是为了保护儿子不受伤害。在别人看来，他这样做丝毫无碍于礼。可是，两个孩子把事情说破，使他再也不能装得若无其事的样子，只好"怒之，使（其二子）下"。正表明在他内心中情与礼的激烈冲突，以及他不得不压抑亲子之爱，而屈服于礼的约束。

礼对情的排斥与否定的第二个突出表现是矫情循礼。礼以一定的情为依据，情在礼中得到表现，这常常是一种理想的关系。在这种状况中，人们的感情是真诚的，然而有些时候情与礼并不一致，感情活动与具体场合的礼的规定不相合，执行礼的仪节时也不是出自内心的要求，人们此时的举动仅仅是为了完成仪式，为了做给他人看。在这种情况下，人们虽然也在按照礼的规定行事，但却身与心相离。晋荀盈卒于戏阳，殡于绛，未葬。晋侯饮酒，乐。膳宰屠蒯感到晋刚刚失去一位大臣，这是对晋的沉重打击。可是，作为君主却毫无伤悼、痛心的表现，这就违背了礼的原则，也会使臣民感到失望。于是，他很委婉地批评晋侯。他指出，大臣是君主的股肱。丧失股肱之臣，君主应有忧戚之情。晋侯接受了批评，命人撤去酒席（见《左传》昭公九年）。晋侯既然饮酒而乐，说明他跟大臣毫无感情，也并没感到此事对邦国的严重损失，因此，他并没有丧失股肱一般的痛惜之情。此时所表现的，恰恰是他的真实的感情。受到批评之后，即使撤去酒乐，面带戚容，都不过是奉行礼的规定罢了，都只是让人们看到他还关心国家的大事，还关心大臣的死活。可是，就情感而论，他此时的表现却是虚伪的，作给他人看的。

与此相类似的个案还有鲁襄仲哭公孙敖一例。公孙敖出使，顺便为襄仲迎娶新娘。见新娘很美，遂自娶之。后经人劝说，公孙敖才送还。对这样的夺妻之恨，襄仲痛入骨髓，至公孙敖死时，依然旧恨难平。他根本不想去哭祭、送葬。这本是人情之必然。但是，惠伯认为这样会造成家族的分裂，也不合于礼的规定。他讲了一番道理，告诫他不要违礼。于是："襄仲说（悦），帅兄弟以哭之。"（《左传》文公十五年）这样的哭祭，除了造成礼的定性中的和睦的虚假外观，还能说明什么呢？

总之，无论灭情循礼还是矫情循礼，都属于礼对情的排斥与否定。在礼的思想看来，人们的世俗的感情是无足轻重的，唯有礼的宗旨是至高无上的；人们必须节制乃至抛舍世俗的感情，经过心灵的净化，在礼的定性中获得被改造了的"自由"与幸福，也就是使人变为礼的个性形态。

三　礼对情的排斥的有限性

周代的礼扭曲了人们的性格，扭曲了人们的情感，礼要求人们在外界条件制约与自觉反思的双重作用下，实现心灵的净化，实现礼的定性中的和谐关系。因此，礼所要求的是与现实的物质生活相对立的超尘脱俗的内心生活，以及人与人之间的不受外物干扰的礼的关系。但是，周代人在受到礼的制约，不断地净化心灵的同时，也不断地受到另一种力量的作用。世俗的物质生活以其不可动摇的现实肯定性随时随地出现于人们面前。周代人并非不清楚这一点。他们也深知"饮食男女"决定了人们的最基本的欲望。"死亡贫苦"关系到人们的根本烦恼（见《礼记·礼运》）。礼要排斥、否定这"大欲"，"大恶"，麻痹人们对外物的感受能力，去争夺，尚辞让，而归之于礼的禁欲主义，归之于对"高尚"的道义的追求。

　　然而，礼的这个目标未免太难于实现了。周代人虽然都朝这个方向努力，可是，到达巅顶的只是少数人。多数人则停止在向着礼的高峰攀登的途中。对于后者，礼的圣殿固然具有很强的吸引力。而"饮食男女"则更具有不可抗拒的诱惑力。礼对他们造就的程度愈低，外物对他们的诱惑力就显得愈强烈。情欲愈专注，愈狭隘，愈占据着整个的人，也就愈无法将礼与情统一于内心，而要挣脱礼的束缚，尽情享受外物带给他们的世俗的欢乐。"夫物之感人无穷，而人之好恶无节，则是物至而人化物也。"（《礼记·乐记》）每日每时的现实的生活给予人们思想以强有力的影响，这是必然的。礼要压抑、节制人们情欲的能力终竟是有限的。正因为如此，一部《左传》所记载的因土地、政权、财货、女人等等所引起的情欲，以及随之而产生的侵夺、战争、篡弑，此起彼伏，举不胜举。

　　我们这里所说的相当一部分周代人受其支配的情，并不是脱离具体内容的抽象的情，而是受到礼的一定程度的作用但却终于摆脱了礼的情，是周代人在十分具体的社会生活中形成和表现出的情。如晋郤至受封于温，便认为有理由将原属于温的鄇也划归自己所有。于是，他与周王室争鄇田。经晋侯裁断，鄇田仍归周。郤至不敢争（见《左传》成公十一年）。在这一事件中，郤至的贪欲，诉讼过程和结局，都与礼的制度、礼的思想密切相关。

　　心之动为情。"人心之动，物使之然也。"（《乐记》）"喜气内蓄，虽欲隐之，阳喜必见；怒气内蓄，虽欲隐之，阳怒必见；欲气、惧气、忧悲之气，皆隐之，阳气必见。五气诚于中，发形于外。民情不可隐也。"（《逸周书·官人解》）这里使心为之所动的物，是周代社会生活中的具体的物，是具体的利害关系；要使"心之动"的情隐而不发的礼，也是当时历史条件下特有的精神力量。因此，礼与情之间压抑与挣脱之间的冲突，就无可避免地带有鲜明的时代特征，即使经过抗争终于挣脱了礼的束缚的情，也带有一定程度的礼的特征。

在前面所讨论的灭情循礼和矫情循礼的状况下，尽管情与礼处于分裂、对立的关系中，却仍然属于被礼所掩盖的、潜在的矛盾。二者仍能勉强地统一于礼的规范中。因而给人以虚假的和谐的外观。但是，当情挣脱礼的束缚之时，潜在的分裂、对立关系明朗化、表面化，虚假的外观不复存在了，暂时的，不稳定的和谐为必然的不和谐所代替。

上述情与礼之间关系的几种状态：较为和谐；潜在的矛盾与勉强的和谐；公然的分裂与不和谐，可以构成随着社会发展而导致的情与礼关系变化的基本趋势。从中可以约略窥出从礼乐盛世到礼崩乐坏的演进中，周代人情感暨性格变化的历史趋势。然而，当我们考察《左传》时就会发现，在《左传》所记载的二百五十余年中，甚至襄、昭二代的六十余年中，情与礼的三种关系可以同时出现于社会生活的不同角落、不同方面。这是在社会生活的横断面上见出的纵向的历史发展所留下的痕迹。正确认识三种关系交错存在的复杂状况，有助于我们正确理解周代人的感情与性格，也有助于我们正确认识《诗经》中一些无法探知其确切年代的诗篇的内涵。

第二节　礼所熔铸的情感与心灵

在周代，由于礼的无所不在的制约作用，人们的性格、情感都不同程度地带有礼的定性。这成为人们性格、情感的时代特点，表现在文学中，也成为文学作品、艺术形象、诗歌艺术美的时代特点。

在这一节，我们要讨论《诗经》所表现的情感与礼的关系的一个方面，即在礼的规范内抒发的情。一般地说，周代人不论其经济地位、社会地位如何，其思想感情总要或多或少地受到礼的制约。即使因现实生活的触发而与礼的某些规定发生冲突之时，他们的感情也不能脱尽礼的定性，因而，此时他们的感情也可以说处在礼的规范之内。然而，我们这里所讨论的并不是带有礼的普遍规定性的情感。从《诗经》中的部分诗篇可以看出，在某些诗人那里，或者在某些时候，某些环境中的诗人那里，礼并未成为感情的桎梏。感情可以在礼的规范内得到较为充分的抒发。依照诗中所展现的内容，这种在礼的规范内抒发的感情，分别表现为以下三情况：（一）、盛典、礼会中的感受；（二）、思想交流与感情交融；（三）、具有依赖性的感情。

一 庆典礼会中的感受

周代社会生活中经常举行庆典，以较为隆重的仪式祈祷和报祭自然神或祖先神的所谓的"福祐"；又经常举行贵族间的礼会，即所谓的朝、觐、宗、遇、会、同（见《周礼·大宗伯》）。这些庆典和礼会是当时贵族社会生活的重要内容。周代所崇尚的君臣之义，尊卑之旨，也较为突出地表现于这些场合。在这些庆典、礼会中，环境、气氛以及由礼的规定而培养形成的习惯，都使人们产生一种与当时活动内容相适应的心情。所谓"宾客主恭，祭祀主敬，丧事主哀，会同主诩"（《礼记·少仪》），实际上便是大多数人在不同条件、气氛与活动中的感受，但因大多庆典、礼会中既有繁复的仪式，又有欢乐的聚会、宴饮，祭祀之后有绎祭，朝聘之际有宴礼，于是人们的感受既体现出以恭与敬为主，却又不限于恭敬。

在《诗经》中，有些作品从不同的角度表现了诗人在庆典、礼会中的感受。诗人或着眼于仪式的进行，或从某些环节引出，或径直抒发感慨，使得这些诗篇各具特点。

《采菽》这首诗产生于诸侯朝觐天子之时。这次朝见给予诗人的突出感受，是由旗帜、鸾铃、车马等外部威仪所展现的来朝君子的"人格美"。诗人将这感受凝聚为对礼化的贵族性格的赞美，极力进行歌颂。朝觐之礼，仪节很多。作者却仅拈出赏赐、策命两项，简括地写入诗中，以见出来朝君子所受到的隆遇。而这隆遇，在作品中，既以来朝君子的"人格美"为基础，又是对它的再肯定。作者的"人格美"理想，他对具有美好品德的贵族的景仰之情，都因贵族礼会而感发，也在礼的规范内得到恰当的表现。

《采菽》旨在表现作者的"人格美"理想，因而对礼会中的仪节仅仅作为衬托人物品德的材料，轻描淡写地加以运用。《楚茨》则因作者所要表现的感情不同，对庆典中的仪节也采取了迥然不同的作法。

《楚茨》较为完整地歌咏了一次祭神庆典的过程，表现了人们的庄敬、喜悦的心情。诗人从丰收的场面略为上探周人务农传统的久远，便迅即转入祭祀庆典之中。第一章大部分内容写庆典开始之前的事。从形式上看，似乎离诗所表现的庆典中人们的活动和心情远了一点。但实际上，这一章着重写出了这次庆典的性质：这是丰收后的祭神庆典。同时，这一章也预先确定了全篇感情的基调：仓廪实，衣食足，人们自然有一种满足、喜悦之感。

第二章、三章各有侧重，但都从烹制献祭的物品写起。

> 济济跄跄，絜尔牛羊，以往烝尝。或剥或亨（烹），或肆或将。

"济济"在《诗经》中多用以形容庄严恭谨之貌，"济济跄跄"义也相同。表面上，诗人仅写出净洁牛羊的人的仪容。实际上，这是举偏以该全的手法。那对牛羊进一步加工的人，剥皮的，烹煮的、将煮熟的肉陈于俎内的、将俎肉奉持进献的，莫不以庄严恭谨之态从事所分担的任务。《礼记·少仪》所说的祭祀的仪容"齐齐皇皇"，正符合《楚茨》中所描绘的状况。

在第三章中，诗人又进一步描绘人们的态度和对祭品的加工。因为据说"神嗜饮食"，每当庆典，都要制作多种多样的祭品，不仅有牛、羊、豕、肠、胃、肺之别，就连脊骨、肋骨还要制作成正脊、横脊、短肋、正肋等多种式样（见《仪礼·少牢馈食礼》、《特牲馈食礼》）。制作和奉献祭品是庆典的重要部分。因此，诗人反复歌咏以见出人们的态度与心情。"执爨踖踖"，"君妇莫莫"，都是直描写人们的庄敬的仪容。而这仪容乃是庆典中的人们共有的仪容，体现于为俎、为豆的行动中。

人们的严肃恭敬的态度，不仅表现于祭品制作过程中，也表现于象征性的赐福仪式中，祖先神的替身——"皇尸"代表神享用了味道鲜美的祭品。随后，他又代表神赐福给"孝孙"即主人。工祝转达了神意：因奉献的祭品馨香，所以神按着时间、季节赐给主人百福。在仪式上，神的美好意图又演化为象征性的行动：祝帮助"皇尸"捡取一部分祭品授给主人。巫祝等人所转达的神意和他们帮助神转赐的物品，象征着祭神取得了成功。于是，祭神仪式达到高潮，人们纵情欢庆所获得的福禄。

在诗篇中，不仅歌咏了人们事神时的诚敬之心，还唱出欢庆时的愉悦之情。这欢情笑意在诗的第三章、第六章都有很好的表现。

第三章描写人们制作祭品，但丰盛的祭品只有一部分用于献祭，其中包括少量供神的替身皇尸食用，更多的则是在仪式结束后，供参加典礼的人们在欢庆祈福成功时食用。因此，第三章从酒食连类而写出人们饮酒时的礼仪与欢情。随着赐福仪式的完成和"皇尸"退席，人们在宗教活动中的恭敬之情也为尘世生活的欢乐之情所取代。这里固然有"赐福"所引起的愚昧的满足。然而，一面演奏着音乐，一面在少有的宽松的氛围中尽情饮酒、吃肉。这物质生活所带给人们的快感，更能唤起人们的欢乐与对现实生活所产生的满足感。"尔肴既将，莫怨具庆"，正表明这人人都无怨怼的满足感主要来自酒后耳热之际，而不是得自冥冥中的神灵。

《楚茨》一诗表现出人们的感受的不同变化，也表现出庆典的进行同人们感情间的关系。但是，无论庄敬也好，欢乐也好，都得到恰当的表现。庆典的仪式与规定并没有妨碍情感的抒发。

人们的感情与庆典、礼会生活的这种关系从《行苇》中也可以看出。《楚茨》歌咏祭神仪式结束后说："诸父兄弟，备言燕私。"《行苇》所表现的，似乎就是祭神后重张席筵时人们的感受。

《行苇》共八章。前几章集中写宴饮。诗人不直接写人们情绪如何欢洽，而是通过"肆筵设席"、"或献或酢"、"或歌或咢"等诗句，展现出在场者的忙碌与欢悦。接下来，诗人歌咏了射箭的场面和参加的人。作品赞美射者技艺之精，四支箭像以手插在目标上那样准确无误（"四镞如树"）。在周代社会，射艺是贵族必备的本领之一。射艺精粗，可从一个侧面反映出其人受教育的程度，亦即礼化的程度。因此，诗中所描绘的场合，也用射艺高下排列出宾客的次第（"序宾以贤"）。在后面的两章，诗人的着眼点重又回到筵席：主人的酒肴非常醇美。人们以大斗为老年人斟酒，向老年人敬酒。人们引领着、搀扶着老人（"以引以翼"）。他们能够出席盛筵，他们在宴会上受到尊重，这都体现出主人和参加者的尊老、敬老之德。但是，另一方面，在当时人看来，老寿星出席宴会本身就是吉祥的征兆，他似乎可以给人们带来更大的福分（"寿考维祺，以介景福"）。

在这首诗中，作者选取了宴会的几个场面，他并未对人们的情感以及自己的感受作正面描绘。可是在不同场面的人们的活动中，已经体现出参加宴会者的心情。

《楚茨》、《行苇》等诗所表达的感情，所传达的审美感受，在当时一部分贵族中无疑会引起共鸣。然而，这些诗篇所表现的感情终竟是较为狭隘的。这种典礼不是寻常人可以参加的，因而其间的感受也不是寻常人所能有。同时，这些作品中的抒情形象所表现的旨趣也较为浅近。他们表现出在优越的物质享受中的满足感。至于对道义的追求，则较少见于诗篇中。

这些作品之所以显得狭隘些，浅近些，同选取题材的生活范围，同诗人产生艺术联想的特定条件有一定的关系。但是，主要原因并不在此。有些同样取材于庆典礼会的作品，却不以表现物欲满足后的快感为宗旨，而将他们艺术创作的灵感定位于对道义的追求。如《采菽》所表现的对贵族礼的修养的敬佩、赞叹，《鹿鸣》所表现的抒情主人公的谦恭和对"德音孔昭"的嘉宾的尊重，都是如此，如果同下边即将论及的诗篇相比，也可以看出这一点。

《诗经》中还有少量作品，如《鱼丽》、《南有嘉鱼》等，或与《楚茨》的旨趣相近，或者还有所不及。

二　思想交流与感情交融

在周代，无论是庆典礼会，还是日常交往，人们往往表现出对道义的重视，强调情感与道义的结合。这固然是当时统治思想——礼的要求，同时，这也是周代贵族具有较高的文化素养和道德修养的表现。"朋友攸摄，摄以威仪"（《既醉》）。朋友之间不徒感情融洽，而且能够在礼的规定中求得思想上的接近，甚至是思想一致。这样，就使彼此之间的亲密感情具有更为坚实的基础和较高的旨趣。这种现象在《诗经》的不少作品中见于歌咏。

《白驹》是一首挽留嘉宾的诗。主人以场圃之苗喂客人的白马，绊好了马腿，系好了缰绳，希望延长今日的欢会。诗人用两章的篇幅反复咏唱留客的美意，表达了他在分别之际的依恋之情。三、四章则从宾主两个角度表现出对这次聚会的珍惜。

> 尔公尔侯，逸豫无期。慎尔优游，勉尔遁思。

这位客人似乎是身居公侯之位的显贵，又为纷繁的政务所累，很少有逸乐之时，又慎重地对待出游。因此，他们聚会的机会很少。这就显得这次聚会非常难得。对出游持审慎态度，尽量少出游，这在当时贵族中并不少见。如《尚书·无逸》就告诫人们要："无淫于观、于逸、于游、于田。"《大雅·板》也曾言及逸豫、优游的问题，诗中说：

> 敬天之怒，无敢戏豫；敬天之渝，无敢驰驱。昊天曰明，及尔出王。昊天曰旦，及尔游衍。

从这里可以看出当时人的两种生活态度：一种人淫乐无度，无所作为，因而为诗人所批评；另一种人勤于政事，很少有休闲时光（即"逸豫无期"），他们又很慎重地对待游衍。《白驹》中的"嘉客"就属于后一类人。客人公务的繁忙以及他对待优游的审慎态度，使他成为主人的稀客。诗人珍惜这次难得的聚会，于是劝他多留一时，"以永今朝"。

诗人珍惜这次聚会而留客，是因为两人难得见面，还因为在见面时，主人得到了精神方面的收益。诗中说：

其人如玉。毋金玉尔音。而有遐心。

诗人称赞这位"嘉客"品德精洁如玉。这暗示出他们的聚会不同于一般的酒肉朋友或一时感情投合的聚会，而是以融洽的感情和相当高度的道德作为他们之间的纽带。诗人希望客人不要像珍爱金玉那样吝啬自己的声音，而应留下对自己的教诲。这就越发表现出他们之间的友谊以及作品中的挽留之情，都具有道义上的旨趣。

周代贵族在互相交往中比较注意对道义的切磋。《左传》与《国语》中记载了很多具有典范意义的人和事。赵简子与子大叔的友谊可称为代表。各诸侯国的大夫会于黄父。晋赵简子向郑子大叔请教礼仪。子大叔向他阐述了礼的精义。在与会诸大夫中，论地位、权势、影响，赵简子都远在他人之上，是会盟的主持者。然而，他并不盛气凌人，不以求教为耻，子大叔也不因滔滔不绝的议论而被视为简慢。后来子大叔去世，赵简子亲临祭祀，非常悲痛。他说："黄父之会，夫子语我九言，曰：无始乱，无怙富，无恃宠，无违同，无敖礼，无骄能，无复怒，无谋非德，无犯非义。"（见《左传》昭公二十五年、定公四年）如果从世俗的虚荣心角度衡量，子大叔的九句话教训人的意味未免太强了。可是，赵简子视为至诚之言，视为他们之间感情和友谊的结晶。同样的，《白驹》的作者要求"嘉客""毋金玉尔音"，正是希望他多留一时，给自己以教益。对精神方面进行交流的愿望使作品中的感情显示出更为深刻、更为丰富的内涵。

周代贵族重视彼此之间的感情方面的联系，更注重彼此之间在精神领域的沟通和交流。这种倾向不仅表现在庆典、礼会等场合的贵族交往中，甚至在男女私情中也有所反映。《车舝》之诗就是如此。

《车舝》是一首作于迎亲途中的诗。诗的大多数篇章表现出作者沿途所见所感。

> 间关车之舝兮，思娈季女逝兮。匪饥匪渴，德音来括，虽无好友，式燕且喜。

作者从安好车辖写起，登车上路，去迎娶新娘。旋即转入抒情，表达了对这位"季女"即少女的仰慕之情，"匪饥匪渴"二句采用了因果倒置的句法，说出自己现在不饥不渴，原因即在有令德的少女来会合。作者不仅表达了自己现在的感受，而且，又很含蓄地向对方吐露出在这之前的心情，即那时是思贤女如渴。诗人赞美了有令德的"季女"，表达了对她的向往之心。"虽无好友"是自谦之辞，即三章的"虽无德与女（汝）"。诗人称赞对方以"德音"来会，以"令德"来教，而自己的修养远不能同她相比，无德以报之。

在谈到道德修养时，诗人显得较为谦恭。但在表达自己的爱情时，却毫不含混。他反复表示将用燕饮、歌舞使她高兴，而且要永远爱她，永远不会有厌倦之时（"好尔无射"）。

在诗中，作者结合沿途所见，设想婚后的生活，反复抒发对有令德的新妇的爱慕之情。在第五章，作者更运用眼前事物构成形象生动的比喻，较好地表达了自己的心情。

> 高山仰之，景行行之。① 四牡骓骓，六辔如琴。觏尔新昏，以慰我心。

有高山则仰望之，这是隐喻自己对新妇的敬仰之情；有大道则恭行之，这是隐喻自己奉行礼法之志。继而，诗人又申述了自己恭行"周行"与仰慕"高山"的基础，亦即自己所受礼的熔铸的程度。他通过自己善御的本领，把自己的心灵的礼的定性在新妇面前作了充分的展示。在《诗经》中，作者往往以善御的本领，表现善于礼的修养。如《鲁颂·閟宫》称颂鲁公"六辔耳耳"，《裳裳者华》称赞"之子""左之左之，君子宜之"等莫不如此。《车舝》也是借"六辔如琴"以表示自己于礼无忝。这样，诗人一方面明确表示新妇很称自己的心（"我心写兮"、"以慰我心"），同时也委婉地暗示新妇，自己也会合她的意。

为了正确理解这些作品的内涵，有必要进一步探讨周代贵族间情感交融与思想交流的时代特点。

一般地说，任何时代的人都不满足于单纯的情感关系，而寻求思想上的相应基础，通过思想上的相互了解而使亲密的感情更加稳固坚实。因此，古往今来，人们用"知心"、"情投意合"、

---

① 今本《诗经》此二句作"仰止"、"行止"。《释文》云："仰止，本或作仰之。"案篆文"之"与"止"形近，隶定、传写间往往致混。或本作"止"者是也，"行止"也当据改。参见马瑞辰《毛诗传笺通释》及于省吾《泽螺居诗经新证》。

"志同道合"等美好语言形容挚友之间交谊的深厚。在周代，人们也企望得到这些美好语言所描绘的友谊。但是因为周代的思想与后世有较大差别，因而，通往"知心"之境的"心"与"知"两方面都显出不同。"知心"等词语所概括的内涵也有很大差异。

西周的成康盛世自不待言，西周中期到春秋之际，占统治地位的意识形态依然是礼的思想和礼的规范。尽管礼的某些规定、制度已经发生动摇、崩坏，但是礼的思想仍然顽强地控制着人们的头脑，人们的行动。在周人入主中原到春秋中期的几百年间，礼的作用非常强大。礼成为凌驾于人们之上的精神力量。它规定人们的个性，否定人们对世俗生活的追求，排斥同物质享乐相联系的情感，而要把人们的意志、愿望、爱好，统统纳入自己的规范中。于是，人与人之间，特别是贵族之间，只有在礼的定性中，才能获得深沉的爱，才能获得信任，达到心心相印。人们的感情从属于礼。合于礼的感情才会为社会所承认，也才会为对方所承认而实现感情的交融。

由于礼对人们精神的特殊的规范和制约作用，人与人之间的相互了解也比其他时代容易。周代强调威仪，强调要使礼所熔铸的性格外显，因此，当时贵族常常要观礼，从进退揖让中考察人们的心灵所实现的礼的定性的程度，人与人之间通过礼的中介，可以迅速达成了解。如晋大夫叔向使于郑。鬷蔑立于堂下，一言而善，两人"遂如故知。"（见《左传》昭公二十八年）这是因为一句话使两颗心灵在礼的范围内找到了共同点。我们前面所讨论的《白驹》、《车舝》以及《隰桑》、《绵蛮》等诗所表达的，正是这种由礼所沟通的思想感情，而不是后世朋友间通过相互了解而产生的心心相印的感情。

三　具有依赖性的感情

在周代人们相互交往中，或者在日常生活中，除了在感情交流中表现出对思想即礼的追求以外，还常常可以看到人们感情的的另一个特点，即较为缺少独立性而表现出不同程度的依赖性。这种依赖性有时表现在相互交往的感情中，有时并无定指，显得较为宽泛。在《颁弁》中，这种感情特征表现得就较为鲜明。

在这首诗中，诗人将君子比为独立的松柏，而将自己与参加宴会的兄弟比为攀援松柏而生的蔓类植物茑与女萝。这个比喻既形象地显示出包括诗人在内的众兄弟同"君子"之间的经济上、政治上的依附关系，也表现出诗人的感情的依赖性特征。因此，"未见君子，忧心弈弈"，这就不是两个独立的、平等的人之间的思恋之情，而是事人者对所事者，卑者对尊者的渴望见到却又不能经常见到的依恋之情。而"既见君子，庶几说怿"所表现的当然也不是两个普通朋友见面时的欢乐，而是掺杂着荣幸、感激、愿望得以实现的心情。

对诗中所表现出的这种感情，既不应与一般朋友间的或上下级间的感情相混同，也不应与后世那些谄媚奉迎之情相混同。周代的物质的、精神的条件决定了那个时代的人，那个时代的人便表现出自己特有的情感。

周代通过分封而实现的土地占有形式，通过劳役地租即直接榨取剩余劳动而实现的剥削形式，决定性地导致了人与人之间的人身依附关系的形成；而周代的礼所倡导的"尊尊"之旨和敬让义义，也是从根本上否定人们的独立性，而代之以对尊者的依赖性。因此，在《诗经》中表现出对"君子"的依恋之情也是十分自然的。

周代人的这种感情特征在《小雅·谷风》和《常棣》中表

现得较为鲜明、突出。这两首诗的作者的境遇不同，对生活的感受也不同。《谷风》直接表现彼此已经破裂的关系，抒发了被抛弃的愤懑。《常棣》的感慨来自眼前的宴会，着重表现出对兄弟至亲的重视。尽管两首诗有如此大的差异，可是，两首诗通过不同的场合、各异的语言，传达给我们的感受，却导引至同一方向，即带有鲜明的时代特征的感情，显示出依赖性特点的感情。

《谷风》以对比手法，反复咏叹"女"（汝）对"予"在两种境遇下的不同态度：

> 习习谷风，维风及颓。将恐将惧，置予于怀；将安将乐，弃予如遗。

这里的"置予于怀"，并非实写对方将自己抱在怀里，而是比喻两人亲近到无法再近的程度，以共赴忧患。这与前一章说的"将恐将惧，唯予与女（汝）"，都表明二人在患难时的亲密关系。但忧患过后，到了享乐之时，则抛弃这曾经共患难之人，如同遗忘一般，不再念及。诗人斥责"女"（汝）缺少礼的修养，批评他"寡德"即缺德，对他无端地遗弃自己的行为表示出极大的愤慨。

《谷风》所谴责的"女"这种背信弃义的寡德之人，在《常棣》中则作为君子的反面镜子出现，予以鞭挞，借以警戒世人。同时，也歌咏了"将恐将惧"时的共患难者，诗云：

> 死丧之威，兄弟孔怀。原隰裒矣，兄弟求矣。
> 丧乱既平，既安且宁。虽有兄弟，不如友生。

在死丧的威胁之前，在亲情与共同利益的驱动下，唯独兄弟可以急难赴患。这是连生死悬隔也无法阻绝的关切之情。但是丧乱平定之后，却将患难兄弟疏远了，忘却了。作出这样事的是什么人呢？什么人有权利、有可能作出这样的事呢？不言而喻，自然不是家庭中的一般成员，而是在政治上、经济上居于主导地位的"宗子"，即尊贵的君主。

在《常棣》中，诗人并未被遗弃，他只是将那些违礼、失礼的寡德之人作为反衬，以突出诗中所赞美的主人，同时，也显出诗中所歌咏的兄弟关系在当时社会生活中是很稳固的，因此也更合于自己的理想。诗人表达了众兄弟团聚在"宗子"周围而产生的"和乐且湛"的满足感。

在《谷风》中，诗人与"女"之间虽然未必是兄弟，但彼此关系却与《常棣》所言有某种程度的类似。《常棣》中作为反衬的现象，在《谷风》中则成为现实，成为诗人怨恨之源。诗人抱怨说："忘我大德，思我小怨。"表明他与被遣责的人也曾有过"将恐将惧"之时，并且，他还出过不少力。然而，危险过后，素日间一些小小的嫌隙却成了双方关系中的重要问题，甚至成为对方遣责自己的把柄（"小怨"）。

这首诗所表现的感情，既不同于后世朋友交绝的怨悒之情，也不同于对寻常所说的过河拆桥之类行为的愤慨。诗人的感情，在本质上，乃是欲为公室之枝叶而不可得的不平。他想要为"宗子"的利益同时也是家庭的利益作出奉献，却不被理解，不被采纳。他想要维护彼此间的依附、被依附关系，却终于遭到抛弃。诗人所表现的，是依附于人者的可悲结局，是缺乏独立性的人生的哀叹。同样的感情倾向在《周南·樛木》中也有所表现。只是诗人对其感情揭示的深度有所不同而已。如果我们将《郑·扬之水》与上述诗篇相对比，便可以看出其间的差别。从《扬之水》所表现的内容看，作者与其兄弟的关系受到外部的干扰、离间，于是，诗人反复申明兄弟间无可替代的关系：

> 终鲜兄弟，唯予二人。无信人之言，人实不信。

"人实不信"之人，当指诗人自己。他在告诉他的兄弟，在他们之间进行挑拨离间的人是个不讲信义的人。他的挑拨不会起作用。自己没有更多的兄弟，只有彼此二人，不重视他还能有什么亲人呢？这里面没有怨恨、牢骚，也没有欲为枝叶而不可得的烦恼，只有较为平和的劝慰。之所以会有如此不同，当由诗人的地位所致。从二人的关系与口气看，作者当为兄长，是一家之主。因此，这首诗的情感才会与前面所述略有差异。

第三节　诗情及其对礼的排拒

在《诗经》中，有些诗篇所抒发的感情虽也具有一定程度的为礼所熔铸的痕迹，但却更多地从不同方面、在不同程度上显示出人们的感情同礼的矛盾，表现出人们的感情宣发中存在着摆脱礼的束缚的趋势。这类作品表明礼对人们心灵的制约作用的有限的一面，并预示这与情相矛盾的以禁欲主义为特征的礼，终将无法改变现实生活对人们的感情的强有力的诱发作用。这些作品，依其内容所表现的情与礼之间的矛盾关系，可以分为三种类型：（一）、公义与私情；（二）、礼的相互制约的规定与人们的感情；（三）、现实生活的感发及其对礼的离异倾向。

一　公义与私情

礼以一定的情为依据，因而，在某些情况下，情感同礼并不处于矛盾状态中。但这仅是相对的，不稳定的关系。在很多情况下，情感都受礼的制约而屈从于礼的定性。礼对情显出一定的压抑与排斥。这种关系首先和经常表现于所谓的"王事"、"行役"之类为君主效忠的行动中。

在周代，这类"王事"、"行役"的范围极为广泛，内容也很复杂。天子、王侯颁布政令，考察政绩，以及营建、征战等使命；下级领主效忠于上级领主的贡赋；诸侯国之间的出使、聘问、会盟等大事，还有数不清的杂役，都需要很多人力。其中既有一些贵族成员疲于奔走，也有相当多的下层劳动者尽瘁于"王事"。这是以当时普遍实行的劳役地租为基础的"行役"。贵族的行役之苦同被压迫者服劳役之苦相比，有着本质的区别。但在周代却都被纳于"公（王）事"的范围之中。因此，也被纳入礼的定性之中。

《孟子·滕文公》说："公事毕，然后敢治私事。"孟子的概括虽较晚出，但却符合周代礼的思想，同时，也符合西周人们的认识实际。《大田》云："雨我公田，遂及我私。"似乎天公下雨也在公田、私田之间分出主次、轻重、先后。这种公私轻重之分在礼的思想中被抽象为公义与私情的对立。晋郭偃曰："废国而向己，不可谓礼；不度而迁求，不可谓义。"（《国语·晋语一》）礼义的要求就是以公义否定私情，使人们心甘情愿地在否定了私情的公义中寻求人生意义。所谓"报生以死，报赐以力，人之道也"。为人臣子，不得"以私利废人之道"（《国语·晋语一》）。所谓"不以家事辞王事，以王事辞家事"（《公羊传》哀公三年），都是对公义、私情关系的经典性的表述。

在《诗经》中，这种公义与私情的矛盾常常表现为某些执王事者的复杂的感情。

《出车》是一首出征军士所作的诗。

《诗经》艺术论

作品突兀而起，一开始便写出将士们出车套马、呼唤仆御、建旌设旗的紧张场面。

> 我出我车，于彼牧矣。自天子所，谓我来矣。召彼仆夫，谓之载矣。王事多难，维其棘矣。

在对出征前各方面部署的陈述中，诗人虽未交待出车的使命是什么，但从那气氛中，人们便可预感到这是不同寻常的窘急之事。

不仅如此，在前两章的末尾，诗人各用两行诗句简练地写出人们的内心活动。一方面，外族入侵，国家多难，从上到下都有危急之感；另一方面，战争带给生产的破坏，给生活造成的困苦，也使人们感到忧虑。"忧心悄悄，仆夫况瘁。"这里所表达的忧心并非作者独具之忧，诗中的"我"是将士自我，而非个人之我，仆御也是将士的一部分。作者采用了参互见义的修辞手法，表现出广大将士的忧心与憔悴。就这样，王事窘急之感和个人私情之叹交织在一起，构成诗歌抒情的基调，表现出本不愿征战却又不能不从军征战的心情。

然后，诗人陈述了出征的目的地——"往城于方"，"城彼朔方"，也陈述了战争的性质——"狎狁于襄"。这既与首章的"王事多难"密切呼应，也是对造成国事窘急原因的具体揭示。在这中间，诗人插入了对车声旗貌的描绘，展现了礼义之师的军容，表现出将士们勇赴国难的耿耿正气。

> 昔我往矣，黍稷方华；今我来思，雨雪载涂，王事多难，不遑启居。岂不怀归，畏此简书。

诗人展现出将士们内心的矛盾：由于国家窘急，他们先挫狎狁，又克西戎，辗转作战，起居无定；另一方面，他们又因长期艰苦的军旅生活而个个思归。但是有书写敌情戒命的简书在，欲归不得归，只能抑制私情以奔赴王命。这样，既写出了将士们以国事为重的情怀，也写出了他们在艰苦的军旅生活中的真情实感。

与此同样处于公义与私情矛盾中的心理状态和感情，在《采薇》中也得到了恰当的表现。《出车》作于凯旋之时，出征、转战、怀归，都是在回顾之中陈述于读者前。《采薇》作于归途。诗人久戍在外，思归不得归，现在终于踏上了归途。刚刚经历过的战争的艰辛和归途新出现的困苦，猃狁犯境造成的危急之感和久戍在外的怀归情绪，错综复杂地交织在一起，构成一颗有血有肉的心灵的跳动。

但是，诗人丰富的内心世界并非由各种情绪、感受混杂组成，而是主次鲜明，丰富而不杂乱，怀私而不伤于公义。征戍既久，饮食、居处难以保证，艰苦的条件使人们的乡愁更为强烈，忧烦之心如焚如病，思归之情似乎到了不可遏止的程度。然而，人们并未因为艰苦、因为怀念亲人而放弃抵御外侮的大事，相反的，他们认为：

> 靡室靡家，猃狁之故；不遑启居，猃狁之故。

两个"故"字道出了人们对自己艰辛困苦之源的认识。同时，这也是自己欲归不得归的根源，诗人在第一章中就把这一点突出歌咏出来，从而为以下各章展开抒情奠定了基调。于是"忧心烈烈"、"忧心孔疚"等感情的抒发，便不同于贪图安逸或思念闺中之人或忧虑父老、田园的一己之牢骚。在他们的忧愁之中，隐含着对造成苦难者的怨恨。

公义和私情之间的矛盾，不仅表现于从征将士身上，也表现于和平生活中的行役者身上，但由于大多数的"王事"并不像"猃狁孔棘"那样关系到国家、民族的存亡，因而有些行役者虽然不得不为"王事"而驰驱，却更多地表现出愁苦与怀归之情。人们感情上的这种差别在《小雅·杕杜》中表现得比较鲜明。

《杕杜》也是征夫作于归途的诗。

> ……王事靡盬，继嗣我日。日月阳之，女心伤之，征夫遑之。

挺拔独生的杜树，果实鲜明。在诗人看来，这是顺应天时物理，得遂阴阳之合的结果。诗人以此反衬自己行役在外，逾时不归，难谐夫妇之情。

"日月阳之，女心伤之"二句，表现了当时生活条件下形成的心理与感情。

决定这种心理与感情的，首先的和最重要的，是由远古延续到周代的两种住所的生活习俗，即夏庐、冬窖的习俗。

> 这种因生产劳动的需要而设置的两种住所的生活方式，在周代的中国内地也普遍存在：所谓"夏居庐，冬入室"。据古史所载，每当春季开始耕地的时节，农民（或农奴）便必须离开自己设在"都"（城）"邑"（村落）中的过冬的"室"（穹室），全家迁居到井田之间的"屋庐"中去，以便于农作；壮年男女不准在"都""邑"（城、村、里）中勾留，否则要受处罚。当秋末寒气降临的时节，农作已毕，农民（或农奴）方可离开井田间的"屋庐"，迁回到

"都"（城）"邑"（村）中的"室"（穹室）中去。①

这种生活方式所形成的风俗的特点之一，便是伴随着一年农事的结束和穹室生活的开始，人们开始娶妻嫁女；出门在外的男人也往往于此时结束了使命、徭役，回家与妻子团聚。"秋以为期"（《卫·氓》），"霜降迎女，冰泮杀止"（《荀子·大略》），说的便是前者；"洒扫穹窒"（《豳·东山》），即指后者。而"塞向墐户"，"嗟我妇子，入此室处"（《豳·七月》），则是一般劳动者"猫冬"于穹室的生活。

这种生活方式与风俗培养并形成了人们特殊的心理积淀。每到入居窟室的季节，怨女旷夫对亲人的怀念之情尤为炽烈。《采薇》云："岁月阳之"，是借这具有特殊意义的时序表达感情；《东山》云："洒扫穹窒"，是通过住所的届时更换表达自己的恋情。

《杕杜》诗中的"日月阳之，女心伤之"所表现的正是怨女旷夫的思恋之情。王事没完没了地加在诗人身上。现在，时令到了被称为阳月的秋末，家家都在团聚。诗人也好不容易完成了使命，开始往回返。他归心似箭，急切地想早些见到妻子；在他的想象中，妻子也正为时至阳月尚不得团聚而伤悲。

檀车破损，四牡疲弊（"檀车幝幝，四牡痯痯"），愈加衬托出征人之苦。但是他现在只想着已离家不远，想着很快就要与家人的团聚。

在最后一章，诗人重又诉说踏上归途前的忧心和逾期仍不得归的怨悒。他急切地占卜归期。卦兆告诉他，归期就要到了。这

---

① 杨公骥师《考论古代黄河流域和东北亚地区居民"冬窟夏庐"的生活方式及风俗》，《东北师范大学学报》1980 年第 3 期。

些细微的内心变化或行动的描绘，将诗人盼望回家的急切心情表现得极为细腻、充分。

在诗中，"行役"本不可避免地会引起公义与私情的矛盾，而"继嗣我日"、"期逝不至"等诗句所表明的逾期，又使这矛盾加剧，使诗人怀归之情更加强烈。

从《出车》、《杕杜》等诗中可以看出，当时各种性质的"行役"、"王事"，给人们的生活增加了许多困难，也给人们带来了烦恼。尽管礼要求人们以公义否定私情，但现实生活的变化，现实存在的矛盾，却不能不引起人们内心的波澜。私情是不可否定的。久役不归者的内心交织着公义与私情的冲突，也是势所必然。

二 礼的相互制约的规定与人们的感情

在周代社会生活中，不仅存在着上述公义与私情之间的矛盾，而且存在着尊与卑、贵与贱等不同阶级、不同等级的矛盾。实际上，上述的公与私的矛盾，也是尊卑、贵贱矛盾以及阶级矛盾的另一种形式的表现。为了防止阶级矛盾与统治阶级内部矛盾的加剧，周代的礼一方面要求卑事尊、贱事贵、少事长，另一方面又强调修身，自觉实现礼对自己心灵的熔铸，特别是要求尊者、贵者，率先执礼，作到"内省不疚"，"无愧于屋漏"，成为天下执礼的榜样。与此相适应的，便产生了礼的原则中一系列具有相互制约的规定和行为规范，如所谓的"君义，臣行；父慈，子孝；兄爱，弟敬"（《左传》隐公三年）等，卑贱的一方破坏这些规定，如所谓的贱妨贵，少陵长，远间亲，新间旧，小加大等，便被称为逆举，其人将受到惩处。尊贵者如果破坏了这些规定，也将失去礼的维护。在这种情况下，卑贱者的批评、斗争、反抗，也会在礼的思想中找到依据。伍子胥的父兄无辜被杀，他流亡吴国，终于借吴兵破楚。（见《国语·楚语》）在这一事件中，人们并不认为伍子胥的行为是背叛楚的大逆不道之举。之所以如此，就在于楚王的逆行破坏了礼的原则，极大地伤害了伍子胥及其家庭。同样的，郧公的父亲被楚平王杀死，当昭王逃跑奔郧时，郧公之弟怀欲报父仇而弑王，昭王奔随得免于难。事后，昭王认为怀是"礼于父"，他的感情和行为也被视为合于礼义的原则。（见《国语·楚语》）周厉王暴虐被国人逐出，卫献公也遭到同样的下场，在当时的有识之士看来，也不在于人民举动过分，而是这些君主暴虐所致，是他们咎由自取（见《史记·周本纪》、《左传》襄公十四年）。

在《诗经》中，并没有表现出伍子胥、郧公之弟怀那样与最高统治者势不两立之情的诗篇，但是，尊者破坏了礼的相互制约的规定，使卑者受到挫折、打击，或者经历了艰难，则是他们首先违背了礼。在这种情况下，诗人从自己的境遇产生感慨，抒发了对尊者甚至最高统治集团的不满，表达了对社会的抗争、谴责，也引起了人们的广泛的同情，引起社会不同阶层的共鸣。《小弁》、《北山》等都属于这类作品。

《小弁》之诗，旧说或以为太子宜咎的教师所作（见《毛诗序》），或以为尹吉甫之子伯奇所作（鲁诗说、齐诗说，见《诗三家义集疏》），都不过传闻罢了，很难确指。倘以诗的文本为根据，则有一点是无可置疑的，即作者生逢季世，是在统治阶级内部矛盾中受到排挤、打击而遭遇不幸的人。

作者在诗中运用了很多比喻，反复进行对比，以表现自己的不幸与无限忧伤。鸟儿有自己的归宿（"弁彼鸒斯，归飞提提"），蜩有所栖（"菀彼柳斯，鸣蜩嘒嘒"），苇有所生（"有漼者渊，萑苇淠淠"）。鹿和雉都有自己的群，有自己的配偶，这些禽、兽、草、虫都成了参照物，反衬出作者的境遇的恶劣。

> 踧踧周道，鞠为茂草。我心忧伤，惄焉如捣。假寐永
> 叹，维忧用老。心之忧矣，疢如疾首。
>
> 维桑与梓，必恭敬之。靡瞻匪父，靡依匪母。不属于
> 毛，不罹于里。天之生我，我辰安在？

诗人哀叹：人人都有所养，唯独自己无依无靠（"民莫不谷，我独于罹"）；人们无不仰仗其父，依赖其母，而自己既不连属于毛，又无法附着于皮上。这些诗句表达了作者失去父母、宗族供养与保护后的苦恼。他之所以会有这样的感慨，如此强调所养，根本的原因就在于周代社会是以宗法制家庭为基础的社会。家庭是当时政治活动和经济活动的基本单位。一个人失去家庭的供养、保护与支持，就会孤立无援，以至于失去经济的、政治的活力。由此也可以明白，为什么诗人自比为失去方向的小舟和失去枝叶荫庇的病树（"譬彼舟流，不知所届"；"譬彼坏木，疾用无枝"）。

诗人一方面叹惋自己的境遇，一方面揭露和斥责了统治者。他以常人的恻隐之心反衬出"君子"的冷酷无情。常人见到与己不相干的死兔和路上的死人，尚且出于仁心而掩埋掉。他们对那些陷于逆境中的人，对于同自己休戚相关的人，其同情与救助之心，更可以想见了。然而"君子"对待诗人，却毫无救助之意，竟然连常人对待死兔、路上的死人的态度都没有。这样，他就把"君子"的寡情寡义，冷酷无情鲜明地反衬了出来。

《小弁》所抒发的，只是诗人身历坎坷而生的不平之感。与此相比，《北山》中所表现的感情，以及对掌权贵族的谴责，则具有更为广泛的意义。

《北山》的作者是个下层贵族，他承担着繁重的公务（"王

事靡盬"），没早没晚地工作（"朝夕从事"），不得安宁。在这方面，他和《杕杜》的作者相去无几，也是个备尝"行役"之苦的人。驰驱之苦与对家庭、父母的怀念，构成了诗人感情的重要方面。然而，诗中所表现的感慨，主要的还不在于此。诗人深感不平地写出：

　　　　溥天之下，莫非王土。率土之滨，莫非王臣。大夫不均，我从事独贤。

诗人所提出的"不均"与"独贤"，是通过与周围人的比较而得出的。诗人批评这种不合理的社会现象的依据是"王土"、"王臣"。既然大家都是王臣，就都应该尽臣子之义，都应该竭诚以事其君。然而，诗人所见到的社会现实却并非如此。他将两种"王臣"作了鲜明的对比：闲逸者无所事事，享乐宴饮，卧床休养，不知劳苦者呼号喊叫之事（"或湛乐饮酒"，"或息偃在床"，"或不知叫号"）；勤于王事者，则尽力劳瘁以服国事，无尽无休地奔忙，而又忧心忡忡地畏惧罪过（"或尽瘁事国"，"或不已于行"，"或惨惨畏咎"）。后一种人，毫无疑问就是诗人自谓，是"我从事独贤"的具体化，同时也是对相当一部分与自己境遇相同、相近者的概括。前一种人，则是养尊处优者的写照。

　　作者的不平之感，既包括因自己劳瘁不已而生的牢骚，也包含着对养尊处优者的愤慨，同时，也未尝不隐含着对最高统治者的不满。正是他们不出以公心，他们为政不公，才造成了大夫之间的劳逸不均，也由此导致一些大夫荒废职守。

　　《北山》的作者属于下层贵族中的一员。他的无尽无休的使命，尽瘁事国的劳苦、惨惨畏咎的心情，以及由此而产生的不平之感，都具有较广泛的代表性，不仅身分、处境相同相近的人会产生共鸣，即使统治集团上层中某些执礼的自觉性较高或勤于事国的人，也会对《北山》诗所谴责的养尊处优者感到不满。因为他们的行为与人臣之义大相径庭，唯其如此，诗中自述的尽瘁事国的劳作，诗中所表达的感情，都具有相当广泛的社会生活基础。

也许在一些死守着礼的教条的人看来，《北山》作者的感情也有不尽合于礼的定性之处。礼的思想认为："事君者，竭力以役事。"（《国语·晋语》）那么，比起很多"贤臣"以死事君，尽瘁而无怨，《北山》作者的牢骚似乎就会受到讥刺：他的怨悒之情也在表明他的心灵礼化的程度欠深。但是，养尊处优者严重违礼，最高统治者役使不均，暗昧不明，都破坏了君臣、尊卑之间的礼的相互制约的规定。相比之下，勤劳、辛苦的《北山》诗人及有类似处境的人，见到如此不公平的社会现象，怎能不生愤慨！他的感情又怎能不产生共鸣？他的感情，他的不平，为时代所理解，为几千年的人们所接受，就在于他的不平之感符合人们的审美情趣。

与上述情趣较为相近的还有《邶·柏舟》。诗人为"群小"所打击、排挤，处境艰难，内心充满了忧伤（"忧心悄悄，愠于群小"）。他暗自反思，自己威仪娴雅，无可挑剔（"威仪棣棣，不可选也"）。他谴责社会竟然如此不平。在自己的兄弟那里，他也得不到支持，不能获得同情，甚至还对自己发怒（"亦有兄弟，不可以据。薄言往愬，逢彼之怒。"）。作者讥刺的锋芒究竟指向什么人，我们无法确指，但是，从他对自己威仪的肯定，对"群小"的斥责，很显然，他批评的是为"群小"所环绕的尊者及其所代表的贵族势力。

三　现实生活的感发及情对礼的离异倾向

对于我们前边所论述的《小弁》，孟子与高子间曾发生过著名的论辩。高子因作者的怨懑之情而斥之为小人之诗。孟子讥刺他迂腐，不能正确理解诗人的意图。孟子认为："《小弁》之怨，亲亲也……亲之过大而不怨，是愈疏也。"（《孟子·告子》）

孟子对高子的批评有一定的道理，但是他对《小弁》的解释，也未达诗人之旨，说作品中"亲之过大"，尚属勉强，但谓为"亲亲"则与诗中所诉说的经历，所表现的感情，都难以相合。

诗人说"靡瞻匪父，靡依匪母"，自然是渴望得到父母之爱。然而，对于诗人来说，这已是不可能再次获得的了。因此，他抱怨自己无所依恃的处境，发出了"何辜于天"的呼喊，谴责了"君子"的冷酷无情。这是个因"亲之过大"而遭遇不幸的人。他只有哀叹，不满，而没有"亲亲"之类的"高尚"的宗旨。实际上，当作者陷于孤独、无助、无以自存之时，他只有满腔愤懑，何暇虑及"亲之过大"还是"过小"的问题？他也顾不得自己的呼号究竟意味着"亲之"还是"疏之"。让人们去评说吧，他所抒发的只有现实生活所引起的痛切的感受。而这，却并非孟子的说教所能涵盖。

不论《小弁》还是《北山》、《杕杜》，或其他的诗，作者所抒发的都是现实生活中的真情实感，而不是处于他的遭遇以外的理念。

尽管礼的思想承认"饮食、男女，人之大欲存焉"（《礼记·礼运》），似乎它也给予人类的最基本要求以一定的地位，但它却自处于同这"大欲"相对立的地位，限制、压抑和否定这"大欲"。从而歪曲了人们的生动活泼的发展着的存在，否定人们的现实的愿望与情感，使人们不能把最基本的物质要求当作人生的合理的、应该得到保障的目标，理直气壮地去追求它。

但是，充满物质内容的现实生活，时时处处以其强有力的诱惑力，刺激、作用于人们的感官和心灵。这被礼所诅咒的充满着尘世内容的生活及与此相伴随的情感，乃是人们欢乐的源泉。人们单凭本能便可知道这是不能否定的。《左传》所记载的很多淫乐无度的人都是最有力的证据。当然，在这些人的心灵中，礼的定性的程度也各不相同。礼的修养程度较低的人，自然不能自觉抵御外物的诱惑，不能拒绝感官的满足。但是，即使是礼化程度较高的人，也无法处身于基本的物质生活之外。一旦他们的正常生活受到破坏，先前的生存条件，甚至必需的条件已不复存在，一旦他们对物质生活的正常需求得不到满足，对生的渴望，对情感的渴望，便会以不可遏止的力量出现于人们心中。在这种场合，他们心灵中原有的礼的定性，便会发生不同程度的动摇。素日间，高悬于人们头上的礼的规范、戒律，也将失去其威力。此时所宣发出的情，便不能不表现出对礼的离异、排拒。《小弁》、《北山》等诗中所抒发的感情已经显露出这种倾向，此外还有更多的诗篇，在沿着这一趋势创作、歌唱。

在这些诗中，我们首先可以举《菀柳》为例。这首诗的作者曾为君王效力。他的行动不但没得到应有的肯定，反而遭到斥逐。如此不公之事怎能不令当事人义愤填膺！于是，他运用诗歌的形式发泄胸中的不满。

> 有菀者柳，不尚息焉。上帝甚蹈①，无自昵焉。俾予靖
> 之，后予极焉。

诗人首先从反面设喻。茂盛的柳树本可供人们在它的树荫下休息。可是，如今却无法休息。诗人以此比喻本可依恃、仰仗的上帝，而今却无法接近。在这里，诗人以上帝代指人君。"上帝甚蹈"，即批评人君傲慢无礼。在周代人心目中，"君者，所事也"。而现在这位以上帝代指的君主都不可接近，不可服侍。之所以所尊、所事者变为不可接近者，就在于他的慢德。他反复无常，初始时重用诗人，让他参与治理国家的大事，可是，后来却疏远他、诛放他。

诗人采用因果倒置的写法，先将结论展示于读者面前，即"不尚息"，使读者展卷便获得十分鲜明、突出的感受。然后稍进一层，讲出"不尚息"与"无自匿"的原因在于"甚蹈"，最后才揭示他反复无常的为人，以证明自己言之不诬，从而给读者以确凿的证据。

第二章中诗人改换了几个字，构成反复咏叹之势，以强化艺术效果。

经过比喻、陈述，具有"慢德"特征的上帝的印象已经传达给读者，于是，在第三章中诗人便将陈述感受的口吻转为理直气壮的责问：

> 彼人之心，于何期臻？曷予靖之，居以凶矜？

---

① 今本《诗经》此句作"上帝甚蹈"。案《韩诗外传》引此诗作"甚慆"。《国语·周语》云："无即慆淫。"《左传》昭公三年云："以乐慆忧。"慆皆训为慢。则"甚蹈"当从韩诗作"甚慆"。

前文的"上帝"在这里变成了无需毕恭毕敬地对待的"彼人"，由对他的"甚愠"的批评，又进而对他的心，他的人格提出了怀疑和质问：这样一颗心究竟会发展到何等地步？对他给予自己的不公正对待，他也愤怒地进行发问。

从这些激切的言词中，已看不出寻常臣下对君上的唯唯诺诺和毕恭毕敬的态度。现实遭遇使诗人认识到，尽管对方是尊者，是君主，但却不值得尊敬、信赖与奉侍。礼赋予尊者头上的灵光，在现实生活中已被尊者自己破坏净尽。在礼的熔铸下所形成的卑者、下者的自轻自贱的心理，也在现实生活的逼迫下发生改变。他们起而维护自己的生存，要对造成自己苦难、坎坷的原因穷其究竟。

同时，从诗中也可以看出，伴随着对礼的离异倾向的出现，人们对上帝的信仰也在发生动摇。"君者，天也"。人们对天的崇拜与对人君的尊崇，原本是密不可分的。在礼乐盛世，臣仆的人生意义体现在君的利益与意志中。臣属尽心竭力以事其君，同时也"小心翼翼，昭事上帝"。到了礼崩乐坏之时，臣子也提出了"我辰安在"（《小弁》）的问题，君主的昏德与上帝的滔德（见《大雅·荡》），也一起受到了谴责。这表明天命观的演变与礼的盛衰，具有内在的一致性。

像《菀柳》这样表现出对礼的离异倾向的作品，还可举出有名的《云汉》为例。

《云汉》是宣王遭逢荒旱祭神祈雨的乐歌。这是在一个特殊情境下创作的诗篇。当时人们普遍相信冥冥中的神可以主宰、左右人间的事情。遭遇严重的水、旱、风、虫之灾，人们就更是诚惶诚恐地求助于神的帮助。对于《云汉》之诗来说，既为祭神，就是信神、敬神从而祈求神助。诗中以宣王的口吻，同时，也是所有参加祭神活动的人的口吻说，自灾害发生后，人们对有关的神，无不殷勤祭祀。在祭祀中也不曾吝啬牺牲（"靡神不举，靡爱斯牲"）。人们不断地祭奠、礼拜。从自然神天帝到祖先神，无不尊崇，礼拜（"不殄禋祀，自郊徂宫"）。这些自述表现出抒情主人公迷信的一面。但也明显地看出，在严重的自然灾害面前，在人民生死攸关、社稷存亡的关键时刻，一切虚妄的东西都显得软弱无力。

诗人面对的是连续发生的、极为严酷的荒旱。山林尽枯，河水干涸，旱神施展淫威，大地如同燃烧一般（"旱既太甚，涤涤山川。旱魃为虐，如炎如焚"）。尽管人们虔诚地祭神，祈祷，但灾情仍有增无已。于是，神的威力使人产生了怀疑。神对于人世间的君主和普天下的生灵的冷漠态度，也使人抱怨不已，甚至对各路神明发出质问。

　　　　周余黎民，靡有孑遗。昊天上帝，则不我遗。胡不相畏？先祖于摧。
　　　　大命近止，靡瞻靡顾。群公先正，则不我助。父母先祖，胡宁忍予！

在这场灾难中，周民将死丧殆尽，王朝统治也将彻底崩溃。然而，百般虔诚的祭祀、祝祷，却没有任何一位尊神眷顾他，帮助他。他不由得质问：父母先祖之神，为什么这样狠心地对待我？

在分析和认识诗人感情的时候，我们还应该注意《云汉》所产生的具体坏境和文化氛围。这首诗所表现的是祭神、祈祷时的特殊心态。周代人认为："国之大事，在祀与戎。"祭祀是人们为了实现在当时生产力水平下无法达到的生产、生存的目的。同时，也要在这个氛围下对人们进行礼的教育。这是人们认定自己的、他人的等级地位，从而加强统治的重要活动。因此，在这类活动中就比其他场合更强调对神、对尊者的敬。然而，眼前的旱情比一切礼的说教与约束更具有不容置辩的力量。诗人的不满与怀疑，正是参加祭祀的贵族乃至社会的人们的普遍不满与怀疑的浓缩。在祭神时，诗人是众人的代表；在抒发不满的感情时，他也表现出众人的心声。

除《菀柳》、《云汉》之外，还有一些诗表现了在严酷的事实面前，人们对自己的生存，自己的物质利益的肯定与要求。如《大东》通过鲜明的对比，表现了杼柚已空，衣履不备的强烈不满；《四月》则抒发了久役在外，遭遇乱离的愤慨。

还有一些作品，虽然不是关系到生死存亡的问题，但却触及到人生的、情感的最重要课题，使人们处于情和礼的尖锐对立之中。《卫·氓》在这方面具有特殊的意义。作品的抒情女主人公在孩提时代就有一个小伙伴，到了青年时代，他们相爱、相恋。这个青年求爱殷勤。她既受到礼的制约，又为情所左右。于是，他们之间有一段恋恋不舍的相送的经历，带来一段刻骨相思。

送子涉淇，至于顿丘。匪我愆期，子无良媒。将子无怒，秋以为期。

乘彼垝垣，以望复关。不见复关，泣涕涟涟。既见复关，载笑载言。

诗中所描绘的感情经历，在正统礼教看来，简直是大逆不道的，是违背礼的规范的。然而，尽管他们相爱很深，抒情女主人公还是努力按着礼的规定控制自己，并引导对方按着礼的要求，请良媒，定婚期，完成礼化的结婚程序。在对这位抒情女主人公的情感世界的分析中不难看出，情和礼的矛盾在她的心中已经尖锐到何等程度。

在《将仲子》中，我们可以看到同样尖锐的情、礼冲突活跃于诗人心中。甚至我们还可以听到在外界强大的压力面前，抒情女主人公请求自己的恋人不要再来相会的痛苦呻吟。

在《氓》和《将仲子》中，虽然礼伴随着强大的社会力量暂时地压倒了柔弱的青年女子，但是，她们争取自己的幸福和美好人生的努力，给人以美感，也给后世女性以极大的启发。情与礼的抗争此起彼伏，彼起此伏。因此，在《国风》的一些歌咏爱情的诗篇中，不难找到更多的例证。

上述这些诗篇表明，礼对人们情感的制约作用，它的禁欲主义的教条，都是与人们对人生与幸福的本能的追求相对立的，是违反人类理性的。当处于某些特殊困难、窘急的时刻，礼同人们的感情的对立也尖锐起来。"饮食男女"，"死亡贫苦"所激发的精神力量，人们追求幸福、欢乐和人生基本需求的欲望是不可遏止的。这种要求势必促使人们倾向于现实生活，倾向于物质生活的满足，而表现出对礼的离异倾向。至于像晋太子申生那样甘心以身殉礼的人，只是极为特殊的现象。

第三章　周代思想家的心灵与艺术

在前面两章，我们着重讨论周代人的基本性格同礼的关系，讨论人们的性格的动态即感情的波动，考察人们的本能的、不自觉的感官活动同礼的关系。在这一章中，将讨论人们的自觉意识、理性认识同礼的关系，探讨人们在现实生活中的新认识同礼的既有规定的关系。

第一节　周代思想家的思想与礼

在周代，礼的思想、规范绵密地环绕在人们周围，制约和规定人们的心灵。这是在周代物质条件基础上，文化条件与现实中人的基本关系。就这点上来说，无论当时社会的一般成员，还是贵族的思想家，概莫能外。贵族思想家是当时贵族中的一个阶层，因为他们具有独立思考能力，而显示出他们与其他贵族阶层、贵族成员间的差异，显示出他们同当时其他士人间的根本区别。他们有较高的文化素养，能结合社会现实思考礼的问题，善于将自己的思考上升到理论高度。他们不仅受礼的制约，同时，他们还在既定前提下提供新的认识，生产礼的思想新因素，推动礼的思想的发展，而不是被动地接受礼，不是单纯地、僵化地恪守礼的思想、条文。

我们所说的思想家，就是在不同程度上生产了礼的思想，提供了新的认识的贵族。我们将着重探讨他们的性格的基本特征，也就是他们的心灵的礼的规定性，以便于进一步认识周代一些有头脑、善于思考的诗人，探讨《诗经》中一部分具有特殊意蕴的作品同他们的关系，认识他们的共性特征如何在《诗经》中展现为活泼生动的心灵的跳动，以及诗中所表现的思想感情和艺术形象的审美意义。由于思想家不同于常人之处就在于他们是理论观念的探讨者，在于他们给社会提供"思想"，因此，我们对他们的性格的分析论述，将包括他们的思想在内而分为以下三个部分：（一）、思想家的心灵与礼；（二）、思想家的独立性与人臣之义；（三）思想家思想、性格的两重性。

一　周代思想家的心灵与礼

周代思想家与一般人、一般贵族成员的心灵都具有礼的规定性。然而，不同的人受到礼熔铸的程度有别，因而其心灵所具有、所表现出的礼的规定性，便呈现出高下之别。当时的思想家也就是礼家，其心灵礼化的程度高于一般贵族。概而言之，他们的心灵往往具有这样三个特点：（1）、接受礼的主动性；（2）、实践礼的自觉性；（3）、阐扬礼的独创性。

首先，接受礼的主动性。他们不满足于消极地接受礼的规定，而是善于发现个体在接受礼的驯化过程中存在的问题，发现自己在接受礼的过程中有哪些不足，对自己提出更高的要求。周代的礼强调修身，也就是在礼从外部约束主体的情况下，主体应发挥内在积极性，变被动地熔铸为主动地就范，以使自己的心灵合于礼的定性。有这种主动精神，一个人就应按着礼的规范纠正自己性格、修养中的缺陷。正如《左传》所说的："人之能自曲直以赴礼者，谓之成人。"（昭公二十五年）所谓的"自曲直"即性曲者以礼自直之，性直者则以礼自曲之，去掉不合于礼的规定的习气、作风、毛病，以达到礼在内心的充分显现；有这种主动精神，就会恪守礼的严格的规定，贬抑对物质生活的追求，在人所不见之时，作出寻常人所不可及的以礼自持，在反思与自我审查之时，就不会因违礼而愧疚。如《大雅·抑》"相在尔室，尚不愧于屋漏"，就是对这种精神的诗意的概括。在诗人看来，即使一个人独处空室，也不能放宽对修身的要求，似乎屋漏（即天窗）之神在注视自己。这样善于反躬自视的自觉意识，在后来的典籍中作了进一步明确的表述。《礼记·中庸》云："君子之所不可及者，其惟人之所不见乎！"又云："故君子内省不疚。"应该看到，这样严格的以礼自持绝不是寻常人能作得到的，而思想家却有这种主动精神。因此，他们永远不会满足于已有的礼的修养，能够孜孜不倦地探求礼，"见贤思齐"，以提高自己心灵的礼化的程度。这种修身进德的主动性是礼对周代人的普遍要求，也是相当多的贵族共具的特点。思想家同一般贵族之间的区别在于自觉程度的不同。

这种接受礼以纠正自己性格弱点的主动精神，在先秦典籍中时有记载。《左传》中记载了很多以礼自责和接受批评后改正违礼之举的人和事。如晋平公卒，各诸侯国遣使吊唁。郑子皮想借吊唁之机庆贺新君即位，以便在诸侯国间，在郑国大夫间，先人一步地表示祝贺，借以讨好晋之君臣。子产认为这样做不合于礼的规定，劝阻他不要如此。子皮不听，结果到晋国后遭到拒绝。抢先讨好的愿望没实现，还落得很没面子。事后子皮在反思中认识到自己与子产在礼的修养方面有高下之别，并认识到自己之所以违礼，就在于纵欲而不能以礼自持（见《左传》昭公十年）。这是子皮严格地以礼律己而形成的新的认识。这认识中充分显示出适应礼的熔铸而主动就范的精神。

《左传》中还记载了一些较上面所论及的具有更高主动性的人和事。有些人心灵中的礼的定性已达到较高的程度。但他们不满足于既有的修养、认识和实践，而是积极向"贤者"学习、求教，表现出进取不息的精神。如赵简子权倾于晋国，威望播于四方。他的礼的修养也很高。可是，他并不满足于此，而是主动学礼，问礼，得到有益的教诲之后，便表示要"终身守此言"（见《左传》昭公二十五年）。

其次，实践礼的自觉性。在周代人中，坚定地实践礼的规定，以至于灭情循礼，大义灭亲的，均不乏人。如卫国的石碏就是有代表性的人物。卫公子州吁杀桓公自立。在这一事件中，石碏之子石厚是帮助州吁实现其阴谋的重要力量。于是，石碏便设计诛杀二人，为国除奸。为此，石碏被誉为"纯臣"，被视为"大义灭亲"的表率（见《左传》隐公四年）。但是，他虽然坚定地执行礼，却未能结合自己的实践对礼的义蕴有所阐发。相比之下，晋太子申生与他的老师杜原款则体现出思想家的特点。晋献公宠幸骊姬。骊姬欲立自己的儿子，遂谋杀太子申生。骊姬首先诛杀杜原款。杜原款死前，给太子留下遗言，曰："吾闻君子不去情，不反谗。谗行身死可也，犹有令名焉。死不迁情，强也。守情说（悦）父，孝也。杀身以成志，仁也。死不忘君，敬也。孺子免（勉）之。死必遗爱。死民之思，不亦可乎？"申生接受了老师临终训诫。因此，当有人劝说他逃离晋国时，申生不仅不想离开，反而说："吾闻之，仁不怨君，智不重困，勇不逃死。若罪不释，去而必重。去而罪重，不智。逃死而怨君，不仁。有罪不死，无勇。去而厚怨，恶不可重，死不可避。吾将伏以俟命。"（《国语·晋语二》）这师生二人至死不改其守礼忠君之志，并讲了一番生死之义的道理。虽然他们的议论过于迂腐，但是，这是当时人对人生价值、人生意义的一种理解，是当时人的认识的带有普遍性的表述。倘以石碏与杜原款、申生相比，前者则显得较为单纯，仅只见出意志的坚定性。而后者除了意志的坚定性之外，还要对自己的行为的原则乃至人生作出解释，表现出一定的思想的深刻性和实践礼的自觉性。因此，后者态度的坚定正表现出其思想、信念的坚定。他们的临终遗言就是对自己的实践的概括总结，也是他们的思想、信念的升华。荀息曰："岂能欲行吾言而又爱吾身乎？虽死，焉避之？"（《国语·晋语》）为了实践自己的思想、信念，即使处于生死关头也毫不动摇，这是思想家坚定性的表现。同时，杜原款、申生二人的主张和行动是一致的，他们以竭诚至死的行动实践其信奉的理论，表现出他们实践礼的自觉精神和对这一思想原则的无与伦比的真诚信仰。

再次，阐扬礼的思想的独创性。如果说前两个特点表现出思想家与其他贵族成员间的程度上的不同，那么，这第三个特点则显示出他们之间的本质的不同。一般人对礼进行解说，或以礼的思想、原则教育他人之时，往往引用礼的成说，转述前人的思想、观点，缺乏自己独有的、新的见解。思想家则不然。他们是贵族阶级中具有理论概括能力的一部分。他们谙熟已有的礼的思想材料，并能够根据现实生活总结出新的认识，从而补充和阐扬礼的现有思想成果，推动其发展。一般贵族成员则只是礼的实践者，不是它的生产者①。以石碏和申生来说，石碏就是礼的实践者。他只知道应该怎样作，至于他的行动中体现出的"纯臣"、"大义灭亲"之类的思想内涵，却是他所不曾虑及的。而申生和他的老师却对生死与礼的关系有较充分的认识，并结合自己的体会，发挥了这方面道理。由此可以看出思想家与普通贵族成员间

---

① 参见《马克思恩格斯全集》第 3 卷，第 52—55 页。

的差别。当然，思想家对自己的行动乃至思想的意义也未必认识得很清楚、很完整和正确。但这并不妨碍他们积极地利用已有的和生活新提供的思想材料进行精神生产，也并不妨碍他成为思想家。

从以上所论列可见，周代思想家之所以成为思想家，就在于他们不像其他人那样，在与礼的关系中单纯接受礼的思想规定而处于被动地位。他们也受到礼的制约，并且心灵中礼的定性的程度还较常人高得多。这是他们对礼的关系中的被动的一面。而另一方面，他们又普遍具有独立的认识能力，能够对已有的礼的思想材料进行新的加工，推动礼的发展，从而表现出积极的、主动的一面。

二　周代思想家的独立性与人臣之义

"人臣之义"是周代贵族性格的基本内核。同样的，这个观念也成为周代思想家的心灵的本质性内涵。

"人臣之义"是人身依附关系理念的集中表现。分封制与劳动地租的剥削形式，从政治上、经济上决定了人们不可能有独立的地位，而必须听命于自己的君主、家长。"人臣之义"是这些关系的观念形态。它从思想上使人失去独立的信心、力量，以及对独立的向往。这是"人臣之义"的一般的社会作用。思想家也把"人臣之义"作为自己安身立命的根本原则。然而，这一观念经过他们的理解、阐释，它的作用和意义却并不完全如此。

在思想家那里，"人臣之义"的本质并没有改变。然而，他们对君与臣的观念的含义，君与臣的责任、义务等都提出了与常人不同的认识，从而使"人臣之义"经过进一步抽象而获得了更为普遍的意义，也使中国古代思想格局下这一观念具有了人类理性的意义。同时，在思想升华的进程中，思想家也获得了其他贵族成员不曾具有的自信心和力量，获得了相对的独立性。

思想家通过对"人臣之义"的理解与阐扬所导致的变化，可以从如下三个方面得到说明：1. 现实的君主与理想的君主；2. "从命"与"横命"；3. 执行者与指导者。

1. 现实的君主与理想的君主。

周代一般人所理解的"人臣义"就是忠于在现实社会直接统治自己的君主。这个君主，就是君主的地位、权势、财富、血统的混合物。在他们看来，君主不仅是他们地位升降、俸禄盈缩的支配者，而且还是他们的意志乃至人生意义的决定性力量。因此，君主的个人的利益与存在，是必须竭力维护的。至于他的利益与统治阶级的阶级利益，与人民的利益是否一致，则无须考虑。如晋献公杀害太子申生以后，又命寺人披去杀害公子重耳。寺人披执行命令坚决、迅速，在规定的日期之前赶到，几乎使重耳丧命。重耳返回晋以后，仍嫉恨这件事。寺人披辩解说："君命无二，古之制也。除君之恶，唯力是视。蒲人，狄人，余何有焉。"（见《左传》僖公二十四年、二十五年）齐庄公多次到崔杼府勾引其妻子，同她淫乱，还将崔杼的冠带回，赐予近臣，公然侮辱崔杼。在忍无可忍的情况下，崔杼设计杀死庄公。于是，庄公所嬖宠的八个勇力之士及祝佗父、申蒯等皆死（见《左传》襄公二十五年），跟随这位荒淫的君主于地下。这就是他们的"人臣之义"，也是他们的贯穿了"人臣之义"的生死观。

思想家则不然。同样可举齐庄公被杀一事为例。事发后，晏子不避杀身之祸，赶到崔杼家，哭悼庄公。从人问他是否也同祝佗父等人那样从死。晏子曰："独吾君也乎哉，吾死也？"又曰："君民者，岂以陵民？社稷是主。臣君者，岂为其口实？社稷是养。"（同上）

从晏子以及其他人的论说中可以看出，思想家论君，不单纯地以地位尊卑为根据，不是孤立、僵化地看他们的血统和地位，同时，还注重他们的道德修养，注重他们的行为的社会作用。于是，他们说："君人者，将昭德塞违，以临照百官，犹惧或失之，故昭令德以示子孙。"（《左传》桓公二年）这里的"社稷是主"、"昭德塞违"等，是大多数思想家的君主观的基本内涵。这种君主的最高典范，便是《大雅》中所歌颂的文王。他们的君主观，强调的是居于君位者的精神。于是就否定了那些高踞于人民之上恣意淫虐的人作为君主的合理性，同样的，也肯定了"吊民伐罪"、"除暴安民"等铲除暴君行为的正义性。

从晏子与其他思想家的认识中可以看出，他们也强调效忠。然而，他们所效忠的主要的不是直接的、具体的君主，不是每当视朝之际便高高坐在上面的血统、地位、权势的混合体，而是抽象的理想的君主。他们的思想中有个君主的蓝图甚至是圣君的蓝图。当现实的君主较为贤明，与他们的人君理想吻合或较为接近时，他们作为臣属的行为与其他臣子无大差别。例如前面所引述的崔杼杀死齐庄公事件中，晏子就谈到对殉死的看法。他并不否认臣为君殉死是效忠的表现。这里的关键在于君的行为是否出于公义。他说："故君为社稷死，则死之；为社稷亡，则亡之。"如果现实的君主完全不合于他们的贤明君主的理想，他们的行动便与愚忠愚孝者不同。如在殷商末叶，纣王昏庸暴虐。周武王会八百诸侯于孟津，进兵推翻殷商的统治。当此之时，伯夷、叔齐扣马首而谏，以为纣虽无道仍是君，文王、武王虽贤明仍是臣。绝不能以臣伐君。而《孟子》却说："闻诛一夫，不闻弑君。"孟子比起我们所论述的时代晚得多，仅叮作为参考。然而，《大雅·荡》中，诗人借用文王之口批评殷商云："天降滔德，女兴是力。"在诗人及周初人看来，纣的所作所为违背了上帝以德治理天下的要求，他本人也违背了上帝对君主的期望。

周人立国之初，利用各种场合谴责、批评商纣的暴虐失德，肯定武王推翻殷商的统治为顺应天理民心的义举。只要看看《尚书》中的《召诰》、《多士》、《多方》等篇，就可看出以周公为代表的思想家在谈论这些问题时，是何等的理直气壮。

总之，周代的思想家能够理智地思辨君主的名与实，评价其臧否，从而将具体的君主与理想的君主、君主个人与社稷（即统治阶级的代名词）严加区别，并且以忠于后者为准则而决定对待前者的态度。

2. "从命"与"横命"。

思想家和寻常贵族对君主的认识不同，也导致他们对君命的态度的不同。

在一般贵族看来，正如君主是不容置疑的至高无上的主宰一样，他们的命令也被视为绝对英明的，是不需要臣属思考、讨论的睿智的结晶。因此，这些人对待君命的态度是："我无心，是故事君者，君为我心。制不在我。"（《国语·晋语二》）在这样的认识逻辑中，臣就该像土梗木偶一样无知、无欲，以人君的意志为转移，完全受制于君主，唯君命是从。不管君命正确与否，只要是出自君主之口，就要全力执行，越盲目、越尽心尽力越好。在执行君命的时候，他们说："君命无二，古之制也。除君之恶，唯力是视。"（《左传》僖公二十五年）这是彻头彻尾的奴才哲学。尽管这种认识与人类理性精神毫不相容，但它却为众多的愚忠愚孝者所认同，并将这种态度化为其执行君命的实际行动。

周代思想家则要求对君命进行理性的思考，要多问几个为什么，从而决定赞成它，完善它，还是反对它。因此，他们认为："事君者从其义，不阿其惑。"（《国语·晋语一》）如莒太子仆弑君奔鲁。鲁君命授之邑，并急切地说："今日必授。"季文子却使司寇逐他出境，并命令说："今日必达。"季文子之所以敢于抗命，重要的原因在于鲁君要接纳的是弑君的逆臣，他的命令违背了礼的"尊尊"的宗旨，将给社会造成不良的影响。因此受到季文子的抵制。太史克还发表了一通礼义顺逆的宏论，对鲁君的逆命进行了批评。季文子使太史克对曰："先大夫臧文仲教行父（即季文子）事君之礼，行父奉以周旋，弗敢失坠。曰：'见有礼于其君者，事之，如孝子之养父母也；见无礼于其君者，诛之，如鹰鹯之诛鸟雀也。'"（见《左传》文公十八年）这种认识在后来的《大戴礼记》中被概括为"有道顺君，无道横命"（《大戴礼记·卫将军文子》）。他们并非唯君命是从。这里重要的前提是臣属的思辨能力。他们不是以君心为己心，而是有自己的独立的见解。他们以严格的理性态度分析君主的命令、行动是善还是恶，考察他是否有道，也就是衡量这直接具体的君主是否合于自己的抽象的理想的君主，然后决定自己的态度和行动。对有道之君，对君的义举，则奉命不违。对无道之君，对君的逆举，则抗旨不从。在这方面，不仅有季文子那样的抗命之人，如果君主继续沿着迷途发展下去，一误再误，那就要从国家社稷的利益出发，而不能迁就君主个人。如在《史记·殷本纪》中，伊尹见太甲过于放浪，遂放太甲于桐。这一事件并不发生在周代，却为周人所肯定。

《左传》昭公二十年关于晏子的一段记载对此有较好的说明：

　　齐侯至自田，晏子侍于遄台。子犹驰而造焉。公曰："唯据与我和夫。"晏子对曰："据亦同也，焉得为和?"公曰："和与同异乎?"对曰："异。和如羹焉，水火醯醢盐梅以烹鱼肉，燀之以薪。宰夫和之，齐之以味，济其不及，以泄其过。君子食之，以平其心。君臣亦然。君所谓可而有否焉，臣献其否以成其可。君所谓否而有可焉，臣献其可以去其否。是以政平而不干，民无争心。故《诗》曰：'亦有和羹，既戒既平。鬷嘏无言，时靡有争。'先王之济五味，和五声也，以平其心，成其政也。声亦如味，一气，二体，三类，四物，五声，六律，七音，八风，九歌，以相成也。清浊，小大，短长，疾徐，哀乐，刚柔，迟速，高下，出入，周流，以相济也。君子听之，以平其心。心平德和。故《诗》曰：'德音不瑕。'今据不然。君所谓可，据亦曰可；君所谓否，据亦曰否。若以水济水，谁能食之？若琴瑟之专壹，谁能听之？同之不可也如是。"

在这则著名的"和同之辩"中，晏子以非常形象、非常鲜明生动的论述，将普通贵族和思想家对待君主和君命的两种态度、两种立场概括了出来。这是具有经典意义的论述。像据那样，在君主面前只会说"是，是!"君云臣亦云，诺诺连声，那是与君同而无别的奴才哲学的忠实奉行者。能够辨别君命中的可与否，并进而补充、矫正君命之非的，乃是与君和而不流的具有相对独立性的贤臣和思想家之所为。

"无道横命"同某些擅权者在君主面前的分庭抗礼的行为，甚至是篡权的行为，具有本质的区别。前者以"人臣之义"为出发点，后者则居心叵测，以号令天下者自居。前者针对君主的逆命，后者则任自己意志而行。二者界限分明，不容混淆。

3. 执行者与指导者

对君主与君命的两种态度，导源于两种不同的人臣观。

第一种人臣观认为："事君不贰是谓臣。"（《国语·晋语四》）晏子所批评的与君同而无别的梁丘据就是这种人臣观的体现者。寺人披与一切愚忠愚孝者也都是这种人臣观的体现者。在他们看来，臣与君的差别不仅是地位、财富的差别，而且是精神的、人格的差别。君主不仅是他的人身的支配者，而且是他们的精神的支配者。

第二种人臣观被概括为："臣，治烦去惑者也"（《左传》成公二年），"事君者，从其义，不阿其惑"（《国语·晋语一》）。《烝民》中所歌咏的仲山甫，便是这种人臣观的体现者。"出纳王命，王之喉舌"，写出他为君主治理烦劳事务的一面。"衮职有阙，维仲山甫补之"，则写出他帮助君王去惑补过的一面。这两个方面共同构成仲山甫这个贤臣的形象。周代的礼的思想认为，越是大臣、近臣，越要将这两个方面结合起来。不然的话，君不成其为君，臣也将失去人臣之义。《左传》成公二年云："君子谓：华元、乐举，于是乎不臣。臣，治烦去惑者也。是以伏死而争。今二子者，君生则纵其惑，死又益其侈，是弃君于恶也，何臣之为？"在对华元、乐举的批评中，人们可以看到另一种人臣观的明确表述。

这第二种人臣观即多数思想家的人臣观，是以礼的普遍性以及礼对君臣关系的相互制约的规定为依据的人臣观。

从礼的思想的普遍性看，礼是当时的统治思想，是统治阶级利益的集中表现。它要求周代贵族不论其为君、为臣，都要为实现礼的宗旨而努力。同时，它也使周代贵族不论其为君、为臣，都处身于礼的规定之中。周王朝没有化外之人。不论其地位多高，都毫无例外地受到礼的规定的制约。文王之所以被视为圣王，就在于他是率先执礼的典范，他的言行、操守具有垂宪千古的意义。至于其他人，就更不能自居于礼的规定之外。在当时人包括君主自己的认识中，高踞于万民之上的地位并未赋予他们超凡出世的可能。他们的头上也没有什么灵光。相比之下，他们并不像秦汉以后帝王那样幸运，可以将许多美好的辞藻加在自己头上，以显示其超群拔类的灵异。因此，周代的君主就和常人一样受礼的制约，并要实现礼对心灵的熔铸。同样的，他们也很自然地和常人一样，在礼的高不可及的严格的定性面前不可能尽善尽美，而显示出不完全符合乃至不符合礼的定性之处。合于礼的定性的思想和行为便是"义"，有待于臣属敬恪恭俭地执行；不合于礼的定性的思想和行为便是"惑"，需要臣属匡正辅弼。臣正君过，这在当时并不是失面子的事，而是礼的需要，是君主自己的需要。因为，只有这样才能使君主避免陷于不义，酿成大祸。

再从礼对君臣关系的相互制约的规定看，礼主于"尊尊"，但它并不是片面地，无条件地强调卑者、下者事奉尊者、贵者，而是在规定卑者、下者尊事其上的义务的同时，也规定了与之相对的一方的思想、行为的准则，这就是"君义臣行，父慈子孝，兄爱弟敬"（《左传》隐公三年）。君有君之道，臣有臣之义。"为臣必臣，为君必君"（《国语·周语》）。相互制约的两方的言行都符合或基本符合礼的定性，才能作到尊卑上下各安其位，保持礼的秩序的稳定。臣属违礼，是为逆，为叛，自在诛伐之列。君主违礼，是为昏乱，为无道，也要破坏社会等级结构的稳定，也为统治思想与整个统治阶级所不容。在这种情况下，臣可以据"礼"力争，匡正他们。在无可救药之时，甚至可以放逐他们，除掉他们。诛戮无道之君并不是犯上作乱。君主肆行不义，便自行破坏了礼对他的保护，所以铲除无道之君被称为吊民伐罪，被称为除暴安民。这种结局，无论是礼的思想、整个统治阶级还是君主个人，都要审慎地对待，都要引以为鉴，竭力避免其发生。为此，一方面需要君主自己努力按照礼的规定去作，另一方面则需要臣属针对君主的错误进行批评、帮助，去其惑，补其过。这里所需要的，就不是"君为我心"，唯唯连声的奴才，而是富于思辨能力，有一定独立性的贤臣。

按照第一种人臣观去作，便只对君主个人负责，低眉顺眼，是君命的不折不扣的执行者，是君主个人的臣。

按照第二种人臣观去作，便是对礼的宗旨负责，对统治阶级负责，将个别君主的言行，置于礼的定性中，置于统治的整体利益中去衡量。正如赵简子的史官史黯所讲的那样："夫事君者，谏过而赏善，荐可而替否，献能而进贤，择材而荐之，朝夕诵善败而纳之。道（导）之以文，行之以顺，勤之以力，致之以死。"（《国语·晋语九》）这样，他们就不是单纯的君命的执行者，同时还是君主的思想上、政治上的指导者。他们就不仅只是君主个人之臣，而且是社稷之臣。这种人臣观的最高典范便是周公。

由此可见，"人臣之义"本为人身依附关系的观念形态，是削弱以至于否定人的独立性的观念，但在周代思想家那里，却正是从这里生发出人臣匡正君主的义务、责任。生发出思想家的相对独立的意志。同时，它也构成了思想家相立独立的性格的精神支柱，使他们以具有相对独立性的人的身分出现于君主面前，出现于社会生活中。

三　周代思想家思想、性格的两重性

在论及思想家的独立性和人臣之义的关系的时候，我们已经接触到他们的思想的两重性的问题，这里我们将集中探讨周代思想家思想、性格两重性的几个方面的表现。它们将包括：1. 现实的社会的矛盾与礼的规定；2. "民之大坊"与民本思想；3. 守旧的外观与进步的内涵。

1. 现实的社会的矛盾与礼的规定

礼的一系列的规定是礼的宗旨的具体体现，是对人们的思

想、行为准则的具体规定。因此，只有易于付诸实行，才会贯彻得较彻底。从周代历史看，由于礼基本上是顺乎人们的感情实际和生活实际而制定的，因而它在社会生活中起到了广泛的、深刻的作用。但是，礼以两个理想的、超现实的条件为前提。这就限制了礼的全面的、彻底的实行，并且导致了思想家思想的两重性。

首先一个理想条件是先于人的情和欲的性。"人生而静，天之性也。感于物而动，性之欲也。物至知，知然后好恶形焉。好恶无节于内，知诱于外，不能反躬，天理灭矣。"（《礼记·乐记》）所谓的"性"，是指天之所命的，与生俱来的，人的感官的无知无欲的状态，是人的感官尚未受到外物刺激而处于静止时的状态。《乐记》所概括的"性"、"欲"、"好恶""天理灭"，是思想家所描绘的人的感情和内在需求，由无知无欲、空无所有的状态到恶性膨胀的几个发展阶段。他们把人心处于虚无状态的"性"，视为合于礼的定性的最佳心境，把它视为礼的出发点。因此说："喜、怒、哀、乐之未发谓之中"，"中也者，天下之大本也"（《礼记·中庸》）①。但是，虚无状态的"性"和静止状态的"中"都只存在于人们的理想之中。人总是现实的人，是处于物质生活中的人。他们无时无处不感受到外物的刺激和制约。因而，尚未感受外物刺激的虚无状态的"性"，和虽已感受外物刺激却尚未形成和表现出喜、怒、哀、乐等感情活动的"中"，都是人们为了说明问题而勉强分出的感情的发展阶段。

---

① 有些学者认为《礼记》是汉代文献，殊无据。其实戴胜、戴德二人仅仅是整理、讲授先秦时代的文献，就像孔子以《诗经》、《尚书》为教材，并不能说《诗》、《书》为春秋后期的文献。对此，我将别有说，非寥寥数语可尽。

在现实的人的身上，这种心境只是在特殊情况下的非合理性的存在。婴儿刚出世就哭，因为从母体产出后一个新的环境给他以刺激。外在环境，摆在面前的饮食、珍宝、美色，都给人的感官、心灵以实实在在的刺激，对此无动于心、报以麻木不仁的态度，即使是清心寡欲，甚至是长期禁欲的人，也是很难做到的，被一些儒生奉为修身楷模的柳下惠也只是个被扭曲的形象，如果确有"人怀不乱"之事，那也只能有两种解释：或者柳下惠已失去男性本能，故对女色无动于衷；或者入怀之女品貌低下，不能引起他的兴趣和欲望。不然的话，即使是多年修道、禁欲之人，如《喻世明言》中的玉通和尚，在妓女红莲面前，也发生了一夜风流的故事，① 这恰好与柳下惠"人怀不乱"的传说形成鲜明的对比。

总之，以这种高度理想化的甚至是永远都不能存在的前提条件为制定礼的原则的依据，这就构成礼的严格的规定难以尽善尽美地付诸实施的先天不足。

其次是需要冷静地、准确地把握的礼之"度"。礼一方面注意到情是不可避免的，因而极为有限地承认情的合理性，依情以制礼。另一方面又把情视为万恶之源。礼的思想认为，"物之感人无穷，而人之好恶无节，则是物至而人化物也。人化物也者，灭天理而穷人欲者也。"（《礼记·乐记》）到了人被外物所"化"，也就是在外物的诱惑下，完全失去自我，情欲发展到极限，全然不顾天理人心的存在，人也就到了丧心病狂的程度。这样就不可避免地破坏了社会的等级结构和礼的秩序。于是必须有所"节"。礼的"度"便是节人之情的标准。因此，"本之情性，稽之度数"（同上）。"度"就是礼限制、压抑和否定人之情的械

---

① 见《喻世明言》卷二九。

具。它是礼与情对立的产物，并且是这种对立的标志。《礼记》在这方面的论述是对《尚书》、《左传》中有关论述的更进一步、更明确的发展。《左传》昭公十年引"逸书"曰："欲败度，纵败礼。"这里的关键问题在于欲望同礼，同礼之"度"的对立。礼的思想要求人们很好地把握礼之"度"，避免其任意宣发。对欲望的放纵就必然破坏礼的原则。《左传》又云："民有好、恶、喜、怒、哀、乐，生于六气。是故审则宜类，以制六志。"（昭公二十五年）这里所说的"则"，也就是"度"，需要人们认真、审慎地把握。所谓的"六志"，就是好、恶、喜、怒、哀、乐，亦即六情。这里所说的"则"，是贯穿了礼的等级的"则"，也是控制六情的尺度、标准。

礼要求人们压抑不断产生的对个人利益的追求和各种情欲，要求人们把超出"度"的利益、追求和权利当作"人化物"的"恶"，毫无痛惜地牺牲掉。这对处于特定情境中的人谈何容易！这里需要冷静的头脑和较高的礼的规定的自觉性，才能把自己的感情控制在恰当的尺度中。《左传》引"前志"记载云："圣达节，次守节，下失节"（成公十五年）。这表明在当时人的认识中，人们也毫不怀疑礼的原则变为现实的可能程度。感情的宣发自然中于"节"，合于"度"的，唯圣人为能。至于绝大多数贵族，则唯有守节与失节之分。失节者自不必说，是属于违礼自恣的人，甚至是"人化物"当中的不安定者。而守节者要想准确地实行礼之"度"，也并非容易作到。

很显然，先于情欲的"性"和难于掌握的"度"，是两个理想的、超现实的假定。以这样超出大多数人的现实可能性为前提的一系列规定，势必只能在少数人那里得到彻底贯彻，而在大多数人中，往往会表现出不同程度的偏离、背离。在这种情况下，思想家针对现实的人和事对礼的规定所作的阐释，有时会表现出同理想条件下礼的规定的差异，致使某些方面的规定得到片面发展，引向自己的反面。又会使某些规定同另一些规定失去统一与协调，而处于矛盾的，相互否定的关系中，这就是造成他们思想两重性的基本诱因。

首先，礼的某些规定得到片面发展，被引向自己的反面。礼的有些规定在理想条件下构成相互制约的关系。但在现实生活中，礼的相互制约的规定常常遭到破坏，于是，思想家根据人们实践礼的现实可能性以及某些违背礼的规定的主导倾向，提出批评意见，进行新的阐释。其结果，竟使礼的某些规定、观念得到片面的重视、强调，甚至走向自己的反面。如"君明臣忠"是相互制约的、合于礼的理想的君臣关系。但在现实生活中，君有时会不明，甚至往往不明。在这种情况下，臣也要忠，只是不表现为对昏庸、暴虐君主的忠，而要忠于统治阶级，忠于社稷。这就要坚持礼的思想、原则，除掉君主的惑乱，甚至除掉惑乱的君主。这样发展的结果，主观愿望的忠君，却导致对现实的君主的否定。主观愿望上恪守"人臣之义"，却导致对现实的君主的离异和相对独立性。而这正是礼的某些规定得到片面发展的必然结果。

其次，礼的某些规定在礼的思想中失去统一、协调，与另一些规定相矛盾。在理想条件下，礼的各方面的规定共同指向礼的最高宗旨。当出现违反礼的人和事之时，思想家往往注意影响贯彻礼的宗旨的某些主要方面，强调并发挥礼的有关规定，至于其他方面，则一时无暇顾及。但是，这种作法，在客观上却造成礼的思想的不统一、不协调，以至于某些规定同另一些规定之间呈现矛盾的甚至相互否定的关系。如丧礼主于哀，而且应有真情。但在社会生活中却未必如此。鲁公孙敖曾强娶襄仲之妻。敖卒，襄仲积怨难消，不想去哭丧。后经惠伯讲了一番兄弟相亲的道理，乃率兄弟以哭之（见《左传》文公十五年）。很显然，襄仲哭丧完全是为维护礼的秩序，而抛舍自己真实感情的虚伪行为。但在惠伯看来，宁失之于伪，不失之于怨。这样作的结果，礼的表面的和谐得到了维护，而礼的另一重要原则——诚信，却受到了损害。

由此可见，周代社会的现实形态和观念形态之间的显著的差异，导致了思想家们思想的两重性。这是以理想条件为依据的礼，在碰到十分具体而又现实的纷繁复杂事物时必然产生的顾此失彼的现象。另一方面，这也是周代有思想的精英在理想与现实的尖锐冲突面前，为了经世济民而发展了礼的思想中的可贵要素，否定了其间的消极要素，从而使自己的思想、行为呈现出两重性的外观。

2. "民之大坊" 与民本思想

礼的主要的和基本的社会作用是保持当时尊卑等级的稳定，强化贵族的统治，防止人民犯上作乱。因此说："礼不行则上下昏，何以长世？"（《左传》僖公十一年）"上下昏"就要混乱，就会出现下凌上，贱妨贵，少凌长的局面，尊卑的等级秩序就会遭到破坏。因此，礼的思想始终把"明贵贱，辨等列，顺少长"（《左传》隐公五年）置于核心地位。"夫礼者所以章疑别微，以为民坊者也"（《礼记·坊记》），"夫礼禁乱之所由生，犹坊止水之所自来也"（《礼记·经解》）。礼作为"民之大坊"的这种作用是礼的宗旨的体现，是统治阶级长远利益之所在。因此，贵族思想家无不悉心研讨礼的这种作用。但是，也正是在这里表现出思想家的思想两重性的另一个重要特点：为了维护统治阶级的长远利益，必须部分地放弃统治阶级暂时的以及个人的利益；为了统治人民，必须在一定程度上注意和肯定被统治者的利益。礼的思想中包含着并且越来越多地包含着自我否定的因素，即肯定卑者、贱者的具有民本主义倾向的思想。

具有民本倾向的思想的提出，并不是哪些人的特殊的恩惠。这一思想原则发端于远古氏族社会的原始民主制。进入阶级社会以后，人民在不同时期所发挥的历史作用也促使这一思想的发展。但是，也绝不应该忽视在这个问题上所表现出的，某些思想家尊重社会现实的可贵精神，不应忽视某些进步思想家出于对人和人的权益的关注而产生的先进的思想、观念。由于有这种精神，他们能够对人民的历史作用给予一定程度的重视，从而对人民的利益和要求给予必要的肯定。由于有这种精神，他们在阶级矛盾和统治阶级内部矛盾尖锐之时，就不至于盲目地苛责人民，而能够较为认真的从统治者的倒行逆施中寻找激化矛盾的原因，总结兴衰成败的教训。《左传》襄公十四年的一则记载很有说服力：

师旷侍于晋侯。晋侯曰："卫人出其君，不亦甚乎？"对曰："或者其君实甚。良君将赏善而刑淫，养民如子，盖之如天，容之如地。民奉其君，爱之如父母，仰之如日月，敬之如神明，畏之如雷霆，其可出乎？夫君，神之主而民之望也。若困民之主，匮神乏祀，百姓绝望，社稷无主，将安用之？弗去何为？天生民而立之君，使司牧之，勿使失性。有君而为之贰，使师保之，勿使过度。是故天子有公，诸侯有卿，卿置侧室，大夫有贰宗，士有朋友，庶人、工、商、皂、隶牧、圉皆有亲昵，以相辅佐也。善则赏之，过则匡之，患则救之，失则革之。自王以下，各有父兄子弟，以补察其政。史为书，瞽为诗，工诵箴谏，大夫规诲，士传言，庶人谤，商旅于市，百工献艺。故《夏书》曰：'遒人以木铎徇于路。官师相规，工执艺事以谏。'正月孟春，于是乎有之。谏失常也。天之爱民甚矣，岂其使一人肆于民上，以从（纵）其淫，而弃天地之性?"

在师旷看来，卫君被驱逐出境，并不在于人民的行动过分。他从君主对人民应有的社会责任的角度看问题，提出了"良君"对待人民的正确态度作为评价是非的准的。于是，也就暴露出某些君主倒行逆施的非正义性。从而得出结论：这样的君主"将安用之? 弗去何为?"（同上）。

周代礼的思想中的民本思想成分，可以上溯到周人立国之初。武王伐纣之时便提出"天视自我民视，天听自我民听"（《尚书·泰誓》）的思想。这实际上是通过天意对民意的肯定。此后，这种思想又成为礼的相互制约的规定中的重要部分。"为臣必臣，为君必君"。在与臣义相对的君道中，就包含着"惠所以和民"这个重要内容（见《国语·周语》）。礼固然要求小事大，卑事尊。同时，为了这种秩序的稳定、长久，它又要求尊者慈惠待下，要"爱民好与"，"柔质慈民"（《逸周书·谥法》）。

至于民本思想的更进一步的表述，可以晋史墨为代表。赵简子问于史墨曰："季氏出其君（案指鲁昭公），而民服焉，诸侯与之。君死于外，而莫之或罪也!"史墨对曰："鲁君世从其失，季氏世修其勤，民忘君矣。""社稷无常奉，君臣无常位，自古以然。"（《左传》昭公三十二年）在这里，礼的君尊臣卑的秩序，也因人心向背而有所变易了。

3. 守旧的外观与进步的内涵

周代思想家论述问题的一个重要特点是，每每引用旧典、成说、祖宗遗训，以为自己评述现实问题的依据。因此，他们的思想往往表现出守旧的外观形态。但是，外观的守旧并不足以说明他们的思想必然落后于现实。援引前人遗训并不足以证明他们的思想一定停止于前代。应该说，这也是他们的思想的两重性的表现。

思想家经常引用旧典、成说，这也是礼的特点之一。周代的礼强调稳定的贵贱之等，尊卑之序，把礼的规定视为永恒的真理，将一切在生活中延续下来的文物声明，都视为祖宗成法，是不得有任何改易的。这种思想在后来的论述中具有了经典性的意义："变礼、易乐者为不从，不从者君流。革制度、衣服者为畔（叛），畔者君讨。"（《礼记·王制》）大至政治制度，小到鞋帽样式，都被视为祖宗成法，都要沿袭不改。这正是礼的保守性的特点。

贵族思想家精研礼制与礼的思想，其思想带有一定程度的保守性，也是势所难免。只是有些人的头脑中只有礼的陈规旧制和祖宗遗训，不注意研究礼与现实生活的关系，以至于眼睛盯着古制、古义，思想僵化。以这样保守、僵化的思想衡量、评价现实生活，令其倒退到古制中去，自是痴人狂想，难免碰壁。像晋太子申生和他的老师那样，只知忠君，不辨君主善恶，甚至不从礼对君臣、父子关系的相互制约的规定中认识忠君的问题，虽自称杀身以成志，以身殉礼，其对社会、对人民又有什么意义呢？他们的行为只可以为愚忠愚孝者所法，不足以为贤者、智者之训。

另外一些思想家的论述中固然也带有礼的保守性的一面，但同时又关注现实的社会生活，从现实中发现并提炼新的思想材料，概括出新的理论成果。他们的思想能与时俱进。前面论及的晏婴和史墨便是这样。他们也信守礼。他们谙熟礼的宗旨和一系列基本规定，把这看得高过于礼的具体仪节、条文。他们站在自己时代的高度，对前代遗留下来的礼重新审视，进行新的加工提炼，从现实生活中升华出新的认识，补充和丰富了礼的思想。例如礼的基本秩序是君君，臣臣，父父，子子。这是不容破坏的。

破坏了这个秩序，封建的等级结构也就不复存在了。但是，很多思想家都根据现实生活中出现的严峻问题，尖锐地提出了"为君不君"的批评，提出对"人臣之义"的新的理解，并进而提出了民本思想，得出"君臣无常位"的结论。尽管他们援引古训以助成其说，却并非唯古训是从。相反地，如从礼的保守的、僵化的规定看，"君臣无常位"的思想本身就是非礼的，是对礼的思想中"君尊臣卑"理念的否定。这正是他们的思想的两重性的表现。顺应礼的思想的发展和援引古训的形式，使他们的思想能够为当世所接受。而立足于现实，对以往的思想材料进行新的加工，提炼出、阐发出新的思想，才使他们的思想有益于当世，推动人们认识的发展。

第二节　忧心忡忡的孤独者

周代贵族思想家的心灵中礼的定性较常人高一些，对礼的信仰较为执著、坚定。这样，他们心中的礼的理想同不尽合于礼甚至不合于礼的社会现实，往往处于矛盾冲突之中。在西周后期到东周初期，也就是《诗经》中较为晚出的作品产生的时期，礼乐制度不断遭到破坏，思想家们身处纷乱之世，心中却具有某些独立的、超脱尘世的旨趣。这种旨趣往往会使他们成为精神上的孤独者。而现实的污秽，又引发出他们无穷的忧虑与苦闷。这忧虑往往不是或者不单纯基于一己的得失，而常常关系到国事、社稷乃至礼的理想。《诗经》中一部分作品就表现了贵族思想家们这样的心理状态和感情波澜，倾诉了诗人内心的苦闷、彷徨与无助，塑造出一些忧心忡忡的孤独的抒情主人公形象。对于这些作品，我们可以从如下三个方面进行考察：一、被排挤的孤独者；

二、预见与忧虑；三、怀旧与痛惜之情。

一　被排挤的孤独者

在周代统治阶级内部斗争中，常常有些人受到排挤。这些受排挤的人并不都是思想家，而思想家却常在受排挤之列。他们笃信礼的宗旨与规定，忠于本阶级，反而受到排斥。这似乎有点反常。但在当时历史条件下，他们的被排挤却具有一定的必然性。因为这与礼的宗旨密切相关。

礼的宗旨是在"尊尊"的旗帜下实现社会的稳定与和谐。它希望人人都恪守礼的定性，成为无知无欲、头脑简单的愚忠愚孝者。这样的宗旨和社会蓝图，势必感觉不到人才的可贵和发挥人的智慧的必要性。

另一方面，思想家的心灵中礼的修养比较高。而贵族中掌握着物质财富和各级政治权力的人，往往依靠其高贵的血统而不是依靠自身才能和礼的修养，进入权力结构的中心。这两部分人在现实生活中经常发生冲突。占据着物质财富、手中有权的一些人往往因其地位、条件，并因其心灵中礼的修养较低，而追逐物质利益和世俗享乐，违背礼的规定。思想家则坚持礼的规定而同他们发生矛盾。在这样的分歧与冲突中，礼的定性较低，不甘心放弃幸福与欢乐的人，自然不肯屈从思想家的说教，有时甚至排斥、打击他们。如周景王铸造超规模的大钟以供享乐之用。单穆公、伶州鸠都批评他伤害人民的财用而铸钟享乐，这是很不应该的。同时，他们认为，乐器的制作，都要合于宫商音阶，如果规模过大，就会影响音乐的和谐，超过了耳目的接受能力，便会影响了真正的美。然而，他们的进谏都遭到了拒绝（见《国语·周语下》）；晋灵公恣行暴虐，乱杀无辜，残害民众取乐，引起臣民的强烈不满。赵盾屡次进谏都不被采纳。晋灵公不仅不听忠

谏，反而多次采取卑劣的手段谋害赵盾。（见《国语·晋语五》）

在《诗经》中并未表现出对前一种压抑的不满。在当时的大多数贵族成员看来，礼的宗旨与它所规划的社会蓝图乃是天经地义之事，思想家只能为之效力，而感觉不到其间有什么压抑。然而，对于后一种排斥，即统治阶级内部常见的矛盾与斗争，人们却显得十分敏感，在《诗经》中也有所表现。《小弁》就是这样的诗篇。

从《小弁》的内容看，作者在社会政治利益分配与家庭内部斗争中都是个失败者。个人的落拓潦倒和社会的礼崩乐坏交织于作者内心，使他痛苦万分。他申述说：人民无不有所养，而自己无罪无辜反遭排挤、抛弃，陷于困境（"何辜于天？我罪伊可？""民莫不谷，我独于罹"）。不仅个人遭遇的不幸使他痛苦，世道的衰落也使他极度忧虑。他用形象的比喻说，从前坦荡的周道，如今生满茂密的野草（"踧踧周道，鞫为茂草"），这里既是说周代的公路上长满了野草，同时，也运用比喻的手法告诉人们，周人的大道——礼遭到了破坏，就如同这道路上长了草一样。他为此焦虑万分，有如心生疾病一般（"怒焉如捣"），又如头痛一样难以忍受（"疢如疾首"）。这是无法排解的忧伤、痛苦。

诗中对造成自己不幸与痛苦的一方进行了谴责。诗云：

君子信谗，如或酬之。君子不惠，不舒究之。伐木掎矣，析薪扦矣。舍彼有罪，予之佗矣。

作者着重谴责了相信谗言的人。因为他是造成诗人的不幸的主导者。他又是主宰他人命运的人。他听到谗言，就如同有人向他敬酒一样痛痛快快地接受下来。这样就把进谗言者放在次要位置，而突出了信谗者内在的原因。正是由于这内在原因，致使他给作者造成很大的压力，也对他逼得很紧。作者运用了伐木、析薪两个比喻，鲜明地衬托出"君子"行为的荒唐。伐木要使树木顺势倒下，劈柴要顺着纹理将木柴破开。这都是生活中常见之事，熟知之理。然而，"君子"却颠倒是非，妄加罪辜，似乎连常理都不懂，足见其乖谬的程度。

诗人也谴责了进谗言者。他以两个比喻引出一层新意："莫高匪山，莫浚匪泉。"山之所以为山，泉之所以为泉，各有其必备特点。诗人以此比喻君子自当有君子的德行。然而，他在生活中所面对的，同时也是诗中所批评的这些"君子"却并非如此。他含蓄地说，君子不轻易说话，有耳朵贴在墙上听着你（"君子无易由言，耳属于垣"）。不要到我的鱼梁上去，不要翻检我的鱼篓（"无逝我梁，无发我笱"）。"无易由言"，隐指进谗言；"无发我笱"，隐指他背地里苟且行事，损人利己。这几句诗，虽然表达得较为含蓄，但当时的人都很容易感到它们的分量。因为周礼的修身原则，就是要在人所不可见之时严格地以礼自持，所谓的"相在尔室，尚不愧于屋漏"（《抑》）就是如此。而诗中所指斥的"君子"却在人所不可见之时，作出些苟且污秽之事，这就使人们看到他们的心灵与礼的定性之间存在多大的差距。

《小弁》之诗始于忧伤，终于怨愤，较为真切、充分地展现出一个遭受打击的贵族的内心的不平。

这些人受到打击、排挤，因而产生不平之感也是必然的。但是，每个人的身世、经历、境遇各有不同，他们在诗中所表现的感情自然会有较大的差别。《小弁》诗中的感情带有深深的忧伤。他的批评主要集中于造成自己不幸的掌权者。另一个受到打击、排挤的贵族所作的《巧言》则有所不同。

《巧言》的作者也是个遭到打击的人。但他的性格与《小弁》之诗人有较大的差别。他对自己的不幸并没有过多地叹惋。他从自己遭遇的不平之感很快地转入到对"君子"们的认识与批评。

作者认为，当时的社会秩序已经混乱，谗言已经在发生破坏作用，而"君子"却还在听信谗言。三者紧密相连，成为摆在诗人面前的严酷的现实。因此，他把三者糅合在一起作为批评对象，而认为信谗是问题的症结之所在。诗云：

> 乱之初生，潛始既涵①。乱之又生，君子信谗。君子如怒，乱庶遄沮。君子如祉，乱庶遄已。

二、四两句运用的是参互见义的语言表述方式，"潛始"亦即信谗之始，"信谗"又包括"潛"的发展，乱从初生到又生，也是潛言和信谗的同步发展过程。作者认为，造成这种局面的主要责任者，应是掌权的君子，他的态度是决定谗言和祸乱能否得到制止的关键。

在对"君子"进行批评的同时，他还用诗性语言阐明自己对制止祸乱的方略，想为这个动乱的社会提供一个治世良方：

> 奕奕寝庙，君子作之。秩秩大猷，圣人莫之。他人有心，予忖度之。跃跃毚兔，遇犬获之。

---

① 今本《诗经》作"僭始既涵"。案"僭"叚为潛。《左传》昭公八年云："小人之言僭而无征。"襄公二十七年云："夫以信召人，而以僭济之。"皆其例也。《众经音义》五引此诗正作"潛始既涵"。

"寝庙"即祖庙，乃是社稷的标志。"大猷"即基本道理，隐指周礼。这是当时大多数贵族的理想与利益之所系。诗人所批评的乱，归根到底是乱了周礼，乱了社稷。因此，诗中特别提出了先人所建立寝庙、圣人所确定的礼法（在诗人看来是如此），乃是自己要尽全力维护的。后四句运用比喻的手法，使其义蕴分明，诗人在诉诸人们，自己将严肃地考察人们对待社稷与周礼的居心亦即态度。实际上，这是明确表示自己要监视那些制造谗言、接受谗言、造成祸乱的"君子"，揭露其破坏社稷，败坏礼的思想、原则的恶劣行径。因此，诗的后两章重又归结为对这些人的批评。

《巧言》与《小弁》的作者都是遭到打击、排挤的人。他们在诗中对排斥自己并违背了礼的规定的"君子"表现出极大的愤慨与不平。这是两首诗的相同之处。但是，两首诗也有不同的特点。《巧言》的作者没有后者那样惨怛痛切的个人身世之痛，反而表现出凛然的态度，显得比后者更富于斗争精神。

二　预见与忧虑

在周代，绝大多数思想家虽然不能在权力分配中占有要职，却终因其谙熟礼制和渊博的知识而被视为智囊人物。尽管如此，这些被留在统治阶级内部不同等级上的智囊人物，与那些各级官府的管理者，特别是与那些追逐利禄和享乐的权势者之间，在精神上仍有较大的差别。他们依照礼的思想和规定，给实际掌权者以思想和政策方面的指导。可是，他们的良苦用心却常常不被理解和接受。如周厉王施行残暴统治，国人怨声载道。厉王便使卫巫监视人民的批评，发现三两个人在一起议论，便给以严惩，以暴力钳制舆论。致使人民不敢说话，更不敢发牢骚。召公注意到"民不堪命"的现实，针对厉王的专制统治讲述了周王朝治民安

《诗经》艺术论

邦的经验，希望他能改弦易辙，让人民讲话，将社会舆论引导到有利于王朝统治的方向。可是，厉王既暴虐又顽固，终被放逐于彘，周王朝的统治也受到沉重的打击。（见《国语·周语》）事件的发展证明了厉王与召公之间的思想上、政治上的差距，验证了召公的预见是非常正确的。

在《诗经》中，也有一些人在世风日下的环境中表现出较为清醒的头脑。他们对一些淫逸、放荡、违背礼的规定的人深致不满，对礼崩乐坏深感忧虑。他们诚惶诚恐地注视着事态的发展，企图引导人们重新回到礼的规定中来。他们以诗歌的形式表现自己的思想感情，于是，在一些作品中表现出他们的一定程度的远见，他们对日渐严重的动乱局面的忧虑，塑造了别具特色的艺术形象。

《小宛》就是这样一首诗。作品抒情主人公的内心充满衰世之忧。他清醒地注意到现实生活不断发生的变化，注意到社会在向着颓势下滑。因此，他对沉湎于穷奢极侈之中的贵族"彼"怀着深深的忧虑。诗云：

> 人之齐圣，饮酒温克。彼昏不知，壹醉日富。① 各敬尔仪，天命不又。

诗人并不一般地反对饮酒。他把两种人在饮酒时的表现作了对比。一种是中正而又头脑极为清醒之人，一种是浑浑噩噩、饱食

---

① 案"壹醉日富"句，前人解说甚多，然多不可从。富，足也。故言日与年，可言富，亦可言不足。《泰誓》云："我闻吉人为善，唯日不足。"枚乘《七发》云："太子方富于年。"《史记·曹相国世家》云："悼惠王富于春秋。"皆其证也。

终日无所用心之人。前者在饮酒中始终能以礼自持，无损其威仪，后者则淫于酒，连日不醒。作者希望人们都以前者为榜样，敬慎威仪。同时，又告诫人们以后者为鉴，天命不会再度降临，不要在沉迷中失去它。

接着，诗人以两组比喻更深入地阐述自己对"天命不又"的理解。原野中生长的豆本无所主，谁采摘就为谁所有（"中原有菽，庶民采之"）。螟蛉之子小螟蛉虫是有自己的家和父母的，但这种关系也会发生变化。细腰蜂将小螟蛉虫带回巢去，经过哺育就会改变其种类，变为小细腰蜂（"螟蛉有子，蜾蠃负之"）。作者通过鲜明的，为当时人们所熟知的比喻，阐明了"壹醉日富"的危险。"天命靡常"，"天命不又"，这是周代思想家一贯的认识。君位无常，唯有德守礼者居之。因此，就像原野中的豆本无所主，经人采摘就可改变归属；如同小螟蛉虫可能变成异类一样，君位、天命也是可变的，是可以改变归属的。

在诗中，作者表现出对每日淫于酒的"彼"的深切关怀，也表现出因"彼"的浑噩无知而产生的忧虑。从诗中看，作者个人的经历也陷入了坎坷艰难之中：家资贫乏，又遭到狱讼之事（"哀我填寡，宜岸宜狱"①）。家事的烦恼，国事的忧愁，交织在一起，使他终日不得安宁。作者运用三组比喻，将自己心境活现出来：他像爬到树上一样，唯恐坠落尘埃；他像站在深谷边缘一样，唯恐掉下去；他像踏在薄冰上一样，唯恐陷下去（"如集于木"，"如临于谷"，"如履薄冰"）。

---

① 今本毛诗作"宜岸宜狱"。《释文》云："（岸）韩诗作犴。"案《说文》、《盐铁论·五刑篇》、《风俗通》引此诗均作"宜犴宜狱"，《释文》引韩诗说曰："乡亭之系曰犴，朝廷曰狱。"韩诗于义为长。然则岸假为犴。参见王先谦《诗三家义集疏》。

《小宛》始于忧伤，终于履冰之喻，把一颗满怀忧虑、惴惴不安的心灵的跳动呈现于读者面前。

在《小宛》和前面所论及的《小弁》中，作者都将自己的坎坷和世道衰颓结合在一起，抒发了深沉的忧伤和苦恼。只是在《小宛》中，个人坎坷之叹在其所抒发的诗情中所占的分量并不很重。此外，还有一些以忧时为主的诗篇，在其感情展开中完全未涉及个人的遭遇。在当时的贵族中，礼的自觉意识越高，个人得失之叹越少，忧国忧民之心反而越重。如晋献公劳瘁百姓，出兵征战，以实现个人的野心。史苏一再分析献公的行为与人民的愿望不符，可能导致严重的恶果。他指出："昔者之伐也，兴百姓以为百姓也，是以民能欣之，故莫不尽忠极劳以致死也。今君起百姓以自封也，民外不得其利，而内恶其贪，则上下既有判矣。"（《国语·晋语一》）在这些诚恳的进谏中表现出史苏对邦国兴衰的关切。至于太子申生和他的老师杜原款，被迫害至死，仍不改其忠君守礼之心。（见《国语·晋语二》）他们也将生死置于度外，但却带有明显的愚忠愚孝的色彩。在周代，忠孝至于愚妄如申生那样的人较少见于记载，但像史苏这样的思想家则所在多有。他们随时分析社会发展的趋势，进谏、批评尊者的举措，给人们以思想、行为方面的指导。《诗经》也表现出具有上述特征的思想感情，也为人们塑造了这样的艺术形象。《宾之初筵》和《角弓》都属于这类作品。

《宾之初筵》中所抒发的感情，与前边所论及的《小宛》的第二章较为接近。但它没有《小宛》那样深厚的内涵。它不是从某些人沉湎于酒的行为引申到更为广泛的社会问题。它以宴饮之初与酒醉之后进行对比，批评了人们不能以礼自持，以至于酒后伐德，丧失了贵族应有的威仪，违背了礼所规定的思想、行为准则。

《小宛》之诗通过对"天命不又"的忧虑，表现了对统治阶级长远利益的关注。《宾之初筵》则通过对一些贵族失于威仪的批评，表现出对人们心灵的礼的规定性的重视。

> 宾既醉止，载号载呶。乱我笾豆，屡舞傲傲。是曰既醉，不知其邮。侧弁之俄，屡舞傞傞。既醉而出，并受其福。醉而不出，是谓伐德。

这虽然是就事论事的批评，却也可以感受到诗人心灵的跳动并不仅仅关联到一些人酒后失态。而小雅中的另一首诗《角弓》则别有属意。它既分析了人们的物质利益，也强调了礼的宗旨。二者的结合，正是作者忧心所系。

《角弓》之诗开宗明义，在第一章中以短短的四行诗阐明了诗旨，即兄弟、亲戚间的团结之义。随即便由此展开，对现实中的兄弟、亲戚关系的状况阐述了自己的感慨。

诗人指出：

> 此令兄弟，绰绰有裕。不令兄弟，交相为瘉。
> 民之无良，相怨一方。受爵不让，至于以斯亡。①

---

① 今本毛诗作"至于巳斯亡"。据阮元《校勘记》，"巳"或作己，或作已。前人多训为己身，殆本于孔疏。然"至于己身斯亡"，语意难通，且与前句之"受爵"云云不相连属。故孔疏曰："至于己身以此而亡。"此乃增字解经，殊不足取。案秦汉以前典籍中巳、已、己讹误者多有。此诗当作已。已与以可通作。如《易·损》云："已事遄往。"《释文》云："已，本作以。"《论语·先进》云："毋吾以也。"《释文》云："以，本作已。"此诗中的"已斯亡"，正字当作"以斯亡"，盖以"相怨"、"不让"而亡也。

诗人认为，如果（主人）怀有诚意善视兄弟，则家族团结兴盛，彼此皆饶有余裕。如果对兄弟缺乏恩义，便会导致兄弟不和，相互制造痛苦。一些家族内部相怨、相争以至于分裂、灭亡，就是缺乏恩义，互相挑剔，制造衅端的必然结果。

之所以如此，就在于当时是以宗法制家庭为基本单位的社会。家长（即宗子）代表并率领整个家族参与政治的、经济的、宗教的活动。家长同兄弟、族人的关系是一损俱损，一荣俱荣。兄弟、族人是家长的股肱、枝叶，是家长力量所在。家族内部争斗不仅会削弱自己的力量，甚至会导致家族的覆灭。如晋祁盈家族内部发生矛盾，自相诛戮，导致祁氏、羊舌氏两族的灭门之祸（见《左传》昭公二十八年）。又如晋灵公欲杀赵盾，赵盾的族人赵穿便弑灵公于桃园，果敢地保卫了赵盾，同时，也捍卫了赵氏宗族在晋长期执政的地位。（见《左传》宣公二年）

《角弓》的作者十分重视宗族内部关系的稳定与团结。他向人们指出了相怨相争必将导致灭亡的可怕后果。同时，这些地位较高的尊者如果疏远其兄弟、亲戚，还会产生恶劣的社会影响，人民都会效法他们（"尔之远矣，民胥然矣"）。作者不曾进一步说，但可以想见，作为社会基本结构的宗法家庭的普遍崩溃与解体，这对于一个笃信礼的秩序的周人来说，不仅是自己难于接受的，而且将面临可怕的、不堪设想的前景。

《角弓》作者的感情的基本内涵与《常棣》较为接近。两首诗都强调宗族内部的团结，特别是兄弟间的团结。然而，《常棣》诗作于兄弟宴饮之时，作者处身其间的宗族关系，也较多地带有礼的色彩。因此，作者歌颂了兄弟间急难御侮、死生相求的情谊，以见出自己处身其间的兄弟关系和谐之可贵。在《角弓》中则不然。《常棣》诗人所歌颂的现实生活状况和兄弟关系，仅存在于《角弓》作者的理想之中。眼前的事实则全然相反。只有"相怨"、"不让"，而没有"急难"，"御侮"。这就不能不令作者深深忧虑。

在这样的现实面前，作者一方面对"相怨"、"不让"的社会现象展开批评，同时，也对主要责任者即"君子"有所针砭。在"老马反为驹"的比喻中，已经批评了"君子"不能尊老的失误。而在"君子有徽猷"的诗句中，又含蓄地指责"君子"不能率先执礼，以美好的品德影响人民。因此，作者说这些人毫无礼义之心，如同"蛮夷"一般（"如蛮如髦"）。《国语·周语》云："夫戎狄，冒没轻儳，贪而不让。"表现出周定王对周边少数民族的轻蔑。此诗也以"相怨"，"不让"作为批评的主要之点，而"如蛮如髦"的比拟，将作者对"君子"行为的忧虑生动地展现出来，其间还包含着一定的鄙夷之情。

从上述诗篇可以看出，这些作者与他们所批评的耽于佚乐的贵族在性格、思想方面都有很大的差别。他们比后者具有清醒的头脑，也看得远些。他们把礼崩乐坏的现实与即将到来的可怖的结局指给人们，希望引起人们的警觉。他们要把那些背离礼的思想、原则的人重新引导到礼的规定中来。然而，他们的预言、警告和劝诫，同现实的物质生活的诱惑力相比，显得十分软弱无力。大多数沉湎于世俗享乐的人，既不会理解他们的苦心，也不会轻易放弃自己眼前的欢乐。越是心灵中礼的定性程度低的人，越是如此。

三　乱离中的忧国忧民者

到了西周末期与东周初期，礼崩乐坏，社会乱离。耿介之士人人自危。桓公友为王室贵胄，又居司徒之位，理当与王室同心。但当幽王为虐日甚之时，他也深怀忧虑地说："王室多故，余惧及焉。"并询问:"其何所可以逃死?"(《国语·郑语》)这种忧虑在当时那是非颠倒、刑戮无常的形势下,也是人心所不可免。但即使如此,那些正义直行之士的心中固有的礼的定性,仍然是左右他们的思想和行动的主导力量。他们对社稷即本阶级命运的关心并不因君主昏庸而有所损废。他们的忧国忧民之情变得愈加深沉、诚挚。这些人的感情在《诗经》中有比较充分的表现。

《雨无正》一诗就表现了类似的感情。诗篇作于西周初亡,形势尚未稳定之时("周宗既灭,靡所止戾")。这特定的形势使诗人的感情笼罩在浓重的阴影中。

> 浩浩昊天,不骏其德。降丧饥馑,斩伐四国。旻天疾威,弗虑弗图。舍彼有罪,既伏其辜。若此无罪,沦胥以铺。

诗人首先让人们看到的是个善恶不辨、是非颠倒的世道,让人们看到的是再也不能宏大其德的老天。同时,昊天又降下饥馑之灾,益发使这个社会变得混乱、艰难。诗人将这一切一切咎于老天,责怪他暴虐,并且不顾及事态的后果。也就等于说,他废弃了天道的常理、常规。

紧接着,诗人描绘了西周的崩溃的惨状。镐京陷落,宗周灭亡,而且形势会恶化到什么程度,尚无法测度。在这时候,贵族们也离心离德:有的隐居自保,有的窃据高位却不肯勤勉事王("正大夫离居","三事大夫","邦君诸侯,莫肯朝夕")。他们自己表白要好自为之,可是,在行动中却尽做坏事("庶曰式臧,覆出为恶")。从诗人所描绘的现象中可以看出,在这个浍乱的时代,礼的秩序已遭到严重的破坏,人们心灵中的礼的定性也趋于幻灭。这是礼的思想和礼的制度受到全面冲击而走向衰落的时代。

生活在如此纷乱的社会中，诗人感到焦虑，感到孤立无援。他与那些无所事事的达官贵人在思想上、行动上迥然有别。一方面是诗人所批评的人。他们不肯起早睡晚（"莫肯夙夜"），只知道养尊处优（"俾躬处休"）。这里的"莫肯夙夜"是诗的语言，实际上是批评他们不能勤勉地为国效力。另一方面则是以诗人为代表的勤于政事的人。他们尽心尽力，鞠躬尽瘁地为国家、社稷而工作（"维躬是瘁"）。一方面是言行不一，苟且偷安的权贵；另一方面则是瘅思劳形的诗人。这样鲜明的对立所形成的处境上的和心理上的孤独，是可想而知的。他不由得抱怨周围缺乏理解他的劳苦的人（"莫知我勚"）。这正是他内心孤寂之苦的宣泄。

诗人对礼、对王朝的忠心是不可动摇的。正因为如此，他对这个乱离而又是非颠倒的世道，怀着深深的忧虑和怨悒之情。同时，他也感到自己处境的艰难。这种艰难突出表现在进言方面。在一般的情况下，人们认为，乱世之言，以顺说为上。但这正是作者所斥责的那些人的言行，他们夸夸其谈，从俗如流水，谗谄媚上，不办实事（"巧言如流，俾躬处休"）。作者绝不肯这样作。他不满于现实的人和事，要有所批评，却深深地感到进言的不易。如果对君王的倒行逆施持否定态度（"云不可使"），从礼的思想来说，完全合于人臣之义，也合于自己的人格理想，但却得罪天子。如果对君王的言行轻率地表示肯定态度（"亦云可使"），即顺说媚上，天子自然满意，却失去人格而为志同道合的朋友所不齿（"怨及朋友"）。同时，这也含蓄地说出不肯伤于周礼大道之意。这种左右为难的处境，使人们感觉到他笃行礼义之志和为此而承担的心灵上的压力。

从诗中可以看出，《雨无正》的抒情主人公生逢王室多故之秋，却不肯为流俗所左右，他深怀着社稷、民生之忧，礼崩乐坏之叹，却无法改变这个衰败的局面。这是个感到身处"孔棘且殆"的困境中，而又依然勤勉用事、忠于社稷的贵族形象。

《雨无正》的作者，是天子身边的侍御之臣（"曾我暬御"）。这一身份令他有较多的机会奔走于最高统治者中间，也使他较多地看到上层贵族的丑恶，增加了他对国家、社稷的忧虑。同时，这一职责，使他既有进言的可能，又使他产生"孔棘且殆"、自启祸端的不安。《正月》也是作于宗周既灭之初的诗篇。其作者也怀着对社稷、民生的焦虑，但在感情展开之中却见出差异。

《正月》诗一开始，先从极为反常的气候变化中引出作者对当时形势的感慨。因为在当时人看来，气候异常，天象变化，都意味着上天示警，意味着上天对社会现实，对统治者的不满而发出的警示。人们对此不能不惊恐万端。《正月》之诗首先就给人以这样的惊惧之感。

> 正月繁霜，我心忧伤。民之讹言，亦孔之将。念我独兮，忧心京京。哀我小心，癙忧以痒。

诗中的正月，为夏历四月，周历六月，正值万物繁茂的孟夏①。此时降霜，实为不同寻常的灾异。当时人认为，天道与世事相通。天降灾异，往往关系到王政得失，政教兴衰。因此在《雨无正》、《十月之交》中都表现出对自然灾害的惊惧惶恐。在《正月》中也是如此。诗人见灾变而产生悲天悯人之感。自然灾害与政治混乱，世风衰败与个人不幸融汇于诗人心中，引起他们的极度忧伤。

他抱怨、责问：父母生我，为什么又使我如此不幸？（"胡俾我愈"）他发出了生不逢时的哀叹。他的这种感情，与《小弁》中说的"天之生我，我辰安在"是十分接近的。这都是身陷窘困之境，却又无法解脱的怨悒之情。

诗人所感到的窘困处境，自然包括他自身的噩运。他慨叹自己无禄，抱怨自己的臣仆被人抢走（"念我无禄"，"并其臣仆"）。在有些时候，他的这些遭遇也许缺乏共性，也未必会给人以美的感受。但是，他生逢乱世，人人自危。在这种情况下，他个人的不幸也带有一定的普遍意义，从而也容易引起人们的共鸣。他的不幸与时代的不幸和社会的动乱有着一定程度的共生共

---

① 《左传》昭公十七年云："夏六月甲戌，朔。日有食之。祝史请所用币。""平子御之。曰：'止也。唯正月朔，慝未作，日有食之。于是乎有伐鼓用币，礼也。其余则否。'大史曰：'在此月也。日过分而未至。'"案此六月，乃周历，当夏之四月，故谓孟夏。庄公二十五年云："夏六月辛未，朔。日有食之。鼓，用牲于社。非常也。唯正月之朔，慝未作，日有食之。于是乎用币于社，伐鼓于朝。"文公十五年云："六月辛丑，朔。日有食之。鼓，用牲于社。非礼也。日有食之，天子不举，伐鼓于社。诸侯用币于社，伐鼓于朝。"案昭公十七年事，平子不知其时。文公十五年、庄公二十五年之所以非礼者，盖伐鼓于社，非诸侯所用之地也。用牲于社，非诸侯所用之物也。其俗甚古，故人罕知之。

灭的关系。诗人哀叹"不自我先，不自我后"，把对个人的伤悼融汇于对社会的普遍不幸的伤悼之中。

对社会、对世道的忧伤，是他与《雨无正》等诗人所同。而《正月》的作者显得更为敏感，他的忧伤更为深沉。他说，人民方在危亡之际。看看老天这人类最终的靠山，却仍是懵懵然昏昧不明（"民今方殆，视天梦梦"）。如果老天能明是非以勘定动乱，那么，包括作乱的人在内，都将为天所战胜，所左右（"既克有定，靡人弗胜"）。而现在的动乱不止，就在于老天并未起到应起的作用。从这一结果逆推上去，他认为，造成这混乱局面的终极原因，就在于老天。言下之意也包括与天一体的君王。

在诗的第七至第十章，诗人尖锐地批评了君王的昏庸逆乱。诗人指出：燎原烈火，人不能靠前，又如何能扑灭它？但赫赫然兴旺的宗周，却被褒姒毁灭了（"燎之方扬，宁或灭之？赫赫宗周，褒姒灭之"）。这一反一正的事理的对比，有力地启发人们认识并痛恨造成这亡国之祸的罪魁。同时，诗人还揭露了处于这深重灾难中的君王仍然十分荒唐。诗人以商人贩运货物比喻君王治国。他说：既已装货上车，反而拆去加固车辐的材料。用这样并未加固过的车运货，却对周围的人说，"请大哥帮忙"（"其车既载，乃弃尔辅。""将伯助予"），生动的比喻将其人的行动同意图之间的矛盾准确鲜明地暴露出来，使人们感到，他的行动不仅是可笑的，而且是极端愚蠢的。这与前边"执我仇仇，亦不我力"的陈述是一致的，却更生动、更尖锐。作者运用这样的艺术手法深刻地揭示了君王有求贤之名，无用贤之实的荒唐之举，批评了他枉有图治之言，而无止乱之行。这是对君王深感失望时的批评，是满含忧怨的批评。

随着最高统治者倒行逆施的加剧，人们普遍地陷入岌岌可危的处境和惊惧万端的心境中。这是生逢乱世的普遍的心态。这样的心情在其他作品中也有所表现。如《雨无正》的作者自谓"孔棘且殆"，这是简单、明了的陈述。它与桓公友说的"余惧及焉"，同样显得质朴。在《小宛》中，作者运用"如集于木"、"如临于谷"、"如履薄冰"等比喻，把自己朝不虑夕的处境和诚惶诚恐的心情，化为一系列诗歌意象。在《正月》中，人们的处境和心情也表现得极为充分：都说天很高，可是人们却不得不蜷曲着身子，生怕碰破头；都说地很厚，可是人们却不得不迈着小步，试探着走路（"谓天盖高，不敢不局；谓地盖厚，不敢不蹐"）。鱼在池沼中感到舒适、安全，但诗人认为，这鱼过于盲目乐观。它在水中，虽潜藏得很深，却被人们看得清清楚楚（"潜虽伏矣，亦孔之炤"）。

通过这些比喻，诗人写出了表面看尚属正常的、舒适的环境，却无不充满潜在的危险。这些诗句表现出人们时时处处都无法摆脱的恐惧感。这种处境和心态是由"国之为虐"造成的，因而也是无法解脱的。而作者的忧国忧民之心，也就在这些生动的比喻中活脱地呈现于读者面前了。

第三节　忠贞的情感与兼济之志

在《诗经》中有不少针砭时政的作品。对于这些诗篇的产生，今人或归之于某些贵族在统治阶级内部矛盾、斗争中遭受打击的经历，或归之于周代残存的原始民主制传统。应该说这两者的确也是这些诗歌产生的原因或条件。然而，它们既不是唯一的，甚至也不是主要的原因和条件。

《诗经》中有些诗篇的作者在统治阶级内部冲突中受到了打

击，如《小弁》中说："民莫不谷，我独于罹"，就对自己被排挤的处境讲得很分明。但是，像《板》、《荡》、《抑》等诗中却看不出作者个人有什么坎坷的遭遇。如果从《国语》的记载看，召穆公、芮良夫等人对君主提出批评，都不是因为他们个人受到了什么打击，而是出于对君主、对社稷的关心。很显然，仅仅从个人经历这方面寻找原因是不恰当的。

毫无疑问，周代尚有原始民主制的余绪。这在先秦典籍中不乏其证。这在当时确实起到广开言路的作用，也为人们在诗歌中批评时政提供了一定的外部条件。但是，同在民主遗风的条件下，有的人阿君之意，有的人守志不移。同为臣，却可以有截然不同的言论。而另一方面，当君主闭目塞听，阻绝言路之时，进言者的确少了。然而仍有一些耿介之士昧死进谏，表现出"为行吾言，不爱其身"的坚贞品格。如晋灵公昏庸暴虐，赵盾不避杀身之祸以谏（见《国语·晋语》、《左传》宣公二年）。可见，外界条件顺逆不是唯一的，甚至不是主要的条件。单纯地从原始民主制的存否探索这些诗歌产生的原因，也是缺乏说服力的。

统治阶级内部斗争造成某些人的坎坷经历，古老的民主制的遗风，都从不同的方面构成批评现实的诗歌产生的诱因。但是，这两者对于周代贵族思想家来说，或者具有部分的偶然性，或者呈现为外部的机制，而更重要的，给他们的诗情确立某种基调和感情色彩，对他们的创作起主导作用的，乃是他们的性格和思想中的核心要素，是他们对社会、人生的理解，是他们的心灵中的礼的规定性。这是决定他们的生活态度，决定他们对社会的特殊感受的内在因素。

周代贵族思想家的性格具有自己时代的特征。这突出表现在他们的心灵受礼的规定的制约，并以人臣之义为其内核。这也是决定他们在现实生活的矛盾中持积极的、批评的态度的终极因素。

周代的统治思想认为，臣属的责任是辅弼君主以礼治国。君主并非一贯正确。他们有善行，也有惑命。在两种不同情况下，臣属的辅弼作用在表现形式方面有所不同。但其指归却始终如一，即帮助君主严守礼的规定。因此，在君主违礼之时，贤臣的作用突出地表现为面谏廷诤。这样，进谏也就十分自然地成了人臣之义的经常的重要的表现方式。"事君有犯而无隐。"（《礼记·檀弓》）"事君远而谏则谄也，近而不谏则尸利也。"（《礼记·表记》）这正是体现于周文公、召穆公、芮良夫、晏子、赵盾等贤臣身上的精神。这种精神是人臣之义的表现，是人们的性格，特别是较具识见的思想家的性格的表现，并且是无意识的表现。虽有大祸临头，人们也只能改变其表现的形式，而无法使之不表现。这是人们性格的必然。他们的性格，他们的为礼所贯注的精神，乃是批评时政的诗篇得以产生的内在的，同时也是最主要的原因。

当社会生活处于礼崩乐坏之际，现实的社会矛盾和一些贵族的腐败、污秽，同思想家们所固有的对礼的信仰形成尖锐的冲突。于是，他们在诗篇中表现了自己内心的波澜，塑造出诗人的自我形象。这些形象往往具有下述三个特点：（一）、强烈的社会责任感；（二）、对礼的坚贞不贰的信仰；（三）、尽忠竭诚的态度。这些特点在具体作品中的体现不尽相同。在有的作品中可能较为集中、全面。在另一些作品中却可能以其中的一、两点较为鲜明。

下面依次进行探讨。

一 强烈的社会责任感

周代贵族思想家的心灵中礼的定性较一般贵族要高一些，他们对礼的信仰更为执著。同时，他们也时时关心人民的疾苦与社会的稳定。如《国语·周语上》云：

> 厉王说（悦）荣夷公。芮良夫曰："王室其将卑乎？夫荣夷公好专利而不知大难。夫利，百物之所生也，天地之所载也。而或专之，其害多矣。天地百物，皆将取焉，胡可专也？所怒甚多，而不备大难，以是教王，王能久乎？夫王人者，将导利而布之上下者也，使神、人、百物无不得其极，犹日怵惕，惧怨之来也。……今王学专利，其可乎？匹夫专利，犹谓之盗，王而学之，其归鲜矣。荣公若用，周必败。"

芮良夫关心周王室的盛衰兴亡，苦口婆心地对厉王进行劝谏、诱导。他预见到厉王、荣夷公在浑浑噩噩中无法想见的政治危机，他担心政权还能否稳固。与此相类似的思想家还有与芮良夫同时代的为邵穆公。《国语·周语上》云：

> 厉王虐，国人谤王。邵公告曰："民不堪命矣。"王怒，得卫巫，使监谤者。以告，则杀之。国人莫敢言，道路以目。王喜，告邵公曰："吾能弭谤矣，乃不敢言。"邵公曰："是障之也。防民之口，甚于防川。川壅而溃，伤人必多。民亦如之。是故为川者，决之使导；为民者，宣之使言。故天子听政，使公卿至于列士献诗，瞽献曲，史献书，师箴，瞍赋，矇诵，百工谏，庶人传语，近臣尽规，亲戚补察，

瞽、史教诲，耆、艾修之，而后王斟酌焉。是以事行而不悖。民之有口，犹土之有山川也，财用于是乎出。犹其有原隰衍沃也，衣食于是乎生。口之宣言也，善败于是乎兴。行善而备败，其所以阜财用、衣食者也。夫民虑之于心，而宣之于口，成而行之，胡可壅也？若壅其口，其与能几何？”

邵穆公的见解具有更为深远的意义，因此为历代统治者所记取。他们看问题的出发点不是眼前的功利目的，而是对国家、社稷具有长远意义的决策思想和原则。他们对礼，对社会怀着强烈的责任感。他们真诚地相信，消除阶级矛盾和统治阶级的种种弊端，使社会归于稳定与和谐的出路，就在于全面实行他们所信仰的礼。因此，他们积极地维护礼，同那些违反礼的思想，破坏礼的规范的人进行坚决的斗争。他们强烈的责任感主要的不取决于其地位的高低，而出自他们的性格的必然表现，是礼的规定熔铸的结果。《左传》文公十八年载，莒太子仆弑君来奔，鲁文公命授之以邑。季文子命太史克对君主的行为提出了批评。他指出：

先君周公制周礼曰："则以观德，德以处事，事以度功，功以食民。"作誓命曰："毁则为贼，掩贼为藏，窃贿为盗，盗器为奸。主藏之名，赖奸之用，为大凶德，有常无赦，在《九刑》不忘。"

这里所谈到的周公的"誓命"，即指周代佚书《九刑》。周公为周代最著名的思想家，已为历史所认同。而在上述引文中，季文子和太史克的认识是一致的，即认为接纳莒太子仆，无非是贪图他所进献的宝玉。然而，这一做法却破坏了祖宗遗训和礼的思想、规范，也给予那些"弑君逆贼"以很大的安慰和鼓励，助长其侥幸心理，使其错误地以为弑君逆贼也会有人收留。这在当时的思想家看来，是极其可怕的。因此，他们引用周公所制定的维护礼的思想、原则的重要文献《九刑》，以抵制鲁君的决定。礼不能容忍破坏其规定的行为。而贵族思想家正是以拯救社会为己任，以维护礼法圣道为己任，同各方面，特别是同君主、权贵的违礼行为展开坚决的斗争。

他们这种对礼、对社会的责任感，这种精神状态，在《诗经》的很多诗篇中都得到了充分的表现。《小旻》就是其中之一。诗中着重抒发了作者对君主和掌权贵族背弃礼的原则，盲目、昏乱地实施统治所产生的忧虑。

> 旻天疾威，敷于下土。谋犹回遹，何日斯沮。谋臧不从，不臧覆用。我视谋犹，亦孔之邛。

诗人在陈述自己的具体感受之前，先将一个关乎全局的问题突现出来，这就是皇天暴虐，并将这暴虐遍施人间。这是间接地对昏昧乖戾的君主的批评。同时，这也是作者所看到的一系列具体问题的症结之所在。在诗人看来，邪僻之谋必然导致暴虐之政，而暴虐之政也必然采纳邪僻之谋。这种恶性循环将使王政衰败，导致政权倾覆。诗人意识到问题的严重，于是，他满怀忧虑地质问：这邪僻之谋何日可止？他的责问绝不是仅仅指向那些出谋献策之人，而是包括决策者在内，甚至他的潜台词更多地针对后者。

在以下各章中，诗人对出谋划策者和决策者都展开了批评。前者自然都是臣属。后者则包括君主与掌权大臣。然而，尽管他们的地位、职务有所不同，在诗人看来，他们或为君，或为臣，却有一个共同点，即他们都是背离了礼的思想、规范的人。

首先，诗人指出了他们政治谋划的性质。这里可以较为集中地看出那些进献谋略，参与政事的近臣心灵中接受礼的定性的程度。诗云：

> 哀哉为犹，匪先民是程，匪大犹是经。维迩言是听，维迩言是争。

这些臣僚所献的谋，乃是他们离经叛道的典型表现。诗中的"先人"和"大犹"是一件事的两个方面。自制礼作乐的主体言之，则谓之"先人"。自制礼作乐的成果言之，则谓之"大犹"。诗人指出，他们作为上层统治者，或参与制定政策的人，不以古圣先贤为法。他们所献的谋，不以世代恪守的大道为准的。这样，他们所献的谋也就必不可免地成了违礼废法的逆行。违礼，就必然陷于对浅近私利的斤斤计较，而不能瞩目于本阶级的长远的利益。对诗中的"犹"与"大犹"的分别，"迩"与远的分别，《左传》中有一段话讲得很清楚。郑子皮云："吾闻君子务知大者、远者。小人务知小者、近者。"（襄公三十一年）大小、远近之别，既是谋的性质的不同，也可以看出谋事者心灵礼的定性的不同。当然，诗人无需指斥他们为小人，只消指出他们背弃先人之行与先人之法，也就足以使人看清他们的心灵差距，看清他们的政治行为背离礼的定性的实质。

出谋划策之人如此，那么，采纳他们谋划掌权者的思想也就易于看清了。诗人指出，对那些好的，也就是合于礼的思想、规范的谋，他们拒而不受。对那些不好的，背离"大犹"之谋，他们却全都采纳（"谋之其臧，则具是违。谋之不臧，则具是依。"）。一反一复的对比，十分简捷地勾画出执政者思想的基石和心灵中礼的定性的程度。

　　鉴于执政者及为之出谋献策者的行为，诗人产生了深深的忧虑。他指出，这些目光短浅的人只知道与虎搏斗是危险的，只知道涉水过河是可怕的。但这只是些明晰可辨的，尽人皆知的危险。他们却不知道政治谋划的不善乃是潜在的、更可怕的危险（"不敢暴虎，不敢冯河。人知其一，莫知其他。"）诗人则担心国势日益衰败，担心可能出现的，不论贤愚臧否一同覆亡的厄运。

　　从对他人行为的谴责中，从对自己内心的剖白中，读者不难发现，诗人以维护礼的思想原则，维护国家和社稷安危为己任，自居于矛盾的焦点上，表现出强烈的社会责任感和使命感。

　　《小旻》中所表现的阶级的、社会的责任感，在《板》这首诗中也表现得十分鲜明，并且，诗中的感情更为激切。

　　在《板》中，诗人并未涉及执政者周围的僚友。他仅仅从"我"进言和"尔"纳谋与否展开，表现出作者对国家，对人民的关心。

　　诗人首先托出作诗的宗旨。他所面对的，也是上帝邪僻，人民深陷于痛苦、疾病折磨之中。（"上帝板板，下民卒瘅。"）这个背景与《小旻》中的"旻天疾威"较为相似。在这个背景下，也是决策的思想与礼的关系引起了诗人的特殊重视。不过，这里不存在臣属进献谋略的正确与否，而是执政者自己的主张十分乖谬。他的乖谬主要表现在两个方面：一是目光极为浅近（"为犹不远"），二是其决策不建立在诚信的基础之上。（"不实于亶"）诗人便是针对这些弊病，特别是前者，展开抒发自己的感慨。

　　诗人指出，在老天发难、社会动荡之时，常常可以看到两种不同的政策和结果。一种是政令和顺，人民团结安定（"辞之辑矣，民之洽矣"）。这是合于礼的，也是合于诗人理想的作法。另一种是政令昏乱、败坏，人民困苦（"辞之怿矣，民之莫矣”)。这是诗人所面对的执政者正在采取的、加剧已经紧张的社会矛盾的作法。引起诗人极大不安的，就是这种无助于革除时弊，解救人民的废弛之政。

他告诫执政者，在老天酷虐、发难之时，作为统治者不应抱着盲目乐观的甚至麻木不仁的态度，也不要违背诚信的原则而夸夸其谈。诗人提醒他们，这些都是违背礼的思想的乖戾之行，若不及时加以纠正而继续放纵自恣，就将如病人发高烧一样，无法挽救其灭亡的颓势（“多将熇熇，不可救药”）。在这些诗句中，表现出诗人对执政者即本阶级的代表人物的关心。他们沿着前代那些自取覆灭者的足迹走去，已经陷入危险境地，却毫无察觉。诗人较为清醒地看到了他们所作所为的危险趋势，因而在批评、劝诫中充满忧虑与痛心。

另一方面，诗中也表现出作者对人民命运的深切关心：

民之方殿屎，则莫我敢葵。丧乱蔑资。曾莫惠我师。

人民正处于困苦呻吟之中。然而，却没有人敢于正视这一现实，认真地考察、估量他们的实际苦状。人民处于丧乱之中，财用匮乏，衣食无靠，却没有人肯关心、爱护他们。诗中所谓的“惠我师”，也就是在人民困苦之时，施行宽缓的政策。

在对掌权者的批评中，已经部分地表现出诗人的政治主张。但诗人并不止于此。他还进一步陈述了自己治国安民的理想方略。这是与掌权者的乖戾之举完全对立的原则。他指出，老天诱导人民，也就是指先王所留下的按着礼的思想、规范约束人民，使得人民像吹埙与吹篪、奉璋与奉圭那样尊卑和协，上下融洽

（"天之牖民①，如埙如篪，如璋如圭"）。他又以搬运、携带货物比喻为政。在携带东西的时候，应保持适中的度，不能贪得无厌，随便增加携带物的分量（"如取如携，携无曰益"）。这些埙篪、取携的比喻，十分含蓄、生动地告诫对方，统治人民，治理国家，就不要破坏礼所规定的关系，不要逾越礼所规定的度。他反对横征暴敛，严刑峻法以加剧社会矛盾。他希望掌权者赶快从浑浑噩噩的状态中清醒过来，通过宽缓惠民的政策，使不断加剧的社会矛盾得以缓解，使社会秩序从动乱趋于稳定。

诗人这种思想，同前文引述的芮良夫批评周厉王专利的观点较为接近。荣夷公和厉王好专利而不知大难，正表明他们与诗人所批评的对方一样，都是目光浅近，只顾一时的功利目的，不断地加重人民的负担。对人民重利盘剥以实现官府或上层统治集团财富的积累，正是与诗人所告诫的"携无曰益"背道而驰的作法。诗人与芮良夫各以自己的语言，自己的方式告诫统治者不要疯狂地搜刮人民。

从诗中所抒发的感情可以看出，诗人是一个典型的具有思想家气质的人。他十分注意现实的社会问题，关心人民的疾苦、社会的安定。他希望统治者实行惠民政策，以度过丧乱而归之于礼的和谐。他自觉不自觉地将自己置于统治阶级代言人的位置。他对本阶级的命运和长远利益非常敏感。他清楚地看到贵族统治所面临的窘困之状，也预见到掌权者的倒行逆施所必然导致的更为严重的后果。这两个方面融汇于诗人心中，从而塑造出一个具有强烈社会责任感的贵族思想家形象。

---

① 今本毛诗作"天之牖民"。案《礼记·乐记》、《史记·乐书》、《风俗通》引此诗均作"诱民"。且毛传云："牖，道（导）也。"则牖假借为诱。

二　对礼的坚贞不贰的信仰

周代贵族思想家的强烈的社会责任感，往往与他们的刚正不阿的性格、操守相伴生。对于思想家来说，刚正不阿的品格常常是他们思想的外观。他们对礼的思想、规范具有执著的信仰，以极大的勇气维护这信仰，并以刚毅果敢的精神将其付诸实践。因此，面对一些倒行逆施的掌权者之时，面对社会动荡不安之时，便会表现出似乎无可推卸的责任感。如果没有对礼的坚定的信仰为其基础，他们的社会责任感或者不易形成，或者虽已形成，却无法在艰苦的条件下勇敢地为之斗争。如晋献公欲废太子申生，大臣们对献公的意图和行为的实质看得清清楚楚。然而他们所持的态度却迥然不同。荀息曰："吾闻事君者竭力役事，不闻违命。"这种人在君主面前只会连说"是！是！"把君主的命令、意图当作绝对真理。更有甚者则谄媚邀宠。这种人心中只有官位、利禄和赏赐，焉知社会责任感！里克云："我不佞，虽不识义，亦不阿惑。吾其静也。"他的态度与唯命是从的奴才和助纣为虐的佞臣不同。他虽自称不识义，实际上心中的善恶之分是很清楚的。然而，他没有勇气坚持善、批评恶。他顾虑一己的得失，把个人的既得利益看得很重，或者对那些倒行逆施者怀有强烈的畏惧感。因而，这类人不敢也不可能肩负起社会责任。只有丕郑表现出维护礼思想、原则的勇敢的态度。丕郑云："吾闻事君者，从其义，不阿其惑。惑则误民。""民之有君，以治义也。"（均见《国语·晋语二》）从这三个大臣面对晋国重大政治变动所表现出的迥然不同的态度可以看出，认识真理，并以实际行动去维护它，这是很需要一些勇气的。《谷梁传》僖公二年载，晋人欲伐虢，借道于虞，同时想乘机吞并虞。晋献公认为虞之忠臣宫之奇会看穿自己的阴谋，阻挠其实行。荀息曰："宫之奇之为人也，达心而懦，又少长于君。达心则其言略，懦则不能强谏，少长于君，则君轻之。"事态的发展，果然不出苟息所料。宫之奇谏而不从，虞君借道于晋。宫之奇说了句"唇亡则齿寒"的名言之后，便携带妻子以奔曹。这表明他虽有智慧，也能忠心耿耿的办事，但是，当面临重大决策，特别是关系到同君主之间的分歧、争论之时，他的懦怯的性格就使他不可能坚持自己的正确的主张与看法，不可能全力纠正君主的失误。如果说在一般情况下坚持自己的主张，承担起社会责任，都需要有相当的勇气的话，到了社会危机严峻，君主闭目塞听、刚愎自用之时，就更需要有对正确的思想、原则的坚贞不贰的信仰，更需要有无所畏惧的斗争精神，甚至要有以身殉道的精神。

周代思想家对礼的坚贞不贰的信仰，在《诗经》中也得到较为充分的艺术表现。《桑柔》一诗就为人们展现了一个忠于自己的信念并顽强地为之奋斗的贵族思想家的心灵。

诗人通过对自己感情和信念的坦诚自述，为人们展现出一个同违礼行逆的执政者坚决斗争的思想家的形象。他批评那执政者背离大法而放纵自恣。诗人警告他，长此以往，必将像飞虫一样被捕获、诛戮（"如彼飞虫，时亦弋获"）。作者以礼诱导他、阴庇他，反而遭到申斥（"既之阴女，反予来赫"）。诗人好言进谏被斥而不用，甚至还陷人被孤立的、受排挤的境地（"匪用其良，覆俾我悖"）。可是，诗人绝不肯罢休。他运用诗歌的形式批评统治者，抒发自己满腔愤懑不平之感，同时，也表现出自己为维护礼的信念而进行不屈不挠的斗争的精神。

从诗中看，作者的感慨产生于行军途中。"四牡骙骙，旟旐有翩"，这表明他正驰驱在出征路上。"自西徂东，靡所定处。"看来他已行军很远，出征很久。这使他能够直接了解各地动乱的真实情况。他痛心地倾诉：

乱生不夷，靡国不泯。民靡有黎，具祸以烬。於乎有
哀，国步斯频。

到处是国破家亡的惨状，周王室的统治已经陷于窘急之中。诗人
不由得质问：谁是造成这场灾难的祸根？是谁使这可怕的祸端至
今梗阻为患（"谁生厉阶，至今为梗"）？这个问题的答案在诗人
心中是不言自明的。他以质问的口吻提出来，显得义正辞严，容
易收到发矇震聩之效。

　　接下去，诗人在几章中从不同的方面进行对比，以见出祸国
殃民的掌权者的心灵距其应有的礼的定性何等遥远。

　　诗人以"惠君"与"不顺"即逆君相比，以显示出二者在
礼的修养方面所存在的差别。"惠君"率先执礼，成为人民所瞩
目的榜样。在他的思想、行动中，弘扬礼法大道成为最重要的目
标。同时，他又能以严肃的态度修饰其威仪（"秉心宣犹，考慎
其相"①）。这正是他被人民视为榜样的原因，也是他成为"惠
君"，即合于诗人理想的君主的主要之点。至于那"不顺"之
君，则自以为是，放任自恣，无视礼的原则与规范，（"自独俾
臧，自有肺肠"），使人民无从辨礼义是非而陷于困惑之中。

　　随后，诗人又以圣人同愚人，良人同残忍之人，良人与不顺
两两对比，充分揭露了逆君佞臣的丑恶。同时，也显示出腐朽衰
败的现实政治同他的政治理想之间的尖锐矛盾。这多方面的对

---

　　①　"考慎其相"，案考，成也。《左传》昭公十五年云："言以考典。"
《礼记·礼运》云："以考其相。"又相即威仪。《棫朴》云："追琢其章，
金玉其相。"《礼记·大传》云："圣人南面而治天下……考文章，改正
朔。"《诗经》中每言"敬慎威仪"，义并同。

比，有力地揭示出诗人对礼的思想、原则所持的坚定的信仰，表现出他为维护这理想而勇敢斗争的品格。

周代贵族思想家的这种精神、品格在其他一些诗篇中也有较多的表现，如《十月之交》、《小宛》都是有代表性的作品。在这方面更为突出的当属《节南山》①。

《节南山》诗所批评的对象是具有显赫之位的太师尹氏。人们对这位太师的所作所为都深致不满，"忧心如惔"，但却"不敢戏谈"。这位太师尹氏的思想、行为已经引起普遍的反感，只是人们在决心和行动方面有所不同而已。诗人勇敢地对这位大人物展开批评。这样就与那些敢怒不敢言的人形成鲜明的对比，显示出他那尽忠竭诚，不惮诛罚的精神。

诗人指出，老天正降下灾难，丧乱遍布人间，人民经受严重的折磨（"天方荐瘥，丧乱弘多"）。在这样窘急的时刻，太师却不能以公平、公正之心治理国家，安定人民（"不平谓何"）。这样，不仅无助于改变衰败的政治局面，反而会使社会矛盾和动乱日趋严重。因此，诗人责问道：国运气数已经断绝，你为什么还麻木不仁呢？（"国既卒斩，何用不监"）这是批评，也是呼唤，要求他赶紧从昏昏然的状态中清醒过来。他痛切诚挚地指出：

　　弗躬弗亲，庶民弗信。弗问弗仕，勿罔君子。式夷式已，无小人殆。

---

① 毛诗题作《节南山》。然《左传》昭公二年载季武子赋《节》之卒章，《十月之交》郑笺曰："《节》刺师尹不平。"《大戴礼记·卫将军文子》引诗"式夷式已"二句，卢辩注曰："此《小雅·节》之四章。"诸说并以《节》为题。当以旧说为长。参见《诗三家义集疏》。

诗人告诫太师尹氏不要失去人民的信任。他在平素的所作所为已经产生了信任危机。他不躬亲执礼，致使人民对礼的原则、信念产生动摇和疑惑。因为，礼不仅具有普遍性的意义，它还更多的对上层贵族有所规范。位尊者应率先执礼，为人民作出表率。然而他不躬亲执礼，也动摇了礼涵盖天下的无所不在的作用。他置身于礼的约束之外，也就失去了礼对他的维护，失去了礼附加于他的威仪、声望。诗人从君子与小人两方面说明太师尹氏的逆举所造成的恶劣影响。他对君子既不安抚、慰问，也不授职任用，致使他们无法发挥作用，对国家、社稷离心离德。他在小人即广大群众面前也没履行应尽的责任。这些人需要的仅仅是一个安定的生存空间。这就要求他以实际行动和有利的措施，平定动乱，制止灾难，给人民创建一个可以安身立命的环境。可是，他在两方面都没做到。他的逆举使两部分人的基本要求都得不到满足。君子迷惘、困惑，不知何去何从。小人陷于窘迫境地，或许会铤而走险。"罔君子"，"殆小人"，是对"庶民弗信"的进一步申述，表明他在各阶级中都失去信任、支持，人们也普遍受到他的伤害。作者认为，到了丧乱之时，他的逆举更为严重。他没起到一个消弭动乱的大臣应起的作用，反而成了推波助澜的罪人。在诗人看来，作为太师的尹氏只要坚持礼的思想、原则，凭借他手中的权势，是可以使社会由动乱走向安定的。这里的关键在于他如何对待礼，如何认识自己应该承担的责任。诗人说，如果他能为民立极，即作出榜样，确立法则，就会使民心平息无争。如果他实行平和公允的政治，就会使人民的怨恨、愤怒得以平息（"君子如届，俾民心阕。君子如夷，恶怒是违"）。

诚然，要求任何个人即或杰出的政治家扭转衰败的政局和动乱的形势，都未免寄望过高，未免强人所难。个人的作用终究是有限的。但是，我们不能要求诗人具有超越当时条件的历史观。他是诗人。他生活在由西周的礼乐盛世走向礼崩乐坏的转折期，生活在社会秩序极其混乱的时期。作者要求身居高位，握有权柄的太师在制止动乱方面发挥力所能及的作用，甚至要求他扭转乾坤，这种心情，这种责任感，都是无可非议的。这里体现了作者的美好愿望。而且，这也符合当时人们普遍的认识水平和思想原则。在当时人看来，一个人的作用可以发挥到无限大的程度。一言可以兴邦，一言可以亡国。与此同时，礼的思想又规定，位尊者德宜高，居于高位的君子应率先执礼，为天下人民作出榜样。这样，广大臣民就会起而仿效他们，尊尊，敬让，上下各安其位，实现礼的秩序的稳定、和谐。诗人笃信这些原则，将其视为救世良药。因此，他也依据这一原则，依据自己对这原则的理解，对太师尹氏提出要求，发出责难，敦促他实施这些原则，希望他在那动乱不已的时代起到扭转时局的重要作用。

在礼崩乐坏的西周末期到东周初期，时有君主和掌权大臣骄纵横行。在这种情况下，对礼的信念的坚持和对个人利害的权衡，也常常构成有识之士内心的矛盾：顺从尊长，依附权贵，固然会得到一些实际的好处，甚至会成为炙手可热的人物。然而，这样作的结果，就必然废弃礼法大道。如果抵制尊长，超越世俗之上，则会陷入危殆境地。《雨无正》就表现了这样矛盾心情。但诗人不吐不快，终于倾诉出他要讲的话：

> 维曰于仕，孔棘且殆。云不可使，得罪于天子。亦云可使，怨及朋友。

诗人清醒地认识到自己已经陷入两难的境地：在天子面前，总提否定性意见，就会被疏远，最终连自己也会被否定，失去现在拥有的一切地位、利益。如果趋炎附势，毫无原则，只顾自己的既得利益，曲为之说，地位、俸禄巩固了，信念、人格却迷失了，也必然为志同道合的朋友所唾弃。这与前面所论及的作品一样，都表现出对自己的信念的忠贞。"得罪于天子"和"怨及朋友"都是他不愿看到的。然而，当二者必择其一的时候，诗人对礼的思想、原则的信仰，他的人格力量占了上风，执著的信念战胜了一己得失的思考与顾虑。这也是《雨无正》能够打动读者，得以广泛流传的最重要的原因。

三　尽忠竭诚的态度

周代思想家常常为了自己的信念，为了承担起对社会的责任，而同周围的人，特别是同足以左右其命运的君主和掌权贵族中的违礼者进行斗争。

我们这里所论及的冲突，是统治阶级内部在思想、政见方面的矛盾的冲突。这种冲突不是基于不同阶级间的利害关系的冲突，而往往是由统治阶级内部分工造成的。"在这个阶级内部，一部分人是作为该阶级的思想家而出现（他们是这一阶级的积极的，有概括能力的思想家。他们把编造这一阶级关于自身的幻想当作谋生的主要泉源）。而另一些人对于这些思想和幻想则采取比较消极的态度。他们准备接受这些思想和幻想。因为在实际中他们是该阶级的积极成员。他们很少有时间来编造关于自身的幻想和思想。在这一阶级内部，这种分裂甚至可以发展成为这两部分人之间的某种程度上的对立和敌视。"（《马克思恩格斯全集》第3卷第53页）周代思想家同执政者间的冲突正是在这样前提下产生的，是由他们的地位、职务和对礼的修养程度不同而产生的矛盾冲突。周代的统治思想即礼的思想、规范，是思想家们根据本阶级的利益、要求和统治经验加工而成的。在对礼的信仰、对礼的理解和执礼的自觉性等方面，两部分人之间都显出高下之别。同时，礼的思想体现的是统治阶级的长远利益，而贵族中的执政者忙于实际事务，往往注重政策、策略的直观效果，甚至于为急功近利的思想所左右。越是到了礼崩乐坏，社会动荡不定之时，他们越是忙于解救眼前的窘困，越重视某些决策的短期效应，无暇顾及久远。这样就导致了他们彼此间的经常性的、有时甚至是很尖锐的冲突。例如周厉王任用荣夷公加强对人民的盘剥，就是最高统治者只顾自己的，或上层统治集团的眼前利益，而芮良夫对其所进行的批评、劝谏，则是基于对国家、社稷的长治久安，对礼的思想、原则的稳定的考虑。

又如《国语·周语上》载，周宣王与姜氏戎战于江、汉之间，兵败丧师，国力空虚。宣王感到人丁不足，便在太原重新登记人口（料民），以加强对人民的盘剥、驱遣。仲山甫对宣王的作法提出警告与劝谏。其文云：

> 民不可料（即统计登录）也。夫古者不料民而知其少多。司民协孤终，司商协民姓，司徒协旅，司寇协奸，牧协职，工协革，场协入，廪协出，是则少多、死生、出入、往来者皆可知也。……又何料焉？不谓其少而大料之，是示少而恶事也。临政示少，诸侯避之。治民恶事，无以赋令。且无故而料民，天之所恶也，害于政而妨于后嗣。

应该说，仲山甫的观点中不无保守的成分。然而，他对天下形势，对宣王料民可能产生的恶果的分析是很深刻的。宣王因丧南国之师，想要通过料民而扩大兵源，加重对人民的役使，解救燃眉之急。可是，仲山甫深知，官府中掌管各方面事务的人对人口数字，对从事农业生产和可征召服役的情况比较清楚。随着周昭王以来长年的战争，兵员锐减，农村经济也遭到严重的破坏，"料民"只能暴露国力的空虚，只能使诸侯看到，中央王朝已经无力左右天下形势。于是，就会导致诸侯的离心离德。这样作的结果只能是适得其反。仲山甫考虑的是比较周到的。然而，陷于窘困之地，已经捉襟见肘的宣王根本不顾日后的事态如何发展，他只想解决当务之急。最后还是一意孤行地"料民"。从这则记载中人们既能看到宣王的固执、目光短浅，也可以看出仲山甫的远见卓识，看出他的耿耿忠心。

由于思想家的心灵礼化的程度较高，由于他们对礼的信仰较为坚定执著，也由于他们对本阶级的长远利益较为敏感，因此，执政者为了眼前利益，甚至为了个人私利，而损害阶级利益，损害本阶级的长远利益，损害礼的思想、原则的逆举，都引起他们的万分焦虑。他们诚挚痛切地陈述己见，甚至不避杀身之祸以期唤醒那些违礼的执政者，表现出竭诚尽忠以事其君，以维护社稷的态度。他们是当之无愧的周代的卫道士。

思想家们的这种态度及其表现，在古籍中举不胜举。如卫史鳅病危之时谓其子曰："我死，治丧于北堂。""生不能正君者，死不当成礼。"卫灵公前往吊唁，见治丧的场合不对，显得对其父很不尊重，问其故，其子以史鳅的话闻于灵公。公失容，曰："吾失矣！"（《艺文类聚》卷二四引《逸礼》）。活着的时候不断地给君主以思想指导，临死时还念念不忘纠正君主的过失，这样的忠诚、执著，怎能不令闻之者动容呢。

在《诗经》中，这种尽心尽力以维护礼，竭诚尽忠以事君的感情和态度，也随处可见。它与强烈的社会责任感，与对礼的坚贞不贰的信仰一起，构成作品中思想家心灵的跳动，也形成他们独具的艺术魅力。

《抑》诗的作者是一位长者，似乎曾经担任过师、傅、保一类职务，而对"小子"早就有所教导。如今，他年事已高，昔日的"小子"也已长大，并成了握有实权的显赫人物。尽管如此，当社会秩序不稳定之时，当这位执掌权柄的人作了违礼之事的时候，诗人依然非常关心他，关心社稷安否。于是，他在诗中对"小子"苦口婆心地进行批评、教诲，谕之以理，动之以情。诗云：

> 於乎小子，未知臧否。匪手携之，言示之事。匪面命之，言提其耳。借曰未知，亦既抱子。民之靡盈，谁夙知而莫（暮）成！

诗中的"小子"是非混淆，善恶不辨。诗人便从言传、身教两方面对他进行帮助。这里的身教，不是一般的行动上的影响和引导，不是单纯地拉着手领着他，而是具体地指点，一步一步地告诉他某些事该如何作。这里的言传，也不是一般的讲授、教诲，而是在他厌烦、听不进的时候，提着耳朵向他灌输。似乎这位"小子"以前就对一系列关乎国家治理方面的大事缺少兴趣。因此，诗人在当时就"言提其耳"地强化教育。这里的"携手"、"提耳"不应看作当年施教、受教的实录，而是以诗的语言和把握方式，表现作者对"小子"的教诲之力。诗人认为，既然有这样的受教育的基础，对方就应知礼义之所出。因此，诗人一方面驳斥他以年幼无知为托词，拒绝接受批评，改正错误，同时又指出，任何人都不能清晨闻道而日暮便有所成就。诗人既希望他认识到自己的错误、缺陷，尽快改弦易辙，又惟恐他对礼的实行，对自己的未来失去信心，故劝勉有加，鼓励他言行一致，听到好的道理，就立即付诸实施，逐步达到德义充盈、事业有成的地步。

　　诗人的这种态度，以及他在"天方艰难"之时的惨惨忧心，都表现出他对君主、对社稷的赤诚之心，也增强了他的谏说的感染力。

　　在诗中，作者委婉、含蓄地批评对方犯错误为"哲人之愚"。这既表现出对于"小子"的爱护和一定程度的尊敬，又可见其劝勉、鼓励的良苦用心。似乎对方并非不可救药。然而，在诗情展开之时，作者却对他的政令、德行、威仪等方面，进行了广泛、严厉的批评。在诗中，作者时时以礼义不愆的君子同他的所作所为进行对比，既揭示出他们在礼的修养方面存在的显著差别，也为被批评者指出了改过从善的出路。他指出，那些礼义修养很高的贤人，必然获得人们的拥戴，四方都会以他为榜样（"无竞维人，四方其训之"）。他们的高尚的德行，会产生深远的道德效应，人们会钦敬他，为他所同化（"有觉德行，四国顺之"）。他们的威仪，也将对人们具有很强的吸引力，人们会起而效法他（"维民之则"）。但眼前的君子，即这位"小子"，却丝毫看不出贤者应有的言行。他几乎完全背弃了礼的思想、规范。诗人从几个不同的方面对他进行批评。他不追求清明廉洁的政治，反而热衷于迷惑昏乱的误国逆行。这样作的结果，政权和他本人的命运，都如同不可逆转的泉水下流一样趋于覆亡（"兴迷乱于政"，"如彼泉流，无沦胥以败"）。诗人告诫他，对待教令应持严肃审慎的态度，不要以为没人按住我的舌头，我就可以恣意胡言。善有善报，恶有恶报。任何教令都必然得到同样性质的社会回报，任何德行都将得到人们的相应反馈。恣意胡言，终将自食其果（"无曰苟矣，莫扪朕舌"，"无言不仇（酬），无德不报"）。诗人反复劝说他的另一个问题是，不要轻率苟且地对待威仪。这是神人共同监督的大事。若能按着礼的规范好好修饬其容止，在威仪方面做到没有差错，就会有威可畏，人们自然会以他为榜样（"淑慎尔止，不愆于仪"，"鲜不为则"）。

在陈述中，诗人较少采用直斥其恶的方式，而是较多地采用告诫口吻。也就是说，在诗人的心目中，对方与自己休戚相关。对于他的缺点、失误，自己感到非常痛心。因此，他不是站在旁观者的角度，而是设身处地地为对方着想，与他共同分担忧愁、烦恼，甚至比对方感受到的压力还要大得多。尽管如此，我们从诗中还是可以很明显地看出，凡是诗人说到应该避免的谬误，恰恰是被批评者很热中，正在极力去作的事。凡是说到礼所要求必作的事，或者说按着礼的某些规定应如何去作的事，恰恰是他无视礼的思想、规范，违背礼仪规定最明显之处。

诗中也反映出，在此之前，作者曾不止一次地教诲对方。然而，他的苦心不被理解和接受，反而被斥为老糊涂（"诲尔谆谆，听我藐藐"，"亦聿既耄"）。这与伶州鸠谏阻周景王铸大钟时，景王对他进行斥责的口吻毫无二致（见《国语·周语下》）。尽管如此，诗人仍然耐心诚挚地向他讲述治国、为人的根本原则，向他指出再这样恣所欲为可能导致的亡国的危险（"天方艰难，曰丧厥国"）。

在痛切的陈述中，人们充分感受到诗人心灵的跳动，感受到他忠君事上的精神。他遭受挫折，他进谏碰壁，甚至挨骂，却依然不改其匡正辅弼之志。作品艺术地展现出他竭诚尽心，不计个人得失的襟怀。"矜庄以莅之，端诚以处之，坚强以持之。"（《荀子·非相》）这就是抒情主人公内心世界最为鲜明的艺术显现。

《抑》这首诗中所表现的诚挚恳切的态度，在其他一些批评现实的诗篇中也有不俗的表现。如在《板》中，面对"天之方难"、"天之方虐"的时局，执政者仍然"宪宪"然盲目乐观。他在一系列政令中继续违反礼的思想、原则，不讲诚信，目光短浅。当诗人对其行为进行谏阻之时，他却骄横恣纵，"嚣嚣"然，"骄骄"然，拒不接受。在这种令人尴尬的境地，诗人不计较个人的一切，仍然以虔诚端悫的态度，晓之以理，动之以情，指示他应如何解决当前政治中的棘手的问题，告诫他如何小心自持以复归于礼。

在《抑》和《板》中，作者的意见虽遭到斥责，却还不至于因言获罪。此外还有些诗，作者的处境较前两位诗人艰难得多。如《正月》、《十月之交》、《雨无正》等诗的作者都是惴惴小心地过活，他们有动辄获咎的烦恼和顾虑。虽然如此，他们仍然以恳切感人的态度表达了自己对时政的批评和对现实的忧虑。他们明知道在自己所处的时代，所处的地位，都是十分不利的，眼前的挫折和不可预测的打击都在威胁着他们，人生的坎坷已经成为必然。可是，这并不能改变他们在实际行动中对个人利益的淡化，他们都在不同程度上冲破了对自己得失的顾忌。

由此可见，《抑》诗的作者与《正月》等诗的作者处境的差别是次要的、外在的。重要的是他们的内在的性格、操守。只要有对礼的思想、原则的坚贞不贰的信仰，有强烈的社会责任感，不管条件顺逆，他们都会以竭诚尽忠的态度将自己的认识，自己的感情，诉诸人们，诉诸社会。

第四章　结论：诗人自我张扬的
　　　　主观因素与客观因素

　　《诗经》中涌动着无尽的诗情，也塑造了一系列周代抒情主人公形象。为了正确认识、评价这些艺术精品及其所代表的周代的艺术成就，有必要依据作品实际和古代典籍中的有关记载，进一步探索在诗歌创作过程中制约着主体的内在的与外在的因素，探讨周代诗歌艺术的所以然。在这里，有以下几个不同层次的问题是值得进行探讨的：一、社会生活与诗人的性格；二、礼对艺术的定性与诗人的生活感受；三、诗人的境遇与礼的修养。

第一节　社会生活与诗人的性格

　　人们在谈到《诗经》的文学成就时，往往以社会生活为尺度拷问诗人，你们反映了社会生活的哪些方面，例如是劳动人民的生活，还是统治阶级的生活？又要责问他们是以什么样的方式和态度反映那些方面的社会生活，例如是歌颂的，还是揭露的？于是，在一些研究中便出现了放之历代"进步作家"而无不准的公式：他们反映了当时的社会矛盾，揭露了统治阶级的腐朽、残暴，表现出对人民的同情。对有些作家或作品甚至还会再增加一些美好的词藻，如他们的思想如何进步，他们以自己的作品揭示了社会发展的规律，他们启迪、唤醒了被压迫者的阶级意识等等。对古代作家的这些要求，评价古代文学的这些公式，无视作家生存与创作的历史条件，无视文学作品赖以产生的历史实际，也忽略了文学艺术的本质。因此，便无从认识《诗经》乃至其他时代的文学，更谈不到对文学发展规律的了解、把握。

　　这里所要讨论的是以周代诗人所创造的艺术美为前提的认识，即在文学作品中所表现的审美感受，他们的诗情，他们所塑造的艺术形象，是在什么样的具体条件下创作的，那些激发他们的创作冲动，使其不吐不快的根本要素来自何方。针对上述对作家的责难，这里将讨论的焦点集中于外在的社会生活与内在的诗人的性格所起作用的分析上。

　　周代的社会生活是制约诗人性格的外在条件，并且也是感发诗人诗情的外在因素。因而，诗人性格的形成以及他的诗情的激发，都离不开一定的社会生活。但是，在《诗经》中，除了早周流传下来的《生民》、《公刘》、《绵》以外，除了《商颂》以外，我们所论及的作品都是周代生活主体的抒情之作。在这些诗篇的创作中，诗人所要传达给人们的，并不是外在的、客观的社会生活状况，而是他在一定条件下形成的感受，乃至他的整个心灵。他要将自己的喜怒哀乐和激发他的感受的社会生活，自己的心灵以及它受到震撼的原因，一并诉诸世人，借以寻求理解，唤起人们的共鸣，从而也像他那样认识生活中的人和事，作出与自己相同、相近的审美评价。诚然，在这些诗中也常常见到对一些人或事的歌咏，见到对一些生活场景或侧面的歌咏。那是因为其中的人和事不仅是激发诗人感情的主要的和基本的条件，并且在创作过程中，它们已成为表现诗人感情的载体。如果没有对必要的人和事的必要的描述，诗人感情由来，甚至他们诗情的实质，就会显得模糊不清，令人费解。因而，传达自己感受的意图也无法实现。

例如《氓》的作者被她的丈夫抛弃，她的命运，她的感情，都受到沉重的打击。在诗中，感情的起伏、波澜构成激动人心的乐章。抒情主人公的人生经历，她与氓的相识、嬉戏、相爱、定情、结婚和婚后生活，都以片段的样式出现在她感情的波峰浪谷之间。生活状况、生活过程的描写是毫无必要的。她的感受的核心是自己所托非人。她要告诉人们的是自己的悔恨，是她的丈夫之类的人如何不可靠。

由此可见，在《诗经》中，诗人并不以客观地再现周代社会生活为目的。他们的感情的抒发，如果不涉及具体的生活内容也可以为人们所了解、所接受的话，他们便会毫不迟疑地将其置于诗情的表述之外。如果说在这些诗篇中有什么生活的真实的话，那就是他们表现出自己所感受到的并且渗透了其激情的生活的真实，并借此而艺术地显现诗人性格与感情的真实。

我们从《诗经》创作的实际可以看出，其对具体生活内容基本上有三种处理方式。这三种处理方式是：1. 完全不涉及具体生活内容的抒情；2. 部分生活内容的片面突出、夸大和参与；3. 社会生活表述的主观色彩。

1. 完全不涉及具体生活内容的抒情

这是某些单纯地从作者感受展开抒情的诗篇的特点。激发作者诗情的事物不仅在作者看来是明确的、具体的，而且对于最初接触和欣赏这些作品的人来说，也是同样明了的，因此作者的感受尽管在后人看来类乎谜语，而当时的人却能感同身受，从而产生强烈的共鸣。在这种情况下，诗人无须回顾那令他伤心，令他扼腕的具体事件或相关的人，至多也不过十分含蓄地点出事情的影子，而最初听到他的歌唱或读到诗篇的人便可理解他的感情的内蕴。如鲁季氏的家臣南蒯任费邑宰。他对季氏怀有二心，将要

第四章　结论：诗人自我张扬的主观因素与客观因素

返回费邑发动叛乱，以反对季氏。行前邀集乡人饮酒。乡人或歌之曰：

> 我有圃，生之杞乎。从我者子乎，去我者鄙乎，倍其邻者耻乎。已乎已乎，非吾党之士乎！（《左传》昭公十二年）

在这首诗中，乡人委婉地谴责了南蒯的背叛阴谋，指出了其即将采取的行为的可耻的性质，希望他能"从我"即从季氏，而不失其尊贵之位，对他准备采取的背叛行为表现出鄙夷的态度。这位作者虽不曾说破使他产生这些感慨的具体事，但参加宴会的人和南蒯对他的诗中的内涵与感情都是十分清楚的。

《诗经》中的某些作品也有这类情形。如《鹤鸣》通篇用譬，无一语点破其所针对的事，完全不涉及激发他创作热情的人与事件。后人只能从"声闻于野"，"可以为错"等诗句中领悟出他对"声闻"远播者的赞扬，以及倡导对此人或此类人的重视。此外，便无法更多地探知诗人感情的细节、相关的人和事。但是，在诗人创作之初，人们对这首诗的理解，也会像南蒯对其乡人之歌那样了然。在这方面，著名的诗篇当以《墙有茨》为最。其诗云：

> 墙有茨，不可扫也。中冓之言，不可道也。所可道也，言之丑也。

诗凡三章，回环咏叹。诗人以极其轻蔑的口吻唱出自己的感受。至于令他产生如此强烈的轻蔑的、憎恶的事，人们只能从其他文献的记载中略知一二。人们阅读这样的作品，如果对相关的事有较多的了解，自然会更加深入地理解诗人的感情，也会对诗篇的艺术性增进理解的程度。但是，不去考察那些被诗人略去的具体的过程、事实，也可以理解作品的基本情愫。此外，还有些诗篇如《谷风》、《何人斯》等，也有某种程度的类似。

2. 对部分生活内容的片面突出、夸大和参与

在有些作品中，触发诗人激情的社会生活中的某些层面，某些人和事被淡化，被分解开来。诗人仅只选取与自己感情密不可分的，适合于表现其感情的部分，并因情感的需要而加以夸大、突出。在《采芑》、《采菽》等诗中，作者都极力赞扬方叔和其他贵族的威仪，而这威仪之类又被凝聚于有限的服饰上。如作者并不对方叔作全面描绘，只是突出写他的四骐、路车等仪仗、服饰，借以显出与他的等级相称的威仪。而在《瞻彼洛矣》中，诗人的赞美之情仅只凝聚于他的服装和刀鞘的装饰上。人们也正是通过这被片面突出与夸大了的外物，才能了解诗人的感情。

3. 社会生活表述的主观色彩

在有些作品中，较多地描写了生活中的人和事。这些人和事都是作为诗人感情的载体出现。因此，也依表现感情的需要不自觉地进行了加工、改造。如在《大明》、《思齐》中，把王季、文王、武王世代修礼进德作为周人开国之本加以赞扬。对于今天的读者来说，这样的开国史的荒唐是不言自明的。但在当时人的认识中，却似乎只能如此。因而作者在作品中给以特殊的强调。另外，也有些作品在表现方法上力求出新，从而对事物的主次、先后进行了艺术处理。如《采菽》中先歌咏来朝诸侯所得到的赏赐，以表现他得到的殊荣，给读者以鲜明的印象。然后再补写他来朝时的情形。这类构思与表现方法的特殊处理，则是诗人一定程度上的自觉的行为。

很显然，这些作品中着重展现的，是诗人自我的感情，其间所涉及的社会生活，已是浸透了诗人感情、与历史实际有一定距

离的社会生活和历史条件。同时，作品中所塑造的抒情主人公形象，他们的心灵，都是当时生活着的人的鲜活显现。这可以从《国语》、《左传》等典籍的记载中得到印证。由此也可以看出，在《诗经》的创作中，外在于诗人的社会生活与他的内在的性格所起到的不同作用。《诗经》创作中的这种现象，是由文学艺术，特别是抒情诗的性质决定的，也体现出它作为表达人们感情的艺术形式的特点。

第二节　礼对艺术的定性与诗人的生活感受

在探讨了社会生活与创作主体这一对影响诗歌创作的因素之后，我们可以进而探讨精神领域中影响诗歌创作的不同因素。周代的礼的思想和一系列规定，是一定的物质条件下的人类头脑的产物。相对于物质生活来说，它具有主观的性质。然而，当进一步研究个别诗人以及他们的创作过程的时候，人们不难发现，礼对于主体及其内在精神来说，则是环绕着他们的，作为外在的，具有客观性质的精神力量而发挥作用。它与诗人的主观精神、主观感受构成一对新的制约力，影响诗歌的创作过程。

礼对诗歌乃至艺术的作用是多方面的，它包括对艺术的性质与社会作用的规定，对诗人性格的制约，对社会生活的无孔不入的渗透等。这些问题前面已经探讨过了。这里只想紧紧围绕诗歌的创作过程，考察礼与诗人的主观感受如何发挥不同的作用。

礼对文学艺术的规定是周代礼乐文化的重要组成部分，并且是由礼的思想、宗旨演绎出来的。周代的礼把艺术视为自己的奴婢，当作实现自己的宗旨的各种工具和手段之一。"礼、乐、刑、政，其极一也，所以同民心而出治道也。"（《礼记·乐记》）

这是对周代礼乐观的经典式概括。礼的这一规定，就是要改变艺术的性质和社会作用，使它在实现礼的宗旨、礼的秩序方面发挥刑法与政教所起不到的作用，也就是"足以感动人之善心而已矣，不使放心邪气得接焉"（同上）。刑法以专政手段强制卑者、贱者服事尊者、贵者，镇压人民的"犯上作乱"的斗争。而礼要求于乐的，则是要削弱乃至消除人民对物质生活的追求，即所谓的"放心邪气"，而代之以俯首贴耳地服从尊者奴役的"善心"，从而保证礼的秩序的稳定。

周代文学思想中的创作论与这种礼乐观相适应，并为其组成部分。因而也具有鲜明的礼的定性和强烈的功利目的。

周代的文学创作论认为："诗，言其志也；歌，咏其声也；舞，动其容也。三者本于心。"（《礼记·乐记》，下同）这是人们所熟知，并为人们经常引用的观点。但是，人们对它与礼乐观的内在关系，对它与上下文的连贯性，以及它的某些概念的特殊内涵，往往注意不够，当然无法理解这个命题的确切含义。

周代人关于文学艺术创作的这个基本认识，与当时的礼乐观完全相合。这里的关键是末一句。"三者本于心"的"心"，并非人人皆有的寻常人之心，而是具有较高的礼的定性的心。这样的心以德与礼为其内涵，而以乐即艺术为其开放的花朵。"和顺积中而英华外发。"所谓"和顺积中"，也就是通过长期、严格地以礼修身，达到积德于心。"德者，性之端也；乐者，德之华也。"因此，被称为乐的艺术之花，据说只能从具有较高的礼的定性的圣人、贤者的心中开出。至于不具备较高的礼的定性的心灵，便开不出这样高尚的"乐"之华（花），而只能产生"淫于色而害于德"，不配称作"乐"的"溺音"。

既然乐是圣人、贤者心灵中开出的"德之华"，那就应在这花中尽可能多地展现作为它的内涵的德与礼。因此，周代人的文

第四章　结论：诗人自我张扬的主观因素与客观因素

学创作论提出，在艺术创作中要"独乐其志，不厌其道；备举其道，不私其欲"。这样就可以做到"情见而义立，乐终而德尊"。在这种创作论看来，艺术仅只是由礼外现为艺术，再由艺术返回到礼这一循环过程的中间环节。艺术是圣人、贤人的活动。在艺术创作开始之前，先要有心灵受礼熔铸而成为圣贤之心的阶段，也就是"和顺积中"的阶段。进入创作之后，则是礼化的心灵"乐其志"，"举其道"，即心灵的礼外化为艺术的过程。创作完成之后，艺术的社会作用阶段，便被认为是艺术净化受众的心灵，去邪僻，增善心，复归于礼的阶段。由此可以看出这种文学创作论特别强调表现主体心灵的礼的定性的原因。

上述的文学创作论是浸透了礼的思想、原则的艺术主张。它是作为当时的精神条件的一部分而作用于艺术，给予诗歌创作以深远的影响。

与这种外在的结束力相对应的，是人们在现实生活中的感受，是人们在文学艺术中表现自己的真情实感的强烈愿望。

诚然，人们在现实生活中的感受也在不同程度上受到礼的制约。礼崇尚心灵的空无所有的状态，即所谓"人生而静"的性，所谓"喜、怒、哀、乐之未发"的"中"（见《礼记·乐记》、《中庸》），并以此为合于礼的最佳心境，改造、甚至否定人们的现实感受。可是，在现实生活中，人们不可避免地会产生对物质生活的追求，总要有好恶。而礼却要把这感情限制在一定的"度"之内。超过这个难以把握的"度"，便被视为危害礼的恶劣情欲，而要从根本上予以否定、排斥。礼的这些规定经过长时间的约束与日常的潜移默化，已经不同程度地变为人们认识事物、对待事物的准则，成为人们的心灵的组成部分。例如《氓》中女主人公对"良媒"的要求，乃是她发自内心的自然的要求。在她看来，没有"良媒"的爱情、婚姻是不能成立的，也是不可思议的。因而只好推迟婚期。这是她的心灵中礼的定性的自然外现，她与恋人在这方面的交流毫无矫揉造作之态。当作者在诗中表现自己的感受之时，很自然地表现出了他的感情中既有的礼的定性。

但是，人们在抒发自己的感情时，不自觉地表现出他的感情中的礼的定性，绝不能混同于宣扬礼的思想的行为。在以各种方式宣扬礼的思想、原则的时候，目的的重要压倒了一切，感情必须降低到次要的、从属的、甚至是带有虚伪性的地步。如晋献公卒，里克将杀奚齐而迎立流亡公子。重耳与夷吾都想借丧乱之机回国夺取政权。夷吾赤裸裸地表示了他的愿望。重耳的情况则复杂得多。《国语·晋语二》云：

> 重耳告舅犯曰："里克欲纳我。"舅犯曰："不可。夫坚树在始。始不固本，终必槁落。夫长国者，唯知哀、乐、喜、怒之节，是以导民。不哀丧而求国，难。因乱以入，殆。以丧得国，则必乐丧。乐丧必哀生。因乱以入，则必喜乱。喜乱必怠德。是哀、乐、喜、怒之节易也。何以导民？民不我导，谁长？"重耳曰："非丧谁代？非丧谁纳我？"舅犯曰："偃也闻之，丧乱有小大。大丧大乱之剋也，不可犯也。父母死为大丧，谗在兄弟为大乱。今适当之，是故难。"公子重耳出见使者，曰："子惠顾亡人重耳！父生不得供备洒扫之臣，死又不敢莅丧以重其罪。且辱大夫，敢辞。夫固国者，在亲众而善邻，在因民而顺之。苟众所利，邻国所立，大夫其从之。重耳不敢违。"

重耳之所以回绝来使，在于对利害的分析。经子犯的开导，他明白了利害关系，遂装出一副孝子心肠，也表现出礼义逊让之节。

在当时人眼中，夷吾见利忘义，是毫不顾及礼义的人。重耳则被视为仁孝不贪，是礼的修养较高的人。但是，从二人的感情来说，夷吾尽管卑琐，却是真诚的。重耳似乎很高尚，其实却是虚伪的。

　　如果从诗歌创作的角度看，夷吾式的贪婪虽然伴随着真诚的态度传达出来，却仍然是不美的。重耳式的仁孝或道义精神只存于外表，只是作给他人看的，也同样是不美的。如郑庄公与其母亲所赋的《大隧》之诗，就是这类虚伪之作的标本。郑庄公击溃了叛乱的弟弟，对支持弟弟，并准备做其内应的母亲，也恨之入骨，将她放逐到颍城。还恶狠狠地发誓："不及黄泉，无相见也。"事后感到如此处理自己的母亲，很难在国人面前标榜孝道，也很难使人民相信礼的思想、原则的普遍性。于是，在他人的谋划下，开掘地道，现出泉水，与其母在地道中见面。公进入地道赋诗云："大隧之中，其乐也融融。"其母亲姜氏从地道中出来时赋诗云："大隧之外，其乐也泄泄。"据说他们"遂为母子如初"。（见《左传》隐公元年）其实，史书记载的很清楚，庄公难产而生，其母亲对生育时遭受的折磨耿耿于怀，由此讨厌这个儿子，以至于发展到帮助幼子消灭他的地步。庄公将其流放，也是几十年仇恨积累的结果。在这里哪有什么"如初"的母子关系可言呢？他们在地道中相见的作法，连同他们所赋的诗歌，并不是他们的真实感情的表露。他们只是要以此向世人表示，他们已经在礼的思想原则的基础上恢复了母慈子孝的关系。这些诗句只不过是他们的虚伪关系的装饰罢了。这样的虚伪之作不能给人以美的享受。因而也难以获得人们的普遍的认同。他们

《诗经》艺术论

所赋的诗篇能够传下来，只是作为他们欺世盗名的罪案而已。①即使礼的修养比郑庄公高的人，他的实际的生活感受与礼的自觉意识间，也具有显著的区别。因此，不论什么人，只要其创作的目的性与他的真情实感不相符，他的作品便只能是说教的、公式化的、虚假的，也无从获得读者、听众的认同。这样的作品也必然缺乏艺术感染力。

从《诗经》创作的实际状况看，诗人抒发了自己的真情实感，而不是郑庄公赋《大隧》之类的无病呻吟。《诗经》中有些作者自己申明了其感受的由来和写作动机，若再结合作品内容进行分析，便不难考见其真伪。《四牡》云："岂不怀归？是用作歌，将母来谂。"作者自述作诗的动机是为了抒发满腔的乡愁，为了表达对父母的思念。从诗的内容看，作者是个久役在外的人。"王事靡盬"，表明他行役在外已经历时很久。"不遑启处"，表明他备尝艰辛。他内心伤悲，惦记父母，却又思归不得归。这样的生活同当时人们的生活状况、习惯心理等方面的矛盾是很大的。作者的处境、心情，与他自己所说的动机完全吻合。由此可见，《四牡》中表现的都是作者的真实感受，而不是他的感受之外的任何理念或功利目的。又《四月》云："君子作歌，维以告哀。"诗人自称创作此诗就在于表达其哀怨之情，以唤起人们的共鸣。很显然，这是将普通人的情感诉诸文学艺术而产生的结晶。这同礼所要求的艺术为"德之华"的命题也有本质的区别。

《诗经》中有些作品表现出作者对礼的信仰、维护，对违礼的人和事进行批评。如《何人斯》云："作为好歌，以极反侧。"《节南山》云："家父作诵，以究王讻。"这些作者清楚地说明了

---

① 有关郑庄公赋诗一段论述，受到杨公骥师《中国文学》相关部分的启发，谨志于此。

自己作诗的宗旨。然而，这也不能证明这些诗就是礼所规定的文学创作论的标本。这些诗仍然是作者的真情实感的艺术显现。在周代，由于外在条件的约束和人们自觉地以礼修身，致使一部分贵族具有较高的礼的修养，甚至有些人表现出对礼的思想原则怀有坚贞不贰的信仰，自觉地以维护礼的规范为己任。当他们处身于礼崩乐坏之世，必然与那些破坏礼的思想、原则的人格格不入。《诗经》中那些批判社会现实，揭露某些人倒行逆施的行为的诗篇，往往是在这种情况下产生的。表面上看，这些作品也具有"独乐其志，不厌其道"的特征，似乎与礼乐观相合。但是，我们应该看到，首先，他们是现实的有血有肉的人，而不是从礼的思想、原则中抽象出来的"人"。因而，他们拥有自己不可或阙的物质需求。当他们在现实生活中受到打击，或因行役、公务繁忙等原因而处于艰苦环境中时，他们的愤世嫉俗之作中，往往既表现出对礼崩乐坏的现实的不满，同时也表现出对个人坎坷的不平。如《正月》、《小弁》等诗都是如此。《何人斯》所说的"以极反侧"，也正是通过对方与自己的关系而揭露并批评了他的不义。这些来自现实生活的感受，绝非"备举其道，不私其欲"的思想所能限定的。其次，他们是从自己的感受中产生诗情，而不是阐述礼的教义。怨悒之情，郁积于心，不吐不快，于是发而为诗。这同从礼的思想演绎为诗迥然有别。

由此可见，虽然礼对文学艺术创作有所规定、制约，但在《诗经》创作中，实际起作用的，却是诗人的感情、心灵和他们的生活感受。

第三节 诗人的境遇与礼的修养

在探讨了外在的精神条件即礼的制约，同诗人的情感，同诗人的来自生活的感受这组关系之后，我们可以进而探讨导致他的感受的特征的两方面因素，即诗人的经历和他的心灵的礼的修养在创作中的作用。

诗人在现实生活中的感受，乃是他的性格在一时一事中的表现，是他的性格对外在条件的刺激的反应。诗人听到的、见到的社会生活现象所给予他的观感，所产生的联想，即他以旁观者或一定程度的参与者的姿态，所获得的感受，我们在前文已经探讨。这里要讨论的是他们身历其境，亲炙其间甘苦时形成的切肤之痛。在考察他们的这类感受时，仍可分离出客观的境遇和主观的礼的修养这样两重因素。

这两重因素对人们的性格的形成和感情的表现，都有十分重要的作用。可以说，周代人的性格和感情正是这两重因素交互作用的结果。但是，对于不同的人来说，两者所起的作用并不相同。大体上说，礼的修养较低一些的人，其感情受境遇影响往往较为强烈些。礼的修养较高的人，其感情也不能不受境遇的影响，但影响的程度相对弱一些。少数对礼具有坚贞的信仰的人，其人生经历中也可能有升迁荣辱的变化，但他们感情的波澜却不同于常人。

从《诗经》的实际内容看也是如此，有些诗人经历坎坷之后，哀叹自己的不幸，惨怛之情不能自已。有些诗人虽身受打击，但却不是单纯地叹惋个人的得失，而是从自己的不幸中看到了世道的不平，将自己的伤感与对社会的忧虑结合在一起。如

第四章 结论：诗人自我张扬的主观因素与客观因素

《何人斯》、《祈父》等都属于前者。在这些作品中，仅只涉及自己与对方的关系。其中也有对不义者的谴责。但是，他的不义，主要地甚至仅仅表现于彼此关系中，表现为对诗人的伤害。另外有些作品如《小弁》、《正月》等都属于后者，在这些作品中，诗人的不幸与国势衰败具有同步的、相互连带的关系。诗人的不幸是礼崩乐坏、社会乱离的必然表现。在那个动荡不定，人人自危的时局下，诗人的不幸因之而加剧。而国势衰败、礼乐崩坏的现实，又使诗人对眼前的普遍的腐朽看得更加清楚明白。因此，在他对自己的不幸遭遇的伤悼中也进一步触及社会的某些相关问题。在他们的作品中，悲天悯人之情与坎坷不遇之叹融汇在一起，使作者的感情具有更为深刻的内涵，也更具有普遍性的意义。

从另一方面看，在统治阶级内部斗争中遭到排挤打击的人，的确创作出一些愤世嫉俗的诗篇。例如《小宛》、《小弁》、《何人斯》等诗的作者都是不同程度上受到排挤的人，他们的不平之感与他们的坎坷经历密切相关。但是，也有一些作品揭露了社会的种种弊端，表现出对统治者的激烈的尖锐的批评。然而，从诗中却看不出作者有什么坎坷之遇，也没有对个人遭遇的感叹。如《小旻》、《板》、《节南山》等诗就是如此。在这些作品中，诗人着重抒发的并不是因个人得失而产生的不满。在他们的作品中充满了对国计民生的关心，充满了对统治阶级长远利益的关心，因而表现出强烈的社会责任感。同时，作品对诗人的心灵的揭示中，也使我们看到，这些诗人生逢乱离之世，还有动辄获咎的危机。尽管如此，却难以动摇他们恪守礼的思想原则，维护礼的信念的决心。相反地，他们把君主的利益看得重于自己的得失与生死，把社稷安危、礼乐兴衰，又置于君主个人的利益之上。由自己忠君守礼之志，导出他们对其他忠君守礼之人的敬仰和对乱臣贼子的仇视。他们"见有礼于其君者，事之，如孝子之养父母也。见无礼于其君者，诛之，如鹰鹯之逐鸟雀也"（《左传》文公十八年）。这是因为在大多数场合，君主就是礼的秩序的象征。尊君意味着守礼，守礼必须尊君。在君主违礼之时，他们的信条则是"从君之义"，"不阿君之惑"，旗帜鲜明地同背弃了礼的思想原则的君主和掌权贵族展开斗争，以维护礼的思想的纯洁和礼的秩序的稳定。在这些人身上，这类精神的具体表现形式可能有所不同，其思想本质却大抵相近，即都表现出对礼的坚贞的信仰，并且都以竭诚尽忠的态度实践他们的信仰。如在《板》诗中，诗人在对老天的批评中，也较为委婉地批评了与天一体的尘世的君主。而对协助君主执掌政令的权贵，诗人的笔锋则显得更为犀利。诗人云："谋之未远，是用大谏。"这是诗人对自己写作动机的坦诚表白。这里并未关系到他的荣辱升迁。那些人目光浅近的倒行逆施和对礼的背离，使他忍无可忍。他同这些人进行斗争，同时，也将自己的满腔愤懑融入诗中。他要用自己的诚挚之情感动对方，要用自己所信守的礼的思想原则影响和引导对方。在他看来，他所信仰的思想原则，乃是唯一能使当时社会获救，使丧乱得以消除的一般的原则与条件。因此，他在作品中极力陈述自己的感情，坚定地彰显自己的信仰。

如果结合《国语》、《左传》的记载进行考察，对这个问题就会看得更为清楚。在当时的人群中，确实有很多人受物质利益的左右，得之则喜，失之则忧，甚至为此酿成数不清的争夺、杀戮之祸。但是，也有为数不少的人忠于自己的信念，"为行其言，不爱其身"，纵有斧钺汤镬在前，也毫不退避。晏婴、赵盾等都是这样的竭诚尽忠之士。对这样不以物喜，不以己悲的人，仅只从个人得失中去探寻他们思想感情的波澜，必然是徒劳的。

总之，《诗经》这部周代人抒情之作的选集，是他们的内心

第四章　结论：诗人自我张扬的主观因素与客观因素

世界在一定生活条件下的艺术再现。正确地欣赏和评价这些作品，便需重现和接近重现当时的物质的、精神的条件，充分认识周代人性格的时代特征，深入分析影响他们的文学创作中的各种因素，才能更加深刻地认识、阐释这些作品的内涵及其所取得的艺术成就。同时，也只有这样作，才能正确认识中国古典文学的民族性特征及其成因，并进而揭示中国文学早期发展的规律。

附录

八十年代以前的《诗经》研究及若干理论问题

一　风雅与《诗经》胜境

西周是中华民族文化传统形成时期，也是中国文学的民族性特征确立的时代。因此，研究这一时期的文学创作的艺术水平和文学规律，对于深入了解中国文学的历史发展规律及文学创作规律，具有非常重要的意义。

周代是中国古代诗歌创作的第一个繁荣的时代。这个时代产生了数量众多的作品。据说此时的作品流传到几百年后，尚有三千余首①。仅就现在所看到的《诗经》三百篇来说，无论在中国古代还是在全世界早期文明的国家，都是先民留下的当之无愧的瑰宝。它们体现出高度的艺术表现力；为后来的文学特别是诗歌的创作，提供了成功的经验；为我们留下了宝贵的文学遗产。

周代诗歌创作的成果集中体现在《诗经》中。《诗经》中的《商颂》是商王朝的祭歌；《大雅》中的《生民》、《公刘》、

————————

① 见司马迁：《史记·孔子世家》。

《绵》等为早周诗篇,是周王朝建立以前的诗篇;《小雅》中的《何草不黄》、《我行其野》等少数作品以及《国风》中的部分作品属于下层劳动者的诗篇,其余绝大多数诗篇均为周代贵族所作。本编对周代诗歌同礼乐文化的研究,便以上述贵族作品为对象,尤以《大雅》、《小雅》为主。

《诗经》中这些贵族创作的诗篇形象地表现了周代贵族在特定历史条件下形成的内心世界:他们的个性与思想感情,他们与外在环境的和谐、矛盾与冲突,他们对人生与生活理想的追求;确立了中国诗歌把握方式与诗歌艺术表现、艺术风格的传统;体现了周人的艺术理想和较高的艺术修养。这些作品在塑造周代抒情主体的艺术形象,表现周人感情的丰富性方面,或者在展现周人个性的历史性内涵方面,都达到了相当的艺术高度。在诗歌意象的创造,文学语言的运用,各种文学表现手段的运用方面,《诗经》都成为中国文学早期发展成熟的标志,也为后世文学的发展奠定了坚实的基础。因此,研究周代诗歌的艺术成就,研究中国诗歌早期发展的状况与规律,都应将《诗经》中这些作品特别是大雅、小雅中的这些作品置于首位。这些作品是周代文学中艺术成就最高的部分,是中国在世界文化史、文学史上早有建树的鲜明标志。

二 对《诗经》研究中的传统观点的检讨

截至清代为止的《诗经》研究,基本上是经学的组成部分,其间虽有汉学、宋学代胜,却终不过是经学内部的派别之争,在把这部以周代诗歌为主的诗集,当作阐述封建统治思想的经典这一基本认识上,在将"诗三百"经典化、神圣化的基点上,他们是没有分歧的。这种传统观点已经随着封建王朝的覆灭，而为历史所淘汰。现在，公开奉行这种观点的，当已绝迹，因此不在本文讨论范围之内。

二十世纪八十年代以前的《诗经》研究取得了巨大的成就。它彻底打破了作为经学组成部分的《诗经》研究的格局，扫清了两千年来堆积于《诗经》之上的封建尘垢，还《诗经》以本来面目。《诗经》作为周人抒情言志的文学文本而进入了欣赏和研究的视野。这是几代人勇敢探索的光辉业绩，是将近一个世纪的《诗经》研究所取得的最大的成功。

然而，当我们要推进《诗经》研究的时候，当我们回首上个世纪《诗经》研究的经验、教训，而探讨《诗经》研究未来发展的时候，仅仅看到某些辉煌是远远不够的。我们还应该同时也必须看到上世纪那些限制、束缚《诗经》研究向着更高水平发展的问题之所在。这就是本文的出发点。

因此，这里所要讨论的，不是上个世纪《诗经》研究的全部过程和重要贡献，也不想对几代学人艰苦探索的宝贵经验和知识积累进行全面的总结。本文的宗旨在于探讨突破《诗经》研究现有格局的途径、方法。从而将研究的视点聚焦于 20 世纪特别是近几十年来影响较巨，几乎衍为成见的作法与认识，即新的传统观点。

多少年来，在周代诗歌的研究中，人们往往忽略了作为文学特征的艺术形象，忽略了与这形象密切相关的当时的社会生活和主体精神的时代特征，以及这些艺术形象塑造中的精粗成败。在许多评论中，同作品及其艺术形象关系很小，甚至完全不相干的因素，例如所谓的被剥削阶级的阶级意识的觉醒，阶级仇恨的火焰，对统治阶级内部矛盾的揭露等，竟然变成研究的前提和出发点。毫无疑问，文学作品是人类精神生产的产物。然而，它既经产生，便成了人类历史活动的创造物，因而获得了客观的性质。人们常常无视或者忽视这一点。而以"头脑中臆造的联系来代替应当在事变中指出的现实的联系"（《马克思恩格斯全集》第21卷第340页）。于是，本来同周代的藉田、贡赋、木主、明堂、多妻生活等等密切相关的丰富生动的内心世界，似乎变成了用超现实的模式稍事度量便可明了的简单僵化的存在物。特定环境下的精神生产的结晶，变成了超历史条件下生产的标准件。

《诗经》研究中的传统观点，可以追溯到本世纪初的白话文运动时期。胡适在《白话文学史》中首先提出的白话文学和古文学、平民文学和庙堂文学、活文学和死文学的对立。他说："白话文学史就是中国文学史的中心部分"，是中国文学史上"最热闹，最富有创造性，最可以代表时代的文学史"。在这部书中，他并没有对《诗经》作全面的、具体的论述，然而，他从"白话文学与古文学"等三组对立的提法中演绎出对《诗经》的基本认识，他直截了当地概括说："古代的文学如《诗经》里的民歌也都是当时的白话文学"。他没有说到雅颂，但其看法已经不言自明。

胡适这部著作撰写于二十年代后期。当时白话文运动方兴未艾，从历史上为白话文学找出证据，指出它的生命力和成就，对于粉碎封建文化，促进这场斗争的胜利，具有不容置疑的进步意义。但是，今天，我们也不能不看到，这种提法并不是基于对中国古代文学的深入研究而得出的结论。如果把为了推动当时的运动而概括出的某些提法误认为对文学史的科学总结和正确论断，则未免过当。实际上，人们很少区分二者的不同。除了白话文学、古文学，活文学、死文学的提法随着白话文运动的结束而不再使用以外，这部书中认识问题、论证问题的方法，关于平民文学与庙堂文学对立的观点等都被承袭下来。到了四十年代，有人

《诗经》艺术论

说："一部文学史也就是人民文艺与庙堂文艺的斗争史"，"歌功颂德的庙堂文艺"，"它走的路必然是趋向死亡的路"，"所有为少数人享受的歌功颂德的所谓文艺，应该封进土瓶里把它埋进地窖里去"。① 这与前面所引用的《白话文学史》的有关部分，只有词句上的不同而已，"平民文学"、"庙堂文学"变成为"人民文艺"、"庙堂文艺"，"死文学"变成了"趋向死亡的路"，至于基本观点和认识问题的方法，则毫无二致。在当时的形势下，作为一种文艺主张，号召人们向往光明，反对黑暗；趋向进步，抵制反动，也有积极的进步的作用。诚然，这里未尝谈到《诗经》，但对《诗经》的基本认识，从来都是人们的文学观、文学史观的具体体现。事实也正是如此。到了五十年代，这些关于"人民文艺"、"庙堂文艺"的提法，已经不仅仅作为文艺主张以资号召，而是成了对中国古代文学的基本认识，并由此演绎出对《诗经》的基本看法。文章说："民间文艺的生命，比贵族文艺或宫廷文艺的生命更丰富、更活泼，因为风的价值高于雅"。在这里"平民文学"和"庙堂文学"再度改换几个字，就变成了对《诗经》中风雅二体的认识。作者又说："在今天看来，最有文学价值的是国风"。周颂"拿文学价值来说，却是最无聊的。雅颂和国风不同的地方，主要是采自宗庙朝廷的贵族文学"。②

　　如果说前面所列举的"人民文艺"与"庙堂文艺"的提法，作为当时文艺运动中的号召而具有现实的进步意义的话，那么，在专门谈论《诗经》的时候，不从对一代诗歌的全面深入的研

---

　　① 见郭沫若：《人民的文艺》，载《沫若文集》第13卷，人民文学出版社1961年版。

　　② 见郭沫若：《简单地谈谈〈诗经〉》，载《奴隶制时代》，新文艺出版社1952年版。

附录　八十年代以前的《诗经》研究及若干理论问题

究中概括出新的认识，而继续以既有模式推演出对《诗经》的论断，其探讨问题的方法与对问题的基本认识便很难具有科学性，也很难合于文学的历史实际。

导致《诗经》研究中的传统观点的形成的，还有一个重要因素，即由前苏联传入的文艺学观点，特别是关于"艺术上的人民性"的观点。

依据这个理论，首先要确定古代作家的阶级属性。因为据说："直接形式中的人民性""首先表现在这样一些所谓人民创造的作品中"。① "人民大众自己的艺术创作构成艺术上人民性的基础"。② 至于不属于人民大众即劳动人民这个范畴的艺术家，则依其思想倾向性判断其是否具有人民性。

由于我国同前苏联之间的特殊的历史关系，在当时的文学研究界看来，这个观点既然来自一个具有光荣的革命传统和较高的理论修养的国度，其正确性似乎不必怀疑，也不容许怀疑。同时，又有我国自己的从二三十年代便逐渐形成并坚持下来的认识，这内在的与外来的认识很容易地融为一体，使我国古代文学研究界固有的认识获得了新的理论的外观。从此，《诗经》研究中的新的传统观点便获得了更加稳固的地位，也形成了更加简便易行的"研究"模式和评价体系。

例如有些学者在肯定《诗经》的成就时说："这主要是指它的那些最好的诗篇，即'国风'部分而说，我们只要知道这些都是民歌民谣和民间诗人的作品，则它所以""联系着人民性，

---

① 见〔苏〕顾尔希坦著，戈宝权译：《文学的人民性》，天下图书公司 1949 年版。

② 《论艺术上的人民性问题》，原载《苏联大百科全书》，《光明日报》1956 年 3 月 8 日转载。

也是很容易了解了"。① 也有的说，《诗经》中的"劳动人民"的作品，"表达了劳动人民的思想感情和他们对社会生活的认识，同时也显示了劳动人民的艺术创造才能"，"都具有强烈的人民性"。②

在这些论述中隐含着一个共同的公式，即作者的阶级属性等于作品的"人民性"，亦即等于作品的艺术性。于是，人们在《诗经》研究中所要实现的对周代艺术成就与艺术规律的探索，被代之以对作者的阶级出身的简单的划分。那些一向给人以美的享受的诗歌意境、艺术形象和诉诸人们情感的艺术品，在这些简单化的研究中，失去了它们作为艺术品的独特性质，而被混同为表现阶级意识的一般的文献资料，被视为与政治宣言、法令条文、经济账目乃至卖身文约等没本质区别的、反映古代阶级利益和阶级关系的普通文献。

"艺术上的人民性"的理论不仅改变了古代文学作品作为艺术美的载体的性质，而且规定了基本的研究方法。它要求将混同于一般观念材料的周代诗歌，离析为内容与形式两部分。这内容绝不是诗人心灵的跳动，绝不是艺术形象的得自当时社会生活和创作主体的心灵的内涵，而是从字里行间抽象出的思想性条文。那些被宣布为不具有人民性的作品侥幸地避免了肢解之苦。另外一些据说较为优秀的作品，则如医学上供做解剖用的尸体一样，被"理论"分解开来，以便见出主题思想，所反映的社会的现实，所表达的愿望，所具有的现实意义等等。至于被称为优秀的作品是怎样由作者的感受、激情，转化为感人的诗篇，它在当时

---

① 见冯雪峰：《中国文学中从古典现实主义到无产阶级现实主义的发展的一个轮廓》，载《新华日报》1952 年第 11 期。

② 游国恩等：《中国文学史》，人民文学出版社。

以及后世的审美价值如何？它是怎样产生的？它为什么能使几千年后的读者愉悦、紧张、忧愁、愤慨？这一系列属于文学研究范围内的重要课题，却均被置于《诗经》研究之外。

通过对《诗经》研究中的传统观点形成过程的追溯，不难发现一些有碍于《诗经》乃至古代文学研究的积弊。其中有三点值得特别注意。

第一、对文学的性质的认识

人们以对作者阶级出身和政治倾向的简单的划分，代替对作品进行艺术分析的作法，表现出对文学性质的不够正确的认识。诚然，作家是有倾向性的，但这是作者对生活作出审美评价和进行艺术创作时的倾向性。人们的作法并不是对艺术中的倾向性的研究，而是以所谓的倾向性取代艺术，把艺术境界、艺术形象当作政治观念的图解。把非艺术的，超越历史条件的教条强加于古人。这样就极其片面地夸大了政治、哲学、宗教等对艺术的影响，抹杀了文学艺术同意识形态其他形式，特别是同政治的区别，把它变为政治的侍婢。

在这些认识中，虽然使用了一些现代词汇，但如果透过表面现象，就可以看出，在对文学的性质的认识上，现今的《诗经》研究中的传统观点同封建社会的经学的《诗经》研究，甚至同周代的礼乐观，都具有内在的一致性。

周代的礼乐观把艺术当作实现礼的宗旨的工具和手段，于是便认为"礼乐刑政，其极一也，所以同民心而出治道也"（《礼记·乐记》）。由此，便否认常人在艺术中表现自己的感情，对生活进行审美评价的权力；同时，又把艺术当作先王为了"出治道"而主观制作之物，所谓的"先王耻其乱，故制雅颂之声以道之"（同上），就是这一观点的经典表述。作为经学组成部分的《诗经》研究，继承并发挥了周代的礼乐观中的教化观点，

《诗经》艺术论

认为诗是先王用以"经夫妇，成孝敬，厚人伦，美教化，移风俗"（《毛诗序》）的工具，从而把艺术当作政治的附庸。

今天的《诗经》研究中的传统观点，虽然抛弃了先王、圣道之类封建话语，但在把艺术当作政治的附庸这一基本主张方面，却并无本质的区别。只不过把先王换成了众人，把"出治道"变成了阶级意图。这样就不可能正确认识文学艺术的特点。

第二、理论上的盲目性

由于我国长期处于封建禁锢之下，由于民族资产阶级的软弱所导致的中国近代历史的特殊形态，我国缺少欧洲文艺复兴和启蒙运动中那样大批的思想界、理论界的勇士，缺少他们那种富有个性的、严格的探索精神，因而在理论上具有较大的盲目性。以《诗经》研究来说，两千余年的封建的经学观点并未经过严格地批判，只是随着清王朝的覆灭和西方近代思潮的输入，而被斥为反动的、腐朽的思想体系，弃置一旁。其对中国思想领域的根深蒂固的影响并未得到清算，因而变换形态的死灰复燃的可能性依然存在。外国的某种理论、主张传来，也未经过审慎的思辨，考察其是否合于真理性或合于真理性的程度，而是盲目地崇拜名人，盲目地追随所谓的理论先进的国家，道听途说，人云亦云。胡适的"白话文学与古文学、平民文学与庙堂文学"的提法一出，便到处可以见到这种对立的提法；弗洛伊德的学说泊来，《诗经》便成了体现两性心理的谜语；"人民性"的主张输入，《诗经》又成了适于这种标签的机械加工品。赞成与否定的认识都缺少内在的理性基础。因此，又可以随时改变其看法，以赞成与依附于另一些大行于世的理论、主张。

第三、以主观臆断代替对《诗经》的客观研究

从上述新的传统观点形成的过程可以看出，人们对《诗经》的认识，很少是对它进行客观地、历史地研究的结果。从胡适到

"人民性"常常是以某种成见，某种理念的推演，代替对《诗经》的诠释、研究。人们所重视的是自己的理论、主张及其功利目的。为了这些，可以忽视事物的历史存在，可以曲解历史事实，还可以发展到以自己的大胆想象填充历史文献的空白。于是，一方面可以不经分析地宣称雅颂诗"拿文学价值来说，却是最无聊的"①；另一方面又可凭借想象说，孔子删诗："使大量健康的诗篇失传了"。② 既已失传的作品，如何知其必为"健康的诗篇"呢？同样的思维逻辑的运用颇不乏其例。从这些论述中，人们不难发现主观想象在《诗经》研究中的自由舒展。

总之，《诗经》研究中的传统观点从来就不利于《诗经》研究的深入发展。到了社会科学要求突飞猛进的发展的时代，它更成了禁锢人们思想的桎梏。不突破它的束缚，便不会有《诗经》新的科学的合艺术规律的研究，便不会使《诗经》研究乃至中国古代文学研究成为科学。

三　对几个理论问题的思考

为了推进《诗经》乃至古代文学研究，认清《诗经》研究中的传统观点的积弊是必要的。然而，这仅仅是问题的一部分。我们还应进而探索和澄清导致《诗经》研究中的传统观点形成中的若干问题，特别是所涉及的理论上的是非。其中较为突出的有这样几点：（一）、文学研究中的取舍倾向与求实精神；（二）、《诗经》文本的历史客观性与文学史方法论；（三）、文艺创作与

---

① 见郭沫若：《简单地谈谈〈诗经〉》。
② 见郭沫若：《中国史稿》，人民出版社 1976 年版。

精神生产的特点。

（一）文学研究中的取舍倾向与求实精神

在《诗经》研究的传统观点中，国风获得较高的赞誉。之所以如此，重要原因在于据说它们是劳动人民的作品。"历代民歌是它的嫡传，从汉魏乐府直到近代歌谣都深刻体现了这种精神"。① 这与前面所引述的"人民大众自己的艺术创作构成艺术上人民性的基础"的论断极其相似，并且更为明显地表现出论者感情上的倾向性。人们把特定历史时代的被压迫阶级（姑且不论那些作品是否为他们所创作），从当时的具体的物质关系和思想关系中抽象出来，以一般的被剥削、被压迫为特征，赋予它以超历史的意义，把周代农业劳动者视为当代无产阶级的不祧之祖，从而对所谓的他们的作品表现出特殊的偏爱、亲善与重视。似乎这样分析问题和认识问题，才与研究中应有的无产阶级立场与感情相适应，同时，再伴以对贵族阶级的腐朽性与反动性的斥责，宣布其作品为毫无艺术价值，才足以表明人们的无产阶级的义愤。

其实，这只是似是而非的误解。毫无疑问，研究者不可避免地会带有自己的感情，也不可避免地会流露出一定的理论观点所造成的偏向。但是，在科学研究中，无产阶级立场和感情，与研究者的科学态度和严格的求实精神，是密不可分的，并且体现于研究的过程中。这是由无产阶级的阶级性决定的。无产阶级是代表最新的生产力的先进阶级，是以彻底废除一切私有关系和私有观念为自己的历史使命的阶级。科学研究是无产阶级实现自己历史使命的斗争的一个方面。无产阶级在革命中没有任何私利需要

---

① 见游国恩等：《中国文学史》。

维护，同样的，在科学研究中也就不需要、不容许以偏私之见代替求实精神。"科学愈是毫无顾忌和大公无私，它就愈加符合于工人的利益和愿望。"（《马克思恩格斯全集》第21卷，第353页）而科学研究中的感情上的倾向性无助于对客观事物及其规律的严格地、周密地分析和正确认识。因此，我们并不否认研究者应有自己的感情，而仅只不赞成那种以感情代替科学研究的似是而非的作法，不赞成以任何其他东西代替对客观事物的唯物主义的研究。

　　在人们的上述作法中，还隐隐含着对无产阶级与历史上的被压迫阶级间相互关系的错误理解。历史上的被压迫、被剥削阶级，包括奴隶与农奴在内，都是特定历史条件的产物，是一定的生产方式的产物，他们与压迫自己的阶级处于同一生产方式所构造的物质基础之上，处于同一社会结构之中。毫无疑问，由于物质利益的对立，两者之间产生经济上、政治上不同的，乃至相反的要求，是十分自然的。我们在研究古代历史、古代文化时，绝对不应忽视这个基本问题。否则，就违背了马克思主义的基本原理和基本方法。但是，唯物主义方法论还使我们看到，制约着互相对立的阶级的那些基本的物质条件，在更为广泛，更为深刻的背景上，决定了人们的包括不同阶级的思想的共同本质。他们的情感、思想、主张，在本质上都无法超越它们赖以生存的物质条件。一定的生产方式决定了该时代思想的基本性质，也决定了这一生产方式的观念同另一生产方式的观念形态之间的界限。在以人身依附关系为主要的、基本的关系的时代，只能产生本质上与之相适应的思想。封建领主固然要自觉不自觉地维护人身依附关系，强调忠、孝等观念，使人们安于自己的等级、地位，而不犯上作乱。农民也并不是从根本上反对这种制度。他们的不满，反抗，往往是基于对自己的为富不仁，横征暴敛的领主、官长、君主的认识，而希望有个好的对自己较为宽厚仁慈的领主、官长、君主，以取代他们。《水浒传》中所描写的农民、猎户、渔民的反抗斗争，其直接目标往往限于除掉压迫自己、残害自己的贪官、污吏、恶霸，其原因就在于此。陈胜、李自成等人所领导的农民起义，最终都以自己称王为结局。这也表明他们的社会理想无法突破他们生存其间的物质关系的制约，他们并不是，也不可能从根本上否定现存制度，而只能是争取在现存制度下使自己的生活状况和社会地位有所改善。被压迫阶级的阶级意识，也是在当时占统治地位的物质关系在观念上的表现。无论是奴隶还是农奴，概莫能外。

由此可见，无产阶级与以往的被压迫阶级在思想上的本质差别就在于：以往的被压迫阶级的思想都带有鲜明的私有制的特点；无产阶级却以共产主义为自己的思想特征和奋斗目标，争取全社会的彻底解放。

无论在血缘上，还是在思想渊源上，无产阶级都是不同于以往任何被压迫阶级的全新的阶级。在社会革命中，无产阶级要彻底消灭剥削制度，掌握人类创造的全部物质财富；同样的，在思想文化领域，无产阶级也要继承全人类的优秀的文化遗产，而不是仅只继承某个或某几个阶级的创造物。因此，《诗经》研究中那种貌似有理的感情倾向，在无产阶级与历史上的被压迫阶级的阶级关系方面是缺乏根据的，同无产阶级的彻底革命精神与历史使命也无法相容，因而在科学研究中也是不足取的。

(二)《诗经》文本的历史客观性与文学史方法论

《诗经》研究中的传统观点之所以得出一系列错误提法和结论，除了上述理论认识上的混淆不清之外，更重要的原因在于方法论方面存在较大的失误。

附录　八十年代以前的《诗经》研究及若干理论问题

　　唯物主义历史观认为，人们的精神创作活动是一个历史过程。文学作品及其中的艺术形象是一定历史条件下的人们的活动的产物。在这里，生产力的一定发展以及与这种发展相适应的交往，起着最终的制约作用。在这种物质条件的制约下，形成了当时的区别于其他时代、其他条件下的人。这些具有自己的时代和处身期间的物质条件的特征的人，生产自己的观念、思想，从而也在文学活动中表现出自己的感情、心灵，创造出自己的艺术形象。因此，对于文学研究来说，如果不了解那个时代的精神，便无法了解那个时代的人；不了解那个时代的人，不了解他们感情、性格的时代特点，也就无法理解由他们所创造并且成为他们的艺术再现的文学艺术；而当时的生产力状况、人们处身其间的物质关系、精神关系，则是理解该时代的文学艺术的最根本的因素。

　　本书所探讨的诗篇，主要产生于西周盛世到东周初期这几百年间，而且绝大多数为周代贵族所创作。这是在十分具体的物质的、精神的条件下成长起来的贵族。他们具有与自己条件相适应的、区别于其他时代的性格。具有这种性格的人受外界条件的感发，便自觉不自觉地表现出他们所特有的感情；见诸艺术创作，便形成了当时的文学作品，塑造了诗篇中的抒情主人公形象。因此，这些作品中的艺术形象，乃是主体的性格在具体条件下的不自觉的艺术再现。要理解这些作品，就应该充分了解周代贵族，了解他们的生活与精神。而周代的礼，既是当时的统治思想，同时，其中的许多规定，又是制约着周代贵族的生活准则，决定他们的性格的基本内涵。因此，要理解作品中的感情和形象，还必须研究曾经环绕着主体，并制约着他们的礼；还应进而研究礼的现实依据，即领主制的土地占有形式，以劳役地租为主的剥削形式等问题。这样，才有可能较为客观地认识作品及其艺术形象中所凝聚的历史性内涵，也只有在这种情况下，才能认识周代诗歌所体现出的艺术创作规律。

然而，《诗经》研究中的传统观点不重视甚至于无视周代诗歌所产生的历史条件，而是以所谓的阶级分析代替对事物的客观的研究；至于所谓的阶级分析，也不是研究各个阶级进行历史活动的物质的和精神的条件，往往仅限于给历史人物包括历史上的诗人、作家，划定阶级出身。于是，先进的科学的方法论在一些研究的过程中，不再是进行客观的历史研究的有效指针，反而当成了剪裁、曲解历史事实的模式。《诗经》研究以及中国古代文学研究中到处贴标签的作法，便是把唯物主义变成先验的模式的结果。在这种情况下，不管怎样先进的理论和方法，都将被引向它的反面。正如恩格斯所说的："至于谈到您用唯物主义方法处理问题的尝试，那么，首先我必须说明：如果不把唯物主义方法当作研究历史的指南，而把它当作现成的公式，按照它来剪裁各种历史事实，那么它就会转变为自己的对立物。"（《马克思恩格斯全集》第 37 卷第 410 页）

（三）文学创作与精神生产的特点

在论及周代文学遗产时，《诗经》研究中的传统观点常常将被统治阶级与统治阶级的创作、劳动群众与艺术家的创作对立起来。在这种所谓的研究的背后，隐藏着一个理论上的失误，即看不到甚至否认分工在人类发展进程中的重要意义，从而也忽视了文学创作乃至精神生产的特点和规律。

在一些人看来，劳动人民的文学作品之所以应该受到特殊的肯定，与他们身受奴役、剥削，因而对统治阶级怀有强烈的愤慨是分不开的。这种主张的认识逻辑就在于把文学创作，把精神生产等同于阶级意识直观的、简单的表达。它完全忽略和抹杀了精神生产的规律，置文学创作的事实于不顾。例如《红楼梦》中的焦大对贾府的卑行劣迹知道得很多。然而他绝不能写出《红楼梦》那样优秀的文学作品，他对那些污秽行为的愤慨，也不过趁着酒劲大骂一顿罢了。阿Q爱唱"手执钢鞭将你打"。这唱词、唱腔既非他的创造，演唱起来，也绝不能像艺术家那样字正腔圆，生动传神。

无数历史事实表明，作为社会物质财富的创造者的奴隶、农奴阶级，在漫长的历史发展中，始终处于社会最底层。他们终生劳苦，经济上受剥削，政治上受压迫，这样的处境和社会地位造就了他们与统治阶级互相对立的利害关系，造就了他们对自己生存条件的特殊要求，以及与此相关的情感、思想。他们自然会利用各种机会、各种形式表达自己的爱憎，也会在诗歌中抒发自己的感情。古代文学遗产中就有这样一些作品。这是十分宝贵的文化遗产和精神财富。然而我们说它们宝贵，完全不同于那种把它们视为无产阶级文学的远祖的认识，而在于它们质朴地表现了古代劳动者在阶级重压下的情感、活力，表现出淳朴的文学风格和艺术创造力。

但是，我们肯定历代劳动者的艺术成果，绝不意味着应该对艺术家的创作予以排斥和否定。

文学创作是人类精神生产的一种形式。在阶级社会出现之前，它是人们共同从事的活动。产生阶级分化之后，人类经历了体力劳动和脑力劳动的分工。这是人类发展进步史上具有特殊意义的分工。它极大地提高了人类的物质生产能力和精神生产能力。人类活动领域的扩大、物质生活的丰富和精神生产品的精湛，无一不归功于体力劳动和脑力劳动的分工。但分工也造成了人类的畸形发展。在原始社会，人们共同从事物质生产，也共同从事精神生产，人们的能力能够得到全面地、健全地发展。进入阶级社会以后，分工规定了每个人的活动范围。"劳心者治人，劳力者治于人"。政治、宗教、哲学、艺术等精神领域，成了统治阶级的天地。简单、繁重的体力劳动则成了被压迫者的天职。两者分别在自己的领域内发展他们的能力。而另一个领域所需要的能力，则显得停滞，退化。

以文学创作来说，这里所需要的不仅只是义愤。它更需要对社会生活的深刻地认识和将这认识化为艺术的高度的艺术修养和高超的艺术才能。这些艺术领域必备的条件，对于必须紧张地从事体力劳动，而无暇、也不可能对文学艺术创作进行专门研究的劳动群众来说，则成了难以逾越的障碍。这就导致了劳动群众的创作既具有自己的特点，也显出一定的不足。如《左传》记载宋国筑城群众的歌谣，其辞说："睅其目，皤其腹，弃甲而复。于思于思，弃甲复来。"（见宣公二年）这篇歌谣以朴实生动的语言嘲笑了战败将军华元。这类作品虽具有一些可贵的长处，但一般地说，作者往往限于直接抒发对生活的某一点感受，而对于向生活的深度和广度开掘，对于继承和发展前人取得成功的艺术经验、艺术手法，创造出更美好的艺术结晶，则显然有所不足。故其艺术创作在表现得较为质朴的同时，也流露出一定程度的粗糙、稚嫩。对比之下，《诗经》中那些艺术成就较高、明显出自贵族之手的作品，则不是停止于对事物、对生活的外部现象的认识。他们往往能深入到生活的本质，并将这较为深刻的认识、感受，通过娴熟的艺术手法和精湛的文学语言表现出来，创造出感人至深的艺术境界、艺术形象。像这样具有较高水平的艺术生产能力，只能产生于体力劳动和脑力劳动分工之后，产生于社会的一部分人有条件集中精力对文学艺术进行研究之时。

这里还有一个问题值得一提，即在传统观点的研究中，有些文学作品被认定不具有文学价值，而只有认识价值。如有的研究者认为："雅诗和颂诗都是统治阶级在特定场合所用的乐歌。由于它们或多或少地反映了社会生活的某些方面，在今天看来还有一定的社会意义和认识价值。"① 这话貌似有理，可是，如果人们稍加分析便不难发现，这一认识事物的逻辑和方法，只能导致抹杀一切事物的本质与界限。试想，什么事物没有认识价值？化石可以为人们提供认识远古时代生物进化过程的踪迹，秦始皇陵兵马俑可以帮助人们认识当时的雕塑艺术，也可以为人们提供秦代最高统治者生前、死后奢华的有力物证，长沙马王堆汉墓出土的女尸服装，既可以使人们了解当时丝织工艺的发展水平，也有助于了解当时服装的款式。甚至于一块普通的石头也具有认识价值。它可以帮助人们认识地球的生成年代及其某些变化规律。既然如此，仅仅从认识价值方面谈论《诗经》或雅颂，其与文学又有何关系呢？对于文学研究来说，如果置文学作品的艺术本质或艺术表现的水平之高下、成败于不顾，而将其混同于化石、兵马俑、女尸的衣服甚至普通的石头，从中寻求所谓的认识价值，则这样的研究又怎能体现其作为社会科学重要组成部分的文学研究？如果不把古代文学作品作为文学艺术的载体、作为文学创作的历史活动的产物进行研究，而仅只强调其所谓的认识价值，充其量也只能着眼于作品的片言只语，探求其微言大义，或将其混同于一般文献。这种作法必然导致文学研究中的主观随意性倾向。

由此可见，《诗经》研究中的传统观点对《诗经》中绝大多数作品的否定，不仅是对某些作品评价高下的问题，而且关系到如何认识中国诗歌在早期发展中所取得的艺术成就以及其间所体现的艺术生产水平和文学发展的规律。

————————

① 见游国恩等：《中国文学史》。

总之,《诗经》研究中的传统观点曾经推动了将近一个世纪中国文学研究面貌的改观,但是,到了上世纪中期以后,它已经不适应我国文化、学术事业的发展,已经成了中国古代文学研究中的桎梏。现代形态的学术研究要求我们必须突破既有的格局,我们必须,同时也只能在理论方面,特别是在科学的世界观和方法论方面寻求出路,开创《诗经》研究以及古代文学研究的新局面。

（这段文字是 1983—1986 年我撰写的博士论文的导论,文中所批评的占统治地位的文学观和《诗经》研究格局已成往事,故曾想在本书出版时将其删除。但这已是历史。这里有当时的文学研究前行中必须铲除的荆棘,需要有铲除障碍的力量,况且,有些视荆棘为圣物的惯性思维,还在通过娘老子,传给后人,使荆棘的影子隐现于蹩脚的文字中。虑及此,遂将这弊帚移至上编末,权作参考之用。谨志。）

中　编

《诗经》与宗教文化

《诗经》中有相当数量的作品在今人看来，显得过于遥远。诗中所表现的感情，人们的生活，连同他们的生存条件，都带着古朴的迷蒙的色彩。特别是生活于原始时代的商周的先人，伴随着宗教的歌舞而呈现出的精神状态，就更显得陌生。这就是《诗经》中那些具有神秘的、朦胧色彩的与原始宗教有着复杂关系的诗篇。

　　本编所讨论的内容有各类宗教活动中的祭歌，也有与宗教、祭祀相关的活动中产生的诗篇。所论及的作品以周人创作的为主，兼及《商颂》、《鲁颂》。

　　本文所研究论述的作品，就其在《诗经》中的分布而言，将包括《周颂》的全部，此外《大雅》、《小雅》和《国风》中也有一定数量的诗篇产生于当时的宗教活动，或产生于同宗教相关的活动中。就产生的时代而言，它们大多创作于西周前期，有些作品则产生于西周后期至春秋间。还有少量作品，当是周人入主中原之前所作，甚至是周人在原始时代流传下来的诗篇。

第一章　蒙昧的诗情

　　蒙昧时期的中华大地上居住着众多的部族。这是构成中华民族先祖的一些重要的组成部分。近年考古中所发现的辽宁西部的红山文化、以西安半坡村为代表的仰韶文化、以山东为代表的大汶口文化，还有河南的龙山文化、二里头文化，表明古老的中国大地上居住着并行发展的许许多多的具有不同文化渊源的部族。在这些部族的早期发展中，生产力水平极为低下。这些考古遗址中发现的生产工具多为石铲、石镰、石刀、石斧等。[①] 古代的先民以这样的工具同强大的自然力相斗争，为自己的生存和种族的发展、繁衍，而艰苦地奋斗着。在这个时代形成了早期人类的特殊的生活状况、心理特征和独特的文学艺术。

第一节　奇幻的精灵世界与蒙昧的乐歌

　　在原始时代，生产力水平低下，人们无法抗拒自然灾害的威

---

　　①　参见北京大学历史系考古教研室商周组编著：《商周考古》，文物出版社 1979 年版；张之恒、周裕兴著：《夏商周考古》，南京大学出版社 1995 年版；许倬云著：《西周史》，三联书店 1994 年版。

胁，甚至无法保障人类自身的安全。当洪水泛滥之时，荒旱千里之时，或猛兽侵扰之时，人们却只能运用粗糙简陋的石器、木器或少量的青铜器，同这强大的外界进行斗争。如《淮南子·览冥训》云：“往古之时……火烂焱而不灭，水浩洋而不息，猛兽食颛民，鸷鸟攫老弱。”《孟子·滕文公上》亦云：“当尧之时，天下犹未平，洪水横流，泛滥于天下，草木畅茂，禽兽繁殖，五谷不登，禽兽逼人，兽蹄鸟迹之道，交于中国。”

在这样“猛兽食民”、“禽兽逼人”的时代，人类不能不感到自己的渺小、软弱，感到周围充满了神秘的、可怖的力量。他们认为这种超越自己之上的力量可以左右自己的生存和幸福，人类无法同它抗争。

另一方面，当时生产力水平的低下，也决定了人们认识能力、认识水平的低下。人们虽然不能战胜自然力，却也不愿屈服于自然环境的威慑力之下。人们力图认识它，说明它，甚至想要改造它。他们无法对自然界所发生的诸多现象作出科学的解说，也无法解释人类自身的很多现象。于是，他们便将自己生活中所形成的某些认识移植到自然界的特殊现象上，用以解说自然界，解释人类自身的奥秘。在这种情况下，便形成了远古人们所特有的泛灵论的思维方式和精神特点，形成了世代相传的对万事万物背后的主宰者即鬼神的迷信与崇拜。人们不由自主地拜倒在自己虚构的众多的鬼神面前。

对此，古代典籍有很多记载。《礼记·乐记》云：“幽则有鬼神。”《易·说卦传》云：“神也者，妙万物而为言者也。”《易·系辞上》云：“阴阳不测之谓神。”《礼记·祭法》云：“山林、川谷、丘陵能出云，为风雨，见怪物，皆曰神。”这些记载表明，在远古时代，人们认为凡事凡物皆有神在主宰着。神似乎是看不到却可以感知的处于幽冥之中的力量。《诗经·卷

阿》云："百神尔主矣。"《诗经·周颂·时迈》云："怀柔百
神。"《国语·楚语上》云："其谁敢不战战兢兢以事百神?"
《宁殷铭文》云："其用各（格）百神。"《宗周钟铭文》云：
"唯皇上帝、百神。"这些记载都表明远古时代所敬礼的神明数
量之众多，范围之广泛。

古人对这些神秘的力量划分为几类，突出的为天神、人鬼、
地祇。《周礼·大宗伯》云："大宗伯之职，掌建邦之天神、人
鬼、地祇之礼。"该书又分别记载了天神、人鬼、地祇的具体范
围和祭祀的有关规范。天神类精灵有昊天上帝，日月星辰，司
中、司命，风师、雨师等；地祇类有社稷、五祀、五岳，山林川
泽，四方百物；人鬼则为祖先神。① 这里的概括较为简略，然
而，从中可以看出，在远古人类的心目中，天地间的各种事物无
不有各自的神灵在起作用。

人们举目四望，各处各种事物的背后都有"妙化万物"的
神存在着，支配着万物的运行、盛衰。在人们的头上有天神、日
月星辰、风雨诸神；在他们的脚下有土地神、大小山川之神；在
家有门、户、中霤、灶、井等五祀②，外出有行道神③。越是同
生活、生产关系密切的范围或方面，则神祇越多，分工越细。五
祀的习俗表明人们认为住室的几个主要部分都有神。农业生产尤
为人们所关注，则神的群落似乎也更大。在众多的神中，昊天上
帝、社稷、祖先被视为最重要的、关乎人们生存、幸福的无时不
在的力量。有些在后人看来毫无关系的事物，在当时人看来也有

① 见《周礼注疏》卷一八。
② 《白虎通》卷二曰："五祀者何谓也? 谓门、户、井、灶、中霤
也。"
③ 见拙著《行道神考》，《世界宗教研究》1984 年第 3 期。

祭祀礼拜的必要。如在蜡祭中，人们要在岁末年终之时，遍请百神，感谢他们一年来给予自己的保佑、帮助。所祭的神中有发明农作物的神（先啬），主管农作物的神（司啬），主管农艺的神（先农），田间庐舍之神，食田鼠的猫神，食野猪的虎神，还有河水的堤防之神，引水进入田间的水沟之神。① 人们想象之周到，敬礼之殷勤，远非后人可以想见。在远古人类的思想中表现出浓厚的原始宗教色彩。

与上述思想观念相适应的则是对神的敬礼，并伴之以对神的解读和祭祀仪式。

上古之人善于以己度人。他们认为万事万物之神也同自己一样有各样的嗜好、愿望，有喜、怒、好、恶、哀、乐的情感活动。如《诗经·楚茨》云："神嗜饮食"，人们以移情的方式解释冥冥之中的神灵，自己有什么样的情感、嗜好，便设想神也会如此。人喜欢歌舞，于是便以为神也对歌舞感兴趣。《周礼·司巫》云："若国大旱，则帅巫而舞雩。"《周礼·女巫》云："凡邦之大灾，歌哭而请。"《周礼·大司乐》云："乃奏《黄钟》，歌《大吕》，舞《云门》，以祀天神；乃奏《太簇》，歌《应钟》，舞《咸池》，以祭地祇。""雷鼓雷鼗，孤竹之管，云和之琴瑟，《云门》之舞，冬至日，于地上之圆丘奏之。若乐六变，则天神皆降，可得礼矣。""灵鼓灵鼗，孙竹之管，空桑之琴瑟，《咸池》之舞，夏至日，于泽中之方丘奏之。若乐八变，则地祇皆出。可得而礼矣。"在先民看来，神灵的降临，既为众人的诚意所感动，也为人们所献的乐舞所吸引，因此，才会给予人们以更大的福佑。

基于这样的认识，人们便举行多种多样的仪式敬奉神明。

---

① 　见孙希旦《礼记集解》卷二五，第695页。

《诗经》艺术论

《国语·楚语下》云："是以古者先王日祭，月享，时类，岁祀。诸侯舍日，卿、大夫舍月，士、庶人舍时。天子遍祀群神品物，诸侯祀天地、三辰及其土之山川。"所信仰之神很多，每个神都有一套完整的仪式，有不同的规格，似乎根据神的性质、等级而有所不同。如祭天帝是最隆重的典礼。《礼记·礼运》云："祭帝于郊，所以定天位也。"《礼记·郊特牲》云："郊之祭也，迎长日之至也，大报天而主日也。兆于南郊，就阳位也。"对于这样隆重的祭祀，要在主持者的服装，参加者的规格，献祭的品物等各个方面都显现出不同寻常之处，要表明其为最重要的、最严肃、隆重的仪式。社稷则被视为地祇之尊，也给予极其隆重的礼拜。《礼记外传》云："社者，五土之神也。稷者，百谷之神也。"[1] 社与稷二者合起来，便成为国家之命脉、政权之根本。因此，对这一类神的尊崇也格外重视，格外殷勤。这一信仰和祭祀的发展，竟然与王权连接在一起。主宰天下的人，才能主持社稷神的祭祀。丢掉王权的人，也失去了主持社稷神祭祀的权力。于是，社稷在中国古代文化中，有时竟成为王权的代名词。

上述天子、诸侯的各类祭祀都有固定节候、时间，古人称之为"时祭"。此外，遇有特殊的灾异之变，还要对某些主管之神进行单独的特殊的供奉、朝拜，以祈求他们的保祐，古人称之为"因事而祭"。在祖先神面前，人人要尽孝子贤孙的责任，一年四季要将最新鲜的农作物和渔猎的收获供奉到神位前，让祖先神"尝新"。其他方面的祭祀活动还有很多。人们在春耕开始之时，或一年的农业丰收之后，都要诚恳地祈求神的帮助，或答谢神的福祐。《诗经·小雅·甫田》云："琴瑟击鼓，以御田祖。"《诗经·小雅·信南山》云："祭以清酒，从以骍牡，享于祖考。"

---

① 见《太平御览》卷五三二。

《诗经·大雅·生民》云："以归肇祀。"这都是人们在不同情况下对不同的神明进行礼拜的直接歌咏。

当时，不仅所敬奉的神明众多，礼拜殷勤，而且对一些所谓的重要的神的祭祀，其仪式非常繁琐。人们惟恐怠慢了神明，以至于想尽办法周到地、诚恳地向他们朝拜、奉献。《国语·周语上》记载了有关天子在藉田举行祭农神典礼的过程。其文云：

> 先时五日，瞽告有协风至。王即斋宫，百官御事，各即其斋三日。王乃淳濯、飨醴。及期，郁人荐鬯，牺人荐醴。王裸鬯，飨醴，乃行。百吏、庶民毕从。及籍，后稷监之，膳夫、农正陈籍礼，太史赞王，王敬从之。……若是，乃能媚于神而和于民矣。

除了这些敬神的仪式，在藉田典礼上，天子还要作出一些象征性的劳动，既表明对农业生产的重视，也表现出对农神的恭顺。另据秦蕙田《五礼通考》所载，这一祭神仪式共有三十九个环节。祭典开始前要准备并检查玉币、粢盛秬鬯、酒醴、牺牲、笾豆之实、器用、服冕、车旗等，祭祀中要有燔祭、作乐降神、迎尸、迎牲、杀牲、荐玉币、荐笾豆、荐血腥、王三献、祝四献、祝祷、享牲、馈食、祀神之乐、送尸等等。一切人们所喜欢的最高规格的物质享受都献给所祭祀的神明。在其他祭祀场合也有隆重、繁文缛节与此相近似的情形，如祭社稷、祭祖先神等。经过这样精心安排，周密组织，精诚奉献，据说各位大神都被感动了，高兴了。他们降临祭祀典礼上，享用了人们所奉献的一切，也接受了人们的诚意。《诗经·小雅·楚茨》云："神保是享"，"神保是格"。于是，祭神的目的实现了。

这些祭神仪式是远古人类同自然界的特殊的沟通，是人们对自己所构想出来的超越自我的力量的取悦，也是人们借以自我鼓励，振奋精神，谋求幸福生活的重要方式。

第二节　精灵世界的艺术表现

远古人类的生存环境，他们同外界抗争的能力，他们对自然力的崇拜、迷信，决定了人们的审美取向。带有宗教性的情感，具有这类色彩的生活，成为当时艺术表现的重要内容，也为人们所激赏。如《汉书·地理志》云："周武王封舜后妫满于陈，是为胡公，妻以元女大姬。妇人尊贵好祭祀，用史巫。故其俗巫鬼。"

这里所说的好巫鬼，包含着两重意义，一是表明他们的笃信鬼神，二是喜爱祭祀时表演的歌舞。祭神仪式有很多环节，已如前所述。但其中最为精彩、最为生动的是巫师的歌舞。古书将大姬作为特例记载可能是她对敬神和巫舞有所提倡。但是，这一由来已久的文化积淀绝不是一个女人所能促成的。它具有更深厚的更普遍的基础。古希腊艺术的前提是希腊神话，是古希腊人民的不自觉的艺术思维方式及原始的社会生活状况。[①] 在古老的中国大地上，巫歌、巫舞同人们生活中对万事万物之神的崇拜，同人们当时的特殊的审美情趣，都是紧密相连的。

在上古时代，在中国大地上散居于各地的原始部族间，他们原始崇拜的神灵或敬神仪式可能有所不同，但其思维方式，审美情趣，同古希腊有较多相通之处。他们的对人生的理解，对社会、对外界的审美评价，直接延续到后来的夏、商、周三代。人

---

① 可参考马克思《〈政治经济学批判〉导言》，《马克思恩格斯选集》第 2 卷。

们的对于神的崇敬和有关神的传说，相关的审美情趣，在绘画与
乐舞中得到充分的表现。

在绘画中，人们的欣赏趣味没有直接的记载，但从绘画作品
的内容上却可考察出人们的审美取向。这些绘画作品都是人们喜
闻乐见的，甚至有的还画在墓室中，更可想见墓主生前对这类绘
画的欣赏。

我们先看古代典籍中的有关记载。《楚辞·天问》王逸注曰：

> 《天问》者，屈原之所作也。……屈原放逐，忧心愁
> 悴，彷徨山泽……见楚有先王之庙及公卿祠堂，图画天地、
> 山川神灵，琦玮僪佹；及古贤圣、怪物行事。周流罢倦，休
> 息其下，仰见图画，因书其壁，何而问之，以泄愤懑，舒泻
> 愁思。

壁画中有天神、地祇、神灵、精怪等属于神话范畴的形象，也有
古圣先贤等传说中的人物。在这些传说中的英雄，也是神化了的
人。《天问》所载，与王逸说吻合。王说必有所据。屈原《天
问》作于周代末叶。但引他发问的壁画却不是周末作品。据
《史记·楚世家》载，周成王封熊绎于楚蛮，封以子男之田。但
是，这仅仅是楚之先王正式成为周天子统治下的诸侯国的开端，
而不能视为楚人发展的原初阶段。实际上，楚文化渊源非常久
远。早在周人入主中原之前，楚之先人便已在南方生存、发展
了。他们不断侵蚀周围的小国而发展壮大起来。因此，所谓的楚
之先王也不应限于周人所分封的几代先人。这里包含着楚人口耳
相传的先民的历史，就像周人的后稷那样，其源远得很。至于这
些祠堂壁画中所涉及的神话传说，则更遥远得多。

就绘画而言，比屈原的《天问》要晚一些的著名记载，可

以汉代王延寿《鲁灵光殿赋》为代表。这篇作品描绘了灵光殿中的绘画，也展现了其中一些有关神的形象。有些部分所描绘的内容可以看出与屈原所发问的神话传说关系密切：

> 神仙岳岳于栋间，玉女窥窗而下视。忽缥缈以响像，若鬼神之仿佛。图画天地，品类群生。杂物奇怪，山神海灵，写载其状，托之丹青。千变万化，事各谬形。随色象类，曲得其情。[①]

文章描写了雕廊画栋间众多神灵的形态，各具其妙。画中的内容生动，画工也精细传神，然后便转入对绘画中一些神话故事传说的描绘。此殿为汉景帝之子鲁恭王所建。其所表现的是汉代人的审美观点，自不应与原始时代或周人相混同。然而，从屈原到王延寿，从楚之先王祠堂到鲁恭王的灵光殿，其间又确有延续不断的联系，即人们对神与神话的欣赏态度。

除了古代文献中的某些记载外，考古发现的一些成果，能给我们提供更具说服力的证据。这里甚至很少掺杂后人的认识或对原始神话的扭曲。

辽西牛河梁发现的红山文化已经引起学术界的普遍关注。其中一个极为珍贵的文物就是众所周知的女神头像。头部的造型，眼睛的明亮，色彩的艳丽，构成了一个精妙绝伦的艺术珍品。这位女神的神格大概与高禖为近。先民将这位女神塑造得生动传神，使人们在承认她的崇高、神圣，对之顶礼膜拜的同时，也不由得惊叹她的超凡脱俗之美。

在这方面，长沙马王堆汉墓出土的帛画也极具生动和神秘的

---

① 见《文选》卷一一，中华书局1977年版。

特点。这幅帛画内容独特、繁富。整个画面由上中下三个部分构成。上部描绘有关天神的传说。太阳高悬于画面的右上方,日中有只乌鸦,日下一棵树,树上有八个小一些的太阳。《山海经·海外东经》云:"汤谷上有扶桑,十日所浴,在黑齿北,居水中,有大木。九日居下枝,一日居上枝。"《淮南子·天文篇》所载与此略合。至于日中的乌鸦,则是日神巡行天上的工具。似乎这部分所画的就是有关日神的传说。另一侧画出一弯新月,中有蟾蜍、玉兔,下绘一女神,当即嫦娥。这一部分明显为月神的传说。日月之间绘有人首蛇身的图像①。这可能意味着对墓主死后起着重要保护作用的几位天神。画面上还有墓主的形象,有意味着山川土地诸神的形象。②

帛画的作者将许多神话传说融入一幅画面中,呈现出一个非常生动的精灵的世界。

此外还有长沙子弹库出土的楚墓帛书,也画着许多奇瑰怪异的形象。洛阳出土的西汉卜千秋墓壁画中,和长沙陈家大山周冢发现的晚周帛画等,都以远古时期丰富多彩的神话传说和相关的原始宗教为其内容。③ 山东发现的汉代画像石,其中几块都描绘了人面鸟身的神,还有蟾蜍、玉兔、羽人等形象,④ 这些人面鸟身的形象和羽人的形象,同上述鬼神迷信有直接关系,同时,与

① 参见钟敬文《马王堆汉墓帛画的神话史意义》,载《中华文史论丛》1979 年第 2 辑。

② 参见《长沙马王堆一号汉墓发掘简报》。

③ 见孙作云《洛阳西汉卜千秋墓室壁画考释》,《文物》1977 年第 6 期;郑振铎《伟大的艺术传统图录》第 1 辑;商承祚《楚墓帛书》摩本,《文物》1964 年第 9 期。

④ 《山东嘉祥宋山发现汉画像石》,见《文物》1979 年第 9 期。

上古传说中的少暤氏以鸟名官①，即以凤鸟为图腾的文化传统有很密切的关系。一代又一代的艺术家对这些引人入胜的神怪世界辗转描绘，从中可以看出人们对这些神话传说热衷的程度，也可以看出人们审美情趣之所在。

有关伏羲女娲的故事，见于很多先秦文献的记载。同时，这也是绘画中常用题材，如《天问》、《鲁灵光殿赋》表明，楚先王、公卿祠堂的壁画和鲁灵光殿绘画中都描绘了他们的形象。另外，据闻一多统计，这个形象还出现于很多石刻和绢画中。属于石刻的有五种：武梁祠石室画像第一石第二层第一图；武梁祠左右室第四室各图；东汉石刻画像；山东鱼台西塞里伏羲陵前后石刻画像；贺兰山古墓石柱刻像。属于绢画的有两种：隋高昌故址阿斯塔那墓室彩色绢画；吐鲁番古冢出土彩色绢画。② 这样不厌其繁地描绘同一故事，正可以看出伏羲女娲传说的深入人心。

人们的欣赏趣味不仅从艺术作品所选取的题材中表现出来，有很多文献还记载了人们从祭神仪式中所得到的快感与共鸣。在这类记载中，像《汉书·地理志》那样，直接反映周初情况的尚不多见，稍晚一些的记载，也可资参考。原因很简单，文化传统的承袭将在很长的时间内，在一切可利用的条件下得到延续。《墨子·明鬼》云："燕之有祖，当齐之有社、宋之有桑林、楚之有云梦也。此男女之所属而观也。"这段记载清楚地说明，燕、齐、宋、楚，各有盛大的祭祀活动，届时，人们都相邀前去观看。在举行这些活动时，不仅本国人争先恐后地参加，有条件的外邦人也不避远道驱驰赶赴盛会。如《左传》庄公二十三年

---

① 见《左传》昭公十七年。

② 见闻一多《伏羲考》，《闻一多全集》第一卷，开明书店1948年版。贺兰山古墓石柱刻像该文未收。

和《国语·鲁语上》都记载了鲁庄公赴齐观社祭盛况的事。又《左传》襄公二十四年载："齐社，蒐军实，使客观之。"对此，当时人的反应是不同的。曹刿认为，"齐弃太公之法而观民于社"，既不合于太公所奉行的法度，又违背了祭社神的原则和意义。同时，他还强调诸侯相会应遵循祖宗成法。（《国语·鲁语上》）其实，不仅齐国的社祭有可观的盛况，鲁国自己也有吸引人的祭神盛典。《礼记·杂记》云："子贡观于蜡，孔子曰：'赐也，乐乎？'对曰：'一国之人皆若狂，赐未知其乐也。'"从这则记载中可以看出，鲁举行蜡祭之时，不仅很多人去观看，看后竟受到祭祀庆典气氛的感染，达到若痴若狂的程度。很显然，人们的情绪之高涨并不来自社神是否降临，而来自祭神庆典中的仪式，以及同这仪式相伴随的歌舞。同样的，燕、齐、宋、楚的重大祭祀活动中，人们"相属而观"的，不是那些对神的虔诚地敬礼、跪拜，不是那里的宗教情感，而是与庄公"观社"，子贡观蜡时的感受相同。

除了上述各诸侯国外，郑也有可观者，如《诗经·郑·溱洧》云：

　　溱与洧，方涣涣兮。士与女，方秉蕑兮。女曰"观乎？"士曰"既且。""且往观乎？"

在这里，青年男女也是"相属而观"，也是到宗教活动中去感受非宗教性的欢乐。像这样相属而观，观而乐的情景，在潘岳的《藉田赋》中描绘得十分生动：

　　于斯时也，居靡都鄙，民无华裔。长幼杂沓以交集，士女颁斌而咸戾；被褐振裾，垂髫总发；蹑踵侧肩，掎裳连袂。黄尘为之四合兮，阳光为之潜翳。动容发音，而观者莫不抃舞乎康

《诗经》艺术论

衢,讴吟乎圣世。情欣乐于昏作兮,虑尽力乎树艺。①

这里不仅记载了在隆重的藉田典礼上人们"相属而观"的热闹场面,还反映了观者从仪式上所受到的欢乐气氛的感染,从而不由自主地随着仪式上的歌唱而翩翩起舞。在这种情况下,敬礼神明的场合已经在一定程度上演变为盛大的节日,演变为欢乐的娱乐。又如颜延年《三月三日曲水诗序》云:

> 既而帝晖临幄,百司定列;凤盖俄轸,虹旗委旆。肴蔌芬藉,觞醴泛浮。妍歌妙舞之容,衔组树羽之器,三奏四上之调,六茎九咸之曲,竞气繁声,合变争节。……华裔殷至,观听鹜集。扬袂风山,举袖阴泽,靓庄藻野,玄服绮川。故以殷赈外区,焕衍都内者矣。②

这篇序与潘岳的《藉田赋》堪称异曲同工,都把祭祀仪式的盛况和观者之众,歌舞之妙与群情之昂扬——展现在读者面前。当然,后两篇作品所记,比我们所要讨论的时代晚很多,未可等同视之。但从所引述的资料看,人们对祭祀仪式上的乐舞的要求和欣赏,以及人们从中所受到的强烈的感染,所产生的共鸣,都是非常一致的。只是到了晋代,人们还有很多其他题材的乐舞可供欣赏。而在原始时代或周初,却以敬神的诗歌、乐舞居多。这就难怪大姬那么喜爱了。相反的,如果祭祀仪式上没有乐舞,不仅一般群众不爱去看,就连主持其事的人也感到枯燥、乏味,不得不谋求改变。汉代政权建于长期战乱之后,礼仪久废,人们的文

---

① 见《文选》卷七。
② 见《文选》卷四六。

化活动也十分贫乏。西汉前期，在祠太一神、后土神时，曾有一个时期不设乐舞。据《史记·封禅书》记载，到汉武帝时，便"下公卿议曰：'民间祠尚有鼓舞乐，今效祀而无乐，岂称乎？'"从此以后，"祷祠太一、后土，始用乐舞"。这也从反面说明"观社"、"相属而观"以及"一国之人皆若狂"，都是人们精神的需要，是满足人们同所谓的冥冥世界的交流的需要，也是人们文化生活的重要组成部分。这种情况固然同祭祀仪式有关，而更重要的，还在于仪式本身带给人们的快感，在于仪式上的歌舞带给人们的欢乐。

无论从文学艺术的取材看，还是从人们对文学艺术的要求看，像《周颂》和《大雅》中的早期作品那样带有宗教色彩或取材于宗教祭祀活动的作品，都出于人们的宗教心理的需要，出于人们审美情趣的需要。不同的社会生活条件、文化传统、社会风尚，将决定每一时代的文学艺术独具的特点。从宏观角度看，这一趋向表现在文学艺术欣赏和评价上，它只肯定那些合于这种趋向的艺术。不合于时代趋向的艺术创作和艺术品必然受到冷遇，受到人们的抵制。因此，一定时代的群众的艺术欣赏趣味便促成了该时期的社会的标准和艺术风尚，鼓励作家按着这种风尚选取题材，采取相应的艺术手法。《吕氏春秋·仲夏纪·适音》云：

> 耳之情欲声，心不乐，五音在前弗听；目之情欲色，心弗乐，五色在前弗视；鼻之情欲芬香，心弗乐，芬香在前弗嗅；口之情欲滋味，心弗乐，五味在前弗食。欲之者，耳、目、鼻、口也。乐之，弗乐者，心也。心必和平然后乐。心必乐，然后耳、目、鼻、口有以欲之。故乐之务在于和心。和心在于行适。夫乐有适，心亦有适。

在作者看来，文学艺术的感染力和社会作用犹如五味一般，可供人们摄取；然而艺术作用能否发挥，还要看它是否符合人民这个艺术欣赏主体的时代之"心"，也就是要"行适"、"和心"。《诗经》中有关宗教、祭祀的诗篇合于人们艺术欣赏的要求，因而，它们也受到人们的普遍的喜爱，得到广泛的流传。

第三节　巫、祝与早期文学创作

原始社会的文学艺术创作是群体完成的。那时，社会只有简单的分工，而没有体力劳动和脑力劳动的分工，人们一起劳动，一起歌唱。在人类出现等级之后，主持宗教活动的人往往是社会地位较高的统治阶级成员，甚至是居于最高地位的君王。这一点在人类学的许多重要著作中都有所论述，兹不赘叙。

中国上古时代从事脑力劳动的人，除了掌握政权的官吏之外，还有担任史、祝、巫、乐师等职务的人，他们出身贵族，受过良好的教育。他们既谙熟历史、文化方面的知识，又具有很高的文学艺术修养，具有杰出的艺术创作能力。例如《国语·楚语下》云：

> 古者民神之不杂。民之精爽不携贰者，而又能齐肃衷正，其智能上下比义，其圣能光远宣朗，其明能光照之，其聪能听彻之，如是则神明降之。在男曰觋，在女曰巫。是使制神之处位次主，而为之牲、器、时、服。而后，使先圣之后之有光烈，而能知山川之号、高祖之主、宗庙之事、昭穆之世、齐敬之勤、礼节之宜、威仪之则、容貌之崇、忠信之质、禋洁之服，而敬恭神明者，以为之祝。使名姓之后，能

　　知四时之生、牺牲之物、玉帛之类、采服之宜、彝器之量、
次主之度、屏摄之位、坛场之所、上下之神祇、氏姓之所
出，而心率旧典者为之宗。

　　这里所讲的是担任巫、觋、祝、宗等职务的人应具备的条件。从
这一记述中可以看出，他们是一些知识渊博、操守出众的人。他
们所掌握的事虽以宗教活动为主，也同时具备多方面的才能。正
是这样的才能，致使他们在社会生活中发挥着很大的、多方面的
作用。如《国语》、《左传》中记载了很多君主、卿大夫关于历
史、宗教、艺术等方面的困惑，为之解答的，多是担任祝、史等
职务的人。不仅如此，他们在一系列宗教活动中，也常常进行文
艺创作。

　　祝是宗教性职务。他们在宗教活动中主持一些仪式或某些环
节。同时，他们也涉及文学创作方面的事情。《说文》云："祝，
祭主赞词者。"《周礼·大祝》云："大祝掌六祝之词，以事鬼、
神、示（祇），祈福祥，求永贞。一曰顺祝，二曰年祝，三曰吉
祝，四曰化祝，五曰瑞祝，六曰策祝。""作六辞以通上下、亲
疏、远近，一曰辞（案原文作祠，郑司农曰："祠当为辞，谓辞
令也。"此从其说），二曰命，三曰诰，四曰会，五曰祷，六曰
诔。"《周礼·大祝》还记载了太祝在各种祭祀仪式上所担负的祝
祷的具体使命。由此可见，祭祀仪式上的祝祷之辞多出自祝之手。

　　在有些时候，君主或祭祀活动的主人向他们提出一些基本要
求，为他们的创作确定基调，他们便据以进行创作。如《太平
御览》卷七三六引《礼外篇》云："成王冠，周公使祝雍曰：
'辞达而已，勿多也。'"于是，祝雍按照周公的要求为成王的冠
礼祝祷。在这里，周公不过是为这篇祝词确定了繁简的要求，创
作者乃是祝。祝祷之辞中有相当数量的作品就是祭祀诗。如

《诗经》艺术论

《云汉》是周宣王求雨时的祝祷之辞，《商颂》、《周颂》中的祭神乐歌也多是祝祷之辞。这说明在商周时代的诗人队伍中，巫、祝等人占有较大的比例。

除祝以外，从事文学创作的还有史。《左传》成公五年记重人之语曰："山有朽壤而崩，可若何？国主山川。故山崩川竭，君为之不举。降服，乘缦，彻乐，出次，祝币，史辞，以礼焉。其如此而已。"又昭公十七年云："日过分而未至，三辰有灾，于是乎百官降物，君不举，辟移时，乐奏鼓，祝用币，史用辞。"《尚书·金縢》云："史乃册而祝。"前引有关大姬的记载也谓其"好祭祀，用史巫"，则史也是经常参与宗教活动并从事文学创作活动的人。原因很简单，他们是当时最有才华人中的一部分。因此很多记载又将祝与史连用。《左传》襄公二十七年云："（楚）子木问于赵孟曰：'范武子之德何如？'对曰：'夫子之家事治，言于晋国无隐情，其祝史陈信于鬼神，无愧辞。'"《礼记·曾子问》载孔子语云："诸侯适天子，必告于祖，奠于祢，冕而出，视朝，命祝史告于社稷、宗庙、山川。"《文心雕龙·祝盟》说："祝史陈信，资乎文辞。"《乐府诗集》卷四《隋圆丘歌》云："诚感青云，信陈史祝。"同书卷五《唐祀圆丘乐章》云："祝史正辞，人神庆叶。"末二则所说的"信陈"和"正辞"，表明这两首乐歌就是史、祝所作。可见他们也是当时的诗人。

此外，从事文学创作的还间或有巫。如《周礼·女巫》云："凡邦之大灾，歌哭而请。"《汉书·武五子传》云："（刘）胥迎女巫李女须，使下神祝诅。"前引《汉书·地理志》载大姬故事以史巫连用，也正为此。

这里所论述的是与宗教活动相关的文学创作，而不是就商周文学或诗歌创作的全面情况进行的概括。当时的诗歌创作中，有些作品出自民间，如《诗经·卫·氓》、《诗经·郑·女曰鸡鸣》等，更多的则出自贵族诗人，如《诗经·大雅·崧高》和《诗经·大雅·烝民》两篇有"吉甫作颂"之句，表明这是上层贵族尹吉甫所作。《诗经·小雅·巷伯》自称"寺人孟子"，"寺人"为宫内小臣。有些虽然未留下姓名，但从诗中可以看出其社会地位，如《关雎》中欲以钟鼓、琴瑟取悦于自己的恋人，表明他不仅是贵族，而且其地位还比较高。尽管如此，这里所论及的有关宗教活动的文学创作，却较多地同上述祝、史等人关系更密切得多。

担任巫、祝、史等职务的人的自身素养，他们的地位，他们主要的分工，都对他们的文学艺术创作有较大的影响。他们的心灵也更多地为自己的环境，为他们所处的物质的、精神的条件所左右。当时社会普遍存在着对超越人类自我的异己的力量，即所谓的神的崇拜。这是具有强大力量的文化传统和宗教观念。它们深刻地影响、制约人们的审美情趣，制约人们的文学观念。

当时的人们很难否定神的存在。只是有的人崇拜得更虔诚一些，有的人则对神礼拜得不够殷勤。诗人生活在这样的社会中，其心灵，其审美感受，都不能超越这样的文化氛围。因此，在进行文学创作的时候，他们不知不觉地以这种深受宗教文化左右的思想、观念去认识生活中的人和事，也以这样带有宗教色彩的生活感受和艺术冲动，构成他内心的波澜。

另一方面，当时社会生活的很多环节都有宗教活动相伴随。在没有宗教活动的环节中也大量存在着对神的迷信、敬奉。在这样的文化背景下，诗人很容易就会发现，同宗教迷信或宗教活动相关的事物，乃是当时极富诗意的容易引起共鸣的生活题材。如上述帛画、汉代的画像石乃至洛阳西汉卜千秋墓壁画，显然都是人们所喜爱的。这样的艺术取向，也自然地使诗人的艺术灵感同人们的审美情趣之间建立起内在的联系。他们可以体悟到人们情感共鸣和心灵震撼力之所在。王逸《九歌》序云：

> 昔楚国南郢之邑，沅湘之间，其俗信鬼而好祠。其祠必作歌乐鼓舞，以乐诸神。屈原放逐，窜伏其域，怀忧苦毒，愁思沸郁，出见俗人祭祀之礼，歌舞之乐，其词鄙陋，因为作九歌之曲，上陈事神之敬，下见己之冤结，托之以风谏。

"托之以讽谏"之说，殊无据，但俗人在祭神时有歌舞之乐，屈原又为其制作新词，则是不容置疑的。在这一基点上，流放的诗人同当地群众之间产生了共同的感受。同时，屈原也使民间的旧的艺术形式和艺术题材得到升华，创作出无与伦比的艺术珍品。民间原有的乐歌也因此而相形见绌，不再流传。

祝、史、巫在宗教活动中都担当一些重要的工作。当时，各类宗教祭祀活动非常频繁，因此，他们所遇到的类似屈原创作《九歌》那样的机会，甚至比屈原还要多。不仅如此，祭祀仪式十分复杂，很多环节都是在乐舞中进行，如主人进入现场，作为神的替身的尸的出现，迎神、娱神，甚至牵来用于祭神的牺牲，也要演奏音乐。可以说，每次较大的祭祀总要伴随很多歌舞表演。宗教活动经常举行，他们的文学艺术创作和表演也随之而变为经常性的、必不可少的环节。他们完成自己在宗教仪式上担负的使命，同时，又以自己的艺术才华满足了人们精神上的需求。

第四节　神圣的诗情

远古时代的人群创作了大量的诗篇。其中绝大部分都是关于各类神的歌谣，是颂美神对人类的贡献和福祐的作品。遗憾的是这些作品多未能以其原初形态流传于世。例如今人所能看到的远古神话，它们不仅保存得不够完整，而且还失去了它的最初的艺术形式。在远古时代，还不可能以散文的方式记录下这些瑰丽的神话。当时，歌颂神，赞美神对人类的帮助的唯一艺术就是歌舞。女娲、鲧禹、黄帝，莫不如此。然而，在长期的流传中，在长期激烈的文化激荡、整合过程中，某些神的神性发生了重要的变化。有关这些神的赞美、感戴、颂扬的歌唱，也变成了平铺直叙式的散文化的记录。以至于我们今天所能见到的具有原始风貌的诗篇，那些对神或神人一体的英雄进行赞美的诗篇已经少得可怜。

在上古时代众多的部族中，给予中国历史发展以重大影响的，当属先后递嬗统治各部族的夏、商、周。夏人在中原一带发展，商人在东部成长，周人则长期生活于西部。其势力交替增长，争夺中原，左右各部族，对中国早期历史发展作出了巨大的贡献。以夏、商、周的先民为代表的原始人群在蒙昧时期便产生了各自的诗情，有了原始时代的文学。然而，遗憾的是，夏、商部族在蒙昧时期所创作的诗篇，都已散失了。只有一些片段的神话见于古代典籍的记载。《诗经》中有五首商代的祭歌，即《商颂》。这远不是商人祭歌的全貌。《国语·鲁语下》云："昔正考父校商之名颂十二篇于周太师，以《那》为首。"正考父是孔子七世祖，[①]《左传》昭公七年云："其（案指孔子）祖弗父何，以有宋而授厉公，及正考父，佐戴、武、宣，三命兹益共（恭）。"即是说，在宋戴公之世，作为殷商后裔的宋国已经失去了自己先人的祭歌。正考父从周王朝太师那里得到商颂十二篇。

---

①　见孔颖达《毛诗正义》卷二〇。

《诗经》艺术论

据《史记·宋世家》戴公在位时，当周之宣王、幽王之世。到了《诗经》编定之时，《商颂》十二篇已经遗失大半，仅余五篇。大概这五篇为宋人常用以祭祖，故得以保存，而其他各篇不用于宗庙，遂渐渐遗失了。

在现存的五首《商颂》中，除了《那》泛祭商代先祖外，其他各篇都以祭祀在殷商王朝的发展中作出重大贡献的帝王，如契、相土、汤、武丁等。虽然作品中对殷商远古的历史有所涉及，如《玄鸟》云："天命玄鸟，降而生商。"《长发》云："有娀方将，帝立子生商。"但这只是对远古歌谣的部分承袭而已，并非蒙昧时期的乐歌。其写作时间都是在商王朝统治时期。因此，这里不作进一步的论述。

周人是起源于西方的古老部族。当母系氏族时代，该族出于姜人，居于有邰（即今陕西武功西南）。在这里，周部族的第一个男性祖先稷带着灵异来到世上。他创立了农业，并向上帝宣告其成功。这个部族的发展就从这里开始了。在周人看来，这是无比光辉、无比伟大的开端。在这起点上充满了上帝的眷顾、神的灵光。然而，人们却以极为质朴的语言，极其真诚的态度，一代又一代地传诵着，歌唱着。这就是《大雅·生民》。

《生民》是一首难得的保持了原始形态的诗篇。诗云：

> 厥初生民，时维姜嫄。生民如何？克禋克祀，以弗无子。履帝武敏歆，攸介攸止。载震载夙，载生载育，时维后稷。
>
> 诞置之隘巷，牛羊腓字之。诞置之平林，会伐平林。诞置之寒冰，鸟覆翼之。

诗篇从后稷的母亲写起。她去祭神，以被除不祥，祈求生子。在这祭神仪式上，她踩到了上帝脚印的大拇指上，于是，身体似有所动。她怀孕了。届时，她生下了后稷。这个婴儿出生后，被抛弃到外面。外界环境都在保护他。诗人以朴素的语言歌咏了姜嫄求子、怀孕、生育的经过，歌咏了襁褓中的后稷几次被弃，都受到牛羊、鸟类的保护的灵异。在这样的歌咏中，表现了周人对自己部族缘起的解读。后稷是周部族第一个男性祖先，是周部族历史的真正开端。仅仅这一点，就值得后人骄傲，值得他们用最美好的诗篇进行歌咏。

然而，在周人的传说中，后稷的贡献还远不止此。他的灵异不仅表现在他降生的过程中，还表现在他成长后的所作所为中。他神奇地开创了农业。他种下了豆、谷、麻、麦、瓜等植物，这些植物都长得非常茂盛，若有神助一般。他获得了丰硕的收成。如果说，后稷神奇的降生确立了周人父系血统的开始，值得他们永久地歌唱的话，那么，后稷在农业生产方面的贡献，则为自己的后人确立了部族生存的命脉所寄，为他们找到了安身立命的根本。对于生活在科学时代的人们来说，这一神话的荒谬是不言自明的。农业是原始人群经过漫长的探索而发现、发明的，是群体努力的结果。然而，上古之人却不这样看问题。他们将人类的一切进步都归功于圣贤之人，把他们视为人类进步的缔造者和里程碑。后稷就被推向了这样的历史高度。在周人看来，从此以后，自己的部族在竞相发展的各部族中稳步前进。据《史记·周本纪》载，帝尧闻其善农耕，举以为农师，天下得其利，有功。帝舜命其播种百谷，以救黎民之饥，封之于邰，号曰后稷。而其后人也多依赖于农业才得到很快的发展、强大，成为西伯，并进而入主中原，成为对天子之邦。周人对自己的历史，对自己的乃至古代王朝基业之本的认识，都远高于其他部族。这也是值得他们引以自豪的。

后稷不仅是周人的族祖，不仅是周人基业的开创者，他还是神。他是亦人亦神，人神合一，具有特殊地位，特殊神格的神。从族源方面考察，他是周之初民，是其第一位男性祖先，是农业的创立者。同时，他还是周人所崇奉的神，并进而被各部族奉为神。《说文》云："稷，五谷之长。"蔡邕《独断》云："稷，五谷之长也，因以稷名其神也。"他是五谷之长，也是农作物的代表。在那个万物有灵的时代，他也很自然地被奉为神明。《礼记外传》云："稷者百谷之神也。"《汉书·郊祀志》云："稷者百谷之主，所以奉宗庙，供粢盛，人所食以生活也。王者莫不尊重、亲祭，自为之主，礼如宗庙。"这表明在周人那里，他既是祖先神，又是农作物之神。他集两种神格于一身。《左传》昭公二十九年云："烈山氏之子曰柱，为稷。自夏以上祀之。周弃亦为稷，自商以来祀之。"这说明以炎帝为首的烈山氏部族原有自己所信奉的百谷之神，即是柱。随着周人的发展、强大，周人在农业方面的成功，他们的农业保护神也战胜了那些走向衰落的部族的稷神。于是，他作为农作物之神与作为土地之神的社被人们视为同人生关系最密切、最重要的神，合称为社稷。在原始宗教的各类神灵中，社稷之神的祭祀极为隆重。作为祖先神，他受到周人的供奉、礼拜。作为百谷之神，他受到历代帝王和华夏各部族子孙的普遍的尊崇。

《生民》所展现的是蒙昧时期的人们的认识、感情，也体现出远古时期西方部族周人的审美情趣。这是同其他时代迥异其趣的艺术创造，是最具原始风貌的艺术瑰宝。

第二章　对美好生活的向往与追求之歌

　　《诗经》中的祭歌多产生于西周前期各类宗教活动中，并且绝大多数都是用于宗教仪式的乐歌。这些作品赖以产生的特殊氛围同当时人们的宗教心理、审美心理密切相关，并且同人们对待自然力的态度，对待生活的态度有着直接的关系。在生活中，人们渴望改变外界条件，希望在自己的斗争中得到神的帮助。于是，在宗教活动中，人们经常祈求神灵保祐，答谢神灵的恩惠，赞美、歌咏人们的敬神活动。

　　在祭神仪式上，人们表达得最普遍也是最基本的愿望是"祈福"，即祈请神灵赐福。不同阶级的的人对福的内涵会有不同的要求和理解，甚至在某些方面人们的要求可能是互相抵触的。比如在政治上，周王族祈福的目的之一是保祐王位世代延续不绝。这同殷商遗民的愿望是迥然不同的。统治阶级希望自己的政权传至千秋万代，固若金汤，被统治阶级绝不会祝愿自己永远受剥削、受压迫。这是因阶级利益的对立而导致的对"福"的不同理解和要求。可是，在祭自然神的仪式上，人们较少表现出这样根本利益方面的对立，而较多地表现出同自然力斗争中的较为接近的，甚至是一致的要求。

　　人们对幸福固然有不同的理解和要求，但是，生产条件的顺逆，农业生产的丰歉，将关系到所有人的生活境遇。世代务农的

《诗经》艺术论

周人认识到农业对自己生存、发展的重要关系，因而对虚幻中主管农业的神祇格外尊崇，殷勤礼拜。于是，祈祷农业丰收和祭祀与农业生产相关的神祇，自然成了他们的宗教活动中的重要内容。一旦农业歉收，则不分贵贱都将遭受损失。有爵禄的王侯、卿大夫靠"食邑"生存。一旦人民受灾，家破人亡，"食邑"变成无可食之邑，他们赖以生存的基础也就不复存在了。反之，丰收到来，"曾孙"（即领主）们也将得到极大的好处。《诗经》中有很多描写丰收后"曾孙"们的粮食堆积如山的诗句，如《小雅·甫田》云："乃求千斯仓，乃求万斯箱。"到处都是装也装不完的粮食。《周颂·丰年》云："亦有高廪，万亿及秭。"《周颂·良耜》云："其崇如墉，其比如栉。"高廪如城，密密麻麻地不计其数。丰收带给人间的好处，或者用当时人们的话说，神祇给予人们的恩赐，并不仅只属于"曾孙"。《小雅·大田》云："雨我公田，遂及我私。"神祇对人们的祈祷，报之以普降甘霖，沾溉无穷，而不是偏洒甘霖于某一角落。《小雅·甫田》云："我取其陈，食我农人。"丰收了，"曾孙"的粮食多得装不下、吃不完，便将陈粮赐予农民。农民当然不值得因此就去祝他万寿无疆。但在丰收之季，农民靠"采荼薪樗"（《豳·七月》）为生的苦日子也略有改善。《小雅·大田》云："彼有不获稚，此有不敛穧，彼有遗秉，此有滞穗，伊寡妇之利。"生活无靠的寡妇也可因丰收了，得以多拾些田里的遗穗。从神祇恩赐中得到一点余泽。

因此，在祭祀有关农业的保护神之时，人们不分贵贱，都能一致行动。《礼记·郊特牲》云："唯为社事，单出里。唯为社田（畋），国人毕作。"为祭祀作准备，全里的人都要参加，为社神贡献祭品的狩猎，国人都要出动。他们的具体目的尽管不同，然而却有共同的趋向，即一致祈求神祇的福祐。这种一致的愿望，这向往美好生活的要求，在祭自然神的诗篇中表达得比较充分。

《诗经》中有关农业诸神的诗篇多是仪式上的祝祷之词。这些诗篇有一个共同的特点，即人们在祭神时，往往不是表达自己希望神如何去帮助自己，而是常常在神前陈述自己的愿望和幻象，陈述自己的愿望如何变为现实。人们坚持相信，只要自己以虔诚的态度对待神，其所祝祷的一切就会变成事实。在这样的思维定式中，人们相信语言的力量，相信自己的精诚和祝祷一定会为神所接受，一定会转化为事实。如蜡祭中的祝祷云："土反其宅，水归其壑，昆虫毋作，草木归其泽。"[1] 孤立地看，这篇《蜡辞》的文本似乎在描写一系列现象、事实，然而，这里表达的却是人们的美好的愿望。人们坚持地认为这祝祷具有不容置疑的现实可靠性，因而，在祝祷之时以斩钉截铁的，近乎命令的口吻将自己的愿望陈述出来。这一思维定式在我们将要论及的诗篇中得到广泛的表现。

第一节　敬礼社稷神的情感与乐歌

社主土。社、土古音同，加"示"旁以神其事，表明社意味着对土神的祭祀。《左传》昭公二十九年云："后土为社。"《礼记·郊特牲》云："社，所以神地之道也。""社，祭土而主阴气也。"《礼记外传》云："社者五土之神也。"在上古之人看来，土可载育万物，特别又是庄稼生长的先决条件。这是人类须臾不可或缺的生存条件。因此，《尚书·洪范》云："土爰稼

---

① 　见孙希旦《礼记集解》第二五，第 696 页。

穑。"《诗经·大雅·绵》云："乃立冢土"，歌咏古公亶父率众迁徙于岐周平原，建立城墙，然后便建立冢土，就是大社。足见社神在周人心目中地位之高。

此外，进入阶级社会之后，土地又成了贵族等级的标志。在周代，封邦建国就是分封土地。领主离不开土地。所有的人都依附于土地之上。《左传》昭公二十九年云："社稷五祀，是尊是奉。"《小雅·甫田》云："以社以方"，也表明周人对社神的敬礼、崇拜。

周人于春季庄稼开始生长时举行祭社稷之神的大典。《礼记·月令》于仲春云："择元日，命民社。"春祭为祈求神的帮助。在《诗经》中也保存了祭社神时的乐歌。这就是《周颂·载芟》。

在这首诗中，人们表达了对土神帮助的企盼，表现出对农业丰收的坚强信念。诗云：

> 载芟载柞，其耕泽泽。千耦其耘，徂隰徂畛。侯主侯伯，侯亚侯旅，侯彊侯以。

作品展现出一个盛大的劳动场面。从族长到其兄弟、子侄，以至于众多农夫，来到不同的田里，斩木除草，垦荒种地。这里所歌咏的乃是刚刚开春时耕种于藉田时的情景。而此诗应歌唱于仲春之际。诗人将一个月前的劳动场面唱给神明，让他知道人们的劳动热情和对美好生活的热烈追求。

随后，诗中展现了播种之后大地里所发生的变化和眼前的田野风光：

> 有略其耜，俶载南亩。播厥百谷，实函斯活。

第二章　对美好生活的向往与追求之歌

　　驿驿其达，有厌其杰。厌厌其苗，绵绵其麃。

　　诗人的灵感驰骋在想象的领域中。他绘声绘色地歌咏耕种、播下种子以后的幻象：这片神奇的土壤包孕着种子，赋予它以生命。诗人用了三组重叠词语刻画庄稼的生长。"驿驿其达"，小苗拱出地面时的状态栩栩如生。驿驿，《尔雅·释训》云："生也。"达，《毛传》云："生也。"然而，《大雅·生民》云："先生如达"，则"达"乃出生之状态。这句诗说明小苗极富于生命力地冒出土来。大地上生机盎然。有的禾苗率先出于地表，并长得很健壮（"有厌其杰"），其他禾苗则生长得茂盛、整齐（"厌厌其苗"）。在这些诗句中，作者特别突出地赞美了土地在庄稼生长过程中所起到的母亲般的作用。

　　同前面数句诗侧重于回顾耕种状况的写法不同，这几句诗以想象土壤对种子的孕育为中心，描绘了眼前大地的春意与生机。禾苗正在生长，大地上充满了希望。这是眼前的现实。人们希望今年的农事按着耕种以来人们的努力，按着禾苗初期的态势发展下去，希望这一年里一切顺利，希望天从人愿。

　　诗的后一部分写到庄稼的顺利生长，农业获得了丰收。人们在欢庆胜利的时候，首先想到了保祐自己取得成功的社神和祖先神。于是，人们将丰收的成果供奉在神的面前。诗人描写了祭祀场面，歌咏所奉献的祭品香味浓郁，一邦一族都感到荣光，长辈自然也因此而放心安宁。最后的"匪且有且"几句，意味深长，既是说这样的丰收自古便如此，又暗示出本族的兴盛和敬神从而得到神明福祐自古已然。

　　此诗祭社而涉及祖先神，诗中有"为酒为醴，烝畀祖妣"之句，很容易造成错觉，似乎关系到秋收之后荐新于宗庙之类的祭祀。其实这是对周人思维定式和祭神规范的误解，也是对诗歌文本的误读。这首诗自描写禾苗生长之后的内容，都属推想之词，如诗人云：

> 载获济济，有实其积，万亿及秭。为酒为醴，烝畀祖妣，以洽百礼。

这些对秋收场面的描写，对祭祖仪式的歌咏，都是诗人所构想的美好结果，都是社神给予人们的恩惠的一部分。这种情景不仅出现在《载芟》中，又如《周颂·丰年》乃是祭祀稷神的乐歌（说详后），而诗中也有"烝畀祖妣"，似与全诗不合。其实，《载芟》、《丰年》的诗人都想表明，人们之所以能将丰盛祭品进享祖先，都是社神、稷神荫庇的结果。因此，《载芟》之诗在向社神祝祷之时，便对一年间的大事作了十分乐观的展望，很多事情也就出现在他的幻象之中了。诗人歌颂了人们在自然神福祐下所取得的丰硕成果，并以此享祀祖先，表达了周人的孝心，从而愈加表明周人对所祭之神的依赖。

事实上，周人祭祖皆于宗庙中举行，其环境、氛围皆与此不同。下文将作进一步讨论。此诗大部分内容都属于对农事的歌唱，故诗中的场合、活动都表明这首诗不是用于宗庙，而是用于同农业有关的方面。

周人的祭神仪式有的称为"祈"，有的称之为"报"，但都离不开一条原则："以其成功告于神明"。所谓的"成功"基本上有两种情况：一种类型在祭某神时，便歌咏该神所主的事物，或祖先神所开创的事业，赞美这些事物自身发展的顺利。这事物或事业的顺利就是成功。周人要将此成功之状况上达于神明。如周人祭文王，则要将文王所开创的灭商的成功告祭文王在天之灵。如果是祈祷，则请求保佑该神所主之事顺利发展。对这类事物的歌咏中，也往往言及某神的作用，或表现出对他的祈求。如《小雅·甫田》云："琴瑟击鼓，以御田祖，以祈甘雨，以介我稷黍，以谷我士女。"

　　另一种类型是将人们的实际工作同神所主事物联系起来，在祭神时并不直接称赞神的作用或成功，而是重点歌唱人们的奋斗、业绩或劳动成果。在这类作品中，诗人所构想的生活状况、业绩、成果，成为诗篇的中心内容，神的作用或对神的尊崇，至少在文本中已经淡化了。人们对神的敬仰、礼拜，都体现在特定的表达方式之中。采用后一种表现方式进行祝祷的诗篇，往往因其多描写诗人的幻象，而被认为是对生活的实写，或被误认为同宗教活动无关，或虽承认有关却不视其为祭神乐歌。这都与对周人的思维定式，对其祭神时的特殊表达方式，如何认识，如何解读，有直接的关系。如《后汉书·祭祀志》载祭神时歌舞之状云："舞者象教田，初为芟除，次耕种，芸、耨、驱爵及获刈、舂簸之形，象其功也。"这种表现方式与《载芟》基本相同，可见在民间仍然保留这样古老的祝祷式的思维。

　　过去的解释，多遵从《毛诗序》。《毛诗序》云："《载芟》，春藉田而祈社稷也。"然而，考之典籍，藉田典礼与祈社、祈稷并非一事。藉田礼于初春在藉田中举行，祈社稷在仲春之时。二者时间不同。且祀社与稷，在西周也不相同。所祭之神与祭祀仪式各别，乐歌也不相同，不能混为一谈。方玉润《诗经原始》所论较为近是。其文云："但言祈，则章中耕耘、收获、祭祀、尊贤、养老诸事皆预言之，冀望之言。"所谓"冀望"就是对未来生活的预言和展望。

　　《良耜》也是祭社神歌。《良耜》诗所描写的内容与前篇大抵相似，有些用语都相同，如"实函实话"等诗句。所不同的，前首诗以较多诗句描写土壤对农作物的养育，以及人们劳动的情景。此篇中也有这些方面的歌咏，但所占比例并不大，而用了较多的诗句描绘丰收的成果。诗云：

> 获之挃挃，积之栗栗。其崇如墉，其比如栉。以开百室，百室盈止。

《毛诗序》谓此诗是"秋报社稷也"。方玉润《诗经原始》也主此说。谓此诗为"秋报"，殆为近之。然而谓为"社稷"，则略显宽泛。《礼记·月令》云："仲秋，择元日，命人社。"秋祭社，答谢神的帮助，是为报祭。周人于秋收之后，感谢社神一年来的保佑，于仲秋之月举行报祭典礼，以此诗向神进行祝祷，以其丰收的成功，告祭于神明。因此，《良耜》与稷神无涉。这首诗与《载芟》内容略同，当属同一类祭歌。然而两首诗的内容各有侧重，又可看出二者的小异。

第二节　对百谷之神后稷的敬仰与颂赞

上古人们心中的稷神的重要性和人们对他的尊崇，前文已经论述很多。这里只想指出一点，即后世社与稷合祭，称之为社稷，这已同上古时代不同。上古时，只有岁末报祭诸神时将各路大神请来，逐一答谢。此外都是一事一神，一神一祭。只不过有的是以祭某神为主，而以另一重要神附祭。由单一的祭社神、祭稷神，到将社与稷一并祭祀，其间演变难以尽考，祭稷神的仪式记载的也较少。《礼记·月令》于季春云："乃为麦祈实。"注曰："于含秀求其成也。"这里的祭祀的目的很单纯，只是祈求所主之神保佑麦田生长顺利。其所主之神即作为百谷之神的后稷。从上古时期的万物有神观念延续至于宗周，人们固执地认为，凡物必有神，该神本身具有灵异，并能保祐其同类，又可保祐虔诚礼拜的人们。至于稷，已属谷类之大神，更是同类神中不可忽视的尊神。《御览》卷五三二引《孝经说》曰："社，土地之主也。地广不可尽敬，故封土为社以报功。稷，五谷之长也。谷众不可遍祀，故立稷神祭之。"《礼记外传》曰："社者，五土之神也；稷者，百谷之神也。"这里道出了人们想象中的稷神的作用，也表明在上古时期人们对社神、稷神是分别祭祀的。《山海经》云："帝俊生后稷，稷降以百谷。"百谷被认为是稷神赐给人类的，因此，也要由这位尊神来保祐。于是，在上古人看来，土对于百谷来说，是必不可少的外部条件，而稷则为谷物自家的神灵。社神从外部，稷神作为同类的主宰即主体，交互作用于农作物。农作物生长得好坏，农业的丰歉，取决于他们的作用发挥得如何。故人们十分殷勤地礼拜稷神，欲以此得到他的赐福，保证五谷丰登。

《思文》是周人祭稷神的乐歌。这首歌把尊奉这位大神的理由表述得充分、可信，又与传说中的稷神的特征和日常生活中的谷物的作用十分吻合。诗中对后稷极力推崇：

> 思文后稷，克配彼天。立我烝民，莫匪尔极。贻我来牟，帝命率育。无此疆尔界，陈常于时夏。

诗人歌颂后稷养育众民的功德。他奉上帝之命，将小麦、大麦赐予人类，使人类得以生息。并且，他不受部族、地域疆界的限制，广施恩惠。唯其如此，人们无比崇敬他，视他为普天之下的尊神。这与前引《左传》谓后稷"自商以来祀之"等语正相契合。诗人歌颂他，赞美他"克配彼天"。"配天"在后世多用以尊崇功勋卓著的祖先神。因此在这里也容易产生误解，似乎后稷是以祖先神的身份"配天"。其实不然，在这首诗中没有任何一句可以表明后稷是周人的先祖。周人颂扬祖先神时多涉及其对子孙后代的荫庇，多赞美其在部族发展中的丰功伟绩。而这里，后稷既不是教周民以稼穑的农艺之神，也不是作为周人初民的部族之祖出现。诗人使用了"立"众民、"率育"之类美好词藻，以表明他是从关系人们生存命脉的粮食这一角度，表明他是作为五谷之神而降以百谷，"贻我来牟"，造福人类。至于"无此疆尔界"，更说明他不是祖先神，而他掌管着普天下共同食用的五谷，因而为天下人共同崇拜。

这首诗与《载芟》、《良耜》一样，都是在对自然神的祭祀中表现了人们对农业丰收的渴望，对美好生活的企盼。但在作品的艺术构思方面有一定的差异。《载芟》歌咏人们生产劳动及劳动的成功，由此表现神的福祐作用。神的力量及人们的愿望通过对想象中的事实展示出来。《思文》则直接歌颂后稷赐予人类的养育之恩，以表达人们的感戴之情。

《丰年》与《思文》都属于祭祀稷神之辞。然而，《思文》之祭为祈，《丰年》之祭为报。二者也略有不同。这首诗很短，集中歌咏丰收的情景：

> 丰年多黍多稌。亦有高廪，万亿及秭。为酒为醴，烝畀祖妣，以洽百礼。降福孔皆。

诗人简洁地描绘出金色的秋季里，所收获的粮食已经运回来。高廪连着高廪，无边无际地排满大地。人们用刚收回的新粮酿造酒醴，以烝祭祖先。西周时代人们一年四季都要祭祖。到了秋收后，更要用新粮做成食品奉献于宗庙，让祖先神尝新。即使年景不好，这类祭祀也不可免，但势必显得物资拮据，心情也不一样。而丰收之年，物资充足，人心愉悦，似乎祖先神听到这一喜讯，也会格外降福给后代。

孝子孝孙高高兴兴地烝祭祖先。因此，能尽孝道，这也是周人感戴赐予丰收的自然神的原因之一。这个问题在论述《载芟》时已有涉及，此处不再赘叙。

对这首小诗，过去的解释多较接近。朱熹《诗集传》云："此秋冬报赛田事之乐歌。盖祀田祖、先农、方社之属也。"方玉润《诗经原始》也认为此诗是"秋冬大报也。……详观此诗言黍稷之多，仓廪之富，而得为此酒醴以烝祖考，洽群神，祀事无缺而有礼咸备，皆上帝之赐，故曰'降福孔谐'也。考祀典秋冬大报，上自天地以至方蜡，靡祀不举。祀则有乐。是诗盖为报祭之乐章"。此外还有些略同于此的说法。这些解释中略感不足的是有些宽泛。从《诗经》与《左传》等书的记载看，西周确实有报祭之事，但并非一首乐歌就可通用于一切报祭。这首诗的宗旨唯在赞颂五谷丰登，仓廪充实。而直接主此事的乃稷神，所谓"稷降以百谷"是也。因此，我认为，此诗是报祭稷神的乐歌。

举行报祭仪式的时候，丰收已是既成事实，人们看着一年辛苦所取得的成果，心中充满欢乐。他们由衷地感激那"保佑"农作物生长的神祇。同时，他们也祈求神在明年继续保祐自己得到同样的收成。这种心情在《良耜》中也得到同样的表现。

第三节　对田祖（即农神）的礼赞

在上古人类的认识中，农神与社神、稷神三者间有密切的联系，而其所执掌的事类又有明显的不同。社神主土，重在对农作物的养育，为农作物的生长提供先决条件和外部条件；稷神主百谷，属于农作物自身，其关注的重点在于百谷的种子的好坏、禾苗的生长、秀实的成熟；农神所主范围较广，也有一个演变的过程。但到宗周之时，农具、治田（包括耕耘、播种、灌溉等）、除害（草害、虫害等）都属农神主掌。农神所主为生产能力、生产条件的好坏。《周易·系辞传》云："包牺氏没，神农氏作，斫木为耜，揉木为耒。耒耜之利，以教天下。"《管子·形势》云："神农教耕生谷，以致民利。"《管子·轻重》云："神农作，树五谷淇山之阳，九州之民，乃知谷食，而天下化之。"《尸子》云："神农氏并耕而王，所以劝耕也。"这些材料都比《诗经》晚出。但宗教信仰具有极其稳定的传承特点。这些文献虽不出于上古或宗周，其所反映的信仰状况和人们的思维方式，却无不合于当时的情况。这些文献中有一共通之处，即对神农在农业生产中的作用的记述，他教天下人以"耒耜之利"、"树五谷"。这是诸说的核心部分，也是最不容易发生变化的。这类认识是后人无法臆造的。

农神在不同的文献中又称田祖、田畯、叔均。上述记载的农神之名虽然不同，但在主要之点上却是相同的，即都是最早发明耕作，并以此教民者。正如烈山氏之子柱与稷为同一神格的神一样，他们也为同一神格的神。之所以有上述不同称呼，孔颖达认为是看问题的角度不同。在《小雅·甫田》注疏曰："始造田谓之田祖；先为稼穑谓之先啬；神其农业谓之神农。名殊而实同也。"这不过是为了弥合文献的不同记载而强作解人罢了，况且，孔颖达无法理解上古时各部族的不同信仰问题。

上古时不同的部族各有自己所崇奉的农神。如《诗经》中称为田祖。《小雅·甫田》云："以御田祖。"《小雅·大田》

云："田祖有神"。《礼记》称农即农神。《礼记·郊特牲》云："蜡之祭也，主先啬而祭司啬也，祭百种以报啬也。飨农及邮表畷、禽兽，仁之至，义之尽也。古之君子使之必报之。迎猫，为其食田鼠也；迎虎，为其食田豕也。迎而祭之也。祭坊与水庸，事也。"《山海经》又称之为叔均。《大荒西经》云："有西周之国，姬姓，食谷。有人方耕，名曰叔均。帝俊生后稷，稷降以百谷。稷之弟曰台玺，生叔均。叔均是代其父及稷播百谷，始作耕。"《海内经》又云："后稷是播百谷。稷之孙叔均是始作牛耕。"其实，牛耕之事比以耒耜耕作晚得多，不可混为一谈。但从《山海经》的记载看，叔均当是周部族的农神。

产生这些不同名称的原因主要当有两点。一是上古之时部族众多，各部族分散在广袤的大地上，文化差异很大。在漫长的生活道路上，各自形成对周围世界的认识，都有自己敬奉的神和传说；有关农作物生长、种植之神的传说也在各部族间形成。随着社会的进步和夏、商、周政权的建立，各部族之间的文化撞击激烈、频繁，彼此关于神的认识和传说也伴随各部族在政治、军事方面的强弱而消长，互相融合，于是导致一神而有多名多传说的现象。另外，原始社会的蒙昧时期，人们认为万物皆有神，每一事物的不同阶段也各有不同的神。在社会生产力不断提高的条件下，人们的认识能力有所提高，归纳的认识方式取代了单一的分散的认识方式，百谷各自的神为百谷唯一的神所取代。同样的，某些事物，或某些事物的不同阶段，不再具有独具的神秘性，那些以前崇拜过的神也就被人们淡忘了。神的数目减少了，职能合并了。在这个演变过程中，原有的一些农神的称谓可能仍然存在。这也是造成一神多名现象的原因。如《效特牲》所说的先啬、司啬、农，所主事物都十分相近，都属于治田的范围，当人们治田的全部过程看作一个整体时，唯一的农神出现了，而有关以往迷信状况的传闻，却还会流传一个较长的时期。

《诗经》中直接歌咏的农艺之神是田祖，而《山海经》中所说的叔均，或当为田祖的名字。田祖也是关系到人们生产与生活的自然神之一，因此在《甫田》、《大田》中都曾言及。从《诗经》现存作品看，周颂中的《噫嘻》即是祭田祖典礼上的乐歌。《礼记·月令》于孟春云："乃择元辰，天子亲载耒耜，措之于参保介之御间，帅三公、九卿、诸侯、大夫，躬耕籍田。"注曰："辰，亥也。谓郊后吉亥，飨先农于东郊。先农，神农也。"。

《国语·周语上》载虢文公语，指出重视农业，重视藉田的必要，并讲述了天子亲耕于藉田，在那里举行祭农神典礼的传统。太史择吉日，告诉稷，稷以告王。"王乃使司徒咸戒公卿、百吏、庶民，司空除坛于籍，命农大夫咸戒农用。"届时，天子率群臣到藉田举行祭神礼。这里所祭的神就是农神。

《噫嘻》一诗就是祭农神的祝祷辞。诗篇较为简短，但其内容集中、明确。诗云：

> 率时农夫，播厥百谷。骏发尔私，终三十里。亦服尔耕，十千维耦。

此诗全用告诫的口吻写成。"率时农夫"是对田畯所言，即《国语》中所说的"农大夫"。《国语》中所说的"咸戒农用"，即让人们都认真地检查农具。诗中的"骏发尔私"，即命众人挥动起自己的农具（"尔私"）。诗中"播厥百谷"的场面，"亦服尔耕"的劳动，都是未然之事，是祝祷者借用神意对人们的劳动提出的要求。"播"与"耕"均为治田，其事为农神所主，故人们要在初春农业生产开始之初祭祀他，以祈求一年中生产过程的顺利。

《臣工》一诗的性质和所祭之神与《噫嘻》同。只是季节略晚一些。诗中有"维暮之春"一语，表明诗当作于季春。在周代，农神之祭同社、稷或其他神有一个重要的差异。其他诸神的祭祀惟有"祈"、"报"二祭。而农业生产是分阶段进行的，因此，在上古之人看来，自己要同农神多打交道。其祭祀规格不如郊天、社稷、宗庙那么隆重，却能得到多次奉献。人们不仅在开始农业生产时要礼拜他，还要在农事进行中屡次朝拜。

在作品开头，诗人以告戒的口吻要求农夫们勤谨地作好公室的事情，（"嗟嗟臣工，敬尔在公。"）周王亲来视察农夫即臣工们的劳动（"王厘尔成"）。

> 亦又何求？如何新畬？於皇来牟，将受厥明。明明上帝，迄用康年。命我众人，庤乃钱镈，奄观铚艾。

人们在新畬之田里劳动。这里的大麦、小麦正等待人们锄草，以便更好地生长。于是，诗人将神意转告众人：带好铲子、锄头，到新畬田里去。诗中的"将受厥明"，简洁地写出锄草后，"来牟"将不再受杂草障蔽而得到光明。而末句的"奄观"，更以秋收即将到来表达了人们对丰收的渴望。这类诗篇的共同特点是可以回顾过去的事，也可展望未来；有时为实写，有时又为虚写。《臣工》虽然以"奄观铚艾"虚写未来的丰收，但其主要内容却是暮春时节、新畬的田地和人们"庤乃钱镈"铲除杂草的劳动。这正是治田之事。这也是人们的希望同眼前的劳动相统一之时。

第四节　美好生活的多重愿望与祭神曲

在上古至于宗周人们的信仰中，有关农业方面的神是个较大的神族。此外，还有许许多多的事物为人们所关心，同人们的生活密切相关。人们对之寄予殷切的希望，也对之感到神秘、困惑。于是，在这些方面也有一些神为人们所崇拜，所祭祀，从而也留下一些特殊的诗篇。

首先是祭马祖的乐歌《鲁颂·駉》。

《駉》诗通篇言马，又编在颂诗中，显得有点奇特，也较费解。《毛诗序》云："颂僖公也。僖公能遵伯禽之法，俭以足用，宽以爱民，务农重谷，牧于坰野。鲁人尊之。于是，季孙行父请命于周，而史克作是颂。"毛诗学派总要用历史人物、历史事件解读《诗经》，往往牵强附会，难以自圆其说。这篇《駉》的解读也是如此。伯禽为周公之子，鲁国第一代贤君，又有治国之法，诗人不颂伯禽，而颂后来继承其德政者，于理不通之一。所谓僖公之贤、之德表现在很多方面，季孙行父、史克与僖公时代相连，当对其德政知之甚多，然而，诗人皆无所取，唯就马而言，于理不通之二。若颂僖公，依颂诗之惯例，当对被颂之人在主要方面多所称誉，并明确所颂扬之人和主持之人，而诗中却无一语及之，于理不通之三。很显然，《毛诗序》的诠释是不可取的。

此诗通篇言马，自当从有关的文化层面寻求理解。

马很早就为人们所利用。到了周代，马的需求量很大，作用也非常重要。当时大量养马，主要用于狩猎、战争和礼仪方面。周代诸侯之马分为四等：良马、田马、戎马、驽马，各有不同的用处。①

《左传》僖公十五年云："古者大事必乘其产。生其水土而知其人心，安其教训而服习其道，唯所纳之，无不如志。今乘异产以从戎事，及惧而变，将与人易。"这段话在批评晋惠公不用晋人自己培育的马，而用郑人所进献的马。其中道出了人们对自产马的重视。正可与《周礼·校人》所载相互补充。古代各邦国戎车多寡标志国家的大小，军事力量的强弱。所谓的"万乘之国"、"千乘之国"，都是以戎车作为区分各诸侯军事力量和经济力量的标志。而戎马的多少、强弱又是戎车的关键。《左传》僖公二十三年载，重耳流亡，"及齐，齐桓公妻之，有马二十乘"，"及宋，宋襄公赠之以马二十乘"。足见春秋虽已远非上古状况可比，马的作用不断增强，对马背后的神灵的崇拜依然强烈地信奉着。这与上古时期万物有灵的蒙昧时期人们的认识有很大的距离。在上古时期，人们不论其重要与否，都承认其背后的神的存在，要对其礼拜。特别是人们经常用到的事物，更要对其所主之神经常祭祀。对马也是如此。

在周代，人们举行有关马的各种名目的祭祀。这些祭祀被称为祭马祖（即神马）、先牧（始养马者）、马社（始乘马者）、马步（祭马行）②。这种信仰和传说从《诗经》中也可以得到印证。《小雅·吉日》云："吉日维戊，既伯既祷。田车既好，四牡孔阜。"《毛传》云："伯，马祖也。重物慎微，将用马力，必先为之祷其祖。"《尔雅·释天》云："既伯既祷，马祭也。"此诗写田猎之事，用马之前先祭马祖，以祈祷此行车马顺利。其他典籍中与此相类似的记载也不少。《左传》僖公十九年云："古

---

① 见《周礼·校人》。
② 见《周礼·校人》。

者六畜不相为用。"杜预注云:"谓若祭马先不用马。"案此条与《吉日》诗正相符合。《周礼》除了《夏官·校人》中关于四季祭马祖、先牧、马社、马步的记载以外,还有《夏官·廋人》云:"掌十有二闲之政,教以阜马、佚特、教駣、攻驹,及祭马祖,祭闲之先牧,及执驹、散马耳、圉马。"《夏官·巫马》郑注云:"巫马,知马祖、先牧、马社、马步之神者。"这些材料从多方面表明,从上古到周代,人们十分重视有关马的各类祭祀。

《小雅·吉日》在歌咏田猎之时,涉及到对马祖的祭祀。而《鲁颂·駉》则是专祭马祖的乐歌。其诗云:

> 駉駉牡马,在坰之野。薄言駉者,有驈有皇,有骊有黄,以车彭彭。思无疆,思马斯臧。

诗凡四章。各章首二句相同,引导读者仿佛置身牧地,看到这些肥壮矫健的马。诗人以特写式的手法突出马的意象。在辽阔的草地上,一大群体干肥壮的良马,有的黑身白胯,有的黄白驳杂,更有纯黑、纯黄的高等马。这首诗所展现的意象鲜明,色彩强烈,给人以充满生机之感。诗篇每章首句都从在牧场的牡马写起,每章的末尾都落笔于对马的精神状态的描写上。

首章末二句的"思无疆,思马斯臧",《郑笺》谓为鲁僖公思遵其祖伯禽之法而无疆竟。此说与《毛诗序》同样不可取。此诗中但述各种马,不曾言及任何人的名字,所谓僖公、伯禽云云,皆为说诗者所妄加。朱熹《诗集传》云:"此诗言僖公牧马之盛,由其立心之远。""牧马之盛",诗中昭然可见,而将"思无疆"解释为僖公"立心之远",则显得突兀,也与《郑笺》同病。这些经师、学者解释《诗经》的共同特点是将诗歌的内容和创作，联系到某一君主身上，特别是联系到圣君、贤主身上，不顾及文意，也未能从更广泛的文化背景中寻求答案。

诗人先写马的外表（毛色），次写马的动作（驾车），最后写马的精神。这拉车彭彭然奔跑着的马越跑越起劲；渴望着进一步并且永远地发挥出自己的力量。"思无疆"即马祖的赐福，保佑这些良马具有超强的生命力，可以永无止境地奔驰。这种精神状态不仅与"以车彭彭"具有内在的一致性，而且是后者的扩大发扬。曹操曾留下传世诗句："老骥伏枥，志在千里。"那是写尚未发挥作用的老马渴望被起用的精神状态。此诗则是赞美强壮的马，并且是正在奔驰之时。诗中对马的状态、力量的描写，也正体现出人们祭马祖时祈求变为现实的幻象。人们企盼着马的繁衍、健壮，从而有利于事业和军事力量的发展。

在过去的解释中，傅恒等人的《诗义折中》谓此诗是"考牧而祭马祖"，较为近是。

这首诗从内容到形式都新颖、别致，格调流畅、豪迈。当是在众多祭马祖、先牧诸神的祝祷辞中保留下的最突出的诗篇。

祭乐祖的乐歌《周颂·有瞽》。

以上所论述的宗教祭祀活动，不论其属于有关农业的神族，还是马祖之祭，都是直接关系到人类物质生活的方面的信仰、礼俗。除此之外，人类精神文明的生产在当时宗教信仰中也有反映。在远古人的认识中，不但万事万物皆有神，他们还认为，人类的各种技能也是神赐予的，是由不同的神主宰着。由此产生了所谓最先种庄稼的田祖、最先乘马的马社，还有始养马者（先牧之祭）等等技能方面的保护神。虽然这些方面的信仰并未留下相应的乐歌，但也有助于说明人们对各种技能的产生都用一种神话化的方式来理解和说明。在与此相同的思想基础上，人们认为当时以诗、乐、舞三者结合的形态存在的文学艺术也有主宰之神。不过这位主宰者远没有希腊同等神格的缪斯女神那样美丽。中国的艺术之神竟是一位失明的艺术之神。古代文献称之为神瞽，亦称乐祖。这是人们根据现实生活中乐师均由盲人充任，因而设想这位乐祖必定也是盲人。《国语·周语下》载伶州鸠曰："古之神瞽考中声而量之以制，度律均钟。"韦昭注云："神瞽，古乐正知天道者也。死以为乐祖，祭于瞽宗，谓之神瞽。"《周礼·大司乐》云："凡有道有德者使教焉，死则以为乐祖，祭于瞽宗。"郑玄注曰："若舜命夔典乐教胄子是也。死则以为乐之祖神而祭之。"

《周颂·有瞽》便是在上述社会生活和思想状况下的艺术结晶。

对神瞽的祭祀有一定的普遍性，而乐师们尤其重视，因为这同他们的关系更密切。在《诗经》的时代，即西周、春秋之时，诗篇都是歌词，是以歌唱的方式流传。因此，诗掌握在乐师那里。于是，乐师在保存前代歌诗的时候，也很自然地将自己这一行当的保护神连同他的祭歌保存下来。

此诗是在瞽宗祭祀乐祖的乐歌。这首诗的构思原则和思维定式与《噫嘻》、《臣工》、《载芟》、《良耜》及《鲁颂·駉》诸篇大体相同。它并不正面歌颂神的伟大，也不像《云汉》那样以祈求为主，而是用诗人的彩笔描绘音乐发展的盛况，描绘音乐艺术的兴旺和美好，从而以此"成功"告于神瞽，并将自己的愿望体现在对神瞽所主事业的赞美中。

> 有瞽有瞽，在周之庭。设业设虡，崇牙树羽。应田县（悬）鼓，鞉磬柷圉。既备乃奏，箫管备举。喤喤厥声，肃雍和鸣，先祖是听。

　　诗中"在周之庭"的"瞽"并非神瞽，而是正在周王宫庭演奏的乐师，是从事艺术表演的当时的艺术家。而这活的瞽是神瞽职业和技能的后裔，是受着神瞽保护的。诗的主要部分歌咏乐师们的表演前的准备及开始奏乐。他们架起叫作业的横版，又立起叫作虡的竖架，横版上雕出锯齿，插上羽毛，大鼓、小鼓都悬在崇牙上。有手摇的叫作鼗的小鼓，有石磬，还有柷，有圉。对这些事物的逐项陈述，表明乐器品类繁多，人才济济。这种状况在当时人的思维方式中，正是该项事业成功的标志。他们要以这样的成功告于神明，"先祖是听"，正是这些乐师们在祭祀自己的职业的祖先。

　　诗的结尾云："永观厥成"，借"我客"（即除了乐师以外的人）前来助祭，预祝乐祖保佑艺术创作的繁荣。这句诗略带一点祈求的意味，却又表现得含蓄、委婉。

　　这首诗反映了人们对艺术生活的要求。祭于瞽宗和祈祷艺术繁荣的，首先是当时的艺术家乐师们。然而文学艺术是人们的共同需要。本编第一章曾论及文学艺术同宗教的关系。在各类宗教性节日里音乐歌舞是非常丰富的。没有歌舞，这些庆典便失去欢乐，变得单调、枯燥。不独节日如此，在平素生活中，在生产劳动中，人们偶有所感便歌唱起来，舞蹈起来。人们离不开艺术。人们对艺术的需求是经常的、强烈的。因此，在祭乐祖时表达这种愿望也是必然的，是有较广泛的心理共鸣的。

　　在这一章所论述的诗歌和宗教习俗中可以看出，周人真诚地崇拜由自己构想出的偶像，举行繁多的仪式寄托自己的心愿，祈求鬼神保佑生产、生活如意。这是在人类谋生手段不足以满足生活需要时产生的愿望和行动。这种精神状态和行动自然暴露出人们对超自然力量的依赖和思想愚昧的一面。但产生这种祭祀活动和祝祷神明的动因乃在于一种向上的心理，是积极的生活态度的表现。在对幻象或事物的理想状态的颂赞中，充满了乐观的情绪和对生活的信心。这种愿望虽然是借祭神之机表达出来，但却并不是消极地让人们等待上帝和众神赐福，也不是把希望寄托在来世，而是引导人们向上，要通过自己的奋斗实现美好的愿望，"以其成功告于神明"。

《诗经》艺术论

（下）

许志刚◎著

辽海出版社

第三章　对神的敬畏与诗情

在《诗经》中还有一些作品的宗教性特征更为鲜明、突出。这与诗人所处的情境有直接的关系，他们的感情也与前面所论及的作品有所不同。

第一节　"歌哭而请"

前面论及的有关社、稷、农神或其他神的祭祀，都属于按季节、按规定时间进行的"常祀"，其时间、场合都是固定的，祭神时的情绪也有如节日一般，人们心理上并没有负担，即使在请神、降神之时，人们也不存在诚惶诚恐、惴惴不安的精神状态。

平素间，在关系到生产和生活的祭祀中，人们可以有相同或相近的愿望。然而这种同一性只是一定程度的、建立在各自基点上的共同趋向的心理要求，如果透视不同人对同一神的祈祷的心愿，其间的差异也是无法掩盖的。例如同是祈祷丰年，希望粮食多得装不完。"千斯仓"、"万斯箱"的只能是领主，贫苦人所渴望的也不过是能吃到陈粮和到地里拾点遗穗罢了。

在祭祀自然神时，人们表达得最为强烈，也最为一致的要求是禳除灾害，即祈请神祇保佑，消灾弭祸。当灾害降临之时，或者灾害到来之前举行的除灾、防灾的祭祀活动中，人们的内心要求则比前者显得更为一致。之所以如此主要是因为在灾害和除灾的问题上，暴露出当时人们普遍的、社会性的弱点，即生产力水平低下以及由此而产生的软弱。灾害到来，破坏了正常的生产和生活，威胁着人类的生存，人们竭尽全力仍无法改变危险的处境。人们体验到自然力的强大和自己的渺小，只好祈求神祇拯自己出于苦难。前面所论及的诗歌和心理状态是在眼前还过得去的情况下对美好生活的要求，因而，这个社会性的弱点往往被淡化、被掩盖起来。在灾害面前却与此不同。原来生活好坏的基础，或者即将毁掉，或者已经毁掉。整个部族，整个村落，甚至全社会面临着生死存亡的威胁。在灾难中首当其冲的，是贫苦农民，然后是贵族领主。贵族依赖领地农民的劳动而生存。领地荡然无收，贫苦农民家破人亡，也就动摇了贵族生存的基础。这种威胁促使社会发出一致的祈祷。在诗歌和祭祀中能够产生这种一致的要求还有一个次要原因，即所祈祷的问题具体、单一，仅仅是消除灾害威胁。若神鬼有灵，所请实现，则全体受惠；若祈请不灵，则全体受害。在同惠与共害两者之间，人们自然是选择前者，躲避后者。

在祭自然神时，有一类特殊的情形，即当灾害发生之时，尤其是严重的灾害降临，人们诚惶诚恐拜倒在神前，祈求度过灾难。这类祭祀称为"因事而请"。在这样的祭神仪式上，人们的感情与前面所论及的诗篇迥然有别。

《诗经》中表现这情感的作品首推《大雅·云汉》。这是大旱时祈雨的乐歌。

旱灾在上古之人看来是最可怕的灾害之一。《神异经》云："南方有人，长二三尺，袒身，而目在顶上，走行如风，名曰魃。所见之国大旱，赤地千里。"①《御览》卷八七九引《尸子》云："汤之救旱也，素车，白马，布衣，婴白茅，以身为牲，当此时也，弦歌鼓舞者禁之。"周代大旱祈雨称为雩祭。《公羊传》桓公五年云："大雩者何？旱祭也。然则何以不言旱？言雩，则旱见。言旱，则雩不见。"即是说，称之为雩祭，便可以看出旱灾的严重，并祈求降雨以解旱情。若称之为旱祭，则并未表达出人们对祈雨的愿望。古人认为天降大旱是对人类的惩罚，因此，在祭祀的时候，君主要检查自己的政令、德行是否有严重的失误，以请求神明的宽囿，祈求天降甘霖。《说苑》曰："汤之时，大旱七年，洛川竭，煎砂烂石，于是，使人持三足鼎祀山川。教之祝曰：'政不节耶？使民疾耶？苞苴行耶？谗夫昌耶？宫室营耶？女谒盛耶？何不雨之甚也？'"在这样的反思中，人们不难看出从君主到庶民，其惊恐已经到了何等程度。

《云汉》一诗所展现的就是这样的精神状态。

诗人怀着诚挚、恳切的感情，陈述自己和民众所面临的严重灾情："旱既大甚，蕴隆虫虫。"《毛传》曰："蕴蕴而暑，隆隆而雷，虫虫而热。"《郑笺》云："隆隆而雷，非雨雷也。"旱情十分严重，热气扑人，像火一般烤人。旱情已很严重，却又无法阻止其发展，热气太盛，人皆不堪其毒。

　　　　旱既大甚，涤涤山川。旱魃为虐，如惔如焚。

山上的草木已荡然无存，川泽干涸，旱神施展淫威，大地如同燃烧一般。大地的生机被彻底毁坏了。赤地千里，到处是令人望而生畏的景象。面临这场灾难，诗中这位祈祷者表达了人民在遭受

---

①　引自《毛诗正义》卷一八，十三经注疏本。

危难时万分窘迫的心情。

> 兢兢业业，如霆如雷。周余黎民，靡有孑遗。

人民惊恐万状，如同雷霆在头上炸开一般。周之众民，已经死亡很多。倘若灾难不已，则将靡有幸存者，诗人将人民处境的危险、情状之可怜展现出来。在这场灾害中，周王朝与人民的命运联结在一起。人民丧生，周族政权将受到打击，今王也将在这场灾难中失去拥戴，失去力量，乃至生命。诗中的祈祷者为自己，为宗室，也为人民陈述着、祈请着。他以溥天之下的困顿不堪感动上苍，他以发自内心的坦诚，哭诉、祈求上帝垂怜。

> 昊天上帝，则不我遗。胡不相畏，先祖于摧。

祝祷者在表现人们的普遍恐惧、祈求的同时，也表现了周王室独有的愿望和要求，特别是对王室命运的忧虑，对先祖遭到打击的畏惧。只是这种忧虑因情势紧迫，暂时地、局部地同人民的祈请存在一定的相通之处。

他埋怨上帝毫不存恤自己，对先祖的祭祀也将因自己的灭亡而无法持续。王室的运命已到濒危之际，可是，平素供奉的诸神却毫不顾念他（"大命近止，靡瞻靡顾"），他诚恳地要求臣属协助。为了拯救人民的苦难和王室的危亡，他向上帝、百神表白自己的虔诚：他自称不曾怠慢任何神祇，不曾在祭祀中吝啬牺牲。他不间断的祭祀，从郊祀到宗庙，上祭天，下祭地，兼祭百神。他反省自己的行为，觉得没有对上帝不敬之处，祈年很早，祭方社也不晚，上帝却不了解自己的虔诚，祖先神也不帮助自己。在感人至深的痛切、诚挚和虔敬的陈述中又流露出怨悒之情。

古人在遇有干旱之时，便举行雩祭求雨，在仪式上也要歌舞迎神。但在旱严重干旱之时，人们的心情窘急，甚至会像商汤那样，在一切祈求都无效之时，只好自己亲为牺牲，以这最后的办法祈请神的宽恕，请求人民的谅解。正如方玉润在《诗经原始》中所说："只此一念之诚，哀矜恻怛不能自已，已足为消灾弭祸之本。"若上帝果有灵验，恐怕不能不为之感动了。正因为如此，后代祈雨也有直接歌咏《云汉》以为祝祷之事。如《通典》卷四三云："（东晋穆帝时）舞童八百六十四人，皆玄服，持羽翳而歌《云汉》之诗章。"又云："司徒蔡谟议曰：'圣人迭兴，礼乐之制或因或革。《云汉》之诗兴于宣王，今歌之者，取其修德、禳灾，以和阴阳之咨。故因而用之。'"

因旱求雨而祭，只是当时常见的禳灾祭神的一种。《云汉》所表现的是处于严重灾害之中的人们的心情。此外，还有的诗是为防止不同的灾害的发生而祈求神祇。因而，诗中的情势不那么紧迫，辞意也较为从容。而所表现的情感和愿望的一致性却相差无几。

《小雅·大田》就是这类为防止灾害的发生而作的祭歌。这首诗不是求雨的祝祷辞，而是预先祈求神明消除各种灾害，保祐农业丰收的乐歌。

作品从种田写起，选好种子，备好农具，带着锐利的耒耜，到南亩去播种百谷。禾苗长出来了，既直又大，曾孙很满意。这是对前一时期劳动的回顾，又像是祈祷前的序曲。

接下去的第二章便转入正式的祝祷。人们祈请田祖保佑一年中消灭各种灾害。不要有秕粒，不要有杂草（"不稂不莠"）。而那些专吃禾心、禾叶、禾根、禾节的各类害虫，则是更大的危害，愿田祖降神，将这些害虫全部投入炎火中烧死。（"去其螟螣，及其蟊贼，无害我田稚。田祖有神，秉畀炎火。"）看来田祖管的事还挺多，除了为农艺之祖，还要兼职消灭病虫害。诗中所说的除虫灭害的愿望，正是祭田祖的原因。

在祈请消除上述灾害的同时，人们还担心另一种危害，即风雨不时。诗人祈求神普降甘霖以保证秋后的丰收。他还特别要求神，不要只降雨在自己的"公田"上，还要在分给农民种的"私田"上也降些雨，借以广施恩惠。（"有渰凄凄，兴云祁祁。雨我公田，遂及我私。"）

这首诗所表现的是较为宽泛的消除各类灾害的愿望。这是在按时举行的祭祀上的祝祷。因此，其感情的表达同《云汉》有显著的差别。

《云汉》是在旱灾这个特定背景下，抒发对消除灾难、转危为安的特定要求。诗歌以帝王口吻写成，表达了对"大命近止"的忧虑，然而诗中描绘的在旱情严重威胁下产生的"如霆如雷"、"靡有孑遗"的恐惧心理，"上下奠瘗，靡神不宗"的荒乱行动，以及贯穿在这苦苦哀告之中愿望、企盼，都是在旱灾打击下而产生的心理状态。《大田》诗中的要求，就是防止《云汉》中所描绘的灾害成为现实，甚至比那还要广泛。《云汉》之诗所面对的是一场旱灾，《大田》则要求除去各种灾害，包括虫、旱在内。而贯穿在两篇作品之间的感情，则具有相当的广泛性。这也是这些作品深受人们喜爱的根本原因之所在。

第二节　同祖同宗的自豪

周部族起源于西北的有邰，经过公刘率众发展，迁徙到豳；又在公亶父的领导下迁到岐周平原，于是，称为周部族。他们在岐山脚下发展壮大，在文王的统治时期成为西方强势诸侯，为方伯，进而竟然推翻了庞大的殷商，取代其统治地位，成为主宰天下的部族。这种经济、政治、军事的成功使周人感到无比骄傲。特别是周王室，他们深深地感谢祖先神给予他们的莫大的恩惠，使他们成为天下共尊的统治者。

另一方面，周王朝的制度同殷商制度的重要区别之一在于立嫡传位制度方面。殷商实行的是兄终弟及的传位制。据《史记·殷本纪》载，汤崩，子外丙立。外丙崩，其弟中壬立。又盘庚崩，弟小辛立。兄弟毕传之后，传下一代。而周人则不同。太王传王季，王季传文王，文王传武王。周人此时已是父子相传。只是未必传给长子。周公制礼作乐的核心是确立嫡长子的不可动摇的地位。这一制度要求在多妻制的家庭中确立嫡妻的独尊的地位，确保嫡妻所生长子的可靠的继承权。"立嫡以长不以贤，立子以贵不以长。"[1] 这样就避免了宗族内部为继承权而产生的争斗。同时，这一制度也确立了前后帝王之间的血统关系。

在家庭生活中，周人尤重孝道。子女必须孝敬父母，孝敬祖父母。在宗庙中则要孝敬祖先神、父母之神。主持祭祖的人都是孝子孝孙。在宗庙中所见到的都是列祖列宗。周代礼的思想规范要求人们"事死如事生"[2]。

因此，周人在宗庙中祭祀祖先，比对其他神的祭祀尤为殷勤，也非常隆重。流传下来的有关这方面的祭祀乐歌也多。这些诗歌主要是歌颂祖先辉煌业绩与赫赫功德，表达主祭者以及族人对祖先神的崇拜。在作品中对祖先业绩的赞美足以唤起人们对本族往昔斗争历史的回顾，增强自豪感。同时，被祭祀的英雄又是主祭者和绝大多数参与祭祀活动者的共同祖先，他们自己的优越

---

① 　见《公羊传》隐公元年。
② 　见《礼记·中庸》。

的社会地位和优裕的物质生活，都是被祭祀的先祖为他们开创的，留下的。他们对此无不增加了感戴之情。宗庙祭祖是一个强有力的纽带，它足以加强周族内部的血缘联系，消除或缓和彼此的矛盾，增进宗族团结。

《周颂·维清》为祭文王诗。作品篇幅短小，并未全面称颂文王，而侧重于赞美文王所留下的"典"。诗云：

> 维清缉熙，文王之典。肇禋，迄用有成。维周之祯。

这里所谓的文王之"典"，也就是文王所确立的法则。它被视为清而至明，具有至高无上的意义。诗中说，周人就是因为运用了这"典"，以至于无往不成。人们将文王之典视为周人的祯祥的象征。诗歌内容极为单纯具体，集中于对文王之"典"的褒奖、礼赞。这大概是周人制礼作乐之初创作的。所谓"文王之典"云云，也不过是周公托古改制罢了。文王之世，周人僻处一隅，忙于发展壮大，没有条件健全制度。而周公谙熟殷商典制，文化素养远在周人圣祖贤君之上，于是，假文王之名以删汰殷之旧制，别创新典。《史记·周本纪》云："兴正礼乐，制度于是改"，正是此诗所咏之事。这首诗当作于周初，主祭者当是周公。或许是他在制订法度期间，借祭祀自己的父亲之时，而进行了这番祝祷，既用以封住他人之口，也给自己增加些力量和勇气。因为，在《史记·周本纪》中已经记载了一些不利于周公的舆论。那么，在制定法度时能否顺利也是值得思考的问题。

另一首宗庙祭歌为《周颂·武》。诗人云：

> 於皇武王，无兢维烈。允文文王，克开厥后。嗣武受之，胜殷遏刘。耆定尔功。

诗人以赞美武王为主。但因武王乃是继承父辈遗志，故也同时歌颂文王。诗中赞美文王开创王业，而武王又雄烈无比，他承受文王的事业，战胜殷人，制止残杀，以致成就他的功勋。可以设想，作为子孙和后代的周人在庄严的宗庙之中，面对武王的神位，唱起这样的赞美歌，遥想死者的雄烈辉煌，他们的心中充满自豪与骄傲，同时也不能不在这位英灵的庇护之下互相靠近、团结。这当是周公、成王祭武王的乐歌。

《周颂·桓》与《武》的内容相近。诗中称颂武王克商，安定天下，制止了战乱，同时，又歌颂周人取得胜利后，连年获得丰收。这些都应直接归功于武王。上帝对周人的长期的、永无止境的保佑、支持，都来自于武王。从这口吻，这对武王的特殊的褒奖看，作品当出于周公、成王之时。

这些诗的创作时代很早。诗中诚挚、真切地表达了对文王，特别是对武王的赞美和怀念。死者留给后人的好处都是很具体、很真实的。这些诗给人以"物在人亡"之感，故而思亲之情远过于对神鬼的迷信。这几首诗中也没有向死者乞求之意，可以看出这些诗的作者和祭祀者主要是怀念死者，还没有在祭祀活动中和诗歌中掺杂功利目的。他们的自豪之情也体现在对死者的赞美中，作为英雄无比的死者的后裔，自然是极其光荣的。这些作品中所抒发的感情不如前面那些诗普遍。它们不可能具有广泛的社会性意义。文王、武王是周人的圣祖贤君。他们统治时给社会带来了好处，人们自当感谢他们，但诗中那种亲切、自豪的感情和"克开厥后"（《武》）的赞美，却是非"厥后"者所不敢想象。因此这些诗又不能视为一般周人的感情的表现。

这类作品中较为晚出的是《大雅·文王有声》。诗歌称颂文王、武王，下及于王公。全诗八章，不可谓之短小。作品内容侧

《诗经》艺术论

重于追述先王业绩，以表现其对周王室的恩德。诗云：

> 文王受命，有此武功。既伐于崇，作邑于丰。文王烝
> 哉！（第二章）

各章结构相同，都是选取一两件事以抒情的口吻出之。所咏之
事、之人在各章中互不连属。可以看出是后人在祭祀中对每位先
祖的追念和不同评价。他们面对先人时的心情是可以理解的。然
而，从文学作品的艺术成就角度看，这样的罗列不免过于简单、
空洞。在艺术表现方面，也显得稚嫩一些。

还有些诗在对祖先神进行赞美的同时，也兼有祈求之意。
《周颂·雍》便表现出这样的倾向。

这是成王祭武王的乐歌，也略及于其母。作品的前半部分先
向祖先神陈述参与祭祀活动的人及其态度。他们雍容敬穆，对祖
先神毕恭毕敬（"至止肃肃"，"天子穆穆"）。人们献上硕大的
牺牲（"于荐广牡"）。主祭者颂扬武王的功烈，称颂他为伟大的
皇考，是聪明睿智之人，文德武功兼备之君（"宣哲维人，文武
维后"）。这里直接歌咏了武王在周王室基业中的开创之功，以
及他使部族得以昌大的无可比拟的作用（"克昌厥后"）。在祈请
中，他希望武王的神灵赐自己以长寿，并更多地降福于自己和参
与祭祀的族人（"绥我眉寿，介以繁祉"）。这样的祈请在后来的
祭祀中，在金文中，竟变成了常用的套话。

《毛诗序》谓此诗为"禘大（太）祖也"。郑玄谓大祖为文
王。这一说法主要依据诗中的"文武维后"和"亦右文母"二
句。其实不然。诗中称被祭之人为"皇考"，其与主祭者显然为
父子关系。诗中的助祭者皆为诸侯（"相维辟公"），当是周成为
天子之邦时事。武王之祭不会有这样的场面。这里的"文"、

"武"都是对前人文德、武功的赞美，并非特指文王。且称文王之妻为"文母"也于义未通。诗中考与母相对；"文"与"烈"相对。盖主祭者称颂其母有文德。英雄的父亲、文德的母亲，这是主祭者对其父母的敬称，同文王之"文"没有关系。诗中称被祭者为"皇考"、"烈考"。"皇考"是主祭者对其父的称呼，"烈考"则有对其品德的修饰。从《诗经》中看，周人称颂武王多用"烈"字，文王绝无此例。如《周颂·武》云："於皇武王，无竞维烈。"《执竞》云："执竞武王，无竞维烈。"《尚书》也有同样的例证，《洛诰》云："烈考武王，宏朕恭一。"可见诗中"烈考"是对武王之称。

《周颂·执竞》也在颂祖之时有所祈求。这首诗属于合祭几位先祖的乐歌。诗人着重歌颂的是武、成、康三王。他歌颂武王功烈无人可比："执竞武王，无竞维烈"他歌颂成王、康王为非常显赫的君主："不显成、康，上帝是皇。"成王、康王的时代，周人直接统治的范围扩大了很多。原来表面臣服的一些部族，一些伺机作乱的部族，多被剪平。① 于是，诗人赞美他们，"自彼成、康，奄有四方。"同时，成康时代号称成康盛世，是在政治、军事、文化方面取得全面成功的时代。后人骄傲地歌颂他们，实在也是当之无愧的。

周人地位的变迁而产生的自豪感不仅表现在祭祀祖先神的乐歌中。在祭某些自然神的时候，有时也表达出这样的神情。在他们看来，保祐他们成为王室，成为天下主宰者的，除了祖先神之外，还有很多神明起着重要的作用。

如《周颂·天作》便是祭岐山的乐歌。《毛诗序》云："祀先王、先公也。"作品中写到大王、文王，遂谓为所祭祀的对

---

① 见《史记·周本纪》。

象。其说未确。诗中确实称颂了这两位先人。然而，之所以称颂他们，是因为他们的贡献都同首句中的"天作高山"联系在一起。不仅在历史上如此，诗中也明确说的"大王荒之"，"文王康之"。这里的两个"之"，都代指岐山。

周人祭岐山，原因在于他们居豳时，经常受到西戎的侵凌，迁居岐周平原以后，迅速发展壮大起来。在当时人的观念中很自然地认为这是岐山保佑了他们。此外，上古人类还有四望之祭，即祭山川之神。《御览》卷五二九引《五经通义》曰："王者所以因郊祭日月、星辰、风伯、雨师、山川何？以为皆有功于民，故祭之也。皆天地之别神、从官也。缘天地之意，亦欲及之。故岁一祭之。礼日于南门外，礼月、四渎于北门外，礼山川、丘陵〔于〕西门外，祭风伯、雨师于东门外。"《天作》即是"礼山川、丘陵〔于〕西门外"时所作的歌。而对于宗周之人来说，山川之功莫大于岐山。故此诗中的"高山"当指岐山而祭之。

诗云：

> 天作高山，大王荒之。彼作矣，文王康之。彼徂矣，岐有夷之行。子孙保之。

上天生成此山，太王、文王都借以发展，高山也助成两位先祖的功业。周人也是因为到了这里，才称为周人。岐山是周人发达的保护神，也是他们发达的象征。因此，诗人在祝祷中说，要"子孙保之"。他们希望子子孙孙永远保有岐山。保有岐山，也就是保有发展，保有王位。

可以想见，周人在太王的时代也会经常祭祀岐山。然而，那时周人的地位、心情怎能同其成为天下主宰之后的祭祀相比？

他们不能不虔诚地祭祀岐山，希望子子孙孙永远保有这个发祥地，也就是世世代代永不衰败。赞美岐山给予自己的恩惠之时，也赞美了周人自己的光辉历程。他们得天独厚，又如何能不感到自豪！

《周颂·时迈》中所抒发的感情与此相近。《毛诗序》云："巡守告祭望也。"其说较合于历史实际。周王朝有巡狩告祭之礼。即天子巡行邦国，祭所过之山川神明。对于此诗的作者，《国语·周语》有"周文公之《颂》"云云，而《左传》宣公十二年云："昔武王克商，作《颂》曰：'载戢干戈。'"说法各异。我认为这首诗当是周公安定天下之后，巡行之际所作的祭歌。作品云："时迈其邦"，正说明此诗是在巡狩邦国之时所作。"怀柔百神，及河乔岳。"表明当时为望祭山河诸神，而不是单独祭祀某山某水之神。

在这祭祀中，周人自豪地宣称老天对周人怀有偏爱，他视周王如子，保佑周族的统治，使之延续不断。（"昊天其子之，实右序有周。"）这种偏爱更表现为天命所归。上帝眷顾有周，而令天下慑服。四方诸侯莫不惊惧，莫不遵从上帝的意志。（"薄言震之，莫不震叠。"）①

上帝虽然以天命佑序有周，可是，周人却并不想以武力威服天下。周人感激上帝之德，遍祭百神，自然也包括眼前的山河之神。周人要以自己的德感召天下。在这祝祷之时，他们向各路神明，也向天下人宣布："载戢干戈，载櫜弓矢。我求懿德，肆于时夏。"他们要放弃武力，广施恩德于天下。这种口吻，这种态

---

① 诗中"薄言震之，莫不震叠"二句往往被解释为武王之威，天下莫不惊惧。然而细玩味全诗，此二句接在"昊天其子之"之后，乃是上帝"右序有周"的具体行动。何况此诗意在宣传周王的懿德，并无以武功动惧四方诸侯之意。故此二句仍当解为上帝的行为。

度，似乎只能在周公平定叛乱，天下归于安定时才能有。

在这样一些诗篇中，我们可以看出，周人作为新上升到最高统治地位的部族，无论在祭祀祖先神的场合，还是面对自然神的时候，他们的自豪之感，他们对新的政权的信心，他们对天下的承诺，都借助于各种机会，各种场合，诉诸世人。在这里所表现出的这个部族的生机与活力，远非"烽火戏诸侯"时的周王所能比拟。

第三节　神前的反思与自励

对于周人，特别是对于周王室来说，各路神明是他们的既得利益和未来前景的保护神，在需要作出重大决策时，能帮助他们把握顺逆、臧否。同时，这些神也是对他们进行制约，监督他们进德修身，实行开明政治的精神力量。对于到宗庙中祭祀祖先的人来说，以文王、武王为代表的祖先神都具有极高的人格与神格。他们给后人以鞭策、鼓舞。在周代，礼的思想、规范对一切人都具有严格的约束力。因此，居于天上的祖先神也监临一切，观察自己的后代如何执行礼的规范，如何治理国家。正因为如此，后人也要在发生重大失误时到宗庙中，反思自己的行为，以严格的自律的态度审视政策、法令或其他举措。同时，也以虔诚的态度回答祖先神的监督。

《诗经》中有一些在这样的氛围中产生的作品。

首先看《周颂·访落》。《毛诗序》云："嗣王谋于庙也。"盖谓新君即位，遂在宗庙求助于祖先，求助于诸位大臣，希望他们给自己以力量。毛传曰："访，谋。落，始。"首句的"访予落止，率时昭考"，表现出刚刚登上君主之位的口吻。据《史记·周本纪》载：武王崩，"太子诵代立，是为成王。成王少，周初定天下，周公恐诸侯畔周，公乃摄行政当国。管叔、蔡叔群弟疑周公，与武庚作乱畔周。周公奉成王命伐诛武庚、管叔，放蔡叔。……周公行政七年，成王长，周公反政成王，北面就群臣之位"。作品中所表现的感情，所涉及的社会生活，同《史记》的记载十分吻合。这首诗当是周公返政成王，成王告于宗庙时所作。作品着重表达的是自己面对现实时所感到的艰难，是初执政柄的惶惑。诗人云：

> 将予就之，继犹半渎。维予小子，未堪家多难。

这位年轻的君主面对纷繁复杂的政事感到棘手，不知该从何处开始自己的统治。在列祖列宗面前，他只觉得担子沉重，感到茫然。他不知该如何解决"家多难"即政权还不够稳定这一难题。

他怀着这样的心情到宗庙来祭祖。在武王这样率领八百诸侯推翻殷商王朝的英雄的神座前，他感到自己渺小、软弱，感到自己缺乏执掌政柄的能力和经验。他要"率时昭考"，要学习自己的雄烈无比的父亲。作品以质朴的语言揭示了这位少年天子在特定历史条件下的内心世界。他的感情真切、自然，也显示出他在祖先神和诸位大臣面前的坦诚。他虽然感受到巨大的压力，陈述了自己的艰难，可是，其精神的主导方面还是努力向上的，是要想方设法把国家治理好的。作品在表现出他的软弱的同时，也显示出他的潜在的力量。他面对难题却没被吓倒，也不悲观。在"率时昭考"的歌咏中，他也感受到来自先人的力量。这篇作品向人们展现的是一个走向成熟之前的政治家的内心世界。

《周颂·小毖》也是成王在宗庙中所作的诗。诗云：

《诗经》艺术论

予其惩而，毖后患。莫予荓蜂，自求辛螫。肇允彼桃
虫，拚飞维鸟。未堪家多难，予又集于蓼。

《毛诗序》云："嗣王求助也。"其说显得宽泛。此诗当是成王悔
过于宗庙所作的诗。此诗与《访落》都有"未堪家多难"之句，
然而，激发作者诗情，使其不吐不快的感受，却不止于此。诗中
的首二句和末二句都传达了一种雪上加霜的隐痛。对这一痛楚诗
人并不想隐晦。虽然对于后世的读者来说，这样的表现方式显得
有些委婉、含蓄，可是对于当时共同面对先祖神明的君臣来说，
作者抒情中所略去的事实，却是他们都曾身历其间的，是他们都
非常清楚的。《尚书·金縢》云："周公居东二年，则罪人斯得。
……秋，大熟，未获。天大雷电以风，禾尽偃，大木斯拔。邦人
大恐。王与大夫尽弁，以启金縢之书。乃得周公所自以为功，代
武王之说。……王执书以泣，曰：'其勿穆卜。昔公勤劳王家，
惟予冲人弗及知。今天动威风，以彰周公之德，惟朕小子其新
逆，我国家礼亦宜之。'王出郊，天乃雨，反风，禾则尽起。"
《金縢》反映了武王去世后，周王室所面临的复杂的局面和矛盾
解决过程。当时，殷王室后裔武庚发动叛乱，还策反、联合了周
王室的管叔、霍叔。管叔诸人散布流言蜚语，指责周公要夺取政
权。从《金縢》的记载看，年幼的成王也产生了动摇，对周公
有所怀疑。成王启金縢之书，发现在武王患病期间，周公曾祝祷
愿代替武王承受天谴。周公的襟怀令成王读书而泣。这正是周王
室内部的潜在危机的消除过程，是成王对周公的重新认识的过
程。《小毖》中所表现的自悔、自责，与《金縢》中的读书而泣
以及随后举行的郊祀上帝的记载正相印合。此诗中的"肇允彼
桃虫，拚飞维鸟"的比喻，说明事情原本不大，但后来性质发

生了根本的转变。① 诗人以委婉的方式表明自己对事态的估计有所不足。因此，诗中的"予其惩而，毖后患"，和"予又集于蓼"之类的自责，都合于他在宗庙中面对祖先神时的沉痛与愧悔之情。

还有一些产生于宗教的特殊环境中的诗篇，它们不以人们与神明之间的对话为中心，而是更多地表现出在神的临照之下的人与人之间的沟通。就这些作品所表现出的情感的、思想倾向来说，毫无疑问，作者也重视神的权威，承认神是临照一切、主宰一切的超越主体的力量。然而，在宗教祭祀的场合，人们却感到还有比向神告白、祈祷更为紧迫、更为重要的问题需要在神前讲述出来，或借助于神明临照之际，使宗族内部、君臣之间的关系得到改善，甚至要促使君主的情感、道德得到一次净化和升华。

这类作品中，较为晚出而又写得比较成功的是《大雅·文王》。这首诗与那些在祖先神面前祈祷的乐歌有所不同。它是依据祭祖活动创作的诗篇，而不是直接面对祖先神的告白。作品将歌颂祖宗的功德同反思、自励精神较好地结合在一起。诗人高度赞美文王能顺应天命行事，致使上帝在商与周的比较中授命文王。原来作为天子之邦的后裔的商之孙子，"侯服于周"，不仅要接受周人的统治，特别具有讽刺意味的是，他们还要作为客人到周人的宗庙中助祭，听周人如何称赞自己祖先的功德，听他们祈求永远保住自己的统治地位。而周人这个商王朝昔日的臣属，现在不仅成为天下的主宰者，并且"文王孙子，本支百世"，要永远受到文王的荫庇，永远保持自己的统治。在祭奠文王时，周人对这位获得天命，给予后人以莫大恩惠的祖先百般推崇。

---

① 关于此二句的解读，前贤多歧见。本人的阐释见本书下编的《〈诗经〉中对事理的误读与诗歌艺术的无理而妙》。

正是这个极富警世意义的巨变触动了作者的诗情。他审视殷商后裔来朝助祭的情景，感慨颇深。诗云：

> 殷之未丧师，克配上帝。宜鉴于殷，骏命不易。

诗人将殷人曾经获得天命，曾经配祀上帝这个问题尖锐地提到周人面前，让文王、武王的子孙，让这些因为得天命而感到无比优越的周王室成员，好好看看眼前的助祭的人。自己现在的地位正是殷人昔日所据有。于是，很自然地提出了以殷为鉴的问题。这无异于向他们发问：你们今日的地位，会不会也像殷商后裔那样沦丧？周人现在"克配上帝"，会不会也像殷商那样子孙侯服于人呢？在最后一章，诗人更进一步地告诫道："命之不易，无遏尔躬。"在当时人看来，周人受命于天是经过几代人的持续努力，特别是有文王这样的圣人，才获得的。而在你的身上是保住天命，还是失去天命，是延续周人的统治，还是使自己的后人到其他部族的宗庙中去助祭，这是面对当前的殷人应当引起深思，引起警觉的尖锐问题。

全诗的末尾，诗人又返回到祭祀文王的场合，同时，也指明出了不自绝于天命的关键之所在。

> 上天之载，无声无臭。仪刑文王，万邦作孚。

在诗人看来，天命的运行，上天的意志，既看不见，也嗅不到。这曾经使殷人困惑，如今又使周人感到迷惑不解的天命，不是一般人所能参破的天机。然而，只要效法文王，像文王那样修身进德，就会受到万邦的信赖、拥戴。就是说，只要效法文王，就会找到"克配天命"的秘诀，永远得到上帝的偏爱，也就不会出现殷商后裔助祭他人那样的结局。

这首诗虽然取材于宗教活动，却不以宗教的旨趣为意，而是将目光集中于尖锐的社会现实问题。诗人将仪式中的主祭者与作为前代王者之后的助祭者进行对比，目光犀利，虑之久远，而且又写得非常自然、生动，发人深思。同时，诗人选取祭祀文王这一特殊场合，既使人们想到文王是赢得天命的圣君，又使人们想到能否保住文王所赐予的一切，能否沦落到对文王的背叛。

作品的宗旨关系到一个尖锐的、重大的社会问题，但是诗人很善于运用艺术的手法将这一切表现得自然、真切、警策。

还有一些作品似乎没接触到很紧迫的、重大的社会现实问题。人们在祭神的时候，更多地联想到现实世界的更带有普遍性的问题，于是，作者想借助于这一特殊的氛围，使这些尘世的问题和解决途径获得超现实的制约力。《大雅·文王》中已经表现出这样的思想倾向，还有一些作品具有近似的或相同的宗旨。

这些作品中常常表明抒情主人公在一些重要的社会事物方面的态度，对其周围的人提出政治的、道德的要求，表现出周代上层统治集团在特殊环境下的心态。《周颂·烈文》将这样的心境表现得较为成功。

对于这首诗，《毛诗序》云："成王即政，诸侯助祭也。"主祭者是否为成王，诗中无可考，史书也无明文记载，未可臆定。诗中所涉及的祭祀是否为即政之初而享于宗庙，也很难确指。所谓"诸侯助祭"，是当时重大祭祀中常见的现象。诸侯入京师朝见，逢有祭祀，周王为表示重视与亲近，则邀他们助祭。因此，助祭并非某一次祭祀所独有。

诗云：

烈文辟公，锡兹祉福。惠我无疆，子孙保之。无封靡于尔邦，维王其崇之。念兹戎功，继序其皇之。无竞维人，四方其训之。不显维德，百辟其刑之。於乎前王不忘。

诗人称颂宗庙中的各位祖先是雄烈而又具有高度的礼的修养的神明，称颂他们赐予自己和后人以这样宏大的无与伦比的幸福。（"烈文辟公，锡兹祉福。"）这里的"辟公"是先王、先公的统称。文王以前，周族首领多称公，如公刘、公亶父，后稷的"后"也是君的意思。自王季以后乃称王。诗中的"祉福"指他们开创了帝王基业，使自己成为万邦拥戴的天子。因此，辟公"惠我"者，子孙"保之"者，都是这帝王基业，都是这"祉福"。又篇末云："前王不忘。""前王"也是"辟公"，换言之以避重复。

作者感慨系之地称赞先王、先公，称赞他们给子孙以"无疆"的福禄，用以表达人们来到宗庙的动机。诗歌的主要部分在于以先王、先公为楷模，诗人要求诸人面对"辟公"的在天之灵的时候，要学习这些先人的精神，做无愧于他们的子孙后代。诗中的"四方"、"百辟"，即指前来助祭的诸侯。这无疑是对这些诸侯进行一次集中的教育。诗中也表现出周人对先王、先公勋劳业绩、道德精神的再认识。诗人要求参加到宗庙祭祀的诸人要继承"辟公"的丰功伟业，并要有所光大，有所发展。（"念兹戎功，继序其皇之。"）他要人们学习前人的刚烈的精神。"无竞维人"，即要发扬刚强奋进的精神，"不显维德"即是要恢宏显赫崇高的道德修养。

诗中的"崇之"、"皇之"、"训之"、"刑之"、"不忘"等诗句，都表现出主祭者在面对祖先神时，对参与祭祀的所有人的倡导和期望。他们在祭祀时并不是满足于对祖先神的感戴，而是将目光转向现实生活，转向祭坛前的人，形成在神坛前人与人之间的对话、交流。他们要使所供奉的前代祖先不仅作为神明出现，还要作为一种精神，一种超现实的人格力量出现。很显然，这样的要求无疑是针对那些过分看重前人留下的优裕的物质条件，满足于祖先神荫庇下的花天酒地的生活而发出的新的号召。在这样的祭祀活动中，人们不是停留在对祖先功德的赞美上，而是要求后人有所作为。在对祖先神歌唱的时候，人们的眼睛注视着现实，心里想着现实的人们能否像先人那样生活、奋斗。

　　同类的作品还有《周颂·闵予小子》。诗中的感情和对有关问题的陈述，表明主祭者是一位新君。他陈述前王之丧给他和王室带来了巨大的不幸（"闵予小子，遭家不造"），表示自己要永世尽孝以祭祀新逝去的皇考。

　　　　念兹皇祖，涉降庭止。维予小子，夙夜敬止。於乎皇
　　王，继序思不忘。

诗中的皇考、皇祖、皇王同指一人，即刚刚去世的天子。主祭者怀念他，仿佛又见到他在庭院徘徊。主祭者一如其生前那样敬事他。这首诗所表达的感情诚挚、真切，表达了遭到不幸时内心的怀念，哀痛，写出自己思念亲人而产生的如梦如幻的感觉，可以看出他的内心遭受到巨大的创伤。同时，他也向神，向诸人表明自己在如此沉痛之时的决心。他要严格地恪守礼的思想规范（"夙夜敬止"），要继承"皇考"的遗志。

　　据《史记·周本纪》载："成王既崩，二公率诸侯，以太子钊见于先王庙，申告以文王、武王之所以为王业之不易，务在节俭，毋多欲，以笃信临之，作《顾命》。太子钊遂立，是为康王。康王即位，遍告诸侯，宣告以文武之业以申之，作《康诰》。"《尚书·康王之诰》对此也有较生动的记载。可见康王即

位之初突出宣传文武之业，既以自励，又以励人。《闵予小子》中所表现的感情，似与文献所记载的康王即位之初的心态相合。

　　同类的决心和愿望在《敬之》中表现得尤为明显。诗的前半强调天道显明，天命不易保，然后诗中主人公表示愿以学习提高自己，以使自己的行动合于天道。诗中这样写道：

　　　　维予小子，不聪敬止。日就月将，学有缉熙于光明。

诗人自述其心情与志向，要日有所就，月有所进，奋发不息。这些诗句无疑表现出带领众人向上的精神，同时，也颇有向祖先神宣誓的意味。

　　在这些作品中，祖先神不仅仅是高踞于祭坛上的牌位，或处于人们想象中的祖先的鬼魂。他们是周人王业的创立者，也被推崇为道德的化身。从他们留给后人的荫庇中，人们感谢他们，为他们的辉煌的业绩而自豪，为他们使自己成为高踞于万民之上的天子之邦而感恩戴德。同时，又将这些祖先神升华为超现实的巨大的精神力量。这是足以震慑周王室包括诸侯在内的精神力量和人格典范。人们用这样的力量约束宗室成员，鞭策他们向上，也借以消弭彼此之间的不和谐的因素。

　　或许正是这样一些特点、成就，使这些诗篇获得了长久的艺术生命。

第四章　愉神，愉人

第一节　宗教仪式的快感

　　前文曾经论及宗教仪式都由众多的环节构成。仪式的准备阶段要在仪式正式开始之前就已经就绪，而且，它更加繁琐、忙碌。仪式开始时，首先举行燔祭，在祭坛上置柴，将玉、牲畜放到柴上，引火烧之，使气味上达于天，意在告诉神明，仪式开始了，请他来享用。然后，作乐降神，对神表示欢迎。此时，作为神的替身的孙子辈的小孩（古人称之为"尸"）出场，坐在最尊贵的位置上，表明神已降临，来接受人们的贡献与礼拜。这时，牵来准备献祭的牺牲，主人亲自射牲，众人将其杀死，置于鼎内烹煮。主人端上作为贡奉用的玉币、菜蔬、肉类。王和祝依次向神敬酒，向神祝祷。充当神的替身的小孩随意地享用精美的供品。他吃、喝甚至玩弄供品，都被认为神已经享用了，接受了人们的盛情。在仪式上还要奏乐，祝要宣布"神"的祝福，表明祈祷获得了神的首肯。人们欢庆、饮酒，情绪高昂。

　　仪式在欢快、热闹的氛围中进行，人们的宗教的情绪也淡化了。人们重视的、感兴趣的是仪式中具有表演色彩的环节。《墨子·明鬼》说："燕之有祖……齐之有社……宋之有桑林……楚之有云梦……此男女之所属而观也。"在这些盛大的宗教活动中，人们热情地去观看的，自然离不开宗教性的虔诚的礼拜，但是，仪式中那些欢快、热烈的具有表演性的、戏剧性的环节与过程，则更能引人入胜。《礼记·杂记》反映出鲁国举行蜡祭时，"一国之人皆若狂"的群众情绪，也可以看出，人们在这些活动中得到了何等的快感。

毫无疑问，这些仪式都是宗教性的，是当时的重要的宗教活动。在这些仪式中表现出了人们的虔诚，表现出对神的信仰、崇拜等宗教性情感。当时，也有些礼的修养较高的人，要求在这仪式中强化礼的思想规范，强化人们的等级差别和等级意识。然而，当时的各诸侯国，特别是植根于古老部族的诸侯间文化差异很大，礼的思想在各国实施的程度有所不同。即使同为周人，不同的人对礼的信仰、坚守的程度也各不相同。然而，在宗教活动中，仪式所带来的欢乐，却是人们共同的要求。

在仪式的热烈、欢快的进行中，一个宗教活动中的重要角色"尸"（有时也称"公尸"）引起人们的特殊兴趣。"尸"是仪式中象征神的角色。《礼记·郊特牲》云："尸，神象也。"在祭神的时候，人们奉献了丰盛的祭品，虔诚地礼拜。然而，神的态度如何，人们却不得而知。于是，从上古时代开始，就在宗教活动中设立了一个作为神的代表和替身的角色，即"尸"。他的出现，将听之无声，视之无形的神显现在人们面前。他代表神享用人们奉献的祭品，代表神听取人们的祝祷，欣赏迎神的音乐，并代表神向人们表示祝福。一句话，他在仪式中的行为和作用，就是将人们在神坛前的期望演示出来，实现人们在宗教活动中的满足感。

充当"尸"的角色的人要同主持祭礼的天子、诸侯有一定的地位的、辈分的差别。如天子以卿为尸，诸侯以大夫为尸，卿、大夫以下以孙为尸。① 《礼记·祭统》云："夫祭之道，孙为王父尸。所使为尸者，于祭者，子行也。"充当"尸"的人往往是主祭者幼小的儿子。他的地位本来就很高。到了祭祀之时，又要他充当祖先神的替身，代表祖先神受人们的朝拜，坐在仪式中最高贵的位置上。于是，他在宗教活动中象征主祭者的先人。主祭者要恭恭敬敬地向他敬礼，向他敬酒。《礼记·祭统》云："尸在庙门外则疑于臣，在庙中则全于君；君在庙门外则疑于君，入庙门则全于臣，全于子。"足见尸的社会地位以及在宗教仪式上地位之优越。就宗庙祭祖来说，被祭者是上一代宗子，主祭者是正在掌权的宗子，充当尸的是未来的宗子，（主祭者没有儿子则选晚辈同姓为尸）祖孙三代成为宗庙活动的中心。祭自然神的仪式略同于此。那里没有祖辈，是宗子与子侄两代成为祭祀活动的中心角色。

宗子和"尸"是宗教仪式中的主要角色。宗子是主祭者，是参与祭神活动的贵族的代表，也是现实世界的代表。"尸"是被祭祀者的代表，也是幽冥世界的代表。在宗子的行为中体现出虔诚，孝敬，表现出对逝去者的真实的感情和宗教的感情。而在"尸"的行为中所体现的则是仪式的需要，是表演的需要。因此，宗教仪式中的"尸"代表神的表演，可以给予人们一定的宗教的满足感，也更多地给予人们以欢乐、愉悦。在平时，周代贵族总要保持较高的礼的修养，在臣属面前，保持其威仪。这些人经常处于谨慎的、矜持的状态中。而到了祭神仪式上，许多素常看来是荒唐的、不可理喻的事情，都一反常态地出现了：一个年幼的孩童被置于整个家族最高贵的位置，接受人们的朝拜，随

————————

① 见《公羊传》宣公八年"绎者"何注。

意吃喝、欢笑；家长暂时丢掉了平日的尊严，率领族人恭恭敬敬地向他朝拜，还要自称为"孝孙"、"曾孙"，因为，这个孩子充当"尸"的角色，他是祖先神的替身；在生活中，谁都不愿受欺骗。这些上层贵族尤其如此。他们自以为尊贵的地位同超人的智慧都只能属于他们。可是，在宗教仪式上，他们看到充当尸的孩子高高兴兴地吃些东西，或者弄乱了食品，便非常欢喜。他们还自欺欺人地说，这是祖先神享食了自己奉献的酒食；孩子说几句刚刚学会的、甚至由别人代说的吉利话，他们就视为先祖的福音，当作全部仪式的最大成功，以至于欢悦庆贺一番。整个仪式充满了戏剧性的编造和表演，人们却始终严肃、认真、乃至虔诚地扮演着自己的角色，至少不愿他人看出其中的虚假，也没有人想到要破坏这些仪式所带给人们的欢快、享乐。

《诗经》中的一些产生于敬礼神明活动的诗，便着重歌咏了带给人们欢乐的仪式，歌咏了宗子和"尸"这两个主要角色。

《小雅·楚茨》便是表现了这样的审美情趣的诗篇。

《楚茨》全诗共六章，歌咏了一次自己在祭祀仪式中的感受，涉及仪式的较完整的过程。诗人是这次祭神仪式的参与者。他并非没有宗教性情绪。然而，宗教仪式的热烈场面和人们的欢乐气氛感染了他。他本身对这些仪式也非常感兴趣。然而，仪式和人们情感中的非宗教性素材更为他所重视。

作品的前二章从仪式开始前的准备工作写起。首章以歌咏敬献给神的酒和粢盛为主。（"以为酒食，以享以祀。"）诗人自豪地歌咏自己部族一向从事农业的历程。黍稷长得很好，获得丰收，数亿的仓廪都装得满满的。（"自昔何为？我艺黍稷。""我仓既盈，我庾维亿。"）他用这粮食制成酒，作为粢盛，以享祀鬼神。在诗人看来，获得如此的丰收，部族的生活充实，人们的心里很踏实。贡献给鬼神的酒食等祭品丰盛，神明非常高兴，也必然赐给人们更多的福祐。

第二章以歌咏献给神的牺牲为主。主人恭恭敬敬地进行祭神各环节的工作。他敬重审慎地将献给神的牛羊牵入宗庙。（"济济跄跄，絜尔牛羊。"）于是，有的人剥解皮毛，有的煮熟加工，有的陈设肉食祭品，有的奉持进献。（"或剥或亨，或肆或将。"）牺牲是敬神的最重要的祭品，也是区别祭神仪式不同等级、规格的标志。这里使用了牛，表明其规格是最高的。人们如此恭谨、繁忙是必然的。诗人从牺牲的制作、奉献，联想到祖先神享用之后的满足感。（"先祖是皇，神保是享。"）在当时人的认识中，仅此一片诚意便足以感动神明，神必报之以更大的福祐（"报以介福"）。

随后，作者写出仪式中的主妇、宾客。他们的身份不同，在仪式上所担负的工作各异。然而，正是他们的忙碌，制作出丰盛的祭品，才使得仪式在恭谨之中顺利进行，又不失欢快、热烈的气氛。那些主持烧火、做饭、煮肉的人都以敬慎的态度完成自己的工作。有的人分工以俎献祭生肉，他们选取鲜美的肉和肝，将俎装得满满的（"为俎孔硕"）。闲适而诚敬的主妇在许多笾豆中装上食品。在歌咏到方方面面的人之时，也顺便写出宾客们的态度。

作品的上述内容都是从仪式开始前制作祭品的过程和人们的态度写起。其中也有如"享祀"、"先祖"、"献酬"等内容的描写，那不过是从酒食、牺牲等祭品的制作、奉献，连类而写出的神的享用与反应。诗人着重写参与祭祀仪式的人们的活动、态度，更多地瞩目于仪式中的现实世界，瞩目于人们的活动、态度以及自己的感受。

然后，诗人便转入对仪式中现实的人们同幽冥中的神之间的交流。在作品的这些部分，仪式的戏剧性的场面成为诗人和参加者所关注的对象。就宗教活动而言，这是人们祭祀的目的，即获得神的祝福，古人称之为"嘏词"。这是"尸"和祝对神的意图的转达。这是仪式的高潮。它把人们对美好生活的期望、幻想，通过异己的力量，通过对冥冥中的神及其替身，转述给人们，使人们得到心理的满足。然而，就仪式来说，这样的人与神的对话，恰恰是戏剧性的最鲜明、最突出的部分。所谓的神意听不见，感受不到。于是，便安排充当"尸"的孩子和具有较高的文化修养的祝，共同表演这自欺欺人的把戏。

> 工祝致告：徂赉孝孙。苾芬孝祀；神嗜饮食。卜尔百福，如几如式。既齐既稷，既匡既敕。永锡尔极，时万时亿。

这几句诗均为工祝转致神意的嘏词。在仪式上虽有作为神的替身的"尸"出现，但担任这个角色的小孩子，不能将人们的预期的神意很好地表述出来，不能通过他的口实现人们虚妄的满足感。因此，这样的嘏词都要出于工祝之口。在古代文献记载中，好的巫祝能够沟通神意。在诗中，祝向主人，同时也向祭神的家族传达神的祝福：你们的饮食芳洁，神乐于食用，因此，不仅要赐给你福禄，还要使这福禄来得适时，来得很多。在这仪式的高潮中，神因为得到了牺牲、酒食的奉献而感到满足，主人也因听到祝转达的神的承诺而高兴。

于是，祝告诫人们做好礼仪准备，乐师们也准备好钟鼓，宗子也回到他的主祭的位置上。祝再次传达神意：

> 孝孙徂位，工祝致告：神具醉止，皇尸载起。

第四章　愉神，愉人

"尸"已经完成了仪式上的各项要求和相关的表演。他吃饱、喝足了，这意味着其所代表的神也已经喝醉了。仪式的戏剧性场面进入了尾声。祝将神的满足、欣慰告诉大家。在仪式中扮演神的"尸"起身退席。于是钟鼓齐鸣，乐师奏起送神曲。随着象征神的小孩子的离去，似乎神也回到了天国。至此，仪式上敬礼神的各个环节全部结束，现实中的人们同幽冥中的神的对话结束了。

在这样的仪式中，热烈的场面和具有戏剧性的表演调动了人们的兴趣，也激发了作者的诗情。仪式是宗教的，表演也是宗教的。然而，其所带给人们的欢乐、满足，却不完全属于宗教的性质。正如前面所引述的"男女之所属而观"，世俗的人们感兴趣的，当不在于仪式中的虔诚与宗教信仰。"一国之人皆若狂"的激情，也必然同仪式的生动表演相关。宗教仪式给人们带来了始料不及的世俗的快感。

宗教性的仪式结束之后，人们由面对神和神的替身，转回到现实世界。人们开始庆祝仪式的成功，庆祝神所赐予的更大的幸福。其实，这所谓的更大的幸福的有无，或其本质究竟如何，都已经归于过去，人们重视的是以此为理由的欢宴。在那个礼乐文明的时代，人们受到礼的经常的多方面制约，人们的情感、心灵经常处于谨小慎微的礼的框子中。而此时，一向紧张的情绪得以放松，获得少有的享乐与欢欣。

尔肴既将，莫怨具庆。既醉具饱，小大稽首。

音乐大作，似乎只有在人们尽情地享用主人的美味之时，神的祝福才会最后落实。参加欢燕的人都感到满意。他们酒足饭饱之后，再次向主人稽首祝贺，也对神意，对仪式的成功表示认同。

《诗经》艺术论

在《楚茨》中，诗人虽然也赞美了主人敬神时的礼仪，却更多地赞美祭品之丰盛，歌咏神及其替身对这些祭品的享用与满足。在这里，对神的虔诚与迷信已经为整个仪式的热烈、繁忙所取代，更为人们对仪式的戏剧性场面的欣赏所淡化。

《小雅·信南山》与《楚茨》颇多相似之处。《信南山》对仪式的进行及其带给人们的欢乐也给予特殊的重视和艺术表现。《信南山》的三、五、六章也写到制酒食、献牺牲，以祀鬼神，献之于宾尸等环节。这同《楚茨》的前三章相去无几。由此，方玉润《诗经原始》引何楷说："《楚茨》详于后而略于前，自祭祊以前但以'祀事孔明'一语该之。《信南山》详于前而略于后，自荐熟以后，但以'祀事孔明'一语该之。"① 注如果仅从诗中对宗教仪式某些环节的描绘来看，其解说差强人意。但若这样阐释两诗的文本和诗人的诗情，则显得很不够。

《楚茨》与《信南山》两篇作品从内容到艺术表现方面都存在很大的差别，从而也显示出两诗的作者在人生观、宗教观和审美情趣方面都有很大的距离。

《信南山》前两章不曾涉及祭神仪式方面的事。这两章着力陈述敬神、祭神的理由。诗人首先歌咏"曾孙"田地的由来：肥美的南山之壤，经过大禹治理之后，产生了原隰，"曾孙"才得以在此耕种。而这土地上的庄稼，还仰仗自然神的多方照顾，雨雪滋润，才"生我百谷。"在这样的歌唱中，诗人似乎在提醒人们，土地不是凭空成为人们的财富，也包括"曾孙"的财富，而单纯的勤劳也不会长出庄稼。神明无所不在地关怀着、左右着人们的生活、生产。这里所表现的正是"古之人使之必报之"的敬神原则。既然田地、庄稼都是在神的福祐下产生的，岂有不

---

① 见方玉润《诗经原始》卷一一。

报之理？

　　接下去，诗人由"生我百谷"分别写出黍稷的丰收、瓜果的成熟。人们用这丰收后的稼穑制作酒食，奉献给神和神的替身"尸"，也以此供嘉宾食用（"畀我尸宾"）。又呈上鲜美的瓜果，有的剥开，有的经过了淹渍，将其献给祖先神（"是剥是菹，献之皇祖"）。诗中的"畀我尸宾"和"献之皇祖"是互文以见义的修辞手法。酒食既献给"尸"、宾，也献给皇祖，瓜果的进献也是如此。通过互文的方法以避免语言的重复。作品的后两章写献祭牺牲和对肉食的选择、制作，表明人们在仪式的各个环节上都非常认真、敬慎，因此，整个仪式都进行得秩序井然（"祀事孔明"）。

　　《信南山》以敬神、祭神的原因和怎样祭神为创作的动因，歌咏了人们在宗庙中对各类祭品的制作和敬献。诗中虽然没像《楚茨》那样强调敬神的态度，而严肃、认真的神情却处处可见。这与《楚茨》所表现的仪式中的热烈和欢快的情绪是完全不同的。作品虽然也言及"尸"，可是对这一角色所带来的戏剧性因素视而不见，对《楚茨》所歌咏的人们在祭神之后痛痛快快的宴饮，诗人也毫无兴趣。《信南山》所表现的是较为正统的、认真的宗教情绪，《楚茨》则表现出宗教活动中的非宗教性的感受。《楚茨》的作者更多地注意宗教仪式所给予人们的现实的快感与满足。可以说，《楚茨》的作者在祭神的传统题材中发现并表现了新的、更生动的存在于人们生活中的艺术美。

　　在宗教仪式中发现非宗教的情感，发现引人入胜的艺术题材和审美情趣，这样的作品在《诗经》中还有一些，如以歌咏"尸"（亦称"公尸"）为中心有《大雅·凫鹥》、《大雅·既醉》等。

　　《凫鹥》诗凡五章，反复吟咏人们对公尸来燕的欢迎，期待

《诗经》艺术论

他给人们带来福音。

> 凫鹥在泾，公尸来燕来宁。尔酒既清，尔肴既馨。公尸燕饮，福禄来成。

诗人以凫在水中起兴，变幻其词为在泾、在沙、在渚等。泾是水名，其余沙、渚等都处于泾水中，犹言泾之旁、泾之涯。诗人以凫在这些地方以兴"公尸"来燕是适得其所。诗中对酒清、肴香的赞美，正是对"神嗜饮食"的绝好脚注。用这样的佳肴、美酒敬奉神和他的替身"尸"，必定会使神心满意足，"尸"也会多说点好话。

"尸"是祭神仪式中表现人们虚妄迷信的载体，也是使仪式具有戏剧性的角色。他在仪式中的出现会给人们带来欢乐。然而，这一切都是在整个仪式的进行中产生的。脱离开仪式的欢乐氛围和具有戏剧性的表演的"尸"，却并没有这样的审美意蕴。

然而，我们在解读《凫鹥》的文本时，还应看到，不同作品的具体创作动因，也常常导致人们对同一事物认识的角度、创作的宗旨有所不同。《楚茨》所歌咏的是"尸"在仪式上代表神的基本活动，即享用祭品与赐福。而此诗却是有感于"尸"刚刚进入宗庙而作，并且多侧重于其在宗教仪式上代神赐福的作用。因而，这当是一首迎尸曲。

"尸"在仪式中的象征神的活动包括两个方面：饮食，许愿。《大雅·凫鹥》所咏，以"来燕"为主，兼及祝福。《既醉》所咏则以祝福为主，略及宴饮。

《既醉》着重歌咏"尸"代表神赐予人们以祝福。作品先写"尸"的燕饮，即对人们所献上的祭品的享用。人们献上美酒佳肴，希望他多吃多喝，以换取他的欢心，获得他的福祐。在这仪式上，似乎酒美、肴佳才足以表现主人对神的虔诚与敬仰。"尸"既然代神享用饮食，那么，神也从这精美的酒食中感受到主人敬神之德。诗云："既醉以酒，既饱以德。""既醉以酒，尔肴既将。"诗人用"饱德"二字，将人与神之间本来虚无缥缈的感情交流显现出来。正如姚际恒在《诗经通论》中所说："'醉酒'言尸犹与生人同，'饱德'则与生人异。在不即不离间，真善于言尸之饱也。"既然神已经享用了人们奉献的丰盛祭品，也理解了人们的敬事神明的虔诚，于是，便给予人们以多方面的祝福。神将赐予主人以洪福（"介尔景福"），赐他以光明之道（"介尔昭明"），既赐予主人昭示天下的美好声誉，又要其有极好的结果。（"昭明有融，高朗令终。"）这美好的祝愿便是古人所说的"嘏词"，在诗中则谓之"嘉告"。"尸"通过其代言人祝转达神意：主人有很好的威仪，永远受人敬畏（"朋友攸摄，摄以威仪。""威仪孔时"）；祝他有孝子，并且世世代代都有像主人这样好的后人（"君子有孝子。孝子不匮，永锡尔类"）。作品在"尸"和祝的喋喋不休的嘉告中铺展开，也在无所不包的祝福中结束。

此诗虽然以极富有戏剧性的"尸"为中心，但诗人注重的是"嘉告"的内容，较热衷于各方面好处的获得。因此，这首诗就带有较多的世俗色彩，表现出祭神的功利色彩超越了敬神的虔诚。由此可以看出，它既不同于那些以宗教情感为重的作品，又有别于从仪式中发现欢乐的、戏剧性的环节，发现新的非宗教的美感的诗篇。

第二节　仪式中的非宗教性欢悦

　　以上所论述的作品都是在宗教活动中创作的。它们或为祝祷之辞，或为迎送神的乐歌，或为对宗教仪式有所感而创作的诗篇。尽管题材和诗人的感受都有很大的差异，但却都在不同的视点发现了人们的生活理想、追求和在当时看来较为可贵的精神旨趣。在那里，既有宗教的虔诚，也有通过宗教折射出来的人生欢乐。

　　然而，随着社会生活的变迁，周代文化也由礼乐盛世转向下行，甚至经历了礼崩乐坏的剧烈阵痛。另一方面，周代的礼乐文明即使在其最强盛的时期，也并未成为溥天之下的唯一的文化。当时，在周人直接统治的区域，礼乐文明起着重要的支配的作用。这种精神力量一直延续到春秋时代。而在遍布各地的诸侯国，往往有各自的部族文化传统。这一部族文化同周人的礼乐文化交互作用，形成了当时文化的多姿多彩的局面。于是，受制于不同文化条件的诗歌，也在宗教活动中，表现出差异互呈的审美取向。

　　就以上所论述的诗篇看，不能简单地对那些作品产生的时间作出判断，也很难确指那些作品在时间序列方面的差异。然而，有一点却是不争的事实，即有关成王在宗庙中的诗篇同《信南山》、《既醉》相比，人们的宗教的虔诚所发生的变化之大，是非常明显的。更不要说《楚茨》中所表现出的非宗教的审美情趣之强烈。这样的差异向人们显示出社会生活和文学观念演变的宏观轨迹，即人们由诚惶诚恐地敬礼神明，进而淡化宗教的虔诚，更进一步则转向对现实人生的自我肯定。

　　产生这样变化的原因很多。其中社会生活的震荡，阶级关系的变动，宗教信仰的直接可见的成效等因素交织在一起，促使人们从宗教的迷惘中清醒过来。敬天事鬼的人并没有得到预期的赐福；亵渎上帝的人倒可能发财致富。家族的兴衰，自身的福祸，并不取决于神灵的喜怒哀乐，后代子孙的福禄更是无稽之谈。在西周、东周之际，礼乐废坏，山谷为陵，世代钟鸣鼎食之家相继败亡的严酷现实，使得全社会为之震惊，发人深思。在这种情势下，人们感到，与其寄希望于虚幻的幽冥世界，还不如及时享受充裕的物质生活能够给人以切实的好处。在这样复杂的社会思潮影响下，贵族们醉心于宗教仪式之后的宴饮，把以前附庸于仪式之后，欢庆祈福成功和慰劳来宾的私燕变成为主要目标。仪式与宴会间的主奴位置已经被颠倒了。

　　在这种情况下产生的诗歌，也较多地表现出人们的内心变化与情感波澜。从《诗经》中可以看出，西周末年的祭祀活动往往伴随着奢侈的宴欢、疯狂的欢乐。在上一节论及的《楚茨》中已鲜明地写着：

> 诸宰君妇，废彻不迟。诸父兄弟，备言燕私。（五章）
> 尔肴既将，莫怨具庆。既醉既饱，小大稽首。（六章）

仪式结束后，大家一齐动手，迅速收拾祭祀所用之物。此后，神的出场，以其给予主人和参与祭祀者赐福的承诺而结束。神的表演圆满成功，重又回到冥冥世界。人们开怀畅饮，尽情享用神受用未尽的丰盛的酒食。既是欢庆，也是一次物欲的满足。这样的生活场景和情感在《小雅·宾之初筵》中也表现得淋漓尽致。

　　作品从仪式开始前写起。人们审慎、敬重地作好各方面的准备。主人认真地、逐一地检查，唯恐稍出差错导致对神明的亵

《诗经》艺术论

渎。"笾豆有楚，肴核维旅。"笾豆等礼器排列得整整齐齐，内中盛满了贡献给神的祭品。就所陈列的酒食、果蔬看，与宗周盛世倒也变化不大。但人们的态度却与先辈迥异，在这里，神的作用和对神的敬重之情都已淡化，人们重视的是尘世的享乐，是显示生活中人们的礼仪修养。

在我们考察《诗经》中有关宗教祭祀活动的诗篇的时候，还有一个问题也是不容忽视的，即前面所论及的作品多产生于周代上层贵族范围内。而在诸侯国的祭祀活动中，往往既有当地的上层贵族，又有一些群众的参与。正由于参加宗教活动的人的社会地位不同，文化传统存在较大的差异，致使《诗经》中的不同的作品间也显现出各具特色。

在《诗经》各诸侯国的作品中，以陈诗涉及宗教活动为多。

陈为古老的部族，也是古老的诸侯国，其地为太暤之旧址，其民为颛顼之后裔。① 这个部族的文化传统较为悠远。《汉书·地理志》云："陈本太昊之虚。周武王封舜后妫满于陈，是为胡公。妻以元女大姬。妇人尊贵，好祭祀，用史巫，故其俗巫鬼。"从这一点看，这里的文化已同周人统治的镐京有很大的差别。其俗好巫鬼，也与宗周的宗教的虔诚不同。因此，其产生于宗教活动的诗篇，也具有极其鲜明的特点。

《陈·宛丘》取材于祭祀活动，但诗中不仅没有涉及任何神祇，也不曾涉及处于祭祀活动中心的主人或公尸以及仪式的种种环节。诗人歌咏的是由祭坛上的女巫引发的非宗教性情感。他从旁观的角度称赞一位女巫杰出的表演，表达了对女巫和她的舞蹈的联想。诗云：

---

① 《左传》昭公十七年云："陈，大暤之虚也。"又昭公八年云："陈，颛顼之族也。"

　　　子之汤（荡）兮，宛丘之上兮。洵有情兮，而无望兮。

　　诗人对女巫的赞美中丝毫不涉及她的宗教的活动与宗教精神，而仅仅突出她舞蹈时的神情、仪态。她无拘无束、神情自若地在宛丘上舞蹈。诗人距她很近，她在舞蹈时流露出深情。作者为她的情所感动，但却自叹无缘实现彼此之间的情感沟通。①

　　在宗教的歌舞中引发出男女之爱，这在宗周的礼的思想规范中是无法想象的。仅仅这一点便可以看出陈文化同周代主流文化即礼乐文明的差别。相反的，这首诗与《楚辞·九歌》有一定程度的相通之处。《山鬼》和《湘夫人》等诗中都有对爱情的歌咏。然而，《九歌》中歌咏的爱情是女巫假托所祭祀的神灵之口唱出的，她（他）的爱也指向空灵中的某一对象。《宛丘》中的情感更具现实性特点。女巫的精彩的舞蹈和她的楚楚动人的风情深深地感染了观众，更打动了诗人。他怀着怨悒的心情唱出自己的感动与无奈。她经常在祭神的场合舞蹈（"无冬无夏，值其鹭羽"），诗人虽自叹无望，却总是深情地看着她。她伴着鼓点或击缶的节奏，手持鹭羽作成的舞具，舞蹈于宛丘的周围。从宛丘之上降到宛丘之下，又进而舞于道旁。她与围观的群众，与诗人间愈加接近，人们看得愈加真切、生动，更易于唤起共鸣。然而，诗人"无望"的抱怨只能有增无已。

　　在上古至周代的各类宗教活动中，女巫是一个重要的角色。《说文》云："巫，祝也。女能事无形以舞降神者也。"《周礼·

———————

　　① 《郑笺》云："此君甚有淫荒之情，其威仪无可观望而则效。"后人也多训望为威望、德望。其说非是。望，渴盼、期望也。《小雅·都人士》云："行归于周，万民所望。"此诗之"无望"，即无法实现其渴盼。

《诗经》艺术论

春官·司巫》云："若国大旱，则帅巫而舞雩。"《春官·女巫》亦云："旱暵则舞雩。"这都是女巫在仪式中以跳舞为事的有力证据。她们在宗教仪式中舞蹈，以取悦于神。同时，她们的舞蹈也使更多的参与祭祀活动的人赏心悦目。而且，随着时代的发展，宗教意识的淡化，礼的思想规范对人们的制约作用的弱化，巫舞的娱乐作用越来越被人们所重视。陈国是巫风盛行之邦，女巫的歌舞自然也更为频繁。尽管如此，有一点当是陈诗所独具的，即在宗教的巫舞中产生诗人与女巫的两性之间的情感沟通，则是周人不可想象，也不敢想象的。

《东门之枌》与《宛丘》的内容基本相同，都瞩目于女巫的舞蹈。女巫舞于都城东门之外，宛丘之旁。诗云：

> 东门之枌，宛丘之栩。子仲之子，婆娑其下。

东门外与宛丘当是陈国经常举行祭祀活动的场所，也是人们经常聚会之地。舞蹈者是子仲氏贵族的女儿。她往来舞于东门、宛丘的树下。这位子仲氏之女也与《宛丘》中的女巫一样，将祭神的舞蹈跳得让人们心动，却不知神是否也心动。她热衷于此道，也精于此道。

> 谷旦于差，南方之原。不绩其麻，市也婆娑。

"南方之原"即城南的平坦处，系指宛丘之旁，与《宛丘》诗所说的"之下"、"之道"词义相近。在一个良辰吉日，她出现在城南胜地。她不作一般劳动妇女所从事的绩麻之类的活，而是到"南方之原"翩翩起舞。她的舞蹈，她的仪态也像《宛丘》中的女巫那样动人。而此诗的作者却更大胆，也更幸运。作者赞美子仲氏的女儿很漂亮，宛如一朵娇艳的鲜花（"视尔如荍"）。她也情意绵绵地将舞蹈时用以事神的香料送给诗人（"贻我握椒"）。

《宛丘》与《东门之枌》产生的环境都同宗教仪式有一定的关系。然而，这仅仅是诗人感受的现实场景而已。从诗中已经完全看不到对神祇的崇拜。人们也不关心宗教仪式是否合于礼的规范。甚至人们的欢乐，人们的心灵的波澜都不是宗教仪式所激发的。美丽动人的女巫成了人们关注的中心。宗教的场所成为人们交往的胜地。宗教仪式中的巫舞使人们领略了摩登女郎的精美的表演，也为人们的最现实的感情提供了交流、沟通的契机。诗人对子仲氏之女的赞美，女巫对诗人的馈赠，已完全越出了宗教的樊篱，而成为对性爱主题的歌咏。

在与宗教相关的场合发现爱，并见诸歌咏，这样的创作倾向在郑诗中也有所表现。郑也具有鲜明的部族文化，而同周人的礼乐文明有一定的差别。郑为祝融氏的故地，这里"土狭而险，山居谷汲，男女亟聚会，故其俗淫。"① 这里原本是一些小的诸侯分割的地域。郑开国之君桓公友原封于镐京附近。他想躲避朝廷的内乱，并欲乘机向外发展，便请教史伯。史伯给他以关键性的指点，告诉他，济、洛、河、颖之间是极其有利的空间，而且，这里没有大的诸侯国，虢、郐也不会有所发展。于是，桓公父子终于夺得了这块土地。由此可见，这里也是周人的礼的思想统治较为薄弱的地域。

《郑·溱洧》是一首值得特殊重视的作品。诗云：

> 溱与洧，方涣涣兮。士与女，方秉蕳兮。女曰："观乎？"士曰："既且。""且往观乎？"洧之外，洵訏且乐。维

----

① 见《左传》昭公十七年及《汉书·地理志》。

士与女，伊其相谑，赠之以芍药。

以往对这首诗的解说较为混乱。《毛诗序》云："刺乱也。兵革不息，男女相弃，淫风大行，莫之能救焉。"方玉润《诗经原始》亦云："刺淫也。……郑当国全盛时，士女务为游观，莳花地多，耕稼人少，每值风日融和，良辰美景，竞相出游，以至兰芍互赠，播为美谈，男女戏谑，恬不知羞，则其俗流荡而难返也。"这都是从封建礼教的角度看待诗中的男女相约所发出的议论。然而，对于此诗产生的具体环境，多茫然无所及。朱熹《诗集传》采韩诗说云："郑国之俗，三月上巳之辰，采兰水上以祓除不祥。"《御览》卷八八六引《韩诗外传》云："溱与洧，说（悦）人也。郑国之俗，二（案当作三）月上巳之日，于两水上招魂续魄，祓除不祥。故诗人愿与所说（悦）者俱往观也。"① 此说较《毛诗序》为近是。此日的仪式除了上述内容之外，《御览》卷三〇引《汉书·礼仪志》云："三月上巳，官民皆洁于东流水上。自洗濯祓除，去宿垢，为大洁。洁者，言阳气布畅，万物记（案当作讫）出，始洁之也。"②

这是三月上巳日人们在河边举行祓禊仪式，以招魂续魄，祓除不祥，同时，在河水中洗浴，以除去一冬的污垢。每当此时，参与者很多，观看者也很多，青年男女结伴而行，热闹非凡。

---

① 王先谦《诗三家义集疏》引此文作《韩诗内传》，"内传"乃"外传"之误。

② 《御览》卷三〇引《汉书·礼仪志》，然班固之书并无《礼仪志》。据《后汉书·礼仪志》王先谦集解，《御览》所引当为《续汉书》。

《溱洧》一诗就是在这样的背景下产生的。①

郑国青年汇聚到溱水、洧水之滨。此时，春水融融，充满生机。人们在这里举行一系列仪式，也在这里聚会。诗中的游女既纯真又大胆。她主动邀请士一同前往河边。诗中的"观乎"和"且往观乎"两句，简洁明快地展示出诗人所见到的游女的性格与心灵。

他们相邀去观，观后同乐。这就不能不设想一下：他们"观"的是什么？《郑笺》曰："劝男使往观。与洧之外，言其土地信宽大又乐也。""土地"二字原诗所无，乃郑氏妄增。而且说土地宽大固可，说土地"又乐也"，其义不可通。诗人运用了十分含蓄、巧妙的笔法。在男女问答、相邀之后，将笔锋一转，歌咏了水滨的欢乐气氛。

从作品的第二章可以想见河畔参与被禊活动的人数之众："士与女，殷其盈矣。"很显然，去水边"观"的其他士与女还相当不少。被禊是宗教仪式的一种，只是这一仪式在民间举行时，没有周代上层贵族那样多的礼仪、规矩，它更贴近人民群众。同时，这一活动也给青年男女提供了很好的社交机会，使他们得以相互接触，共同游玩，交流感情，也相互馈赠传情之物。由此可以看出，虽然这篇作品产生于被禊仪式的背景下，可是，诗中完全没有涉及宗教活动。人们感兴趣的是相邀、结伴的游玩、嬉戏，是男女间感情的交流，是相互有所馈赠的交往。在这里任凭什么样的神灵、崇拜，都不在他们的视野中。他们的宗教观念已经融化在现实的欢乐之中。诗人所发现，所歌唱的正是这

---

①　孙作云《诗经与周代社会研究》对此亦有说。然而，孙书谓三月上巳即祀高禖，甚至将《墨子·明鬼》中所说的燕之祖、齐之社、宋之桑林、楚之云梦都连在一起，颇不足取。

样的感情。这是植根于现实生活，植根于人们心灵的生动活泼的美。

从《宛丘》、《东门之枌》和《溱洧》中，反映了诗人艺术观与宗教情感的兴衰代胜。尽管这样的作品数量并不很多，然而，它们却昭示出一种不可逆转的趋势，即原始的蒙昧、迷信，一定要让位给现实的活生生的人类存在，对幽冥世界的虔诚，也必然为纯真、美好的诗情所取代。

下　编

《诗经》文本及其语境

一 《诗经》文本及其艺术精神

　　《诗经》是中国最早的诗歌选集。在这部诗集中，共收入春秋中叶以前的作品 305 篇。这是从远古时代到公元前五百年漫长的岁月中，古代中国人进行文学艺术创作的结晶，它表现出当时人们的人文精神、审美取向和艺术修养，确立了中国古代诗歌的民族传统。它是古人留下的最宝贵的文学遗产和精神财富。从它产生以后，历代诗人、文学家乃至普通大众，无不直接、间接地受到它的哺育和影响。这是永远值得我们珍视，值得引以为荣的文学艺术精品。

（一）诗、音乐与文本分类

　　翻开古代流传下来的《诗经》文本，我们首先会看到"国风"、"周南"等词语，赫然写在诗篇正文前。后面还有"雅"、"颂"等词语。这些词语表达古代人对诗的类别的划分，又表明某些诗篇的音乐属性和部族属性。

　　从远古时代到商周时期，诗就是歌，诗的文本就是歌词。当时并没有离开音乐而独立创作的诗篇。它在歌唱中创作，也以歌唱的方式流传。因此，这时的诗在很大的程度上受到音乐的制约。

在这些作品创作之初，远没有唐宋诗词创作时的写作、修改、定稿成文本的过程。其中有些较早的作品是在文字尚未产生的时代就已经创作出来，并在人群中广泛流传开了。《诗经》中大多数作品产生的时候，已经有了成熟的文字。但是，人们创作的诗篇却不是写出来的，而是唱出来的。《诗经》中的很多作品都讲到当时创作的情形。如：

> 《召南·江有汜》："不我过，其啸也歌。"
> 《魏·园有桃》："心之忧矣，我歌且谣。"
> 《陈·墓门》："夫也不良，歌以讯之。"
> 《小雅·四牡》："是用作歌，将母来谂。"
> 《小雅·四月》："君子作歌，维以告哀。"
> 《大雅·卷阿》："矢诗不多，维以遂歌。"
> 《大雅·桑柔》："虽曰匪予，既作尔歌。"

这说明当时的诗是同音乐紧密结合在一起的。那时还不存在离开音乐而独立进行创作的诗。

在诗篇创作出来之后的很长一段时间，它的流传也是以歌唱的、演奏的、舞蹈的形式出现的。如《左传》襄公四年载，晋侯招待鲁使臣，"金奏《肆夏》之三，不拜。工歌《文王》之三，又不拜。歌《鹿鸣》之三，三拜"①。这表明是在用编钟演奏、伴奏，乐工歌唱《诗经》中的一些作品。襄公二十九年载吴公子季札出使鲁，"请观于周乐"，主人命乐工为之歌，所歌

---

① 见《春秋左传正义》卷二九，中华书局影印十三经注疏本。

基本与流传至今的《诗经》中的作品相合。①《墨子·公孟》也记载"诵诗三百，弦诗三百，歌诗三百，舞诗三百"②。这些记载都有助于后人对当时诗歌流传形式的了解。春秋之后引用诗篇或诗句，也有不取歌唱形式的记载。

音乐对诗歌的制约从现在的《诗经》文本中也可以看到。如今的《诗经》文本中所标明的风、雅、颂等词语，是在说明诗篇创作时的音乐属性，表明它是用哪种音乐歌唱出来的。

风、雅、颂是音乐的三个大类，三类中又各有几个部分。

颂是祭神的乐曲，而且是天子及其臣属在祭神时边唱边舞蹈的歌曲。因此，它是当时歌诗中一个具有特殊意义的品类。在《诗经》编辑过程中，颂诗被分为三部分，即周颂、鲁颂、商颂。

《周颂》是周王朝创作的，是以天子为首的王室成员祭神的乐曲，共30首。其中大部分是周王祭祖先神的祭歌，包括对祖先的业绩功德的赞美，对祖先给予自己和族人的恩惠、福祐的感谢；也有一部分作品是周王在祭祖先神时，陈述了自己的困惑、苦恼，以祖先光辉的形象和英雄业绩鞭策自己，祈求祖先神给自己以力量；还有一些诗是在祭祀自然神如山神、社稷神等场合歌唱的。

《商颂》创作的时代比《周颂》早。这是殷商王朝统治者祭祀自己先人的乐歌。当《诗经》编辑之时，这些诗既是颂诗的早期作品，又是最能体现出颂这种乐曲风格的，具有典范意义的诗篇，同时，它们又出自前代王朝统治者之手，长期保存于商、周王朝乐师手中，于是，被收入其中。

---

① 见《春秋左传正义》卷三九。
② 见《墨子·公孟》，卷一二，四库全书本。

《诗经》艺术论

《鲁颂》在《诗经》中有些特殊，却也是合于当时严格的礼制的。武王建立新的政权以后，封周公旦于鲁。然而，新建立的周政权需要他协助治理，特别是在武王去世以后，成王年幼，周公代替天子治理国家，平定了殷商贵族和周王室分裂势力的叛乱，确立了对中国古代文化影响极为深远的礼乐制度。成王为表彰周公的德业，命鲁国可以享用天子礼乐。《鲁颂》就是在这样背景下产生的。①

雅一般解释为朝廷的音乐。其实雅本为周部族的音乐。雅乐有漫长的发展历程。它起源于周部族长期生活的西部环境中，带有鲜明的刚健昂扬的艺术风格；它改变、丰富了华夏五音的结构，增加了变宫、变徵之音，更适宜于表现慷慨激昂的感情。这个时期，周人的音乐处于淳朴的发展时期，表现出较多野性的、质朴的特点。周人取代殷商成为王朝的最高统治者，其音乐也成为主流音乐，故称之为正乐，而与其他诸侯的、地域的音乐艺术相区别②。在歌诗的内容方面，诗人、艺术家在当时礼乐文明的制约下，培养、增强了使命意识，其作品也体现出较多的人文关怀，其艺术形式更加趋向于文与雅。雅分为大雅、小雅两部分。

风是对中央王朝以外各地区、各诸侯国音乐的总称，是区别于周王朝雅乐的各地方的音乐。其中收录的歌诗，地方特色较为鲜明。唐代孔颖达在解释风的时候指出，"国风之音，各从水土之气，述其当国之歌而作之。"③ 这就是说，国风中所收录的歌

① 见《史记·鲁周公世家》，中华书局1962年版。
② 见拙文《雅乐源流考论》，载《诗经研究丛刊》第3辑，学苑出版社2002年版；《周部族在音乐与诗歌领域的贡献》，载《文艺研究》2002年第4期。
③ 见《毛诗正义》卷一，中华书局影印十三经注疏本，1979年版。

诗，同当地的自然条件，同部族的文化传统有密切的关系，是在某些特定地域产生的音乐与歌诗。风诗分为十五个部分，其划分依据就是地域和古代部族。如周南、召南、豳属于前者，唐、魏、曹、陈等属于后者。

（二）作品产生的地域

在上古时代，中华大地的不同地域上分布着不同的部族，甚至同一地域也有若干部族生活在那里。在中国历史上起重要作用的夏、商、周就是来自不同地域的部族。这是多元文化并生，共同发展的时期。只是由于部族间有强弱、主从的关系，而显现出某些文化兴衰、消长的痕迹。

根据文献记载，夏为颛顼之后，起源于蜀①，后进入中原，受封于夏。其地在豫州外方之南②，所谓"自洛汭延于伊汭，居易无固，其有夏之居"③ 即今河南洛阳一带。属于夏部族的歌，如今有据可考的有大禹时代的《候人歌》④，夏王朝统治期间的

---

① 见《史记·夏本纪》《正义》引扬雄《蜀王本纪》、《括地志》所载。

② 见《史记·夏本纪》《正义》引《帝王纪》所载。

③ 见《逸周书·度邑》。

④ 《吕氏春秋·音初》云："禹行功，见塗山之女。……女乃歌曰：'候人兮猗。'"此为禹时乐歌。

有《五子之歌》①、《九辩》、《九歌》②、《破斧之歌》③ 等。其中的《九辩》、《九歌》等虽见于文献记载，然而，其文本已不可考。

商起源于东部，据《商颂·长发》云："有娀方将，帝立子生商。"《史记·殷本纪》云："殷契，母曰简狄，有娀氏之女。"有娀氏生活地域在蒲州，今属山西。后来多次迁徙，大致在河北、河南东部、山东一带，④ 有的学者认为商部族的祖先起源于辽河上游。⑤ 从神话与民俗学的角度考察，"天命玄鸟，降而生商"（《诗经·商颂·玄鸟》）的传说，同满族的起源极其相似，似乎存在着一定的文化联系，甚至于同近年在辽西发现的红山文化有一定的联系。⑥ 这些记载和研究表明，殷商是起源于东部的部族，在其发展进程中迁入河南，居于商丘、安阳一带。商部族和商代歌诗更多。据《国语·鲁语》记载，"昔正考父校商之名颂十二篇于周太师"⑦，表明在西周末年或春秋初期，宋国和周王朝都保存着一定数量的商代乐歌。

周人是居于西方的部族。周部族的早期历史在《诗经》中记载得较为确凿。从《生民》、《公刘》、《绵》三首诗的歌咏中

---

① 《史记·夏本纪》云："帝太康失国，昆弟五人，须于洛汭，作《五子之歌》。"

② 屈原《离骚》云："启《九辩》与《九歌》兮，夏康乐以自纵。不顾难以图后兮，五子用失乎家巷。"

③ 《吕氏春秋·音初》云："三曰：夏后氏孔甲田于东阳萯山。天大风，晦盲。孔甲迷惑，入于民室。主人方乳。……作《破斧之歌》。"

④ 见《古本竹书纪年》、《史记·殷本纪》、《尚书序》。

⑤ 见傅斯年《夷夏东西说》，金景芳《商文化起源于我国北方说》。

⑥ 参见《牛河梁红山文化遗址与玉器精粹》，文物出版社1997年版。

⑦ 见《国语》卷五，第216页，上海古籍出版社1978年版。

可以看出，周人在进入父系氏族社会以后，长期生活在有邰地区，其后迁居豳，获得更有利的发展契机，然后又迁于周，并以周作为本部族的名称。这些地域都在陕西西北部。周人推翻殷商统治，建立自己的王朝，此时他们的政治、文化中心仍在丰、镐。在这漫长的发展中，周人创立了自己的音乐艺术，确立了其歌诗的主流曲调，也保存了大量文学艺术作品。就诗歌创作来说，周王朝所在的文化区域，创作了具有典范意义的周人的，同时也是周代的文学和艺术。周部族的诗歌主要保存在《大雅》、《小雅》、《周颂》中。

《诗经》中有相当数量的诗篇来自各个地区、各诸侯国。这就是《国风》各部分所收入的歌诗。

以《诗经》中的次序论，首先是《周南》、《召南》。这是从西周都城镐京向南抵达汉水流域的地区，从中又划分为周和召两部分。由周公、召公分别治理。这一地域虽接近周王朝中心，却较多地融入以汉水流域为主的南音。

邶、鄘、卫在今河南，是殷商王朝都城所在，是殷商部族统治的中心地区，也是商代文化最有代表性的地区。周公封康叔为卫君，以治理殷商旧贵族。① 由于殷商文化在这里具有较深厚的根基，所以，周公策命康叔的时候，还特别叮嘱他，在那里实施统治要因地制宜，不要生硬地套用周人的礼乐文化，而应合理地吸收、采纳殷商的政治文化。这在《尚书》、《左传》中都有明确的记载。② 于是，这一地区，连同在这里生活的古老的部族群

---

① 见《史记·卫康叔世家》、《管蔡世家》，《史记》第 1589 页，第 1564—1565 页。版本同前。

② 见《尚书·康诰》，孙星衍《尚书今古文注疏》，中华书局 1986 年版；《左传》定公四年，十三经注疏本，中华书局 1979 年版。

落，他们的文化得以在新的形势下延续、发展。正如《汉书·地理志》所说的那样："康叔之风既歇，而纣之化犹存。故俗刚强，多豪杰侵夺，薄恩礼，好生分。"① 康叔及其后人虽然进行统治，但是，商部族与商王朝的文化却具有更大、更深远的影响。这里的文化同时也包括文学艺术，就形成了既有别于殷商时期的文化，又在周文化占主导地位的形势下保持有地域的、方国的个性特征。

郑也是具有独特的文化传统的诸侯国。周宣王时，天下形势动荡不安，宣王的弟弟桓公友想寻求一个利于长期发展的地盘，于是向史伯请教。史伯为他分析了天下大势，指出，济水、洛水、黄河、颍水之间多是一些小的诸侯国，那里的君主又缺乏远见，他建议桓公利用那些君主的缺点，将自己的势力逐渐伸向那一地区，并进而建立自己的统治。桓公采纳史伯的建议，终于在那里发展了起来。② 尽管如此，这一地区原有的传统还顽强地延续下来，形成了特有的民风、民俗。③

齐原为东方部族居住的地区，周武王建立自己的政权以后，封吕望于齐。吕望的部族是周人世代联姻的盟国，又在推翻殷商统治的斗争中建立卓越功勋。据《史记·齐世家》载，初封之时，齐地并不大。后来，吕望采取各种办法发展势力，开疆拓土，遂为大国。可是，这里的民风仍然表现出鲜明的"东夷文化"色彩。④

魏与唐相距很近，也是具有悠久文化传统的地区。据《汉

---

① 见王先谦《汉书补注》卷二八下，中华书局 1983 年版。
② 见《国语·郑语》，上海古籍出版社 1978 年版。
③ 见《汉书·地理志》，卷次版本同前。
④ 见《汉书·地理志》及《左传》昭公十七年。

书·地理志》说：这里土地平整，又有较丰富的盐和铁矿。这一地区本是唐尧居住和统治的地方，在历史的发展中，那里又是夏王朝的统治中心。那里的人民受唐尧为代表的"先王"的政治文化的影响很深。由此可以看出这里的部族构成和文化基因。

曹部族在尧、舜时已经很有名气，也是周王朝建立之前的古国。武王安定天下之后，封弟叔振铎于曹。此后曹国势力稍大，领地也有所拓展。尧、舜和商汤的业绩都同曹有一定的关系。所以这里的民风还同尧、舜等先王的影响有内在联系。史书记载说，这里的人多有憨厚老诚的君子之风，勤奋地在田间劳动，对衣食要求不高。① 这一地域的部族和文化虽有自己的传统，却表现出较多的兼容性，它不像齐、郑、卫诸国那样强而有力，对周人的礼乐文化则比较容易接受。

此外，《国风》中还有如王、秦、陈、桧、豳等地域或诸侯国的诗，都是一些有着特殊的艺术风格和文学艺术成就的作品。这些地域、部族都在长期的发展中形成了特色鲜明的的文化传统与艺术风格。

这些地域的文学艺术创作既表现出一定的艺术差异，更共同构成了这一时代艺术的结晶，在周王朝的文化事业中注入了别具活力的因子。

（三）时代与作者

现在流传的说法认为，《诗经》中的作品基本上是西周初年

---

① 见《汉书·地理志》。

到春秋中期创作的。① 其实，关于《诗经》中所收作品的写作时间是很值得探讨的。

首先，关于商颂。《诗经》现存作品中有五篇属于《商颂》。对这些诗篇的产生时代存在着较大的争议。从汉代至现当代，有些学者认为《商颂》是春秋时期宋国大夫正考父所作。这一说法在二十世纪几乎成为定论。② 然而，以杨公骥师、张松如师为代表的一些学者通过严谨的考证、论述，证明《商颂》中的作品是商王朝留下来的祭祖歌诗③。现在，随着学术研究的深入发展，这一观点已经为越来越多的学者所认同。《商颂》中现存的五篇作品是殷商王朝众多歌诗中的一部分，是当时的祭神乐歌中得以流传的一部分。其创作时代当在殷商王朝中期，即早于公元前1100年。

其次，周诗的情况较为复杂。这里还可分为两部分，有少量的作品为周部族推翻殷商王朝统治以前创作的，更多的则是周部族推翻殷商王朝之后的作品。在前一类作品中，现存最早的诗歌当属收录在《大雅》中的《生民》。这是比《商颂》中现存作品还要早得多的歌诗，是周部族处于原始时代流传下来的乐歌④。

在遥远的原始时代，中国大地上分布着许多部族群落。在他

---

① 见游国恩等《中国文学史》、袁行霈《中国文学史》、章培恒等《中国文学史》。

② 见杨公骥师《商颂考》，载《中国文学》附录一，吉林人民出版社1980年版。

③ 见杨公骥师《商颂考》，版本同前。张松如《商颂研究》，南开大学出版社1995年版。

④ 见杨公骥师《中国文学》，吉林人民出版社1980年版，第54—60页。

们的生活、狩猎、农业生产中，在他们对各类神的祭祀礼拜中，到处都飘荡着歌声。人们共同生活在部落中。一个人的感受，往往也是部落中其他人的感受。特别是崇拜祖先神和重要的自然神的时候，一个人的歌唱同时也表达了大家的心情。于是，其他人也跟着歌唱、舞蹈起来。那时的诗歌都是在歌唱和舞蹈中产生的，也是在这样的形式中流传开来。人们在歌唱中表达自己的欢快、喜悦、痛苦与哀怨，也在歌唱中讲述自己部族的历史，表达对社会、人生的理解。这些诗篇激发人们昂扬向上的精神，也增强了部族内的凝聚力。《诗经》中产生于原始社会的乐歌和《国风》中的一些作品就是在这样的情形下创作出来的。

《生民》表达了周部族对自己传说中的第一个男性祖先的由衷的赞美与崇敬，歌咏他诞生和成长中的灵异，歌咏他创立农业的神奇经历。在作品中表达了对这样伟大的祖先的敬仰，表现出因这样的祖先而产生的自豪。此外，还有两首诗则歌颂了本部族发展中起过重要作用的两位先人公刘和公亶父①，即《公刘》和《绵》。

《周颂》中的大部分作品产生于西周前期，即周公、成王、康王时代。《大雅》中的《皇矣》、《思齐》、《大明》等都是西周初期创作的歌颂周人几位杰出祖先的诗。还有一些以总结殷商王朝失败教训，引起周代统治者警惕的诗篇，也出于这一时期。

《周颂》中少量作品、《大雅》、《小雅》的很多作品为西周中期所作。自厉王以后，社会动荡，政局不稳，《大雅》、《小雅》中批评社会现实、指斥当权者的诗篇多是这样的形势下的产物。宣王时期的作品也很多。其中既有在所谓中兴的形势下诗人征战疆场的诗篇，也有些其他情境下的歌诗。

①　参见杨公骥师《中国文学》第45—71页，版本同前。

《诗经》艺术论

《国风》中《周南》、《召南》、《豳》产生的时代较早，有些诗篇可以看出同周公的政治活动有一定的关系。这都是西周前期的诗篇。《国风》中大部分诗篇作于西周后期到春秋前期。

周代人作诗的宗旨就是将自己的感情传达给周围的人，引起人们的共鸣，从而理解自己在诗中所表达的思想、感情；也有的诗人将自己的感情同意见、建议融为一体，以诗的语言传达给社会，传达给统治者。当时的人缺少对自己作品的珍视，更没想到借诗传名。因此，《诗经》中的作品仅极少数标明了作者的姓氏。如：

> 《小雅·节南山》："家父作诵，以究王讻。"
> 《小雅·巷伯》："寺人孟子，作为此诗。凡百君子，敬而听之。"
> 《大雅·崧高》："吉甫作颂，其诗孔硕，其风肆好，以赠申伯。"
> 《大雅·烝民》："吉甫作颂，穆如清风。仲山甫永怀，以慰其心。"

在《诗经》中确凿地标明作者的诗篇非常少。这些诗篇之所以会留下作者的名字，也不过是诗人在抒发感情时，想要进一步表明心迹，增加诗篇的感染力，并未想借此机会做著名诗人。

此外，先秦文献记载了部分诗篇的创作动机与作者，也不很可靠。现在，我们从作品的内容进行分析，虽然无法确切地断定绝大多数诗篇的作者，但这并不妨碍我们对作品的理解。大体上说，《周颂》和《大雅》都是周王朝上层贵族所作，《小雅》的作者也基本上都是贵族，只是分布的阶层要广一些。《国风》出于各诸侯国，朱熹称为"里巷歌谣"，近人认为出自民间，进而视为劳动人民所作。其实，《国风》的作者几乎遍布于社会的各个层面。贵族中既有许穆夫人那样的宫廷贵人，有以钟鼓、琴瑟宴乐恋人的贵族青年，有出征的将士。下层社会则有终年劳作的农夫。还有很多诗产生于祭神场合，产生于青年男女聚会的情境中，在这时候，放声高歌的歌手，也出自不同的社会阶层。

（四）个性、情感和艺术精神

《诗经》中绝大部分作品为周王朝建立之后创作的。这些作品生动、形象地表现了人们在特定历史条件下形成的内心世界：他们的个性与思想感情，他们的欢乐与苦恼，他们与外在环境的和谐、矛盾与冲突，他们对人生与生活理想的追求；体现了当时人们的艺术理想和较高的艺术修养。这些作品在表现周人感情的丰富性方面，在展现周人个性的历史性内涵方面，在表现当时人们对生活、对人生的审美感受方面，都达到了相当的艺术高度，取得了极其可贵的成就。

周代等级关系是通过封邦建国的方式建立起来的。天子封诸侯，诸侯封大夫。通过这样的"封"与"建"，诸侯、大夫拥有了不同数量的土地、臣民。周代人的等级名分是通过土地分封而形成的。他们的财产和政治地位的最初获得，都来源于上一级君主的恩赐。这种关系最终决定了他们在君主面前不能不居于从属的地位。经济上，要献纳贡赋；政治上"出纳王命"，充当"王之喉舌"（《烝民》）。他们只有效忠于君主的义务，而没有分庭抗礼的资格和权力；他们只能在君主的意志和利益中见出个人的人生意义和利益，而不能也不允许拥有独立的个人的意志和利益。于是，他们一方面要治理好自己的臣民，另一方面，他们要感戴、依赖上级领主，向他们献纳贡赋。这构成了当时最基本的物质关系。

与这时的物质关系相适应的是，西周初年周公制礼作乐这一重大历史事件的发生。在这期间，代表周代主流文化的礼乐文明确立并发展起来。这是中国古代文化传统定型时期，也是中国文学传统形成的时期。当时诗人不论处于什么样的社会地位，无不直接间接地受到这一主流文化的制约与影响。

周代的礼，是当时占统治地位的思想。它是由人们的物质关系中产生出来的精神文化的总和，是具有鲜明的时代特色的意识形态。同时，它又反作用于这物质关系。周代的社会关系以人身的依附关系与严格的等级关系为基本特征。它的核心是上级领主同下级领主、领主同农民间的等级差别。礼的作用就是维护现存的人身依附关系与等级关系。这突出表现在它要求把社会生活中的尊卑贵贱差别显现出来，使其在人们的认识中更加鲜明。因此，礼强调"章疑别微"。① 章，明也，显也。"章疑"，就是使纷繁疑似的事物之间呈现出清晰可辨的等差；别，分也。"别微"，就是使隐约微末的关系剖分离析，显出尊卑之等。"章疑别微"就是使现实的等级关系在人们的认识中得到强化，从而强调差别，使人们认识并牢记自己的和他人的等级名分。这样就会使卑者、贱者老老实实地侍奉尊者、贵者，而不至于非礼僭越，更不会犯上作乱。礼的本质就在于此。

礼对周代贵族性格的制约作用，首先和最主要的基点就是从礼的"尊尊"的本质中引出的。礼要把"尊尊"的宗旨变成人们日常的行为乃至心理积淀。于是，当这样复杂的文化要素及其

---

① 《礼记·坊记》云："夫礼者，所以章疑别微，以为民坊者也。故贵贱有等，衣服有别，朝廷有位，则民有所让。"

同人们心灵的关系融汇于诗情中，化为艺术乐章的时候，也为诗歌打上了鲜明的时代印记。

有关恋爱、婚姻的诗篇在《诗》三百中占有很大的比例，在《国风》中尤其如此。它们是诗人情感活动最具生命力，最为强烈的旋律，是诗人心灵剧烈跳动的艺术结晶。这些诗篇以其永恒的艺术魅力感染、激动着几千年的欣赏者。

但是，我们应该看到，在周人歌唱爱情、婚姻的时代，礼乐文明是人们生活空间中最为广泛，也最具制约作用的精神力量。礼的思想、原则无时不在，无处不在。它紧紧地、绵密地环绕着人们，规定、熔铸人们的性格、心灵乃至感情活动。礼在一定程度上承认爱情的合理性。"饮食、男女，人之大欲存焉。"（《礼记·礼运》）① 这是礼对情有限度的承认的经典性表述。然而，周代的礼的思想在本质上却是限制情感，否定情感的。《左传》昭公十年引"逸书"云："欲败度，从（纵）败礼。"② 在这种思想看来，欲望的发展就会败坏礼之"度"，对情的放纵，就要损害礼，从而将情、欲同礼的思想、原则对立起来，维护礼，限制甚至反对情。《国语·楚语》云："私欲弘侈，则德义鲜少"③。在这样的思想中，私欲同德义已经被置于截然对立的态势中，此消彼长，彼消此长。将二者对立起来的认识在《礼记·乐记》中表述的最为充分。其文云："是故先王之制礼乐也，非以极口腹耳目之欲也。将以教民平好恶，而反人道之正也。""人生而静，天之性也。感于物而动，性之欲也。物至知（智）知，然后好恶形焉。好恶无节于内，而知诱于外，不能反

----

① 见《礼记注疏》卷二二，中华书局影印十三经注疏本。
② 见《春秋左传正义》卷四五。
③ 见《国语》卷一七，第 544 页，上海古籍出版社 1978 年版。

躬，天理灭矣。夫物之感人无穷，而人之好恶无节，则是物至而人化物也。人化物也者，灭天理而穷人欲者也。"① 在礼的思想看来，二者间的对立如不加以限制，一旦发展到这一地步，便彻底破坏了礼的思想、原则乃至社会的尊卑之等，就要天下大乱。这是礼的思想无论如何也不能接受的。因此，礼将人们的基本欲望视为恶劣的情欲，加以限制、排斥。《左传》隐公六年引周大夫周任的话说："为国家者，见恶，如农夫之务去草焉，芟夷蕴崇之，绝其本根，勿使能殖。则善者信矣。"② 对情欲要坚决地予以扼杀。为了更有利于礼的秩序的稳定，周代的统治思想则从各个方面对情和欲进行诱导、制约、改造。《礼记·礼运》云："故圣王修义之柄，礼之序，以治人情。故人情者，圣王之田也，修礼以耕之，陈义以种之，讲学以耨之，本仁以聚之，播乐以安之。"③ 通过这样反复地耕种，修整，限制，熔铸，使人们的感情成为圣人的特殊的田地，这里面只生长合于礼的思想、原则的情和欲，那种对人生的本能的需求再也看不到了。这样就会做到孔子所说的"非礼勿视，非礼勿听，非礼勿言，非礼勿动"（《论语·颜渊》）。

在这样的礼乐文化居于统治地位之时，人们对男女之情的追求，被视为有损于礼的思想、原则的行为。礼的思想要求人们极大地限制自己的情欲，甚至要毫无痛惜地将其扼杀，而使自己的情合于礼的规定这个前提。在当时的礼的思想原则看来，个人的感情是无足轻重的，重要的是礼的尊卑之等的稳定与不可动摇的

---

① 见孙希旦《礼记集解》卷三七，第 982—984 页，中华书局 1989 年版。

② 见《春秋左传正义》卷四。

③ 见孙希旦《礼记集解》卷二二，第 618 页。

秩序。为了这一宗旨，就要否定人们的情感的合理性，蔑视甚至扼杀人们的情感。

随着周人统治的巩固与发展，礼的思想、原则的制约作用也被不断地强化。但是另一方面，各地的文化渊源不同，王朝对各地统治的程度不同，礼的思想原则实现的程度也是有所区别的。上述礼的思想、原则对人们的感情和心灵的制约更多地表现在周人长期统治的区域，如王朝所在的丰、镐。在《诗经》中，当以大雅、小雅和周颂为最突出。在国风中，也有一些诗篇采自周人的礼乐文化影响较深的地区，如周南、召南、豳、王等诗篇就出自这样的环境中。因而，连同其中的有关婚姻、恋爱诗在内，都不能不同其他地域的文学形成显著的差异。例如《关雎》表达了一个贵族青年对一位少女的爱慕与追求。他在水边见到一位形貌姣好的少女，遂生爱慕之情，将她视为最适合于自己的女性。他思念着，想象着，为激情所困扰，所震撼，"寤寐求之"，"求之不得，寤寐思服。悠哉悠哉，辗转反侧。"他是个重情感，重想象的人。他的爱情是如何变为现实的，诗中略而不谈。诗人要向世人陈述的是那使他辗转不眠的心灵震撼，是他与爱人结成连理之后的和谐，是他以自己所拥有的琴瑟、钟鼓等优越的条件，取悦自己的爱人，也要以此使她幸福。他的感情是强烈的，也是深沉的。这些诗篇所展现的是一些较为内向的人，是一些在礼的思想看来较为稳重的人。不论他们的感情如何强烈，见诸行动或情感活动时，都会显示出他们心灵中的礼的深刻印痕。

但是，礼乐文明的扩张，也不可能是一帆风顺的。各诸侯国的地域不同，部族的构成不同，其原有的文化传统也不同。虽然周代的礼的思想借助于政权的力量得以推广，但是，其与各地原有文化的冲突仍是不可避免的。如前文所论及的周以外的各个地域、部族，周王朝往往要因地制宜地进行文化扩张与新的建设。

《诗经》艺术论

从文学艺术来看，这些地域的作品中所涌动着的感情，所体现出的审美情趣，则表现出同主流文化的礼既有联系，又表现出带有其他特色的文化传统对人们心灵的作用。

在这方面，卫诗最具代表性。卫地人们的精神面貌、文化状况同周王朝统治严密的地区有着明显的差别。周王朝既要他们接受自己的主流意识形态，又不想借助于政权的力量强制地扩张礼乐文化，而是要在文化交融中巩固其统治。在《诗经》文本中，划分为邶、鄘、卫三部分的卫诗，不仅数量多，而且具有独特的文化基因与艺术风貌。人们从中即可以看出其与周人的礼乐文化的融合的痕迹，也可以看出二者之间的矛盾与排拒留在诗人性格中的因子。这方面较为突出的当属《柏舟》和《氓》。

《柏舟》的作者是一位敢爱敢恨的少女。她热恋着一个青年，认定他是自己最好的人生伴侣。可是，外界环境却不承认她的选择，给她以极大的压力。她痛苦地执著地呼喊道："之死矢靡它。母也天只，不谅人只！"在自己的幸福受到严重威胁之时，在这样的抗争中，周人的礼的思想、规范，都无法顾及了。"娶妻如之何？必告父母。""娶妻如之何？匪媒不得。"这些清规戒律与她的人生选择发生了尖锐的冲突。她要摆脱这一切束缚，坚定地维护自己的情感。这在那个时代是很少能听到的声音。

在《氓》中，我们可以看到更复杂的心理变化与不同的文化系统的交叉。这是一首典型的弃妇诗。诗人与她所谴责的"氓"从小生活在淇水两岸。他们少年时代就在一起嬉戏，"总角之宴，言笑晏晏。"到了青年时代，他们相恋相爱。青年还"信誓旦旦"地表明心迹。抒情女主人公深深地陷入情网之中。他们之间的恋爱经历，在周人的礼的思想、原则看来，已属越轨的行为。他们由恋爱而结婚之后，情况却发生了很大的变化。诗中的抒情主人公无辜被遣，使她的人生道路一落千丈。她恨对方，也恨自己。在痛切的表白中，她要让天下的少女都知道自己的不幸，也要让她们知道自己何以不幸。在她看来，自己不幸的关键在于爱得太深，不能自拔，因而对"氓"寄望过高。她希望所有的女子都不要像自己这样"与士耽"。那么剩下的就只好等待父母，等待媒人，将自己的幸福交给礼的程序和执行这一程序的人，听凭外界的安排。在这样的陈述中，可以看出她因为所托非人而产生的悔恨，并由此产生对自己青年时代的恋爱生活的否定。从诗中所表现的感情倾向可以看出，她以往的恋爱带有对礼的束缚的抗争、反叛倾向，而在痛悔之时，又表现出对青年时代行为的否定，表现出对礼的复归。

郑也是具有独特的文化传统的诸侯国。《将仲子》对郑国青年男女心灵、情感中的郑文化因素，对礼乐文化同人们心灵的关系，都表现得较为充分。

在社会生活中，即使处于成康盛世，处于礼乐文明昌隆之际，人们对礼的信仰，人们以礼自饬的自觉性，也是有区别的。到了厉王、幽王时代，或春秋时期，礼的原则受到相当多的人的抵制，即所谓的礼崩乐坏，社会矛盾加剧。一部分有能力、有智慧的士人心灵中礼的修养比较高，而贵族中掌握着物质财富和各级政治权力的人，往往依靠其高贵的血统而不是依靠自身才能和礼的修养，进入权力结构的中心。这两部分人在现实生活中经常发生冲突。占据着物质财富、手中有权的一些人往往因其地位、条件，并因其心灵中礼的修养较低，而追逐物质利益和世俗享乐，违背礼的规定。人们的不满，人们对社会，对统治集团的批评越来越多。

于是，在文学创作中涌现出大量承载着社会责任和人文关怀的讽刺诗。这些作品以鲜明的爱憎、活泼生动的语言、尖锐的指向，创作了独具风神的佳作，也为后人留下了可贵的艺术精神和文学传统。例如《相鼠》是一篇著名的、感情激切的讽刺诗。诗中批评了某些人的在礼、仪和行止方面的不和谐表现。在周代文化看来，人们的礼仪、行止中都注入了礼的定性。人们的一举一动必须遵从这些准则与规范。这是当时的审美取向。在这方面做得好，就会受到人们的称赞。人们将从其是否自觉地按着礼的规范去作，以考察他们的礼的修养，甚至可以通过这方面的表现，看出其是否能够为人们所赞同、所拥戴，可以预见其本人乃至家族的盛衰。不增进礼的修养，不遵循礼的原则，社会就会大乱，一个人在社会生活中也寸步难行。于是，当诗人看到这个无礼、无仪、无行止之人的时候，便鄙夷地唱起了讽刺的歌，将这个人视为连有皮、有齿的老鼠都不如的丑类。

表现出上述感情特征的作品在《大雅》、《小雅》中更多，所展示的内心世界也更深刻、生动。如《桑柔》一诗中，作者通过对自己感情和信念的坦诚陈述，塑造出一个同违礼行逆的执政者坚决斗争的抒情主体形象。他批评那执政者背离大法而放纵自恣。诗人警告他，长此以往，必将像飞虫一样被捕获、诛戮（"如彼飞虫，时亦弋获"）。作者以礼诱导他、荫庇他，反而遭到申斥（"既之阴女，反予来赫"）。诗人好言进谏也被斥而不用，甚至还陷人被孤立、受排挤的境地（"匪用其良，覆俾我悖"）。可是，诗人不肯罢休。他在诗中批评统治者的违礼之举，抒发自己满腔愤懑不平，同时，也表现出自己为维护礼的信念而进行不屈不挠的斗争的精神。

《抑》、《板》、《正月》、《十月之交》、《雨无正》等诗的作者，在反复铺陈抒怀之时，使人们充分感受到他们心灵的跳动，感受到他们忠君事上和对社会、民生负责的精神。他们即使遭受挫折，进谏碰壁，甚至挨骂，却依然不改其匡正辅弼之志。这就是一些抒情主人公内心世界最为突出之处。

（五）精妙的艺术表现

　　《诗经》不仅是当时人们的心灵的艺术结晶，也是人们的高度艺术修养的充分显现，是当时文学艺术的典范。在这部诗集中，大批不曾留下姓名的作者通过共同努力，确立了中国诗歌的把握方式，确立了中国诗歌艺术表现、艺术风格的民族传统。

　　春秋时代，《诗经》的艺术成就和艺术风格已经引起人们高度的重视，例如吴公子季札出使鲁，在那里欣赏周乐，对诗三百篇作了充分的评价①。《周礼·大师》记载了当时学校为学生讲授诗歌："教六诗：曰风，曰赋，曰比，曰兴，曰雅，曰颂。"②《毛诗序》沿袭了《周礼》中"六诗"的提法，又作了进一步的阐述，提出了著名的"六艺"说。"故诗有六义焉：一曰风，二曰赋，三曰比，四曰兴，五曰雅，六曰颂。"③ 这里所说的"风、雅、颂"是指诗的三个类别，即前文所说的依音乐的不同而作的分类。而赋、比、兴则是古人所总结的诗的三种基本的艺术表现方法。传统的说法认为：赋就是铺陈，比就是比喻，兴是托事于物的联想。④ 这是古人对诗歌艺术表现的理解与阐释，到了汉代以后，就已经显示出不够精确的弊病，以至于人们已经很难运用这样的文艺理论范畴恰当地阐释《诗经》中的具体作品，

---

① 见《左传》襄公二十九年。
② 见《周礼注疏》卷二三，中华书局影印十三经注疏本。
③ 见《毛诗正义》卷一。
④ 见孔颖达疏，《毛诗正义》卷一。

《诗经》艺术论

于是，有的学者说，某诗、某章、某句是赋而比，某某是比而兴。这表明比、兴这两个文学理论范畴在产生之初，人们对它们的理论内涵，对二者间的关系的理解与阐释，就存在模糊之处，以至于在具体运用中出现混淆。

现在，我们应该运用新的艺术观重新认识《诗经》在艺术表现方面的可贵经验，认识其给予后世文学在艺术构思和表现方法等方面的启迪。这也是我们理解古代文学的民族特征、艺术精神时应有的现代意识。

在周王朝全盛的时代，诗歌艺术已经发展到相当成熟的阶段，并且创造了古代中国诗坛的第一次辉煌。这个时期不仅作品数量多，人们的艺术理念已经发展成熟，同时，在诗歌的艺术构思、艺术表现等方面，都取得了可贵的经验。

这个时代的诗人很善于构造情境，用特殊的境界表现抒情主人公的感情，如《小雅·采薇》将诗人连续三年转战、征战的境遇，怀念亲人的心情，出征与归途的情景，展现得极有次第。"昔我往矣，杨柳依依。今我来思，雨雪霏霏。"以景物强化抒情，并造成抒情的境界，使写景、抒情融为一体。有的诗人善于以感情的波澜贯穿起自己所经历的事件，如《氓》中的抒情女主人公在痛苦地回首往事之时，将自己同"氓"相识、相恋以至于被遗弃的经历，编织进她的感情波澜中。

更多的诗人善于调动各种感官的感受力，巧妙地表现他的情感，增强作品的艺术感染作用，如《关雎》云："关关雎鸠，在河之洲。窈窕淑女，君子好逑。"第一句写所闻，听到鸟叫声，第二句写所见，循着声音看见美丽的雎鸠在黄河中的沙洲。第三句从第二句的见宕开一笔，写出另一种见，看到一位楚楚动人的少女。第四句写所想，从少女之美联想到使她成为自己的"好逑"；从鸟在沙洲呼唤伴侣的鸣叫，联想到自己对眼前少女的追求，进而联想到自己的幸福。

很多诗人善于以逐层开拓的方式开拓诗篇的内涵，使作品中的思绪形成跌宕起伏之势，如《小雅·鹿鸣》云："呦呦鹿鸣，食野之苹。我有嘉宾，鼓瑟吹笙。"从关心同类的鹿写起，好心的鹿发出叫声，因为它发现了美好的野草，用亲切的叫声呼唤其他鹿与自己分享这美味。然后，由鹿对待同类的态度转到自己。诗人表示，自己也同那鹿一样，友好、亲切地对待亲戚、朋友，他要用音乐、美酒、佳肴招待嘉宾。在这四句诗中，贯穿着艺术构思的展开过程：第一句为起笔，第二句为顺势的延伸，第三句宕开一笔，第四句又回扣到前两句。这样的内在逻辑在《诗经》中运用得较为广泛。它成为诗歌创作中一个成功的经验被发展着，继承着，以至于后人将其归纳为"起、承、转、合"的基本结构，将其广泛运用于各体诗歌、散文的写作中。①

《诗经》善于运用对比的表现方法，如《小雅·采薇》云："昔我往矣，杨柳依依。今我来思，雨雪霏霏。"对比地描绘了自己出征时草木也知惜别的情景，又进而写出自己终于踏上归途，急切地盼望早一点到家，然而，天公似乎在和自己作对，连绵不断的雨雪，增加了归途的艰难，更增加了诗人内心的焦虑。

有的诗人很善于构造一首诗各章节间的结合与衔接，特别突出的是运用了连环体的结构形式。《大雅·既醉》是这方面的成功范例。作品第二章末句是"介尔昭明"，三章首句为"昭明有融"；三章末句为"公尸嘉告"，四章立即接上"其告维何"；四章末句"摄以威仪"，五章紧接着"威仪孔时"等等，一直到第八章。上一章的末句同下一章的首句以相同的诗句，或相同的词

---

① 参见杨公骥师《中国文学》，第 260—261 页，吉林人民出版社1980 年版。

语构成衔接，以相同或基本相同的词句，牵引出不相同的内容，首尾衔接，连贯流畅，表现出特殊的形式美。

此外，《诗经》在重章叠唱形式的运用，诗歌语言的运用等方面都取得了可贵的成就。这里不一一论列。

（六）《诗经》的早期传播

《诗经》中所收录的作品，从时间上讲，跨度久远；从空间方面看，地域辽阔；从作者的分布看，部族很多。当时都是在歌唱中创作出来的。从这样的原初状态、众多歌诗，到汇编成一部书放到读者面前，其间经历了漫长的收集、删汰的过程。《诗经》中所收录的作品共 305 篇。这同漫长岁月中到处都飘荡着歌声的创作状况是很难相合的。

上古时期的诗篇从原初创作、第一次歌唱，到早期流传，再进而到经过删削整理成三百篇之卷，其间经历了漫长的传播过程，经历过精心保存、在不同的场合歌唱、演奏等方式的传播，然后才进行有意识的编辑整理。

古人有"献诗说"、"采诗说"，这是他们对《诗经》中作品由来的一种阐释。《国语·周语上》说："故天子听政，使公卿至于列士献诗。"① 《国语·晋语六》也记载："于是乎使工诵谏于朝，在列者献诗使勿兜。"② 这就是所谓的"献诗"。《汉书·艺文志》载，"古有采诗之官，王者所以观风俗，知得失，自

---

① 见《国语》卷一，第 9 页，上海古籍出版社 1978 年版。
② 见《国语》卷一二，第 410 页。

考正也。"①《汉书·食货志》载，"孟春之月，群居者将散，行人振木铎徇于路以采诗，献之大师，比其音律，以闻于天子。"②这就是所谓的"采诗"。

应该说上述记载是比较可信的，即当时的政治具有一定的民主性，因而提倡、鼓励人们广开言路，以批评、完善王朝的统治。这样的措施自然会为诗歌创作提供一个较为宽松的环境，也会使一些诗人的创作激情得到更好的发挥。

然而，这仅仅是从政治方面着眼，而不能视为对文学动因的合理解释。有些诗人的确创作了批评社会现实、批评王朝政治的诗篇，但更多的创作，却不是植根于"献诗"制度。制度可以在一定程度上构成文学发展的条件之一，而不是根本要素。诗人的诗情以其对社会、人生的理解、感受为基点，朋友的欢聚、离别，亲人的奉养、眷恋、思念、伤悼，自己处境的顺逆、生命历程中的荣辱得失，都深深地震撼着他们的心灵，触动他们的诗情，促使他们将这感受化做长吟短叹的歌诗。即使上层社会把这些诗篇当作了解社情民意的调查报告看待，也仅仅是文学接受中的特例而已，在更多的场合，歌诗的演唱、演奏，多出于人们愉情悦性的需求，如《礼记》、《左传》中记载的各种情境下歌诗、奏乐、赋诗的实例，都不以所谓的"观民风"之类的"高尚"纯粹功利性动机为出发点。应该说，献诗、采诗作为政治统治的措施之一，也曾经起过一定的作用。但是，诗歌从创作到汇集于王朝乐师手中，这仅仅是其从属性的动机，更重要的在于赏心悦目的功能。如《仪礼·乡饮酒礼》记载，在宴饮间，乐师歌

---

① 见《汉书补注》卷三〇，第 869—870 页。
② 见《汉书补注》卷二四上，第 507 页。

《诗经》艺术论

《鹿鸣》等诗以助酒兴。① 孔子以《诗经》为教材教育弟子，也只是说"不学诗无以言"②，而不管那些诗篇的政治功用如何。

《诗经》的汇集、整理以至于定本也是古代学者津津乐道的重要话题之一。《史记·孔子世家》云："古者诗三千余篇，及至孔子，去其重，取可施于礼义，上采契、后稷，中述殷、周之盛，至幽、厉之缺。……三百五篇孔子皆弦歌之，以求合《韶》、《武》、《雅》、《颂》之音。"③《史记》这一说法被很多学者接受，但也引起一些学者的思考和怀疑，其中最重要的疑窦之一是，当孔丘尚在幼年之时，吴公子季札出使鲁国，鲁国乐师为他演唱周乐，其次第为十五国诗、《小雅》、《大雅》、《颂》，与流传下来的《诗经》次第完全相同。这表明当时诗三百篇的整理工作已经基本完成（见《左传》襄公二十九年）。很显然，季札所欣赏的周乐同当时的孔丘没有关系。这也说明，由前代众多诗篇中选编出一些佳作，供上层贵族在各种场合演唱、演奏，这并不出于孔子之手。而是如前文所说的，"献之大师，比其音律"。这些大师及其属下的乐师，"比其音律"就是整理歌诗的具体工作，保存、歌唱、演奏、传播，也都是大师等人的职责。

但是，孔子又确实对周代的诗乐进行了整理。《论语·子罕》记载孔子自己的话说："吾自卫返鲁，然后乐正，《雅》、《颂》各得其所。"④ 同时，孔子又以"诗三百"教学，则是将自己整理后的《诗三百》传授给弟子。

---

① 见《仪礼注疏》卷九，中华书局影印十三经本。

② 见《论语·季氏》，刘宝楠《论语正义》卷一九，上海古籍出版社 1993 年版。

③ 见《史记》卷四七。

④ 见《论语注疏》卷九，中华书局影印十三经本。

前文引述的《周礼·大师》中所说的"教六诗",《周礼·大司乐》中也说,"以乐舞教国子","以乐语教国子"①。这都从另一个侧面说明周代乐师要收集并掌握乐诗,用以教育贵族子弟,培养他们的文学艺术修养,以便在日后的社会生活中懂得在一系列重要场合演奏、欣赏音乐,特别是懂得在祭祀、会盟等活动中如何应用音乐。于是,那些经常演唱、演奏和应用于重要场合的作品便流传下来,一些很少在贵族礼会的场合见于欣赏、应用的作品,就渐渐为人们所淡忘,进而散佚。这也是文学艺术自然淘汰的过程。艺术水平高的作品艺术生命力强于其他作品,就会经受住时代的检验,为一代又一代人所接受,所欣赏,其文本也会得以保存并流传。

孔子以《诗三百》教育众弟子,弟子们也继承这一传统,世世相传相承,至汉代遂将《诗三百》、《周易》、《尚书》等书,同其他文献区别开来,奉之为"经"。从此,这些文献被罩上神圣的灵光,一代代的经师从三百篇诗中引申出精深的哲理、高尚的道义乃至社会理想。于是,这些曾经激动过商、周诗人的歌诗,激动过商、周无数欣赏者的作品,被附会到圣人身上,变成了"经夫妇,成孝敬,厚人伦,美教化,移风俗"②的圣经法典。西汉王朝设立专门讲授儒家经典的官职即博士。其中以研究、讲授《诗经》著称的学者有齐人辕固生、鲁人申培、燕人韩婴。他们"或取《春秋》,采杂说,咸非其本义"。③也有的学者没得到西汉王朝的承认。战国后期鲁人毛亨为《诗经》作

---

① 见《周礼注疏》卷二二,中华书局影印十三经本。
② 见《毛诗正义》卷一,中华书局影印十三经本。
③ 语出《汉书·艺文志》,见《汉书补注》卷三〇,中华书局 1983 年版。

故训传，以授赵人毛苌。毛苌在河间传授《诗经》。这些人对《诗经》的解说各有特点，遂形成不同的学派，称为"四家诗"。西汉后期，毛诗学派的影响日渐增大，到郑玄为《诗经》作"笺"，毛诗学派终于压倒其他三家，得到王朝和学术界的认同。流传到现在的《诗经》，就是毛诗学派的传本和解说。

在《诗经》的流传中，作出重要贡献的学者很多。以毛传、郑笺为代表的汉代的《诗经》研究，保存了大量的古训，对相关的文物制度颇多阐释。但毛诗于每首诗前有小序，以解说作诗宗旨，多牵强附会。郑玄《诗谱》对诗篇产生时代的论述也出自臆断。宋代从欧阳修、王安石起，便对毛诗学派提出非议，郑樵、朱熹等则力斥小序之非。这一时期的代表性成果是朱熹的《诗集传》。清代初期，学者兼采汉学、宋学；乾隆年间，学风一变，重考据，崇尚征实，不务空谈；嘉庆、道光以后，西汉今文经学得到发扬，学者强调研究中的人文关怀。清代在《诗经》研究中出现了一批可贵的成果，陈奂的《诗毛氏传疏》、马瑞辰的《毛诗传笺通释》、王先谦的《诗三家义集疏》等为其杰出代表。

进入现代社会以后，《诗经》研究的课题很多，学科分化也更明朗，大体可分为四大类：文本的研究，语言文字的研究，《诗经》学的研究，名物的研究。四类的研究欲深入一步，虽在选题方面有所差异，但又不能割裂，甚至还要借助于其他学科的新的进展与发现。如文本的研究而不通过对语言文字的准确把握，不建立在对名物制度的深刻了解的基础上，其说便会流于臆断。对文本的解说是发掘不尽的，随着理论研究的深入、考古学的发展，也必然对当时人的精神、文化、文学艺术，取得新的认识。其他如古文字的出土，古遗址和古文物的发掘，也都有助于《诗经》的语言文字研究，取得前所未有的突破。

　　《诗经》是中华民族早期文学创作的优秀成果。历代人民都喜爱它，学习它，欣赏它。《诗经》中所表现出的文学修养、文学表现方法和文学精神，哺育了一代又一代知识分子，涵养了无数诗人、作家和文学爱好者。它是中华民族的文学瑰宝，承载着中华民族的艺术精神。

二　风诗的爱、恨与地缘文化

《国风》中的作品计160篇，占《诗经》半数强。这些作品产生地域辽阔，从西北的豳、秦，到东部的齐，遍及长江以北大部分地区。这些地区的地理环境，包括山川险易，气候寒温，水草多寡，都会对长期生活其间的人群产生影响。在不同的原野、泽畔聚居、生息的部族，特别是渊源古老的部族，形成了自己独有的生活习俗与文化传统。在漫长的历史发展中，这些部族同其他部族或结盟，或征战，部族的领地、人口、力量，随之壮大，或缩小；这些部族同其他部族联姻，娶妻嫁女，融入新的血液，繁衍子孙后裔，其文化、习俗也在传承间融入新的元素。在这样自然环境和文化传统中，形成了某一部族的性格、气质。

如舜通过禅让成为统治者，其部族也成为统治部族。舜以天下传禹，舜子商均为封国。夏后氏之时，或失或续，在起伏中发展。舜之后裔阏父为周武王陶正。武王封阏父之子满于陈，以奉舜祀。① 又如殷在夏代为诸侯，灭夏后为天下共主，入周为诸侯。其为天子之邦时，主持祭天、祭祖仪式，其文化为当时的主流文化。失势后则要到周人的祭坛旁为嘉宾，帮助周人祭天。其文化也跌落为地域的、诸侯的文化，从主流文化跌落为从属文

---

① 　见《史记》卷三六，第1575页。

化，非主流文化。

在存在着巨大差异的物质的、文化的环境中，不同部族的性格、气质有别，他们的审美取向，他们的艺术追求，也存在或明或暗，或显著，或细微的差别，从而造就了《国风》歌诗多姿多彩的艺术风貌。

《国风》产生于西周初年至东周前期的历史演变中。在这个时代，周人的礼乐文明是居于强势地位的主流文化。伴随着周人的政治统治，周人的礼乐文明成为影响人们思想、性格乃至社会生活的主要精神力量。而另一方面，一些部族固有的文化传统依然存在，并且时时以各种方式表现出它与周人主流文化相区别的个性，表明它依然有生命力。生活在各诸侯国、各地域的诗人就是在这样的背景下，形成了自己的性格、气质、感情，也是在这样的环境中歌唱他们的爱、恨，表现出他们的艺术才能和审美追求。

（一）周代的礼对情感的制约

在周人歌唱他们丰富的感情之时，礼乐文明是人们生活空间中最为广泛，也最具制约作用的精神力量。礼的思想、原则无时不在，无处不在。它规定、熔铸人们的性格、心灵乃至感情活动。礼在一定程度上承认情感、欲望的合理性。"饮食、男女，人之大欲存焉。"① 这是礼对情的有限度的承认的经典性表述。然而，周代礼的思想在本质上却是限制情感，否定情感的。《左传》昭公十年引逸书云："欲败度，从（纵）败礼。"在这礼的

---

① 见孙希旦《礼记集解》卷二二，中华书局 1989 年版，第 607 页。

思想体系中，情和欲处在同礼相对立的关系中。欲望的发展就会败坏礼之"度"；对情的放纵，就要损害礼。因而，为维护礼的思想、原则，维护人们心中对礼的毫不动摇的信念，就要限制、压抑甚至反对情。《国语·楚语》云："私欲弘侈，则德义鲜少。"私欲即欲望被视为同德义截然对立之物。在这一思想体系中，情欲同礼被视为此消彼长，彼消此长的对立关系。这一思想在《礼记·乐记》中表述的最为充分。文章论及"先王制礼作乐"的动机时说："非以极口腹耳目之欲也。将以教民平好恶，而反人道之正也。"这就是说，创作和演奏音乐并不是满足听觉和感情的需要，不是或不仅仅是满足人们的审美需求，而是通过音乐，调整、平衡人们的好恶之情，要将人们的好恶调整到所谓的"人道之正"上来。该文更进一步说："人生而静，天之性也。感于物而动，性之欲也。物至知（智）知，然后好恶形焉。好恶无节于内，知诱于外，不能反躬，天理灭矣。夫物之感人无穷，而人之好恶无节，则是物至而人化物也。人化物也者，灭天理而穷人欲者也。"[1] 礼的思想将情和欲处于尖锐对立态势下形成的极端的、可怕的、恶性发展的结果指点给人们，令人警觉。礼的思想将情和欲的放纵视为破坏社会的尊卑秩序，导致天下大乱的根源。这是礼的思想无论如何也不能接受的。因此，礼将人们的基本欲望视为恶劣的情欲，加以限制、排斥。《左传》隐公六年引周大夫周任的话说："为国家者，见恶，如农夫之务去草焉。芟夷蕴崇之，绝其本根，勿使能殖，则善者信矣。"对情欲要坚决地予以扼杀，就如同农夫铲除杂草那样彻底。为了更有利于礼的秩序的稳定，周代的统治思想从各个方面对情和欲进行诱导、制约、改造。《礼记·礼运》云："故圣王修义之柄，礼之

---

① 见孙希旦《礼记集解》卷三七，第982—984页。

序，以治人情。故人情者，圣王之田也，修礼以耕之，陈义以种之，讲学以耨之，本仁以聚之，播乐以安之。"① 通过这样的反复地耕种，修整，限制，熔铸，使人们的感情成为圣人的特殊的田地，这里面只生长合于礼的思想、原则的情和欲，那种对人生的本能的需求已被改造为圣王、统治者和统治思想准许其存在的情和欲。于是，臣民就会作到孔子所说的"非礼勿视，非礼勿听，非礼勿言，非礼勿动"（《论语·颜渊》）。礼的思想否定并抹杀情、欲带给人们的快乐，否认情、欲对于人的生命的真正意义，而只承认其对礼的从属性存在。

在这样的精神居于统治地位之时，人们对男女之情的追求，对物质生活的要求，被视为有损于礼的思想、原则的可怕之物。礼的思想要求人们极大地限制自己的情欲，甚至要毫无痛惜地将其扼杀，而使自己的情合于礼的规定这个前提。如鲁公孙敖如莒会盟，顺路为其弟襄仲迎娶新娘。途中见新娘貌美，便自娶之。后经过惠伯调解，公孙敖将莒女返还襄仲。后来，公孙敖卒，襄仲虽与他同为公室兄弟，但想到夺妻之仇，仍对其恨之入骨，根本不想去参与他的丧事。又是惠伯讲了一番兄弟之间应该亲和的道理，劝告他维护以礼为标志的和睦关系，至少是表面上的和睦。于是，襄仲率族人前往哭祭。（见《左传》文公七年、十五年）在这一事件中，惠伯的多次斡旋，体现了那个时代礼对人们的约束。人们必须淡化夺妻之恨，而要将礼的原则和实现礼的秩序的稳定置于对妻子、家庭幸福的保护之上，置于个人的爱恨之上。与此相类似的是齐庄公同崔杼的关系。崔杼妻貌美，齐庄公多次到崔宅奸淫其妻，还将崔杼的冠拿回去，赐予近臣，公开侮辱崔杼。在忍无可忍的情况下，崔杼暗藏甲士，将在自己家中

---

① 见孙希旦《礼记集解》卷二二，第618页。

作恶的庄公杀死。这一事件中的欺凌与反抗的关系是不言自明的。然而，史册却赫然写道："崔杼弑其君。"应该说，对这一事件下此断言，并不是某个史官率意的行为，而是礼的思想所决定的。这表明，人臣的感情、幸福、他们的妻子，只能为君主的意志、欲望所左右，人们不得以任何方式保护自己的感情、自己的妻子。只能有君主奸淫臣妻的礼，不准许臣民有保护妻女，维护自己家庭与幸福的情。人们对待君主，对待父母，对待自己的苦难，总之，人们的种种情感都要合于礼的宗旨。在当时的礼的思想看来，个人的感情、爱情、幸福是无足轻重的。重要的是礼的尊卑之等的稳定与不可动摇的秩序。为了这一宗旨，就要藐视、否定甚至扼杀人们的情感。这是周代主流文化的情礼观。礼的这一思想、观念，决定性地影响了当时的审美取向，影响了文学精神与文学创作。

尽管礼的思想占据强势地位，尽管礼要否定人们的情感，然而，诗人生活于现实的社会中，他们既为礼的思想所制约，更十分具体、深刻地受到物质条件的触发。他们不能消除震撼其心灵的事物的存在，不能拒绝爱，也不能泯灭恨。

《国风》就是在这样复杂的条件下展现出诗人内心的律动。

（二）"王化之国"的情与礼

在《国风》中，各地域、各诸侯国的文化渊源不同，王朝对各地统治的力度不同，礼的思想原则实现的程度也有很大的差异。上述礼的思想、原则对人们的感情和心灵的制约更多地表现在周人长期统治的区域，即所谓的礼乐文明之邦，其中最突出的就是周王朝所在的丰、镐。在《诗经》中，当以《大雅》、《小雅》和《周颂》为最突出。尽管如此，诗人的创作乃出于现实生活的感发，而不是对礼的思想、原则的演绎。在《国风》中，也有一些诗篇出自周人的礼乐文化影响较深的地区，借用古代经学家的语汇，姑且称之为"王化之国"。这些地域包括周南、召南、王城、豳。

周南、召南，地在岐山之阳。郑玄《诗谱》云："今属右扶风美阳县。地形险阻而原田肥美。周之先公曰大王者，避狄难，自豳始迁焉，而修德建王业。商王帝乙之初，命其子王季为西伯，至纣又命文王典治南国江、汉、汝旁之诸侯。于时，三分天下有其二，以服事殷。故雍、梁、荆、豫、徐、扬之人，咸被其德而从之。文王受命，作邑于丰，乃分岐邦周、召之地，为周公旦、召公奭之采地，施先公之教于己所职之国。武王伐纣，定天下，巡守述职，陈诵诸国之诗，以观民风俗。六州者，得二公之德教尤纯，故独录之，属之大师，分而国之。其得圣人之化者，谓之周南。得贤人之化者，谓之召南。言二公之德教，自岐而行于南国也。乃弃其余，谓此为风之正经。"①

郑玄《诗谱》的说法不免为文王、周公拼凑功德。礼的思想正式形成，当在周人入主中原之后，特别是形成于周公摄政，制礼作乐之时。而且，上面的阐述竟然将徐、扬二州包括在内，则对文王之化的力度、效果称誉过隆。所谓的"咸被其德而从之"，不过是经学家们构筑的道德神话而已。

周南、召南地处丰、镐的辐射区域，其文化与与主流文化圈相连。周南是周代制礼作乐的周文公姬旦的采邑，召南为召公奭的采邑。从文化的属性来讲，这里与周人统治中心的文化并无大的差异。季札闻鲁乐工歌《周南》、《召南》，曰："美哉！始基

① 见《诗谱序》，载《毛诗正义》卷首。

之矣，犹未也，然勤而不怨矣。"① 季札对周南、召南歌诗大加赞赏，对这些歌诗的艺术内涵也给予充分的肯定。

从诗中所涉及的山川看，《周南》诸篇咏及流水的诗句有："在河之洲"（《关雎》）；"汉之广矣"，"江之永矣"（《汉广》）；"遵彼汝坟"（《汝坟》）。《召南》诸篇涉及的流水有："江有汜"，"江有沱"（《江有汜》）。诗人眼中所见，咏歌所及的流水有河、汉、江、汝诸水。这是从丰、镐附近向南与东南延伸的广袤地区。这里的自然条件同丰、镐周围的岐山、泾水、渭水有着显著的不同，而在文化的基础方面也有差异。这里有南国风物，且属于周人统治势力后开发的地区，也是周代礼乐文明延伸的地区。这里不存在先周文化时代。因此，所谓的"王化"，即周人的主流文化也较易于在这里获得成功。更何况，统治这里的是周人历史上两个极具影响力的巨人！

这一主流文化必然给予该地域以长久的深远的影响，并形成了自己的文化传统。《诗经》中的《周南》、《召南》就是这块土地上产生的诗篇。这些诗篇不论其感发诗情的具体事物如何，总能令人领略到穆如清风般的风格。

从诗人的歌声中，人们能发现周、召君臣相得，乃至际遇的融洽与和谐。

如《兔罝》云："赳赳武夫，公侯干城。""赳赳武夫，公侯腹心。"诗人赞美君主身边的武士。通过狩猎中的小事，人们看出他的勇武、忠诚。所谓"干城"、"腹心"，当是周公对武士赏赐有加时，朝臣与君主对甲士的肯定。而另一首诗涉及召伯，却从不同于此的角度表现出君臣间的感情。《甘棠》云：

---

① 见《左传》卷三九，中华书局影印十三经注疏本。下引季札论乐同，不另注。

> 蔽芾甘棠，勿剪勿伐，召伯所茇。
> 蔽芾甘棠，勿剪勿败，召伯所憩。
> 蔽芾甘棠，勿剪勿拜，召伯所说。

诗人歌唱对一株甘棠树的珍爱，因为人们爱戴的召伯曾在此树下休息。这样的诗情并非源自诗人独有的感受，他表达了人们对这位君主的缅怀与思念。召伯已经离开此乡此里，或许已经辞世，人们却对同他有关的事物怀着深深的敬意。人们看到这甘棠就想到曾在此停留的召伯。

在其他作品中，诗人也较多地向人们展现了所谓"王化"推行中的和谐之美。

如《葛覃》云："言告师氏，言告言归。""害（何）浣害（何）否，归宁父母。"这是个贵族少妇所唱的歌。她在夫家勤劳恭谨，自己制作精粗适当的衣服。她告诉宗室女师，她要回娘家探望父母。为此，她洗涤整理妥帖衣服，做好行前的准备。歌中表现出诗人在夫家轻松愉悦的心情。

一些歌咏婚姻、恋爱的作品也显示出地域性特点。

《关雎》表达了一个贵族青年对一位少女的爱慕与追求。他在水边见到一位形貌皎好的少女，遂生爱慕之情，将她视为最适合于自己的女性。他思念着，想象着，为激情所困扰，诗云：

> 窈窕淑女，寤寐求之。求之不得，寤寐思服。悠哉悠哉，辗转反侧。

他是个重情感，重想象的人。他向世人陈述那使他辗转不眠的心灵激荡，是他想象着与恋人结成连理之后的和谐，他将以琴瑟、钟鼓取悦自己的恋人。这里的琴瑟、钟鼓是艺术和欢乐的代名词。他要用自己所拥有的一切使她幸福。他的感情是强烈的，也是深沉的。他向人们展示的是他"辗转反侧"的形体不安，人们只能从中想见他内心的焦虑。

《卷耳》是怀念远在外地的丈夫的诗篇。在诗中，她将对丈夫的关切变为一系列的设想之词。对丈夫的关切和思念使她心绪不宁。她无法像其他生活在幸福中的女人那样全身心地投入劳动中。"采采卷耳，不盈顷筐。"别人采的很多，自己却采得较少。在大路旁，她想到亲人。她的亲人可能就是沿着这条路驾车远行的。她担心，忧虑，一些令她不安的意象出现在面前：马是否病了？随从是否病了？他或它能否保障亲人的安全？她希望亲人将一切困难和思念放置一旁，不要为其所困扰。诗人的内心被思念之情折磨着、煎熬着。她的心里是一团火。而在外人看来，她所采的卷耳比别人少，看得出她的思念之强烈，却无人知道她内心是如何为亲人担忧。

《汉广》意在表现诗人失恋的苦恼。他爱恋着汉水边一位少女。然而，他们之间横亘着不可逾越的障碍，痛苦、焦虑萦绕心中：

> 汉有游女，不可求思。汉之广矣，不可泳思。江之永矣，不可方思。
> 翘翘错薪，言刈其楚。之子于归，言秣其马。

就像辽阔的汉水、江水无法游渡一样，他眼中的少女也不可追求，他的爱也无法实现。他眼看着她登上迎接新娘的车远行，惟有哀叹而已。

《召南》中也有一首眼见新嫁娘而兴慨的作品，这就是《江有汜》。

> 江有汜，之子归，不我以。不我以，其后也悔。

诗人看到美好的"之子"成为新娘，却不是嫁给自己。他抱怨"之子""不我以"，"不我与"，"不我过"，歌声中有些落寞，有点醋意。另一方面，他说"之子""其后也悔"，歌声中带有调侃，他却不像《汉广》之诗那样单恋与苦恼。

在《召南》中，表现恋情最为热烈的歌诗当属《野有死麕》和《摽有梅》。

前者作于一对青年男女相会之时，诗人是位少女。

> 野有死麕，白茅包之。有女怀春，吉士诱之。

恋人是位勇敢的青年。他打猎归来，用白茅将猎获的麕包裹起来，送给自己心爱的姑娘即诗人。她兴奋地歌唱爱情（"有女怀春"），歌唱恋人奉献猎物的殷勤之意（"吉士诱之"）。情之所至，青年有些更亲热的举动，令诗人不安：

> 舒而脱脱兮，无感我帨兮，无使尨也吠。

她劝告"吉士"不要轻狂，不要晃动自己的佩巾，以免引起狗叫。"感我帨"和"尨也吠"都是诗人对"吉士"行动的委婉拒绝。她的内心渴盼爱情，却要求恋人在行动上保持冷静。

更具特色的当属《摽有梅》。诗人以树上梅子由盛到衰的变化比喻女人的韶华及青春的流逝，隐喻自己正值光艳靓丽之时；又以带有戏谑的口吻，告诫追求自己的"庶士"勿失良机，要他"迨其吉兮","迨其今兮"。诗人嘲笑地歌唱：树上果实已掉光，拿着筐在地面捡那过时的梅子。追求我的"庶士"，那就是你！这无异于说，漂亮姑娘你不娶，等她变老你才着急。诗人诙谐地歌唱，同时也在委婉地告诉"庶士"珍爱青春，大胆地追求爱情。

《周南》、《召南》向人们展现的是一些较为内向的人物形象，是一些在礼的思想看来，较为稳重的人。不论他们的感情如何强烈，见诸行动时，都努力以礼的思想、原则控制自己，从而表现出的感情多带有平和的色彩。

王城是周人新开发的区域，其时代比周南、召南还要晚些。《周本纪》云："成王在丰，使召公复营洛邑，如武王之意。周公复卜申视，卒营筑，居九鼎焉。曰：'此天下之中，四方入贡道里均。'作《召诰》、《洛诰》。成王既迁殷遗民，周公以王命告，作《多士》、《无佚》。"① 这些记载表明周公摄政时营建洛邑，以为陪都；东周时为都城，称为王城。值得注意的是，平王东迁洛邑，王城为周代新的文化中心。但东周时，周的主流文化已失去了强劲的发展势头，走向礼崩乐坏的境地。同时，王城这又是一个新兴城市，是个"移民区"，故"迁殷遗民"。从这一角度看，作为东周王城的文化，受周王室重视，但这里缺少更深厚的文化基础，其民构成为来自各地，文化融合之效在这里比较明显。此时，都城"王化"的程度已有所不同，特别是主流文化统治的力量已不同于周公、成康之时。季札闻鲁乐工歌《王》，曰："美哉！思而不惧，其周之东乎！"这里的歌诗带有忧思的特点，为季札特别指出。

王城之诗多乱离之作，表现出作者深深的忧伤。《黍离》即

---

① 见《史记》卷四，第133页。

这类作品的代表。

> 彼黍离离，彼稷之苗。行迈靡靡，中心摇摇。知我者，
> 谓我心忧；不知我者，谓我何求。悠悠苍天，此何人哉！

《毛诗序》解此诗云："闵宗周也。周大夫行役至于宗周，过故宗庙宫室，尽为禾黍。闵周室之颠覆，彷徨不忍去，而作是诗也。"文本中有"行迈靡靡"之句，表明作者是在旅途中见黍稷而兴慨，然而，其是否至于镐京，是否为伤悼周王室的衰落，则无从稽考。诗人步履沉重地走来，眼前的黍稷是远远出乎他想象之外的意象。这引起他的痛苦与忧思。周围的人并不理解他心中的烦恼，使他感到孤独与苦闷。

此外，《采葛》、《丘中有麻》两首诗也具鲜明的特点。《采葛》中的"她"去采葛、采萧，诗人与她分别不过晨昏之间，但他正处于热恋中，一时一刻的分离都无法忍受。他将此心情化为经典性的诗句："一日不见，如三秋兮。"听到他的歌声的人都能领略其情感的热烈与率真，也为其歌声所感动。

《丘中有麻》则表现出另一种诗情。小丘上有麻，有麦，有李，留（刘）氏的子嗟、子国等人在那里干活。二子争相讨好诗人，将自己佩戴的美石（玖）赠给她。诗人对二人皆有好感，希望二子来会，自己准备些饭菜请他吃。朱熹训为"妇人望其所与私者"。① 固然"贻我佩玖"已是私相授受，但这好感尚未发展到刻骨相思的程度，未到谈婚论嫁的地步。诗中的"贻我佩玖"，固然是借物传情，但诗人尚未陷于情网之中。

豳是周人的早期根据地，在周部族和周文化发展中起到重要

---

① 见朱熹《诗集传》卷四，上海古籍出版社 1980 年版，第 47 页。

作用。

　　周人最初生活于邰。《大雅·生民》歌咏了周部族第一位男性祖先诞生和创立农业的经过，诗云："即有邰室家。"其后裔公刘考察地形，率周部族从邰迁至豳。《公刘》云："度其隰原，彻田为粮。度其夕阳，豳居允荒。""笃公刘，于豳斯馆。"从这时起，豳成为周人的聚居之地。《国语·周语》云："昔我先王世后稷，以服事虞、夏。及夏之衰也，弃稷不务。我先王不窋用失其官，而自窜于戎狄之间"。韦昭云："邠（豳）西接戎，北近狄也。"①《史记·周本纪》亦云："不窋以失其官而奔戎狄之间。"又云："公刘卒，子庆节立，国于豳。"上述记载可以看出两个问题：其一，周部族从不窋到公刘，率族迁于豳；其二，豳为周部族与戎、狄杂处的地区。这里对周文化的早期发展具有重要作用，但也必须看到，豳地的文化艺术并不是纯正的周文化。可以说，这里是带有一定戎狄色彩的先周文化。此时周人的文化同推翻殷商王朝之后的周代文化，同周公制礼作乐之后的周文化之间存在着本质上的差异。但豳为周人的老家。周人的文化传统也是其居邰、居豳、居周之时，逐渐形成与发展起来的。周代的礼乐文化形成之后，也首先在自己统治基础稳固的地区得以贯彻实施。因此，豳已经成了周人最可靠的后方。《汉书·地理志》云："其民有先王遗风，好稼穑，务本业。故《豳》诗言农桑衣食之本甚备。"② 豳人与周人特殊的关系，豳人作为农耕群落素有的重厚朴实的民风，决定了他们对周代主流文化的亲和。然而，豳乐不同于周人的雅乐，《豳》诗的风格同《雅》诗或《周南》、《召南》也存在差异，在礼的内蕴、文采方面也有所不同。

---

　　①　见《国语》卷一，上海古籍出版社 1978 年版，第 2—3 页。
　　②　见王先谦《汉书补注》卷二八下，中华书局 1983 年版。

这同豳地人的质朴有一定的关系。至于说"《豳》诗言农桑衣食之本甚备",不过是就《七月》和现存《豳》诗而言。《豳》诗中有的作品同周公有关。如《破斧》云:

> 既破我斧,又缺我斨。周公东征,四国是皇,哀我人斯,亦孔之将。

"周公东征"是西周初年周公平息殷纣之子武庚叛乱的战争。《破斧》即这一事件亲历者所作。《东山》似乎也与此相关。其文云:

> 我徂东山,慆慆不归。我来自东,零雨其濛。我东曰归,我心西悲。……自我不见,于今三年。

这是跟随周公出征的将士所作。战争进行得较为艰苦,故三年不得返乡。鲁乐工歌《豳》,季札曰:"美哉,荡乎!乐而不淫,其周公之东乎!"所谓的"乐而不淫",是说豳乐弛张、疾徐有度,评价较为恰当。

还有一点,豳、周南、召南为周人世代居住之地。这里的风谣歌曲是周人感到最为亲切的音乐。这种对某种音乐的特殊偏爱,是人们长期生存其间不自觉地形成的,是极其稳定的审美心理、欣赏趣味的表现。如汉朝君主和一些大臣皆为楚人。立国之后,虽然拥有非常便利的条件,可以欣赏到当时来自各诸侯国乃至秦廷的最好的音乐、歌舞,可是,他们对楚文化具有特殊的偏爱。刘邦一向"乐楚声"①,他所作的《大风歌》是楚歌,他与

---

① 见《汉书·礼乐志》。

爱姬戚夫人在一起时，自己歌，令夫人楚舞。① 甚至到了几代人之后，王室对楚文化的亲和力依然十分强烈。如朱买臣以"说《春秋》，言楚词"，受到武帝的赏识。② 宣帝时，"征能为楚辞九江被公，召见诵读"。③ 这都表明，传统所形成的文化亲和力与审美取向是潜在的，也是强有力的。汉王室对楚文化艺术的偏爱足可为我们阐释周人审美取向的佐证。

（三）多元文化区的文化交融

周人取代殷商，建立自己的政权后，分封子弟、亲戚为诸侯，借以巩固周王朝的政权。随着礼乐文明的确立，周王朝也通过主宰各诸侯国的王室子弟，将这一文化播向四方。但是，礼乐文明的扩张，也不是一帆风顺的。各诸侯国的地域不同，部族的构成不同，其原有的文化传统也不同。虽然周代的礼的思想借助于政权的力量得以传播，但是，其与各地、各部族固有文化的冲突仍是不可避免的。《国语·郑语》载史伯为桓公友分析天下形势，他列举了宗周以外各诸侯国、各部族的情况，指出："是非王之支子、母弟、甥舅也，则皆蛮、荆、戎、狄之人也。"并且说，这些诸侯国"非亲则顽"。这还是从各地诸侯、各部族同周王朝的政治关系而言。如果从文化发展的角度看，那些被称为"蛮、荆、戎、狄"的部族之所以被斥之为"顽"，就在于他们拥有自己的独立于周王朝主流文化之外的部族传统。即使是所说

---

① 见《西京杂记》卷一。
② 见《汉书·朱买臣传》。
③ 见《汉书·王褒传》。

的"支子、母弟、甥舅"之国，情况也很复杂。这些地域的上层贵族都是周王室的同宗，或亲戚，而各邦国的人民，各地的旧贵族，以及那里的文化结构，却很值得进一步分析。

由于部族发展的历史特殊性，导致一些部族的文化呈现出与周文化不同的特点。在宗周时代，这些具有自己传统的文化，也在周的礼乐文明这一主流文化的影响下有所交流。

魏，姬姓国。其地在黄河、汾水之间。故《伐檀》云："置诸河之干兮"，《汾沮洳》云："彼汾一方"，"彼汾一曲"。这是个具有悠久历史的古国。《诗谱》云："魏者，虞舜、夏禹所都之地。昔舜耕于历山，陶于河滨。禹菲饮食而致孝乎鬼神，恶衣服而致美乎黻冕，卑宫室而尽力乎沟洫。此一帝一王，俭约之化，于时犹存。及今魏君，啬且褊急，不务广修德于民，教以义方。"周人入主中原，将这里的几个小国均赐封同姓诸侯。《左传》襄二十九年曰："虞、虢、焦、滑、霍、杨、韩、魏，皆姬姓。"鲁乐工为季札歌《魏》，曰："美哉，沨沨乎！大而婉，险而易行，以德辅此，则明主也。"杜预注曰："'险'当为俭字之误也。大而约，则俭节易行。惜其国小无明君也。"赞美这里的传统较为俭朴，且重实践。魏诗现存 7 首，讽刺诗所占比例略大一些。如《硕鼠》讽刺领主不能善待臣民，以至于重土难迁之民都想远走他乡；又如《伐檀》讥讽一些领主"不稼不穑"，"不狩不猎"的违礼恶习。

曹是周武王克商前的古国。其地在洮水、济水间，鲁在其东南，卫在其西北。《左传》僖公三十一年，晋文公"取济西田"赐鲁。自洮以南，东傅于济，尽曹地也。《汉书·地理志》云："济阴郡，故梁。景帝中六年别为济阴国。宣帝甘露二年更名定陶。《禹贡》荷泽在定陶东。属兖州。……定陶，故曹国，周武王弟叔振铎所封。"《左传》僖公二十八年云："曹叔振铎，文之昭也。"《史记·管蔡世家》云:"曹叔振铎者,周武王母弟也。武王克殷,封叔振铎于曹。"《汉书·地理志》云:"武王封弟叔振铎于曹。其后稍大,得山阳、陈留,二十余世,为宋所灭。昔尧作,游成阳。舜渔雷泽。汤止于亳。故其民犹有先王遗风,重厚多君子,好稼穑,恶衣食,以致畜藏。"这里是个文化融合的地区,既有尧的遗风,又经历舜的统治,汤的文化影响更突出一些。但这里却不是强大部族长期居住的地区,这里也没产生鲜明持久的文化传统。因此,叔振铎统治以后,在同周文化的融合方面方面也容易一些。这里的文化带有多元的、兼容的特点。《候人》诗云:"彼其之子,三百赤芾。"《毛传》云:"大夫以上赤芾乘轩。"《郑笺》云:"佩赤芾者三百人。"案诸侯之制,大夫五人。今曹伯竟然有三百人佩用赤芾,表明曹国赏罚极度混乱、颠倒。《左传》僖公二十八年云:"(晋)入曹,数之以其不用僖负羁,而乘轩者三百人也,且曰献状"。杜预云:"言其无德而居位者多,故责其功状。"晋文公谴责的是曹共公,"乘轩者三百人"即诗中的"三百赤芾"。诗又云:"彼其之子,不称其服。"《笺》云:"不称者,言德薄而服尊。"曹居大夫等级的人既多且滥,更有些人德行卑下。诗人讽刺曹国君主昏聩荒谬,讽刺贤愚混乱的社会现实。

桧,本又作"郐",其地在济、洛、河、颍之间,其部族为火正祝融之后裔,也是古国之一。《左传》昭公十七年云:"郑,祝融之虚也。"这是就郑灭桧而据有其地所作的阐释。《国语·郑语》云:"(祝融)其后八姓,于周未有侯伯。"这些古老的部族有的为夏、商所灭,有的为周所灭。其中桧为妘姓之国,西周后期依然存在。《国语·郑语》记载史伯对济、洛、河、颍之间诸小国的分析,他指出:"是其子男之国,虢、郐为大。虢叔恃势,郐仲恃险。是皆有骄侈怠慢之心,而加之以贪冒。君若以周难之故，寄孥与贿焉，不敢不许。周乱而弊，是骄而贪，必将背君。君若以成周之众，奉辞伐罪，无不克矣。"① 《汉书·地理志》云："土狭而险，山居谷汲，男女亟聚会，故其俗淫。"

　　史伯对天下大势的分析独具慧眼，他指出，虢、郐等国地域狭小，目光短浅，贪而无信，建议桓公友利用这些弱点。桓公采纳其策谋，以物质利益为诱饵，在虢、郐之间站稳脚，至桓公之子武公，竟取十邑之地。桧为郑灭，其时当西周末年。尽管如此，桧之乐歌自有传统，不同于郑。故三百篇中存其歌诗。

　　秦，《汉书·地理志》云："今陇西秦亭秦谷是也。"郑玄《诗谱》云："秦者，陇西谷名，于《禹贡》近雍州鸟鼠之山。"《国语·郑语》云："嬴，伯翳之后。"《汉书·地理志》又云："秦之先曰柏益，出自帝颛顼。尧时助禹治水，为舜朕虞养育草木鸟兽，赐姓嬴氏。"据《史记·秦本纪》载，秦之先人大费，"与禹平水土……佐舜调驯鸟兽，鸟兽多驯服，是为柏翳。舜赐姓嬴氏"。传数世，至秦仲，周宣王以为大夫，西周末年，犬戎杀幽王。秦仲之孙襄公"将兵救周，战甚力，有功。周避犬戎难，东徙洛邑，襄公以兵送周平王。平王封襄公为诸侯，赐之岐以西之地"。襄公于是始立国，与诸侯通使聘享之礼。② 至襄公玄孙德公乃徙雍。《左传》僖十三年云："秦输粟于晋，自雍及绛。"《左传》昭元年云："秦后子享晋侯，自雍及绛。"这些记载表明，秦在发展中长期处于陇西，春秋中期乃徙雍。就《诗经》中的秦歌诗来说，乃是宗周之后的西部音乐。秦地有其独特的音乐与歌。秦地艺术发展的历史，比嬴氏立为诸侯，据有岐山乃至雍的历史，要悠远得多。《诗经》中所收录的秦诗，就是

---

① 见《国语》卷一六，第 507—511 页。
② 见《史记》卷五，第 173—179 页。

在这部族发展中留下的艺术佳作。《黄鸟》咏及子车氏三良，为秦穆公时诗。季札见歌《秦》，曰："此之谓夏声。"表现出他对秦歌诗和音乐的欣赏。

上述这些地域生活的主体，或有古老的文化传统，不论其始于尧，抑或肇端于祝融，但在后来的发展中，传统被割裂，更多地融入新的文化元素；有的则是周初始封，开始建立的文化同该地域的条件相融合，形成了非古非今，既不同于主流文化，又区别于古老传统的文化格局，从而产生了带有鲜明色彩的歌诗。

（四）部族文化与礼乐文化的冲突

有些地域或部族在长期发展中形成具有强劲势头的文化传统。入周之后，有的成为周王室子弟的封国，如唐、卫；有的成为周王室姻亲的领地，如齐、陈。然而，这里原有的文化传统较为突出，迫使周人不得不采取特殊的政策，实行宽缓的统治。于是，这里的文化同周代主流文化之间的差异就更加鲜明，其间的矛盾也较为突出。

唐在魏北，相距很近，又是具有悠久文化传统的地区。《史记·五帝本纪》《正义》引徐广说云："（帝尧）号陶唐。"又引《帝王纪》云："尧都平阳，于诗为唐国。"引徐才宗《国都城记》云："唐国，帝尧之裔子所封。其北，帝夏禹都，汉曰太原郡，在古冀州太行、恒山之西。其南有晋水。"① 《史记·晋世家》云："武王崩，成王立，唐有乱，周公诛灭唐。成王与叔虞戏，削桐叶为圭以与叔虞，曰：'以此封若。'史佚因请择日立

---

① 见《史记》卷一，第15页。

叔虞。成王曰：'吾与之戏耳。'史佚曰：'天子无戏言。言则史书之，礼成之，乐歌之。'于是遂封叔虞于唐。唐在河、汾之东，方百里，故曰唐叔虞。"①《左传》昭公十五年云："密须之鼓，与其大路，文所以大搜也，唐叔受之，以处参虚，匡有戎狄。"又定公四年云："分唐叔以大路、密须之鼓、阙巩、沽洗、怀姓九宗、职官五正，命以《唐诰》，而封于夏虚。启以夏政，疆以戎索。"《汉书·地理志》云："太原晋阳县，故诗唐国，晋水所出，东入汾。"又云："河东土地平易，有盐铁之饶，本唐尧所居。《诗·风》唐、魏之国也。""其民有先王遗教，君子深思，小人俭陋。"这些记载表明了唐国的由来，指出那里部族与文化传统的构成。其地为唐尧所居，为尧的后人世代聚居之国。周公寻找机会灭唐，将其变为姬姓家族直接统治区域。周王朝赐予唐叔虞的"怀姓九宗"，即是唐尧后裔。他们久为夏代的臣民，故周王朝准许唐用"夏政"。这是因地制宜地施行统治的个案之一。同时，也可以看出，周王朝明确表示在唐国的统治不必强制地推行周的主流文化。这里既有唐尧的余风，又有"夏政"的传统在起作用。故季札在鲁观乐，闻唐之歌曰："思深哉！其有陶唐之遗民乎！"

　　齐为东夷故地。郑玄《诗谱》云："齐者古少暤之世，爽鸠氏之墟。"② 据《史记·齐太公世家》载，武王伐纣，"师尚父谋居多。于是武王已平商而王天下，封师尚父于齐营丘"③。《汉书·地理志》云："齐郡临淄县，师尚父所封也。"应劭曰："齐献公自营丘徙此。"《左传》昭公二十年，晏子谈到齐国境内部

————————

① 见《史记》卷九，第 1635 页。
② 见《毛诗正义》卷五。
③ 见《史记》卷三二，第 1480 页。

《诗经》艺术论

族的变化时说："昔爽鸠氏始居此地，季萴因之，有逢伯陵因之，蒲姑氏因之，而后太公因之。"《左传》昭公十七年载，郯子朝于鲁，公与之宴。昭子问曰："少暤氏鸟名官，何故也？"郯子曰："我高祖少暤挚之立也，凤鸟适至。故纪于鸟，为鸟师而鸟名。祝鸠氏，司徒也；爽鸠氏，司寇也。"于是，以各种鸟名其官职。足见这号称"爽鸠氏之墟"的齐地具有特殊的文化传统。而且姜氏齐在统治中，也采取因地制宜的政策。据《史记·齐太公世家》载，初封之时，齐地并不大，时与东夷争斗。"莱侯来伐，与之争营丘。营丘边莱。莱人，夷也。""太公至国，修政，因其俗，简其礼，通商工之业，便鱼盐之利，而人民多归齐，齐为大国。"太史公曰："吾适齐，自泰山属之琅邪，北被于海，膏壤二千里，其民阔达多匿知，其天性也。"① 从这些记载可以看出，齐地原为东夷人所居，师尚父封于齐，握有生杀予夺之权，也在一定程度上带来了周人的文化。然而，这里原有的东夷文化传统依然存在，甚至具有鲜明的独立性。师尚父"因其俗，简其礼"，即表现出对东夷固有文化的尊重，使其在同周人的文化，同周公制礼作乐后占统治地位的文化，相互融合、吸收。在这一文化背景下，齐人之诗，齐地之乐，也形成了自己的特点。

季札在鲁观乐，闻乐师为他歌齐诗，云："泱泱乎大风也哉！表东海者，其太公乎！"在离开音乐的《诗经》文本中，这样豪迈浩荡的气概已无可考其详。然而，从文本所表现的感情，我们也可以看出一定的特殊之处。

《还》诗出于一个狩猎者之口。他在山中遇见另一个猎人。于是，他们相伴而行。诗中抒发了这次偶遇和随之而来的共同狩

---

① 见《史记》卷三二，第1480—1481，1513页。

猎带给他的喜悦。这样在同野兽相搏击时形成的一见如故的感情交流，颇有点东夷人的质朴、豪爽的性格的影子。《东方之日》是一个男子同所爱的人在自己家中相会时的欢快表白。他称赞她的美好（"彼姝者子"），而且，这样美好的女子竟然来到他的房中。这带有自豪感的快乐充溢于诗篇的字里行间，给读者留下鲜明的印象。《汉书·地理志》评价齐诗《著》与《还》云："此亦其舒缓之体也。"这些都具有一定的地域的、部族的文化的痕迹。而《卢令》云："其人美且仁"，《载驱》云："齐子岂弟"，则可看出周人礼乐文化的特征。

陈与上述诸国相比，其文化传统悠久得多。《左传》昭公十七年云："陈，大暤之虚也。"《左传》昭公八年载史赵曰："陈，颛顼之族也。……舜重之以明德，寘德于遂，遂世守之。及胡公不淫，故周赐之姓，使祀虞帝。"杜预注曰："陈祖舜，舜出颛顼。胡公满，遂之后也，事周武王，赐姓曰妫，封诸陈，绍舜后。"《左传》襄公二十五年，晋人问罪于陈，对曰："昔虞阏父为周陶正，以服事我先王。我先王赖其利器用也，与其神明之后也，庸以元女大姬配胡公，而封诸陈，以备三恪。则我周之自出，至于今是赖。"舜之后裔阏父为武王陶正，深受赏识，又因其具有前代帝王的血统，武王将长女许婚阏父之子满，也就是胡公。《史记·陈杞世家》云："陈胡公满者，虞帝舜之后也。昔舜为庶人时，尧妻之二女，居于妫汭，其后因为氏姓，姓妫氏。舜已崩，传禹天下，而舜子商均为封国。夏后氏之时，或失或续。至于周武王克殷纣，乃复求舜后，得妫满，封之于陈，以奉舜祀，是为胡公。"①《汉书·地理志》云："陈本太昊之虚。周武王封舜后妫满于陈，是为胡公。妻以元女大姬。妇人尊贵，好

① 见《史记》卷三六，第1575页。

祭祀，用史巫，故其俗巫鬼。"所谓"其俗巫鬼"，说明原始宗教对该部族民风和审美取向影响很大，故其歌舞、文学，都可见出好巫鬼的影子。

如《宛丘》就是歌咏巫舞和女巫的诗篇。"子之汤兮，宛丘之上兮。洵有情兮，而无望兮。"她舞于宛丘之上，无冬无夏，伴随着击鼓、击缶的节奏，佩戴鹭羽之类的装饰。楚楚动人的女巫，优美的巫舞，赢得众人的称赞。诗人对女巫报以痴迷、狂热的态度，却又自叹无缘得到女巫的青睐。巫舞在其他古老的部族都不可或缺，但陈对巫鬼的崇拜，对巫舞的欣赏，比起其他部族尤甚。

在《东门之池》一诗中，诗人唱着："彼美淑姬，可与晤歌。""彼美淑姬，可与晤语。""彼美淑姬，可与晤言。"在祭坛旁，在池水边，青年男女对歌，会面，交谈。在欢情笑语中，周代限制、压抑男女情爱的礼之禁网，已残破，已被抛弃。至少在这样的歌声中，听不到长期束缚所造成的颤栗。

礼的制约宽缓无力，固然给予青年男女以感情交流的便利，但同时，更便于权贵们肆无忌惮地放纵情欲，甚至作出荒淫无耻之事。《株林》是一首著名的讽刺诗。陈灵公淫于夏姬，驱驰而往，朝夕沉醉其间。诗云：

> 胡为乎株林？从夏南。匪适株林，从夏南！
> 驾我乘马，说于株野。乘我乘驹，朝食于株。

其实，这位驾驷马轩车时时奔赴株林的人，并不是去会夏南，而是为了风韵十足的夏南的母亲——夏姬。《左传》昭公二十八年云："（夏姬）郑穆少妃姚子之子，子貉之妹也。子貉早死，无后，而天钟美于是。"《左传》宣公九年载，"陈灵公与孔宁、仪行父通于夏姬"。《国语·楚语》云："昔陈公子夏为御叔娶于郑穆公，生子南，子南之母乱陈而亡之"。君臣在一个女人那里淫乐，乃是太暤之墟的怪胎，不足为陈文化之累。

陈地为太暤之旧址，其统治者为虞舜之后，又有太姬下嫁，三支文化合流而有陈国的特殊文化。其诗多涉及女巫、祭祀之类，虽不同于郑、卫，也可以看出这里的文化同周人的礼的思想、原则之间存在较大的距离，看出其与主流文化融合之艰难。

郑的文化传统不同于唐、齐、陈。据《国语·郑语》记载，郑桓公友请教史伯曰："王室多故，余惧及焉。其何所可以逃死？"史伯为他分析了天下大势，指出可以逃死并利于日后发展之地，"其济、洛、河、颍之间乎！是其子男之国，虢、郐为大。虢叔恃势，郐仲恃险。是皆有骄侈怠慢之心，而加之以贪冒。君若以周难之故，寄孥与贿焉，不敢不许。周乱而弊，是骄而贪，必将背君。君若以成周之众，奉辞伐罪，无不克矣。"桓公友接受了史伯的建议。"公说（悦），乃东寄孥与贿。虢、郐受之。十邑皆有寄地。"① 《公羊传》桓公十一年曰："先郑伯有善于郐公者，通乎夫人，以取其国。"《史记·郑世家》云："犬戎杀幽王于骊山下，并杀桓公。郑人共立其子掘突，是为武公。"《汉书·地理志》云："幽王败，桓公死，其子武公与平王东迁。"《左传》昭公十七年云："郑，祝融之虚也。"《汉书·地理志》云："土狭而险，山居谷汲，男女亟聚会，故其俗淫。"上述记载表明，郑桓公为王朝卿士，为躲避即将发生的动乱，而选择了既可避难，又利于进一步发展的地域。他以物质利益引诱、麻痹虢、郐之君，使其不加防范，至桓公之子武公，遂灭虢、郐，取十邑之地。《诗经》中的郑，即桓公蓄谋已久而终于

---

① 见《国语》卷一六，第 507，523 页。

《诗经》艺术论

据为己有的十邑之地和后来更加扩大了的郑国。这里并不像齐、卫等地那样拥有独立的完整的文化传统。然而，这里是在战乱中受利益驱动较明显的地区。这里拥有古老文化传统的当属虢、郐，然而，都是小国，势微力弱。从武公据有十邑起，这里长期处于兼并、战乱之中，也在多元文化的背景下形成新的郑文化。在这种形势下，周人的礼乐文明也很难以特殊的冲击力在这里统治一切。从这方面看，郑的文化前提不同于齐、卫、陈，也不同于郐、曹、唐。郑国多元的，也可以说是杂驳的文化格局，缓解了周人主流文化的影响力。

郑诗就是在这一背景下产生的。《大叔于田》云：

> 叔于田，乘乘马。执辔如组，两骖如舞。叔在薮，火烈具举。襢裼暴虎，献于公所。

此诗赞美一位勇武的贵族青年。他驾御车马技艺高超，缰绳拉得整齐如丝带，马步协调如舞蹈，在狩猎火光照耀下，他袒胸赤膊搏击猛虎，献给君主。他既具有礼的修养，更表现出超凡的勇武。

《羔裘》云：

> 羔裘豹饰，孔武有力。彼其之子，邦之司直。
> 羔裘晏兮，三英粲兮。彼其之子，邦之彦兮。

他的羔皮衣装饰着豹皮袖口，更增英武之气。诗人称赞他是邦国的俊杰。郑乐与诗对勇武的推崇，同礼强调尚德不尚力的思想和审美追求间，显示出较大的差别。

在一些歌咏恋爱、婚姻的作品中，也较多地表现出郑人特殊的心态与审美感受。

《山有扶苏》的抒情主人公与恋人在一起，唱了这首歌。歌中以他人为反衬，戏谑之。"不见子都，乃见狂且。""不见子充，乃见狡童。""子都"、"子充"都是较有名气的人。诗人意谓本欲会子都、子充那些杰出的青年，不料却见到"狂且"、"狡童"。故意刺激恋人，乃至于以其他男人相比，态度近于轻浮，却表现出别样的爱意。《褰裳》也是一首恋歌。诗中的抒情主人公大胆地告诉恋人，要他不避困难前来相会。她希望恋人更热情、更主动。她特别刺激恋人的嫉妒心："子不我思，岂无他人。"这样的诗句在周文化统治绵密的地区是不可想象的。在这样的诗中，人们不以诚信礼义和对爱的专一为重，至少在表面上只重情，不言礼。谁爱得深，追求迫切，就接受其爱情。这是两首都以打情骂俏的口吻唱出。诗人称恋人为"狂童"、"狡童"，感叹恋人是"狂童之狂也且"，如此大胆、活泼的语言在其他国的诗中是不曾有的。

这些诗人都是活泼、欢快、较少约束的女性，她们以表面上放荡不贞的语言，刺激恋人的嫉妒心和紧迫感，这样的性格、情感和对爱的表达方式，都是礼的思想、规范制约严格的地区所不能有。

《将仲子》对郑国青年男女心灵、感情中的郑文化因素的表现，对礼乐文化给予人们心灵不同作用，表现得尤为充分。诗云：

> 将仲子兮，无逾我里兮，无折我树杞。岂敢爱之，畏我父母。仲可怀也，父母之言，亦可畏也。

诗人与"仲"相爱很深。显然，"仲"常常"逾里"、"折杞"

前来幽会。然而，外界的压力已增大到她无法承受的程度。"父母之言"，"诸兄之言"，"人之多言"，周围的舆论一起压向她柔弱、稚嫩的心灵。她不能割舍这刻骨铭心的爱。然而，从父母到周围的人构成巨大压力，要将她的爱情、心灵压垮。在迫不得已的情况下，她含泪请求恋人不要再来相会。在对"仲"的呼唤声中，在斩断情思的哭诉中，人们能感受到她对人生与幸福的悲号，似乎看到她青春靓丽的容颜已变得憔悴。

这首诗表现出周代礼的思想同地域文化之间的矛盾冲突，表现出两种文化对人的不同的制约作用及其结局。从"父母之言"到"人之多言"，可以看出礼的思想、规范已经构成了围绕着她，制约着她的不可见之网。更为可悲的是，礼不仅要求她终止同"仲"的恋爱关系，还要她亲手扼杀这恋情。在强大的外力的压迫下，她不得不含泪告别爱人，将痛苦深埋心中，至少在表面上接受礼的约束，复归于礼。

从诗中所表现的诗人内心的痛苦，同其诗中所歌咏的人们之间的关系看，礼的思想、原则取得了胜利。然而，这只是表面的，短暂的。因为，在《将仲子》中所涌动的，仍然是对礼的抗争、反叛，是生命和幸福的源动力。礼的思想所具有的禁欲主义的约束力，无法从她的心里抹杀对"仲"的思念。

卫在当时各呈异彩的部族文化、艺术中最具特殊性。《左传》昭公十七年云："卫，颛顼之虚也。"《汉书·地理志》云："河内本殷之旧都，周既灭殷，分其畿内为三国，《诗·风》邶、庸、卫国是也。邶，以封纣子武庚；庸，管叔尹之；卫，蔡叔尹之：以临殷民，谓之三监。故《书序》曰'武王崩，三监畔'，周公诛之，尽以其地封弟康叔，号曰孟侯，以夹辅周室；迁邶、庸之民于洛邑，故邶、庸、卫三国之诗相与同风。……康叔之风既歇，而纣之化犹存，故俗刚强，多豪桀侵夺，薄恩礼，好生分。"《史记·卫康叔世家》云："周公旦以成王命兴师伐殷，杀武庚禄父、管叔，放蔡叔，以武庚殷余民封康叔为卫君，居河、淇间故商墟。周公旦惧康叔齿少，乃申告康叔曰：'必求殷之贤人、君子、长者，问其先殷所以兴，所以亡，而务爱民。'……康叔之国，既以此命，能和集其民，民大说。"① 《尚书·康诰》云："往敷求于殷先哲王用保乂民，汝丕远惟商耇成人，宅心知训。别求闻由古先哲王用康保民。""我时其惟殷先哲王德，用康乂民作求。矧今民罔迪，不适；不迪，则罔政在厥邦。""往哉！封，勿替敬，典听朕告，汝乃以殷民世享。"② 《左传》定公四年云："昔武王克商，成王定之，选建明德，以藩屏周。……分康叔以大路、少帛、綪茷、旃旌、大吕，殷民七族：陶氏、施氏、繁氏、锜氏、樊氏、饥氏、终葵氏……命以《康诰》，而封于殷虚，皆启以商政，疆以周索。"这里原本是殷商都城旧境。武王克商，以封纣王之子禄父，并封管叔、蔡叔于其周围，以监视武庚禄父。然而，禄父离间周王族，勾结管叔、蔡叔，发动叛乱。周公东征，平息了禄父之乱，杀管叔，放蔡叔，遂以其地封康叔。封康叔之时，除了赐予他众多的礼器、仪仗外，还将殷民七族赐给他，做他的臣民。同时还告诫他："汝乃以殷民世享。"要他世世代代统治殷商后裔。又特别叮嘱他在政策、文化方面取宽缓的原则，要他沿用"商政"，而不是强制地推行周人的政治文化方略。以康叔为首的统治者既要传播、推行周人的礼乐文化，又不能操之过急，要在文化交融中巩固其统治。这样特殊的部族群落，特殊的政策，给予卫地原有的文化传

---

① 见《史记》卷三七，第 1589—1590 页。

② 见孙星衍《尚书今古文注疏》卷一五，中华书局 1986 年版，第 361—371 页。

统，也就是殷纣之化，留下延续、生存的空间。卫地人们的精神面貌，文化状况同周王朝统治严密的地区有着明显的差别。

由此可见，在康叔之时，就不曾对以殷商遗民为主体的卫人进行强化的统治，其原有的文化即"纣之化"，始终在起作用。这样的文化结构一方面会增加文化交融中的有机元素，另一方面，也不可避免的带来不同文化体系间的冲突。

诗人歌咏所及的水域以黄河为主，如《新台》云"河水弥弥"，"河水浼浼"；《柏舟》云"在彼中河"；《硕人》云"河水洋洋"。其次为淇水，如《氓》云"送子涉淇"，"淇水汤汤"；《淇奥》云"瞻彼淇奥"；《竹竿》云"以钓于淇"，"淇水在右"；《有狐》云"在彼淇梁"，"在彼淇侧"。此外有浚、济二水，如《干旄》云"在浚之郊"；《匏有苦叶》云"济有深涉"。邶、鄘、卫之诗人就生活在这几大水系之间。

这里的诗人因其固有的传统与宽缓的文化政策，于是，其歌诗也与他国有显著的差异。

《鹑之奔奔》云："人之无良，我以为兄！""人之无良，我以为君！"讥刺锋芒所向，直指君主。有的诗即使唱得较为委婉含蓄，人们也十分清楚其社会意义，而且表现出对违礼自恣的统治者的蔑视。如《墙有茨》云：

> 墙有茨，不可埽也。中冓之言，不可道也。所可道也？言之丑也。

卫之君主违礼自恣较他国为甚，故引发诗人尖锐的讽刺。

在男女恋情方面，邶、鄘、卫的诗中表现出对幸福的大胆追求，对内心世界的真诚袒露。《柏舟》和《氓》二诗堪称代表。

《柏舟》的作者是一位敢爱敢恨的少女。她热恋一个青年，认定他是自己最好的人生伴侣。可是，外界环境却不承认她的选择，也不允许她自己选择。在那个时代，"昏（婚）礼者，将合二姓之好"①，婚姻是两个家族利益的结合，而不计青年男女感情融洽与否。婚姻的决定权在父母。《柏舟》之诗人坚持自己的爱情，她痛苦地执着地呼喊道："之死矢靡它。母也天只，不谅人只！"在自己的幸福受到严重威胁之时，她大胆地藐视礼的思想、规范。"娶妻如之何？必告父母。""娶妻如之何？匪媒不得。"这些清规戒律与她的人生选择发生了尖锐的冲突。她要摆脱这一切束缚，冲决一切阻力，追求自己的幸福。这位诗人比《将仲子》的歌者更勇敢，更坚定。她大胆地唱出"之死矢靡它"，敢于以死抗争来自主流文化的压力。这在那个时代是很少能听到的声音。

在《氓》中，我们可以看到更复杂的心理变化与不同的文化传统的交叉。这是一首典型的弃妇诗。诗人与她所谴责的"氓"从小相识，青梅竹马，嬉戏于淇水边。"总角之宴，言笑晏晏。"青春萌动，他们相恋相爱。氓"信誓旦旦"地表明心迹。诗人为其深情所动，深深地陷入情网之中。他们之间的恋爱经历，在周人的礼的思想、原则看来，已属越轨的行为。那个时代虽然有在媒氏主持下的男女之会，但对时间有所规定，对一些年龄较大的男女限制少些，而对一般人，则禁网甚严。因此，他们之间的交往，也带有卫地文化的色彩，带有殷商文化或所谓的"纣之化"的色彩。他们的恋爱幸而得到礼的秩序的认同。诗人的爱情、幸福似乎实现了。然而，幻象很快为现实所击溃。婚后不久，"信誓旦旦"变成"至于暴矣"，甚至无辜被遣。委屈、懊悔、不幸取代了对幸福的憧憬。她恨对方，也恨自己。她沉痛

---

①　见孙希旦《礼记集解》卷五八，第1416页。

《诗经》艺术论

地诉说：

> 于嗟鸠兮，无食桑葚。于嗟女兮，无与士耽。士之耽兮，犹可说（脱）也。女之耽兮，不可说（脱）也。

在这痛切的表白中，她要让天下的少女都知道自己的不幸，也要让她们知道自己何以不幸。在她看来，自己不幸的关键在于自己选择了爱人，爱得太深，对"氓"寄望过高，不能自拔。她希望所有的女子都不要像自己这样"与士耽"。那么剩下的就只好等待父母，等待媒人，将自己的幸福交给礼所规定的掌握并决定自己幸福的人，听凭外界的安排。在这样的陈述中，可以看出她因为所托非人而产生的悔恨，并由此产生对自己青年时代恋爱生活的否定。从诗中所表现的感情倾向可以看出，她以往的恋爱带有对礼的束缚的反叛倾向，而在痛悔之时，又表现出对青年时代行为的否定，表现出对礼的思想、原则的复归。

综上所论，周代是以礼的思想、原则为其精神文化的主导方面。这是当时社会生活中具有普遍指导意义的主流文化。这一文化成为当时人们生存环境中的重要条件和决定性因素，制约着人们的心灵，影响人们生活的方方面面。然而，在不同地域、不同部族间，主流文化的制约力存在着差别。在宗周时代，周王朝与众多诸侯共存。从文化的角度看，周王朝的主流文化并非在各地域、各诸侯国都发生着同样的作用。不同地域，不同传统下的人们的性格、感情既受制于周代的主流文化，也受制于各诸侯国和地域独特的文化传统，从而表现出人们的性格、感情乃至歌诗的特点。《诗经》中的歌诗依地域、诸侯国之不同，可以分为三种文化类型：其一，王化之国。在这里，周部族的传统文化和周王朝的礼乐文化紧密结合，体现出鲜明的主流文化色彩。其二，文化交融之国。在这些地域、诸侯国，其原有的地域文化、部族文化尚具一定的影响力，或者该地域的文化具有鲜明的多元性特征，礼的文化也传播到该地较久，人们的行动中，感情中，带有两种文化交融所形成的痕迹。其三，原有的文化传统较强的诸侯国或地域。这里的文化构成较为复杂，周人的主流文化与鲜明的部族文化共存，并不断地发生冲突，形成了独特的审美取向，也产生了众多风貌迥异的歌诗。

在现实生活中，人们都不同程度地处于礼的思想涵盖之下。但由于礼的思想在各地实施的力度不同，人们心灵中礼的定性自然有所不同。尽管当时认为，普天之下，莫非王土；率土之滨，莫非王臣。可是，环绕着人们的文化的、传统的条件存在较大的差异，人们的性格、气质，也有显著的不同。人们普遍受到外物的感召，为情所激动，所支配。由于当时的主流文化与非主流文化的不同程度的作用，人们的感情的表现也显示出不同的特点。人们的现实生活的感受，人们的感情变化以及其在诗歌中的艺术表现，同人们赖以生存的背景条件中的主流文化、非主流文化密切相关。人们除了对当时所推崇的礼乐文明的信奉、遵循之外，还有对生活，对幸福的不可遏止的渴望与追求。这是人们欢乐的源泉。但它却不是自觉意识所能涵盖的。礼的自觉文化同人们长期生活其间的，不自觉的地域文化、部族文化间的矛盾，在人们精神的不同层面施加作用，给人们的精神、情感打上鲜明的印痕。这是《诗经》中的作品具有丰富多彩的艺术风貌的根本原因，也是我们解读《诗经》时不应轻视的问题。

三　风诗的批评、讽刺及其语境

　　《诗经》中的讽刺诗，特别是《国风》中的讽刺诗，以鲜明的爱憎、泼辣的语言、尖锐的指向，创作了独具风神的佳作，也为后人留下了可贵的艺术精神和文学传统。然而，人们在对这些诗给予较高的评价之时，也表现出对这些诗在理解与阐释方面的宽泛，甚至流于简单化、片面化。

　　诚然，人们可以对古代诗篇作出与众不同的理解与阐释，哪怕它是有悖常理的。诚然，人们历来感叹"诗无达诂"，感叹一千个读者就有一千个哈姆雷特。毫无疑问，作者的创作是在无法重现的特定历史条件下进行的，他所赋予作品的意蕴也是唯一的，没有人能进入他的灵感，准确到一丝不爽地领会、阐释他赋予作品的感情、意蕴。

　　作品的历史存在是多变的。但是，作为学术研究的学科宗旨，就是要发现并阐释古代诗人所创造的艺术美的奥秘，要探讨文学发展的规律。通向这终极目的的重要途径之一就是要重现当时的语境，历史地、准确地阐释这些诗篇中诗人的感受。

　　对于《国风》中的讽刺诗的分析探讨，就应将其置于周代的语境中，分析其批评与讽刺的原初对象，阐释作品的旨归和意蕴，使人们力求逼真地听到诗人歌唱的原版风韵，理解诗人的感情。

（一）鼠之皮与人之仪

在《诗经》的讽刺作品中，《相鼠》是最著名的、经常被人们谈起的诗篇。

《相鼠》是一首篇幅短小而又感情激切的讽刺诗。诗中云：

> 相鼠有皮，人而无仪。人而无仪，不死何为？
> 相鼠有齿，人而无止。人而无止，不死何俟？
> 相鼠有体，人而无礼。人而无礼，胡不遄死？

较为流行的说法认为，此诗出自劳动人民之口，将统治阶级批评得体无完肤。的确，此诗的讽刺锋芒是极其尖锐的。然而，过于宽泛地理解此诗的讽刺对象和讽刺内容，也就无法理解诗人的感情，对诗中所传达的审美意象的把握，也仅能得其皮毛，甚至连皮毛也未必能够得到。

诗人批评的是某些人在礼、仪和行止方面的不和谐问题。

在周代，礼的思想是时代文化的总和，是统治思想的代名词。它体现在社会生活的方方面面，贯穿于各项制度、规范中，也融入人们一生的各个环节中。礼仪、行止中都注入了礼的定性，成为制约人们行为的准则。人们的一举一动必须遵从这些准则与规范。在这方面做得好，就会受到人们的称赞。人们将从其是否自觉地按着礼的规范去做，以考察他们的礼的修养，甚至可以通过这方面的表现，可以看出其是否能够为人们所赞同、所拥戴，可以预见其本人乃至家族的盛衰。如春秋时，晋大夫叔向聘于周，赠礼币于周之大夫，在赠与单靖公之时，靖公以规格隆重但酒肴不丰的享礼招待叔向，表现出俭朴而又恭敬的态度。在以宾礼与叔向接触的过程中，无论是馈赠礼物，还是以酒席相饮饯，始终不敢超越比自己位尊者的接待规格。在其他交往中，在言谈中，都表现出很高的礼的修养。叔向据此遂认定单靖公是很好的卿士，他会助成周王室和自己家族的兴盛①。相反的，晋之大夫郤克聘于齐，受到嘲笑，遂使晋出兵伐齐。战胜之后，他自夸其功而又谴责齐侯。为此，晋之大夫认为他勇而不知礼，不会有好的结果。② 在当时的统治思想看来，稳定社会秩序的关键在于使所有的人都安于自己的等级名分，"长众使民之道，非精不和，非忠不立，非礼不顺，非信不行。"③ 没有礼，不实行礼，社会就会大乱，一个人也会寸步难行。"若无礼，则手足无所错，耳目无所加，进退揖让无所制"④。在当时，礼的思想和一系列规定就是生活的依据，安身立命的条件。人而无礼，不仅要受到社会舆论的普遍谴责，还要受到惩罚。

由此可见，当诗人看到这个无礼、无仪、无行止之人的时候，便鄙夷地唱起了讽刺的歌，将这个人视为连有皮、有齿的老鼠都不如的丑类。

从诗的内容和上述分析还可以看出，诗人讽刺的锋芒并未指向所有的贵族，而是集中刺向贵族中失礼、违礼的人。这首诗的作者也并不像人们所说的劳动阶级，而是真诚地信守礼的思想、规范的人。

---

① 见《国语》卷三《周语下》。
② 见《国语》卷一一《晋语五》。
③ 见《国语》卷一《周语上》。
④ 见《礼记·仲尼燕居》。

（二）"罔极"、"无良"与礼

《氓》中的抒情主人公被丈夫抛弃，陷于深深的不幸之中。她回忆起自己恋爱、结婚和婚后生活的历程，自认并无差错（"女也不爽"），而是她的丈夫背信弃义，反复无常。她谴责这个负义之人："士也罔极，二三其德。"

据汉代学者解释，罔，无也。极，中也。"罔极"即是无中，也就是没有准则，置礼法规范于不顾，对礼的原则不诚信，在行动中违背礼的思想、原则。"罔极"是当时常用语，是对违礼不义之举的严厉批评。《左传》成公八年引《氓》的这两句诗，以批评晋国的行为。在此之前，齐夺取鲁汶阳田，晋与齐战，帮助鲁收复故地。如今，齐屈从晋的势力，而服事晋，晋遂自毁前言，将汶阳之田归之于齐。季文子针对晋的反复无常，指出："信以行义，义以成命。……信无可知，义无所立。"应该说，这是对"士也罔极，二三其德"两句诗的最好的训释，也是对"罔极"一词的恰当运用。在《诗经》的时代，人们常用"罔极"以批评那些极其恶劣，为人们普遍憎恶的人和行为。如《大雅·民劳》云："无纵诡随，以谨无良……无纵诡随，以谨罔极……无纵诡随，以谨丑厉。"将"罔极"与一些极其放纵的恶行相提并论，可见人们对"罔极"之行的贬抑程度。《左传》文公十年引"毋纵诡随，以谨罔极"，以批评擅自违命之举。《左传》昭公二十年引"毋纵诡随，以谨无良"，意在以严和猛之政纠正、制裁社会的恶行。《魏·园有桃》云："不知我者，谓我士也骄……不知我者，谓我士也罔极。"诗人满怀忧思，既歌且谣，不为人们所理解，反而遭到严厉的谴责。又如《何人斯》中有："视人罔极……作此好歌，以极反侧。"诗人批评对方在人们面前表现出其修养的极度缺乏，自己作这首歌以纠正他。《青蝇》云："谗人罔极，交乱四国……谗人罔极，构我二人。"此处将挑拨离间的人、造谣生事的人，视为"罔极"之人，指出他损害了国家，也伤害了诗人。《蓼莪》云："欲报之德，昊天罔极。"作者思念父母的养育之恩，时刻想要在膝前侍奉，以尽孝心，然而，老天却不给他这样的机会。他痛斥这缺德的老天"罔极"。《桑柔》云："民之罔极，职凉善背。"诗人在批评上层统治者的倒行逆施，哀叹国家的衰颓，也批评了一些人反复无常，伺机为乱。

由此可见，"罔极"为当时常用语，是感情激切的贬义词。这些诗句的语境就是当时普遍的谈论礼、以礼的思想和礼法准则衡量人们的言行的时代氛围。人们用这一词语批判、讥刺那些与违礼、失礼的人和事，犹如今人指斥他人缺德。对于这样一些词汇，失去对当时语境的把握，便无法了解周人感情的时代色彩。

前引的《民劳》中有"无纵诡随，以谨无良"之句。《左传》昭公二十年又加以引用。"无良"也是当时对品行不端、与礼的规范相乖离者的常用批评。在《诗经》中，"无良"一语的锋芒所向，总是那些被视为丑恶的人和事。

《日月》云："乃如之人兮，德音无良。"诗人以轻蔑的口吻批评对方缺少好的名声。《鹑之奔奔》云："人之无良，我以为兄。""人之无良，我以为君。"斥责其人品行不端，而我却不能不以之为兄，不能不以之为君。在自己无法选择的情况下，虽然极度蔑视他，但又无法改变其为兄、为君的现状。《角弓》云："民之无良，相怨一方。"诗人批评贵族中的一些人毫不知敬让谦恭之德，而互相挑剔、怨恨，反目成仇。《白华》云："之子无良，二三其德。"则更与《氓》中的"士也罔极，二三其德"

同一声口。

　　当时常用的遣责性词语还有：《采苓》云："人之为言，苟以无信。"《扬之水》云："无信人之言，人实不信。"礼必须通过诚信专一的精神才能实行，才能为社会普遍遵守，不信，则礼不行。因此说"忠信，礼之本也"①。于是，不信之人、之事，便为社会所不齿。此外，"骄"也是对人的有力批评。如《鸿雁》云："唯彼愚人，谓我宣骄。"《园有桃》云："不知我者，谓我士也骄"，都是表白自己在不被人理解之时所受到的误解、诽谤。而《巷伯》则云"骄人好好"，"视彼骄人"，又将"骄"字指向了散布谗言之人。其所以如此，就在于礼的思想、原则强调敬让之道，强调贵人而贱己。而"骄"则与之相反，所谓"无礼为骄"，"陵上慢下曰骄"②。

　　此外还有很多讽刺、批评方面的用语，虽语意有别，但其语境却基本相同，即都是在那个以礼为判定是非、善恶唯一尺度的时代所产生的语汇，是人们表达其审美评价的常用语。这是当时人的认识能力和思想水平的必然。一切超越、否认当时语境的评价，都不免隔着一层。

（三）"不稼不穑"、"不狩不猎"与君子"无逸"

　　《伐檀》是近几十年受到特殊重视的诗篇，在大学课堂上，在学术期刊上，有关《伐檀》的讨论居《诗经》名篇的前列。

---

　　①　《礼记·礼器》。
　　②　见《孝经》"在上不骄"郑注，《论语·学而》"富而无骄"皇疏。

人们的看法较多地集中在诗中所涉及的劳动、剥削及相关的认识方面。一种具有代表性的观点认为："《伐檀》的作者更以鲜明的事实启发了被剥削阶级的阶级意识的觉醒，点燃了他们的阶级仇恨的火焰。"在这些论者看来，"不稼不穑"、"不狩不猎"等诗句所表现的不平乃是对劳动者受剥削的不平，与之相伴的则是对统治阶级不劳而获的社会现象的谴责。①

从广义上说，上述认识的后一半即对"不劳而获"的社会现象的谴责，与诗句字面所提供的涵义相去不甚远。但是，脱离了对周代相关条件与环境的了解，这一说法就变得空泛而毫无意义。至于上述认识的前一部分，即对劳动者受剥削的不平，则更是将关于阶级分析的理论，不适当地运用到某些历史条件下，从而导致荒谬的、不着边际的结论。

在周代，劳动者依附于领主的土地。他们离不开土地。领主分给劳动者一些土地即"私田"，作为他们养家糊口之资，而劳动者则以更多的时间耕种领主的土地，即所谓的"公田"②。《诗经·七月》云："同我妇子，馌彼南亩，田畯至喜。"即是农夫耕于"公田"，并且很勤奋，因此，田畯才表现出喜色。从《七月》中还可以看到，农夫及其家庭还要"为公子裳"、"为公子裘"，还要"上入执宫功"，为领主修整房屋，足见在当时农夫所进献贡赋之多、之广。在狩猎方面也是如此。《七月》云："言私其豵，献豜于公。"《周礼·夏官·大司马》云："大兽公之，小禽私之。"这些记载都表明按着当时的礼制，劳动者要将狩猎中捕获的大兽、大禽献给领主，自己只能留下小兽、小禽。

总之，献纳贡赋是由当时领主和劳动者都依附于土地而导致

---

① 见游国恩等主编《中国文学史》，人民文学出版社 1963 年版。
② 见许倬云《西周史》，三联书店 1994 年版。

的必然的经济关系，是下级领主对于上级领主、劳动者对于土地持有者必尽的义务，也是当时普遍存在的社会现实。对此，不仅领主视自己对劳动者的剥削为情理之必然，劳动者也不可能超越当时的历史条件认识到这种献纳的本质。将此诗解释为对剥削、压迫的不合理性有较清醒的认识，其说貌似有理，然而，它既脱离了当时人们认识的实际和可能，也完全乖离了历史实际。

对《伐檀》诗旨的把握，关键在于对《诗经》话语准确地、历史地理解与阐释，首先应该明确"不稼不穑"、"不狩不猎"话语的特定含义。而这又与"彼君子兮，不素餐兮"这两句诗相关。

我们先从后者的解读入手。"素餐"，毛传云："素，空也。""素餐"谓无功而白吃饭。《孟子·尽心上》引此诗，赵岐注云："无功而食谓之素餐。"在诗人看来，所有的君子都应该有事功，而不能白白吃饭。然而，诗中这位君子却"不稼不穑"、"不狩不猎"，而与众多君子的行为相反。

诗中的"这一个"与其他君子相反之处，就在于对稼穑和狩猎的态度与行动方面。

在周代统治思想和行为准则中，君子都要关心农业生产。周人是靠农业起家的。在周族初民的神话中，就歌颂了创立农业的祖先后稷①。据《史记·周本纪》的记载，周的几代著名先人都是以农为业，"天下得其利"，"国人皆戴之"。《周颂·噫嘻》云："噫嘻成王，既昭假尔，率时农夫，播厥百谷。"诗人赞美成王在初春之际莅临藉田，亲率农夫播种庄稼。这是以周代藉田礼为背景创作的乐歌。在各地将要开始种地之际，周王率领群臣在藉田举行祭神仪式。在这仪式中，周王要亲自参加一些象征性

---

① 见《大雅·生民》。

的劳动。这是很多文献都有所记载的传统礼仪。

《尚书·无逸》中所记载的文王则在这方面更具有典范意义。其文云："文王卑服，即康功田功。"孔氏传云："文王节俭，卑其衣服，以就其安人之功，以就田功，以知稼穑之艰难。"在这篇文章中，更多地表现出周公对新一代君主的关心与教诲。他指出："君子所其无逸。先知稼穑之艰难，乃逸，则知小人之依。"他把"知稼穑之艰难"作为治理国家、安定人民的基本功，传给新一代统治者。周公的这一认识，已经成为周代统治思想的重要组成部分，是对周部族生存与统治经验的总结，也成为制约周王室后嗣和周代贵族的重要思想原则。在此基础上，周代文化中还有很多关于天子亲农、王后亲蚕的记载。《礼记·月令》孟春之月云："是月也，天子乃以元日祈谷于上帝，乃择元辰，天子亲载耒耜，措之于参保介之御间。帅三公、九卿、诸侯、大夫，躬耕帝藉。天子三推，三公五推，卿、诸侯九推。"《礼记·祭义》云："昔天子为藉田千亩，冕而朱纮，躬秉耒。诸侯为藉百亩，冕而青纮，躬秉耒。以事天地山川，社稷先古。"《谷梁传》桓公十四年云："天子亲耕，以供粢盛。王后亲蚕，以供祭服。"《礼记·表记》云："天子亲耕，粢盛秬鬯。"此类记载很多，不必一一备举。

从上述记载可见，周人素有重农、亲农的传统。上自天子，下至普通贵族，其对待稼穑的态度和行为，不能简单地理解为后世的勤与惰，也不能等同于勤俭持家与享乐腐朽。它已经成为人们的行为规范的重要组成部分，成为衡量人们修养的尺度。《伐檀》诗中的"彼君子兮，不素餐兮"，可以从上述文化层面得到进一步的理解。而诗中所批评的"不稼不穑"的君子，则严重背离了周代的传统思想和行为准则。他遭到诗人乃至社会的的讥刺也是毫不足怪的。

如果说在稼穑方面，最高统治者与上层贵族的参与还较多地表现在认识方面，也具有一定程度的象征性。那么，在狩猎方面则具有全然不同的意义。狩猎在周代社会生活中被看作娱乐和演武的重要方式，从中既能有所收获，也演练了驾车、射箭、搏击本领和进退之礼。因此，狩猎已成为周代贵族必修课而贯穿于其生活中。《左传》隐公五年云："故春蒐、夏苗、秋狝、冬狩，皆于农隙以讲事也。"《礼记·月令》载，季秋之时，"天子乃教于田猎，以习五戎，班马政"。《礼记·王制》云："天子、诸侯无事，则岁三田。""无事而不田，曰不敬。"这里所引用的个别资料较为晚出，然而，其所讲到的习俗并不晚，也不是后人凭空臆想出来的。因此，可以作为我们了解周代社会生活的参考。

通过上述分析可以看出，当时的贵族都应该关心农业，应参与有关农业的祭祀活动。上层贵族"躬秉耒"，作一点象征性的劳动。中下层贵族则无论在认识上，还是在行动上，都应更多地关心、参与农业劳动。同时，当时的贵族更要参与狩猎，既可娱乐，又可习武。这是当时君子"不素餐"的基本要求。然而，《伐檀》之诗人所见到的人，却严重违背了礼的规定，也无视周人的生活准则，"不稼不穑"，"不狩不猎"，过着养尊处优的生活。诗人衡量生活中美丑的标准在于此，诗人讥讽的关键也在于此。可以说，这里根本就与劳动阶级云云毫不相干。诗中也完全不曾表现出劳动阶级的先进思想。诗人是以正统的礼的思想衡量那些"不稼不穑"，"不狩不猎"的君子，从而以鄙夷的态度对之提出讽刺与批评。

四 雅乐源流考论

雅和颂是《诗经》中的两体，也是周代乐歌中的两体。《毛诗序》云："雅者，正也，言王政之所由废兴也。""颂者，美盛德之形容，以其成功告于神明者也。"① 后人虽有争辩，但大体上不出于《毛诗序》的基本观点。现在较为普遍的说法是，雅为正，是朝廷之乐；颂为舞容，是宗庙之乐。然而，这些说法中也存在一些疑点和难以解释清楚之处。其一，雅既咏王朝政治，而《生民》、《公刘》等诗却无涉于当时政治，且其所歌咏的内容与周代的礼乐文化间存在一定的差异，又不似周人入主中原后所作。从这些诗的内容及所涉及的时代而论，周人在后稷的时代自不必说，即在公刘、公亶父之时，充其量为一方诸侯，而不是王朝，并且，所歌咏的为周人祖先及部族发展某个历史阶段，是某位先祖的辉煌业绩，同周人治理国家的大政、小政，还是有所不同的。② 其二，祭始祖诗应是非常早的原始信仰在文学领域中的表现。它不会以一代王朝的兴衰为时间断限。如《商颂》中

---

① 见《毛诗注疏》卷一。
② 经学家说诗，认为这些诗篇都是周人入主中原后所作，历代说诗者多祖述其说，殊无据。笔者别有说。

就有对"玄鸟生商"的歌咏①，有对"有娀方将，帝立子生商"的追溯②，这些内容同《毛诗序》的解说大体相合。然而，《周颂》却不同③。其中言及周人取代殷商之前的内容，仅限于对文王的颂扬。这很显然是周人推翻商纣之后的自豪感的流露。周人所创作的，与《商颂》中颂扬始祖相对应的内容，不见于《周颂》，而仅见于雅诗中。为此，本文将追本溯源，探究雅乐的原初形态、性质、本源及其演化过程，提出一些自己的思考。

（一）说雅

《大雅·生民》是一首奇特的诗篇。作品从姜嫄祈祷，无夫而孕写起，歌咏了周人第一个男性祖先后稷降生的神奇和成长的怪异。这些内容都是一个已经成熟的部族或诗人无法想象的。它表明这是周人处于自己发展的童年所创作的艺术成果④。同时，还应该注意到，原始时代的各个部族都毫无例外地运用诗歌的样式，歌唱自己民族、部族的历史，歌唱他们同外界的斗争以及胜利后的喜悦。《生民》就是处于原始时期的周人"即有邰室家"后创作并流传的作品。

从《生民》的创作之初到周人上升为统治部族，中间经历

---

① 见《商颂·玄鸟》，《毛诗注疏》卷二〇。
② 见《商颂·长发》，《毛诗注疏》卷二〇。
③ 杨公骥师认为《周颂》中的《载芟》、《良耜》是原始时代歌谣。见《中国文学》第49—54页。
④ 杨公骥师认为这是原始时代的歌谣，见《中国文学》第54—59页。

了漫长的发展过程。这个部族也经过几次迁徙，最后在岐周平原安定下来，并确定其部族名称为周。

《大雅》中还有《公刘》、《绵》两首诗，诗中歌咏了率族人迁徙，从而更有利地推进了部族发展的两位祖先。公刘率部族从有邰迁到豳，公亶父则率众自豳迁至岐周。两人成为周人不同发展时期所涌现出的杰出领袖和伟大的祖先。

将这三首诗同《大雅》中其他歌咏祖先的作品，同《周颂》中颂扬祖先的作品相比较，对我们会有两点发现：

其一，这三首诗每篇歌咏一位祖先，歌咏他们的主要业绩、功德。而《大雅》中的另一些作品却与此不同。如《大明》中歌咏了太任、王季、文王、太姒、武王等，《思齐》中赞美了文王、太姜、太任、太姒等。这两首诗所赞美的是几代先祖、先妣，而《生民》等三首诗却是分别有一个居于中心的被颂扬的先祖。《周颂》中有的作品也集中颂美一位先人，如《维清》颂美文王，《武》颂美武王，但这些诗篇都将被颂扬者置于极其崇高的地位，将其神圣化，对他们的业绩、功德进行宏观的歌颂，而不同于《生民》等诗中的先人，他们的贡献是具体的，他们的人格也未被道德化、偶像化和神圣化。也可以说，在雅颂中，先人究竟是历史的实在的人格，还是神圣化、道德化的人格；是对他们进行个性的、具象的赞美，还是对之作宏观的超历史的颂扬，在不同的诗篇间存在明显的差异。这说明《生民》、《公刘》、《绵》三首诗在艺术理念和社会理想方面都不同于前所论及的《大雅》中的其他作品，也不同于《周颂》中的作品。这些诗中没有对先祖的"圣德"的崇敬与赞美。而宗周文化的重要支点之一就是对"圣德"的高度推崇。对上述诗篇出现的差别的合理的解释就是，这些诗当产生于周人推翻殷商王朝之前，产生于周公制礼作乐之前。

其二，这些诗篇中涉及周人历史上最重要的三个地区：邰、豳、周。周人从弱小的受欺凌的部族发展壮大，进而成为入主中原的天子之邦，如此壮丽的历史进程中，伴随着地域的迁徙。周族在上述的每一地域都生活了较长的时间。这些地区的地理的、物质的条件，对周人的生活、性格以及文化都产生广泛、深刻的影响。同样的，周人长期生活的地域环境也直接、间接地影响到他们的艺术。从整体上说，周人始终处于西方，是在同西部的戎狄杂处、斗争中发展起来的。从文学艺术的角度考察，则这一部族的歌诗自然带有西部文化的特征。另一方面，古人受生产、生活条件的限制，各部族间缺少经常性的交往，这就使他们的风俗习惯、艺术风格都具有封闭环境中所形成的特点。如《汉书·地理志》中所记述的唐、魏、陈、郑等诸侯国的文学艺术间的差异，既有文化传统方面的作用，又有同地理紧密联系在一起的物质条件在起作用。

上述三首歌诗是在这样的环境下产生的。同时，这三首诗也是周人在这三个地域所提供的物质条件下所形成的艺术的范本。

周人是在太王时期由豳迁于岐周平原的①，到武王建立周王朝，其间只有四代。这段历史同一个部族的文化传统和艺术传统形成与发展的漫长过程相比，显然是比较短暂的。这个部族在豳地生活的时间较长，而更为久远的则是在有邰的发展。从这个进程中可以想见，周人的艺术是起源于有邰，经过豳地文化的调整、衍化，而最终形成于周。然而，《诗经》中又别立《豳》诗。很显然，周人的歌诗同他们此前的根据地豳的艺术还是存在着差别的。

通过上述分析，我认为，《生民》、《公刘》、《绵》这三首

---

①　见《史记·周本纪》。

诗代表了周人歌诗中的主流曲调。《生民》代表了最具有古朴风格的，最古老的音乐。《公刘》是创作于豳地的作品，它体现的是在有邰确立的音乐艺术在豳的发展与变形。《绵》的创作时期当在文王后期，是周人在文化、风俗等方面的特征显著地为各诸侯国所认识的时期，也是周文化艺术定型时期。它既不同于有邰，又不同于豳。

这种音乐，周人称之为雅。它有悠远的源头，有强烈震荡的新因素的融合，有最终的定型过程，而成为周王朝的占主导地位的歌诗的、音乐的艺术样式。

（二）雅乐与豳乐

雅乐是周乐，而豳又是以公刘为首的部族长期居住区域，似乎在《诗经》中或在周乐中，雅乐与豳乐应该合而为一。其实不然。前文已经谈到，豳在周人的艺术的发展中，也像它在周人的历史发展中一样，成为非常重要的阶段，然而，这一阶段不足以成为该部族的标志，是因为其在当时历史条件下尚未取得举足轻重的地位，就如同这一部族称为周人，而不称豳人一样。同样的，在文化艺术方面，豳乐相对于雅乐，也存在着近乎于霸主同普通诸侯一样的差别，带有子路未事夫子时的俗与野的、素朴的气质。

豳乐有其鲜明的特点。《周礼·籥章》云："掌土鼓、豳乐。中春，昼击土鼓，吹豳诗，以逆暑。中秋夜迎寒，亦如之。凡国祈年于田祖，吹《豳雅》，击土鼓，以乐田畯。国祭蜡，则吹

《豳颂》，击土鼓，以息老物。"① 这里讲到豳乐及与之相关的乐器。郑玄注曰："郑司农云：'豳龠，豳国之地竹，《豳诗》亦如之。'玄谓：'豳龠'，豳人吹龠之声章。"案龠即用芦苇杆制成的乐器。土鼓，杜预解释为瓦鼓，郑玄《礼记·礼运》注谓筑土为鼓。郑玄说较为近是。这是古老的歌舞形式之一种。在这歌舞间，还要吹龠即用芦苇管制成的乐器伴奏。这说明土鼓和吹龠都是很古朴、很久远的艺术形式。周人是以农耕起家的部族，祭祀同农业相关的各路神仙也是始于原始时代的信仰。这样的敬神活动自然要运用同样古老的歌舞艺术。它们是共生的文化分支。

雅与《豳雅》、豳乐的艺术特点不同，演奏或伴奏的乐器也不同。它的历史和传统比豳乐似乎更悠久。豳诗之所以在《诗经》中占有不可或缺的位置，就在于它与雅既有关联，又可明显地加以区分。

《仪礼·燕礼》云："工歌《鹿鸣》、《四牡》、《皇皇者华》。……笙入，立于县中，奏《南陔》、《白华》、《华黍》。……乃间歌《鱼丽》，笙《由庚》，歌《南有嘉鱼》，笙《崇丘》，歌《南山有台》，笙《由仪》。遂歌乡乐，《周南》：《关雎》、《葛覃》、《卷耳》，《召南》：《鹊巢》、《采蘩》、《采蘋》。"又云："升歌《鹿鸣》，下管《新宫》，笙入三成。"② 《礼记·乡饮酒义》云："工入，升歌三终，主人献之。笙入三终，主人献之。间歌三终，合乐三终。工告乐备，遂出。"③ 这类记载还有一些可资佐证。

概括地说，这里是燕礼，因此不用《大雅》，但从对《小

① 见《周礼注疏》卷二四，中华书局影印十三经注疏本。
② 见《仪礼注疏》卷一五。
③ 见《礼记正义》卷六一。

雅》的歌唱与伴奏的记载中可以看出，歌《小雅》时，或伴奏，或间奏，用的乐器都以笙为主。如与豳乐相比就可以看出，豳乐用龠，而雅乐似以笙为主。这是雅乐的重要特点，也是雅乐区别于豳乐在乐器方面的标志。龠用芦苇杆制成，笙用竹管制作，二者材质不同，音色自然有别。以笙为主的雅乐同以龠为主的豳乐，无论在音色方面，还是在风格方面，都显示出明显的差别。

又前文谈到"豳雅"，雅乐与豳乐本自不同，这里又将二者相连提出，当理解为以豳龠奏雅曲，即以苇管乐器吹奏以笙演奏的乐曲。从"豳雅"的这一提法可以启发我们，《诗经》中的雅本应称为"周雅"，但因周人成为统治部族，他的音乐便成为朝廷乃至天下的正乐，于是，可以单称为雅，而不必前面冠以周字。

还有一点应说明的是，《大雅·公刘》的音乐也不同于豳乐。它是先周艺术家在豳乐基础上升华而成，是融汇了有邰、豳、周乐风而成的雅诗、乐歌，它同豳地土风间的区别也是明显的。

（三）雅乐与雅言

同雅乐相关的问题还有雅言。对这个问题的考察也有助于认清周人所说的雅的本质及其变化。

《论语·述而》云："子所雅言，《诗》、《书》、执礼，皆雅言也。"① 雅言即官话，孔子教《诗》、《书》，教育学生演习礼仪时都用官话。这是对教学、对弟子的严格要求，要求各地入门

---

① 见《论语注疏》卷七，中华书局影印十三经注疏本。

游学的学子都要在这些课程的学习中放弃方言，一律学习和运用官话，使他们在学成并进入仕途时，便能顺利地运用官话进行交流，完成职责内所应作的工作。二十五年前，我到北部、西北、东北考察时发现一个历史现象很有参考价值。在呼和浩特、银川、武威、长春、哈尔滨等地接触到清代八旗驻防的一些遗迹和他们的后裔，发现这些满族成员都讲一口标准的普通话，而同当地操方言的人群有明显的区别。其原因就在于，他们的先人乃至家庭都要学习官话。他们到各地驻防，同时也把官话带到新的地区。"子所雅言"，即官话，是古代知识分子必修的课业，从另一个角度来说，也是对官话的普及，使得官场上的人都能顺利地办理公务。

与雅言相关的，则是周王朝对主流文化艺术的推广。《周礼·大师》云："教六诗，曰风，曰赋，曰比，曰兴，曰雅，曰颂。"这是对贵族子弟进行教育的基本要求。正因为周代实行这样一系列措施，才能保证各诸侯国之间的交往无所阻碍。如《左传》襄公二十九年吴公子季札于鲁观乐，在他的评述中表达了对周乐的深刻的理解①。与此相类似的例证是著名的春秋赋诗，贵族礼会时对雅乐的演奏、歌唱、欣赏，无不表现出人们在对周文化的把握和理解中，建构起彼此对话的平台。所谓的雅言，就是以周音为基本音的官话。

如《左传》襄公四年载，鲁穆叔出使晋，作为对晋知武子赴鲁聘问的回报。晋侯享之。金奏《肆夏》之三，不拜。工歌《文王》之三，又不拜。歌《鹿鸣》之三，三拜。韩献子使行人子员问之，曰："子以君命，辱于敝邑。先君之礼，藉之以乐，以辱吾子。吾子舍其大，而重拜其细，敢问何礼也？"对曰：

---

① 见《春秋左传正义》卷三九。

《诗经》艺术论

"三《夏》，天子所以享元侯也，使臣弗敢与闻。《文王》，两君相见之乐也，臣不敢及。《鹿鸣》，君所以嘉寡君也，敢不拜嘉。《四牡》，君所以劳使臣也，敢不重拜。《皇皇者华》，君教使臣曰：'必谘于周。'臣闻之，访问于善为咨，咨亲为询，咨礼为度，咨事为诹，咨难为谋。臣获五善，敢不重拜"①。晋为中原实力强大的诸侯国，韩献子为著名大夫，然而，在接待鲁使臣穆叔时，只想尽可能地表现出热情，尽力使彼此关系更融洽，同时，他对上层贵族交际场合用乐知识，如用乐的等级差别、接待嘉宾的热情与通过音乐传达情谊的关系等，了解得还有不够准确之处。而鲁为周文化荟萃之地，穆叔为其大夫，熟谙周代的礼乐制度，对奏乐的场合，欣赏音乐的等级、身份，都有深刻的了解，遂出现了《左传》中记述的这一场面。这也可以看出以雅乐、雅言为标志的周代礼乐文明传播中的一个侧面，从中可以看出周人在文化建设中所取得的成果。同时，这也是古代华夏民族各个构成部分间融合、同化的可贵进展。

　　上述考察还可引汉代的文化现象作为佐证。刘邦、项羽都是楚人。他们在生活中会不自觉地表现出这一地域文化对他的滋养与制约。项羽的《垓下歌》和刘邦的《大风歌》都是楚歌②。不仅如此，刘邦喜爱楚艺术的积习并不因其成为最高统治者而改变。他爱听楚歌，喜看楚舞。在废立太子的计划失败后，戚夫人泣，高祖曰："为我楚舞，吾为若楚歌"③。汉王朝君臣多是楚人，自响应陈涉首义，便共同战斗，他们有相同的习惯和对本土文化艺术的特殊偏爱，因此，楚文化和楚地的文学艺术样式也成

---

① 　见《春秋左传正义》卷二九。
② 　见《史记·项羽本纪》、《高祖本纪》。
③ 　见《史记·留侯世家》卷五五。

为汉王朝占主导地位的文学样式与艺术样式，最有力的证据是楚人所创造的赋，在汉代成为独步文坛的主流文学。

汉代对文学艺术欣赏与接受的取向可以成为考证周代主流文化时的极为有力的诠释。

通过上述考察，可以得出如下认识：雅原为周部族的音乐，是周人在几千年间创造、发展起来的具有独特传统与特征的艺术。它具有邠、豳和周三地文化相融合的特点。周人取代殷商王朝以前，颂祖本用雅乐。在这个时期，雅与国风中其他诸侯国的风谣、歌诗一样，都属于邦国之乐，乡土之乐。在周人建立起自己的王朝，统治天下之后，雅乐也由一方部族的艺术走向全国，成为主流艺术。后人对雅的阐释，包括《毛诗序》的解释，并没有认识雅乐的本质，没从族源和艺术源流的角度认识雅乐、雅诗同风、颂的根本区别。然而，其训雅为正，当是对周代文化状况所作出的机智的解说。雅为朝廷正乐，这是随着周部族社会地位的提升，其文化也相应提升的必然结果。但是，又训雅为政，则是勉强的比附与引申，是不足为据的。

五 《诗大序》及其在儒家学说中地位之再评价①

毛诗学派是最早阐释《诗经》的四派儒家经师中的一家。这一学派的观点既以"述而不作"的形式体现在《诗经》的传注中，更体现在《毛诗序》中。《毛诗序》历来被划分为"大序"和"小序"。"小序"阐释一篇诗的创作动因与宗旨，而"大序"则在诠释《关雎》之时，借题发挥，简明扼要地阐述了这一学派对诗歌乃至文学原理的认识。历史上曾有"尊序"、"反序"之争。争论的焦点在于"小序"对《诗经》各篇解说是否合于历史事实。而对于《诗大序》所阐释的理论观点，却表现出普遍的认同。《诗大序》是儒家经师对周代诗歌创作的经验总结，也表现出其对文学原理的领悟与诠释。这是早期《诗经》研究中最具有理论形态的文献，也是儒家诗教观的经典性表述。它产生之后，便受到历代统治者和儒生的追捧，对中国古代文学思想和文学创作产生了巨大的影响。在对传统文化进行重新审视的时候，《诗大序》所阐述的理论、观点及其历史地位等

---

① 本文曾以《〈毛诗序〉及其在儒家学说中地位之再评价》为题，在韩国举办的《诗经》国际学术讨论会上宣读，《文学评论》刊发时，接受夏传才先生意见，将文中的《毛诗序》改为《诗大序》，谨向夏先生致谢。

五 《诗大序》及其在儒家学说中地位之再评价

许多重要问题，很值得再思考，再评价。

（一）《诗大序》与儒家对诗歌本质的探讨

在《诗大序》的研究中，很多学者都注意到这篇文献对教化观点的强调①，指出这一倾向无疑是必要的，也是正确的。因为这是该文中比较鲜明、比较突出的倾向。然而，问题还不止于此。我们还应进一步分析这一倾向被强化到何等程度，应分析教化观在全文所阐述的文学理论中居何种地位，从而探索其理论观点的实质。恰恰在这几个问题上，我们的研究显得有些模糊、宽泛，以至于对《诗大序》的总体倾向估计失当，从而也无法对其在中国古代文学思想发展中的作用给以客观的历史的评价。

当我们深入研究《诗大序》时就会发现，教化观只是其诗歌理论的组成部分之一。《诗大序》在古代文艺思想史上的重要地位，首要的问题在于它继承孔子以来的儒家学者对诗歌、对文学艺术的理论阐释，而提出自己的文学观，表达了其对诗歌本质与文学评价标准的新的见解。这是贯穿于"大序"、"小序"间的主线，也是毛诗学派论诗宗旨之所在。

儒家对诗歌本质的认识，对文学艺术的认识，是不断深化，逐渐发展的。儒家学派早期阶段的认识，自以孔子为代表。在孔子有关诗和乐的论述中，贯穿了两个基本认识，即美与善的统一；诗、乐对礼的皈依。

①　见顾易生、蒋凡著《先秦两汉文学批评史》，上海古籍出版社1990年版，第404页；李泽厚、刘纲纪著《中国美学史》（先秦两汉编），安徽文艺出版社1999年版，第542—555页。

《诗经》艺术论

    首先，在对美的认识中，孔子特别强调善与美的统一。他说："里仁为美。择不处仁，焉得知?"（《论语·里仁》）在他看来，居处之美，环境之美，在于仁德的聚合。选择居处，若不以仁者之聚合为条件，便不得谓之智，其居住之处自然也不得谓之为美。从中可以看出，美以仁德为前提。孔子说："如有周公之才、之美，使骄且吝，其余不足观也已。"（《论语·泰伯》）这里是论人之美。孔子以周公为圣贤之代表。然而，他认为即使一个人具备周公那样的才能、美德，却自矜其才而傲视他人，或心胸狭隘，不能任用和赏赐他人，其人的才能与德行也都不值得称赞了。孔子谓："（《韶》）尽美矣，又尽善也……（《武》）尽美矣，未尽善也。"（《论语·八佾》）这是孔子对音乐艺术之美的直接论述。《韶》和《武》都是孔子所盛赞的音乐作品。然而，如将二者相比，其艺术境界仍有高下之别。《韶》为舜乐，表现舜能继承、发扬尧的盛德。《武》为周武王之乐，表现武王以征伐推翻暴君的统治。在孔子看来，武王之乐虽然很美，但其取天下以力不以德，比舜略逊一筹。而《韶》在艺术美和道德美方面都达到了极致。因此，颜渊请教治国之策，他就告诫弟子要用《韶舞》作为政治治理的辅助手段，使人们在欣赏音乐的同时，也得到心灵净化的功效。[①] 他"在齐闻《韶》，三月不知肉味。曰：不图为乐之至于斯也。"（《述而》）闻《韶》之后，反复品味乐曲的艺术成就和精神内涵，陶醉其间，竟然三月不知肉味之美。孔子论及环境居处，论及人的修养，论及艺术境界，都非常强调美，同时，他更强调贯注于其间的精神，即善。有的学者孤立地引述、评论"在齐闻韶"一则记载，竟谓孔子"纯

---

    ① 《论语·卫灵公》云："颜渊问为邦。子曰：'行夏之时，乘殷之辂，服周之冕，乐则《韶舞》。放郑声，远佞人。郑声淫，佞人殆。'"

粹是从审美上把握音乐的特征，并未涉及内容。"① 这样的论断
既没顾及孔子对《韶》乐的其他论述，更没同孔子论美的观点
进行必要的比较，不免将自己的认识强加于古人。在孔子的思想
中，美与善应是一致的，而善又高于美，成为美的内涵，并为其
定性。

其次，孔子对诗、乐同礼的关系有更多的论述。在孔子的论
述中，诗、乐不是独立的文化支脉，而是礼的从属物，是实现礼
的宗旨的特殊文化现象。他提倡以善为前提的审美理想，于是，
在有关文学艺术的论述中，便提出了建立在礼的基础上的文艺思
想。这是孔子对文学的基本认识和基本主张。

孔子谓季氏："《八佾》舞于庭，是可忍也，孰不可忍也?"
（《论语·八佾》）在他看来，音乐不是单纯的赏心悦目的艺术样
式，不是人人可以用来愉悦之物。诗和乐是具有礼的定性的，是
有特定的等级的。这些都是艺术欣赏中不可更改的戒律，是不可
逾越的。在西周至春秋的礼乐文明中，《八佾》是天子的乐舞。
季氏只不过是鲁君的臣属。他居然敢超越其等级地位的限定，在
自己的庭堂表演、欣赏天子的乐舞，这就不仅仅是艺术欣赏情趣
的问题。似乎这样的艺术欣赏趣味同楚庄王问鼎之大小、轻重一
样②，暴露出其犯上作乱的本性和政治野心。在前文引述的推
崇、欣赏《韶》的同时，他又告诫弟子，在治国安民的举措中，
要"斥郑声"。在他看来，郑声同《韶》乐正是文学艺术中的两
个对立的、不可并存的极端，也是艺术领域中尽美尽善同违礼淫
乐的代表。很显然，在他的思想中，美与善，艺术与礼必须结合
在一起，并且前者都要体现后者的精蕴。

---

① 见李泽厚、刘纲纪《中国美学史》（先秦两汉编），第 129 页。
② 见《左传》宣公三年。

《诗经》艺术论

孔子论诗，同他论美、论艺术的观点、主张相一致，并且是他这些主张的进一步发挥与延伸。

《论语·阳货》载孔子语云："小子何莫学夫《诗》？《诗》可以兴，可以观，可以群，可以怨。迩之事父，远之事君。多识于鸟兽草木之名。"① 这段论述常常被当作孔子论述诗歌艺术特征的例证加以引用、阐释。这层意义固然存在，但孔子的着眼点在于事父、事君。学《诗》以提高语言的表述能力，更好地引类比喻，可以群居切磋，也会委婉地讽谏。正如《左传》中所记载的诸侯、大夫间的赋诗那样，在各种情况下都能言之有文，将自己的感受传达给他人。学《诗》要归结为事父、事君能力的提高。《诗》的文学性是从属的，从属于人的修养，从属于礼和政治。孔子云："不学《诗》，无以言。"（《季氏》）其意也在于此。孔子又云："兴于《诗》，立于礼，成于乐。"（《论语·泰伯》）这是孔子所强调的修身进德的基本原则。他认为人的成长应始于学《诗》，立身于修礼，而表现其性情于乐中。这里的"兴于《诗》"，仍然着眼于事君、事父的基本能力，着眼于如何认识问题，如何表达自己的意见。从这些论述中可以看出，孔子虽然教导弟子、儿子学《诗》，却从未将《诗》视为独立于礼的文学作品或文学样式。在他的认识中，《诗》也包括学《诗》，是礼的组成部分，也是实现礼的修养的途径。

先秦时代对文学艺术本质的探讨当推《乐记》。该书为孔子再传弟子公孙尼子所著。② 这是先秦思想家对文学艺术的最为系统，也最为精辟的阐述。在论及文学艺术的本质时，《乐记》

① 见刘宝楠《论语正义》卷二〇。

② 关于《乐记》的作者，存在较大的争议，以郭沫若说较为近是。笔者别有说。

云：“凡音之起，由人心生也。人心之动，物使之然也。感于物而动，故形于声。”（《乐本》）① “乐者，音之所由生也。其本在人心之感于物也。”“凡音者，生人心者也。情动于中，故形于声。声成文，谓之音。”（《乐本》）② 在这里，作者明确指出了文学艺术是人们情感活动的产物，是由人心之动，也就是情动于中而产生的，并进而指出人心之动的原因在于来自对外物的感受。这是对《尚书》中所提出的“诗言志”命题的新的阐释。在这些论述中较多地表现出客观的、现实的态度，对文学艺术植根于人们感情的本质特征给予充分的肯定。

荀子对文学艺术的探讨和论述，局限于文艺的社会作用方面，对此给予特殊的强调。《荀子·乐论》篇大段地引述《乐记·乐化》中的文字，片面地夸大、孤立地阐释文艺的教化作用，将文学置于政治的从属地位。③ 其论述的宗旨在于批评、纠正《墨子》的非乐论所产生的不良影响。这在战国纷争之际或许有一定的针对性，然而，从文艺思想的发展，或从理论、思想的完整性与影响来看，《荀子》这一论述的针对性显然是较为狭隘、片面的。这个构成《乐记》理论系统之一的观点，被荀子从其完整结构中割裂开，引申出工具论艺术观的先导性倾向。

《诗大序》对前代文学思想作了多方面的继承，对《乐记》中有关文学艺术本质的论述有所吸取。如云：“诗者，志之所之也。在心为志，发言为诗。情动于中而形于言，言之不足故嗟叹之，嗟叹之不足故永歌之，永歌之不足，不知手之、舞之、足

---

① 　孙希旦《礼记集解》卷三七，第976页。

② 　《礼记集解》卷三七，第976页、978页。

③ 　参见《荀子、吕不韦对〈乐记〉的改造》，载李炳海《周代文艺思想概观》，东北师范大学出版社1993年版，第238—241页。

之、蹈之也。"这段文字与《乐记》略同，表明其在借鉴《乐记》对文学同人的情感之间的关系方面，也有一定程度的展开。这是应予肯定的。然而，在论及文学的社会作用之时，却对《乐记》的相关论述，特别是对荀子的观点阐扬得尤为充分。

固然，《乐记》对文学艺术的社会作用也有很多论述。如云："礼、乐、刑、政，其极一也。"（《乐本》）认为乐"足以感动人之善心而已矣，不使放心邪气得接焉。""故乐者，审一以定和，比物以饰节，节奏和以成文，所以合和父子、君臣，附亲万民也"。（《乐化》）这里也十分强调文学艺术要承担起教化性功能。但是，这里较多地从文学艺术对人的陶冶、影响的角度立论。如《乐本》云："礼以道其志，乐以和其声，政以一其行，刑以防其奸。"所谓的"乐"即艺术同礼、政、刑具有相同的旨归，在于它们构成实施统治的不同侧面，以不同的方式与途径规范人心与人的行动。这样的论述虽然强文学艺术以入于礼或政的卵翼之下，但他毕竟是从"和其声"进而和其心的潜移默化的角度看问题。

《诗大序》则不然。它引述了《乐记》中论及乐与政治关系的文字："治世之音安以乐，其政和；乱世之音怨以怒，其政乖；亡国之音哀以思，其民困。"旋即笔锋一转，便引申出自己对诗歌社会作用的理论概括："故正得失，动天地，感鬼神，莫近于诗。"把诗的感染作用夸大到极致，并归结为特殊的政治目的："先王以是经夫妇，成孝敬，厚人伦，美教化，移风俗。"这是毛诗学者的创见，是其对诗歌性质的新的理解。在这一论述中，弱化了文学的审美的、陶冶情性的功能，代之以政治的功能，使之成为政治的附庸、工具和奴婢。诗人个人的身世之感、处境之叹，如"心之忧矣，我歌且谣"（《诗经·魏·园有桃》)、"是用作歌，将母来谂"（《小雅·四牡》)、"君子作歌，维以告哀"(《小雅·四月》) 都被强化到政治的功利目的中。文学固然有其社会作用。然而, 经学家们通过强调文学的教化作用, 将文学应有的社会性意义扭曲, 片面夸大, 借以改变文学的性质。因此,《诗大序》在阐释诗歌本质时, 虽然提供了一些新的观点, 却不意味着对诗歌和文学认识的新的升华。适得其反, 竟是对荀子功利文学观的发展, 是对《乐记》所代表的文学观的退步。

(二) 诗之 "六义" 与诗歌艺术特征

在对诗歌艺术特征的论述方面,《诗大序》作出了可贵的贡献。在它之前, 对这一问题的理论阐释较为薄弱。《诗经》对此略有涉及, 如 "吉甫作诵, 其诗孔硕, 其诗肆好, 以赠申伯"(《大雅·崧高》)、"吉甫作诵, 穆如清风"(《大雅·烝民》), 这里仅只涉及到诗歌艺术表现特征的个别方面, 不能等同于对诗歌艺术特征的论述。季札在鲁观乐, 则对此时有论述, 然而, 或同礼治相连, 如论《周南》、《召南》:"美哉! 始基之矣, 犹未也。然勤而不怨矣。"为之歌《豳》, 曰:"美哉, 荡乎, 乐而不淫。其周公之东乎?"或与德相通, 如论《邶》、《鄘》、《卫》:"美哉, 渊乎, 忧而不困者也。吾闻卫康叔、武公之德如是。是其卫风乎?"在评论另外一些作品时, 又将德、礼同艺术紧密结合在一起进行论述。如论《大雅》:"广哉, 熙熙乎, 曲而有直体。其文王之德乎?"论《颂》:"至矣哉! 直而不倨, 曲而不屈; 迩而不偪, 远而不携; 迁而不淫, 复而不厌; 哀而不愁, 乐而不荒; 用而不匮, 广而不宣; 施而不费, 取而不贪; 处而不底，行而不流。五声和，八风平，节有度，守有序。盛德之所同也。"① 在这些论述中，季札将德、礼同艺术紧密地结合起来，也对音乐的旋律、节奏同风格进行了整合式的阐释。这在春秋时代已属难能而可贵的。此外，《周礼·春官·大师》云："教六诗：曰风，曰赋，曰比，曰兴，曰雅，曰颂。"②《周礼·小师》云："掌六乐声音之节，与其和。"《周礼·瞽矇》云："掌九德六诗之歌，以役大师。"③ 这里提出了"六诗"、"六乐"等概念，也只是提出了一些有关诗、乐应用范围的记载，却并未作进一步的论说。同时，在这些记载中，"六诗"、"六乐"作为教育的内容进入社会生活中，它们也以无须讨论的地位被人们传播与接受。至于它们的性质，它们同其他应该传播和接受的课程、教育门类间的区别或特殊性，却尚未进入人们的认识中。

《诗大序》沿袭了《周礼》中"六诗"的提法，又作了进一步的阐述。其文云："故诗有六义焉：一曰风，二曰赋，三曰比，四曰兴，五曰雅，六曰颂。上以风化下，下以风刺上，主文而谲谏，言之者无罪，闻之者足以戒，故曰风。""风，风也，教也。风以动之，教以化之。"这段文字不是对《周礼》中相关记载的简单复述，而是表达了对"六诗"、"六义"的性质、作用的新的理解与阐释。"以风化下"和"以风刺上"之说，似乎重在解释"风"。其实并非如此。这些论述直接着眼于赋、比、兴等诗歌艺术表现方面的特殊手段与功能，而这特性也贯穿于风、雅、颂三类诗中。这里表达出对诗歌艺术特征的理解，即诗的语言，文学的语言及其表情达意的方式，同日常生活中的语

---

① 见《左传》襄公二十九年，中华书局影印十三经注疏本，卷三九。
② 见《周礼注疏》卷二三，中华书局影印十三经注疏本。
③ 见《周礼注疏》卷二三。

言，同人们在日常生活中的表情达意的方式间具有本质的差别。诗的语言侧重于风咏，委婉抒怀、比兴言志，"主文而谲谏"。这里透视出论者对文学艺术本质的可贵探索，他也在一定程度上触及到文学的感染的、陶冶的作用。"文"即文采、修饰，"谲"即委婉陈说，故郑玄笺云："风化、风刺，皆谓譬喻，不斥言也。主文，主与乐之宫商相应也。谲谏，咏歌依违，不直谏。"①歌诗是否能归之于谏，姑置不论。但其将诗的感染作用比为风的吹拂，并以"主文"来概括诗歌在表情达意方面的特殊方法，以划分日常语言同文学语言间的本质差别，这在当时对文学艺术特征的阐释方面，提供了新的认识，新的理解。

在先秦儒家学说中，对这方面的认识仍以《乐记》为突出。《乐记》论述了人们的感情见诸歌咏之时，简单的声音如何获得了音调、节奏等方面的变化，以及声音之间的相应相和，即如何按着艺术规律进行创作，"故乐者，审一以定和，比物以饰节，节奏和以成文"（《乐化》），"感于物而动，故形于声。声相应，故生变，变成方，谓之音。""情动于中，故形于声。声成文，谓之音"（《乐本》）。这些论述指出了人们因物生感而表现为声，又由声这最简单、最基本的感情的表达方式，经过"定和"、"饰节"、"相应"、"生变"，而达到"成文"的形态，升华为艺术。这里表达了对文学艺术特征的非常精妙的理解，也是我国文艺思想发展的重要阶段和理论建树。这些论述多瞩目于声、音、乐三者间的差异和变化规律，侧重于音乐的理论阐释。

相比之下，《诗大序》则以对诗歌特征的阐述为主，重在文学语言的艺术表现和艺术功能。《诗人序》在这方面取得了可贵的突破和发展。其对诗歌语言艺术的认识，从单纯的形式要素与

---

①　见《毛诗正义》卷一，十三经注疏本。

表现手段方面的观感，引向艺术表现特性和艺术感受特征的层面，揭示了诗歌语言的艺术本质中的一些基本问题。然而，其不足之处在于紧密围绕文学的"教化功能"如何实施、如何实现，以理解并阐释艺术特征，将赋、比、兴的运用仅限于谏的方式，似乎赋、比、兴等艺术表现方法的运用，不是艺术的要求，不是更好地传达审美感受的要求，反而是为了进谏的效果，为了在纠正尊者错误的同时，又不伤害其面子、威望，而采取的婉转的语言表达方式。在这样的解说中，以谏说及其效果为核心的政治动因，和对尊者的苦心维护，成了艺术表现方法、表现能力的原动力之一。相反的，人们对艺术修养和艺术表现能力的不懈追求，却仍在《诗大序》的理论阐释之外。

（三）对文学创作动因的论述

在古代文学理论发展进程中，如何认识并阐释文学创作激情和创作过程，也是这一理论深入发展、逐步走向成熟的重要标志。在对这个问题的早期探索中，《乐记》也居于时代的前列，代表了这个时期理论成熟的程度。该书在阐述文学艺术创作的动因时认为，以音乐为代表的艺术发自人们内心。而人心原本是静止的，受到外物的诱惑而产生情感激荡，从而发为声和音。声为初级的、简单的情感的抒发形式，而音则是依照艺术规律进行创作的，更易于产生共鸣的情感表现形式。艺术创作时的心境不同，遂有不同的艺术感染作用。论者将艺术创作时的心境分为哀心、乐心、喜心、怒心、敬心、爱心六类。他认为，六种心境所创作的艺术便会有不同的社会效果。因此，强调艺术的社会作用，还应从根本作起，即对创作动因有正确的认识和制约。他认为，六种心境不源于人天生的性，而是来源于后天的因外物的感受而产生的情欲，即"感于物而后动"的情。《乐记·乐本》云："是故先王慎所以感之者。"即以礼规范、制约人们的情，以便从根本上规范艺术的走向。论者认为，要对诗人、艺术家的创作从根本上，即"所以感之"进行规范、限定，是因为文学艺术同人们来自现实生活的感受密切相关，同艺术家所处的政治环境密切相关。这制约不仅有道德的影响、训诫，还要有政治的约束。在他看来，"声音之道与政通矣。"（《乐本》）书中提出了治世、乱世、亡国三大社会环境的评价标准。据说，在"治世"的环境中，艺术家"所以感之"的条件最为理想，于是，人们创作出的音乐就具有"安以乐"的特征，其在社会上所产生的效果，便是政治平和，社会稳定（"其政和"）；乱世的现实会给予诗人、艺术家较多的不快、不平，其作品就会表现出较多的"怨以怒"的感情倾向，其社会作用也必然加剧政治对礼的思想原则的乖离；即将亡国的社会现实则必然引起艺术家的痛苦哀思，其民也困苦不堪。① 在这一理论阐释中，感于物而动形成的"六心"居于艺术创作的中心环节，也是关键环节。其状态直接关系到艺术的内容、审美的取向和感染效果的不同。

在这一理论中，极为重要的一点是对文学艺术创作过程中的心的分析。"感于物而动"，遂生"六心"。"六心"的不同既然可以产生差别较大的艺术作品，又会因此而对社会产生各不相同的影响。"民有血气心知之性，而无哀乐喜怒之常。"（《乐言》）一般的人在"六心"无常的感动之下所进行的艺术活动，只能创作出较为低级的声或略高一些的音，于是，儒家的理性精神就不容许"心"自由地、无拘无束地受到外物感召而动，而是要

---

① 见《礼记集解》卷三七，孙希旦撰，中华书局 1989 年版。

加以制约。用以制约之物，就是礼，就是作为礼的内在精神的德。因此说："是故先王慎所以感之者"。（《乐本》）这是强调要使儒家的理性精神成为文学的内涵与主宰原则，否定广大人民质朴的情感的合理性和艺术创作的合理性。

另一方面，《乐记》还论述了与庶人不同的人群即君子的文学艺术创作。论者认为，唯独君子才能创作出具有艺术形态的乐。作为艺术的高级形式的"乐"之所以只能出于君子，或者说，君子之所以能区别于庶人而创作出"乐"，据说是基于两个方面原因，即圣人的政治的功利目的的驱动和德的外化。进德修身是对君子的基本要求。位尊者，德宜高，要率先垂范。《乐记》论创作，突出强调了主体道德精神的完美，认为有这样的精神充溢其间的主体，就会自然而然地发而为诗，发而为乐。《乐记》云："德者，性之端也。乐者，德之华也。""情深而文明，气盛而化神，和顺积中，而英华外发。唯乐不可以为伪。"（《乐象》）道德化的君子，自然会创作出充溢着理性精神的艺术。

对于一些礼的修养还不够高，不够纯正的人来说，就必须对所以感动的情加以制约。"君子乐得其道，小人乐得其欲。以道制欲，则乐而不乱。以欲忘道，则惑而不乐。是故君子反情以和其志。"（《乐象》）这是君子小人在艺术创作中赖以区分的根本依据。似乎君子心中只能想着那个绝对理性化的"道"，而情和欲在他们那里毫无存在的依据与可能。而小人的心中只有欲，只有情，却与"道"无缘。这样完全对立的人群划分，完全对立的情礼观，构成论者理论的前提。

在这一代儒生看来，政治为圣贤的政治，艺术也随之圣贤化，政治化，贤愚化。"是故治世之音安以乐，其政和；乱世之音怨以怒，其政乖；亡国之音哀以思，其民困。声音之道与政通矣。"他们认为，乐的终极目的就是"同民心而出治道"（《乐本》）。文学艺术要体现政治意义，作家都要肩负起政治责任，这是圣贤、君子艺术创作是否具有自觉意识的重要标志，也是《乐记》的重要理论支点之一。

在对政治意义和道德精神的强调中，《乐记》偏重于突出德在艺术创作中的作用。而《诗大序》则更多地渲染政治在文学艺术创作、流传过程中的作用。这正是二者间既有联系又有区别之处。

《诗大序》在论及艺术创作冲动时，正确地揭示了情感的原始推动作用，肯定了情对艺术样式的抉择。"情动于中而形于言，言之不足故嗟叹之，嗟叹之不足故永歌之，永歌之不足，不知手之、舞之、足之、蹈之也。"诗、歌、舞蹈等艺术的创作和艺术形式的更迭，在于情之不能自已。这里的几个"不足"、"不知"，阐明了艺术创作中的忘我状态和非理性因素。这些论述比起那些有关圣人制礼作乐的论调更值得珍视，也更有理论建设性意义。

另一方面，《诗大序》继承了《乐记》关于君子、小人艺术创作差异论的观点，将艺术创作限定在礼义所制约的感情中，要在审美感受中注入伦理化的定性，从而强调作者的礼的修养，强调善对美的规定性作用。"发乎情，民之性也；止乎礼义，先王之泽也。"君子、庶民的情，都可发而为诗，见诸歌咏。就这点来说，情同歌咏之间有着内在的联系，有着必然的合理性。然而，在论者看来，不是任何作为"民之性"的情都能创作出好的艺术。在这一理论层面上，又表现出其理论的软弱性和狭隘性。"发乎情"是普遍的，有限的。"止乎礼义"，却被视为高尚的，合于理性精神的，只有进德修身之人才能做得到的。

在《诗大序》看来，进入艺术创作的情不仅应有高尚的精神内涵，还要浸透政治的某种功利性动因。"国史明乎得失之迹，伤人伦之废，哀刑政之苛，吟咏情性，以风其上，达于事变而怀其旧俗者也。"这又在所谓的"吟咏情性"中注入了政治性的内涵。

这样的理论观点给予文学家、艺术家以很大的影响，促使他们经常想到自己对社会、人生的责任，关注社会现实，在文学艺术中表现出"兼济天下"的志向，而不能停止于孤立的个人恩怨得失上。这种倾向的确出现在很多文人的作品中。"穷年忧黎元，叹息肠内热。"（杜甫《自京赴奉先县咏怀五百字》）"感时花溅泪，恨别鸟惊心。"（杜甫《春望》）正如宋人所说的，"一饭未尝忘君"，将自己的感情、人生时时刻刻牵合在君主身上，融化到政治中。中国文学史上还有许多"先天下之忧而忧，后天下之乐而乐"（范仲淹《岳阳楼记》）的心灵与创作；有许多要为君主"导夫先路"，要"致君尧舜上"的贤人干政之声。凡此种种，莫不同《诗大序》的影响息息相通。从这一角度说，不论如何看待《礼记》与《诗大序》的思想主张，有一点是不容忽视的，即它们深深地影响制约了古代文人，规范了他们的情感，决定性地影响了他们的文学艺术创作。

然而，《诗大序》所阐释的观点并不止此。它强调诗要"言王政所由废兴"，要把诗变成讽刺的工具，变成面谏廷诤和奏章，甚至是王政兴废的经验总结。在这样的理论中，文学艺术创作更多地受制于政治的利益的驱动，而不再是庶民百姓来自生活的特定的感情的冲动。"心之动"变成了圣贤之心导源于政治功利的激动、驱动。于是，毛诗论者从民之性走向圣人之性，从民之情走向圣人的政治功利。《诗大序》的结论同其出发点间出现了不可解的矛盾。

（四）鉴赏与教化

先秦儒家学说中素乏关于文学艺术的赏心悦目功能的论述。儒家谈及文学艺术的欣赏，总要将其引向教化的宗旨，引向对人的性情的规范。在这一理论体系中，文学艺术的传播与接受过程被理解为教化的过程。这在《乐记》中已经有了较为充分的阐释。《乐记》论及文艺鉴赏时，特别重视音乐"善民心"的作用。论者将音乐艺术划分为"乐"、"音"、"声"三个差别显著的层次。所谓的"乐"是圣人实现了礼乐昌明时创作的、最合于礼的旨趣的艺术；所谓的"音"，是以郑、卫歌诗为代表的，不完全甚至不合于"乐"之理念的新乐；所谓的"声"则是完全无视礼的定性的歌①。他要求尊崇圣人之"乐"，排斥新乐之类的"音"，彻底否定"声"。他认为，"君子之听音，非听其铿锵而已也，彼亦有所合之也"②，欣赏音乐艺术就是欣赏其间所贯注的礼的精神，将自己的性情"合"到礼的旨趣原则中。音乐、歌诗作为高雅艺术的特殊之处，似乎就在于能将礼的定性更婉转地、在不知不觉中传播到人们心灵间。《乐本》云："知声而不知音者，禽兽是也。知音而不知乐者，众庶是也。唯君子为能知乐。"这里所论述的艺术欣赏中的不同层次，绝不是艺术感受能力和欣赏水平的高下，而是同人们的等级地位之尊卑、道德修养之高下紧密相关的。因此，论者又云："乐也者，圣人之所

---

① 见《乐记·魏文侯》。
② 见《乐记·魏文侯》。

乐也，而可以善民心。其感人深，其移风易俗，故先王著其教焉。"①"善民心"是对文学艺术陶冶情操作用的特殊规定，要"致乐以治心"，要"足以感动人之善心而已矣，不使放心邪气得接焉"②。在这样的认识体系中，文学艺术的鉴赏无法获得独立的品格，只能演变为实施教化的温柔的委婉的助手。

在有关文学艺术鉴赏方面，毛诗学派的经师承袭《乐记》的基本观点和理论体系，又有新的发展。《诗大序》似乎以为《乐记》对文学艺术的教化之功强调得有所不足，遂作出进一步的推演与阐释，使之成为文学艺术的主导功能和价值所在。《诗大序》明确提出：《诗经》中的风诗，"所以风天下而正夫妇也"，"风，风也，教也。风以动之，教以化之。"在他们看来，采自各邦国的歌诗，甚至包括全部《诗经》中歌诗，都是用以实施风化的媒介，是圣人施教化于民的载体。它的本质在于教化，是在怡情悦性之际精洁人们的心灵。歌诗的传播过程，被理解为、诠释为实施教化的过程，也是人民接受教化的过程。在这一学说中，文学艺术鉴赏与传播的终极目的就在于"经夫妇，成孝敬，厚人伦，美教化，移风俗"。于是，诗的教化之功被强化为诗歌的唯一功能与最高旨趣。

毛诗学派在理论上作了这样的阐释，同时，还通过"小序"对诗三百篇创作意图和诗篇现实意义的揭示，将这一理论认识化为具体的文学鉴赏实践。三百篇序之合于《诗经》文本与否，并不是本文考察的核心问题，通过说诗以实现自己的文学教化意图，通过说诗引导人们"移风俗"、泯灭其性情中不合于礼的宗旨的成分，克服其个性中的"放心邪气"，完全彻底地归之于

---

① 见《乐记·乐施》。
② 见《乐记·乐化》。

善，归之于礼，这才是经师们苦心经营的鉴赏模式①。

《诗大序》在中国古代文学思想发展史上具有十分重要的地位。它继承并发展了先秦儒家的文艺思想，成为儒家诗教观的经典性文本。就儒家的文艺思想体系而言，《乐记》是独一无二的，它具有全面、深刻的理论形态。《诗大序》则对古代诗歌乃至文学艺术的某些原理有所发展，有所突出。从古代文学思想发展的脉络看，它较多地承袭了荀子的思想，而同《乐记》、《吕氏春秋》中对艺术本质、艺术规律的论述相比，则表现出更鲜明的功利性色彩和单方面的、局部的延伸。《乐记》的时代体现出精神的自由和艺术的一定程度的独立，而《诗大序》更强调礼乐文化对人们的制约，主张文学艺术对政治的皈依与从属，从而实现其教化作用和功利目的。

在战国时代，儒家裂变为八派，对孔子所创立的儒家学说各有不同的继承与阐扬，有的遭遇冷落，有的走红；有的进一步阐释了孔子关注社会现实、关爱人生的真知，有的则走向内省式的道德的自我完善。在关注社会现实的孔门后学中，有的较多地将目光投向人民，传达出合于人民普遍理性的精神；有的则较多地关注社会与国家的问题，甚至关注最高统治者的利益与需求，传达了最高统治阶层的价值观、功利观。

这一裂变的过程和结局，也必然表现在对儒家经典的阐释上，通过对这些经典的传注、诂训，以诵法先王，祖述师说的形式，实现新的裂变与发展。于是，在《诗经》的传授中，便产生了齐、鲁、韩、毛四家。毛诗学派同三家相比，不同之处很多，而《诗大序》所表现出的理论观点的鲜明性和功利色彩，

---

① 本文从毛诗学派着眼，至于该学派内部《诗大序》同"小序"的关系问题等，不在本文讨论范围。

实为其最终击败鲁、齐、韩三家，独行于世的内功家法，是其投入政权怀抱，担当其温柔助理的充分表白，也是儒家学说由独立自主讲学演变为官方哲学的实际步骤。

从《诗大序》同儒家学说的比较中，我们应该看到，古代文学思想的进取之路是十分艰难的。其间既有从孔子到曾子、子思的转折，又有从荀子到四家诗的变向。在这些转变中，值得人们重新审视的思想因素很多。同样的，对《诗大序》的理论内涵、社会影响，也很有再行探索的必要。

六　《诗经》中对事理的误读与
诗歌艺术的无理而妙

在对文学艺术最高理想的求索中，人们经常谈到真善美的统一。诚然，如果能做到这一点的话，就可能使文学作品臻于完美。然而，由于人们的认识受到社会条件、生产力发展水平的限制，在艺术中所表现的人们对外界事物的认识就未必都很准确，未必能认清事物的本质，也就是说，未必都合于科学认识之真，而是在一定程度上带有误解、偏见和谬误。这些对事理的误读，有些场合是为当时人们整体认识能力所限，有些则属于作家个人的知识和认识能力较低，也有些是基于作家的艺术个性而造成的。尽管如此，这不合于或不完全合于科学之真的认识，却可以成为人们审美判断的组成部分，可以承担起艺术表现的功能，有时还较好地实现了这一功能。从《诗经》到后世文学，无数例证表明，对事理的误解往往能在诗歌创作中产生一种无理而妙的艺术效果。这是尚未引起学术界充分重视的文学创作的规律之一。本文将就此展开探讨。

（一）《诗经》中对事理的误读与艺术表现

《诗经》中有些篇章或诗句表现出人们对外界事物的认识存

《诗经》艺术论

在较大的误差。可是，古代的学者把《诗经》当作圣人制礼作乐而产生的"经典"，无法想象也不敢承认其中会有谬误性认识。近代学人往往就事论事，未能从当时人们认识世界的水平、能力等方面去解读这些诗篇或诗句的艺术内涵，破译这些独特的文学意象。此外，还有为数不少的强作解人，曲为之说的现象存在。这都对准确了解《诗经》所凝聚的艺术美产生一定程度的不利影响。解读这类作品或文学意象的关键在于将作品置于当时的语境中，了解人们对客观事物认识的特点和规律，从而考察其所传达的审美意蕴。

个案之一，桃虫化鸟。《周颂·小毖》云："肇允彼桃虫，拼飞维鸟。"历代经学家们的共同思想基点就在于：《诗经》是圣人所创作的，其对社会、人生乃至外界事物的认识都是准确无误的，是不容置疑的。于是，在他们解经的过程中，必求事理之真，求诗人所表达的认识之准确无误，再进而解读艺术之美的奥秘。因此，对《小毖》这两句诗的解读，就成了这方面的典型案例。毛传曰："桃虫，鹪也，鸟之始小终大者。"郑笺曰："鹪鹩之所为鸟，题肩也。或曰鸤，皆恶声之鸟。"《尔雅·释鸟》曰："桃虫，鹪。其雌鴱。"郭璞注曰："鹪鹩，桃雀也，俗呼为巧妇。"《说文》曰："鹩，鹪鹩，桃虫也。"在这些古训中，毛传、《尔雅》、《说文》、郭璞注次第引述，多集中于对鹪鹩的释义，却并未对"桃虫"何以训为鹪鹩作出令人信服的解释。后来的一些著名学者也作了很多的努力，如陈奂曰："桃之为言兆也。兆，小也"①。段玉裁曰："桃虫之桃，亦取兆声，谓其小。"② 这些解说未必没有可信之处。然而，问题的症结却不在

---

① 见陈奂《诗毛氏传疏》卷二八。

② 段玉裁《说文解字注》四篇上。

于此，而在于虫何以变为鸟。对此，前人的阐释则付诸阙如。

个案之二，螟蛉之子。《小雅·小宛》云："螟蛉有子，蜾蠃负之。教诲尔子，式谷似之。"毛传曰："螟蛉，桑虫也。蜾蠃，蒲卢也。"郑笺则进一步指出，蒲卢（即土蜂）取桑虫之子即幼虫，带回自己的巢穴中，经过养育而成为小蒲卢（小土蜂）。传、笺的阐释表明，诗人所处的周代，人们的认识中有一点是相通的，即人们认为，不同物种之间存在着变化的可能（当然，这决不应与达尔文的进化论相混淆）。毛亨、郑玄但从语言、名物角度，用自己时代的语言对螟蛉、蜾蠃进行训释，而置诗中两种昆虫的关系于不顾，或顺从诗中的比况勉强解说。至于后代，随着人们的认识水平的提高，绝大多数人已不再相信这类转变的神话了。然而，前代所留下的语言却仍然具有活力。"螟蛉之子"作为一个成语已经被人们所接受，所运用，至今并未失去意义。

个案之三，鸠食桑椹。《诗经·氓》云："于嗟鸠兮，无食桑葚。于嗟女兮，无与士耽。"葚为桑树之果，小鸟为什么不能食？毛传曰："鸠，鹘鸠也。食桑葚过，则醉而伤其性。"对这类鸠食桑葚会醉，会失去其本性的说法，郑玄不置可否。陈奂则表示"义未闻"。这种现象表明，在《诗经》的时代，人们相信鸠爱食桑葚，但吃得过多，则如醉酒一般。毛传的时代，此说的荒谬当已为人们所认识，毛氏不过是解释诗人的认识而已。至于唐代以后，这些诗句中所表现出的对鸟的习性方面认识的错误，已经不容置辩，以这样的认识为基础的比喻，也为人们所否定。这与"螟蛉之子"一语还有很大的差别。后者在认识方面的谬误并不妨碍这一成语在新的形势下得以存活。

本文的看法或许被批评为低估了圣人、诗人乃至古人的认识水平，也许会引起某些主张"真善美"统一论者的不满。然而，

《诗经》艺术论

当时人们的认识如此，诗歌中的意象原本如此，不容曲解、掩饰。我们不妨再看一看足以表明周代人们认识水平的例证。

《国语·晋语》载，赵简子叹曰："雀入于海为蛤，雉入于淮为蜃。鼋鼍鱼鳖，莫不变化。"《大戴礼·夏小正》云："田鼠化为驾，驾为鼠。鹰则为鸠。玄雉入于海为蜃。"《礼记·月令》云：仲春之月，"鹰化为鸠"；季夏之月，"腐草为萤"；孟冬之月，"雉入大水为蜃"。

从以上几例个案和所引述资料中可以看出一个贯穿其间的问题，即周代人对一些事物或事物关系的认识，对自然界昆虫、鸟类等生物生长规律的认识，有些可能来自相当古老的远古时期，有些则是当时人认识能力、认识水平的表现。其间不免存在一定程度的谬误，甚至是完全不合于事实的、错误的。尽管如此，当诗人在其中注入诗情，浸透了诗人的审美感受，化为诗的语言和诗歌意象之后，却不因其谬误而失去其在诗中作为一种特殊的文学意象的意义，也并不妨碍它传达出具有时代认识特征的审美感受。

在后来的文学发展中，因社会整体的认识能力所限，创造出的一些文学意象，未必建立在人们对事物、事理的合于客观规律的认识之上，有时还会造成一种合于科学之真的假象。但人们很少细究甚至根本不想考证它是否合于科学之真。人们已经习惯于接受这些意象，长期地、广泛地赋予它们特殊的审美意义。甚至于有些文学意象已经成为中华民族审美情趣的重要组成部分。

例如鸳鸯是中国文学艺术中常见的形象。在对这一事物的认识和艺术化的过程中，也为我们提供了有价值的思考。

鸳鸯在《诗经》中已经见诸歌咏。它是最早进入诗歌领域的鸟类意象之一。

《诗经·鸳鸯》云：

六 《诗经》中对事理的误读与诗歌艺术的无理而妙

> 鸳鸯于飞，毕之罗之。君子万年，福禄宜之。
> 鸳鸯在梁，戢其左翼。君子万年，宜其遐福。

《毛传》曰："鸳鸯，匹鸟。"郑笺曰："匹鸟，言其止则相耦，飞则为双。"可是，从诗中看，这里并没有涉及双宿双飞的取意。如果说，在第二章中，鸳鸯的意象还有些舒适、安定的意义的话，那么，首章的"毕之罗之"，则由捕获鸳鸯而联想到对君子的祝福。这与所谓的"匹鸟"之义毫不相涉。《诗经·白华》云：

> 鸳鸯在梁，戢其左翼。之子无良，二三其德。

在这里，鸳鸯的意象是与"无良"的取义正相对立的。在诗人看来，"之子"的"二三其德"尚不如鸟中的鸳鸯。从这个角度来说，诗中鸳鸯的双宿双飞和"戢其左翼"，体现出一定的诚信、安闲的精神。这一意蕴与后世人们心中的鸳鸯意象间存在相当大的距离。从《诗经》的意象看，此时的鸳鸯还没同匹鸟，或相亲相爱、双宿双飞紧密联系在一起。

　　《毛传》、《郑笺》对鸳鸯意象的阐释，代表了这一常见的文学意象的内蕴的转变。在此时人们的认识中，匹鸟的意蕴已经更加突出，已经可以看出后世文学艺术中的鸳鸯意象的共同特征。同时，在文学创作中出现的概率也明显地增多了。如《焦仲卿妻》云："中有双飞鸟，自名为鸳鸯。仰头相向鸣，夜夜达五更。"《旧题苏武诗》云："昔为鸳与鸯，今为参与辰。"《古诗十九首》之十八云："文彩双鸳鸯，裁为合欢被。"从诗中反映出当时习俗的某一方面，即女人将鸳鸯的纹样绣在锦被上，以适合于燕尔之欢的氛围。同样的习俗也见于《西京杂记》。据该书卷一载，赵飞燕为皇后，其女弟昭仪在昭阳殿，皆擅宠后宫。昭仪遗飞燕书，并进献襚三十五条，内有鸳鸯襦、鸳鸯被。看来，将鸳鸯的意象置于帷帐之中，或女子的衣服上，会有助于男女间的感情交流，唤起特殊的亲切之感。于是，从深宫内苑到寻常百姓家，随处可见这样的做法。如刘孝威《独不见》诗云："独寝鸳鸯被，自理凤凰琴。"

由对鸳鸯的相亲相爱的解读，又进而引出了忠贞之义。如《太平御览》卷九二五引崔豹《古今注》曰："鸳鸯，水鸟，凫类。雌雄未尝相离。人得其一，则一者相思死。故谓之匹鸟。"此为古人对鸳鸯的最有代表性的解读。于是，有的文学作品便从这一角度增加了鸳鸯意象的内涵。干宝《搜神记》卷一一载：宋康王舍人韩凭，娶妻何氏，美，康王夺之。凭怨，王囚之，俄而凭乃自杀。其妻乃阴腐其衣。王与之登台，妻遂自投台，左右揽之，衣不中手而死。遗书于带曰："王利其生，妾利其死。愿以尸骨，赐凭合葬。"王怒，弗听。使里人埋之，冢相望也。宿昔之间，便有大梓木生于二冢之端，旬日而大盈抱，屈体相就，根交于下，枝错于上。又有鸳鸯，雌雄各一，恒栖树上，晨夕不去，交颈悲鸣，音声感人。宋人哀之，遂号其木曰"相思树"。相思之名，起于此也。南人谓此禽即韩凭夫妇之精魂。在这部作品中，鸳鸯的意象已具有生死不离不弃之寓意了。

可是，如果对鸳鸯作生物学的考察，那么，它们并没有那么忠贞，也不是"从一而终"的贞鸟。尽管如此，其在文学艺术中的意象，却已经定型化，已经为民族的审美心理所接受，从而成为常见的文学意象，成为文学作品中用以表现坚贞爱情的较为常见的载体。

六　《诗经》中对事理的误读与诗歌艺术的无理而妙

（二）诗人笔下的史实：诗与史的差异

　　作家、诗人对某些事理的误读，其原因是多方面的，情况也较为复杂。前面所论述的，基本上属于社会整体的认识能力有所不足，造成了作家、诗人对某些事理的误读。此外，作家个人的知识结构、认识能力和艺术个性，也会造成这方面的问题。

　　在对作家个人能力的认识方面，文学艺术受众的要求同知识界的要求间，对艺术鉴赏的要求同对史实的严格审视间，存在着较大的距离。有些人认为，作家将作品推向社会，他就要对社会负责，他应该提供准确的知识，先进的思想，高尚的审美情趣。于是，对其求全责备，严加苛求，对不合于这一理想模式的创作，就大加鞭挞，口诛笔伐。处于这种思想另一极端的表现，则有一种美化古人的倾向。只要诗写得好，为人们所激赏，便认为作者的知识渊博、见解正确、人格高尚、诗艺高超。例如一些推崇杜甫、韩愈的人说："老杜作诗，退之作文，无一字无来处。盖后人读书少，故谓韩、杜自作此语耳。"①　于是，在研究中便极力挖掘微言大义，以证明他们的作品如何表现了真、善、美的统一，似乎不如此，他们的作品便失去了文学品位，失去了艺术成就和水平。这种作法在《诗经》研究中尤为突出。不论其为今文经学，还是古文经学，一个共同的特点就是把《诗经》说成是圣人所作，到处搜寻、阐述它的微言大义。《毛诗序》将《诗经》解释成先王用以"经夫妇，成孝敬，厚人伦，美教化，移风俗"的工具，便是这种倾向的典型代表。

---

　　①　见黄庭坚《答洪驹父书》。

《诗经》艺术论

古代士人在知识素养方面往往各有专工，如唐代以诗赋取士，而文学之士，善于诗者，多不善于赋；长于赋者，其诗也很少播在人口。至于文学修养和历史、地理方面的知识都很突出的人，实际上并不很多。因此，在其作品中，往往在细节的精确性方面经不起推敲。如李白诗云："汉家秦地月，流影照明妃。一上玉关道，天涯去不归。"顾炎武征引《史记》、《汉书》有关记载曰："汉与匈奴往来之道，大抵从云中、五原、朔方。明妃之行，亦必出此。"又曰："而玉门与西域相通，自是公主嫁乌孙所经。太白误矣。"白居易《长恨歌》云："峨眉山下少人行"，沈存中谓峨眉在嘉州，非幸蜀路。其实，诗人的学识并不都值得称道。如令乾嘉学派的大师们挑剔诗人的知识性失误，定非难事。顾炎武指出的庾信、陆机等人诗、文、赋中的失误，[①] 也的确存在。但是，以学识为尺度要求诗人，其对文学的认识似乎还不如严羽说得确切。《沧浪诗话》云："诗有别材，非关书也。诗有别趣，非关理也。""大抵禅道惟在妙悟，诗道亦在妙悟。且孟襄阳学力下韩退之远甚，而其诗独出退之之上者，一味妙悟而已。"诗人在创作中主要依靠灵感，靠艺术构思，将生活中的人和事，化为诗歌意象，创造出最佳的艺术境界。为此，在诗人看来，明妃的确切路径就不再成为严肃对待的问题。况且，有些诗人又往往以当时人常说、常用的语言替代前朝用语。如唐代诗人常常借汉朝以言本朝。"汉皇重色思倾国"，其思的既不是具有倾国倾城之貌的李夫人，也不是绝代佳人赵飞燕，而是唐代的杨氏女。与此相近的，"玉门"、"玉关"为唐代边塞之代表，未必确指出于西方、北方。

当然，有些诗人在对待人、事件、地理方位等，采取了较为

---

① 见顾炎武《日知录》卷二一。

六 《诗经》中对事理的误读与诗歌艺术的无理而妙

严肃的认真的态度，因此，其作品在这些方面也经得起考证。从而，他们的作品也成为诗史，它不仅给人们以美的享受，还为人们提供了可靠的历史见证。如《诗经·六月》云："薄伐狎狁，至于大原。"或者像杜甫诗中所写的社会动乱及其发展阶段，所历之地，都作了真实的描绘。这自然是难能可贵的。然而，要求诗人必须如此，或要求所有的诗人都如此，那就只能扼杀诗歌了。

除了在知识方面的缺陷可以造成诗人对事理的误读外，文学样式的自身特点，作家的艺术个性，也能导致对事理的误读而创造出为人们普遍接受的文学意象和艺术形象。

诗人在文学创作中以表达自己的感受、激情为主。所言及的人或事，多出于记忆，并且服从于表现感情的需要。至于是否合于事实之真、事理之真，则居于次要地位，甚至置事理之对错、历史真实之合否于不顾。也有的诗以艺术的语言和表达方式歌咏人或事，出于情感和表达方式的需要，而对事实有所变通。这些都与寻常的思维方式存在一定的距离，有时甚至为人们所不解。在这方面值得严格区别的是，诗的把握方式与史的、散文的把握方式间的不同。

如杜牧诗《赤壁》云："折戟沉沙铁未销，自将磨洗认前朝。东风不与周郎便，铜雀春深锁二乔。"《彦周诗话》曰："意谓赤壁不能纵火，为曹公夺二乔，置之铜雀台上也。孙氏霸业，系此一战。社稷存亡，生灵涂炭都不问，只恐捉了二乔。可见措大不识好恶。"这是一种比较有代表性的说法。其所代表的一类人在解诗时，注重的是事实的真相，是事实的详情。然而，杜牧却是以诗人的语言、方式，表达自己对历史的见解。在他看来，英雄的业绩是由多方条件造就的，而不是英雄个人的才能所决定的。如果没有东风所代表的各种便利条件，那么，周瑜纵有天大的本事，也无法改变东吴灭亡的厄运。孙氏霸业将毁于一旦，君臣为虏，妻妾为奴。国既破，家也必亡。"二乔"被置于铜雀台上，娱侍曹操，这正是孙氏政权败亡的突出标志。在历史上，国破家亡，美女、后妃被迫侍奉胜利者的事，举不胜举。越王勾践失败，美女西施被献给吴王夫差，是人所尽知的历史掌故。又据《国语·晋语》载，晋献公伐骊氏戎，大捷，俘获骊戎君主之女骊姬以归。《左传》庄公十四年载，楚文王灭息国，获息夫人以归。这些美女、后妃的遭遇恰恰是国破家亡、妻儿不保的缩影。因此，她们的不幸也时时见于文学作品之中。如生活时代略早于杜牧的白敏中就写了一篇《息夫人不言赋》。在这方面，杜牧的成就尤为突出。他经常运用文学语言，以诗论史。在这些诗篇的创作中，事件可能出现的恶果被艺术化地表现出来，使其历史见解、审美情趣完好地融合在一起，因此，显得更委婉、更警策。如果要求诗人具有司马光那样严谨的态度和渊博的学识，要求文学作品都要象《资治通鉴》那样详赡，那就恰恰抹杀了文学的生命力，抹杀了文学的艺术本质。

有些诗人或作品在对相关事件的处理上，表现出另一种倾向。如苏轼的《念奴娇》[大江东去]云："遥想公瑾当年，小乔初嫁了，雄姿英发。羽扇纶巾，谈笑间，强虏灰飞烟灭。"若考其史实，大战之际，强敌当前，周瑜虽然指挥若定，却也绝不像词中所描绘的那样从容、潇洒。而且，"小乔初嫁了"，也是为了表现周瑜早早成就大业，以与自己的"早生华发"相对比。若考之史实，周瑜娶小乔时，孙策尚未平定江南。而赤壁之战，孙权已在位数年。然而，诗人的艺术匠心，恰好表现在他对这样复杂的历史事件所作的精心剪裁方面。也许因为苏轼的名气大，无人敢于批评他妄改历史。

白居易的《长恨歌》也曾引起批评。其篇首云：

六 《诗经》中对事理的误读与诗歌艺术的无理而妙

> 杨家有女初长成，养在深闺人未识。天生丽质难自弃，一朝选在君王侧。

诗人言之凿凿，似乎很有根据。然而，历史事实却并非如此。据陈寅恪《元白诗笺证稿》援引朱彝尊、杭世骏、章学诚等人的考证，谓杨氏于开元二十三年被册立为寿王妃，二十五年十二月，武惠妃薨，随后度杨氏为女道士，衣道士服入见玄宗，号曰太真。很显然，《长恨歌》对杨贵妃入宫事的歌咏有悖于史实。古人论其为尊者讳，似乎并非无稽之谈。然而，从文学创作来说，诗人重在歌咏玄宗与杨贵妃的千古恋情，如果不是存心避讳的话，于诗，于艺，都是可以理解的。至于说到避讳，唐代似乎限制并不很多，如李商隐的《华清宫》、《马嵬》、《骊山》、《龙池》等诗，对杨氏入寿王府一事毫不避讳①。由此可见，《长恨歌》中对贵妃身世的歌咏，也并不完全出于作者的规避。更重要的原因当出于对诗歌艺术形象的完美的考虑。

（三）艺术表现中的无理之理

以上所论述的问题，有的可归诸社会的整体认识能力的局限，有的属于作家个人的学识、认识能力方面有所不足，也有的则因文学的特殊性质导致作家对自己感受的强化和对某些事物的弱化处理。其中所涉及的部分人和事，虽与历史事实间存在一定误差，而对于一般不了解历史的人，或对作品中的人和事不作考

---

① 见洪迈《容斋随笔·续笔》。

证的人来说，作品中的人和事又似乎自成事理，并不妨碍作品自身的完整，如"杨家有女初长成"，"一上玉关道"等若能从这一角度理解，似乎更可以发现文学作品从创作到流传中的一些规律。

然而，也有些作家在进入创作状态后，他个人的感受、诗情居于极度兴奋之中，他要突出自己的感受，或感受的某些局部，而置事理于不顾。不仅如此，在这些作家看来，寻常的思维逻辑肯定无助于表达他们的感受，就连一般的艺术表现方式，一般的艺术手法，也很难合于其激情。他们具有独特的艺术个性和艺术风格。于是，在其作品中，文学意象、艺术境界以及与之紧密相关的文学语言、艺术手法，都处于一种超常的状态。在文学发展的进程中，我们经常可以看到文学的特殊的境界：无理之理，无理之美。这样的艺术境界的产生，有时出于作家的不自觉的创造，有些则是作家强烈的主观精神的艺术显现，是他们自觉追求某种艺术效果的结晶。

一些在这方面尚不具备自觉意识的作家，往往停止于对个别事物或事物的某些方面的片面突出与夸大。如周宣王遭遇严重的旱灾，率群臣祭天祈雨，遂创作了一首祭歌《诗经·云汉》。诗人描绘了严酷的荒旱景象：

　　　　旱既太甚，涤涤山川。旱魃为虐，如惔如焚。

整个大地都光秃秃的，旱神在施展淫威，到处都像燃烧一般。在这令人人惶恐的灾情面前，诗人感到社稷也濒于灭亡了。诗中说："周余黎民，靡有孑遗。"饿殍遍地，周人就要死亡殆尽。诚然，周宣王时代所遇到的旱情是非常严重的，人民所受到的损害也是异常惨剧的。诗人为了突出这一点，也为了将自己和人们

六 《诗经》中对事理的误读与诗歌艺术的无理而妙

在荒旱面前的诚惶诚恐的心情表现出来，其所运用的语言，所描绘的场面，是否与事实完全相合，已所不计。

《孟子·万章上》云："故说诗者不以文害辞，不以辞害志。以意逆志，是为得之。如以辞而已矣，《云汉》之诗曰：'周余黎民，靡有孑遗。'信斯言也，是周无遗民也。"在读诗的时候，如果必求宣王时的旱灾中，是否草木已经全部枯死，人民是否荡然无存，则真是痴人前说不得梦。如此解诗，诗已不成其为诗了。

本文所说的因创作激情和艺术个性、艺术方法所造成的文学创作中的无理之理，无理之美，还不能以《云汉》之类的作品为代表。

还有些作家在文学创作中表现出个性张扬的自觉意识。在这方面，庄子堪称典范。

《庄子·至乐》云：

> 庄子之楚，见空髑髅，髐然有形。撽以马捶，因而问之，曰："夫子贪生失理，而为此乎？将子有亡国之事，斧钺之诛，而为此乎？将子有不善之行，愧遗父母、妻子之丑，而为此乎？将子有冻馁之患，而为此乎？将子之春秋故及此乎？"于是语卒，援髑髅，枕而卧。夜半，髑髅见梦，曰："子之谈者似辩士。视子所言，皆生人之累也。死则无此矣。子欲闻死之说乎？"庄子曰："然。"髑髅曰："死，无君于上，无臣于下，亦无四时之事，从然以天地为春秋。虽南面王，乐不能过也。"庄子不信，曰："吾使司命复生子形，为子骨肉、肌肤，反子父母、妻子、闾里、知识。子欲之乎？"髑髅深矉蹙额，曰："吾安能弃南面王乐而复为人间之劳乎！"

《诗经》艺术论

在《庄子》一书中，这类以张扬个性的创作，这类自觉地误读史实、事理的作法随处可见。不仅有髑髅同人的对话，还有鲲鹏可以振起垂天之翼，儒生可用《诗》、《礼》去挖坟掘墓，曾子生活窘困，衣食无继之时，竟然歌《商颂》而声满于天，心至于大道而忘形、忘利、忘心。① 在《庄子》的超然物外的主观精神面前，任何现实的或历史上客观存在过的事物，都不能与之相合，都不能建构起和谐的文学意象。因此，作者便以自己的精神浸透、肢解、拼装、改造外在事物，任所欲为地驱使他们。"尽驱灵异入篇什，物象往往愁鞭笞。"② 这是严羽的夫子自道。同时，这两句诗也道破了自庄子以下历代同类创作的天机。尽管庄子是运用散文的方式表达自己的感受，阐述其理论主张，但他的文章中随处可见诗性的把握方式。

屈原也是个不可以事理求之的诗人。他的峻洁的人格傲岸地屹立于世俗社会之上。他的精神，他的情感，他的人格，既不为世俗社会和狭隘的贵族所理解，他也就无法运用寻常的意象、寻常的语言诉诸世人。于是，在其作品中出现了一个介乎于人、神之间的抒情主人公形象。

> 朝饮木兰之坠露兮，夕餐秋菊之落英。苟余情其信姱以练要兮，长顑颔亦何伤？揽木根以结茝兮，贯薜荔之落蕊。矫菌桂以纫蕙兮，索胡绳之纚纚。
> ……
> 制芰荷以为衣兮，集芙蓉以为裳。不吾知其亦已兮，苟

---

① 分别见《庄子》的《逍遥游》、《外物》、《让王》诸篇。
② 严羽《送主簿兄之德化任》，见《严沧浪先生吟卷》卷二。

六 《诗经》中对事理的误读与诗歌艺术的无理而妙

余情其信芳。高余冠之岌岌兮，长余佩之陆离。①

他戴的冠，穿的衣裳，拿的手杖，缠绕在身上的彩带，悬挂的佩，无不用奇花异草装点而成。他之所以这样作，就是要"唯昭质其犹未亏"。诗人认为，他的高尚的情操，峻洁的人格，惟有这些奇花异草可以比拟于仿佛。至于其他世俗间的事物，只能对其人格有所损伤。这样的思维逻辑，这样的奇装异服，唯屈原才能有。这样奇特的文学意象，也只能出现在屈原的笔下。这样的诗人，这样的作品，怎能用常物、常理度量？

在唐代诗人中，李白也是具有这一倾向的诗人。他每每置寻常事理于不顾，创造出独具风神的艺术形象。李白《秋浦歌》是人们熟悉的作品，其辞云："白发三千丈"，不仅因愁而黑发尽白，并且，愁无尽，白发也无尽，谓之三千丈，出语惊人，似乎无理。但是，诗人却以这一意象活脱地展现出他无法扼止、无从排遣的忧愁。他不是寻常的文人，而是任侠尚气，性格豪爽的诗人。因此，在他的笔下，不合于事理，出于人们想象之外的事物很多。如《金乡送韦八之西京》云："狂风吹我心，西挂咸阳树。"身在山东，心系长安，于是，想到横扫一切的狂风，在想象中，狂风将这颗心吹度万里之遥而挂在长安的树上。这颗心的经历，岂是任何人体内跳动着的心所能承受得了的？与此相近的还有《闻王昌龄左迁龙标遥有此寄》。诗云："我寄愁心与明月，随君直到夜郎西。"同样是这颗神奇的心，可以带着朋友分别的离愁寄托给明月，于是，此心竟然同明月一起伴随朋友远去。此外，还有他的经常被人们谈论的《北风行》。诗中有"燕山雪花

①　屈原《离骚》，《楚辞集注》卷一，上海古籍出版社 1979 年版，第 7—10 页。

《诗经》艺术论

大如席"之句，惊人之语，连瀛洲海客也道不出。至于他在诗中所创造的天姥山、蜀道的意境和相关的无数意象，也每每具有上述特点。以艺术的眼光观之，这些诗篇中的境界、意象都具有超越常理的特点。

文学创作中通过无理之理、无理之妙而获得特殊的艺术效果，只有极具天赋的作家才能作得到。正如刘熙载所云："看似胡说乱说，骨里却尽有分寸。"（见《艺概》）

在这方面，有些作家的艺术追求貌似相同、相近，其实不然。李贺《南园》云："可怜日暮嫣香落，嫁与春风不用媒。"谓花期正盛之时，有如"越女腮"般艳丽动人，也令人敬重。而到残红飘零之际，人老珠黄，无人爱怜，也无人敬重，故不需媒人，也不能郑重地迎聘为夫人。只消轻易的一句话，便可作为侍妾携之而去。邵子《二色桃诗》云："疑是蕊宫双姊妹，一时俱肯嫁春风。"作者用拟人的写法，以写二色桃在园中占尽风流。以男女间的恩爱关系状写百花与春风的关系，或用茂盛的鲜花与春风的关系比喻男女之情。这类作法在古代诗词中随处可见。这与本文前面所论并非同类事。然而，有些人以诗中都使用一"嫁"字，随将这些作品与张先的创作连在一起，认为是张先用典之所出，这恐怕有些牵强。这些作品表现出不同的艺术个性和艺术追求。

清代词人贺裳指出了其中的奥妙。其《皱水轩词筌》云："唐李益诗曰：'嫁得瞿塘贾，朝朝误妾期。早知潮有信，嫁与弄潮儿。'子野《一丛花》末句云：'沉恨细思，不如桃杏，犹解嫁东风。'此皆无理而妙。"这是一个极有价值，也极为深刻的命题。沈祖棻说："所谓'无理'，乃是指违反一般的生活情况以及思维逻辑而言。所谓'妙'，则是指其通过这种似乎无理的描写，反而更深刻地表现了人的感情。在文学中，无理和有情，常常成为一对统一的矛盾"①。沈祖棻的论述更深刻地揭示了诗歌艺术的一个具有本质性的特征，很值得深入思考。张先《一丛花令》（伤高怀远几时穷）的妙处，在于作者将本非一类的事物，即人和自然错接在一起，因此，它极度违背了事理。而李贺、李益却与此迥异其趣。

　　总之，在文学创作中，作家必然要涉及对事物的描绘、歌咏，也自然会表达出对事理的认识，甚至通过对事理的认识而创作出一系列的文学意象。如果认为作家的认识必须反映事物发展的客观规律，其作品才具有审美价值，强调文学一定要做到真、善、美的统一，这样的主张往往在追求最佳的艺术理想时，忽略了文学创作的另一重要规律，甚至衍化为脱离文学创作实际，脱离文学发展实际的艺术理想，不仅如此，这样的主张表现出其对文学与纪实文字间的本质区别。不能正确认识诗的把握方式的特点，也就必然对诗的样式，对诗人提出超越其本身性质的苛刻要求。而且，就某些方面来说，这种主张无法解说，也不愿承认对事理的误读，竟然能够创造出很好的艺术作品，能够创造出为人们所接受、所激赏的文学佳作和其间的艺术美。

---

　　①　见沈祖棻《宋词赏析》。

七　春秋赋《诗》与对《诗经》的解读

　　春秋时代，上层社会生活的一个显著特点就是重视礼，重视诗与乐。诸侯间的会盟、朝聘、宴饮，大夫间的交往，都要循礼，观礼，也都要奏乐，赋诗。这是人们感情交流的境界，也是当时普遍实行的交往方式。赋诗以明志。通过对前代人所创作的诗的引用、诵读，以实现彼此之间的沟通、交流，这是春秋时代极具特征的风气。《诗》（即后世所说的《诗经》）由此受到特殊的重视，也得以广泛的流传。同时，也表现出人们对《诗》的理解与阐释。《诗》同人们精神生活的这方面关系，主要见于《左传》的记载，此外，《国语》、《论语》中的相关记录，也具有特殊的意义①。

（一）《诗》的多种方式的解读

　　在春秋时代的社会交往中，《诗》占有相当重要的地位。对《诗》不熟悉，或者不能灵活地运用《诗》以委婉地表达自己的

――――――――

　　①　本文所引用资料多出自《左传》，行文中必标明年代，或引用原文，或据原文为说，不再一一注明。

心情、想法，就无法参与贵族间的重要礼会。如秦穆公享晋公子重耳，依当时的尊卑等级，应由子犯陪同重耳。然而，子犯曰："吾不如衰之文也。请使衰从。"（《左传》僖公二十三年）子犯自知不如赵衰"文"，无法应对享礼中与秦交接的问题。这里所说的"文"包括应对周旋之礼，也包括行人辞令之美和对《诗》的理解、运用。果然，赵衰为重耳相礼，在秦、晋两位君主的交际中作得有力、有节，从而促进了秦晋两大诸侯间的同盟关系的稳固。这对于重耳返国夺取政权，并进而成为强有力的霸主，都是十分重要的。相反的，如果对《诗》不熟悉，不了解对方赋诗的意图，就会为贵族社会所不齿。如齐庆封聘于鲁，其车很美，然而，其人对礼仪的修养却很差。叔孙与之食，不敬。为赋《硕鼠》，亦不知。（见《左传》襄公二十七年）由此可见《诗》在当时社会生活中的重要程度。孔子说："不学《诗》，无以言。"（《论语·季氏》）又说："兴于《诗》，立于礼，成于乐。"（《论语·泰伯》）这都是基于对《诗》在社会生活中的作用，而对子弟提出了学《诗》的要求。

作为前代所遗留下的《诗》在春秋时期受到人们的广泛的重视，也以各种各样的方式，融入社会生活中，受到人们的喜爱，给人们以美的享受。同时，人们也以各种不同的方式对《诗》进行解读。较为常见的解读大体上有如下六种方式：

赋《诗》，这是当时用得最多的形式。仅《左传》记载的各类场合的赋诗就有 63 篇次①。这是上层贵族聚会中几乎不可或

---

①　本文写作时曾参考［清］劳孝舆著《春秋诗话》。该书多就所引之文略加评论，对于赋诗中的深意及其与《诗》之文本的关系，皆阙而不论。《四库全书总目》谓其"既不同诠释传文，又非尽沿讨诗义。编葺虽勤，殊无所取也"。虽如是，草创之功不可没也。

缺的感情交流形式。它的常用形式是"不歌而诵"（班固《汉书·艺文志》）的赋诗。当时的贵族在交往中，有些人不想直接将感受表达出来，或者不便于用自己的语言明白地传达给他人，便采用赋古人之诗的委婉的表达自己意图、想法的方式。如《左传》成公九年载，鲁君的女儿伯姬嫁于宋，三月后，季孙行父赴宋以致成妇之礼。归来复命，公享之。季孙行父赋《韩奕》之五章。原诗歌咏蹶父为女儿寻找一生所居之处，没有比韩更好的，遂将女儿嫁给韩侯。行父通过赋诗，赞美鲁君择婿得当。伯姬的母亲穆姜听到行父所赋的诗，知道女儿在宋很好，遂出房，对行父的辛劳致谢，并赋《绿衣》之卒章，表明自己听到了行父所讲的话，也从他所赋的诗中了解到伯姬在宋舒适、安乐的消息，自己非常满意。这种通过赋诗以表情达意的方式，往往使人们之间的认识、理解和交流，变得温文儒雅，也较易于人们之间精神上的沟通。

歌《诗》，是重要的思想感情交流的形式，也是领略歌诗艺术美，陶冶情性的方式。歌诗又分为乐工歌诗和诸侯、大夫自己歌诗两类。前者如《仪礼·乡饮酒礼》、《仪礼·燕礼》并云："工歌《鹿鸣》、《四牡》、《皇皇者华》。"《礼记·乡饮酒义》云："工入，升歌三终。"《礼记·玉藻》云："工乃升歌。"《左传》襄公四年云："工歌《文王》之三。"《仪礼·射仪》云："歌《驺虞》若《采苹》，皆五终。"这类记载多见于各类贵族礼会的场合。在这些场合不仅歌诗，有时又伴以舞诗，如《左传》襄公十六年云："晋侯与诸侯宴于温，使诸大夫舞，曰：'歌诗必类。'"这是要求各诸侯国的大夫都歌诗、舞诗，并对诗的内容有一些限定。

奏乐，这是在一系列严肃的祭祀、会盟中必不可少的环节，也是在宴饮、射礼等宽松的贵族交往中必备的条件。在奏乐时，用的乐器有钟、磬、笙、箫、瑟等，于是曲目也因而有所不同。如《左传》襄公四年云："金奏《肆夏》之三。"这里演奏、欣赏《肆夏》，所用的只有编钟。《仪礼·乡饮酒礼》云："笙入堂下，磬南，北面立。乐《南陔》、《白华》、《华黍》。"以笙、磬合奏，曲目已自不同。有时将乐器演奏与乐师演唱错综组合在一起，给人以多种样式的艺术欣赏。如《乡饮酒礼》云："乃间歌《鱼丽》，笙《由庚》；歌《南有嘉鱼》，笙《崇丘》；歌《南山有台》，笙《由仪》。乃合乐，《周南》：《关雎》、《葛覃》、《卷耳》；《召南》：《鹊巢》、《采蘩》、《采蘋》。"《周礼·春官·乐师》云："凡射，王以《驺虞》为节，诸侯以《狸首》为节，大夫以《采蘋》为节，士以《采蘩》为节。"《周礼·大师》云："大射，帅瞽而歌射节。"

　　观乐，这是从嘉宾或欣赏者的角度而言之。就表现形式来说，也以歌诗为主。然而，称之为观乐，是因为它不是主人依据礼的规则而安排的演奏或歌唱。在这方面，最著名的同时也是最有代表性的，是吴公子季札在鲁观乐。据《左传》载，襄公二十九年，季札聘于鲁，请观于周乐。于是，命乐工歌《诗》，从《周南》、《召南》，至于《颂》。每歌一部分，季札便作出自己的评价。如评论《周南》、《召南》曰："美哉，始基之矣，犹未也，然勤而不怨。"随后，又观历代之舞，也给予多方面的品评。这样的观乐，表现出主人对地位较高，很值得尊敬的嘉宾所给予的特殊接待。但是，欣赏歌舞也泛称之为观乐，如晋之大臣子西评价吴王夫差迷恋声色时，便说他"观乐是务"[①]。但是，夫差的观乐，不过是获得感观的享乐而已。季札通过观乐以考察周、鲁文化，也表现出自己较高的欣赏水准。夫差则代表了

---

　　① 见《左传》哀公元年，《春秋左传正义》卷五七。

《诗经》艺术论

《诗》在流传和接受中的另一类人群。他们以愉悦耳目为重的欣赏情趣，也表现出对《诗》的非传统的一种解读。

引《诗》，这是春秋时期引用《诗》的最简单的方式，然而，就其解读的意义而言，却是最具有启迪性。它的一系列作法，它对《诗》的意蕴的开掘，已经成为汉代今文经学对《诗》的解读的滥觞。这样的做法常常无视《诗》的意蕴，只从作品中抽出几句，而以自己的理念或具体意图的阐释为中心。这种对《诗》的解读，是赋予《诗》以新的意义的误读。如《左传》襄公三十一年载，北宫文子见到楚令尹围的威仪不合于礼的规定，遂系统地发表了自己的看法。在这段评论中，他五次引用《诗》中的句子以论述威仪同礼的关系，论述失于威仪的恶果。在这些引《诗》的作法中，人们的主观意图虽然居于主导地位，但还没达到无所顾忌地对《诗》进行曲解的程度。如《孟子》解《诗》有个很典型的范例。《梁惠王下》载，孟子说齐宣王，诱导他发政施仁，以行王政。王曰："寡人有疾。寡人好货。"对曰："昔者公刘好货，《诗》云：'乃积乃仓，乃裹糇粮。于橐于囊，思戢用光。弓矢斯张，干戈戚扬，爰方启行。'故居者有积仓，行者有裹囊也，然后可以爰方启行。王如好货，与百姓同之，于王何有？"王曰："寡人有疾。寡人好色。"对曰："昔者太王好色，爰厥妃。《诗》云：'古公亶父，来朝走马。率西水浒，至于岐下。爰及姜女，聿来胥宇。'当是时也，内无怨女，外无旷夫。王如好色，与百姓同之，于王何有？"在这次对话中，孟子两次引诗作为自己谈说的依据，两次引用前代贤君，对《诗》作了大胆的、完全不顾其本义的解读。在这里，诱导对方接受自己的仁政主张，实现游说的目的，远比是否客观的理解诗之本义重要得多。这是比《国语》、《左传》中所记录的春秋时代引《诗》、解《诗》更进一步曲解、误读。

解《诗》，从广义方面说，赋诗、歌诗、奏乐、观乐、引诗等，也都是解诗。然而，那些场合，人们都不以阐释诗的文本、意蕴为主，甚至为了实现精神沟通的目的，可以置诗的意蕴于不顾。而在《国语》、《左传》等书的记载中，还有一些对诗的意蕴很为重视的阐释。当时较为常见的解《诗》有两种形式。其一为明确提出某些诗篇的写作背景、动因。如《左传》隐公三年云："卫庄公娶于齐东宫得臣之妹，曰庄姜，美而无子。卫人所为赋《硕人》也。"这就是说卫人出于对庄姜的同情和不平，而创作了这首诗。有些记载则使人们看到另一种解诗方式，即在赋诗中已包含了解诗。自己赋诗的意图，对方也通过所赋之诗而有所了解。这类解诗见于记载的更多一些，情况也更复杂。

不论人们采取什么形式，目的只有一个，即通过赋诗、引诗等方式，以达到交流思想感情，同时，无数人的阐释、解读，使这部前代留下的诗集不断向人们提供新的意蕴，给人以新的美的享受和启迪。

（二）"赋《诗》断章"与"歌《诗》必类"

春秋时期对《诗》的解读形式中，以赋诗最为普遍，也最具时代特色。

春秋赋诗，是通过对《诗》的歌或诵，将自己的意图、感受，委婉地传达给他人。在这样作的时候，一个重要的前提是必须对《诗》非常熟悉，并且谈话对方也对《诗》有较高的修养。这样赋《诗》者可以运用自如，而对方也明白他的意图，不至于对牛弹琴。于是，当人们需要表达的意图难于启齿时，就更倾向于采用赋诗的方式。如《左传》文公十三年载，郑伯与鲁公宴。郑希望鲁君帮助调解与晋的关系。于是，两国大夫便通过赋诗将很复杂的感情传达给对方。郑之子家赋《鸿雁》。（杜预注曰："义取侯伯哀恤鳏寡，有征行之劳。言郑国寡弱，欲使鲁侯还晋恤之。"）鲁之季文子曰："寡君未免于此。"（杜注曰："言亦同有微弱之忧。"）文子赋《四月》。（杜注曰："义取行役逾时，思归祭祀，不欲为还晋。"）子家赋《载驰》之四章。（杜注曰："四章以下义取小国有急，欲引大国以救助。"）文子赋《采薇》之四章。（杜注曰："取其'岂敢定居，一月三捷。'许为郑还，不敢定居。"）郑之所请被接受了，于是，郑伯拜，鲁公还拜。在这次微妙的交谈中，双方很少甚至完全不直接讲出自己的想法，而是通过所赋的诗，就使对方完全了解了自己的想法和难处。

赋《诗》可以委婉地提出某种要求，还可以探讨、协商某些复杂问题的解决办法。这同郑、鲁赋《诗》达意的情形较为类似的。如《左传》襄公二十六年，晋执卫侯。各诸侯国请求释放卫侯，晋不许。于是，国子赋《辔之柔矣》，（杜注曰："逸诗，见《周书》。义取宽政以安诸侯，若柔辔之御刚马。"）子展赋《将仲子兮》。（杜注曰："义取众言可畏。卫侯虽别有罪，而众人犹谓晋为臣执君。"）晋侯乃许归卫侯。晋侯由坚决要惩治卫侯，到态度的极大转变，其间没有更多的说辞，有的仅仅是二人赋《诗》，可是，其意图准确、诚挚而又含蓄，使晋侯认识到，事情不仅关系到对卫侯一个人的处理，也关系到各诸侯国对此事的看法，关系到各国是否相信晋能出以公心地处理诸侯间的事情。同时，通过赋《诗》的方式表达自己的想法，也很好地维护了晋的面子。

这类个案还有很多。如前面论及的重耳返晋前，秦穆公享之，赵衰相礼。重耳赋《河水》，（杜注曰："《河水》，逸诗。

义取河水朝宗于海。海喻秦。"）公赋《六月》。（杜注曰："道尹吉甫佐宣王征伐，喻公子还晋，必能匡王国。"）赵衰曰："重耳拜赐！"公子降拜稽首，公降一级而辞焉。衰曰："公称所以佐天子者命重耳，重耳敢不拜？"在这里，重耳因受到秦穆公的照顾，并得到他的保护，即将回国夺取政权。因此，在诗中以朝宗于海的河水意象，表达了自己的感激之情。秦穆公对他的夸奖并无太深的意味，只是说他回国后将发挥出更好的作用。然而，赵衰却借题发挥，将其引申到"佐天子"的意蕴上来。尽管如此，秦晋君主间的赋《诗》，还是蕴涵了丰富的意义，并且，其意义也为对方所了解。

还有一种类型的赋《诗》，虽然也以人们之间的精神交流为目的，却不侧重于表现当前的某种感受、要求，而是更多、更直接地将其意蕴指向了人们的志向、人格，表达更深远的意蕴。如《左传》襄公二十七年载，郑伯享赵孟于垂陇，子展、伯有、子西、子产、子大叔、二子石从。赵孟曰："七子从君，以宠武也。请皆赋以卒君贶，武亦以观七子之志。"子展赋《草虫》，（杜注曰："《草虫》，《诗·召南》。曰：'未见君子，忧心忡忡。亦即见止，亦即觏止，我心则降。'以赵孟为君子。"）赵孟曰："善哉！民之主也。抑武也不足以当之。"子展所赋的诗表现出对赵孟的敬仰和对君子的普遍的敬重、爱护，而赵孟拒绝了对自己的推尊，充分肯定了他对君子的态度。伯有赋《鹑之贲贲》。（杜注曰："卫人刺其君淫乱，鹑鹊之不若。义取'人之无良，我以为兄，我以为君'也。"）赵孟曰："床笫之言不逾阈，况在野乎？非使人之所得闻也。"子西赋《黍苗》之四章。（杜注曰："四章曰：'肃肃谢功，召伯营之。列列征师，召伯成之。'比赵孟于召伯。"）赵孟曰："寡君在，武何能焉！"子西意在推崇赵孟的功绩。赵孟则推功于晋君，意在说明晋能够长期主盟天下，并非自己的功劳。子产赋《隰桑》。（杜注曰："义取思见君子，尽心以事之。曰：'既见君子，其乐如何？'"）赵孟曰："武请受其卒章。"（杜注曰："卒章曰：'心乎爱矣，遐不谓矣。中心藏之，何日忘之？'赵孟欲子产之见规诲。"）子产赋诗，意与子展同。但赵孟更敬重子产，受其卒章，就表达了他对子产的敬佩无日忘之。子大叔赋《野有蔓草》。（杜注曰："取其'邂逅相遇，适我愿矣。'"）赵孟曰："吾子之惠也。"印段赋《蟋蟀》。诗中云："无以大康，职思其居。好乐无荒，良士瞿瞿。"意在说明自己就是诗中的良士，恪尽职守，严格地以礼自持。因此，赵孟曰："善哉！保家之主也。吾有望矣。"公孙段赋《桑扈》，（杜注曰："义取君子有礼文，故能受天之祜"）公孙段委婉地表示，自己严格地修饰礼仪文章，不敢稍有懈怠。赵孟曰："'匪交匪敖，福将焉往？'（杜注曰："此《桑扈》诗卒章。赵孟因以取义。"）若保是言也，欲辞福禄得乎？"卒享。文子告叔向曰："伯有将为戮矣。诗以言志，志诬其上，而公怨之，以为宾荣。其能久乎？幸而后亡。"叔向曰："然。已侈。所谓不及五稔者，夫子之谓也。"文子曰："其余皆数世之主也。子展其后亡者也，在上不忘降；印氏其次也，乐而不荒。乐以安民，不淫以使之，后亡，不亦可乎？"通过每个人所赋的诗篇，赵孟不仅看出他们七人在礼的修养方面的差别，还了解到他们的性格方面的重要差距，并由此推断每个人的未来发展和命运。应该说，这是一次深层次的精神交流。而这种交流并不需要更多的言辞，只从每个人所赋的诗中，便可了如指掌。这样的精神往来，除了春秋时代，除了当时的礼乐修养较高的人群，是无法做到的。

　　人们之所以能够通过赋《诗》达到精神领域的切磋，就在于赋《诗》不是个人的主观随意的行为。人们对《诗》的了解、把握，有一定的规范，即《诗》的文本同赋《诗》者的思想感情间，在一些基本点上有较为密切的联系。"赋《诗》断章，余取所求焉。"（《左传》襄公二十八年）这是当时赋《诗》的较为普遍的做法，也是人们在赋《诗》时遵循的原则。前面所论及的郑国七大夫为赵孟赋《诗》，或取全诗，或赋一章，都是从表达自己意图的角度而有所不同。然而，赵孟能够通过他们所赋的诗篇，了解了他们的感情乃至人格，说明此时各诸侯国流传的《诗》的文本基本相同，而人们对其意蕴的阐释，也较为相近，至少相去不甚远。因此，子产赋《隰桑》之后，赵孟表示"武请受其卒章"，不需要再赋"卒章"的文本，彼此都很清楚地进行了沟通。

当时的贵族子弟通过教育而实现对《诗》的接受。《周礼·大司乐》云："以乐语教国子，兴，道，讽，诵，言，语。"这里所说的"乐语"，既包括乐，也包括《诗》。因此，孔子云："不学《诗》，无以言。"（《论语·季氏》）又云："诵《诗》三百，授之以政，不达；使于四方，不能专对。虽多，亦奚以为？"（《论语·子路》）所谓的"不能专对"，是指一些人对《诗》仅能记诵而已，尚未形成自己对《诗》的解读，因此，也无法灵活地通过赋《诗》以传达自己的思想、意图。前文论及的子犯称自己"不如衰之文"，就表明他承认自己在对《诗》的解读和灵活引用方面，同赵衰有差距。春秋列国赋《诗》的基本要求是"歌《诗》必类"（《左传》襄公十六年），是"《诗》所以合意，歌所以咏《诗》也。"（《国语·鲁语下》）在一个以《诗》、乐和礼的教育为前提条件的社会，人们才能理解《诗》的本义，理解赋《诗》之意，理解所歌或所赋之《诗》的"类"与"不类"。

从相关记载看，所谓的"类"与"不类"，不仅要看对《诗》的本义应有基本的理解，还要看所赋之诗篇能否与下列三方面条件相合：一、人们当时的想法、感受；二、赋《诗》者的情境、修养等；三、人们的等级地位。这三方面条件并不要求同时兼备。根据人们交往时的环境、氛围，或具备其一，或兼有其二，都将被视为合于规范的赋《诗》。

首先看第一种情况。赋《诗》以交流思想、感情，表达人们对当前事物的直接的具体的感受。前面征引的资料有些已经可以说明这一点。此外，有关春秋时期的文献中还有大量的这方面的记载。如《左传》昭公元年，赵孟、叔孙豹、曹大夫人于郑。郑伯兼享之。子皮提醒赵孟，告诉他享礼之期。礼终，赵孟赋《瓠叶》。（杜注曰："义取古人不以微薄废礼，虽瓠叶、兔首，犹与宾客享之。"）子皮又提醒穆叔，且将赵孟赋《诗》的事告诉他。穆叔曰："赵孟欲一献。子其从之。"子皮曰："敢乎？"穆叔曰："夫人之所欲也，又何不敢？"及享，具五献之笾豆于幕下。赵孟辞。私于子产曰："武请于冢宰矣。"（杜注曰："冢宰，子皮。请，谓赋《瓠叶》。"）乃用一献。赵孟为客。礼终乃宴。穆叔赋《鹊巢》。（杜注曰："言鹊有巢而鸠居之。喻晋君有国，赵孟治之。"）赵孟曰："武不堪也。"又赋《采蘩》，（杜注曰："义取蘩菜薄物，可以荐公侯。享其信，不享其厚。"）曰："小国为蘩，大国省穑而用之，其何实非命？"子皮赋《野有死麕》之卒章。（杜注曰："义取君子徐以礼来，无使我失节，而使狗惊吠。喻赵孟以义抚诸侯，无以非礼相加陵。"）赵孟赋《常棣》。（杜注曰："取其'凡今之人，莫如兄弟。'言欲亲兄弟之国。"）且曰："吾兄弟比以安，尨也可使无吠。"穆叔、子皮及曹大夫兴，拜，举兕爵曰："小国赖子，知免于戾矣。"饮酒乐。赵孟出，曰："吾不复此矣。"这则记载可谓是"歌《诗》必类"的具有代表意义的个案之一。赵孟为晋之正卿，权倾朝野，威震诸侯。他在礼会之初便通过赋《诗》表明自己对这次享礼规格的要求：希望仪式简单一点，希望更珍视、增进彼此间的诚信。在场的人也从其所赋《诗》中了解到他的想法，只是作为东道主的郑之君臣惟恐简慢了这位炙手可热的人物，仍以较高的规格接待他。但是，赵孟的要求出于真诚，并非客套，终于为主人所接受。在宴饮之际，诸人赋《诗》，都委婉地表达了在这一特定场合，面对这位据有实权人物时的亲切、畏惧、依赖之感。

应该说在诸侯交往中，经常因国之大小、强弱，而现出彼此间的控制与依赖，保护与被保护的差异，特别是像赵孟这样的人，长期执掌晋国政柄，多次主持诸侯或各国大夫间的会盟，人们对他表现出敬仰、依赖之情，也是不足为奇的。其他场合的赋《诗》往往没有这么多的酬答，也不如这一个案典型规范。但就其性质和倾向来说，却是相通的。如襄公二十年，季武子如宋，受到隆重的接待。武子赋《常棣》之七、八章。诗中有："妻子好合，如鼓琴瑟。宜尔室家，乐尔妻孥。"武子希望两国能像夫妻一样和谐，能够有利于自己的邦国。他较好地完成了使命，归来后，鲁君享之。武子赋《鱼丽》之卒章。诗云："物其有矣，维其时矣。"以捕鱼适逢其时，比喻这次聘宋的时间也是很适宜的。鲁君赋《南山有台》。诗云："乐只君子，邦家之基。""乐只君子，邦家之光。"借以称赞武子为栋梁之臣。武子避席，曰："臣不堪也。"

从以上所论可以看出，赋诗在当时贵族社交中很好地充当了传达人们特定感受、情愫的媒介作用。

其次，赋《诗》者的情境、修养等性格中较为深层的要素，或彼此之间在政治、军事、外交等方面的暗中较量，在赋《诗》中如何见诸表现，也是关系到诗的"类"与"不类"的重要问题。前文论及的赵孟请郑之七大夫赋《诗》，以观其志，就表现出人们通过赋《诗》而达到的思想深层的交流。

《左传》襄公八年载，晋范宣子出使鲁，受到热诚的接待。在欢宴结束，来宾将要告辞之时，季武子赋《彤弓》。这是有功诸侯受到天子特殊褒奖时的抒情之作。天子赐他彤弓，授予他征伐违反王命的诸侯的权力。武子借赋《诗》以寄望于晋之君臣。范宣子曰："城濮之役，我先君文公，献功于衡雍，受彤弓于襄王，以为子孙藏。匄也，先君守官之嗣也，敢不承命！"季武子赋《诗》，表现出人们对天子微弱，霸主去世，群雄逐鹿局面的不满，希望晋能够像文公时代那样强大，可以雄踞天下，为诸侯主命。其中也不无吹捧之意，但更多的还是小国、弱国害怕邻国的侵蚀，想要有所依赖。范宣子理解季武子赋《诗》之深意。并且，晋文公所代表的昔日的辉煌也正是他们君臣的梦想。

赋《诗》还可以表现人们思想深处的矛盾，通过彬彬有礼的行人辞令，或沟通，或交锋，而在表面上却温文尔雅，于礼仪无所亏。如《左传》襄公十四年载，晋与诸戎发生矛盾，将执戎子驹支，范宣子谴责诸戎近年不肯臣服之罪。戎子驹支则列举祖祖辈辈追随晋的事实，然后，赋《青蝇》而退。诗云："岂弟君子，无信谗言。""谗人罔极，构我二人。"批评晋人误信谗言，影响了彼此的关系。宣子也理解了诸戎的苦衷，遂宽宥了驹支，率他参与诸侯之会。应该说，诸戎的礼乐修养远逊于中原各邦国，然而，驹支也能运用赋《诗》的方式将自己的不满和委曲倾诉出来，由此可以看出周代礼乐文化普及程度之广，也可以看出春秋赋《诗》已经成为当时不可或缺的思想交流方式。

赋《诗》常用于非常融洽的贵族礼会之间。人们通过赋《诗》以表情达意，也造成一种和谐的、彬彬有礼的氛围。然而，有些个案则表明，赋《诗》也用于解决彼此关系出现裂痕之时。上述戎子驹支就是这样作的，并且取得了成效。有时人们之间的关系非常紧张，几乎到了剑拔弩张的地步。可是，在交往中，人们也通过赋《诗》，给这紧张的关系罩上一层温文儒雅的纱幕，而骨子里，却依然是针锋相对。如《左传》昭公元年，晋楚争霸，矛盾加剧。在诸侯会盟之际，楚令尹子围享赵孟。令尹赋《大明》之首章，赵孟赋《小宛》之二章。《大明》首章云：

> 明明在下，赫赫在上。天难忱斯，不易维王。天位殷适，使不挟四方。

此诗谓殷商王朝后期的统治者不能修身、进德，以至于原本福祐他们的上天，到了现在，也只好抛弃他。令尹借所赋的诗篇批评晋人，他们将像商纣一样，失去对四方的挟有、支配能力①。赵孟赋诗，也毫不客气地反唇相讥。《小宛》之二章云：

> 人之齐圣，饮酒温克。彼昏不知，壹醉日富。各敬尔仪，天命不又。

《小宛》诗的文本在于批评一些沉湎于酒而又失于威仪的浑浑噩噩的贵族。赵孟借此诗以批评令尹在威仪方面存在严重失误，将不得其终。在当时，"非礼"，或"失于威仪"，是对人的极为严厉的批评。在他们二人赋《诗》之前，各国大夫已经对令尹在仪仗、护卫等方面不合于礼的规范的问题议论纷纷。因此，赵孟

---

① 杜预《左传注》曰："令尹意在首章，故特称首章以自光大。"其说非是。此章重在咏为王之不易，修身进德，则会获得上天的眷顾。否则，便会失去一切。故令尹意在讥刺晋人。

赋《诗》所寄托的意蕴，是人们相同的感受，也是对令尹的有力的谴责。

就对诗篇的解读来说，《大明》的文本以赞美周人的先祖为宗旨，歌颂他们获得上天的眷顾，终于取代了日趋没落的殷商王朝。令尹在赋《诗》时，引申了原诗谴责殷商的意义，将批评的矛头指向晋人。而《小宛》的意蕴原本就是针对一些不守礼仪者的，所以赵孟为令尹赋此诗，则是对其文本的直接延伸。

与此相近的，还有《左传》襄公十六年的记载：晋侯与诸侯宴于温，使诸大夫舞，曰："歌《诗》必类。"（杜注曰："歌古诗，当使各从义类。"）齐高厚之诗不类。（杜注曰："齐有二心故。"）荀偃怒，且曰："诸侯有异志矣。"使诸大夫盟高厚。高厚逃归。于是，叔孙豹、晋荀偃、宋向戌、卫宁殖、郑公孙虿、小邾之大夫盟曰："同讨不庭。"这里并没说明各诸侯之大夫所赋诗篇是什么。但是，从包括晋在内的各方面人士的反映看，他们大多数都做到了"歌《诗》""各从义类"。而齐为大国，在齐桓公时曾雄霸诸侯。此时虽已衰落，却仍存与晋争霸之心。况且，晋刚刚经历了重大的变故：悼公入葬，新君平公即位，朝臣也有所变化，其实力如何尚不得而知。在这种情况下，齐人自然不愿服从晋人的意旨。高厚在歌《诗》之时，表现出分庭抗礼的倾向，也就不足为怪了。

赋《诗》是对《诗》进行解读的重要方式。如《大明》、《小宛》，在解读中都增加了新意。在赋《诗》之时，也进行了思想交锋。这是当时政治的、军事的、外交的斗争的必然。而这样的表达方式，却是那个时代的特有的文化现象。

从上述分析中也可以看出，所谓的赋《诗》"类"与"不类"，除了对《诗》的文本缺乏基本了解，或引用不当之外，大多不存在"不类"的问题。若以诗之文本求之，大多有所引申。

所谓的"不类"，乃自晋人立场观之。因此，他们从所谓的"不类"，联系到"异志"，联系到"不庭"，从而讨伐之。若自齐楚观之，其诗恰好表达了不肯就范之意，流露出争霸的欲望。这正是他们所理解的"类"。这些记载清楚地表明，春秋时代赋《诗》，必须使《诗》的文本同人们所处的情境、人们的修养乃至性格相合。这也是人们对"诗言志"的一种理解，一种阐释。

另一个案也很有深意。《左传》襄公十四年载，卫献公与其大臣孙文子、宁惠子裂痕较深。文子使其子孙蒯入使。公饮之酒，使大师歌《巧言》之卒章。大师辞。师曹请为之。公使歌之。遂诵之。《巧言》之卒章云：

> 彼何人斯，居河之糜。无拳无勇，职为乱阶。……

诗的文本以批评周王听信谗言，不辨是非，而另外一些人又专以谗谄媚上为事，他们造成了社会局势的混乱。卒章重在批评朝廷中的小人。公使大师歌之，明显指斥孙文子为毫无本领，是只会生事作乱的小人。大师知道献公的用意，不肯激化矛盾。而师曹也清楚这首诗的意旨，清楚赋此诗篇的针对性及其可能产生的恶果。但因献公曾"鞭师曹三百"。旧恨无处发泄，遂主动请命诵《诗》。这次赋《诗》终于导致一场宫廷政变，献公败亡。

赋《诗》是当时重要的话语。人们通过赋《诗》进行思想方面、人格方面的交流，达到相互间的更深的了解。一些潜在的危机，也通过赋《诗》而交锋。这是对诗的一种解读方式，也表现出话语的时代特色。

再次，赋《诗》、歌《诗》也要同人们的等级地位相合。这是考察一个人是否具备较高的礼的修养的极为严格的标准，也是一个上层贵族在那个社会能否安身立命的必备条件。

《诗经》艺术论

《左传》襄公四年载，穆叔聘晋，晋侯享之。金奏《肆夏》之三，不拜。（案《周礼·钟师》云："凡乐事，以钟鼓奏《九夏》：《王夏》、《肆夏》、《昭夏》、《纳夏》、《章夏》、《齐夏》、《族夏》、《祴夏》、《骜夏》。"此谓《肆夏》之三，盖以其领起，共三章，即《肆夏》、《昭夏》、《纳夏》。）工歌《文王》之三，又不拜。（杜注曰：《文王》之三，《大雅》之首：《文王》、《大明》、《绵》。）歌《鹿鸣》之三，三拜。（杜注曰：《小雅》之首：《鹿鸣》、《四牡》、《皇皇者华》。）韩献子使行人子员问之，曰："子以君命，辱于敝邑。先君之礼，藉之以乐，以辱吾子。吾子舍其大，而重拜其细。敢问何礼也？"对曰："三《夏》，天子所以享元侯也，使臣弗敢与闻；《文王》，两君相见之乐也，臣不敢及；《鹿鸣》，君所以嘉寡君也，敢不拜嘉。《四牡》，君所以劳使臣也，敢不重拜。《皇皇者华》，君教使臣曰：'必咨于周'（案此为《诗》之原文。）臣闻之，访问于善为咨，咨亲为询，咨礼为度，咨事为诹，咨难为谋。臣获五善，敢不重拜。"

这里所谓的金奏，也是歌《诗》与奏乐相互配合，工歌于堂上，钟鼓于堂下相应。因此，钟也称为歌钟。[①] 上述个案告诉我们，当时歌《诗》、奏乐，皆有一定的等级规定，招待过格或接受过格，都属于非礼。穆叔熟谙周代的礼乐制度，自己作得彬彬有礼，并向晋之君臣进行了解说。应该说，他所讲的乃是正统的礼乐规范，也是依据传统对《诗》进行的解读。而晋人金奏《肆夏》、工歌《文王》等，"藉之以乐"嘉宾，则体现出对《诗》的新的、非传统的解读。

与之相类似的个案还见于《左传》文公四年所载。卫宁武

---

① 《左传》襄公十一年，郑与晋缔结城下之盟，奉送晋很多礼物，其中有"歌钟二肆"，即两列编钟。称之为"歌钟"，盖每与歌诗相伴之故。

子来聘，公与之宴，为赋《湛露》及《彤弓》。不辞，又不答。使行人私焉。对曰："臣以为肄业及之也。昔诸侯朝正于王，王宴乐之，于是乎赋《湛露》，则天子当阳，诸侯用命也。诸侯敌王所忾而献其功，王于是乎赐之，彤弓一，彤矢百，旅弓矢千，以觉报宴。今陪臣来继旧好，君辱贶之，其敢干大礼以自取戾？"这也是主人招待超过了规格，而使臣却坚持按礼的规范去作。他以"不辞，又不答"的行动表示拒绝，并说自己以为乐师在作练习，委婉地对自己的拒绝作了解说。这说明，在春秋时代，奏乐、歌《诗》、赋《诗》，都以一定的场合，一定的等级身份为依据。人们如果不懂得这一点，就会作出违礼、失礼之事，有时还会陷入十分尴尬的境地，为人所不齿。

前文论及的子犯自知"不如衰之文也"，遂逊避。然而，也有少数贵族礼乐修养很差，又缺乏自知之明，要出席礼会等重要交际场合。他们不理解别人所赋诗篇的含义，也无法通过赋《诗》传达自己的想法。甚至别人赋《诗》讥刺，仍茫茫然无所知。在这种情况下，人们轻视之，嘲笑之，斥之为非礼，都是势所必然。

《左传》襄公二十七年载，齐庆封来聘。叔孙与之食，不敬；为赋《相鼠》，亦不知也。庆封来聘所乘之车的豪华程度超越了礼仪的规范，当时叔孙就说，"服美不称，必以恶终。"已经感觉到他可能是个金玉其外，败絮其中的无礼之徒。因此，就用诗篇中的"相鼠有皮，人而无仪"，"人而无礼"等诗句相讥。他却于此毫无所知。翌年，齐国内乱，庆封失败奔鲁。叔孙再次接待庆封，仍然不懂礼仪。叔孙不悦，使乐师为之诵《茅鸱》，亦不知。（杜注曰："《茅鸱》逸诗。刺不敬。"）后来，庆封只好离开鲁，逃到吴。像这样不知礼仪的贵族，在那个时代很难得到有力的帮助。又如《左传》昭公十二年，宋华定来聘，以享礼接待他，为之赋《蓼萧》，弗知，又不答赋。这一场合与接待庆封时不同。前者所赋都是讽刺之作，赋《诗》者的初衷即在于嘲笑他的无礼。而这一次却是出于友善的动机。《蓼萧》赞美君子有好的声誉和威仪，并表示了诗人的美好的祝愿。然而，华定却不了解该诗的文本和赋此诗篇之意，也不知该如何回答。于是，引起人们的议论。昭子曰："必亡。宴语之不怀，宠光之不宣，令德之不知，同福之不受，将何以在？"（案"宠光"、"令德"等皆《蓼萧》中语。）八年后，华定出奔。人们的先见之明主要来自对当时社会人人皆赖以安身立命的条件及其个人修养的认识。对华定、庆封之流的败亡，人们视为礼所必然。人们在这礼乐的氛围中赋《诗》，也以礼乐文化解《诗》。那些对赋《诗》"不知"、"不答"的行为，正从反面为"不学诗，无以言"的著名论断作了很好的脚注。

（三）解诗、论诗、论乐

赋诗只是春秋时代对《诗》进行阐释的形式的一种。它往往不取直接阐释的态度，而多以引用、类比的形态为之。此外，当时还有许多记载，表现为直面《诗》的文本，对其进行多层面的论述，阐释其意蕴。这些作法及其所提供的认识，在对《诗》的解读中，在以《诗》为标志的文学观念的演进中，都具有重要的意义。这类作法大体上可分为解诗、论诗、论乐三种不同的类型。

第一种类型往往对《诗》的文本进行解读与阐释，有时也兼及《诗》的旨趣、创作背景与动因。

在这方面较为简单的是对一些诗篇创作动因的阐释。《左传》对此提供了一些较为详尽的记载。如隐公三年，卫庄公娶于齐东宫得臣之妹，曰庄姜，美而无子。卫人所为赋《硕人》也。又闵公二年，狄破卫，宋桓公立戴公。许穆夫人赋《载驰》。同年又载，郑人恶高克，使帅师次于河上，久而弗召。师溃而归。高克奔陈。郑人为之赋《清人》。又文公六年载，秦伯任好卒，以子车氏之三子奄息、仲行、针虎为殉。皆秦之良也。国人哀之，为之赋《黄鸟》。有的虽未点出篇题，却举出了具体的诗句，也着眼于创作背景与动因的阐释。如僖公二十四年载，周襄王与郑发生矛盾，遂欲调戎狄伐郑。富辰谏之，提倡以德抚民，以亲亲安定诸侯，且说："召穆公思周德之不类，故纠合宗族于成周，而作诗曰：'常棣之华，鄂不𬮧𬮧。凡今之人，莫如兄弟。'其四章曰：'兄弟阋于墙，外御其侮。'如是，则兄弟虽有小忿，不废懿亲。"富辰所引之诗句，皆出自《常棣》。根据富辰的说法，则此诗为召穆公有感于宗室的不和所作。

这些阐释中涉及卫人之诗两篇，郑人一篇，秦人一篇，《小雅》一篇。这种解读显然是以当时流传的，或为各国史官所记录的史实为依据。这些解读的共同特点在于说明该国某些特别事件，特殊人物引起了人们的感慨，遂发而为诗。这可以说是毛诗以史解诗的滥觞。

第二种类型表现为对《诗》的某些篇乃至整体进行宏观的阐释。

这种类型的解读在孔子的言论中更为突出。《论语·泰伯》云："子曰：'师挚之始，《关雎》之乱，洋洋乎盈耳哉。'"谓乐师到堂上歌《关雎》等诗篇，又以笙合乐，至于乐终，充耳都是优美的乐章。孔子听此乐兴奋不已。又《论语·八佾》云："子曰：'《关雎》乐而不淫，哀而不伤。'"赞美《关雎》这首诗在感情的宣发方面，在艺术表现方面，都合于礼之度，体现出

《诗经》艺术论

中和之美的原则。《关雎》是一支贵族青年的恋歌。在诗中他抒发了对自己的恋人的思念与追求。为了她,诗人经受了不眠的煎熬;为了她,他梦魂萦绕。在想象中,他要罄其所有以使恋人欢欣、幸福。诗人的感情有如波涛汹涌,而在艺术表现中却偏重于表现其执著的一面。诗人抒情的这一特定角度的选取,诗人所生活的周南又是周代礼乐文化基础最为稳固的地域,因此,虽然诗人陷入"辗转反侧"、"寤寐求之"的爱河之中,可是,他呈现于世人面前的感情,却笼罩在一层平和的纱幕之中。正是《关雎》的这一外观形态,为孔子提供了展开论述的基础。由此也可以看出,为什么在他看来,《关雎》那么令人神往,令人兴奋。他的感慨中已经包含了对《诗》的解读。至于"乐而不淫"的论述,则是他从对《关雎》的评价,引申到对自己艺术理想的阐述。中和之美的艺术原则,是西周时期所形成的礼乐思想的重要观点之一。孔子继承并扬弃了这一文化传统,创立了儒家文化,也确立了系统的儒家文学艺术主张。上述对《关雎》的阐释,正是孔子对自己文学主张、艺术理想的借题发挥。

此外,孔子还有论《诗》、论乐的宏观性见解。《为政》云:"子曰:'《诗三百》,一言以蔽之,曰:思无邪。'""思无邪"本是《诗经》中的一句,然而,他却赋予这句诗以新的意义。在他看来,《诗》三百篇皆出于礼乐准则。这样的概括,同他对《关雎》的阐释出于同样的思维定式。这表明他将自己的诗歌理想加之于《诗》,又以这理想解《诗》。至于其是否完全合于《诗》之文本,则未能多所虑及。在《阳货》篇中他对《周南》、《召南》的评价,也与此同类。另外,春秋时代一些礼乐修养较高的人也有相类似的见解。如《左传》僖公二十七年,赵衰曰:"说礼乐而敦《诗》、《书》。《诗》、《书》,义之府也。礼乐,德之则也。"于是,《诗》成了礼义的仓库,从中可以检取礼义的零部件，而不在于其艺术如何。

　　与之相关的，孔子又谈到自己对《诗》和乐的整理。《子罕》云："子曰：'吾自卫返鲁，然后乐正，《雅》、《颂》各得其所。'"正乐，也是正诗。《史记·孔子世家》云："三百五篇，孔子皆弦歌之，以求合《韶》、《武》、《雅》、《颂》之音。"所合的都是正音，就是使《诗》与乐经过"正"，纠正其在流传过程中出现的"不正"的变化，而归之于传统之"正"，合于原有的规范。

　　与上述问题相近的是其对《韶》的推崇。《论语·八佾》云："子谓《韶》：'尽美矣，又尽善也。'谓《武》：'尽美矣，未尽善也。'"在孔子看来，惟独产生于上古时代的《韶》乐才是完美无缺的艺术典范。周代的《武》的艺术虽然也很美好，但与《韶》相比，仍显得有所欠缺，也不能完全合于他的艺术理想。《述而》云："子在齐闻《韶》，三月不知肉味。曰：'不图为乐之至于斯也。'"这种快感来自他对自己心中最高艺术典范《韶》的欣赏。更令他高兴的是，这样美好的艺术竟然在传统文化较为落后的齐听到了。他欣赏之、品味之，竟然忘记了一切。又《卫灵公》记载颜渊问治国方略，子曰："行夏之时，乘殷之辂，服周之冕，乐则《韶》舞。"在西周人的思想中，诗和乐充当着与礼互为补充的实现政治统治的工具的作用。而到了孔子那里，这样的作用在《韶》这一古乐的阐释中得到进一步的扩张。从《韶》到《诗》，从《武》到周南、召南，再到《关雎》，这一系列前代艺术典范昭示某种理念。这是孔子所发现并大力弘扬的理念。这里表现出超越时代的艺术欣赏，跨越时空的情感沟通。而更突出的，则是在以《韶》为代表的古乐中寄托并发现了自己的艺术理想。他更多的是陶醉于自己艺术理想和自己所赋予《韶》的古典式的意蕴中。

《诗经》艺术论

孔子所推崇的古典的、传统的文学艺术，在当时来说，也称之为雅乐。与之相对的，称之为新声，称之为淫乐。孔子要以上古之乐反对新声，以雅乐反对流行的淫乐。这又显现出他的思想中的矛盾与变化。他既称"乐正"，称"思无邪"，却又从人们的好恶取舍中发现一些未能尽如人意之处。一些贵族颇好新声。这同他的艺术理想是截然相反的。于是，他又在对《诗》的阐释中指斥一些在他看来属于"有邪"的部分。如《卫灵公》云："放郑声，远佞人。郑声淫，佞人殆。"《阳货》云："恶郑声之乱雅乐也。"在这里，郑声已经成了同雅乐相对立的新声、淫乐。

从这些记载看，似乎孔子遇到了很棘手的矛盾：既然《诗》可以"思无邪"一言以蔽之，那就意味着所有的诗篇都是"无邪"的，都是合于礼仪的。那么，人们欣赏《诗》三百中的任何篇章、部分，也都应予以肯定。而事实上一些人只喜欢新声，即《诗》中的《国风》部分。至于《雅》、《颂》，有些人并不喜欢。很显然，从各诸侯国所采集来的歌谣中的丰富多彩的情感世界，意趣盎然的内涵，摇曳多姿的曲调，更能满足人们欣赏艺术，娱乐身心的需求，也较易于引起人们的共鸣。《雅》诗中的一部分也具有相当高的艺术成就，但这些诗在贵族聚会的场合经常演奏、歌唱，便逐渐失去新鲜感。何况，风诗中的相当多数作品以歌咏爱情、婚姻为题材，篇章短小，乐章复沓，易于流播。这些在孔子"一言以蔽之"时想要淡化的东西，反而在流传中获得了更强的生存能力，更强烈的社会效果。于是，只好在"思无邪"的三百篇中区分出"有邪"的淫乐、新声，痛加鞭挞。

孔子的这种思想观点在当时也有与之相呼应者。如《国语·晋语》云："平公悦新声。师旷曰：'公室其将卑乎？'"引起他深深的感叹与批评。对孔子这方面思想、主张的更进一步的阐述、发扬，则见于《礼记》中。《礼记·乐记》云："奸声乱色不留聪明，淫乐慝礼不接心术。"又曰："奸声感人而逆气应之。逆气成象而淫乐兴焉。"又曰："郑音好滥淫志，宋音燕女溺志，卫音趋数烦志，齐音敖辟乔志。此四者淫于色而害于德。"新声、淫乐其罪已不容于诛矣。然而，这仅仅是思想家们的理论说教而已。在现实生活中，既有像孔子那样的复古情趣，也有陶醉于新声中者。《礼记·乐记》记载了魏文侯自述的音乐偏爱。其文云："吾端冕而听古乐，则惟恐卧。听郑、卫之音，则不知倦。"这种看法与态度虽然遭到一些理论家的批评，但却表明了一些人对《诗》的另一种解读，也充分说明了《诗》的艺术魅力的另一层面，甚至是更为生动、活泼的层面。

　　孔子论《诗》，是对《诗》最有特色，最具代表性的解读。除此而外，当时还有一些论乐的理论主张。其实，论乐也是论诗。诗、乐、舞一体，是无法细加区分的。

　　在春秋时代的有关记载中，论乐是个很重要的话题。一些礼乐修养较高的贤达之士都发表过很精辟的论述。然而，同《诗》有关的见解，当以吴公子季札为最。前文曾论及他观乐之事。其实，观乐正是他论乐的前提。当时周文化的中心已经转移到鲁。他要借出使于鲁的机会，集中考察周代的礼乐文化，同时，对自己的礼的修养也有极大的好处。

　　在观乐的时候，乐师为他全面地歌《诗》。他也及时地讲述了自己的感受和对《诗》的理解。为之歌《周南》、《召南》，曰："美哉！始基之矣。犹未也。然勤而不怨矣。"为之歌《邶》、《鄘》、《卫》，曰："美哉！渊乎！忧而不困者也。吾闻卫康叔、武公之德如是。是其卫风乎？"为之歌《王》，曰："美哉！思而不惧，其周之东乎？"为之歌《郑》，曰："美哉！其细

已甚，民弗堪也，是其先亡乎？"为之歌《齐》，曰："美哉！泱
泱乎，大风也哉！表东海者，其太公乎！国未可量也。"为之歌
《豳》，曰："美哉，荡乎！乐而不淫，其周公之东乎？"为之歌
《秦》，曰："此之谓夏声。夫能夏则大。大之至也，其周之旧
乎？"为之歌《魏》，曰："美哉，沨沨乎！大而婉，险而易行，
以德辅此，则明主也。"为之歌《唐》，曰："思深哉，其有陶唐
氏之遗民乎？不然，何忧之远也。非令德之后，谁能若是？"为
之歌《陈》，曰："国无主，其能久乎？"自郐以下无讥焉。为之
歌《小雅》，曰："美哉，思而不贰，怨而不言，其周德之衰乎？
犹有先王之遗民焉。"为之歌《大雅》，曰："广哉，熙熙乎，曲
而有直体，其文王之德乎？"为之歌《颂》，曰："至矣哉！直而
不倨，曲而不屈；迩而不逼，远而不携；迁而不淫，复而不厌；
哀而不愁，乐而不荒；用而不匮，广而不宣；施而不费，取而不
贪；处而不底，行而不流。五声和，八风平；节有度，守有序。
盛德之所同也。"季札是周代文献中可以考见的对《诗》的全部
作品进行批评的第一人。然而，这仅仅是记载的状况而已。从前
文论及的《国语》、《左传》、《周礼》、《论语》等文献中有关诗
乐的教育，有关赋《诗》的记载，表明诗乐在当时贵族阶层中
的普及程度是很高的。只是季札对《诗》的阐释可能更精辟，
因而永载史册。

在季札的解读中，圣人、贤人之乐涵盖了一个地区的风谣俚
曲，也取代了一国臣民的欢唱悲歌。圣君贤臣的合于礼义的感
情，成为他们心灵的全部内涵，更取代了凡夫俗子的喜怒哀乐。
于是，在这样的解说中，不论其为朝廷之诗，抑或诸国风谣，都
成了圣君贤臣礼化人格与情感的艺术显现。

《诗》的早期流传过程，就是被包装的过程，是被礼化的过
程。在春秋赋《诗》中，《诗》的文本所受到的重视还要多一

些，解《诗》者多为地位较高的政治家或各诸侯国的使者、行人。他们的礼的修养虽然普遍较高，但毕竟不是哲学家、思想家，既不能与孔子相比，也无法达到师旷、季札那样的理论高度。因此，在解《诗》之时，其个人的理念还不是很突出，也不可能用这理念对《诗》进行新的包装，作出合于自己理想的阐释。

孔子则不然。他对西周的礼乐文化，对夏、商、周三代文化乃至上古文化有系统的、精湛的了解，并通过对前代文化的扬弃，形成了自己的思想体系。他站在这样的理论基点上阐释《诗》，借以发挥自己的理论主张，也将《诗》经过彻底的包装，使之成为自己思想的组成部分与传媒。他开创了以《诗》注我的先例，也开创了通过解《诗》而为文学思想注入新的要素的先例。这是二千余年的《诗经》学的滥觞，也为《诗经》学留下一些足以昭示其发展的思维定式和思想观点。

从对春秋时代赋《诗》、解《诗》、论《诗》的纵论中可以看出，由《诗》到《诗经》，由《诗》和《诗经》的不断地包装、打扮，也时时透露着文学观念演进、文学发展的新的信息。《诗经》流传与解读的历史，也在一定程度上揭示了中国古代文学和文学思想发展的奥秘。

八 《诗经》正读十则

（一）"鄂不韡韡"

　　《诗经·常棣》云："鄂不韡韡"，毛传曰："鄂犹鄂鄂然，言外发也。"郑笺曰："承华者曰鄂。"二说歧义甚明，盖字未正也。案《说文》韡字下引诗作"蕚不韡韡"。蔡邕《弹棋赋》亦同。《齐民要术》卷一〇引《诗义疏》曰："承华者曰蕚。"则《诗义疏》本鄂作蕚。江文通《杂体殷东阳诗》云："青松挺季鄂"，李善注曰："鄂与蕚同。"然则蕚为本字，鄂乃假借字。又，"不"，郑笺曰："当作柎……古声不、柎同。"《释文》云："柎亦作跗。"阮元《校勘记》引《说文》、《山海经》、《集韵》以为当从木作柎，郑笺又曰："柎，鄂足也。"《说文》云："柎，阑足也。"阮说不为无据。然则本字当作柎，作柎若跗者，皆假借字。毛诗作"不"者，非诗人之旧也。

（二）"执讯获丑"

《诗经·出车》云："执讯获丑。"郑笺曰："讯，言；丑，众也。执其可言问、所获之众以归者，当献之也。"案郑氏训执为兼及两类之动作，较为近是。然训获为所获，其义已为执字所兼覆，且训获丑为所获之众，又与"可言问（者）"重复。古诗固有错综其辞以增强效果者，然而此诗所言，皆合礼制，不涉及效果之强弱。故当从当时献捷之制求得确解。《左传》宣公十二年云："吾闻致师者，右入垒，折馘、执俘而还。"僖公二十二年云："楚子使师缙示之俘馘。"《礼记·王制》云："出征执有罪，反，释奠于学，以讯、馘告。"诗亦有之。《诗经·皇矣》云："执讯连连，攸馘安安。"毛传曰："馘，获也。不服者杀而献其左耳曰馘。"师寰段铭文云："折首执讯。"盖古人献功，必以杀人之数与俘获之众上告神明。倘二者文不兼具，则言折馘以该杀获之功。如《诗经·泮水》云"在泮献馘"，又《孔子家语》云"搴旗执馘"皆是。亦有仅获生口者，如虢季子白盘铭文云："执讯五十。"此诗则兼二者而言之。俘获即所得生口，执讯是也；杀人即折馘，执获（馘）是也。丑者，众也，言所执之讯与馘甚众。然则获乃馘之假借。

（三）"宜岸宜狱"

《诗经·小宛》云："宜岸宜狱。"毛传曰："岸，讼也。"案《释文》云："岸，韩诗作犴，音同。"《说文》云："犴，胡地狗。犴或从犬。诗曰'宜犴宜狱'。"《盐铁论·五刑篇》、《风俗通》引此诗并作"宜犴宜狱"。同于韩诗。《周礼·射人》郑注曰:"《大射礼》犴作干,读如'宜犴宜狱'之犴。汉《高彪碑》云:狱狱生屮,犴作狱,改从犬为从二犬。犴亦狱也。"《荀子·宥坐》云:"狱犴不治,不可刑也。"杨注曰:"犴亦狱也。狱字从二犬,象所以守者。犴,胡地野犬,亦善守。故狱谓之犴也。"《释文》引韩诗说则谓:"乡亭之系曰犴,朝廷曰狱。"然则韩诗作犴者乃其本字,作犴若狱者,乃传写之异。毛诗作岸者,字之假借也。

(四)"怒焉如捣"

《诗经·小弁》云:"怒焉如捣。"毛传曰:"捣,心疾也。"孔疏曰:"怒焉悲闷,如有物之捣心也。"案毛传已属宽泛,孔氏说既不合传意,又望文生训,曲为之说,不免牵强已甚。《释文》云:"捣,丁老反,本或作痔,同。韩诗作疛。"《说文》云:"疛,小腹痛。"《玉篇》云:"心腹疾也。"《吕氏春秋·情欲篇》云:"身尽疛肿。"又《尽数篇》云:"气郁处肠,则为张为疛。"高注曰:"疛,跳动也。"然则疛乃泛指心腹疾痛。毛传训捣为心疾,义与韩诗说为近。据此,则疛假为捣若痔。

(五)"僭始既涵"

《诗经·巧言》云:"乱之初生,僭始既涵。"毛传曰:"僭,数也。"王肃曰:"乱之初生,谗人数缘事始自入,尽得容。其谗言有渐也。"案训僭为数，意在说明谗言被接受的原因，即有渐渐之义。然而，此乃增字解径，未可从。诗作"僭始既涵"者，特毛诗之本也。古本则异乎是。《众经音义》引诗作"潛始既涵"，《诗经·抑》云"不潛不贼"，《诗经·桑柔》云"朋友已潛"，《诗经·瞻卬》云"潛始竟背"，《释文》并曰："潛，本作僭"。又《左传》昭公八年云"小人之言僭而无征"，襄公二十七年云"夫以信召人而以僭济之"，皆假潛为僭。然则此诗本字当作潛，假借为僭。

（六）"至于巳斯亡"

《诗经·角弓》云："至于巳斯亡"，毛诗传本或作巳，或作已，或作己。阮元《校勘记》据唐石经谓当作己。前人亦多训为己身，殆本于孔疏。然"至于己（身）斯亡"，语义难通，且与前不相连属。故孔疏谓"至于己身以此而致灭亡"。此乃增字解经，殊不足取。案古书巳已己讹误者多有，不胜枚举。此诗诸异文中作已者于义为长。古者已与以可通作。如《诗经·巷伯》云："亦已大甚。"《白帖》九三作"亦以大甚"。《易·损》云："已事遄往。"《释文》云："已，本作以。"《论语·先进》云："毋吾以也。"《释文》云："以，本作已。"《广雅·释言》云："已，目也。"目犹以也。已、以可通作、通训者，殆以字汉隶写作目若目，与已形近致讹。此诗正字当作以若目，作已者，字之假也。传本并唐石经作己若巳者，则又与已形近而讹也。

（七）、"上帝甚蹈"

　　《诗经·菀柳》云："上帝甚蹈。"毛传曰："蹈，动也。"郑笺曰："蹈读曰悼。""今幽王暴虐不可以朝事，甚使我心中悼病。"案"甚蹈"乃斥上帝语，毛训蹈为动，无以明诗人之旨；郑弃上帝，谓使我悼病，乃增字解经，尤不足取。此诗古本未尽合于毛诗。《韩诗外传》引此诗作"上帝甚慆"。甚慆、慆慆乃古之恒语。《诗经·东山》云"慆慆不归"，《国语·周语》云"无即慆淫"，皆其证也。慆又可与滔通。《御鉴》卷三二引《东山》诗句作"滔滔"。韦注《国语》曰："慆，慢也。"《诗经·荡》云："天降滔德。"毛传曰："滔，慢也。""甚蹈"，亦即"滔德"，亦即"慆淫"。则蹈乃慆之假借字。

（八）、"维此王季"

　　《诗经·皇矣》之四章云："维此王季，帝度其心。"据此，四章似为赞美王季之辞。然考之古籍对此诗的称引，首句作"王季"者，殊乖诗之旧貌。《左传》昭公二十八年引此诗作"唯此文王"。徐干《中论·务本篇》云："《诗》陈文王之德曰：'维此文王'。"干习鲁诗，则鲁诗传本如此。孔疏引韩诗亦作"文王"。孔疏谓为"经涉乱离，师有异读"所致。然王肃注亦作"文王"。王肃申毛，足见作"王季"者，非毛诗异于三家之证。又《礼记·乐记》引此章第三句以下十句，郑玄注云："言文王之德皆能如此，故受天福，延于后世也。"亦可证古本此章首句作"文王"。考之内证，诗云"天立厥配"、"王此大邦"，皆谓文王，非王季可以当之者。且若此为王季，则"比于文王"句显得突兀，于义难通。然则此句当作"维此文王"，依古本为是。传本作"王季"者，乃涉三章"维此王季"句致误。

（九）"假乐君子"

《诗经·假乐》首句云："假乐君子。"案此乃毛诗传授之本。先秦乃至汉代之人多不读为"假乐君子"。如《左传》文公三年云"公赋《嘉乐》"，襄公二十六年云"晋侯赋《嘉乐》"，《礼记·中庸》引此诗作"嘉乐君子"。《孟子·离娄上》引诗"不愆不忘，率由旧章"，赵岐注曰："《诗·大雅·嘉乐》之篇。"足见古人引诗多异于今本毛诗。假可训为嘉。《诗经·维天之命》云"假以溢我"，《诗经·雝》云"假哉皇考"，《诗经·假乐》云"假乐君子"，毛传并训假为嘉。《尔雅·释诂》亦云："假，嘉也。"然则"假乐君子"当从古人读为"嘉乐君子"。嘉，正字也；假，借字也。又《诗经》篇题多拈取首句数字为之，则此诗篇题亦当改《假乐》为《嘉乐》。

（十）"辞之怿矣，民之莫矣"

《诗经·板》云："辞之怿矣，民之莫矣。"毛传曰："怿，说（悦）也；莫，定也。"案此二句与上二句"辞之辑矣，民之洽矣"相对举，乃指两种相反的政令及其所导致的不同结果。毛传既训辑为和，又训怿为说；既训洽为合，又训莫为定，两两相近，殊失诗旨。古人绎、怿、致、殄、皆可通作。《释文》于此句曰："绎，音亦，本作怿。"是作怿者，乃毛诗之或本。《诗经·泮水》云："徒御无绎。"《释文》曰："绎，本又作射，又作致，作怿，皆音亦。"《诗经·云汉》云："耗致下土。"《释文》曰："致，《说文》、《字林》皆作殄。"《说文》云："殄，败也。"《云汉》郑氏笺亦曰："怿，败也。"此诗之"怿矣"与"辑矣"对言，正当作"殄"，训为败。然则殄假为怿若绎。又，莫亦假借字。《诗经·皇矣》云"求民之莫"，《汉书》引之作"求民之瘼"，《潜夫论·班禄篇》、蔡邕《和熹邓后谥议》亦同。《说文》云："瘼，病也。"《诗经·桑柔》云"瘼此下民"，正可与此诗之"民之莫矣"相印证。然则瘼假为莫。

九 考古发现与《诗经》传本

20 世纪以来，随着学术界思想理论方面的解放和西方理论的引进，《诗经》作为经学的研究的格局，已经被彻底打破。人们抛弃了所谓的圣人制作、圣人删削的神话，蒙在《诗经》之上的层层尘垢被全面廓清。另一方面，20 世纪考古发现取得的重要成果，特别是有关《诗经》的出土文献，为推动《诗经》研究的深入发展提供了最直接、最有力的证据。研究这些考古发现的《诗经》文本，将有助于认识《诗经》流传的早期情况，也将有助于对《诗经》文本的阐释。本文主要参照敦煌钞本、汉代石经鲁诗残石和近年在安徽阜阳双古堆汉墓出土的竹简《诗经》，以探讨《诗经》传本中的若干问题。

（一）名篇义例与篇题、国别等标识

在经学家们看来，《诗经》既然出于圣人之手，那么它的文本、文字乃至传本中的格式，都具有神圣的意义。篇题、国别的标识和标识的位置，也都成为固守的，一成不变的，精心设计而成的。然而，考之文献记载和考古发现，可以很清楚地看出，这都是在流传过程中形成的，并没有那么多的特殊意义。

《诗经》艺术论

1. 名篇的原则与篇题的标识、确定。

孔颖达《毛诗正义》卷一曰："《金縢》云：'公乃为诗以贻王，名之曰《鸱鸮》。'然则篇名皆作者所自名。既言作诗，乃云名之，则先作诗后为名也。"又曰："名篇之例，义无定准：多不过五，少才取一；或偏取两字，或全取一句；偏取则或上或下，全取则或尽或余；亦有舍取篇首，撮章中之一言；或复都遗见文，假外理以定称。"他还举例阐述所说的各个类别："黄鸟显《绵蛮》之貌，《草虫》弃喓喓之声，瓜瓞取绵绵之形，《瓠叶》舍番番之状，夭夭与桃名而俱举，蚩蚩从《氓》状而见遗，《召旻》、《韩奕》则采合上下，《驺虞》、《权舆》则并举篇末。其中踳驳不可胜论。岂古人之无常，何立名之异也？以作非一人，故名无定目。"

孔颖达的论述较为准确地表达了古人对《诗经》名篇原则的理解，因此，本文不厌其复地引述，以作为对这一问题探讨的起点。

孔颖达的论述主要有两点：其一为名篇之人，其二为名篇义例。我们先看其对《诗经》名篇义例的概括。

这里涉及篇名字数的多少和选取的原则。在论者看来，大体有三种类型：第一种类型，从首句中截取数字以名篇。所谓的"多不过五，少才取一；或偏举两字，或全取一句"，都是这种类型。《诗经》中大多数作品都是这样确定篇题的。

这一类型中可分为四个细目。其一，"偏取"而"或上"目。即从首句中截取前一、二字以名篇。如《氓》取首句"氓之蚩蚩"的上一字，《羔裘》取首句"羔裘如濡"的前二字。其二，"偏取"而"或下"目，即从首句中截取后几字为篇题。如《鹿鸣》取"呦呦鹿鸣"的后二字，《木瓜》取"投我以木瓜"

的后二字，《何人斯》取首句"彼何人斯"的下三字，都属于此目。其三，"全取"目，即全取首章首句为篇题。如五字的《昊天有成命》，四字的《十月之交》、《出其东门》，三字的《将仲子》、《叔于田》等，都是"全取"而名篇。至于孔氏在全取中又分出"或尽或遗"，则未免牵强。既有所遗，就不是全取，而当与"或上或下"义例相同。其四，孔颖达在分类时未尝顾及，而在举例时却发现了这一情形，即"夭夭与桃名而俱举"目。这既不是"或上"，也不是"或下"，又不合于"偏取"、"全取"的义例，而是选取首章中数字以为篇题。如《关雎》的首句为"关关雎鸠"，取一、三字为之，《蓼萧》的首句为"蓼彼萧斯"亦同；《鹊巢》首句为"维鹊有巢"，《车攻》首句为"我车既攻"，皆以二、四字为题。

第二种类型是从全诗中寻绎数语，而不取首句。如《汉广》从首章第五句中拈出，《驺虞》取自第三句，所谓"亦有舍取篇首，撮章中之一言"者即指这一类。

第三种类型是诗的文本中并无其辞，而另行概括篇题。如《常武》，诗中并无此二字，属于"或复都遗见文，假外理以定称"之类。

这仅仅是从传本中加以分析。孔颖达的论述与传本诗题的各类状况较为吻合。

若考之古文献的有关记载，孔颖达说也基本准确。如《左传》所记载的赋诗，其篇题与传本《诗经》大多数是一致的。少数与传本不同，也可以从孔颖达说中找到合理的解释。如僖公二十三年，秦穆公享重耳。公子赋《河水》。杜预注曰："逸诗。义取朝宗于海。"其实，重耳所赋未必为逸诗。重耳在外流亡十九年，最后到秦，得到强有力的帮助。这次的享礼就是进一步巩固他们之间同盟关系的良好契机。为此，他在赋诗之时表示永远不忘记秦的帮助，要像河水奔流入海那样，心系秦廷。由此看来，杜注取义于"朝宗于海"庶无大过。仅就"朝宗于海"一句而言，《诗经·沔水》有之。然而，全诗多批评"邦人诸友，莫肯念乱"，重耳若赋此诗，不免有点违背"歌诗必类"[①] 的原则。传本中的《巷伯》、《常武》的篇题都以文本中所没有的字名篇。《毛诗序》曰："有常德以立武事"，不免牵强。《巷伯》不仅篇中无此字，且与诗中的"寺人孟子"一语难合。

从以上论述可以看出，孔颖达所概括的名篇义例与传本的实际情况基本吻合，并且也在一定程度上证明了他所提出的"篇题作者自定"说。

然而，如果我们对古代文献的记载作广泛的考察，特别是以考古发现的出土文献为据，考论《诗经》的篇题，一些与毛诗传本的差异，与孔说的差异便显示出来了。

如果《诗经》中的篇题确为作者自定，那就必然是篇有定名，不会出现异称。可是，事实上并非如此。如传本中的《节南山》，《左传》昭公二年季武子赋诗作"《节》之卒章"，《十月之交》郑笺曰："《节》刺师尹不平。"《大戴礼记·卫将军文子》引此诗"式夷式已"二句，卢辩注曰："此《小雅·节》之四章。"诸说并以《节》为篇题。这表明在春秋战国乃至汉代之时，《诗》的篇名，与今天的传本未必相同，至少说毛诗的篇题不是唯一的。

若考之出土文献，这一问题就更为突出。试以阜阳汉简《诗经》（以下简称汉简）与传本《诗经》（以下简称传本）相比勘，其义自明。汉简中有九枚是篇题简。其中与传本完全相同者二枚：《日月》，《君子阳阳》。简策断损，但所存字相同者三

---

① 见《左传》襄公十六年。

枚：《（鹊）巢》（括号中为传本所用之字），《驺（虞）》，《（七）月》。有异文者四枚：《南有杓（樛）木》，《柏州（舟）》，《凋（绸）穆（缪）》，《（野有死）麇（麕）》。此外，虽非篇题简，但从首句可以考见篇题的有八枚。其中与传本相同者二枚：（芄）兰，（鹿）鸣。有异文者六枚，如"二子乘州（舟）"、"鹑（旄）丘"，各有一字异文。此外有四简与传本出入较大："印其离"，传本作"殷其雷"；"匽匽"，传本作"燕燕"；"闻旖"传本作"简兮"。其中较为突出的如"（鹑之）贲贲"，传本作《鹑之奔奔》，而《左传》襄公二十七年，伯有赋《鹑之贲贲》，与汉简同。这说明《诗经》的篇题早就存在差异，并非作者自定。孔颖达说未可尽从。

通过对《左传》与汉简的比较，再参之以三家诗之异文，我们就会发现，《诗经》的异文是由来已久的。毛诗也并非如这一学派自己所说的源于子夏。有一点是可以肯定的，即至少在春秋时代，《诗》三百就成了贵族子弟学习的教材。如《周礼·大司乐》云："以乐语教国子，兴，道，讽，诵，言，语。"所谓的"乐语"，主要指歌《诗》、舞《诗》和赋《诗》，孔子云："不学《诗》，无以言。"（《论语·季氏》）又云"诵《诗》三百"（《论语·子路》），都是对这方面教育的强化。这也从另一个角度说明了《诗》在当时的流传是很广的。同时，赋诗既为春秋时期普遍的交流方式，绝大多数贵族都能理解他人赋诗的意图，说明此时的《诗》已经有了通行的文本。其间有异文，当是各地传抄、读音的差异造成的。《论语·子罕》云："子曰：'吾自卫返鲁，然后乐正，《雅》、《颂》各得其所。'"这是正乐，也是正《诗》之文本。

2. 篇题与国别的标识

篇题的确立是一回事，篇题的标识则是另一回事，似乎纯属形式方面的事。但它也能给我们以一定的启发。

汉简中的篇题都是单独写在一只竹简上。以墨点涂简端，下书"此右某某"并字数。如"此右涠穆七十五字"，这是最完整的款式。有一简书"日月九十六字"，当是简端有所断损，缺"此右"二字。另一简书"此右柏州"，当属于下部缺损，失字数。这说明当时为了使人们对诗篇有完整准确的认识，都要单独设一简，以表明"此右"为某诗，并写明字数，以便于核对。

另有一些竹简，也以墨点涂上端，下书"右方某国"，如"右方北（邶）国"，"右方郑国"。此外，原简编号为"附1.4"中尚有涂以墨点的断简四枚，有一简于墨点后书"右方"二字，显然为断残的国别标志简。可见汉简于每一国诗之后另设一简，表明国别，使人们知道一国诗的起止界限。大约一国之诗捆在一起，成为一卷，而作为国别的一简则放在最外，并且"右方某国"应朝外，以示区别，且便于查考，便于阅读。

这种格式在敦煌发现的毛诗六朝写本中也存在，只是格式已经有所变化。敦煌写本于卷首书国别、第一首诗的篇名和卷次。如"召南鹊巢诂训传第二"，于一国之诗的最后，书某国、篇数、章句数及字数，如"魏国七篇十八章百二十八句"。敦煌写本的这种格式与阮元校勘十三经本相同。如卷首书"周南关雎诂训传第一"，卷末书"周南之国十一篇三十六章百五十九句"。

汉简在表明国别的简策上，"右方某国"下为空白，并无篇数、章句之数。可见汉简的格式与毛诗有所不同。然而，也有一个相同点，即各国之诗只标国名，其下不缀以"风"字。这一点考之古代典籍无不如此。如春秋赋诗，只举篇名，如欲说明为某国之诗，则于篇题前冠以国名而已，如《左传》昭公十六年子产赋郑之《羔裘》即是明证。季札在鲁，遍观周乐，也是但举国别，不称"某风"。如"为之歌《郑》"，"为之歌《齐》"等。诚然，季札也曾说过："吾闻卫康叔武公之德如是，是其《卫》风乎？"但这里的"卫风"的意义完全不同于后世人们所理解的卫国风谣之意。它并不是一个专有名词。这里的"风"还具有泛指的性质。将"风"与国别连在一起，称为"郑风"、"齐风"等乃是近人的提法，既非传本所有，也不合于旧说的体例。

至于敦煌写本和传本于国别之后表明篇数、章句数和字数，乃是有利于校勘、复核的准确、方便，可以减少传抄中的失误。

（二）诗篇次第

在今本《诗经》中，各国之诗的次第是：周南、召南、邶、鄘、卫、王、郑、齐、魏、唐、秦、陈、桧、曹、豳，然后为雅、颂。可是，《诗经》中各国的次第和篇章的次第，并非自古如此。在排序和如何排序的问题上，也表现出人们对《诗经》的解读。

现在，有据可考的《诗经》最早的排序见于《左传》的记载。襄公二十九年，季札聘鲁，遍观周乐。鲁乐师为其所歌的诗，齐以前的次序与今本毛诗相同，齐以后依此为豳、秦、魏、唐、陈、桧等。自齐以下，杜预注中标明今本次第，且曰："后仲尼删定，故不同。"在杜预看来，《左传》所记的次第属于古本，而今本毛诗的次第，乃是孔子"正乐"而调整后的状况。

《诗经》艺术论

孔颖达也说："诸国之次，当是大师所弟，孔子删定，或亦可改张。"① 于是，在经学家们的眼中，这次第便也具有了非凡的意义。

对此，孔颖达有较全面的论述。其《毛诗正义》卷一云："周、召，风之正经，固当为首。自卫以下，十有余国，编此先后，旧无明说。去圣久远，难得而知。"然后，他经过多方面地分析指出，十五国风的排序，"是不由作之先后"，"不由国之大小"，"不由采得先后"。他认为："二三拟议悉皆不可，则诸国所次，别有意焉。盖迹其先封、善否，参其诗之美恶，验其时政得失，详其国之大小，斟酌所宜，以为其次。邶、鄘、卫者，商纣畿内千里之地。《柏舟》之作，夷王之时，有康叔之余烈，武公之盛德，资母弟之戚，成入相之勋，文公则灭而复兴，徙而能富，土地既广，诗又早作，故以为变风之首。既以卫国为首，邶、鄘则卫之所灭，风俗虽异，美刺则同，依其作之先后，故以邶、鄘先卫也。周则平王东迁，政遂微弱，化之所被，才及郊畿，诗作后于卫顷，国地狭于千里，徒以天命未改，王爵仍存，不可过于后诸侯，故使次之于卫也。郑以史伯之谋，列为大国，桓为司徒，甚得周众，武公夹辅平王，克成大业，有厉、宣之亲，有《缁衣》之美，其地虽狭，既亲且勋，故使之次王也。齐则异姓诸侯，世有衰德，哀公有荒淫之风，襄公有鸟兽之行，辞有怨刺，篇无美者，又以大师之后，国土仍大，故使之次郑也。魏国虽小，俭而能勤，踵虞舜之旧风，有夏禹之遗化，故季札观乐，美其诗音云：'大而婉，俭而易行，以德辅此，则明主也。'故次于齐。唐者叔虞之后，虽为大国，昭公则五世交争，献后则丧乱弘多，故次于魏下。秦以秦仲始大，襄公始命，穆公

① 见《毛诗正义》卷一。

遂霸西戎，卒为强国，故使之次唐也。陈以三恪之尊，食侯爵之地，但以民多淫昏，国无令主，故使之次秦也。桧则其君淫恣，曹则小人多宠，国小而君奢，民劳而政僻，季札之所不讥，国风次之于末，宜哉。豳者周公之事，欲尊周公，使专一国，故次于众国之后、《小雅》之前，欲兼其上下之美，非诸国之例也。"这段文字阐释得很周密。然而，这只是孔颖达的臆测，而不能视为孔子的意见。

从《诗经》中各国次第的变化中，可以看出，国风中的先后位置不是一成不变的。早期整理者即所说的太师整理的阶段，居前居后，并无更深的含义。孔子"正乐"，的确对《诗经》进行了整理。这是《诗经》早期流传的第二个阶段。孔子重视的是对《诗经》的宏观把握，强调学《诗》，以利于在贵族交际场合应用，所谓的"不学《诗》，无以言"（《论语·季氏》），即指学诗后交际能力的提高。他还强调对《诗》的整体的认识，即所谓的"《诗》三百，一言以蔽之，曰：思无邪。"（《论语·八佾》）等，都属于这类认识的范畴。孔子有关《诗》的其他论述也多具同样的性质。这表明，《诗》在这两个阶段的流传中，人们还没赋予它以那么多的神圣意义，人们对《诗》的解读，还没达到深入字里行间去挖掘微言大义的程度。并且，此时的《诗》还未被尊为"经"。甚至于在《诗》被尊为"经"的汉代前期，其文本中的次第也并不像孔颖达所说的那样。如郑玄《诗谱》中，"王诗"在"豳"之后。① 这说明《诗》中各国的次第并非孔子亲定，或者，即使孔子对《诗》的次第有所删定，也未必具有更多的奥妙，经学家们也并不当作原则问题，因此，对有些文本中次第方面的差异，也并不觉得是大逆不道的。

---

① 见《毛诗正义》卷一所引述。

《诗经》艺术论

《诗经》在流传过程中，不仅有各诸侯国间次第的变化，还存在一些篇章间前后位置的调整。这一点可以从有关文献的记载中，从出土文献中得到证明。

如《仪礼·乡饮酒礼》、《燕礼》载，工歌《鹿鸣》、《四牡》、《皇皇者华》，笙入，奏《南陔》、《白华》、《华黍》；间歌《鱼丽》，笙《由庚》；歌《南有嘉鱼》，笙《崇丘》；歌《南山有台》，笙《由仪》；合乐《周南》：《关雎》、《葛覃》、《卷耳》，《召南》：《鹊巢》、《采蘩》、《采苹》。这几组诗在现今的《诗经》文本中，除《召南》三首外，都分别上下相连。这说明在当时的乐师那里，这三首诗也是前后相连的。考之传本，在《采蘩》、《采苹》之间尚有《草虫》一篇。对此，孔颖达的解释是："盖《采苹》旧在《草虫》之前。孔子以后，简札始倒。"① 其实，不是孔子将旧序固定为今本的次第，而是《诗》在汉代被经典化的过程中，几经整理而凝固下来的。对此，郑玄的认识较为接近事实真相。其《诗谱·小大雅谱》谓《十月之交》、《雨无正》、《小宛》等篇失次，究其原因，乃"汉兴之初，师移其第耳"②。郑玄提出"失次"的理由在于他以史解诗。他在阐释这些诗篇时，无法将王朝兴衰同诗之美刺对应起来，遂牵强地提出"失次"之说。他的这条理由无法成立，然而，他所说的汉代经师曾对《诗经》中一些篇章的次第有所调整，则是不容置疑的。

赵明诚在《金石录》中谓汉石经篇第与传本时有小异。罗振玉《汉熹平石经残字集录补遗》亦云："右《大雅·桑柔》、《瞻卬》。前一行为《桑柔》篇，后二行则《瞻卬》文也。案今

① 见《毛诗正义》卷一。
② 见《毛诗正义》卷九。

毛诗篇次,《桑柔》之后,《瞻卬》之前,尚有《云汉》、《崧高》、《烝民》、《韩奕》、《江汉》、《常武》六篇。……今以《桑柔》接《瞻卬》,数其行字,每行 70 字,则鲁诗《桑柔》、《瞻卬》二篇相联,信有征矣。"

在这方面,汉简《诗经》也提供了有力的证明。这批汉简出土时,存在一些简策相互叠压现象。对此,整理者曾有所说明。① 以汉简与传本《诗经》相比较,有些叠压现象较易于解释,如《齐·敝笱》下压《唐·蟋蟀》,考之传本,二者前后相隔十篇。《缁衣》下压《狡童》,二者皆为郑诗,中间相距十一篇。《召南·殷其雷》下压《邶·日月》,前后相距亦为十篇。此外,还有同篇自相叠压的,如《邶·谷风》之四章下压其第五章。这几组相互叠压的诗简至少有一个共同点,即在传本中,居上者必在前,居下者必在后。

另外有些叠压现象却不易从传本中找到解答。如《邶·日月》既压于《殷其雷》之下,其简背复叠印出《召南·采苹》之文,似乎《日月》列于《召南》之中。《邶·静女》下压《齐·载驱》,二诗相距六十三篇,如果说前面各组相隔十篇叠压为正常之序的话,那么,各国交错,或相距六十三篇而叠印,则无法视为正常之序。又《邶·二子乘舟》与《鄘·干旄》并压于《邶·燕燕》之上,似乎《干旄》也为邶诗。然而,《干旄》又叠印于《鄘·柏舟》之后,《二子乘舟》之二章下压其首章。这些现象却无法从传本中得到合理的解释。

造成这样复杂现象的原因可能有二点。其一,各国之诗单独编排,是为一卷。《汉书·艺文志》载《诗经》二十八卷,分为

---

① 见《阜阳汉简〈诗经〉简论》,胡平生、韩自强撰,《文物》1984年第 8 期。

鲁、齐、韩三家。《毛诗》二十九卷。这就意味着每一国之诗简以韦编相连，捆在一起。最末一简书"右方某国"，置于外，并且，这几字当书于简策的背面，卷起后利于查找，相当于今日之封面。但这样做之后，各卷的次第容或混乱，遂于卷首标明次第，如"周南关雎诂训传第一"，便由此产生。接下去又书"毛诗国风"，既以区别于三家之诗，又在毛诗中起到划分大类的作用，以区分风、雅、颂之界限。这里的"毛诗国风"四字，意义相当于鲁诗之"四始"。《史记·孔子世家》云："古者诗三千余篇，及至孔子，去其重，取可施于礼义，上采契、后稷，中述殷、周之盛，至幽、厉之缺，始于衽席，故曰：'《关雎》之乱以为风始，《鹿鸣》为小雅始，《文王》为大雅始，《清庙》为颂始。'"所谓的"始"，即每一部分诗的开端，借以区别风、小雅、大雅、颂，使各自成卷的诗简不至于淆乱。这一标志延续下来，遂在《毛诗》敦煌写本中，在今日的传本中都相沿不改。

　　由于各国之诗独自为卷，依次堆放在一起。韦编断损后，有的完全展开，有的部分展开，相互叠压。完全展开的，则相距十篇左右而叠压、叠印。不完全展开的，则可能自相叠印，也可能印出不相连的简策文字。至于相隔六十余篇的特殊现象，可能是个别简策断损后滚落旁边所致。

　　其二，汉简《诗经》中可能偶有倒卷之诗。每一卷诗卷起之时，居前者，卷在最里面，居后者在最外。此为正常次第。然而，汉墓中随葬之书籍，当是墓主生前喜读之书。可能晚年读书，偶有误卷之事，遂将卷首反置于外侧。《二子乘舟》之二章叠压于首章之上，其首章又叠压于《燕燕》之上，若如是解说，便于传本无不合者。

　　其三，某些诗篇的次第可能与今本不同。诗简残损较甚，其次第大多无从稽考。但有些叠压现象或许能为我们提供一些蛛丝马迹。如《柏舟》与《干旄》在传本中，一居卷首，一居卷末第二篇。今在诗简中相叠印，显然在捆束之时，一居内，一居外，相隔当在三篇左右。同样的，《缁衣》与《狡童》在传本中相去十一篇，而在汉简中相叠印，表明其次第也不同于传本。

（三）章句

《左传》所载春秋赋诗，有时作者记述中标明某诗某章者，如文公十三年，子家赋《载驰》之四章，文子赋《采薇》之四章，成公九年，鲁侯赋《韩奕》之五章，穆姜赋《绿衣》之卒章。有时参加礼会的诸侯、大夫自己说明其意在某诗某章，如襄公二十七年，子产赋《隰桑有阿》，赵孟曰："武请受其卒章。"僖公二十四年，富辰谏周王以狄伐郑，引《小雅·常棣》论述兄弟之谊，接着说，"其四章曰"云云，又定公十年云："臣之业在《扬之水》卒章之四言矣。"又昭公四年云："《七月》之卒章，藏冰之道也。"这都是当事人直接说明某诗某章的确凿记录。这表明早在春秋之时，诗篇的章节就已经非常明确，并为人们所熟知，因此，在应对之间随便说出某章，他人对自己所要表达的意思已十分清楚。

但是，当时有章节之分，却没有对章句的解说。《毛诗正义》卷一引《六艺论》云"未有若今传训章句"，意谓自有传训以来始辨章句，也就是说，郑玄和孔颖达认为，自有了四家诗的传注之后，才有对章句的阐释。

考之汉简《诗经》，篇题标志基本完整的竹简共八枚。其中下端断损者二枚，其一书"此右驺［虞］"，其一书"此右柏舟"。其他六枚，篇题下皆标明字数。如《南有杸木》48 字，

《诗经》艺术论

《［鹊］巢》48字，《［野有死］麇（麕）》44字，《日月》96字，《凋穆（绸缪）》75字，《七月》383字。此外还有些竹简篇题已经断损不清，但却仍可以看出所标明的字数。然而，章句却不获一见。以此看来，汉简当为《诗经》白文本，章句之辨当在传训本中。《汉书·艺文志》将《诗经》与四家诗说分别列出，如《诗经》二十八卷，鲁、齐、韩三家。《鲁故》二十五卷，《鲁说》二十八卷。《齐后氏故》二十卷，《齐孙氏故》二十七卷，《齐后氏传》三十九卷，《齐孙氏传》二十八卷。《毛诗》二十九卷，《毛诗故训传》三十卷等。这表明当时各家的《诗经》文本与传、说，都是别本单行。汉简《诗经》只载字数，不涉及章句，其原因也当出此。

章句辨说自立传训后才有，并成为传训的组成部分。因此，各家对章句的标识也不尽相同。毛诗传本皆在篇末标章数和每章句数，如《汉广》篇末云："三章，章八句。"鲁诗则于每章后标出章次，篇末书章句。罗振玉所藏鲁诗石经残石中，《商颂·长发》、《殷武》存四行，次行"惟女"上有旁注"□一"二小字，《鸨羽》末章"曷其有常"下也有"其□"二小字旁注，"笃公刘"上也注有"□一"。罗振玉遂疑鲁诗于每章末皆注章次。继而又得石经残石，于四行"□□令人"下书"其二"两小字，遂谓得其确证。① 罗氏说信而有征，足见鲁诗与毛诗在章句的标识方面有一定的差别。

然而，章句标识方面的异同，对《诗经》文本的阐释关系还并不大。而章句的划分，却关系到诗意的理解更多。三家诗对章句的辨说已不可考。仅就毛诗来说，早期在章句的划分方面，便存在较大的分歧。如《关雎》篇末云："五章，章四句。故言

---

① 均见罗振玉《汉熹平石经残字集录》并《补遗》

三章，一章章四句，二章章八句。"《思齐》云："四章，章六句。故言五章，二章章六句，三章章四句。"《行苇》云："八章，章四句。故言七章，二章章六句，五章章四句。"很显然，"故言"前后系对《诗经》章句的两种划分，也是对诗的两种解读。毛诗在章句划分方面的歧见由来已久，虽名家硕儒也不能言其究竟。孔颖达《毛诗正义》卷一云："或毛氏即题，或在其后人，未能审也。"而陆德明则言之稍详。《关雎》释文云："五章是郑所分，'故言'以下是毛公本意。下放此。"陆氏说或当有所本。然而，此后的说诗者往往不知"故言"前后的差异，囿于郑玄对章句的划分，也接受了郑玄的阐释，而无法突破旧说成见。

　　总之，结合考古发现进行《诗经》研究，可以获得许多新的证据，也可以对《诗经》文本有新的发现和新的阐释。本文仅就《诗经》格式、标识方面的一些问题作了初步的探讨，意欲认识《诗经》文本的早期形态及其演变，力图从这一角度认识四家诗在对《诗经》文本的阐释中，如何加进了自己的理解、误读，或许可以从中看出《诗经》流传、接受中的某些演变与文学观念的嬗递。

附　录

21世纪先秦文学文献研究构想

本世纪的先秦文学研究取得了重大的进展，这同先秦文献研究中的突破性进展有着直接的关系。尤其值得重视的是本世纪在考古学方面所取得的巨大成就，给予先秦两汉文化与文学研究以极其有利的条件。充分认识考古发现给予先秦文学文献方面的影响，可以更清醒地总结本世纪学术研究和学术思想的发展，也有利于自觉地确定下一世纪先秦两汉文学和文献学研究的发展态势与未来格局。

（一）出土文献与文献学的新课题

王国维说："自汉以来，中国的学问上之最大发现有三：一为孔子壁中书，二为汲冢书，三则今之殷墟中甲骨文字、敦煌塞上及西域各处之汉、晋木简、敦煌千佛洞之六朝及唐人写本书卷、内阁大库之元明以来书籍档册。"①

诚如其所言，在中国历史上，每一次有关文献古籍方面的重

---

① 王国维《静庵文集续编·最近三十年中中国新发现之学问》。

要发现，都给予当时的历史研究、文学研究、文献研究以极大的冲击。然而，以往的发现，包括王国维所见到的甲骨文、汉晋木简，同本世纪后来所发现的出土文献相比，都不可同日而语。本世纪考古方面所取得的成果，数量之多，价值之重要，远非他所能预见得到。

20世纪的考古工作，特别是新中国成立以来的考古工作，为人们认识先秦乃至秦汉的历史、文化和文学提供了最有力的证据。大批商、周、秦、汉墓和建筑遗址的发现、发掘，众多随葬器物的出土，使我们直接了解到古代人生活的一些真实状况，对制约他们精神活动的物质条件也有了可靠的证据和直观的感受。

从先秦文献的角度来说，20世纪第一个重要的突破当属甲骨文的发掘与研究。据中国科学院考古研究所编著的《甲骨文编》（中华书局1965）称，在大半个世纪中所发现的甲骨片多达15万片。学术界充分运用了这些卜辞的史料价值，将其用于商代历史的研究。王国维的《殷卜辞中所见先公先王考》和《续考》，李学勤、彭裕商的《殷墟甲骨分期研究》，是这方面研究在不同时期的代表。

商周青铜器的发现远非本世纪的事。然而，充分发掘这些彝器及其铭文的学术价值，将其用于历史的文化的研究中，则是本世纪在青铜器研究方面的新的进展。这些彝器上的铭文是当时历史的真实记录，是可补历史文献之不足的无价之宝。因此，学术界对这些珍贵的特殊形态的文献进行考释、识读，同时，也更多地将其运用到历史及其各个分支学科的研究中。郭沫若的《两周金文辞大系》、陈梦家的《殷周青铜器通论》等著作，直接论述了青铜器及金文的学术意义。李学勤的《东周与秦代文明》、许倬云的《西周史》、宋镇豪的《夏商社会生活史》、张之恒和周裕兴的《夏商周考古》等著作都在历史研究中充分运用了考古成果，在发掘并运用金文的文献价值方面都取得了杰出的成就。

在先秦文学研究界，也有些学者作出了同样的努力，并取得了可贵的进展。如于省吾的《泽螺居诗经新证》将金文与古文献相互印证，以研究诗、骚，每每发前人所未尝发；丁山的《中国古代宗教与神话考》则运用了大量古文字资料；陆思贤的《神话考古》从原始崇拜的图腾柱入手，根据考古实物资料和文献记载，对中国上古神话进行了大胆的探索；日本学者白川静的专著《诗经》中引用了很多金文，增强了其论著的说服力。

周代彝器中有铭文者达数千件，有的铭文篇幅较长，如《毛公鼎》长达 497 字，其他二三百字的也很多。仅从字数的多少说，它们已经超过了先秦时代的一些文学文本。至于其内容，有些文本可以同《诗经》、《尚书》相印证发明，有些器物的铭文本身就是一篇文学作品。充分认识这些金文的文献价值和文学文本意义，是摆在学术界特别是先秦文学研究面前的新的课题。就这点来说，文学研究界比历史学界的努力尚有很大的距离。于省吾等人的研究之所以可贵，除了在一些具体问题的阐释方面取得了有说服力的成果外，他们的学术实践所带来的启迪作用也是不容低估的。他们比汉代、宋代经学家或者清代诸儒的视野更加开阔。

与金文文本相比，竹简、帛书则是另一个丰富的文献宝库。如解放后出土的居延汉简多达 1 万 9 千余枚，为有史以来出土简牍数量之最。而山东临沂银雀山 1 号汉墓、河北定县 40 号汉墓、长沙马王堆 3 号汉墓等，都出土了大量非常重要的古代文献。其中既有传世古籍的重要钞本，如双古堆竹简《诗经》、马王堆帛书《老子》等，也有久已亡佚的文献，如《黄帝四经》、《孙膑兵法》等。

从先秦文学文献研究的角度看，竹简、帛书中的古代典籍的发现具有特殊的意义。

（二）疑古辨伪与双重证据法

在中国学术发展中，疑古辨伪之学曾产生过极大的推动作用，使人们不再以迷信的、盲目的态度对待古代文献和古人的经传说教。这种态度和方法在现代学术发展中的作用是不容低估的。疑古者在判定古书的真伪时，或以语言文字运用的精粗为据，或以两书文字相同相异的比较为说，或以其人、其事是否见于某书称引为准则，以这样冷峻、严格的态度治学，的确揭开了某些历史疑案，如著名的伪《古文尚书》的研究与考辨，其方法，其精神很值得学术界继承、弘扬。

然而，疑古辨伪之学也带来了一定的后遗症，即一些人轻率地怀疑、否定古代文献，甚至毫无根据地妄下断言，以主观臆说取代严肃的学术研究。这种倾向给予先秦时期的历史、文学研究所带来的影响也大。如姚际恒在《古今伪书考》论及《孙子》的结论是"未足定其著书之人"，甚至怀疑孙武其人之有无。

在这方面，影响更广、更大的个案当属《左传》。从清代的刘逢禄到康有为、崔适，前后相承地考辨，认定《左传》为刘歆所作伪而成。钱玄同甚至认为：刘逢禄《左氏春秋考证》的辨伪的价值，"实与阎若璩《尚书古文疏证》相埒。阎书出而伪《古文尚书》之案大白。刘书出而伪《春秋左氏传》之案亦大白"①。于是，《左传》之为伪书似乎成了不争的事实。然而，

---

① 钱玄同《重印新学伪经考序》。

马王堆汉墓出土的帛书中有一记载春秋间大事的古佚书，整理者考订为《春秋事语》。此书一出，很多学者撰文指出其与《左传》的关系，足以证明《左传》之不伪。① 由此可见，出土文献在解决文献学中千古疑案方面具有其他任何资料都无法比拟的作用。

现在，随着大批竹简、帛书的发现、整理，一些沉埋千载的古籍摆在面前，迫使人们重新审视那些似乎早成定案的结论。银雀山汉墓出土了大批被斥为伪书的古籍，其中有《六韬》、《尉缭子》等，尤为重要的，足以解释百年疑窦的是《孙子》和《孙膑兵法》的发现。它使人们确信疑古之说的很多结论为不足凭信，同时，它还进一步向人们揭示出一条原则，即《史记》之类的典籍的记载可能有不够清楚、不够确切之处，但是，古代作伪的人并不像人们想象的那样多，伪书现象也未必如某些学者所估计的那么严重。

近年来，李学勤先生提出了"走出疑古时代"的论述②，是极有见地的。出土文献的重要价值不仅在于使人们看到了几千年前文献的真实情况，纠正了以往对一些文献的研究中的错误的、草率的结论，更促使人们在方法论的角度反思疑古辨伪之学的适用范围与程度。过去的一个重要的观点是说古人缺少历史观念，因此，有的人有意无意地造假，就会欺骗天下。所谓的刘歆伪造《左传》就是其中典型个案。然而，古代造假者终竟为个别现象，不能因刘歆整理图书并重视某书，便视为其窜乱原文，造作伪书以欺世盗名。当时校书的不止其一人，与刘歆同校经传的尚

① 见李学勤《失落的文明》，上海文艺出版社 1997 年版；郑良树《竹简帛书论文集》，中华书局 1982 年版。

② 见李学勤《走出疑古时代》，辽宁大学出版社 1997 年版。

有尹咸,① 似乎还没有根据将其定为造假的同伙吧。况且，认为一个人编造伪书便可以瞒过天下人耳目，甚至改变学术史和思想史的进程，这样的论断似乎将个人的作用看得过于大了，而对社会的力量也未免估计得过于小了。

清代学者主张无征不信，孤证不立的治学原则。他们取得了足以超越前人的成就。王国维提倡"双重证据"的研究②，是他开创本世纪文学、史学研究新局面的关键之所在。在即将到来的世纪，在先秦文学文献研究中，所应遵循的，依然是这样的治学精神。

（三）竹简帛书对传统校勘训诂的冲击

以竹简、帛书为代表的出土文献给予传统的文献学、先秦文学研究带来了强而有力的冲击。这些考古成就将新发现的最早的甚至是极有说服力的版本展示在人们面前。

在以往看来，有些重要典籍经历了千百年的研究整理，似乎在校勘方面已经不存在问题了。但是，随着大批秦汉以前的文献从古墓中发掘出来，那些看似不存在校勘问题的典籍，也变得不那末可靠了。

如《诗经》虽有四家之分，但后世人大体上总是在毛诗的荫庇下探索古义、新解。可是，双古堆竹简《诗经》的发现却使人们不能不提出新的问题。

---

① 见《汉书·楚元王传》。

② 见陈寅恪《王静庵先生遗书序》，载《王国维遗书》，上海古籍出版社1983年版。

《诗经》艺术论

在经学家那里，《诗经》既然是经过圣人删削过的经典，那么，其文本中的一切现象都具有了俗辈们无法领会的意义。这里仅举诗篇排序和各国风的次第问题，以见一般。在今本《诗经》中，各国之诗的次第是：周南、召南、邶、鄘、卫、王、郑、齐、魏、唐、秦、陈、桧、曹、豳，然后为雅、颂。对此，孔颖达有较全面的论述。其《毛诗正义》卷一云："周、召，风之正经，固当为首。自卫以下，十有余国，编此先后，旧无明说。去圣久远，难得而知。"然后，他经过多方面地分析指出，十五国风的排序，"是不由作之先后"，"不由国之大小"，"不由采得先后"。他认为，"二三拟议悉皆不可，则诸国所次，别有意焉。盖迹其先封、善否，参其诗之美恶，验其时政得失，详其国之大小，斟酌所宜，以为其次。邶、鄘、卫者，商纣畿内千里之地。《柏舟》之作，夷王之时，有康叔之余烈，武公之盛德，资母弟之戚，成入相之勋，文公则灭而复兴，徙而能富，土地既广，诗又先作，故以为变风之首。既以卫国为首，邶、鄘则卫之所灭，风俗虽异，美刺则同，依其作之先后，故以邶、鄘先卫也。周则平王东迁，政遂微弱，化之所被，才及郊畿，诗作后于卫顷，国地狭于千里，徒以天命未改，王爵仍存，不可过于后诸侯，故使次之于卫也。郑以史伯之谋，列为大国，桓为司徒，甚得周众，武公夹辅平王，克成大业，有厉、宣之亲，有《缁衣》之美，其地虽狭，既亲且勋，故使之次王也。齐则异姓诸侯，世有衰德，哀公有荒淫之风，襄公有鸟兽之行，辞有怨刺，篇无美者，又以大师之后，国土仍大，故使之次郑也。魏国虽小，俭而能勤，踵虞舜之旧风，有夏禹之遗化，故季札观乐，美其诗音云：'大而婉，俭而易行，以德辅此，则明主也。'故次于齐。唐者叔虞之后，虽为大国，昭公则五世交争，献后则丧乱弘多，故次于魏下。秦以秦仲始大，襄公始命，穆公遂霸西戎，卒为强国，故使之次唐也。陈以三恪之尊，食侯爵之地，但以民多淫昏，国无令主，故使之次秦也。桧则其君淫恣，曹则小人多宠，国小而君奢，民劳而政僻，季札之所不讥，国风次之于末，宜哉。豳者周公之事，欲尊周公，使专一国，故次于众国之后、《小雅》之前，欲兼其上下之美，非诸国之例也。"这段阐述代表了儒家学者对其本门本派经典的吹捧与曲解。

可是，《诗经》中各国的次第和篇章的次第，却并非自古如此。《左传》襄公二十九年季札聘鲁，遍观周乐。鲁乐师为其所歌的诗，齐以前的次序与今本毛诗相同，齐以后依此为豳、秦、魏、唐、陈、桧等。自齐以下，杜预注中标明今本次第，且曰："后仲尼删定，故不同。"在杜预看来，《左传》所记的次第属于古本，而今本毛诗的次第，乃是孔子"正乐"而调整后的状况。孔颖达也说："诸国之次，当是大师所弟，孔子删定，或亦改张。"① 于是，在经学家们看来，在孔子之后，这次第便也具有了非凡的意义。

双古堆汉简《诗经》的出土，证明了这些说法的背后无非是经学家们为了将《诗经》神圣化而强作解人。

汉简《诗经》出土时，存在一些简策相互叠压现象。对此，整理者曾有所说明。② 以汉简与传本《诗经》相比较，有些叠压现象较易于解释，如《齐·敝笱》下压《唐·蟋蟀》，考之传本，二者前后相隔十篇。《缁衣》下压《狡童》，二者皆为郑诗，中间相距十一篇。《召南·殷其雷》下压《邶·日月》，前后相距亦为十篇。此外，还有同篇自相叠压的，如《邶·谷风》之

---

① 见《毛诗正义》卷一。
② 见《阜阳汉简〈诗经〉简论》，胡平生、韩自强撰，《文物》1984年第 8 期。

四章下压其第五章。这几组相互叠压的诗简至少有一个共同点，即在传本中，居上者必在前，居下者必在后。

另外有些叠压现象却不易从传本中找到解答。如《邶·日月》既压于《殷其雷》之下，其简背复叠印出《召南·采苹》之文，似乎《日月》列于《召南》之中。《邶·静女》下压《齐·载驱》，二诗相距六十三篇，如果说前面各组相隔十篇叠压为正常之序的话，那么，各国交错，或相距六十三篇而叠印，则无法视为正常之序。又《邶·二子乘舟》与《鄘·干旄》并压于《邶·燕燕》之上，似乎《干旄》也为邶诗。然而，《干旄》又叠印于《鄘·柏舟》之后，《二子乘舟》之二章下压其首章。这些现象却无法从传本中得到合理的解释。

造成这样复杂现象的原因可能是多方面的，但有一点似乎是不容置疑的，即某些诗篇的次第与今本不同。诗简残损较甚，其次第大多无从稽考。但有些叠压现象或许能为我们提供一些蛛丝马迹。如《柏舟》与《干旄》在传本中，一居卷首，一居卷末第二篇。今在诗简中相叠印，显然在捆束之时，一居内，一居外，相隔当在三篇左右。同样的，《缁衣》与《狡童》在传本中相去十一篇，而在汉简中相叠印，表明其次第也不同于传本。

《周易》居儒家经典之首，而马王堆帛书《周易》重见天日也给这部经书的研究带来了新的课题。在帛书《周易》中，六十四卦的卦体和卦序同今本都有较大的出入，更不要说《易》传中文字的差异了①。与此相近的还有定州竹简《论语》，也给二千余年的儒家经学找了一些麻烦。

另外一些在流传中产生过版本善否、文字正讹之争的文献，在出土文献面前又要经历更为严峻的检验。

----

① 见邓球柏《帛书周易校释》（增订本），湖南出版社 1996 年版。

现在人们所能看到的先秦典籍，多属汉晋以后流传下来的文本。这些文本中，脱文、错简、衍文、讹误所在多有。人们针对这些问题，做了大量的校勘、整理工作，然而，因所据之本最早的也不过宋代人刊刻，其与先秦文学文本之原貌是否相合，并非容易确定之事。《老子》一书中就有些引起争议的千古悬案，如传本第三十八章云"上德无为而无以为，下德无为而有以为"，对"下德"句历来聚讼纷纭。帛书《老子》甲本、乙本发现之后，流传中误抄、讹夺之事便较易于解决了。原来"下德"句在两种帛书本中都不存在。显然这是在流传中窜入的文字。又传本第六十五章云："古之善为道者，非以明民，将以愚之。民之难治，以其智多。故以智治国，国之贼；不以智治国，国之福。"这也是颇多歧见的一章。实则治国"以智"、"不以智"是其关键。因此，对民来说，强调的应是"智"和"愚"，而不在于"智多"、智寡。考之帛书，甲本、乙本此句并作："民之难治也，以其知（智）也。"可见在汉代钞本中，此章并没有引起歧义之处。① 帛书《老子》的重现是我们校正古籍，考镜学术源流的重要参照，也是未来的道家研究得以突破前人樊篱的重要依据。

在这方面，张松如的《老子校读》、陈鼓应的《老子注译及评介》、高明的《帛书老子校注》、许抗生的《帛书老子注释与研究》等，都以充分利用考古发现新成果而使其研究独步学林。他们的学术实践和成就表明，考古界已经为先秦文学研究领域提供了很多最重要的、最早的文学版本，《诗经》、《论语》、《仪礼》、《周易》、《孙子》、《管子》、《晏子春秋》等重要的先秦典

---

① 参见高明《帛书老子校注》，中华书局1996年版；郑良树《竹简帛书论文集》中华书局1982年版。

籍，如今都有了足可与之参互校勘的最早的钞本。

在未来的先秦文学研究中，不应像以往那样恪守家法，或仅仅依据宋代善本、清代精校本为准的，而应斟酌传本与竹简、帛书本以定犹疑，别是非。若研究《老子》，仍以河上公之说为旨归，唯王弼之意是从，则未免昧于知古，其研究已经落后于本世纪后期，又何论新世纪。在新世纪的研究中，我们不仅要知道《齐论语》、《鲁论语》、《古文论语》，还要重视并运用竹简本《论语》。

（四）新的文学文本与新的课题

竹简、帛书中还有一个特别重要的发现，即在这些沉埋了二千年之久的古代文献中，竟然有一些不为世人所知的文学文本，竟然有一些曾见于历史记载，却久已失传了的文献。这些出土文献的价值同以上所论及的简牍、帛书乃至金文、甲骨文也有所不同。

在历史上，有些曾经见于记载的著名人物、重大事件或历史现象，在后来的历史变迁中，与之相关的文献失传了。于是，这些历史人物或事件就仅能通过有限的史料而得其仿佛。这就难怪人们产生疑惑，从而对史书记载的真实性和可信度发生动摇。

本世纪出土的简牍、帛书中恰恰为世人提供了一些同上述历史人物、历史事件密切相关的文献，证明了史书的记录不是空穴来风，而是有可靠依据的。其中较为突出的当属有关黄帝学说的文献和有关著名军事家孙武、孙膑的文献。

据《史记》记载，西汉前期黄老之学盛行。这一学说成为当时决定国家政治的主导思想。它也给予当时的社会生活、文学艺术以很大的影响。如贾谊的赋中便体现出很明显的黄老学的色彩。可是，如此重要的学派却无法在传世的文献中考察、研究其著作。这既令人产生疑问，也令学术界感到深深的遗憾。马王堆三号汉墓出土的大量珍贵文物，不仅是考古学方面的重大收获，也是先秦文献方面的巨大成就。在这一墓葬中发现了大批极具学术价值的文献。其中有《经法》、《十六经》、《称》、《道原》四篇，后定名为《黄帝四经》。这部书可能就是当时影响极大的黄老之学的重要文本之一部。因此，它一经整理、公布之后，便引起了学术界的重视。方铭在其博士学位论文《战国文学史》中，论述了《黄帝四经》在道家思想发展和论说体文学发展中的地位。余明光的《黄帝四经与黄老思想》也就此作了专门的研究。

又如《史记·孙子吴起列传》载孙武以兵法十三篇见于吴王阖闾，见用后，助吴破楚，入郢，北威齐、晋，显名诸侯。又载孙膑见齐威王，威王问兵法，遂以为师。后大破魏军，诛庞涓，虏魏太子，名显天下，世传其兵法。他们是春秋战国间的著名军事家。他们的事迹同当时重大的事件相关联。而且，流传于世的《孙子兵法》在古代军事史上占有至高无上的地位。可是，由于文献或存或佚，致使后人对这两位军事家的真实性，对具有经典意义的《孙子兵法》的作者、时代，都产生了争议。银雀山一号汉墓出土竹简近五千枚，其中重要的文献有《六韬》、《尉缭子》、《管子》、《晏子春秋》等，尤为可贵的是《孙子兵法》和《孙膑兵法》。后两部书的发现使以往的疑团焕然冰释。同时，已经亡佚二千年的《孙膑兵法》也立即引起学者的关注。张震泽师积数年之功完成了《孙膑兵法校理》，实为简牍、帛书研究之力作。

在新发现的先秦文献中，还有一些不曾见于记载的文本，如《春秋事语》、《战国纵横家书》、《儒家者言》、《周易》后所附的几篇传论，还出土了两篇赋：《神乌赋》、《唐革（勒）赋》。这些文本多不见于历史记载。它们的重新出现，可补传世文献之不足，同时，也可补历史记载之罅漏。它们在一定程度上重现了先秦文学文本的真实面貌。这使它们具有了其他文本无法比拟的价值。

在本世纪后三十年间，对竹简、帛书的研究有了长足的进步。很多学者表现出对此类文献的特殊热情，也创造出一些可喜的业绩。值得特别注意的是，先秦两汉文学研究界对这个问题的认识，远不如历史学界那样自觉，从事这方面研究的人还不够多。但是，我们有理由相信，在未来的学术发展中，上述文学文本的重要性必将为越来越多的人所认同。人们将十分重视传世文献同出土文献间的对照、补充和相互发明的关系，必将更多地运用出土文献于校勘、训诂中，必将从新发现的文本中开辟出众多课题，通过各种形式发掘考古成果的史料价值、版本价值和文本价值。

1999 年 7 月

主要参考文献

毛诗正义　〔汉〕毛亨注　〔汉〕郑玄笺　〔唐〕孔颖达正义　中华书局影印阮校十三经本

诗毛氏传疏　〔清〕陈奂撰　扫叶山房版　道光二十七年

诗三家义集疏　〔清〕王先谦撰　虚受堂刊本　民国四年

毛诗传笺通释　〔清〕马瑞辰撰　道光十五年刻本

阜阳汉简诗经　整理组撰　《文物》1984 年第 8 期

毛诗古写本　罗振玉影印敦煌本　载鸣沙石室古籍丛残

毛诗正义　〔唐〕孔颖达撰　单疏残卷　刘氏嘉业堂刻本

诗集传　〔宋〕朱熹撰　上海古籍出版社　1980 年版

诗经　〔明〕钟惺评点　泰昌元年刻本

诗书古训　〔清〕阮元撰　道光二十一年刊本

毛诗稽古编　〔清〕陈启源撰　上海同文书局影印家刻本

诗纬集证　〔清〕陈乔枞撰　小嫏嬛馆　道光二十六年刻

诗经通论　〔清〕姚际恒撰　中华书局　1958 年版

诗经原始　〔清〕方玉润撰　云南丛书本

诗经　吴汝纶评点　都门印书局　光绪十二年

诗义会通　吴闿生撰　中华书局上海编辑所　1959 年版

诗经通解　林义光撰　衣好轩　民国十九年版

泽螺居诗经新证　于省吾撰　中华书局　1982 年版

敦煌古写本毛诗校记　罗振玉撰　载《松翁居辽后所著书》

诗经今注　高亨撰　上海古籍出版社　1980 年版

诗经直解　陈子展撰　复旦大学出版社　1983 年版

诗说　黄焯撰　长江文艺出版社　1981 年版

诗经　（日）白川静著　日本中央公论社　1982 年版

周易正义　［魏］王弼　［晋］韩康伯注　［唐］孔颖达等正义　中华书局影印十三经本

尚书今古文注疏　［清］孙星衍撰　平津馆本

春秋左传正义　［晋］杜预集解　［唐］孔颖达正义　中华书局影印十三经本

春秋左传诂　［清］洪亮吉撰　上海古籍出版社　1994 年版

春秋谷梁传注疏　［晋］范宁集解　［唐］杨士勋疏　中华书局影印十三经本

春秋公羊传注疏　［汉］何休解诂　［唐］徐彦疏　中华书局影印十三经本

周礼注疏　［汉］郑玄注　［唐］贾公彦疏　中华书局影印十三经本

仪礼注疏　［汉］郑玄注　［唐］贾公彦疏　中华书局影印十三经本

礼记正义　［汉］郑玄注　［唐］孔颖达正义　中华书局影印十三经本

礼记训纂　［清］朱彬撰　咸丰元年刻本

大戴礼记解诂　［清］王聘珍撰　中华书局　1983 年版

五礼通考　［清］秦惠田撰　苏州局刻本

求古录礼说　［清］金鹗撰　木犀香馆　道光庚戌年刻本

十三经注疏校记　〔清〕孙诒让撰　齐鲁书社　1983 年版

经典释文汇校　黄焯撰　中华书局　1980 年版

经义述闻　〔清〕王引之撰　道光七年重刻本

论语注疏　〔魏〕何晏等集解　〔宋〕邢昺疏　中华书局影印十三经本

论语正义　〔清〕刘宝楠撰　上海古籍出版社　1983 年版

孟子正义　〔清〕焦循撰　中华书局　1957 年版

四书章句集注　〔宋〕朱熹撰　上海古籍出版社　1983 年版

孟子字义疏证　〔清〕戴震撰　中华书局　1982 年版

说文解字注　〔汉〕许慎著　〔清〕段玉裁注　上海古籍出版社　1981 年版

尔雅义疏　〔清〕郝懿行撰　中国书店　1982 年影印本

广雅疏证　〔清〕王念孙撰　中华书局　1983 年影印本

说文通训定声　〔清〕朱骏声撰　武汉市古籍书店　1983 年影印本

逸周书　〔晋〕孔晁注　四部丛刊本

国语　上海古籍出版社　1978 年版

史记　〔汉〕司马迁撰　中华书局　1959 年版

汉书补注　〔汉〕班固撰　〔清〕王先谦补注　中华书局　1983 年版

后汉书集解　〔宋〕范晔撰　〔清〕王先谦集解　中华书局　1984 年版

古本竹书纪年辑证　方诗铭等撰　上海古籍出版社　1981 年版

荀子集解　〔清〕王先谦撰　长沙刻本　光绪十七年

吕氏春秋集释　许维遹撰　文学古籍刊行社　1955 年版

盐铁论校注　［汉］桓宽著　王利器校注　古典文学出版社　1958 年版

潜夫论　［汉］王符著　中华书局　1979 年版

艺文类聚　［唐］欧阳询等撰　中华书局上海编辑所 1965 年版

太平御览　［宋］李昉等撰　中华书局　1960 年版

文选　［梁］萧统编　［唐］李善注　中华书局　1977 年版

老子校读　张松如撰　吉林人民出版社　1981 年版

庄子集释　［清］郭庆藩　中华书局　1961 年版

马克思恩格斯全集　第 1、2、3、13、19、21、23、25、37、42、46 卷　人民出版社

摩尔根《古代社会》一书摘要　马克思著　中国科学院历史所译　人民出版社　1965 年版

马克思恩格斯论艺术　（苏）里夫希茨编　中国社会科学出版社　1983 年版

马克思论艺术和社会理想　（苏）里夫希茨著　吴元迈等译　人民文学出版社　1983 年版

西方文论选　伍蠡甫等编　上海译文出版社　1979 年版

美学　（德）黑格尔著　朱光潜译　商务印书馆　1979 年版

艺术哲学　（法）丹纳著　傅雷译　人民文学出版社 1963 年版

论诗歌源流　（英）乔治·汤姆逊著　袁水拍译　作家出版社　1955 年版

文学的人民性　（苏）顾尔希坦著　戈宝权译　天下图书公司　1949 年版

论形象思维　中国社会科学院外国文学研究所编　中国社会科学出版社　1979 年版

论美和艺术　（苏）格·波斯彼洛夫著　刘宾雁译　上海译文出版社　1981 年版

近代美学史评述　（英）李斯托威尔著　蒋孔阳译　上海译文出版社　1980 年

马克思主义认识论导论　（苏）科普宁著　马迅章译　求实出版社　1982 年版

朱光潜美学论文集　湖南人民出版社　1980 年版

西方美学史　朱光潜著　人民出版社　1963 年版

美的历程　李泽厚撰　文物出版社　1981 年版

文艺心理学　金开诚著　北京大学出版社　1982 年版

文学理论学习参考资料　北京师范大学中文系编　春风文艺出版社　1982 年版

文艺理论争鸣辑要　上海师范学院中文系文艺理论教研室编　上海文艺出版社　1983 年版

旧约新约全书　中国基督教会译

旧约圣经文学史　（日）关根正雄著　岩波书店　1978 年版

古兰经　马坚译　中国社会科学出版社　1981 年版

伊利亚特　（古希腊）荷马著　傅东华译　人民文学出版社　1958 年版

奥瑞斯提亚　（古希腊）埃斯库罗斯著　灵珠译　上海译文出版社　1983 年版

尼伯龙根之歌　钱春绮译　人民文学出版社　1959 年版

罗兰之歌　杨宪益译　上海译文出版社　1981 年版

中国文学　杨公骥著　吉林人民出版社　1980 年版

白话文学史　胡适撰　新月书店　1928 年版

中国文学史　游国恩等　人民文学出版社　1963 年版

中国文学史　中国科学院文学研究所著　人民文学出版社 1962 年版

插图本中国文学史　郑振铎著　人民文学出版社　1957 年版

中国文学发展史　刘大杰著　古典文学出版社　1957 年版

中国文学批评史　郭绍虞著　上海古籍出版社　1979 年版

中国文学批评史　罗根泽著　上海古籍出版社　1984 年版

中国文学史讨论集　中国作家协会上海分会文学研究室编 中华书局　1959 年版

中国诗歌史论　张松如著　吉林大学出版社　1985 年版

先秦文学论集　胡念贻著　中国社会科学出版社　1981 年版

闻一多全集　开明书店　1949 年版

崔东壁遗书　崔述撰　上海古籍出版社　1983 年版

王国维遗书　王国维撰　上海书店　1983 年版

中国古代社会研究　郭沫若著　人民出版社　1964 年版

十批判书　郭沫若著　群益出版社　民国三十六年版

青铜时代　郭沫若著　人民出版社　1959 年版

奴隶制时代　郭沫若著　新文艺出版社　1952 年版

中国史稿　郭沫若主编　人民出版社　1979 年版

诗经与周代社会研究　孙作云著　中华书局　1966 年版

民俗学　林惠祥著　商务印书馆　民国三十四年版

中国风俗史　张亮采著　商务印书馆　1935 年版

周代社会辨析　赵光贤著　人民出版社　1980 年版

中国青铜器时代　郭宝钧著　三联书店　1963 年版

金文の世界　（日）白川静著　日本平凡社　昭和四十六年版

三代吉金文存　罗振玉撰　中华书局　1983 年影印本

两周金文辞大系图录考释　郭沫若撰　中国科学出版社 1957 年重印本

金文丛考　郭沫若撰　日本文求堂书店　1932 年版

双剑诊吉金文选　于省吾撰　民国三十一年刻本

后　　记

本书是在我的《诗经论略》的基础上，增补、订正，完成的一部新著。

近年来，我就《诗经》与周代文学艺术相关的领域，进行了一系列新的探索，今将其中同《诗经》密切相关的文章，收入本书中。

《诗经论略》出版后，发现一些未能如愿之处，文字讹脱、鲁鱼豕亥之类现象不乏其例。这次作了全面校正。

值得特别说明的是，《诗经论略》中各章节完全以序号排列，自卷首直贯全书。这固然使全书序列显得一致，但却并非我研究之旧，而且其中的相当一部分想法也因此不能见诸《诗经论略》中。二十多年前，在我研究《诗经》，确定博士论文提纲之初，便对所论问题的内在关系冥思苦索。博士论文的内在理路，各章之间的逻辑关系，各章内部节与节之间的布局，构成一个有机体。全书的结论体现在整个理路的展开过程中。因此，借这次机会，恢复了写作时的章节结构，以便将沉浸于字里行间的心血呈请读者审查、交流。

全书考察的逻辑是：以作品所表现的感情为中心，抛弃对《诗经》的种种谬说，深入分析作品，理解诗中的语言，解释诗人感情波澜的具体特点；而要了解诗人的诗情，就应认识诗人的性格，认识那个时代人们的性格，从而揭示诗人感情的必然；而诗人的性格，那个时代的人，不论其为周王朝诗人，抑或溱洧河畔的歌者，都是在当时的物质的、精神的条件下生长着，歌唱着。当时的礼乐文化和非常鲜明的部族文化决定性地制约着那些诗人、歌者的性格的形成。当时的审美心理只能接受这样的诗人与他们的歌诗。

本书分为三编，各有侧重，又互相关联。

上编着重研究《诗经》同礼乐文化的关系，也就是研究文学、诗人与占主导地位的礼乐文明的关系。礼乐文化是那个时代的主流文化，是官方意识的集中体现。它强有力地规范当时的人，他们的性格，他们的情感。但是，诗人、艺术家不是王命和官方意识的奴仆。他们是生活在现实的物质社会中的血肉之躯。他们有对爱情的强烈追求，有对自己青春与人生的珍惜，有对亲人、朋友的关怀、思念。同时，诗人、艺术家群体中也存在思想的、性格的、境遇的种种差别。因此，探讨主流文化同文学的关系，有助于我们认识那个时代的文学的主要的、鲜明的时代特色。

中编论述《诗经》同宗教文化的关系。这一文化层面总的说包含在礼乐文化之中，却又具有相对的独立性。它先于周代的礼乐文明而存在，它覆盖甚广。即使各地存在着文化差别，而宗教文化却是共同的。这是来自原始时代的文明，也是自天子至于庶民在很大的程度上有以相通的文化。它缺少礼乐文化的自觉意识，又不属于群体的本能文化。

下编分为若干专题，有的论述《诗经》与更为古老的文化传统即地域文化、部族文化间的关系，这一文化体系会在诗人或部族的集体无意识心理层面，影响诗歌创作；有的论述《诗经》及其文化氛围、语境问题；有的则偏重于《诗经》文本中一些

《诗经》艺术论

研究较为薄弱，但又具有一定意义的题目。这些专题涉及诗人群体精神的本能的、无意识层面，涉及当时语言的、感情的乃至《诗经》文本的不同层面的问题，力求对《诗经》与《诗经》学方面的一些问题，提供点新的看法。

本书所引用的文献资料大体上分为三级：《诗经》中的材料，以诗论诗，是为内证。这是最可靠，也最具说服力的资料。《尚书》、《国语》、《左传》等，时代相同、相近，可以参互印证，是为第二级。在这一层面上，还有西周至春秋时期的青铜器铭文。这是《诗经》同时代的文字资料，又不存在传写之误，是比《尚书》等更可靠的佐证。诸子百家之书，《礼记》、《大戴礼记》、《逸周书》等，时代略晚，思想上的连续性较为明显，可以作为第三梯级的证据。近年出土的大量的竹简、帛书中有些资料十分珍贵，甚至是任何传世文本都无可比拟的。因为除了这些出土文献之外，我们无法见到宋以前的版本。我期望通过不同梯级资料的运用，证成我在书中的论断。

作者主观设定的目标是否已经实现，或实现到什么程度，皆赖读者审查、指正。

在多年来从事《诗经》研究中，借鉴了前哲时贤的诸多成果，虽想尽量注出，却总有疏忽、遗漏，在此一并致歉、致谢。

辽宁大学 2005 级古代文学研究生助我校对之役，及门弟子单良、杨允、海迪为我校正文字，复核二十多年间我引用不同版本的古籍，用力尤勤。

感谢于景祥、徐桂秋二君为拙著出版所付出的努力与辛劳。

许志刚

2006 年 11 月于沈阳

图书在版编目 (CIP) 数据

《诗经》艺术论 / 许志刚著. —沈阳：辽海出版社，
2006.12（2018.3 重印）

ISBN 978-7-80711-679-0

Ⅰ. 诗…　Ⅱ. 许…　Ⅲ. 诗经—文学研究　Ⅳ.I207．22

中国版本图书馆 CIP 数据核字（2010）第 107492 号

《诗经》艺术论（全二册）

责任编辑	徐桂秋	
责任校对	杜贞香	
开　本	155mm×230mm　1/16	
字　数	370 千字	
印　张	30.75	
版　次	2018 年 3 月第 2 版	
印　次	2018 年 3 月第 1 次印刷	

出　版	辽海出版社
印　刷	天津兴湘印务有限公司

ISBN 978-7-80711-679-0　　　　　定价：78.00 元（全二册）

中国文学家大辞典

明代卷

李时人 编著

中 华 书 局

图书在版编目(CIP)数据

中国文学家大辞典.明代卷/李时人编著.—北京:中华书局,
2018.1
ISBN 978-7-101-12543-6

Ⅰ.中… Ⅱ.李… Ⅲ.作家-中国-明代-词典
Ⅳ.K825.6-61

中国版本图书馆 CIP 数据核字(2017)第 117256 号

书　　名	中国文学家大辞典　明代卷
编 著 者	李时人
责任编辑	侯笑如
出版发行	中华书局
	(北京市丰台区太平桥西里 38 号　100073)
	http://www.zhbc.com.cn
	E-mail:zhbc@zhbc.com.cn
印　　刷	北京瑞古冠中印刷厂
版　　次	2018 年 1 月北京第 1 版
	2018 年 1 月北京第 1 次印刷
规　　格	开本/850×1168 毫米　1/32
	印张 56½　插页 2　字数 1600 千字
印　　数	1-4000 册
国际书号	ISBN 978-7-101-12543-6
定　　价	198.00 元

出版说明

一代有一代之文学,而一代之文学乃由为数众多的文学家及其作品所构成。因此,文学家传记和著述资料的整理与研究,无疑是古代文学和文学史研究的基础。如果对文学家没有深入、扎实的个体研究,要对一代文学的发展作整体的、宏观的把握和认识,显然是非常困难的事情。另外,即使要对文学作品进行赏析和借鉴,恐怕也摆脱不了对于文学家生平资料和时代背景资料的依赖。随着文学史研究的深入发展和广大读者文学欣赏水平的提高,势必会要求在文学家传记和著述资料的整理与研究方面不断地推陈出新,更上一层楼。再者,目前虽然已有一些古代文学家辞典及综合性的文学辞典,但所收作家人数过少,材料引证不严,满足不了读者的进一步要求。而国内当前古典文学研究关于作家作品考证的进展甚快,有相当的学术积累,我们应及时反映和总结这方面的成就,鉴于上述原因,为了适应当前学术研究的需要,满足广大读者的愿望,我们特约请国内文学史专家编纂了这部多卷本的《中国文学家大辞典》。

作为一部工具书,必须具备科学性和实用性两个基本原则。而《中国文学家大辞典》的科学性和实用性,则表现在选材范围、编纂体例、检索方式等诸多方面。

首先,在取材上搜罗十分完备,每一分卷都力求全面反映一个时代的文学风貌。前人编写的文学家辞典,主要依据正史《文苑传》《艺文志》立目,所收资料亦以史传为限。本辞典则不同,条目的设置与编纂,除参照史传外,还博采总集、别集、笔记、方志、金石等书,要求所收作者覆盖面广,所收资料言必有据。至于各卷收录作者的多寡，则根据各个时代的具体情况而定。如宋以前存世文献有限，收录不妨从宽，凡有作品传世并有事迹可考者概予收录，即使作品已佚而史籍载有其文学活动者亦酌予收录。元明清三代，时代相对较近，作家人数较多，作家作品佚失的情况相对较少，因此收录标准比起宋以前略严。近代文学则另有其特殊性，近几年近代文学研究方兴未艾，作家作品的发掘和研究仍处在开创时期，吉光片羽，得之非易，所以近代文学的收录亦宜从宽。这里要说明的是，我们对于"文学家"的定义较为宽泛，不只限于诗文作者，还包括诸子、史论、诗评家，如墨子、陈寿、严羽等在内。他如疑似、伪托和传说中的作者以及外国寄居中国而以汉语写作的作者，如周公、许穆夫人、子夏、晁衡、空海等，亦一并收入，以广见闻。从现已出版的几个分卷来看，所收作家的数量已大大超过前此所有的同类性质的辞典。如《唐五代卷》收录近四千人，超过谭正璧《中国文学家大辞典》唐五代文学家的五倍左右。再如清代文学家，通行的文学史著作，《辞海》文学分册、《中国大百科全书·中国文学卷》等，所举不过数十人，多者也只百余人，而《清代卷》则从二十二种有关清代历史、文学的文献中清理、筛选出三千人，较好地反映出有清一代文学家生活和创作的盛况。

其次，《中国文学家大辞典》以"求全""求实"为宗旨，"求全"已如上述，"求实"则要求对每一个作家的生平、著述等做出扎实可信的考辨和判断，力避游谈无根的介绍和主观片面的评论。编纂者在全面占有第一手资料的基础上，仔细推敲和甄辨，去伪存真，纠正史籍舛讹和前人误说。尤其特别注意发掘新材料，并广泛吸收今人的研究成果。仅就已完稿的几个分卷而言，其中有相当一部分文学家，其生平、创作从未有人研究过，是此次新补入的。即使前人曾经有所研究的文学家，此次撰写中，也有新的考证和结论，这对于进一步扩大文学史研究眼界，推进文学史研究向纵深发展，必然具有重要的意义。条目释文先详列作者生卒年、字号、里贯，以下叙及生平仕履、文学活动、文学成就及作品著录、流传、存佚情况。各项叙述均一一标注资料来源，为进一步研究提供线索。

《中国文学家大辞典》收录时限上起先秦，下迄近代"五四运动"时期，按照时代先后依次分为《先秦汉魏晋南北朝卷》《唐五代卷》《宋代卷》《辽金元卷》《明代卷》《清代卷》《近代卷》，共七卷，约计千万字。各卷独立成书，一俟七卷全部编成出齐，则可成为有关中国文学家传记资料与著述资料的集大成之作。

这部《中国文学家大辞典》的编纂工作开始于1984年，由中华书局编辑部发起，并拟定全书统一体例，约请国内文学史研究家分任各卷主编。各卷的具体编写工作则由各卷主编负责统筹规划，组织撰写和定稿。可以说，这部辞典是众多文学史专家集体协作的成果，各卷主编及参加撰稿的专家学者为此付出辛勤的劳动，他们严谨的学风和深厚的功力令人钦敬，在此我们谨向他们表示衷心的感谢。我们相信，这部大型文学家辞典的出版，必将得到中国古代文史专业的专家学者和广大文学爱好者的普遍关注，我们期待着广大读者的宝贵意见，以逐步改正错误，更趋完善。

中华书局编辑部

2017 年 12 月

明代卷总目

前言 ·· 1

凡例 ·· 1

目次 ·· 1

作家人名汉语拼音索引 ·· 1

正文 ·· 1

作家姓名字号四角号码综合索引 ······································ 1575

姓名字号首字拼音与四角号码对照索引 ···························· 1714

前　言

李时人

　　时间跨度长近 300 年的"明代文学"是中国古代文学的一个重要阶段。

　　明代文学有几个比较显著的特点：一是诗歌、散文、小说、戏曲（戏剧文学）同时发展，雅俗交融，并行不悖，同时文学人口（作者和读者）大量增加，呈现出一种不同于往古、带有一定"近代气息"的文学景观；二是各种文学创作突出表现出与时代社会生活、社会思潮、社会心理同步的态势，在社会文化体系中所占份额增大，成为时代"文化生态"的重要组成部分，更多地体现出了文学的职能、价值和意义；三是明代出现了文学创作与文学理论探讨齐头并进、相互影响的局面，流派纷出，文学创作的地域性也较为明显，从而更多地表现出文学的自觉和主体意识；四是在中国文学的进程中，明代文学在很大程度上表现出古代文学"终结期"的特色，庞杂却并非无序，陈陈相因却又充满了创造性和指向未来的张力。

　　正因为明代文学有以上诸般特点，使其成为中国古代文学一个特殊的阶段，值得重视，也值得研究。在中国，现代意义的"明代文学研究"始于 20 世纪初。一百年来，受思想文化流变、社会政治变革等各方面的影响，明代文学研究实际走过了漫长而曲折的道路。

　　20 世纪初，梁启超首倡"小说界革命"，标举"小说为文学之最上乘"。随后有陈独秀、胡适等倡导"文学革命"，明确提出"白话文学之为中国文学之正宗"，"元明剧本、明清小说，乃近体文学之粲然可观者"。由于"白话文运动"取得决定性的胜利,由王国维《宋元戏曲考》、胡适明清小说的系列考证文章、鲁迅《中国小说史略》等所引领的中国古代小说、戏曲研究很快成为学术的热点,被列入"俗文学"的散曲、讲唱文学亦受到重视。而1917年倡导"文学革命"之初,陈独秀就判定"明之前后'七子'及八家文派之归、方、刘、姚"为中国文学史上的"妖魔"。此后当小说、戏曲研究如火如荼之时,明代的诗文则除了"公安三袁"、晚明小品文因被一些人追溯为"新文学"之源而得到关注外,绝大多数为研究者弃之不顾。当时的文学史著作,亦均重小说、戏曲,轻视诗文,不仅评价不高,而且所给篇幅甚少。

1949年中华人民共和国成立以后相当长时间内,虽然我们研究古代文学的指导思想、理论方法和评价标准都发生了变化,但明代文学研究基本延续了以往重小说、戏曲,轻诗文研究的趋势,这不仅表现在文学史评价上,亦表现在学术成果数量上。据有关统计,"文化大革命"前17年(1950—1966),全国共发表明代文学研究论文546篇,其中有关小说研究374篇、有关戏曲研究112篇,而有关明代诗文研究仅50篇,可为明证。"文革十年"由于各方面的原因,严格意义上的学术研究缺席,明代文学研究也没有正面的建树。20世纪70年代末、80年代初,学术研究在新的历史背景下进入了一个新的时期。但最初的十几年,蓬勃开展起来的古代文学研究,思想观念、理论方法主要还是"文革"前17年的回归,故当时的明代小说、戏曲研究,特别是"四大奇书"(《三国演义》《水浒传》《西游记》《金瓶梅》)及有关汤显祖等人的戏曲研究一时成为热点,作为明代文学最大宗的诗文研究仍未引起足够的重视。进入90年代以后,这种情况有所改变,但较之中国古代其他朝代的诗文研究在不少方面仍然有明显滞后的地方。以至2013年还有一位研究明代文学的学者在谈明诗研究的文章中说:"相对于其他朝代的诗歌文献整理,明代可能是最不能令人满意的。至今为止不仅没有《全明诗》的出版,也没有明代诗文别集的目录出版,甚至不知明代究竟有多少诗文作家与诗文别集,学界目前能够使用的还是《列朝诗集》与朱彝尊《明诗综》所记载的诗人数量。"这种情况对明代文学研究的深入开展显然是不利的。

偏重小说、戏曲研究,诗文研究开展的不充分,特别是对作家考察和文献资料整理方面不尽如人意,这是明代文学研究由来已久的问题,不仅反映在 20 世纪有关文学史著作中,在《辞海·文学分册》《中国大百科全书·中国文学卷》等有关工具书,甚至在专门的"文学家辞典"和"文学辞典"的编写中亦有反映。所以,1996 年 8 月,当我收到中华书局的约稿信,接手《中国文学家大辞典·明代卷》的编纂任务时,实际面临着很大的困难。

七卷本《中国文学家大辞典》是中华书局 1984 年开始组织实施的一项文化积累、文化建设工程。按照《中国文学家大辞典》的编纂要求,这部工具书编纂有"科学性和实用性"两大原则。首先,在取材上要求"搜罗十分完备,每一分卷都力求全面反映一个时代的文学风貌。前人编写的文学家辞典,主要依据正史《文苑传》《艺文志》立目,所收资料亦以史传为限。本辞典则不同,条目的设置与编纂,除参照史传外,还博采总集、别集、笔记、方志、金石等书,要求所收作者覆盖面广,所收资料言必有据"。其次,"《中国文学家大辞典》以'求全''求实'为宗旨","要求对每一个作家的生平、著述等做出扎实可信的考辨和判断,力避游谈无根的介绍和主观片面的评论"。按照这些要求,《明代卷》的编纂首先在诗文作家的择选上,即选择哪些作家入编的问题上就遇到了难题。因为根据《中国文学家大辞典》的规划,宋代以前的作家收录从宽,"凡有作品传世并有事迹可考者概予收录",宋代以后收录标准趋严,明、清两代各自限收作家 3 000 人左右。那么,怎样选择这 3 000 人呢?按照《中国文学家大辞典》"博采总集、别集、笔记、方志、金石等书"的要求,对各种有关历史文献进行全面的调查,应该是工作的第一步。只是这第一步就很难走,因为有关明代诗文作家的历史文献不仅数量惊人,而且搜寻十分困难,实际上这也是明代诗文研究在资料整理方面长期滞后的重要原因。

先说诗文总集(选集)。前面提到的刊行于清顺治九年(1652)的《列朝诗集》和刊行于康熙四十四年(1705)的《明诗综》无疑是两部最重要的明诗总集(选集)——中国传统的目录学一直称这类选录众多作家作品的集子为"总集",但我总觉得,这类集子实际上还是"选集",也可以相对那些规模较小的选集称为"大型选集",与《全唐诗》《全上古三代秦汉三国六朝文》等典型的"总集"相比还是有区别的。《列朝诗集》和《明诗综》的编选,主体上俱为以史为纲、以人立目,诗系于人,且各有详略不一的诗人小传和评论文字。据我的粗略统计,《列朝诗集》八十一卷共收诗人1 743家、诗24 060首,去掉标为无名氏、神鬼、外国者,实收明诗人1 685家;《明诗综》一百卷共收诗人3 334家、诗10 178首,去掉标为属国、无名氏、神鬼者,实收明诗人3 155家。这两部总集(选集)之编选均有以诗存人、以人存史之动机,又皆以收罗宏富著称。朱彝尊更是宣称其编《明诗综》"意在补《列朝诗(集)》选本之阙漏"(《曝书亭集》卷三三《答刑部王尚书论明诗书》),故收录诗家更多,虽然所撰小传简略,每个人收诗相对较少,但补充了不少《列朝诗集》弃而不选之作家,尤其是增录了不少明末作家和"遗民"作家。不过,即使如此,我总觉得《列朝诗集》《明诗综》加起来仍然不能作为本书选录诗文作家的蓝本,因为由于受到主、客观条件的限制,这两个总集(选集)所收录的明代有一定成就的诗文作家仍然是有局限的。

明清时所编、以全国为范围的明人诗文总集(选集)目前存世者有数十种。如《列朝诗集》《明诗综》之前有明嘉靖四年(1525)刊徐泰编选的《皇明风雅》、嘉靖末至隆庆年间刊俞宪编选的《盛明百家诗》、万历十九年(1591)刊李腾鹏编选的《皇明诗统》以及崇祯年间曹学佺编选的《石仓十二代诗选·明诗选》等。

这些总集(选集)虽然较之《列朝诗集》和《明诗综》有这样那样的不足,但所选也有不少《列朝诗集》和《明诗综》未收录的作家。如《皇明诗统》四十二卷收明初至万历初诗人 1 871 家、诗 12 317 首,所收诗人中就有 528 家未被《列朝诗集》《明诗综》收录。不仅如此,《列朝诗集》《明诗综》以后仍有一些清人编选的明诗总集(选集)问世。如光绪年间陈田编选之《明诗纪事》,原编十签,已刊出八签一百八十七卷收明诗人 3 054 家、诗 9 789 首,其中亦有数百家为《明诗综》所未收。明清人所编各种明文总集(选集)亦不少,大型的明文总集(选集)就有明正德五年(1510)刻程敏政辑编的《皇明文衡》一百卷、嘉靖四十三年(1564)刻张时彻辑编的《皇明文苑》九十六卷以及黄宗羲清康熙三十二年(1693)编成之《明文海》四百八十二卷。与明诗总集(选集)以人系诗不同,明文总集(选集)多采用按文体编排方式,然收录作家亦甚夥。如规模最大的《明文海》收作家 700 余人、各体文 4 700 余篇。

另外,不能忽视的是,明清时代还有 400 余种收录范围有地域限制的诗文总集(选集),即"地方诗文总集(选集)"。这类总集(选集)编刊较早者可举明弘治十八年(1505)莫息、潘继芳辑刻的《锡山遗响》十卷(内卷四至卷一○收明初至成化间无锡县诗人 96 人、诗 400 首),嘉靖三十八年(1559)陈有守等人辑刻的《徽郡诗》(内收明初至嘉靖时徽州府诗人 146 人、诗 754 首),万历五年(1577)李时渐辑刻的《三台文献录》二十三卷(收唐至明嘉靖台州府作家 316 人,文 351 篇、诗 1 091 首,内明代 137 人),万历间宋弘之辑刻的《皇朝四明风雅》四卷(内收明初至嘉靖时宁波府诗人 152 人、诗 1 155 首),崇祯五年(1632)刊贾鸿洙编选《周雅续》十六卷(内收明陕西诗人 81 人、诗 2 712 首)。清代辑编地方诗文集更蔚为风气,如乾隆三十六年(1771)刊宋弼编选《山左明诗钞》三十五卷(内收明山东诗人 460 人、诗 4 696 首),嘉庆九年(1804)刊曾燠编选《江西诗征》九十六卷(内收明江西诗人 908 人，诗 4 134 首)，同治十年(1871)刊罗汝怀编选《湖南文征》一百九十卷(内收湖南明作家 176 人、文 1 100篇)，清光绪十五年(1889)刊郭柏苍编选《全闽明诗传》五十五卷(内收明福建诗人 945 人、诗 5 529 首)等。至于以府、州、县为范围的地方诗文总集(选集)更多，如清康熙十五年(1676)刊胡文学编选《甬上耆旧诗》三十卷(内收明宁波府鄞县诗人 342人、诗 3 142 首)，乾隆八年(1743)刊姚弘绪编选《松风余韵》五十一卷(内卷五至卷五〇及末卷收明松江府诗人 559 人、诗 3 040 首)，乾隆三十八年(1773)朱琰等编选《金华诗录》六十卷(内卷二〇至卷四四收明金华府诗人 282 人、诗 1 426 首)，嘉庆元年(1796)刊顾光旭编选《梁溪诗钞》五十八卷(内收明无锡县诗人 342 人、诗 1 685 首)，道光十二年(1832)刊王宝仁等编选《娄水文征》八十卷(内卷二至卷五二收明太仓作家 153 人、文493 篇)。

根据对明清人辑编的各种诗文总集(选集)和一些方志的调查，我们发现明人有诗文作品存世者至少有 20 000 人。我们这本《明代卷》完成后共收明代作家 3 046 人，其中以小说、戏曲创作为主的作家 205 人，以诗文创作为主的作家 2 841 人。诗文作家中有 882 人见于《皇明诗统》，960 人见于《列朝诗集》，1 654人见于《明诗综》，1 623 人见于《明诗纪事》，证明了这些诗文总集(选集)对《明代卷》选录诗文作家的重要。特别是有不少诗文作家别集散佚，作品主要靠这些诗文总集(选集)、包括地方诗文总集才得以保留。

但仅仅依赖这些诗文总集(选集)来编纂《明代卷》显然是不行的，也不符合《中国文学家大辞典》编纂强调"第一手资料"的要求。而大量有关明代诗文作家的历史文献，特别是大量明人诗文别集的存世，更是一个不能视而不见的事实。

明代有多少诗文别集，或者说明代有多少人有诗文别集？当然是个很难回答的问题，不过，文献中有几个数字可供我们参

考。首先是被列入"二十四史"的张廷玉《明史》之《艺文志》有
"别集"一类,注明:"右别集类,一千一百八十八部,一万九千八
百九十六卷。"古代公私书目,多以人为目,不管一个人有多少诗
文集子,统称为一部,故这里的"一千一百八十八部",实谓《明
史·艺文志》著录了 1 188 人的诗文别集。其次,现藏于国家图
书馆的四百一十六卷本《明史》抄本之《艺文志》著了 2 985 位
明人的诗文别集。康熙二十九年(1690)完成的由徐元文监修、
万斯同负责审核订正的四百一十六卷本《明史》可视为后来张廷
玉《明史》的初稿,因为雍正十三年(1735)成书、乾隆四年(1739)
刊行的三百三十二卷张本《明史》是以雍正元年(1723)王鸿绪主
持完成的三百一十卷本《明史稿》(有刊本题为《横云山人明史
稿》)为底本修订成书的(两者《艺文志》几乎全同,王本《明史
稿·艺文志》著录之明人别集亦为 1 188 部),而王鸿绪《明史稿》
就是在这部初稿基础上增损更动编写而成。乾隆间全祖望在谈
到王鸿绪《明史稿·艺文志》时说:"考《明史》艺文原志出自黄征
君俞邰(黄虞稷)。"(《鲒埼亭集外编》卷四二《移〈明史稿〉帖子
一》)曾与黄虞稷同在明史馆共事的朱彝尊在此之前亦说过:"晋
江黄虞稷俞邰在明史馆分撰《艺文志》,摭采特详。"(《经义考》卷
二九五)据载,黄虞稷康熙二十年(1681)入明史馆,继尤侗之后
负责《艺文志》之编纂,完成《艺文志稿》后于二十九年(1690)离
去。故国图藏四百一十六卷抄本《明史》之《艺文志》应该就是黄
虞稷所编之《艺文志稿》。再次,必须提及的是清乾隆时开始流
传、署为黄虞稷编纂的《千顷堂书目》。《千顷堂书目》著录之明
人诗文别集较之被收入四百一十六卷本《明史》的《艺文志稿》数
量还要多。我查了一下,经过杭世骏、卢文弨、吴骞等人作少量
增补的现通行本《千顷堂书目》三十二卷著录的明人诗文别集达
5 252 部,去其外国 23 部、重复 22 部,尚有 5 207 部,也就是说,
《千顷堂书目》著录了 5 207 位明人的诗文别集。

　　以上几份资料所记明人诗文别集数量虽然有较大差异,但

相互之间是有关联的。张廷玉《明史·艺文志》著录明人别集不多，因其底本王鸿绪《明史稿·艺文志》本来就是在四百一十六卷抄本《明史》之《艺文志》（即黄虞稷《明史·艺文志稿》）基础上删削而成，不仅删落了一些按当时的情况，在政治上或资格上不适合入选《明史》之人的著述，同时遵循"凡卷数莫考，疑信未定者，宁阙而不详"（王本《明史稿·艺文志序》）的原则，将"卷数莫考，疑信未定"者亦一概去掉，故所著录的别集数量较之黄虞稷《艺文志稿》大大减少。其实，不仅黄虞稷《艺文志稿》中有不少"卷数莫考，疑信未定"者，《千顷堂书目》中也有不少类似的情况。旧说《千顷堂书目》乃黄虞稷家藏书目，《明史·艺文志稿》即据此修撰，显然有误。从各方面看，传世《千顷堂书目》实较《艺文志稿》为后出，是据《艺文志稿》增饰而成者。而且，不管是《艺文志稿》，还是《千顷堂书目》，所记都不可能仅是黄氏的家藏书，甚至不全是现实成书，有不少书目可能是从地方志乘、他人著述中抄撮而来的，也不排除一些口传记录。实际上，这种情况在经过审核的张廷玉《明史·艺文志》中也没有排除。

　　根据以上几份资料，我们虽然不能得出清初时明人诗文别集总数到底有多少的结论，但《千顷堂书目》所载应是当时学人个人所能见到和所知的明人诗文别集数量之上限，只是限于条件，包括钱谦益、黄虞稷、朱彝尊等人，各人所见、所知肯定有所不同。朱彝尊在谈到其编选《明诗综》时曾说："予近录明三百年诗，阅集不下四千部。"（《曝书亭集》卷三九《成周卜诗集序》）如果情况属实，他所见过的明人诗文别集确实是够多的，这"四千部"中可能包括一些诗文总集（选集），但无疑主要应为别集，这比纪昀等四库馆臣所见还要多——根据有关资料统计，四库馆臣可能仅对1 200多位明人的诗文别集进行过审读和处置。

　　那么，钱谦益、黄虞稷、朱彝尊以后，又经过数百年的沧桑变化，包括经历了各种天灾人祸以后，我们还能找到多少明人的诗文别集呢？这对我们来说，当然是最重要的问题。我在接手《明代卷》的编纂任务后不久，就开始了对现存明人著述，特别是诗文别集的调查、核实和检阅工作。经过长期的努力，我们初步核定现在至少还有 3 300 余位明代作家有诗文别集收藏于国内外的图书馆中——在这些人中，有的仅有一种别集，有的可能有多种别集。不过，这里列入统计的仅为有独立诗文别集存世的作家，不管其所存是刊本，还是抄本，也不论其传本时间的先后。至于像《盛明百家诗》等总集（选集）以及各地"家集"汇编所收之作家诗文选本则不作别集计算——如清康熙三十三年（1694）黎延祖刻本《番禺黎氏存诗汇选》二十二卷共辑录了明末清初黎氏 22 人的诗，人各一卷，各有集名，但其中仅黎民表、黎贞、黎密、黎遂球 4人因有独立的别集传世被列入这一名单，其他人还不能算有别集存世。现存 3 300 家明人诗文别集见于《千顷堂书目》著录的有 1 734 家，张廷玉《明史·艺文志》所记 1 188 家明人诗文别集现存 715 家。

　　现在完成的这部《中国文学家大辞典·明代卷》所收诗文作家，便是以以上所列各种明人别集、诗文总集（选集）为基础文献，同时又借助其他各种文献资料编纂而成。也就是说，这部《明代卷》入选的作家，不管是以小说、戏曲创作为主的作家，还是以诗文创作为主的作家，都是在尽可能全面考察各种历史文献基础上，通过对作家的文学成就，包括创作和影响等各方面的综合考量后确定的——也可以说是从 20 000 多位有作品传世的明代作家中遴选出来的。关于本书收录的范围、条目撰写体例，详见本书"凡例"，此不赘述。

　　本书的编纂实在是经历了一个漫长的过程。最初几年，我曾希望能组织较多人力，大家分工合作，尽快地完成这一任务，但试下来效果不当。最终，我还是采用了从基础做起，老老实实地查找各种文献资料，并通过一遍一遍地筛选，一遍一遍地增删修改、反复磨勘的笨方法来完成这一任务，这亦是本书编纂用了二十年时间的重要原因——这里必须感谢古人所没有的现代图书馆设施、现代交通工具以及个人电脑、数码技术和互联网，如果不借助这些条件，即使再多一些时间，个人完成这一工作也是不可能的。

当然，我更应该对二十年来为本书编纂工作提供过各种帮助的人表示感谢。

首先是对为本书编纂提供过直接帮助的学界前辈及学界同仁何满子、章培恒、尹恭弘、吴格、黄仁生等先生表示衷心的感谢——他们或者对《明代卷》的编纂提供过中肯的指导意见，或者提供过最初的选目，或者提供有关书目和他们的研究成果，《明代卷》的编撰，特别是早期工作，多方面得益于他们的帮助。

其次，我必须对更多从事明代文学研究的学界同仁——不管是前贤先达还是后起之秀——表示我衷心的感谢。20世纪90年代以来，特别是在我接手《明代卷》编撰任务的1996年以后，由于各种原因，如思想的解放、学术观念的更新以及学术中坚力量的变化（"文革"后培养的硕、博士研究生大量进入学术界），明代文学研究逐渐发生了变化，其中最突出的表现是诗文研究开始兴盛。近十年来，可以说已经进入了一个诗文与小说、戏曲研究并举的时代。特别是长期被冷落的诗文研究，由于有大量未被开垦的处女地，因而更呈现出方兴未艾、多元发展的局面。一是对明代诗文作家的个案研究大量出现，不少以往被贬斥、被忽视的作家开始为人们所注意，不仅有关专著和论文陆续出现，而且许多硕、博士的学位论文亦喜欢选择作家个案研究为题。还出现了不少以年谱、诗文集整理为形式的作家个案研究，如中华书局、人民文学出版社、上海古籍出版社等陆续整理出版了一些明代著名作家的诗文集。二是有关明代文学流派研究、文学思潮研究、作家群体研究等成为研究的热点，这些成果较之以往的研究，无论在史料的开掘方面，还是在研究的深度、广度方面，都有相当大的进步，显示出一种学术上的新气象。三是随着研究的进展，不仅出现了一些研究明代诗文与社会政治、制度、思想、经济等交互影响的著作，地域文学研究亦开始引起研究者的注意。所有这些，都注意到了明代诗文的一些特点，从而扩大了研究视野，对明代文学研究有所推进。与此相关的是，明代诗文的基本资料亦陆续出版。特别是由于数码印刷技术的发展，各种大型丛书，如《四库存目丛书》(齐鲁书社，1994)、《四库禁毁书丛刊》(北京出版社，1997)、《四库未收书辑刊》(北京出版社，1997)、《北京图书馆古籍珍本丛刊》(北京图书馆出版社，1997)、《续修四库全书》(上海古籍出版社，2002)等先后辑编出版，总计约 1000 余种明人诗文别集因此得以通过影印的形式面世。《明代卷》编纂，不仅利用了这些年来影印出版的各种有关明代诗文的文献，同时也借鉴了许多学界同仁的研究成果——当然也包括历来有关明代小说、戏曲作家的研究成果——只是限于本书的体例，未能一一注出，故谨在此向大家表示衷心的感谢。

再次，我要对曾在上海师范大学攻读博士、硕士学位以及从事博士后研究的一些青年学子表示衷心的感谢。从 2003 年开始，我所指导的"明清文学"研究方向的硕士、博士研究生和博士后，有不少人在"明代作家和明代文学考察研究"的范围内选题撰写学位论文和研究报告。特别是在已经通过答辩的 20 余篇博士学位论文和 40 余篇硕士学位论文中，除了作家个案研究、家族作家研究、女性作家研究、诗文总集(选集)研究、结社研究、诗文理论研究外，大多数是按地域划分(分省或分府、分县)的明代作家研究，如《明代山东作家研究》《明代浙江作家研究》《江苏明代作家研究》《明代河南作家研究》《明代福建作家研究》《明代兴化府作家研究》《明代青州府作家研究》《明代无锡作家研究》等，研究的地域范围全面覆盖了明代两京十三省。这些论文，绝大多数都附有其作者撰写的该地区"有作品存世的作家小传"和"现存诗文别集叙录"。例如在研究浙江各府明代作家的几篇硕士学位论文中，《明代宁波府作家研究》附有 732 人小传及 88 部存世诗文别集叙录;《明代嘉兴府作家研究》附有725位作家小传和49部存世诗文别集叙录;《明代杭州府作家研究》附有474位作家小传和40部存世诗文别集叙录;《明代金华府作家研究》附有399位作家小传和63部存世诗文别集叙录。总起来说,这些论文篇幅有大小,水平有高低,但作者大多都能抱着求实的态度,从第一手资料入手,努力去完成自己的任务。他们的考察、研究,应该说对编撰《明代卷》有很大帮助。特别是其中有不少人不仅要完成自己的学业,还不辞辛劳地帮助我查阅图书、拍摄资料、核对文献,经常是三五人同时跑上海图书馆,有一位博士生,甚至一年内就帮我专程跑了三趟北京的图书馆。还有的学生专门去海外帮我查书,不辞辛劳地将数千页有关资料和相当数量的孤本明人文集复印件背回来。因人数众多,在此不能一一举出他们对本书的具体贡献,只能列出他们的姓名,以为致谢,他们是:周潇、孙良同、刘廷乾、李精耕、高建旺、郭永锐、李玉栓、芦宇苗、李玉宝、张慧琼、任永安、张清华、吴琼、刘坡、鲁茜、沈云迪、张冬冬、马兴波、张晶晶、马汉卿、秦凤、籍芳丽、李菁、汪如润、刘方、程莉萍、乐万里、杨挺、钱方、谈新艳、刘慧、金玉、刘沉鱼、郁步生、王钦华、张小波、王蓉、单明川、张家波、周晓燕、廖文玲、郭达、徐卫、韩扣兄、李甜、詹明瑜、左永明、汤英、陈波、章婷、陈士洪、王达、程静、顾东静、戴倩、张永恒、吴旭君、谢燕、徐亚、董莉莉、陈奉金、张鹏飞(排名不分先后)。

　　为这部《明代卷》提供各种帮助的人还有很多,特别是二十年来一直关心、帮助本书编写工作的中华书局徐俊、顾青、俞国林、侯笑如诸位先生,理应得到我的特别感谢。

　　无疑,所有关心、帮助本书的人都希望这部《中国文学家大辞典·明代卷》能够编好,满足各方面读者的需要,从而为明代文学研究的发展提供帮助,这当然也是我个人的愿望。但由于各方面的原因,包括个人学识的限制,以及其他一些条件的限制,本书不可避免地会有这样那样的错误和不足,特别是还有很多文献未能充分挖掘、充分利用,故本书虽然不得不交付出版,但作为一部工具书,似乎还谈不上最后完成,我真诚地期待大家的批评指正,以便使本书能进一步得到修订、完善和提高。

　　另外,本书稿撰写后期,在我所供职的上海师范大学被列入"上海高校高峰高原学科建设计划(中国语言文学)"资助项目,同时得到了国家社科基金重大项目《明代作家分省人物志》(13&ZD116)的研究经费资助,特附志于此。

2013 年 4 月初稿,2017 年 4 月修改

凡 例

一、中国传统历史纪年之"明代",一般指自明太祖朱元璋洪武元年(1368)在金陵登基建国,至明思宗朱由检崇祯十七年(1644)在北京自缢国亡的这段历史时间,计276年。本书主要收录生活于这一历史时段中的作家,但并不仅限生于和卒于这一时间段中的作家,对跨朝代作家,则按年龄与个人政治态度的双重标准进行取舍。

1.由元入明者,如洪武元年年届五十者,原则上不收;但若曾跟从元末义军反元,或明王朝建立后入仕者,则予以收录。

2.由明入清者,如崇祯十七年已年届五十,一般予以收录,唯按惯例,明季已有功名,入清又仕于新朝者除外;崇祯十七年虽年未满五十,但明亡后自发组织或参与抗清活动,或仕于南明政权,以及入清后以"遗民"自居者,亦一概予以收录,以表示对作家个人意愿之尊敬。

3.鉴于《中国文学家大辞典·辽金元卷》和《中国文学家大辞典·清代卷》此前已正式出版,此两书已收录者,本书不再重复收入。

二、本书使用之"文学"概念,与现代之含义略有不同。按照中国古人对文学之理解,则不仅被今人视为文学的诗歌、文学散文、小说、戏曲(戏剧文学)作品被视为文学,其他诸如哲理散文、历史散文,乃至某些应用文体具有"文学意味"者,也都被视为文学。本书原则上按照古人的这种文学观念来界定作家,但在确定收录作家词目时,并不局限于各类史书《文苑传》《艺文志》的记载,也不以以往任何一种明代文学作品之总集、选集入选作家名录为蓝本。

本书收录的 3 046 位作家,均是在尽可能全面考察各种历史文献基础上,通过对作家的文学成就,包括其文学创作和影响等方面的综合考量后确定的,载籍中虽有记载但无作品传世者均不予立目。

明代文学史上出现过并称或结社的作家中,无作品传世、可资考证的史料不足或文学影响不显著、未达到本书立目标准者不予立目。

三、本书以作家姓名或作品署名立目。条目内容主要包括作家生平与创作的四个方面:生平仕履、文学活动及著述、重要典籍中对作家文学成就之评价和生平事迹主要资料来源。然依据史料情况,并非所有条目都有这四方面的内容,部分内容或有交叉,均依据典籍记载略有归纳、取舍。

四、生平仕履。主要包括对作家生卒年、姓名字号、籍里家世、仕履的介绍。

1.生卒年:本书于词目后括注作家的生卒公元纪年,如生、卒年或有不明者,以"?"号标注,如生卒年均不可考,则标注"生卒年不详",一般不用"约""估计"等模糊说法。

为防止标注作家生卒年因农历、公历换算上产生差错,在可能的情况下尽量在行文中说明作家生卒年月的历史纪年,并加以正确标注,如:"祝允明"条,其生卒年标注为(1461－1527),释文中详细说明了他生卒年的历史纪年:"生于天顺四年十二月初六(1461 年 1 月 17 日)……卒于嘉靖五年十二月二十七(1527年 1 月 28 日)。"

2.姓名字号:本书一人一目,作家如有改姓、异名等情况,均在此部分加以介绍,如"以字行",亦于行文中列出其名,均不另立条目,亦不采用互见之法。本书尽可能列出各作家之字、号,如字、号太多时则择其要者。书后设作家姓名字号四角号码综合索引,以便于读者检索查用。

3.籍里家世:本书所列作家籍里,以《明史·地理志》地名标注,州、县以下地名一般不列。其中明代州、县地名与今市、县地名相同者,不再标注今地名,如"丁元荐……浙江湖州府长兴人""于若瀛……山东兖州府济宁人";州、县所属省级行政区划与今行政区划不同,或明代州、县一级地名与今地名不同,则于明代地名后括注今所属行政区划或今地名,如"丁奉……南直苏州府常熟(今属江苏)人""万曰吉……湖广黄州府黄冈(今属湖北)人""王应鹏……浙江宁波府鄞县(今宁波)人""王竑……陕西临洮府河州(今甘肃临夏)人"。

现代地名不加"市""县"等字样,行政区划则以《2012年中华人民共和国行政区划简册》为标准。作家如有迁居、改变隶籍等情况,根据实际情况在行文中尽可能加以介绍,隶于"卫籍"者,亦尽可能加以说明。少数姓氏及籍里不详者用适当形式注出。

4.仕履:尽可能作简明介绍。仕履经历复杂的作家,次要历官适当省略。文字表达上则遵循以下规范:生平履历叙述时涉及时间,标以历史纪年,只标帝号、年号,不标庙号,除特殊情况,一般不使用"干支"纪年。各条目首次出现的历史纪年后括注公元纪年,同条目再出现相同历史纪年,则不再括注公元纪年。涉及职官名称,如对了解作家没有大的影响,一般用简称。仕履介绍涉及的府、州、县名及其他有关历史地名,一般不再注今地名。

五、文学活动及著述。本书在介绍作家文学活动及著述时,以介绍作家的作品创作为主,尽可能列出每位作家的全部著述,包括文学作品以外的经、史著述及笔记、杂著等,作家之有典籍记载但已经散佚之著述,亦适当提及,以增加对作家的全面了解。然重点仍在介绍其文学性较强的著述,包括对作家诗文别集及小说、戏剧文学作品主要内容的介绍,特别是对这些著述刊刻、流传及存、佚情况的介绍。

六、本书编纂以各种历史文献资料为依据,各条目在介绍作家作品时，凡没有"书证"或其他可靠证据的猜想、揣测之说一概不取。行文则以"客观叙述"为原则，前人有关作家作品之各种文献（包括行状、墓志、传记和诗文集序、跋，以及各种方志、家谱）中的夸饰、溢美、诞妄之词，引述时尽量回避；对所涉及的政治、学术、文学等方面的论争，亦以客观介绍为主，一般不做是非判断，更不妄加评论。

七、评价。遵循《中国文学家大辞典》对各位入选作家"文学成就的评价，一般均用旧评成说，若无旧说，可付诸阙如"的编纂要求，本书对各位入选作家文学成就之评价，主要采用引述或概述前人评述的做法。前人评论或褒或贬，本书兼收并存，既有争议，亦不回避，但尽量不做评判，以免误导读者。作品为当时、后世总集、选集或选录者，亦可看出作家之影响，故本书适当加以介绍。

八、本书所引文献资料，只见于某书者，随文括注。若非特别注明，一般据通行本，如所引《四库全书总目》之"提要"文字，皆据清乾隆间武英殿刻本（殿本）。所引古代文献如有缺字或无法辨识之字，以"□"号标识。所引典籍卷数因版本不同有差异者择其一。

作家生平事迹重要资料来源则附记于各条目文字之末。一般先列行状、墓志，其次列当时或后人所撰各种传记，包括正史、方志所载传记，有年谱存世者亦酌情介绍。如非特别需要，一般不再列出行文中已经提及的文学总集、选集之作者小传。传记资料过多者则择其要者。

以下典籍在本书中多次引用，时代、编者名、版别等标注从略：

明李腾鹏《皇明诗统》

明徐泰《皇明风雅》

明焦竑《国朝献征录》

明曹学佺《石仓十二代诗选·明诗选》

明陈子龙等《皇明诗选》

明宋弘之等《四明风雅》

明陈是集《滇南诗选》

明俞宪《盛明百家诗》

文渊阁《四库全书》

清张廷玉等《明史》

清钱谦益《列朝诗集》

清张豫章《御选宋金元明四朝诗》

清沈辰垣等《御选历代诗余》

清黄虞稷《千顷堂书目》

清朱彝尊《明诗综》

清王昶《明词综》

清黄宗羲《明文海》

清陈田《明诗纪事》

清王夫之《明诗评选》

清朱绪曾《金陵诗征》

清王宝仁《娄水文征》

清邵伯英《海虞文征》

清曾燠《江西诗征》

清罗汝怀《湖南文征》

清袁钧《四明文征》

清曾唯《东瓯诗存》

九、本书条目按作家姓名笔画顺序排序。姓名首字笔画数相同者,按首字起笔笔形之横(一)、竖(丨)、撇(丿)、捺(丶)、折(一)顺序排列;姓名首字相同者,按第二字笔画数和起笔笔形排序,依此类推。笔顺前后参照《现代汉语通用字笔顺规范》有关规定。

十、本书所用字形参照《通用规范汉字表》相关规定,并酌情考虑典籍中有关作家名的惯用字形。本书词目后不标注作家姓名读音。

十一、本书除"目次"外,另附"作家姓名字号四角号码综合索引""作家人名汉语拼音索引",以方便读者检索。

目　次

二　画

丁一中 …………… 1
丁之贤 …………… 1
丁元公 …………… 2
丁元荐 …………… 2
丁元复 …………… 2
丁自申 …………… 3
丁　奉 …………… 3
丁绍轼 …………… 4
丁养浩 …………… 4
丁起濬 …………… 4
丁　宾 …………… 5
丁继嗣 …………… 5
丁惟恕 …………… 5
丁肇亨 …………… 6
丁　綵 …………… 6
卜世臣 …………… 6
卜舜年 …………… 7

三　画
[一]

于孔兼 …………… 8

于若瀛 …………… 8
于承祖 …………… 9
于奕正 …………… 9
于　玭 …………… 10
于　谦 …………… 10
于慎行 …………… 11
于慎思 …………… 12
万士和 …………… 12
万元吉 …………… 13
万曰吉 …………… 13
万世德 …………… 14
万　节 …………… 14
万发祥 …………… 14
万邦孚 …………… 15
万达甫 …………… 15
万廷言 …………… 15
万　衣 …………… 16
万时华 …………… 16
万　表 …………… 17
万国钦 …………… 17
万　泰 …………… 18
万　恭 …………… 18
万惟檀 …………… 19

万道光 …………… 19
万虞恺 …………… 20

[一]

卫承芳 …………… 20
习嘉言 …………… 20
马一龙 …………… 21
马三才 …………… 21
马之骏 …………… 22
马元调 …………… 23
马中锡 …………… 23
马文升 …………… 24
马世奇 …………… 25
马邦良 …………… 25
马　朴 …………… 25
马自强 …………… 26
马汝骥 …………… 26
马应龙 …………… 27
马闲卿 …………… 27
马明衡 …………… 28
马估人 …………… 28
马　治 …………… 28
马　驸 …………… 29

马思聪 ……………… 29
马　洪 ……………… 29
马　卿 ……………… 30
马继龙 ……………… 31
马　理 ……………… 31
马　森 ……………… 31
马湘兰 ……………… 32
马　愉 ……………… 32
马　銮 ……………… 33

四画
[一]

丰　坊 ……………… 34
丰越人 ……………… 35
王一鸣 ……………… 36
王九思 ……………… 36
王三阳 ……………… 38
王三省 ……………… 38
王三接 ……………… 38
王士昌 ……………… 38
王士性 ……………… 39
王士骐 ……………… 39
王士骕 ……………… 40
王与玫 ……………… 40
王与胤 ……………… 41
王子一 ……………… 41
王天性 ……………… 41
王元功 ……………… 42
王元寿 ……………… 42
王元翰 ……………… 43
王　韦 ……………… 43
王云凤 ……………… 44

王太白 ……………… 45
王凤灵 ……………… 45
王凤娴 ……………… 46
王文禄 ……………… 46
王心一 ……………… 47
王以旂 ……………… 47
王以悟 ……………… 48
王玉峰 ……………… 48
王世贞 ……………… 48
王世懋 ……………… 51
王　厈 ……………… 52
王龙起 ……………… 52
王　田 ……………… 52
王用宾 ……………… 53
王用章 ……………… 53
王乐善 ……………… 54
王立道 ……………… 54
王玄度 ……………… 55
王　训 ……………… 55
王永光 ……………… 55
王永积 ……………… 56
王弘海 ……………… 56
王邦瑞 ……………… 57
王在晋 ……………… 57
王　达 ……………… 58
王贞庆 ……………… 59
王光承 ……………… 59
王光美 ……………… 60
王光鲁 ……………… 60
王同轨 ……………… 61
王同祖 ……………… 61
王廷陈 ……………… 62

王廷表 ……………… 63
王廷相 ……………… 63
王廷宰 ……………… 65
王廷乾 ……………… 65
王　伟 ……………… 65
王自超 ……………… 66
王　行 ……………… 66
王兆云 ……………… 67
王　交 ……………… 67
王　问 ……………… 68
王　宇 ……………… 69
王守仁 ……………… 69
王　讴 ……………… 70
王　艮 ……………… 71
王好问 ……………… 71
王志庆 ……………… 72
王志坚 ……………… 72
王　圻 ……………… 73
王克笃 ……………… 73
王　材 ……………… 74
王　来 ……………… 74
王时济 ……………… 75
王时槐 ……………… 75
王体复 ……………… 76
王　佐[1] …………… 76
王　佐[2] …………… 77
王　佐[3] …………… 78
王　佐[4] …………… 78
王　佐[5] …………… 78
王　佑 ……………… 78
王伯稠 ……………… 79
王希旦 ……………… 79

王应鹏 …………… 80
王应熊 …………… 80
王应遴 …………… 80
王良枢 …………… 81
王启茂 …………… 81
王　孜 …………… 82
王　邵 …………… 82
王若之 …………… 82
王　英 …………… 83
王　直 …………… 83
王叔英 …………… 84
王叔杲 …………… 85
王叔果 …………… 85
王叔承 …………… 86
王尚絅 …………… 87
王昆仑 …………… 87
王　图 …………… 88
王命璿 …………… 88
王　泽 …………… 88
王　怿 …………… 89
王宗沐 …………… 89
王　宠 …………… 90
王承之 …………… 91
王　绂 …………… 91
王　绅 …………… 92
王　珂 …………… 92
王　荁 …………… 93
王　荔 …………… 93
王思任 …………… 93
王　钝 …………… 94
王　亮 …………… 95
王庭譔 …………… 95
王　竑 …………… 95
王彦泓 …………… 96
王　洪 …………… 96
王　济 …………… 97
王祖嫡 …………… 97
王　祎 …………… 98
王　屋 …………… 99
王　珙 ………… 100
王　恭 ………… 100
王　格 ………… 101
王　烈 ………… 102
王　翃 ………… 102
王　晔 ………… 103
王　臬 ………… 103
王　健 ………… 103
王逢元 ………… 104
王逢年 ………… 104
王　留 ………… 105
王　衮 ………… 105
王家彦 ………… 105
王家屏 ………… 106
王　宾 ………… 106
王　谊 ………… 107
王　恕 ………… 107
王　教[1] ………… 107
王　教[2] ………… 108
王　梴 ………… 108
王　梅 ………… 108
王　野 ………… 109
王崇义 ………… 109
王崇文 ………… 110
王崇古 ………… 110
王崇庆 ………… 110
王崇献 ………… 111
王　偁 ………… 111
王象艮 ………… 112
王象春 ………… 113
王象晋 ………… 113
王鸿儒 ………… 114
王渐逵 ………… 115
王　淮 ………… 115
王惟俭 ………… 116
王　寅 ………… 116
王维桢 ………… 117
王　瑛 ………… 118
王　琨 ………… 118
王　越 ………… 119
王　翘 ………… 119
王　敞 ………… 120
王　景 ………… 120
王　道 ………… 121
王道行 ………… 121
王道通 ………… 122
王　弼 ………… 122
王　蒙 ………… 122
王嗣经 ………… 123
王嗣奭 ………… 123
王锡爵 ………… 124
王　微 ………… 125
王猷定 ………… 126
王慎中 ………… 126
王　缜 ………… 128
王嘉言 ………… 128
王嘉谟 ………… 128

王毓宗 …………… 129
王毓德 …………… 129
王演畴 …………… 129
王　璜 …………… 130
王　醇 …………… 130
王　偁 …………… 130
王　征 …………… 131
王　磐 …………… 131
王　褒 …………… 132
王　鹤 …………… 132
王　履 …………… 133
王　畿¹ …………… 133
王　畿² …………… 134
王　璞 …………… 134
王　璲 …………… 134
王　翰 …………… 135
王　樵 …………… 136
王　衡 …………… 136
王　鋑 …………… 138
王　激 …………… 138
王　澹 …………… 138
王懋明 …………… 139
王稺登 …………… 139
王濬初 …………… 140
王　鳌 …………… 141
王　熿 …………… 142
王　彝 …………… 142
王　襞 …………… 143
王驥德 …………… 143
王　瓚 …………… 144
王　鐺 …………… 145
王　瀹 …………… 145

王　亶 …………… 146
云水道人 …………… 146
木公恕 …………… 147
木　青 …………… 147
木　增 …………… 148
支大纶 …………… 148
支如玉 …………… 149
区大相 …………… 149
区元晋 …………… 150
区怀瑞 …………… 151
区　越 …………… 151
车大任 …………… 151
车以遵 …………… 152
车任远 …………… 152
戈允礼 …………… 153
戈　镐 …………… 153

[丨]
贝　琼 …………… 153
贝　翱 …………… 154
水佳胤 …………… 154

[丿]
牛　谅 …………… 155
毛　纪 …………… 155
毛伯温 …………… 156
毛　宪 …………… 157
毛　超 …………… 157
毛　澄 …………… 158
长安道人国清 … 158
公　鼒 …………… 158
公　鼐 …………… 159

月榭主人 …………… 160
乌斯道 …………… 160

[丶]
卞　荣 …………… 161
文元发 …………… 161
文　氏 …………… 162
文在中 …………… 162
文安之 …………… 162
文　林 …………… 163
文征明 …………… 163
文俊德 …………… 165
文　洪 …………… 165
文祖尧 …………… 165
文　彭 …………… 166
文　森 …………… 167
文翔凤 …………… 167
文肇祉 …………… 168
文　嘉 …………… 168
文震亨 …………… 169
文震孟 …………… 170
文德翼 …………… 170
亢思谦 …………… 171
方九功 …………… 171
方九叙 …………… 171
方于鲁 …………… 172
方大任 …………… 172
方大镇 …………… 172
方太古 …………… 173
方　凤 …………… 174
方孔炤 …………… 174
方弘静 …………… 175

厚烨 ……… 315　　朱朝睸 ……… 326　　华夏 ……… 340　　方扬 ……… 175　　孔天胤 ……… 190　　左赞 ……… 205
厚煜 ……… 316　　朱葵心 ……… 326　　华爱 ……… 340　　方向 ……… 176　　孔贞运 ……… 191　　左懋第 ……… 206
显槐 ……… 316　　朱鼎 ……… 327　　华淑 ……… 341　　方问孝 ……… 176　　孔贞时 ……… 191　　石文器 ……… 206
勋澈 ……… 317　　朱鼎臣 ……… 327　　华善述 ……… 341　　方汝浩 ……… 177　　孔承庆 ……… 192　　石可玺 ……… 207
胤梌 ……… 317　　朱善 ……… 327　　华善继 ……… 342　　方孝孺 ……… 177　　邓士亮 ……… 192　　石存礼 ……… 207
彦汰 ……… 317　　朱奠培 ……… 328　　华察 ……… 342　　方攸跻 ……… 178　　邓子龙 ……… 193　　石应岳 ……… 208
恬烄 ……… 318　　朱椿 ……… 328　　危素 ……… 343　　方应选 ……… 178　　邓元锡 ……… 193　　石沆 ……… 208
宪爝 ……… 318　　朱颐娌 ……… 329　　名衢遗狂 ……… 344　　方沉 ……… 179　　邓云霄 ……… 194　　石英中 ……… 208
柔英 ……… 318　　朱鉴 ……… 329　　邹佐卿 ……… 344　　方良永 ……… 179　　邓以赞 ……… 194　　石昆玉 ……… 209
泰玉 ……… 318　　朱睦㮮 ……… 329　　　　　　　　　　　　方其义 ……… 180　　邓仪 ……… 195　　石星 ……… 209
载堉 ……… 319　　朱慎钟 ……… 330　　[丶]　　　　　　　方若洙 ……… 180　　邓迁 ……… 195　　石珤 ……… 209
载璞 ……… 319　　朱翰 ……… 330　　　　　　　　　　　　方学渐 ……… 180　　邓庆宷 ……… 195　　龙瑄 ……… 210
建根 ……… 319　　朱衡 ……… 331　　庄天合 ……… 345　　方承训 ……… 181　　邓汝相 ……… 195　　龙霓 ……… 211
豹 ……… 320　　朱橚 ……… 331　　庄㫤 ……… 345　　方孟式 ……… 182　　邓志谟 ……… 196　　龙膺 ……… 211
高炽 ……… 320　　朱瞻基 ……… 332　　庄起元 ……… 346　　方逢时 ……… 182　　邓林 ……… 197　　平显 ……… 212
衮 ……… 320　　朱曜 ……… 332　　庄履丰 ……… 346　　方授 ……… 183　　邓宗龄 ……… 198　　东汉 ……… 213
家法 ……… 321　　朱灏 ……… 332　　刘一相 ……… 347　　方维仪 ……… 183　　邓定 ……… 198　　东鲁古狂生 ……… 213
宜澜 ……… 321　　乔世宁 ……… 333　　刘三吾 ……… 347　　方献夫 ……… 184　　邓钦文 ……… 199
珵尧 ……… 321　　乔因阜 ……… 334　　刘士骥 ……… 348　　方鹏 ……… 184　　邓庠 ……… 199　　[丨]
梦炎 ……… 322　　乔宇 ……… 334　　刘大夏 ……… 349　　方新 ……… 185　　邓原岳 ……… 199
顽㸑 ……… 322　　伍袁萃 ……… 335　　刘天民 ……… 349　　方豪 ……… 185　　邓森广 ……… 200　　卢大雅 ……… 213
常涟 ……… 322　　伍瑞隆 ……… 335　　刘元凯 ……… 350　　方震孺 ……… 186　　邓渼 ……… 201　　卢龙云 ……… 214
羽鉪 ……… 322　　任亨泰 ……… 336　　刘元卿 ……… 351　　方棕 ……… 186　　　　　　　　　　　　卢宁 ……… 214
涮 ……… 323　　任环 ……… 336　　刘日升 ……… 351　　心一山人 ……… 187　　五画　　　　　　　卢民表 ……… 214
某埠 ……… 323　　任瀚 ……… 336　　刘仑 ……… 352　　　　　　　　　　　　[一]　　　　　　卢泫 ……… 215
某簪 ……… 324　　伦文叙 ……… 337　　刘凤 ……… 352　　[一]　　　　　　　　　　　　　　　　　卢纯学 ……… 215
谏 ……… 324　　伦以训 ……… 338　　刘文卿 ……… 353　　　　　　　　　　　　玉峰主人 ……… 202　　卢若腾 ……… 215
陳 ……… 325　　华山居士 ……… 338　　刘方 ……… 353　　尹台 ……… 187　　甘瑾 ……… 202　　卢枫 ……… 216
珪嘉 ……… 325　　华云 ……… 338　　刘孔和 ……… 354　　尹伸 ……… 188　　艾南英 ……… 202　　卢柟 ……… 216
期 ……… 325　　华师召 ……… 339　　刘玉 ……… 354　　尹直 ……… 188　　艾容 ……… 203　　卢格 ……… 217
攵鑑 ……… 326　　华阳散人 ……… 339　　刘世伟 ……… 354　　尹昌隆 ……… 189　　艾穆 ……… 204　　卢象升 ……… 217
玥瑛 ……… 326　　华叔阳 ……… 340　　刘世教 ……… 355　　尹耕 ……… 189　　左光斗 ……… 204　　卢维祯 ……… 218
　　　　　　　　　　　　　　　　　　　　刘节 ……… 355　　尹襄 ……… 190　　左国玑 ……… 205　　卢雍 ……… 219

卢熊 …… 219
帅机 …… 220
归子慕 …… 220
归有光 …… 221
归昌世 …… 223
叶之芳 …… 223
叶小鸾 …… 224
叶子奇 …… 224
叶元玉 …… 225
叶太叔 …… 225
叶甲 …… 226
叶邦荣 …… 226
叶权 …… 226
叶廷秀 …… 227
叶份 …… 227
叶向高 …… 227
叶纨纨 …… 228
叶灿 …… 229
叶良表 …… 229
叶良佩 …… 229
叶尚高 …… 230
叶国华 …… 230
叶绍袁 …… 230
叶春及 …… 231
叶宪祖 …… 232
叶昼 …… 233
叶砥 …… 234
叶盛 …… 234
叶朝荣 …… 235
申时行 …… 235
申佳胤 …… 236
田一儁 …… 237

田九龄 …… 237
田艺蘅 …… 238
田玄 …… 238
田圭 …… 239
田汝成 …… 239
田汝秅 …… 240
田宗文 …… 241
田登 …… 241
史可法 …… 241
史玄 …… 242
史臣纪 …… 242
史臣赞 …… 242
史迁 …… 243
史杰 …… 243
史忠 …… 243
史鉴 …… 244
史谨 …… 245
史槃 …… 245
史褒善 …… 246

[丿]

丘云霄 …… 246
丘世望 …… 247
丘禾实 …… 247
丘吉 …… 248
丘兆麟 …… 248
丘坦 …… 249
丘集 …… 249
丘遂 …… 249
丘橓 …… 250
丘濬 …… 250
白正蒙 …… 251

白世卿 …… 252
白南金 …… 252
白悦 …… 252
用礼 …… 253
乐護 …… 253
包大中 …… 253
包大烔 …… 254
包节 …… 254

[丶]

邝露 …… 255
冯一第 …… 256
冯大受 …… 256
冯小青 …… 257
冯元仲 …… 257
冯元飏 …… 258
冯从吾 …… 258
冯世雍 …… 258
冯兰 …… 259
冯有经 …… 259
冯光浙 …… 260
冯迁 …… 260
冯汝弼 …… 260
冯时可 …… 261
冯明期 …… 262
冯京第 …… 262
冯恩 …… 263
冯皋谟 …… 263
冯梦龙 …… 264
冯梦祯 …… 266
冯敏效 …… 267
冯淮 …… 267

冯惟讷 …… 268
冯惟重 …… 268
冯惟健 …… 269
冯惟敏 …… 269
冯琦 …… 271
冯裕 …… 272
冯嘉言 …… 272
兰茂 …… 272
兰陵笑笑生 …… 273

[一]

边习 …… 276
边贡 …… 276

六画
[一]

邢大道 …… 278
邢云路 …… 278
邢侗 …… 279
邢参 …… 279
邢宥 …… 280
邢慈静 …… 280
西湖渔隐 …… 281
成靖之 …… 282
毕木 …… 282
毕自严 …… 282

[丨]

吕大器 …… 283
吕天成 …… 284
吕不用 …… 285
吕本 …… 285

吕时 …… 286
吕希周 …… 286
吕坤 …… 287
吕柟 …… 287
吕复 …… 288
吕原 …… 289
吕高 …… 289
吕敏 …… 290
吕维祺 …… 290
吕愸 …… 291
吕潜 …… 291

[丿]

朱九经 …… 292
朱之臣 …… 292
朱之瑜 …… 292
朱之蕃 …… 293
朱元璋 …… 294
朱友垓 …… 295
朱曰藩 …… 295
朱升 …… 296
朱长春 …… 296
朱公节 …… 297
朱右 …… 297
朱东阳 …… 298
朱申凿 …… 299
朱申鋐 …… 299
朱让栩 …… 299
朱永年 …… 300
朱弘祖 …… 300
朱邦宪 …… 300
朱吉 …… 301

刘　龙 ……… 356
刘仔肩 ……… 356
刘永澄 ……… 357
刘尧海 ……… 357
刘汝佳 ……… 358
刘志选 ……… 358
刘　芳 ……… 359
刘伯燮 ……… 359
刘应秋 ……… 360
刘　兑 ……… 360
刘良臣 ……… 361
刘良弼 ……… 361
刘　英 ……… 361
刘　昌 ……… 362
刘　忠 ……… 362
刘　侗 ……… 363
刘命清 ……… 363
刘宗周 ……… 364
刘定之 ……… 365
刘承直 ……… 366
刘　驷 ……… 366
刘　绍 ……… 366
刘　春 ……… 367
刘　珏 ……… 367
刘　城 ……… 368
刘荣嗣 ……… 368
刘昭年 ……… 369
刘胤昌 ……… 369
刘彦昺 ……… 370
刘养微 ……… 370
刘　绘 ……… 371
刘　泰 ……… 372

刘　翔 ……… 372
刘　夏 ……… 373
刘　铉 ……… 373
刘　铎 ……… 374
刘　秩 ……… 374
刘效祖 ……… 375
刘继善 ……… 375
刘　球 ……… 376
刘　珤 ……… 376
刘理顺 ……… 377
刘　基 ……… 377
刘黄裳 ……… 379
刘　乾 ……… 379
刘　崧 ……… 380
刘康祉 ……… 381
刘鸿训 ……… 381
刘渊甫 ……… 382
刘　隅 ……… 382
刘　绩 ……… 383
刘联声 ……… 383
刘景韶 ……… 384
刘　锐 ……… 384
刘储秀 ……… 385
刘　瑞 ……… 385
刘楚先 ……… 386
刘虞夔 ……… 386
刘　锡 ……… 386
刘　鹰 ……… 387
刘　溥 ……… 387
刘遵宪 ……… 388
刘　熠 ……… 388
刘澄甫 ……… 388

刘　璟 ……… 389
刘　麟 ……… 389
齐之鸾 ……… 390
齐东野人 ……… 391
齐莱名 ……… 391
齐琦名 ……… 391
齐鼎名 ……… 392
米万钟 ……… 392
米云卿 ……… 392
江以达 ……… 393
江　汜 ……… 393
江伯容 ……… 394
江　珍 ……… 394
江南锦 ……… 394
江禹奠 ……… 395
江盈科 ……… 395
江　晖 ……… 396
江　楫 ……… 397
江　源 ……… 397
江　瓘 ……… 398
池显方 ……… 398
汤开先 ……… 399
汤　式 ……… 399
汤有光 ……… 399
汤传楹 ……… 400
汤兆京 ……… 400
汤　沐 ……… 400
汤　珍 ……… 401
汤显祖 ……… 401
汤胤勣 ……… 403
汤宾尹 ……… 403
安希范 ……… 404

安绍芳 ……… 405
安遇时 ……… 405
安磐 ……… 406
祁承爜 ……… 406
祁顺 ……… 407
祁彪佳 ……… 407
祁麟佳 ……… 408
许三阶 ……… 409
许天锡 ……… 409
许乐善 ……… 409
许邦才 ……… 410
许成名 ……… 410
许仲琳 ……… 411
许自昌 ……… 412
许论 ……… 413
许伯旅 ……… 414
许谷 ……… 414
许孚远 ……… 415
许言诗 ……… 415
许应元 ……… 416
许应亨 ……… 416
许国 ……… 416
许学夷 ……… 417
许宗鲁 ……… 418
许相卿 ……… 419
许闻造 ……… 420
许炯 ……… 420
许继 ……… 420
许梦熊 ……… 421
许维新 ……… 421
许潮 ……… 422
许赞 ……… 423

许獬 ……… 423

[一]

阮大铖 ……… 424
阮汉闻 ……… 425
阮自华 ……… 426
孙一元 ……… 427
孙七政 ……… 428
孙升 ……… 428
孙艾 ……… 429
孙永祚 ……… 429
孙存 ……… 429
孙光裕 ……… 430
孙伟 ……… 430
孙传庭 ……… 430
孙羽侯 ……… 431
孙作 ……… 431
孙应奎 ……… 432
孙应鳌 ……… 432
孙炎 ……… 433
孙宜 ……… 433
孙承宗 ……… 434
孙承恩 ……… 435
孙柚 ……… 436
孙临 ……… 436
孙峡峰 ……… 437
孙钟龄 ……… 437
孙晋 ……… 438
孙桢 ……… 438
孙原贞 ……… 438
孙钰 ……… 439
孙玺 ……… 439

孙继芳 ……… 439
孙继皋 ……… 440
孙绪 ……… 441
孙斯亿 ……… 441
孙堪 ……… 442
孙楼 ……… 442
孙源文 ……… 442
孙慎行 ……… 443
孙蕡 ……… 443
孙镇 ……… 445
孙鳌 ……… 445
孙鑛 ……… 446
纪青 ……… 446
纪坤 ……… 446
纪振伦 ……… 447

七　画
[一]

贡修龄 ……… 448
严讷 ……… 448
严武顺 ……… 449
严果 ……… 449
严怡 ……… 449
严调御 ……… 450
严敕 ……… 450
严嵩 ……… 450
严澄 ……… 451
苏大 ……… 452
苏元隽 ……… 452
苏正 ……… 453
苏平 ……… 453
苏光泰 ……… 454

苏 仲	454	李日华[1]	470	李时成	485
苏志皋	454	李日华[2]	470	李时行	485
苏 佑	455	李 中	471	李时勉	486
苏伯衡	456	李长祚	472	李言恭	487
苏复之	456	李长倩	472	李应升	487
苏惟霖	457	李 仁	473	李应征	488
苏 葵	457	李化龙	473	李应策	489
苏 潢	458	李文麟	474	李 沂	489
苏 澹	458	李为稷	474	李孟璿	490
苏 濂	458	李孔修	474	李 玮	490
苏 濬	459	李以龙	475	李若讷	490
杜士全	459	李本纬	475	李 英	491
杜子华	459	李东月	475	李 杰	491
杜开美	460	李东阳	476	李 贤	492
杜文焕	460	李生寅	478	李尚实	492
杜齐芳	461	李邦光	478	李 昆	493
杜 琼	461	李 玑	479	李国槽	493
杜 敩	462	李 朴	479	李昌祺	494
杜 濬	462	李 达	479	李 质	495
李一元	463	李尧民	480	李宗木	495
李三才	463	李光元	480	李宗枢	496
李士实	464	李先芳	480	李宗城	496
李万平	465	李廷仪	481	李 诩	497
李万实	465	李 迁	482	李承芳	497
李之世	465	李兆先	482	李承箕	498
李之椿	466	李 江	482	李绍箕	498
李开先	466	李 汛	483	李春芳	498
李元阳	468	李延昰	483	李春熙	499
李元昭	469	李 进	483	李 荫	499
李云鸿	469	李孝谦	484	李 奎	500
李云雁	469	李 坚	484	李昭祥	500
李云鹄	469	李 时	484	李胜原	500

李养正	501	李璋	518	杨守勤	538
李恺	501	李镐	518	杨讷	538
李素甫	501	李德	519	杨时乔	539
李贽	501	李默	520	杨应诏	539
李埈	503	李钱	520	杨应春	540
李桐	503	李濂	520	杨应奎	540
李晔	503	李攀龙	521	杨育秀	540
李衷纯	504	李瓒¹	523	杨宛	541
李唐宾	504	李瓒²	523	杨承鲲	541
李流芳	505	李麟	524	杨荣¹	542
李能茂	506	杨一清	524	杨荣²	543
李继佑	506	杨士云	526	杨思本	543
李培	506	杨士奇	526	杨珽	544
李梦阳	507	杨于庭	528	杨起元	544
李梅实	509	杨子器	528	杨涟	545
李堂	509	杨中	529	杨继盛	545
李敏	510	杨文俪	529	杨基	546
李逢时	510	杨文骢	529	杨梦衮	547
李寅	510	杨本仁	530	杨寅秋	547
李维桢	511	杨东明	531	杨琢	548
李棠	512	杨旦	531	杨博	548
李鼎	513	杨仪	531	杨循吉	549
李蛟祯	513	杨尔曾	532	杨道宾	550
李循义	513	杨训文	533	杨鉴	551
李舜臣	514	杨师孔	533	杨嗣昌	551
李裕	515	杨光溥	533	杨廉	552
李蓑	515	杨廷枢	534	杨溥	552
李龄	516	杨廷和	534	杨慎	553
李嵩	516	杨廷麟	535	杨德周	555
李腾芳	517	杨自惩	536	杨德遵	556
李腾鹏	517	杨守阯	536	杨爵	556
李肇亨	518	杨守陈	537	杨璿	557

杨瞿崍 …… 558
杨彝 …… 558
杨麒 …… 558
杨巍 …… 559
杨瀹 …… 560
更生氏 …… 560
吾丘瑞 …… 560
酉阳野史 …… 561
来汝贤 …… 561
来知德 …… 562
来临 …… 562
来复 …… 563
来俨然 …… 563
来继韶 …… 563
来斯行 …… 564
来集之 …… 564

[丨]

时季照 …… 565
吴一鹏 …… 566
吴士奇 …… 566
吴大山 …… 567
吴大经 …… 567
吴与弼 …… 568
吴门啸客 …… 568
吴之甲 …… 569
吴子玉 …… 569
吴子孝 …… 570
吴兀泰 …… 570
吴云 …… 570
吴中行 …… 571
吴中情奴 …… 571

吴中蕃 …… 572
吴从先 …… 572
吴文华 …… 572
吴文企 …… 573
吴文奎 …… 573
吴甘来 …… 574
吴世良 …… 574
吴世美 …… 574
吴节 …… 575
吴本泰 …… 575
吴旦 …… 576
吴仕 …… 576
吴用先 …… 577
吴玄 …… 577
吴扩 …… 577
吴廷举 …… 578
吴廷翰 …… 578
吴兆 …… 579
吴守淮 …… 580
吴讷 …… 580
吴还初 …… 581
吴时行 …… 581
吴时来 …… 581
吴伯与 …… 582
吴伯宗 …… 583
吴伯通 …… 583
吴希贤 …… 583
吴希孟 …… 584
吴肜 …… 584
吴应宾 …… 584
吴应箕 …… 585
吴沈 …… 586

吴沛 …… 586
吴怀贤 …… 587
吴国伦 …… 587
吴国琦 …… 589
吴昂 …… 589
吴兖 …… 589
吴宗汉 …… 589
吴宗达 …… 590
吴承恩 …… 590
吴易 …… 592
吴钟峦 …… 592
吴俨 …… 593
吴奕 …… 593
吴亮 …… 594
吴炳 …… 594
吴宣 …… 595
吴琠 …… 595
吴晋昼 …… 596
吴桂森 …… 596
吴宽 …… 596
吴琠 …… 598
吴梦旸 …… 598
吴敏道 …… 598
吴寅 …… 599
吴维岳 …… 599
吴斌 …… 600
吴琳 …… 600
吴植 …… 600
吴鼎 …… 601
吴鼎芳 …… 601
吴道南 …… 602
吴道新 …… 602

吴　鹏	……… 603	何景明	……… 618	邹迪光	……… 634
吴　溥	……… 603	何　御	……… 620	邹　亮	……… 635
吴稼澄	……… 604	何　瑭	……… 620	邹　济	……… 636
吴德修	……… 604	何　鳌	……… 621	邹维琏	……… 636
吴　镇	……… 605	余　育	……… 622	邹　智	……… 637
吴　檄	……… 605	余　翘	……… 622	邹　缉	……… 637
吴孺子	……… 605	余　翔	……… 622	邹颐贤	……… 638
吴麟征	……… 606	余曰德	……… 623	邹赛贞	……… 638

［丿］

		余正垣	……… 623	邹德涵	……… 639
		余有丁	……… 624	邹德溥	……… 639
何三畏	……… 606	余　光	……… 624		
何文渊	……… 607	余纫兰	……… 625	**［丶］**	
何允泓	……… 607	余　佑	……… 625		
何东序	……… 608	余　飏	……… 625	况叔祺	……… 639
何　白	……… 608	余邵鱼	……… 626	应人猷	……… 640
何出光	……… 609	余季岳	……… 626	闵如霖	……… 640
何出图	……… 610	余学夔	……… 627	闵　珪	……… 641
何邦渐	……… 610	余承恩	……… 627	闵　龄	……… 641
何伟然	……… 610	余孟麟	……… 627	汪一中	……… 642
何　迁	……… 611	余绍祉	……… 628	汪广洋	……… 642
何乔远	……… 611	余　俨	……… 628	汪子祜	……… 643
何乔新	……… 612	余继登	……… 629	汪元范	……… 644
何庆元	……… 613	余象斗	……… 629	汪文盛	……… 644
何如宠	……… 613	余　寅	……… 630	汪　本	……… 645
何良俊	……… 614	余　㩋	……… 630	汪礼约	……… 645
何良傅	……… 615	余懋孳	……… 631	汪必东	……… 645
何宗彦	……… 615	谷子敬	……… 631	汪圣教	……… 646
何孟春	……… 615	谷继宗	……… 631	汪廷讷	……… 646
何　栋	……… 616	邹元标	……… 632	汪汝谦	……… 647
何栋如	……… 617	邹守益	……… 633	汪　佃	……… 648
何洛文	……… 617	邹守愚	……… 633	汪应轸	……… 648
何维柏	……… 618	邹观光	……… 634	汪应娄	……… 649
				汪　坦	……… 649

汪 枢 …………… 650	沈孝征 …………… 664	沈翰卿 …………… 682
汪国士 …………… 650	沈 佑 …………… 664	沈 霑 …………… 682
汪拱恕 …………… 650	沈 位 …………… 664	沈 鲸 …………… 682
汪 柏 …………… 650	沈良才 …………… 665	沈懋孝 …………… 683
汪 思 …………… 651	沈明臣 …………… 665	沈懋学 …………… 683
汪 彦 …………… 651	沈 周 …………… 666	沈 瓒 …………… 684
汪 逸 …………… 651	沈 泓 …………… 667	沈 爌 …………… 684
汪康谣 …………… 652	沈宜修 …………… 668	怀 悦 …………… 685
汪 淮 …………… 652	沈 承 …………… 669	宋仪望 …………… 685
汪 铉 …………… 653	沈 奎 …………… 669	宋守一 …………… 686
汪 循 …………… 653	沈思孝 …………… 669	宋 讷 …………… 686
汪舜民 …………… 654	沈 度 …………… 670	宋应升 …………… 687
汪道会 …………… 654	沈 炼 …………… 670	宋应星 …………… 687
汪道昆 …………… 654	沈 恺 …………… 671	宋 玫 …………… 688
汪道贯 …………… 656	沈 珣 …………… 672	宋 珏 …………… 688
汪 膺 …………… 656	沈 渊 …………… 672	宋 诺 …………… 689
沐 昂 …………… 657	沈 彬 …………… 672	宋继澄 …………… 689
沐 璘 …………… 657	沈 野 …………… 673	宋登春 …………… 690
沈一贯 …………… 658	沈 桐 …………… 673	宋 濂 …………… 691
沈九畴 …………… 658	沈 章 …………… 674	宋懋澄 …………… 693
沈士偃 …………… 659	沈 淮 …………… 674	
沈天孙 …………… 659	沈琼莲 …………… 674	[一]
沈节甫 …………… 660	沈朝焕 …………… 674	
沈 龙 …………… 660	沈 谧 …………… 675	张一桂 …………… 693
沈 仕 …………… 661	沈 愚 …………… 676	张九一 …………… 694
沈师昌 …………… 661	沈 龄 …………… 676	张士瀹 …………… 695
沈自炳 …………… 661	沈 嵊 …………… 677	张大复 …………… 695
沈白然 …………… 662	沈静专 …………… 677	张之象 …………… 696
沈 行 …………… 662	沈 演 …………… 678	张之象 …………… 696
沈会极 …………… 663	沈德符 …………… 679	张子翼 …………… 697
沈守正 …………… 663	沈 鲤 …………… 680	张元忭 …………… 697
沈寿民 …………… 663	沈 璟 …………… 680	张元凯 …………… 698
		张元祯 …………… 698

张元谕	699	张同德	714	张秉文	730
张天复	699	张廷玉	714	张佳胤	730
张天赋	700	张廷臣	715	张岳	731
张天瑞	700	张合	715	张岱	732
张五典	700	张旭	715	张所敬	734
张升	701	张名由	716	张采	734
张介	701	张次仲	716	张泽	735
张凤翔	701	张汝元	717	张治	735
张凤翼¹	702	张宇初	717	张治道	736
张凤翼²	703	张守约	718	张诗	736
张文柱	704	张胄	718	张诩	737
张以宁	704	张羽¹	718	张居正	737
张以诚	705	张羽²	720	张孟兼	738
张正蒙	706	张寿朋	720	张绅	739
张世伟	706	张志淳	720	张经	740
张可大	706	张卤	721	张铁	740
张龙文	707	张时	722	张选	741
张四维¹	707	张时彻	722	张适	741
张四维²	708	张位	723	张重华	742
张宁	708	张彻	724	张养蒙	742
张永明	709	张含	724	张炼	743
张民表	710	张应治	725	张洪	743
张弘至	710	张应锡	725	张宣	744
张邦纪	710	张灵	726	张恒	744
张邦奇	711	张统	726	张逊业	745
张邦侗	711	张玮	727	张绖	745
张吉	712	张肯堂	727	张泰	746
张达	712	张国维	727	张泰阶	747
张成教	713	张明弼	728	张珹	747
张光宇	713	张昉	728	张原	747
张光孝	713	张鸣凤	729	张衮	748
张同敞	713	张和	729	张悦	748

张　宽	749	张　意	763	陆启浤	779
张家玉	749	张煌言	763	陆　果	780
张祥鸢	750	张　溥	764	陆明扬	780
张　翀[1]	750	张慎言	766	陆明辅	780
张　翀[2]	750	张　鼐	767	陆　钎[1]	781
张继孟	751	张瘦郎	767	陆　钎[2]	781
张　逵	751	张　潜	768	陆　采	782
张　著	752	张　璁	768	陆　郊	783
张梦鲤	752	张鹤鸣	769	陆　治	783
张　铨	752	张　寰	769	陆　宝	784
张　焕	753	张　璨	770	陆　埘	785
张　淮	753	张　燮	770	陆树声	785
张　渊[1]	754	张懋忠	770	陆奎章	786
张　渊[2]	754	张　璧	771	陆　钰	786
张　维	754	张　瀚	772	陆卿子	787
张维机	754	张　灏	772	陆　容	787
张维枢	755	陆人龙	772	陆梦龙	788
张维新	755	陆九洲	773	陆　铨	788
张　琦[1]	755	陆士璘	773	陆　符	789
张　琦[2]	756	陆之裘	774	陆　深	789
张　敬	757	陆天麟	774	陆　弼	791
张　萱	757	陆云龙	774	陆瑞征	791
张　景	758	陆世廉	775	陆　楫	791
张循占	758	陆可教	775	陆　粲	792
张道濬	758	陆　吉	776	陆　简	793
张　弼	759	陆西星	776	陆　颙	793
张瑞图	760	陆师道	777	陆澄原	793
张　瑀	760	陆光宙	777	陈一元	794
张献翼	761	陆光祖	777	陈一松	794
张　楷	762	陆宇燝	778	陈一球	795
张　筹	763	陆应旸	778	陈九川	795
张　新	763	陆　完	779	陈于廷	796

陈于陛	…………	796	陈　全	…………	813	陈　诚	…………	828
陈于朝	…………	797	陈全之	…………	813	陈函辉	…………	828
陈士元	…………	797	陈汝元	…………	814	陈组绶	…………	829
陈大濩	…………	798	陈汝玚	…………	815	陈绍英	…………	829
陈万言	…………	798	陈汝言	…………	815	陈　经	…………	829
陈与郊	…………	798	陈如纶	…………	815	陈　政	…………	830
陈山毓	…………	800	陈　芹	…………	816	陈荐夫	…………	830
陈子升	…………	800	陈　束	…………	816	陈　柏	…………	831
陈子龙	…………	801	陈吾德	…………	817	陈　奎	…………	831
陈子壮	…………	802	陈员韬	…………	817	陈　省	…………	832
陈仁锡	…………	803	陈体文	…………	817	陈　勋	…………	832
陈公纶	…………	804	陈佐才	…………	818	陈　选	…………	833
陈　凤[1]	…………	805	陈　言	…………	819	陈禹谟	…………	833
陈　凤[2]	…………	805	陈　沂	…………	819	陈　近	…………	833
陈文烛	…………	806	陈　完	…………	820	陈　衍	…………	834
陈玉辉	…………	806	陈宏裔	…………	821	陈　亮	…………	834
陈玉蟾	…………	807	陈良谟[1]	…………	821	陈　音	…………	835
陈龙正	…………	807	陈良谟[2]	…………	821	陈洪绶	…………	835
陈东川	…………	808	陈启相	…………	822	陈洪谟	…………	836
陈邦训	…………	808	陈际泰	…………	822	陈济生	…………	837
陈邦彦	…………	808	陈叔刚	…………	823	陈　宪	…………	837
陈邦瞻	…………	809	陈叔绍	…………	823	陈　赟	…………	837
陈有年	…………	810	陈　昌	…………	823	陈　铎	…………	838
陈有守	…………	810	陈昌积	…………	824	陈皋谟	…………	839
陈　达	…………	810	陈　昂	…………	824	陈益祥	…………	839
陈　尧	…………	811	陈鸣鹤	…………	825	陈　炷	…………	840
陈尧德	…………	811	陈所有	…………	825	陈　烨	…………	840
陈师俭	…………	812	陈所闻	…………	825	陈　继	…………	840
陈　则	…………	812	陈所蕴	…………	826	陈继儒	…………	841
陈仲进	…………	812	陈　炜	…………	826	陈　琔	…………	843
陈仲完	…………	812	陈宗之	…………	827	陈崇德	…………	844
陈价夫	…………	813	陈宗虞	…………	827	陈　第	…………	844

陈　鸿 …………… 845
陈维新 …………… 845
陈　琛 …………… 846
陈敬宗 …………… 846
陈朝锭 …………… 847
陈　棐 …………… 847
陈　辉 …………… 848
陈　鼎 …………… 848
陈　循 …………… 848
陈道复 …………… 849
陈　焯 …………… 850
陈　谟 …………… 850
陈　登 …………… 851
陈　缉 …………… 851
陈献章 …………… 851
陈　雷 …………… 853
陈　鉴 …………… 853
陈魁文 …………… 853
陈熙庠 …………… 854
陈　霆 …………… 854
陈黑斋 …………… 855
陈　鋈 …………… 855
陈　察 …………… 856
陈　暹 …………… 856
陈德文 …………… 857
陈　鹤 …………… 857
陈　履 …………… 858
陈　儒[1] ………… 858
陈　儒[2] ………… 859
陈　寰 …………… 859
陈翼飞 …………… 860
陈　颖 …………… 860

陈　鎏 …………… 861
陈　繗 …………… 861
陈懿典 …………… 861
陈懿德 …………… 862
邵圭洁 …………… 862
邵　宝 …………… 863
邵经邦 …………… 864
邵经济 …………… 865
邵　珪 …………… 865
邵捷春 …………… 865
邵景詹 …………… 866
邵　廉 …………… 866
邵　璨 …………… 866

八　画
[一]

玩花主人 ……… 868
武之望 …………… 868
武　氏 …………… 869
武图功 …………… 869
其　沧 …………… 869
范之默 …………… 870
范凤翼 …………… 870
范文若 …………… 871
范允临 …………… 871
范世彦 …………… 872
范守己 …………… 872
范　言 …………… 873
范　泂 …………… 873
范宗晖 …………… 874
范　钦 …………… 874
范壶贞 …………… 875

范　理 …………… 875
范惟一 …………… 875
范景文 …………… 876
范　谦 …………… 877
范　路 …………… 877
范　嵩 …………… 877
茅大方 …………… 878
茅元仪 …………… 878
茅　坤 …………… 879
茅国缙 …………… 881
茅　维 …………… 881
茅　溱 …………… 882
林士元 …………… 882
林大同 …………… 883
林大春 …………… 883
林大钦 …………… 884
林大辂 …………… 884
林之蕃 …………… 885
林　文 …………… 885
林文俊 …………… 885
林世璧 …………… 886
林　右 …………… 886
林民止 …………… 887
林邦箫 …………… 887
林尧俞 …………… 887
林　光 …………… 888
林廷玉 …………… 888
林廷选 …………… 888
林兆珂 …………… 889
林如楚 …………… 889
林　志 …………… 890
林　时 …………… 890

林时对 ……………… 890
林时跃 ……………… 891
林希元 ……………… 891
林应亮 ……………… 892
林应麒 ……………… 892
林　环 ……………… 893
林　枝 ……………… 893
林春泽 ……………… 894
林　俊 ……………… 894
林庭机 ……………… 895
林庭棉 ……………… 896
林庭模 ……………… 896
林　坕 ……………… 896
林　炫 ……………… 897
林　烃 ……………… 897
林爱民 ……………… 898
林　铨 ……………… 898
林　敏 ……………… 899
林　章 ……………… 899
林　鸿 ……………… 900
林景旸 ……………… 902
林景清 ……………… 902
林　峋 ……………… 902
林　富 ……………… 903
林　弼 ……………… 903
林　简 ……………… 904
林　魁 ……………… 904
林　璡 ……………… 904
林熙春 ……………… 905
林　鹗 ……………… 905
林　璧 ……………… 906
林懋和 ……………… 906

林　㦃 ……………… 906
林　瀚 ……………… 907
杭　济 ……………… 908
杭　淮 ……………… 908
郁文博 ……………… 909
欧大任 ……………… 909
欧必元 ……………… 910
欧阳铉 ……………… 910
欧阳铎 ……………… 911
欧阳德 ……………… 911

[丨]

卓人月 ……………… 912
卓发之 ……………… 912
卓明卿 ……………… 913
卓　敬 ……………… 914
易　恒 ……………… 914
易舒浩 ……………… 915
易震吉 ……………… 915
呼文如 ……………… 915
罗大纮 ……………… 916
罗万藻 ……………… 916
罗子理 ……………… 916
罗　伦 ……………… 917
罗汝芳 ……………… 918
罗　玘 ……………… 919
罗亨信 ……………… 920
罗明祖 ……………… 920
罗贯中[1] …………… 921
罗贯中[2] …………… 921
罗钦顺 ……………… 923
罗洪先 ……………… 924

罗　柔 ……………… 925
罗　泰 ……………… 925
罗　顾 ……………… 926
罗鹿龄 ……………… 926
罗虞臣 ……………… 926
罗　璟 ……………… 927
罗懋登 ……………… 927

[丿]

郏　经 ……………… 928
季　本 ……………… 928
季步骧 ……………… 929
季孟莲 ……………… 929
季　科 ……………… 930
岳元声 ……………… 930
岳　正 ……………… 931
岳和声 ……………… 932
岳　岱 ……………… 932
欣欣客 ……………… 933
金大车 ……………… 933
金大舆 ……………… 934
金木散人 …………… 934
金幼孜 ……………… 934
金　声 ……………… 935
金怀玉 ……………… 936
金　实 ……………… 936
金贲亨 ……………… 937
金　铉 ……………… 937
金　铣 ……………… 938
金　琮 ……………… 938
金　湜 ……………… 939
金　銮 ……………… 939

乳毕坚金 ……… 940
周 广 ……… 941
周之夔 ……… 941
周子义 ……… 942
周天佐 ……… 942
周天球 ……… 943
周元懋 ……… 943
周凤翔 ……… 944
周 文 ……… 944
周世选 ……… 944
周东田 ……… 945
周仕楷 ……… 945
周用 ……… 945
周立勋 ……… 946
周 玄 ……… 947
周圣楷 ……… 947
周光镐 ……… 948
周廷用 ……… 948
周廷籧 ……… 949
周 伦 ……… 949
周后叔 ……… 950
周齐曾 ……… 950
周汝登 ……… 950
周如砥 ……… 951
周如锦 ……… 952
周如磐 ……… 952
周 佑 ……… 952
周应辰 ……… 953
周 沛 ……… 953
周 忱 ……… 953
周 启 ……… 954
周 规 ……… 954

周 述 ……… 954
周歧凤 ……… 955
周 金 ……… 955
周 怡 ……… 956
周 诗[1] ……… 956
周 诗[2] ……… 957
周诗雅 ……… 957
周孟简 ……… 957
周是修 ……… 958
周思兼 ……… 958
周思得 ……… 959
周复元 ……… 960
周复俊 ……… 960
周顺昌 ……… 961
周 叙 ……… 961
周 闻 ……… 962
周炳谟 ……… 962
周洪谟 ……… 963
周 浈 ……… 963
周 宣 ……… 963
周 祚 ……… 964
周 埙 ……… 964
周 晖 ……… 964
周 婴 ……… 965
周 旋 ……… 965
周 瑛 ……… 966
周朝俊 ……… 967
周 鼎 ……… 967
周道仁 ……… 968
周 楫 ……… 968
周履靖 ……… 968

[丶]

庞尚鹏 ……… 970
庞 嵩 ……… 970
郑一麟 ……… 971
郑二阳 ……… 971
郑之文 ……… 971
郑之玄 ……… 972
郑之珍 ……… 972
郑元勋 ……… 973
郑文康 ……… 973
郑心材 ……… 974
郑以伟 ……… 974
郑允璋 ……… 975
郑本忠 ……… 975
郑邦祥 ……… 975
郑廷鹄 ……… 975
郑 延 ……… 976
郑仲夔 ……… 976
郑 关 ……… 977
郑汝美 ……… 977
郑汝璧 ……… 977
郑如英 ……… 978
郑 纪 ……… 978
郑 材 ……… 979
郑 作 ……… 979
郑怀魁 ……… 980
郑 坤 ……… 980
郑若庸 ……… 981
郑国轩 ……… 981
郑国宾 ……… 982
郑明宝 ……… 982

郑明选 …………… 982
郑岳 …………… 983
郑学醇 …………… 984
郑定 …………… 984
郑居贞 …………… 985
郑威 …………… 985
郑洛 …………… 985
郑珞 …………… 986
郑真 …………… 986
郑晓 …………… 987
郑琰 …………… 987
郑棠 …………… 988
郑赐 …………… 988
郑庚唐 …………… 989
郑善夫 …………… 989
郑瑷 …………… 991
郑鄾 …………… 991
郑鹏 …………… 992
郑满 …………… 992
郑潜 …………… 992
郑瓛 …………… 993
单本 …………… 993
单思恭 …………… 994
单恂 …………… 994
宗训 …………… 995
宗臣 …………… 995
宗谊 …………… 996
官抚辰 …………… 996

[一]

居节 …………… 997
屈淑 …………… 997

孟化鲤 …………… 998
孟绍虞 …………… 998
孟思 …………… 999
孟秋 …………… 999
孟洋 …………… 999
孟淮 …………… 1000
孟蕴 …………… 1000
练子宁 …………… 1001

九 画
[一]

项元淇 …………… 1002
项乔 …………… 1002
项应祥 …………… 1003
项忠 …………… 1003
赵士谔 …………… 1004
赵士喆 …………… 1004
赵大佑 …………… 1005
赵介 …………… 1005
赵文华 …………… 1006
赵世显 …………… 1006
赵用光 …………… 1007
赵用贤 …………… 1008
赵尔圻 …………… 1008
赵汉 …………… 1009
赵邦彦 …………… 1009
赵贞吉 …………… 1009
赵同鲁 …………… 1010
赵廷松 …………… 1011
赵伊 …………… 1011
赵志皋 …………… 1012
赵时春 …………… 1013

赵汸 …………… 1014
赵怀玉 …………… 1015
赵完璧 …………… 1015
赵纲 …………… 1015
赵迪 …………… 1015
赵钛 …………… 1016
赵秉忠 …………… 1017
赵宗文 …………… 1017
赵珏 …………… 1018
赵相如 …………… 1018
赵南星 …………… 1018
赵重道 …………… 1019
赵彦复 …………… 1020
赵炳龙 …………… 1020
赵统 …………… 1020
赵涣 …………… 1021
赵宽 …………… 1021
赵宧光 …………… 1022
赵辅 …………… 1022
赵嵋 …………… 1023
赵彩姬 …………… 1023
赵维寰 …………… 1024
赵善鸣 …………… 1024
赵谦 …………… 1024
赵弼 …………… 1025
赵鹤 …………… 1026
郝敬 …………… 1027
郝锦 …………… 1027
胡广 …………… 1028
胡之骥 …………… 1028
胡从中 …………… 1029
胡文焕 …………… 1029

胡　布 ………… 1029
胡汝嘉 ………… 1030
胡　安 ………… 1031
胡应麟 ………… 1031
胡　直 ………… 1032
胡　松¹ ………… 1033
胡　松² ………… 1033
胡　侍 ………… 1034
胡宗仁 ………… 1035
胡居仁 ………… 1035
胡　奎 ………… 1035
胡　俨 ………… 1036
胡继先 ………… 1037
胡维霖 ………… 1037
胡　超 ………… 1038
胡敬辰 ………… 1038
胡　森 ………… 1038
胡粹中 ………… 1039
胡震亨 ………… 1039
胡　翰 ………… 1040
胡缵宗 ………… 1041
南大吉 ………… 1042
南师仲 ………… 1042
南　轩 ………… 1043
南宪仲 ………… 1043
柯维骐 ………… 1043
柯　暹 ………… 1044
柯　潜 ………… 1044
查应光 ………… 1045
查秉彝 ………… 1046
查　铎 ………… 1046
柳应芳 ………… 1046

[丨]

冒　政 ……… 1047
冒起宗 ……… 1047
冒梦龄 ……… 1048
冒愈昌 ……… 1048

[丿]

钟羽正 ………… 1049
钟　芳 ………… 1049
钟　夏 ………… 1050
钟　梁 ………… 1050
钟　惺 ………… 1050
钟震阳 ………… 1052
钟　薇 ………… 1052
钮少雅 ………… 1053
钮仲玉 ………… 1053
段　坚 ………… 1054
皇甫冲 ………… 1054
皇甫汸 ………… 1055
皇甫涍 ………… 1056
皇甫濂 ………… 1057
侯一元 ………… 1058
侯一麟 ………… 1058
侯正鹄 ………… 1059
侯玄演 ………… 1059
侯岐曾 ………… 1059
侯峒曾 ………… 1059
侯　复 ………… 1080
侯　恪 ………… 1060
俞大猷 ………… 1061
俞允文 ………… 1062

俞汝言 ………… 1062
俞安期 ………… 1063
俞　彦 ………… 1064
俞　宪 ………… 1064
俞　泰 ………… 1065
俞琬纶 ………… 1065
饶　相 ………… 1066

[丶]

施邦曜 ………… 1066
施绍莘 ………… 1066
施　经 ………… 1067
施耐庵 ………… 1068
施　峻 ………… 1070
施　渐 ………… 1070
施　敬 ………… 1071
闻　龙 ………… 1071
闻启祥 ………… 1071
姜士昌 ………… 1072
姜曰广 ………… 1072
姜　宝 ………… 1073
姜　垓 ………… 1073
姜　南 ………… 1074
姜　恩 ………… 1074
娄　坚 ………… 1075
洪云蒸 ………… 1075
洪孝先 ………… 1076
洪　贯 ………… 1076
洪　载 ………… 1076
洪朝选 ………… 1077
恽绍芳 ………… 1077
恽　釜 ………… 1078

恽厥初 …………… 1078
恽　巍 …………… 1078
祝以豳 …………… 1079
祝允明 …………… 1079
祝世禄 …………… 1080
祝　彦 …………… 1081
祝　淇 …………… 1081
祝　祺 …………… 1081
祝　颢 …………… 1082

[一]

费元禄 …………… 1082
费　宏 …………… 1083
费尚伊 …………… 1084
费经虞 …………… 1084
费　寀 …………… 1085
费懋贤 …………… 1085
姚士粦 …………… 1085
姚广孝 …………… 1086
姚子翼 …………… 1087
姚光虞 …………… 1087
姚　旬 …………… 1088
姚汝循 …………… 1088
姚希孟 …………… 1088
姚　纶 …………… 1089
姚茂良 …………… 1089
姚　咨 …………… 1089
姚　旅 …………… 1090
姚　涞 …………… 1090
姚　康 …………… 1091
姚　绶 …………… 1091
姚舜牧 …………… 1092

姚廉敬 …………… 1093
姚　福 …………… 1093
姚　翼 …………… 1093
姚　夔 …………… 1093
贺世寿 …………… 1094
贺　甫 …………… 1094
贺灿然 …………… 1094
贺　钦 …………… 1095
骆文盛 …………… 1096
骆问礼 …………… 1097
骆象贤 …………… 1097

十　画
[一]

秦　旭 …………… 1098
秦　约 …………… 1098
秦时雍 …………… 1099
秦征兰 …………… 1099
秦　金 …………… 1099
秦　堈 …………… 1100
秦　梁 …………… 1100
秦嘉禾 …………… 1101
秦　镐 …………… 1101
秦　镗 …………… 1101
秦懋德 …………… 1102
秦　瀚 …………… 1102
秦　夔 …………… 1102
敊文祯 …………… 1103
敊　英 …………… 1103
袁九淑 …………… 1104
袁中道 …………… 1104
袁　仁 …………… 1105

袁　达 …………… 1106
袁廷玉 …………… 1106
袁　华 …………… 1107
袁宏道 …………… 1107
袁　表 …………… 1109
袁　凯 …………… 1110
袁忠彻 …………… 1111
袁　炜 …………… 1111
袁宗道 …………… 1112
袁祈年 …………… 1113
袁　衮 …………… 1113
袁　黄 …………… 1114
袁　褧 …………… 1114
袁尊尼 …………… 1115
袁懋谦 …………… 1116
都　穆 …………… 1116
耿汝愚 …………… 1117
耿志炜 …………… 1117
耿定向 …………… 1117
聂大年 …………… 1118
聂　豹 …………… 1118
莫　止 …………… 1119
莫　旦 …………… 1119
莫如忠 …………… 1120
莫叔明 …………… 1121
莫秉清 …………… 1121
莫是龙 …………… 1122
桂　华 …………… 1122
桂　衡 …………… 1123
栗应宏 …………… 1123
栗应麟 …………… 1123
贾仲明 …………… 1124

贾　咏 ……… 1125
贾惟孝 ……… 1125
夏允彝 ……… 1126
夏古丹 ……… 1126
夏时正 ……… 1127
夏　旸 ……… 1127
夏　言 ……… 1127
夏完淳 ……… 1129
夏良胜 ……… 1129
夏尚朴 ……… 1130
夏树芳 ……… 1131
夏原吉 ……… 1131
夏　寅 ……… 1132
夏　镤 ……… 1132
顾大典 ……… 1133
顾大章 ……… 1134
顾大韶 ……… 1134
顾开雍 ……… 1135
顾天阶 ……… 1135
顾天埈 ……… 1136
顾元庆 ……… 1136
顾文渊 ……… 1137
顾斗英 ……… 1137
顾允成 ……… 1137
顾允默 ……… 1138
顾正谊 ……… 1138
顾可久 ……… 1138
顾圣之 ……… 1139
顾存仁 ……… 1139
顾同应 ……… 1140
顾　言 ……… 1140
顾应祥 ……… 1140

顾　杲 ……… 1141
顾昉之 ……… 1142
顾绍芳 ……… 1142
顾咸正 ……… 1142
顾彦夫 ……… 1143
顾　闻 ……… 1143
顾养谦 ……… 1143
顾　恂 ……… 1144
顾宪成 ……… 1144
顾起元 ……… 1145
顾起纶 ……… 1146
顾　悫 ……… 1147
顾梦圭 ……… 1147
顾　清 ……… 1148
顾鼎臣 ……… 1149
顾　禄 ……… 1149
顾　绌 ……… 1150
顾　简 ……… 1150
顾　源 ……… 1150
顾　璟 ……… 1150
顾德基 ……… 1151
顾　磐 ……… 1151
顾　潜 ……… 1151
顾　璘 ……… 1152
顾懋弘 ……… 1153
顿　锐 ……… 1154

[丨]

柴　奇 ……… 1154
柴　经 ……… 1155
柴惟道 ……… 1155
晏良用 ……… 1156

晏　铎 ……… 1156
晏　璧 ……… 1156

[丿]

钱士升 ……… 1156
钱士鳌 ……… 1157
钱子义 ……… 1157
钱子正 ……… 1158
钱月龄 ……… 1158
钱　文 ……… 1158
钱文荐 ……… 1159
钱邦芑 ……… 1159
钱百川 ……… 1160
钱光绣 ……… 1160
钱仲益 ……… 1160
钱良胤 ……… 1161
钱如京 ……… 1161
钱如畿 ……… 1162
钱希言 ……… 1162
钱　谷 ……… 1163
钱肃乐 ……… 1163
钱肃图 ……… 1164
钱　宰 ……… 1164
钱继章 ……… 1165
钱继登 ……… 1166
钱　菜 ……… 1166
钱　琦 ……… 1166
钱谦贞 ……… 1167
钱　溥 ……… 1168
钱　福 ……… 1168
钱德洪 ……… 1169
钱　薇 ……… 1170

钱　蕙 …………… 1170	徐　阶 …………… 1186	徐培植 …………… 1202
倪元璐 …………… 1170	徐如珂 …………… 1187	徐　庸 …………… 1202
倪　光 …………… 1171	徐如翰 …………… 1188	徐　渐 …………… 1203
倪　岳 …………… 1172	徐　芳 …………… 1188	徐　寅 …………… 1203
倪宗正 …………… 1172	徐来复 …………… 1188	徐尊生 …………… 1203
倪　复 …………… 1173	徐时进 …………… 1189	徐　渭 …………… 1203
倪　珣 …………… 1173	徐伯龄 …………… 1189	徐　媛 …………… 1206
倪　峻 …………… 1174	徐应丰 …………… 1189	徐献忠 …………… 1206
倪　敬 …………… 1174	徐应亨 …………… 1190	徐　颖 …………… 1207
倪　谦 …………… 1174	徐　沔 …………… 1190	徐　燏 …………… 1208
徐一鸣 …………… 1175	徐良傅 …………… 1190	徐　溥 …………… 1209
徐一夔 …………… 1176	徐即登 …………… 1191	徐　源 …………… 1209
徐士俊 …………… 1176	徐奋鹏 …………… 1191	徐　缙 …………… 1210
徐子熙 …………… 1177	徐明彬 …………… 1192	徐　熥 …………… 1210
徐中行 …………… 1177	徐学质 …………… 1192	徐敷诏 …………… 1211
徐月汀 …………… 1179	徐学诗 …………… 1192	徐　霖[1] …………… 1211
徐凤垣 …………… 1179	徐学谟 …………… 1193	徐　霖[2] …………… 1212
徐文沔 …………… 1179	徐　贯 …………… 1194	徐懋曙 …………… 1213
徐文通 …………… 1179	徐　珊 …………… 1194	徐霞客 …………… 1213
徐允禄 …………… 1180	徐　贲 …………… 1194	徐　爌 …………… 1214
徐石麒 …………… 1180	徐　标 …………… 1195	徐　麟 …………… 1215
徐　白 …………… 1181	徐　咸 …………… 1196	殷士儋 …………… 1215
徐尔铉 …………… 1181	徐　威 …………… 1196	殷云霄 …………… 1216
徐必达 …………… 1181	徐显卿 …………… 1197	殷　迈 …………… 1217
徐有贞 …………… 1182	徐复祚 …………… 1197	殷　奎 …………… 1217
徐达左 …………… 1183	徐济忠 …………… 1198	殷　都 …………… 1218
徐扬先 …………… 1183	徐　陞 …………… 1198	翁万达 …………… 1219
徐师曾 …………… 1183	徐　泰 …………… 1199	翁吉燫 …………… 1219
徐光启 …………… 1184	徐　桂 …………… 1199	翁孺安 …………… 1220
徐　问 …………… 1185	徐　爱 …………… 1200	
徐　灿 …………… 1186	徐祯卿 …………… 1200	[丶]
徐阳辉 …………… 1186	徐　袍 …………… 1202	凌义渠 …………… 1220

凌云翰 ………… 1221
凌　立 ………… 1221
凌　录 ………… 1222
凌湛初 ………… 1222
凌　震 ………… 1222
凌　儒 ………… 1223
凌濛初 ………… 1223
高斗枢 ………… 1225
高　出 ………… 1225
高弘图 ………… 1226
高有恒 ………… 1227
高宇泰 ………… 1227
高克正 ………… 1228
高　谷 ………… 1228
高应㐲 ………… 1228
高应冕 ………… 1229
高应雷 ………… 1229
高　启 ………… 1230
高叔嗣 ………… 1231
高　岱 ………… 1233
高承埏 ………… 1233
高　拱 ………… 1234
高　举 ………… 1234
高逊志 ………… 1235
高得旸 ………… 1235
高　啓 ………… 1236
高　棅 ………… 1236
高道素 ………… 1237
高　鹤 ………… 1238
高　濂 ………… 1238
高　瀔 ………… 1239
高　璧 ………… 1240

高攀龙 ………… 1240
高　鐈 ………… 1241
郭之奇 ………… 1241
郭子章 ………… 1242
郭凤仪 ………… 1243
郭　文 ………… 1243
郭正域 ………… 1244
郭　朴 ………… 1246
郭廷序 ………… 1246
郭汝霖 ………… 1246
郭　武 ………… 1247
郭金台 ………… 1247
郭　奎 ………… 1248
郭都贤 ………… 1248
郭造卿 ………… 1249
郭　第 ………… 1250
郭谏臣 ………… 1250
郭维藩 ………… 1251
郭　棐 ………… 1251
郭　登 ………… 1252
郭　崖 ………… 1252
席　书 ………… 1253
席浪仙 ………… 1253
唐　广 ………… 1254
唐元竑 ………… 1254
唐文凤 ………… 1255
唐文灿 ………… 1255
唐文献 ………… 1255
唐世济 ………… 1256
唐　龙 ………… 1256
唐邦佐 ………… 1257
唐尧官 ………… 1257

唐汝询 ………… 1258
唐时升 ………… 1258
唐伯元 ………… 1259
唐　诗 ………… 1260
唐　肃 ………… 1260
唐　胄 ………… 1261
唐顺之 ………… 1261
唐　庠 ………… 1263
唐　泰 ………… 1264
唐桂芳 ………… 1264
唐　皋 ………… 1265
唐　寅 ………… 1265
唐愚士 ………… 1267
唐　锦 ………… 1268
浦应麒 ………… 1269
浦　源 ………… 1269
浦　瑾 ………… 1269
海　瑞 ………… 1270
涂伯昌 ………… 1270
涂　颖 ………… 1271
涂　幾 ………… 1271
诸万里 ………… 1272
诸圣邻 ………… 1272
谈　迁 ………… 1273

[一]

陶大年 ………… 1274
陶允宜 ………… 1274
陶允嘉 ………… 1275
陶　安 ………… 1275
陶　凯 ………… 1276
陶宗仪 ………… 1276

陶　振 ………… 1277
陶　益 ………… 1278
陶　谊 ………… 1278
陶　辅 ………… 1278
陶崇道 ………… 1279
陶望龄 ………… 1279
陶　谐 ………… 1280
陶奭龄 ………… 1281
桑贞白 ………… 1281
桑绍良 ………… 1282
桑　悦 ………… 1282

十一画
［一］

理鬯和 ………… 1284
堵胤锡 ………… 1284
黄九皋 ………… 1285
黄子澄 ………… 1285
黄元吉 ………… 1286
黄元忠 ………… 1286
黄　云 ………… 1286
黄　中 ………… 1287
黄凤翔 ………… 1287
黄文焕 ………… 1288
黄方儒 ………… 1288
黄孔昭 ………… 1289
黄以升 ………… 1289
黄正色 ………… 1290
黄　甲 ………… 1290
黄　玄 ………… 1291
黄　训 ………… 1291
黄　巩 ………… 1292

黄廷用 ………… 1292
黄仲昭 ………… 1292
黄汝亨 ………… 1293
黄汝良 ………… 1294
黄约仲 ………… 1294
黄克晦 ………… 1295
黄克缵 ………… 1295
黄体仁 ………… 1296
黄　佐 ………… 1297
黄伯善 ………… 1298
黄　枢 ………… 1298
黄尚质 ………… 1298
黄　泽 ………… 1299
黄学谦 ………… 1299
黄宗昌 ………… 1299
黄居中 ………… 1300
黄　肃 ………… 1301
黄承玄 ………… 1301
黄　相 ………… 1301
黄省曾 ………… 1302
黄　钥 ………… 1303
黄　奂 ………… 1303
黄洪宪 ………… 1304
黄祖儒 ………… 1304
黄　哲 ………… 1305
黄　峨 ………… 1305
黄　玺 ………… 1306
黄　卿 ………… 1307
黄　衷 ………… 1307
黄润玉 ………… 1308
黄　祯 ………… 1309
黄姬水 ………… 1309

黄　培 ………… 1310
黄　辅 ………… 1311
黄　淮 ………… 1311
黄淳耀 ………… 1312
黄　谏 ………… 1313
黄维楫 ………… 1313
黄　绾 ………… 1314
黄　辉 ………… 1314
黄景昉 ………… 1315
黄鲁曾 ………… 1316
黄尊素 ………… 1316
黄　道 ………… 1317
黄道周 ………… 1318
黄媛贞 ………… 1319
黄　瑜 ………… 1319
黄献吉 ………… 1320
黄　福 ………… 1320
黄毓祺 ………… 1321
黄端伯 ………… 1321
黄德水 ………… 1322
黄　瓒 ………… 1322
萧　仪 ………… 1323
萧　执 ………… 1323
萧师鲁 ………… 1324
萧　岐 ………… 1324
萧　显 ………… 1324
萧　㫰 ………… 1325
萧　翀 ………… 1325
萧　誉 ………… 1325
萧　镃 ………… 1326
梅士劝 ………… 1326
梅之焕 ………… 1327

梅守箕 ………… 1327
梅守德 ………… 1328
梅孝己 ………… 1328
梅国桢 ………… 1328
梅朗中 ………… 1329
梅鼎祚 ………… 1329
曹于汴 ………… 1330
曹大同 ………… 1331
曹大章 ………… 1332
曹　义 ………… 1332
曹元方 ………… 1333
曹　玑 ………… 1333
曹　臣 ………… 1333
曹学佺 ………… 1334
曹　勋 ………… 1336
曹　嘉 ………… 1336
曹　端 ………… 1337
曹履吉 ………… 1338
曹履泰 ………… 1338
龚用卿 ………… 1338
龚秉德 ………… 1339
龚　诩 ………… 1339
龚　勉 ………… 1340
龚　黄 ………… 1340
龚　勗 ………… 1341
龚　辇 ………… 1341
龚　敩 ………… 1341
盛于斯 ………… 1342
盛时泰 ………… 1342
盛鸣世 ………… 1343
戚元佐 ………… 1343
戚继光 ………… 1344

［丨］

常　伦 ………… 1344
眭　石 ………… 1345
崔世召 ………… 1345
崔廷槐 ………… 1346
崔　桐 ………… 1346
崔培元 ………… 1347
崔　铣 ………… 1347
崔　涯 ………… 1348
崔　澂 ………… 1348

［丿］

符　观 ………… 1349
符　锡 ………… 1349
偶　桓 ………… 1349

［丶］

康太和 ………… 1350
康从理 ………… 1350
康　阜 ………… 1351
康　海 ………… 1351
鹿化麟 ………… 1353
鹿善继 ………… 1353
章玄应 ………… 1354
章志宗 ………… 1355
章　旷 ………… 1355
章　纶 ………… 1355
章　珍 ………… 1356
章　适 ………… 1356
章美中 ………… 1356
章　衮 ………… 1357
章　敞 ………… 1357
章　简 ………… 1358
章嘉祯 ………… 1358
章　懋 ………… 1358
商　辂 ………… 1359
商　梅 ………… 1360
商景兰 ………… 1361
阎尔梅 ………… 1361
阎梦夔 ………… 1362
清啸生 ………… 1362
梁元柱 ………… 1363
梁本之 ………… 1363
梁　兰 ………… 1363
梁有誉 ………… 1364
梁辰鱼 ………… 1365
梁希渊 ………… 1366
梁　孜 ………… 1367
梁　纲 ………… 1367
梁朝钟 ………… 1367
梁　储 ………… 1368
梁　潜 ………… 1368
寇天叙 ………… 1369
寇学海 ………… 1370
谌道行 ………… 1370

［乛］

逯　昶 ………… 1370
屠大山 ………… 1371
屠中孚 ………… 1372
屠本畯 ………… 1372
屠应埈 ………… 1373
屠　侨 ………… 1373

屠　勋 ………… 1374
屠　隆 ………… 1374
屠瑶瑟 ………… 1376
屠　爔 ………… 1377

十二画
［一］

越其杰 ………… 1378
揭　轨 ………… 1378
揭重熙 ………… 1379
彭大治 ………… 1379
彭友信 ………… 1379
彭孔坚 ………… 1380
彭尧谕 ………… 1380
彭　年 ………… 1380
彭　华 ………… 1381
彭汝谐 ………… 1381
彭　时 ………… 1382
彭　泽¹ ……… 1382
彭　泽² ……… 1383
彭宗因 ………… 1383
彭绍贤 ………… 1384
彭　辂 ………… 1384
彭　教 ………… 1385
彭　韶 ………… 1385
葛一龙 ………… 1386
葛幼元 ………… 1387
葛守礼 ………… 1387
葛应秋 ………… 1388
葛　昕 ………… 1388
葛征奇 ………… 1388
葛　臬 ………… 1389

葛　曦 ………… 1389
葛　麟 ………… 1389
董少玉 ………… 1390
董光宏 ………… 1390
董传策 ………… 1391
董　份 ………… 1391
董守谕 ………… 1392
董　纪 ………… 1392
董　玘 ………… 1393
董　谷 ………… 1394
董应举 ………… 1394
董应翰 ………… 1395
董　沄 ………… 1395
董其昌 ………… 1396
董复亨 ………… 1397
董养河 ………… 1397
董　难 ………… 1398
董　越 ………… 1398
董斯张 ………… 1399
董　裕 ………… 1400
董嗣成 ………… 1401
董　暹 ………… 1401
蒋山卿 ………… 1401
蒋之翘 ………… 1402
蒋主孝 ………… 1403
蒋　忠 ………… 1403
蒋孟育 ………… 1403
蒋　信 ………… 1404
蒋　冕 ………… 1404
蒋德璟 ………… 1405
蒋　曙 ………… 1406
韩上桂 ………… 1406

韩日缵 ………… 1407
韩　文 ………… 1407
韩世能 ………… 1408
韩邦奇 ………… 1408
韩邦靖 ………… 1409
韩　贞 ………… 1410
韩守益 ………… 1410
韩应嵩 ………… 1411
韩　经 ………… 1411
韩　奕 ………… 1411
韩　锡 ………… 1412
韩　雍 ………… 1413

［丨］

景　旸 ………… 1413
景翩翩 ………… 1414
喻安性 ………… 1414
喻　均 ………… 1415
喻　时 ………… 1415

［丿］

程九皋 ………… 1416
程于古 ………… 1416
程士廉 ………… 1416
程大约 ………… 1416
程　仑 ………… 1417
程文德 ………… 1418
程正谊 ………… 1418
程　本 ………… 1419
程本立 ………… 1419
程可中 ………… 1420
程良锡 ………… 1420

程弥寿 ………… 1421
程　浩 ………… 1421
程　珫 ………… 1422
程　通 ………… 1422
程　钰 ………… 1423
程敏政 ………… 1423
程维楧 ………… 1425
程嘉燧 ………… 1425
程德良 ………… 1426
傅一臣 ………… 1427
傅尔元 ………… 1428
傅光宅 ………… 1428
傅　伦 ………… 1428
傅汝舟[1] ………… 1429
傅汝舟[2] ………… 1429
傅汝楫 ………… 1430
傅　国 ………… 1430
傅　冠 ………… 1431
傅　珪 ………… 1431
傅振商 ………… 1432
傅起岩 ………… 1432
傅夏器 ………… 1432
傅　梅 ………… 1433
傅新德 ………… 1433
焦　竑 ………… 1434
焦源溥 ………… 1435
储　罐 ………… 1435
舒曰敬 ………… 1436
舒　芬 ………… 1436
舒忠谠 ………… 1437
舒　缨 ………… 1437
释大善 ………… 1437

释万金 ………… 1438
释广润 ………… 1438
释无愠 ………… 1438
释文湛 ………… 1439
释方泽 ………… 1439
释永瑛 ………… 1440
释行溥 ………… 1440
释守仁 ………… 1440
释如兰 ………… 1441
释如愚 ………… 1441
释克新 ………… 1442
释来复 ………… 1442
释希复 ………… 1443
释妙声 ………… 1443
释担当 ………… 1444
释昙英 ………… 1444
释果斌 ………… 1445
释明秀 ………… 1445
释明河 ………… 1446
释牧云 ………… 1446
释净伦 ………… 1446
释法住 ………… 1447
释法杲 ………… 1447
释法聚 ………… 1447
释法藏 ………… 1448
释宗泐 ………… 1448
释宗林 ………… 1449
释宗贤 ………… 1450
释宗乘 ………… 1450
释居顶 ………… 1450
释函可 ………… 1451
释洪恩 ………… 1451

释莲池 ………… 1452
释圆复 ………… 1452
释宽悦 ………… 1453
释通润 ………… 1453
释梵琦 ………… 1454
释清濋 ………… 1454
释斯学 ………… 1455
释紫柏 ………… 1455
释景隆 ………… 1456
释智及 ………… 1456
释智旭 ………… 1457
释智舷 ………… 1457
释释禅 ………… 1458
释善启 ………… 1458
释道源 ………… 1459
释湛然 ………… 1459
释溥洽 ………… 1460
释睿略 ………… 1460
释慧秀 ………… 1461
释德祥 ………… 1461
释德清 ………… 1462
鲁怀德 ………… 1463
鲁　铎 ………… 1463

[丶]

童　轩 ………… 1464
童承叙 ………… 1465
童养中 ………… 1465
童　佩 ………… 1466
童　琥 ………… 1466
童　冀 ………… 1466
曾可前 ………… 1467

曾仕鉴 ………… 1467

曾同亨 ………… 1468

曾异撰 ………… 1468

曾玙 ………… 1468

曾应瑞 ………… 1469

曾益 ………… 1469

曾烜 ………… 1469

曾维伦 ………… 1470

曾朝节 ………… 1470

曾棨 ………… 1471

曾鹤龄 ………… 1472

湛若水 ………… 1472

温纯 ………… 1473

温新 ………… 1474

温璜 ………… 1474

游朴 ………… 1475

游潜 ………… 1475

禄洪 ………… 1476

谢一夔 ………… 1477

谢三秀 ………… 1477

谢士元 ………… 1478

谢士章 ………… 1478

谢与思 ………… 1479

谢天瑞 ………… 1479

谢少南 ………… 1479

谢东山 ………… 1480

谢贞 ………… 1480

谢廷柱 ………… 1481

谢廷谅 ………… 1481

谢廷赞 ………… 1482

谢迁 ………… 1482

谢兆申 ………… 1483

谢汝韶 ………… 1484

谢诏 ………… 1484

谢杰 ………… 1484

谢肃 ………… 1485

谢承举 ………… 1485

谢省 ………… 1486

谢矩 ………… 1486

谢复 ………… 1487

谢桂芳 ………… 1487

谢铎 ………… 1487

谢常 ………… 1489

谢谠 ………… 1489

谢缙 ………… 1489

谢榛 ………… 1490

谢肇淛 ………… 1491

[一]

强仕 ………… 1493

强晟 ………… 1493

十三画以上
[一]

靳学颜 ………… 1494

靳贵 ………… 1494

蓝仁 ………… 1495

蓝田 ………… 1496

蓝近任 ………… 1496

蓝智 ………… 1497

蒲秉权 ………… 1497

蒲俊卿 ………… 1498

甄伟 ………… 1498

雷士桢 ………… 1498

雷礼 ………… 1499

雷鸣春 ………… 1499

雷思霈 ………… 1499

雷跃龙 ………… 1500

雷鲤 ………… 1501

雷燮 ………… 1501

蔡云程 ………… 1501

蔡文范 ………… 1502

蔡可贤 ………… 1502

蔡汝楠 ………… 1503

蔡羽 ………… 1504

蔡克廉 ………… 1505

蔡国珍 ………… 1505

蔡昂 ………… 1506

蔡宗尧 ………… 1506

蔡复一 ………… 1507

蔡清 ………… 1507

蔡维宁 ………… 1508

蔡道宪 ………… 1508

蔡瑷 ………… 1509

蔡潮 ………… 1509

臧懋循 ………… 1510

樊阜 ………… 1510

樊献科 ………… 1511

樊鹏 ………… 1511

醉西湖心月主人
………… 1512

薛三才 ………… 1512

薛三省 ………… 1513

薛冈 ………… 1513

薛甲 ………… 1514

薛光瑜 ………… 1514

薛廷宠 ………… 1514
薛论道 ………… 1515
薛　岗 ………… 1515
薛近兖 ………… 1515
薛应旂 ………… 1516
薛　纲 ………… 1516
薛　侃 ………… 1517
薛素素 ………… 1517
薛梦雷 ………… 1518
薛章宪 ………… 1518
薛　寀 ………… 1519
薛　瑄 ………… 1519
薛　蕙 ………… 1520
薄少君 ………… 1521
霍与瑕 ………… 1522
霍　韬 ………… 1522
戴九玄 ………… 1523
戴士琳 ………… 1523
戴　钦 ………… 1523
戴　重 ………… 1524
戴　洵 ………… 1524
戴　冠[1] ………… 1525
戴　冠[2] ………… 1525
戴　澳 ………… 1526
戴　鳌 ………… 1526

[丨]

虞原璩 ………… 1527
虞淳熙 ………… 1527
虞　堪 ………… 1528
虞　谦 ………… 1529
路　迪 ………… 1529

裴邦奇 ………… 1530
瞿式耜 ………… 1530
瞿汝稷 ………… 1531
瞿　佑 ………… 1531
瞿　俊 ………… 1533
瞿景淳 ………… 1534

[丿]

詹　同 ………… 1534
詹孝达 ………… 1535
詹　莱 ………… 1535
鲍应鳌 ………… 1535
解　缙 ………… 1536
管大勋 ………… 1537
管志道 ………… 1537
管时敏 ………… 1538
管绍宁 ………… 1538
管　楫 ………… 1539
管　檟 ………… 1539
黎民表 ………… 1539
黎民衷 ………… 1541
黎　扩 ………… 1541
黎　贞 ………… 1541
黎祖功 ………… 1542
黎　淳 ………… 1542
黎　密 ………… 1543
黎遂球 ………… 1543
滕　毅 ………… 1544
穆文熙 ………… 1544
穆孔晖 ………… 1545
穆光胤 ………… 1546
魏大中 ………… 1546

魏文焕 ………… 1546
魏允中 ………… 1547
魏允贞 ………… 1547
魏　观 ………… 1548
魏时敏 ………… 1549
魏良弼 ………… 1549
魏学礼 ………… 1549
魏学洢 ………… 1550
魏　校 ………… 1551
魏浣初 ………… 1551
魏　俖 ………… 1552
魏靖国 ………… 1552
魏　裳 ………… 1552
魏　骥 ………… 1553

[丶]

阙士琦 ………… 1554
廖孔说 ………… 1554
廖希颜 ………… 1554
廖道南 ………… 1555
端淑卿 ………… 1556
谭元春 ………… 1556
谭　纶 ………… 1558
谭昌言 ………… 1558
颜　木 ………… 1559
颜廷榘 ………… 1559
潘一桂 ………… 1559
潘士藻 ………… 1560
潘之恒 ………… 1560
潘　氏 ………… 1562
潘希曾 ………… 1562
潘　亨 ………… 1563

潘　纬 ………… 1563　　潘　榛 ………… 1567　　熊　过 ………… 1570

潘季驯 ………… 1564　　潘镜若 ………… 1567　　熊廷弼 ………… 1571

潘炳孚 ………… 1564　　　　　　　　　　　　　熊　卓 ………… 1572

潘　埙 ………… 1564　　　　〔一〕　　　　　　熊明遇 ………… 1572

潘　恩 ………… 1565　　熊人霖 ………… 1567　　熊　鼎 ………… 1573

潘　铉 ………… 1566　　熊大木 ………… 1568　　熊　概 ………… 1574

潘润民 ………… 1566　　熊开元 ………… 1569　　缪昌期 ………… 1574

潘　滋 ………… 1566　　熊　化 ………… 1569

作家人名汉语拼音索引 *

A

艾穆 204
艾南英 202
艾容 203
安磐 406
安绍芳 405
安希范 404
安遇时 405
敖文祯 1103
敖英 1103

B

白南金 252
白世卿 252
白悦 252
白正蒙 251
包大柯 254

包大中 253
包节 254
鲍应鳌 1535
贝翱 154
贝琼 153
毕木 282
毕自严 282
边贡 276
边习 276
卞荣 161
薄少君 1521
卜世臣 6
卜舜年 7

C

cai

蔡暖 1509
蔡昂 1506
蔡潮 1509

蔡道宪 1508
蔡复一 1507
蔡国珍 1505
蔡可贤 1502
蔡克廉 1505
蔡清 1507
蔡汝楠 1503
蔡维宁 1508
蔡文范 1502
蔡羽 1504
蔡云程 1501
蔡宗尧 1506

cao

曹臣 1333
曹大同 1331
曹大章 1332
曹端 1337
曹玑 1333
曹嘉 1336
曹履吉 1338

曹履泰 1338
曹学佺 1334
曹勋 1336
曹义 1332
曹于汴 1330
曹元方 1333

chai

柴经 1155
柴奇 1154
柴惟道 1155

chang

长安道人
国清 158
常伦 1344

che

车大任 151
车任远 152
车以遵 152

chen

陈昂 824

---

* 重名者不重复列出。

陈柏	831	陈寰	859	陈仁锡	803	陈循	848
陈邦训	808	陈辉	848	陈如纶	815	陈言	819
陈邦彦	808	陈缉	851	陈儒	858	陈尧	811
陈邦瞻	809	陈际泰	822	陈汝言	815	陈尧德	811
陈察	856	陈济生	837	陈汝场	815	陈烨	840
陈昌	823	陈继	840	陈汝元	814	陈一球	795
陈昌积	824	陈继儒	841	陈山毓	800	陈一松	794
陈琛	846	陈价夫	813	陈绍英	829	陈一元	794
陈诚	828	陈荐夫	830	陈师俭	812	陈沂	819
陈崇德	844	陈鉴	853	陈士元	797	陈益祥	839
陈达	810	陈经	830	陈叔刚	823	陈翼飞	860
陈大濩	798	陈敬宗	846	陈叔绍	823	陈懿德	862
陈道复	849	陈九川	795	陈束	816	陈懿典	861
陈德文	857	陈衎	834	陈所闻	825	陈音	835
陈登	851	陈奎	831	陈所有	825	陈有年	810
陈第	844	陈魁文	853	陈所蕴	826	陈有守	810
陈鼎	848	陈雷	853	陈体文	817	陈于陛	796
陈东川	808	陈琏	843	陈霆	854	陈于朝	797
陈铎	838	陈良谟	821	陈完	820	陈于廷	796
陈棐	847	陈亮	834	陈万言	798	陈与郊	798
陈凤	805	陈缳	861	陈烓	840	陈禹谟	833
陈焯	850	陈鎏	861	陈维新	845	陈玉蟾	807
陈皋谟	839	陈龙正	807	陈炜	826	陈玉辉	806
陈公纶	804	陈銮	855	陈文烛	806	陈员韬	817
陈函辉	828	陈履	858	陈吾德	817	陈则	812
陈颢	860	陈鸣鹤	825	陈熙庠	854	陈朝锭	847
陈鹤	857	陈谟	850	陈暹	856	陈政	830
陈宏裔	821	陈罴斋	855	陈宪	837	陈赟	837
陈洪谟	836	陈启相	822	陈献章	851	陈仲进	812
陈洪绶	835	陈芹	816	陈省	832	陈仲完	812
陈鸿	845	陈全	813	陈选	833	陈子龙	801
陈逅	833	陈全之	813	陈勋	832	陈子升	800